宋词与唐宋诗学

Song Dynasty Poetry and Tang-Song Poetics

郭 锋 著

图书在版编目(CIP)数据

宋词与唐宋诗学/郭锋著.—北京：北京大学出版社，2024.3
ISBN 978-7-301-34197-1

Ⅰ.①宋⋯　Ⅱ.①郭⋯　Ⅲ.①宋词－诗歌研究②唐诗－诗歌研究③宋诗－诗歌研究　Ⅳ.①I207.2

中国国家版本馆CIP数据核字（2023）第125783号

书　　　名	宋词与唐宋诗学 SONGCI YU TANG-SONG SHIXUE
著作责任者	郭　锋　著
责任编辑	沈莹莹
标准书号	ISBN 978-7-301-34197-1
出版发行	北京大学出版社
地　　　址	北京市海淀区成府路205号　100871
网　　　址	http://www.pup.cn　　新浪微博:@北京大学出版社
电子邮箱	编辑部 dj@pup.cn　总编室 zpup@pup.cn
电　　　话	邮购部010-62752015　发行部010-62750672　编辑部010-62756449
印刷者	北京鑫海金澳胶印有限公司
经销者	新华书店
	730mm×1020mm　16开本　28.25印张　535千字 2024年3月第1版　2024年3月第1次印刷
定　　　价	118.00元

未经许可，不得以任何方式复制或抄袭本书之部分或全部内容。
版权所有，侵权必究
举报电话: 010-62752024　电子邮箱: fd@pup.cn
图书如有印装质量问题，请与出版部联系，电话: 010-62756370

国家社科基金后期资助项目
出版说明

后期资助项目是国家社科基金设立的一类重要项目,旨在鼓励广大社科研究者潜心治学,支持基础研究多出优秀成果。它是经过严格评审,从接近完成的科研成果中遴选立项的。为扩大后期资助项目的影响,更好地推动学术发展,促进成果转化,全国哲学社会科学工作办公室按照"统一设计、统一标识、统一版式、形成系列"的总体要求,组织出版国家社科基金后期资助项目成果。

全国哲学社会科学工作办公室

目 录

自序 …………………………………………………………… (1)
绪论 …………………………………………………………… (1)
 一、关于选题 ………………………………………………… (1)
 二、隋唐五代诗学与曲子词 ………………………………… (6)

上编　唐宋诗学与宋词创作

第一章　以文字为词 …………………………………………… (25)
 第一节　櫽括方式 …………………………………………… (25)
  一　以诗度曲 ……………………………………………… (25)
  二　櫽括经典 ……………………………………………… (35)
  三　櫽括词作 ……………………………………………… (43)
 第二节　櫽括名家 …………………………………………… (58)
  一　苏轼 …………………………………………………… (58)
  二　林正大 ………………………………………………… (65)

第二章　以才学为词 …………………………………………… (74)
 第一节　用典 ………………………………………………… (74)
  一　事典 …………………………………………………… (74)
  二　语典 …………………………………………………… (83)
  三　白战 …………………………………………………… (102)
 第二节　用韵 ………………………………………………… (105)
  一　和韵 …………………………………………………… (105)
  二　次韵 …………………………………………………… (112)
  三　效体 …………………………………………………… (119)

第三章　以议论为词 …………………………………………… (124)
 第一节　科举仕宦 …………………………………………… (124)

一　秋试春试 …………………………………………… (124)
　　二　宦游四方 …………………………………………… (135)
　　三　头白归来 …………………………………………… (149)
第二节　书画品题 ………………………………………………… (171)
　　一　以词论经 …………………………………………… (171)
　　二　以词论人 …………………………………………… (176)
　　三　以词论画 …………………………………………… (185)
　　四　以词论词 …………………………………………… (199)

下编　唐宋诗学与宋词体系

第一章　文学体系 ……………………………………………… (215)
第一节　古代文学体系 …………………………………………… (215)
　　一　大一统体系 ………………………………………… (216)
　　二　独特的形式 ………………………………………… (226)
第二节　宋代词学体系 …………………………………………… (236)
　　一　宋词流派 …………………………………………… (236)
　　二　正派体系 …………………………………………… (245)

第二章　词学理论 ……………………………………………… (262)
第一节　词话 ……………………………………………………… (262)
　　一　零散词话 …………………………………………… (262)
　　二　规整词话 …………………………………………… (280)
第二节　序跋 ……………………………………………………… (312)
　　一　一般问题 …………………………………………… (313)
　　二　个别问题 …………………………………………… (336)

第三章　宋词集注 ……………………………………………… (344)
第一节　词集注释 ………………………………………………… (345)
　　一　洪皓自注《江梅引》 ………………………………… (345)
　　二　黄沃注《知稼翁词》 ………………………………… (348)
第二节　傅注坡词 ………………………………………………… (353)
　　一　傅注坡词的基础 …………………………………… (353)
　　二　傅榦注坡词 ………………………………………… (367)
第三节　陈注周词 ………………………………………………… (391)
　　一　陈注周词的基础 …………………………………… (391)

二　陈元龙《详注周美成词片玉集》………………………（398）
余论 ………………………………………………………（414）
参考文献 …………………………………………………（419）
后记 ………………………………………………………（436）

自　　序

　　以前读书,常遇到三种情况:一是有些文章、著作,打眼一看就不投缘;二是有些是师友推荐的文章著作,是名家名著,读完以后大受启发;三是有些论文、论著看不懂,但凭直觉知道它可能是比较好的成果,于是就花钱费事买过来作为图书资料保存起来。几十年过去了,当初不投缘的,现在仍不投缘;当初大受启发的,现在看来也未必佳;当初保留下来的资料,为以后研究创造了条件。毕竟是名家之作,其选题之高妙、切入之精湛、议论之卓绝、结论之高明均令人佩服。兴趣所至,就把该作者的论著、论文搜集过来,干脆一次看个够。沐手焚香、挑灯夜读后,终觉有所欠焉。该学者超出一世,但与古人相比还是有差距的。这种感觉,学界前辈也有。某长者为学界翘楚作序,说他再不懈努力几十年就赶上古人了,可见古人的境界是很高的。

　　古人把立言作为三不朽的事业,有人终其一生也仅有一部著述。这部著述往往博古通今、事事皆合乎情理。即以古人中比较另类的严羽为例,他自称《沧浪诗话》"其间说江西诗病,真取心肝刽子手",①这表明他对宋诗的态度。今天再读这部诗话,谁还能感到他的叛逆、偏执,反倒觉得《沧浪诗话》也是宋诗不可或缺的一部分,如果缺少它,宋代诗学就少了半壁江山;有了它,连唐宋诗学也豁然开朗了。这没什么费解的,严羽所说的话都在宋诗体系之内。属于同一个体系内的思想,无论他怎么说都在理;而不属于一个体系的思想,无论说得多么巧妙也融不到一体。细细玩味,古书事事皆合乎情理也是有缘由的。古书都是证道的。道是客观事物的基本规律,散在万事万物之中。古人著述千差万别,但其证道的基本精神是一致的。古人著述多是通达之论,与同时代的著作有相通之处,齐梁时期刘勰《文心雕龙》和锺嵘《诗品》,在论述诗歌的创作、理论、发展史时往往是相通的;它们对诗歌的音韵、才学、主题、情感等问题的讨论,观点未必相同但话题是相

---

① [宋]严羽:《沧浪诗话校笺》,附:《答出继叔临安吴景仙书》,张健校笺,上海:上海古籍出版社2012年版,第758页。

近的。不同时代的理论也是前后贯通的,锺嵘《诗品》、皎然《诗式》、姜夔《诗说》等在"自然诗学"上是前后相连的。他们都论述了诗歌的才学化,且在每个时代的各有侧重,也各有自己的特色。这些诗话既有相同之处,也有不同之处。相同的是体系,不同的是特色。特色又是体系的延伸和发展。古代文学体系是普遍存在的,贤者得其大体,一般人得其一鳞半爪。我们往往忽略了一点,古代文学是自带研究方法的。古人不仅有著述,还有学术研究。用他们研究学术的方法来研究他们的学术,应该是比较适用的。这些方法与学术是在一个体系论内形成的,具有相辅相成的作用。

古代文学体系也是学术界的热门话题:近三十年来,学术界召开了多次学术会议专门探讨古代文学体系,一方面连文学体系的有无也没有形成共识;另一方面又是成果丰硕,出版了一系列有关文学理论体系的著作。这表明文学体系的研究各有特色,但缺乏共识。笔者在涉及古代文学体系时,突出了以下四个特点:

其一,中国化的特点。中国古代文学体系形成于大一统时期,具有大一统社会万物归一、归于一理的特点,相同的理在各种不同因素、不同时代表现不同,这正是我们要着力探讨的事物真相;如果忽视了中国化的特点,掩盖了古代文学体系的特质和方法,则失去了体系研究的意义。

其二,广泛性的特点。古代文学体系源于古代的道统、文统,道散在万物,并不局限于理论一种;以宋词体系而言,除了理论之外,还有词人词作、词乐词谱、词学流派、词选词卷、词集注释、词话汇编、词集序跋等因素;把体系局限在其中的某个因素之内,缺乏应有的分析研究、对比观照,从而失去了体系研究的价值。

其三,立体化的特点。文学体系是古今一理、纵横相联的,它与一家之论、一时之论、一世之论是有区别的;它通过各个层面、各种方式,把一理的各种形态表现出来,使人们对一理有充分的认识;它还通过多方位、多因素的对比分析,使所得观点减少主观臆断,以及时代、地域、政治等因素的干预,更加合乎情理、合乎实际。如果这么说还不好理解,下面以唐宋诗学中的才学化为例来说明这一点:才学化是我国古代文学的普遍趋向,唐人也讲"读书破万卷,下笔如有神",[①]承认使事用典对诗歌创作的重要性,但唐人

---

① [唐]杜甫,[清]仇兆鳌注:《杜诗详注》,卷之一《奉赠韦左丞丈二十二韵》,北京:中华书局1979年版,第74页。

"作诗用事,要如释氏语:水中着盐,饮水乃知盐味"。① 也就是把典故用得像没有典故那样,用典虽多,也不改变诗歌的体式,因而就忽略了对用典的研究,这是无意用典;宋人是有意用典,探索用典的规律;宋诗用典有具体的法度,也有在具体法度之上的活法;宋词用典来自宋诗,宋词还是要配乐歌唱的,用典用韵不如宋诗严格,但它更讲究质量;用典改变了宋词的抒情模式,从感物咏怀到抒写意趣。意趣是一种模糊的意象,就像书法、绘画、音乐、歌舞等艺术形式带给我们的感受一样。它不像情感那样直接、清晰,需要多方观照才能感受得到。才学化是一理,才学化在唐宋诗学上的侧重点不同,唐诗重作用,宋诗重用典;即以用典为例,唐宋诗歌不同,宋诗宋词也有区别。宋词用典抒写意趣,因为填词的材料变了,情感变了,词的体式也随之改变。这些问题环环相扣,远不是一种研究方法、一种理论所能解释的,它需要一种全方位、立体化的理论。文学体系正是在这种情况下日渐完善的,适应古代文学研究的需求。

其四,词学化的特点。上述古代文学理论体系的研究方法,局限于理论之中,而且多是哲理的思辨,并不适用于宋词研究。笔者根据古代文学体系的特点、宋代词学的实际,补充了文学体系的本体特质以及范畴、方法,使其适应宋词研究的需要。其中有些特点,在别的文体上也有,但在宋词中表现更为突出,如词学正派体系和清空骚雅的理论。

既然选用了文学体系的研究方法,结合宋词的发展实际,在本书中是这样作的:

其一,本书是文学体系下的宋词与唐宋诗学互动研究,这个思路是根据唐宋文学发展的实际情况确定的。此前,我曾撰写过一篇短文《论唐宋诗学对宋词的影响》,②主要观点是唐宋诗学对宋词的影响体现在三个层面:创作、理论和体系。把体系定位为一种理论形态,比如南宋江湖词派一祖三宗的正派体系。当初申报项目时,仍是按照这个思路去作的;现在相关的体系研究成果名称也多是"理论体系",表明他们所谓的体系只是一种理论形态,与以往的理论相比也看不出有什么差别。当我们溯源古代文学发展历史,发现古人体系意识很强,而且他们的体系与今人差别很大。今人用西方体系套用中国问题,有些观点与实际相符,但大部分情况下研究方法与研究对象并无直接关联,甚至不符合中国古代文学体系的精神。我们总结古代

---

① [宋]蔡絛撰:《西清诗话》,卷上,张伯伟编校:《稀见本宋人诗话四种》,南京:江苏古籍出版社2002年版,第187页。

② 郭锋:《唐宋诗学对词学的影响》,《光明日报(文学遗产版)》,2007年7月6日第14版。

文学体系的特质、范畴和方法,然后按照古代文学体系规律、宋词体系的实际情况确立新的思路,用符合体系的方法研究宋词体系中的问题。

其二,避熟就生,选择材料。从事一项研究工作,有新的思路是必须的,但还是不够的,再巧妙的思路也要通过恰当的材料来表现。本书是一个传统文学研究的课题,仅从选题、材料上很难出彩,于是我们确立了围绕文学体系紧扣宋词特色的实施路线。宋词体系的组成因素很多,我们选择了创作、理论、流派、集注等几种因素,并在各因素之下,再找适合宋词特色的论题,如以文字为词中的檃栝、以才学为词中的白战效体、以议论为词中的墨画、题词词、词学理论中的词话形态、词集序跋、宋词集注中的《傅注坡词》、陈注《片玉集》等,通过对这些特色论题的分析,体现宋词一理万殊的特色,避免了与前人选题、材料、结论上的雷同,也凸显了宋词体系的特征。

其三,求真求是,善用考证。一般研究理论的著作多以建构体系、长篇宏论为主,本书既没有建构体系,也没有长篇宏论。因为古代文学体系本来就存在,我们只是把它彰显出来;学术宗旨在于求真求是,对人文学科而言真是第一位的。只有真实才可能是是,在研究方法上、在论题选择上、在具体论述中都是求真的。在论述中有不少考证文字,力图使每个观点都建立在真实的基础上。如苏轼听颖师弹琴还是弹琵琶、林正大未出任过严州学官、《东坡纪年》作者傅共的仕宦、苏轼说秦观赋诗又入小石调考等,都是需要考辨才能澄清的讹误;还有一些对儒家经典的考证,在研究宋儒思想时需要正本清源,但这些成果与本书没有直接关联,只能作为相关成果分别发表。对本书所选用的方法、材料、结论,也是反复考量过的,希望能真实无误地呈现给您。

通过对宋词体系诸因素的研究,发现我们对宋代文化的认识还是比较肤浅的。宋人大多是通过科举考试进入官场的,科举考试以儒家经典为主,宋人对儒学思想都做过全面深入的研究,而这一点我们过去没有注意。当接触到具体的研究论题时非常费力,本书对李光的研究即是如此。李光以垂老之年贬谪南海,经历了十八年的贬谪,死在回家的路上。李光的思想很复杂,他对三教均有涉猎,在不同时段还各有侧重。总体来说他以儒处世、以道养生、以佛应对生死,才能在艰难的政治环境、恶劣的自然条件下,活得明白而有尊严。苏轼也是三教均沾的,在仕途艰难时期他完成了对儒家经典的注释,虽然对于心性之学未必透彻,但作为一个坚定的儒者是没有争议的。其他像宋代官制、宋词理论、清空骚雅的词作等都不好理解。宋词体系包括的因素很多,再往深推一步就是孤独前行了,可资借鉴的成果不多。宋词之难,尤在于思想和方法上。多年以来,留心于此,思虑于此,所得所失也尽在于此。先是改进各种研究方法，后来发现好方法就是文学体系的自身。别的方法是外来的，不能从根本上解决问题，惟文学体系与文学创作同步，能解决各类问题，还能启发思维。曾有几次工作过半，发现思路有误，于是推倒重来。还有几次，因思路太乱没有进展，于是就换一个问题重新开始。经过多年的努力，思路、方法上的硬伤也许没有了，但小的问题还有很多。这些，是今后要改善的问题。

  关于本书，原先想请前辈名家题序，为拙作增辉。无奈该书进展不顺，篇幅较大、阅读不易，与其让人为难，还不如自己叙述其中原委，也许更为近情。是为序。

2021 年 4 月 17 日

绪　　论

绪论,开卷头一篇也。在这里谈两个问题:一为什么要选这个题目,二与选题相关的隋唐五代诗学与曲子词的关系。

一、关于选题

关于选题,有两个关键词先解释一下:一是宋词。词原名曲子词,是给隋唐流行的曲子所填的歌词。作为一种流行的音乐文体,它昉于隋,兴于晚唐五代,盛于两宋。元人把唐诗宋词大元乐府并称,明人也把楚骚汉赋晋字唐诗宋词元曲并列;陶宗仪称汉篆晋字唐诗宋词元曲为五绝,王国维称其为一代之文学。宋词发展较为完善,而且理论形态全面、体系突出,具有典型的宋代文化特质,故言宋代文学必称宋词。为论述体例的统一,把唐五代词称为"曲子词",把宋代曲子词称为"宋词"。二者都是曲子词,前后一脉相承但各有特色。二是唐宋诗学。唐宋诗学是研究唐宋诗歌创作及其理论的学问。唐宋是我国古典诗歌创作高峰期,形成了唐音宋调两种不同的诗风。作为文学史上前后相连的一种文学形式,它们有一点是共同的——在创作中大量运用才学。唐宋诗学也以研究才学为主,侧重点不同,且也有明显的演进关系,在诗歌理论上,也是相对完整的一个阶段。①

宋词与唐宋诗学是古代文学体系下的相对独立的两个分支,它们之间有密切的联系。在创作、理论上,宋词都受到唐宋诗学的影响。词学的概念、理论、体系都是依托发达的诗学理论形成并运作的。关于这个课题,目

---

① 在宋人看来,唐宋诗学是一个整体,不存在什么唐宋格调之说,诗分唐宋就是妄论。戴昺《有妄论宋唐诗体者》诗云:"不用雕锼呕肺肝,辞能达意即篇章。性情元自无今古,格律何须辩宋唐。"[宋]戴复古:《戴复古诗集》,《附录》一《东皋子及族人诗词》,金芝山点校,杭州:浙江古籍出版社2012年版,第280页。

前还未见到相同的研究成果,但相关成果比较多、学术积淀深厚。关于宋词与唐宋诗学在某一方面的关系,前辈学者做了大量的研究工作。夏承焘教授《论姜白石的词风》指出姜夔"清刚"的词风得力于江西诗派的瘦硬诗笔和晚唐诗歌的绵邈风神。① 即唐宋诗学对宋词创作风格产生过影响。此后,一些词学论著或多或少借鉴了诗学理论来分析词学问题,但还没有学者从唐宋诗学切入研究词学理论的嬗变。韩经太教授指出:"以往,治宋词之学者,多不涉宋诗,反之亦然。这种隔膜实在太不正常。"②他以张炎《词源》卷下的"清空"为例,说如果脱离了诗学背景,仅仅就"清空"而论"清空",无论采用什么理论、选择什么方法都不得要领。韩教授注意到了唐宋诗学对宋词"清空"的重要意义,这对多年来徘徊不前的宋代词学研究具有指迷意义。一些青年学者沿着这个思路,对于中晚唐诗词关系进行了深入的研究。张巍博士《温李诗风流变研究》、③高翀骅博士《诗学背景下词体特征的确立——中晚唐五代诗歌和同时期文人词关系研究》等,④阐明了中晚唐诗词在创作上出现的一些共同性——诗越来越趋向于词,而词借鉴诗歌的某些手法呈现出雅化的特点。许芳红教授致力于唐宋诗词交叉影响研究,主要论文如《论唐宋词对南宋诗的渗透:以范成大、陆游、姜夔为中心的初步探讨》《论姜夔融"江西诗法"入词》和《宋代诗词创作的互渗现象》等,⑤都是对两种文体相互影响的研究,从理论到创作上进行了积极而有意义的探索,尤其是宋词对宋诗创作的影响,这是前人很少涉足的领域。学术界对于诗词相互影响集中在"以诗为词"这一点上。崔铭《对"以诗为词"创作倾向的新透视》认为以诗为词就是把诗歌的作法、风格引入词中,但须以词"别是一家"为前提。⑥ 诸葛忆兵教授擅长词学史研究,他在《"以诗为词"辨》中提出一个很有意义的观点:"诗词之辨实质在于教化与娱乐。诗言志,其功能目的为政治教化;词言情,其功能目的为声色娱乐。……

---

① 夏承焘:《夏承焘集》,杭州:浙江古籍出版社、浙江教育出版1979年版,第313页。
② 韩经太:《"清空"词学观与宋人诗文化心理》,《江海学刊》1995年第5期,第163页。
③ 张巍:《温李诗风流变研究》,南京大学2005届研究生博士学位论文,指导教师为莫砺锋教授。
④ 高翀骅:《诗学背景下词体特征的确立——中晚唐五代诗歌和同时期文人词关系研究》,华东师范大学2006届研究生博士学位论文,指导教师为方智范教授。
⑤ 许芳红:《论唐宋词对南宋诗的渗透:以范成大、陆游、姜夔为中心的初步探讨》,《文学遗产》2008年第6期,第59~67页;《论姜夔融"江西诗法"入词》,《学海》2013年第2期,第191~198页;《宋代诗词创作的互渗现象》,《南京师范大学文学院学报》2013年第4期,第50~56页。
⑥ 崔铭:《对"以诗为词"创作倾向的新透视》,《复旦学报(社会科学版)》1998年第4期,第109页。

'以诗为词'拓宽歌词表现范围,成就歌词新的审美风格,对歌词发展做出巨大贡献。同时,'以诗为词'淡化或取消文体的独立性,该文体存在的意义同时被淡化或取消,即:'以诗为词'是一把双刃剑,得失并存。"①莫砺锋教授《从苏词苏诗之异同看苏轼"以诗为词"》从写作年限、题材走向、风格倾向等方面把苏词与诗进行对照,认为在苏轼词中确实有"以诗为词"的倾向,还没有把词当作与诗毫无区别的文体,相反,苏轼对词体自身的特征有相当清晰的认识,所以他只是在有限的程度上把诗体的题材走向与风格倾向导入词体,苏轼的"以诗为词"并未泯灭词体与诗体的界限,却扩大了词体的题材范围并增强了词体的抒情性质,从而对词的健康发展作出了贡献。② 彭玉平教授、卢娇博士和张巍教授从唐宋时期语境或诗学内涵的演变上分析"以诗为词"的特性。③ 还有些学者从宋词的一种特殊创作方法"檃栝"切入,对"以诗为词"的现象进行分析。他们认为"以诗为词"就是把诗歌变成词,用曲子词的音乐来演唱前人的诗歌。吴承学教授《论宋代檃栝词》认为檃栝为词在宋代兴盛起来,与以诗度曲的风气相关。从檃栝选取的对象,可以看出当时人们的某种文学经典意识。④ 郑园教授认为东坡檃栝词创作是其以诗为词的创作态度的具体体现,尝试或游戏只是表面的,其实隐含着东坡对于词这一新的文学样式深入细致的探求,从而拓展词境,使词具备了传统诗歌的品格。⑤ 杨晓霭教授《"以诗为词"亦"檃栝"创作词调歌曲》认为宋人改编诗为歌辞,采用了"以诗度曲""檃栝"等方式。"以诗为词"也是"檃栝"的方法之一,其目的是使"诗"合于歌唱。陈师道评论苏轼"以诗为词",也是着眼于"檃栝",单纯从案头文学的表现手法阐释"以诗为词"是不全面的。⑥ 上述观点,研究者从各自擅长的研究领域揭示了"以诗为词"的本质,切入角度独特,立论扎实,对于本课题的研究有一定的启发和借鉴意义。笔者在广泛汲取这些成果的基础上审视自己的研究

---

① 诸葛忆兵:《"以诗为词"辨》,《北京大学学报(哲学社会科学版)》2011年第1期,第71页。
② 莫砺锋:《从苏词苏诗之异同看苏轼"以诗为词"》,《中国文化研究》2002年第2期,第1页。
③ 彭玉平:《唐宋语境中的"以诗为词"》,《复旦学报(社会科学版)》2009年第5期,第61~69页;卢娇:《再论"以诗为词"》,《海南师范大学学报(社会科学版)》2014年第9期,第76~79页;张巍《以诗为词:诗学内涵的历史演变及其相关论断评议》,《北方论丛》2012年第5期,第6~10页。
④ 吴承学:《论宋代檃栝词》,《文学遗产》2000年第4期,第74页。
⑤ 郑园:《论东坡檃栝词》,《文学遗产》2006年第3期,第149页。
⑥ 杨晓霭:《"以诗为词"亦"檃栝"创作词调歌曲》,《西北师大学报(社会科学版)》2007年第1期,第1页。

方法和思路,补充新材料、完善学术观点。

笔者曾对宋词与唐宋诗学作过初步的探索。在《南宋江湖词派研究》中以江湖词派词人姜夔—吴文英—张炎为线索,考察了南宋江湖词派词学理论的形成发展过程,指出唐宋诗学对宋词具有深远的影响。这种影响不仅表现在创作层面上,也表现在理论层面上。① 在《唐宋诗学对词学的影响》中界定这种影响体现在三个层面上,即创作、理论和体系。② 由于篇幅所限,许多问题没有展开论述。本课题就是在这个基础上展开的,运用古代文学体系的方法研究宋词与唐宋诗学的相互影响。这是前人尚未系统做过的工作。

如果把眼界放宽一些,发现同样是配乐歌唱,流行歌曲与宋词差异很大。宋词创作上的程式化、宋词与音乐半离半合的关系,都是现代流行歌曲所不取的;宋词所讲究的四声平仄、五音六律、清浊轻重、对仗押韵、使事用典等人工法度,流行歌曲也多不讲,仅仅凭借自然音韵就能达到圆转流美的效果,尤其是在音乐与歌词的契合上比宋词做得还要好。一响起熟悉的旋律,就知道它的歌词是什么。每一首乐曲都是为专门的歌词特制的,彼此融为一体无法分开。外国歌曲也不讲上述法度,不照样也荡气回肠、余音绕梁吗?宋词所讲究的那些法度,究竟有多少出自歌唱的需要?上述法度大多是受诗歌影响而产生的,而唐宋诗歌又不需要歌唱,至少诗人写诗时是不考虑音乐因素的。明乎此,就知道唐宋诗学对宋词的影响有多深了。宋词雅化经过"以诗为词"和"以词为诗"两个阶段,诗词在创作观念上几乎融为一体。唐宋诗学对宋词的影响是由浅入深、由表及里的,由创作到理论,而这一切都是在一定体系内完成的。这个影响关系,分为两方面共六点:

一方面是唐宋诗学对宋词创作上的影响。由于宋代词人往往兼具诗人的身份,唐宋诗学对宋词的影响是通过诗歌来实现的,宋诗中以文字为诗、以才学为诗和以议论为诗的特点,在宋词创作中同样存在,并呈现出一系列新特点:

1. 以文字为词是一种文字游戏。宋词中的文字游戏有很多种,"櫽括"只是其中的一种。之所以选取"櫽括"来研究文字游戏词的特点,因为它原是乐工歌妓选诗入曲的唱词方式,后来变成文人士大夫以诗度曲的填词方法。文人士大夫以诗度曲或櫽括辞赋散文入词,一般能忠实作者的原意,再由忠于原意变成了忠于自己的感受。櫽括把世俗的曲子词与传统的经

---

① 郭锋:《南宋江湖词派研究》,成都:巴蜀书社2004年版。
② 郭锋:《唐宋诗学对词学的影响》,《光明日报(文学遗产版)》,2007年7月6日第14版。

典联系起来,为宋词雅化开辟了一条新的途径。

2. 以才学为词在宋词创作中表现为用典和用韵。宋人填词用典最密的形式是集句。集句词不仅可以展示才学,还可以抒写情意。在才学化大行其道之时,也有人反其道而行之。在宋词创作中摒弃才学,或者限制缺乏新意的典故。白战就是这样的创作方法,通过艰难构思来达到更高层次。相对于用典,用韵就简单多了,但宋人又选择了其中最难的一种。宋词和韵以次韵为主,在词体与韵脚双重限制下进行创作。在宋词创作中还有一种方法是效体。效体就是在同一词调下,以名家词作为效仿对象进行填词。宋人把效体对象聚焦到一个词人的词集上,于是就出现了遍和全集的现象。效体词创作的普遍化,与宋词体派意识有关。

3. 以议论为词,通过文人士大夫都曾经历过的科举仕宦和读书评论来分析宋词好发议论的特点,科举仕宦以南宋前后两位状元黄公度、姚勉为例,仕宦以向子諲与李光为例,读书品题以扬补之①墨梅画、墨梅词为例,题词词以江湖词派词人评词论词为例。这是宋人首创的一种以词论词方式,由于论者与被论者都是行家里手、有些还是现场创作评论,这是出现较早、较为可靠的第一手词学资料。

另一方面是唐宋诗学对宋词体系的影响。宋词体系是古代文学体系的一部分,具有大一统的特点。体系在古代常被称为道。大道无名,研究道从能体现道的具体事物入手,分析它在具体事物中的特点。研究体系也是如此,需从能体现体系的因素入手,但宋词体系的组成因素太多,只能选择几种相关的因素,如创作、流派、理论、宋词集注等来考查唐宋诗学与宋词的相互影响。唐宋诗学对宋词创作的影响上编已经论述过了,下编分析唐宋诗学与其他几种因素,即流派、理论、宋词集注的互动关系。

4. 宋词创作兴盛,词派繁夥,大多数词派都是松散词派,典型词派很少。南宋江湖词派是一个前期松散、后期典型的词学流派,它在词人、词派、词论、词选、词社等因素比较齐全,成为古代文学史上为数不多的典型词派,并且还成为宋词正派。

5. 宋代词学理论形式多样,理论性比较突出的因素有词话和词集序跋。宋人词话散见于诗话、笔记小说之中;后来集结成卷附录在诗话、小说

---

① 在古代文献中,扬补之的姓氏"扬""杨"混用、名字"无咎""补之"颠倒的情况比较普遍。查阅有关资料,常常使人莫衷一是。我们依据故宫博物院收藏《宋扬补之梅花卷》题跋落款"乾道元年七夕前一日癸丑,丁丑人扬无咎补之书于豫章武宁僧舍",确定其姓氏为"扬",名"无咎",字"补之"。

末尾;再后来出现了独立成册的词话。形式上的变化必然引起内容上的变化,宋人词话从记录本事、抄录作品变成传授词法,使词学理论的体系意识更为突出。词集序跋虽是单篇短文,却有较强的体系意识。作序题跋者往往是词坛大家,从较高的站位上俯视词人词作,在一定的体系内总结利钝得失,并指出进一步发展的方法途径。

6. 宋词集注的体系性表现在词集集注自身的体系性和词学研究体系性的统一,宋(金)人词集注释有十种,流传下来且比较典型的注本仅有《傅幹注坡词》和陈元龙《详注周美成词片玉集》(以下简称"陈注本")两种。二者都是集注本,但思路迥异:《傅幹注坡词》荟萃各家之说、有闻必录;陈注本则专注于诠释典故,其他概不涉猎。二者都突出了作者的词学特点和注者的学术思想。

相对于宋诗,宋词发展得更好,继"沉郁顿挫"之后,"清空骚雅"又成为唐宋诗学的另一种显著风格。这是宋代其他文学形式无法相比的,也是构成本课题的关键因素。否则,本课题只能定位在"唐宋诗学对宋词的影响"上,而不能把"宋词"置于"唐宋诗学"之前,突出其在唐宋诗学中的实际成就。

为了说清唐宋诗学和宋词的关系,下面,把隋唐五代诗学对曲子词的影响放在选题之后、正文之前进行论述,帮助读者了解唐宋诗学对宋词的影响是在什么样的情况下起步的。

二、隋唐五代诗学与曲子词

从隋到初唐,诗词是同时起步的。由于诗歌是正体,受到朝野的一致重视。经过宫廷台阁的唱和较试、建章立制,五言律诗就成为科举考试的指定文体,到盛唐时达到了高峰。李白杜甫代表着唐诗的两种风格。中唐以后的诗歌就是沿着杜诗才学化的方向发展的,并且因诗人的个性化因素,运用才学的方法各自不同,形成了三个流派:平实浅易的元白诗派、好奇尚怪的韩孟诗派和瘦硬奇崛的苦吟诗派,已具备了宋诗的初步特色,并在不知不觉间开始了唐音向宋调的转化。而当时的曲子词还只是流调,历经隋、初唐、盛唐、中唐,还处于滥觞阶段,且发展缓慢。按照文学史上的惯例,一种先进的文体必然要对后进的文体产生影响。唐诗对曲子词的影响体现在词人特殊的身份上。早期的曲子词作者大多是诗人,这就决定了他们必然要用作诗的心态和方法来填词。盛唐诗坛上的大家偶尔也会填几首小词,不经意间就达到了唐宋词的化境。中唐以后文人士大夫词作增多,这些词多是当时盛行的诗歌,即晁补之所谓的"著腔子唱好诗"。晚唐诗歌格局不大,情感细腻。李商隐、温庭筠、韩偓诗歌抒写男女之情,情感惝恍迷离、引人入胜,与当时流行的曲子词区别并不大。五代十国时期,诗词开始分化。诗以言志,词以写情,而且以男女艳情为主。在诗词渐行渐远之际,晚唐五代诗学深刻地影响了词人的创作心态和审美理想。隋唐五代曲子词具有诗化和雅化两个特点。

(一)诗化特征

曲子词是西域燕乐和隋唐都市文化融合的产物,流行在歌楼妓院、茶坊酒肆等娱乐场所,生存环境决定了它的雅化要比一般音乐文学艰难得多。然而事实上,曲子词雅化还是比较容易的。因为唐五代词人同时兼具诗人身份,他们习惯用作诗的心态和方法来填词。在他们的潜意识里,把曲子词当做一种诗歌。顾夐《荷叶杯》云:"我忆君诗最苦。知否。字字尽关心。红笺写寄表情深。吟么吟。吟么吟。"①魏承班《诉衷情》:"高歌宴罢月初盈。诗情引恨情。"②他们所谓的诗就是曲子词。唐人曲子词有很多就是诗歌。曾昭岷等主编的《全唐五代词》副编卷一所收录的作品,如贺知章《柳枝》"碧玉妆成一树高。万条垂下绿丝绦。不知细叶谁裁出,二月春风是剪刀",③王之涣《梁州歌》"黄河远上白云间,一片孤城万仞山。羌笛何须怨杨柳,春风不渡玉门关"④等都是七言绝句。只要给这些七绝加上乐曲就可以歌唱。《全唐诗》卷二十四《杂曲歌辞》云:"诗之流有八名:曰行,曰引,曰歌,曰谣,曰吟,曰咏,曰怨,曰叹,皆六义之余也,至其协声律,播金石,总谓之曲。"⑤诗歌与曲子词是可以相互转换的。徒诗配上音乐就成了曲子词,而曲子词去掉音乐就是诗歌。薛用弱《集异记》"旗亭画壁"记载了唐代歌妓选乐唱诗的故事。由于诗词一体化,大凡唐诗所擅长的题材,如边塞、山水、田园、渔父等配上曲子即可歌唱。这无疑提升了曲子词的文化品位,也给世俗的曲子增加了清新之气和深沉之思。

元稹《乐府古题序》把诗歌分为二十四种,按配乐歌唱的方式归为两

---

① [五代后蜀]赵崇祚辑:《花间集校》,李一氓校,北京:人民文学出版社1998年版,第132页。
② 同上书,第166页。
③ 曾昭岷等编撰:《全唐五代词》,《副编》卷一,北京:中华书局1999年版,第953页。
④ 同上书,第958页。
⑤ 中华书局编辑部点校:《全唐诗(增订本)》,卷二四,北京:中华书局1999年版,第309页。

类:由乐以定词和选词以配乐。① 唐五代曲子词实兼备二者,既有给现成乐曲填词的,又有给徒诗配乐的。王灼《碧鸡漫志》卷一谈到"唐绝句定为歌曲"的情况:"唐时古意亦未全丧,《竹枝》《浪淘沙》《抛球乐》《杨柳枝》,乃诗中绝句,而定为歌曲。故李太白《清平调》词三章皆绝句。元、白诸诗亦为知音者协律作歌。"②这段话有两层含义:其一,唐代有些曲子,如《竹枝》《浪淘沙》《抛球乐》《杨柳枝》是专门唱绝句的;其二,唐人绝句配上《清平调》的曲子就成了曲子词;给诗歌配乐的往往是"知音者"而非诗人自己。唐人继承了南朝文学的传统,对诗歌创作中的人力工夫诸因素如四声、平仄、押韵、对仗、用典等很重视,诗歌创作由自然音节向人工音节过渡。人工音节中有些因素是有利于歌唱的,有些则不利于歌唱。曲子词本色雅化难就难在这里。明知一些因素并不适合歌唱,还要把它引入曲子词的创作。用不适合歌唱的方法,创作适合歌唱的作品。这是一个悖论。好在唐五代曲子词对音乐要求并不苛刻,这样以来创作的重心又回到了文学方面。

　　文学发展的规律是某种文体在初创时期,某些天才大家看似漫不经心的创作,往往就成了这种文体发展史上最高水平的代表作。从创作心态和方法上分析,大家创作依靠的是天才和喜好,后人依靠的是工夫和法度。李白以诗意为小词,从男女之情到讽谏时政,指出了曲子词雅化的一个可行途径。在不经意间达到了唐宋词的化境。黄昇《唐宋诸贤绝妙词选》卷一说李白的《菩萨蛮》《忆秦娥》"二词为百代词曲之祖"。③ 这个"祖"可不是乱认的,除了对前人的创作成就表示肯定以外,还表明后人的正宗嫡派意识。也就是说从李白之后,唐宋词雅化都是朝着这个方向发展的。李白这两首词不仅因为写作的年代早,更主要的是它指出了唐宋词雅化的方向,因而在词学史上具有重要意义。

　　唐代燕乐分十类,其中九类是从域外传入的,只有一种是来自民间的清乐。④ 刘禹锡通过对民间小调《竹枝词》的雅化来提升曲子词的品味。《竹枝词序》云:"四方之歌,异音而同乐。岁正月,余来建平,里中儿联歌《竹枝》,吹短笛击鼓以赴节。歌者扬袂睢舞,以曲多为贤。聆其音,中黄钟之羽。卒章激讦如吴声,虽伧儜不可分,而含思宛转,有淇、澳之艳音。昔屈原

---

① [唐]元稹:《元稹集》,卷二三,冀勤点校,北京:中华书局1982年版,第254~255页。
② [宋]王灼:《碧鸡漫志校正(修订本)》,卷一,岳珍校正,北京:人民文学出版社2015年版,第14页。
③ [宋]黄昇选编:《花庵词选》,《唐宋诸贤绝妙词选》,卷之一,中华书局上海编辑所编辑,北京:中华书局1958年版,第11页。
④ 中华书局编辑部点校:《全唐诗(增订本)》,卷二七,第374页。

居沅、湘间,其民迎神词多鄙陋,乃为作《九歌》,到于今荆楚鼓舞之。故余亦作《竹枝》九篇,俾善歌者扬之,附于末。后之聆巴歈,知变风之自焉。"①《竹枝》是教坊曲名,源于夔州一带民间小调。夔州风俗家喜巫鬼,祭神时必歌《竹枝》。刘禹锡概括了《竹枝》的三个特点:一是祭神奏乐,二是歌舞表演,三是斗歌比才。这种小调把祭祀歌舞和娱乐交织在一起。再从音乐构成上来说,前面是楚调,卒章是吴音,杂乱而不可区分。早在刘禹锡之前,唐代诗人顾况、刘商、元稹、白居易等都写过《竹枝》,认为此曲以悲怆著称。刘禹锡继承屈原《九歌》和杜诗的精神,把杂乱无章的祭神斗歌之类的内容淡化了,而用民间小词来歌唱山川形胜、风土人情和历史掌故,抒发他自己百折不挠的人生感慨。黄庭坚评论这组曲子词,特别突出它和杜诗的渊源。他说:"刘梦得《竹枝》九章,词意高妙。元和间诚可以独步。道风俗而不俚,追古昔而不愧。比之杜子美《夔州歌》,所谓同工而异曲也。昔子瞻尝闻余咏第一篇,叹曰:此奔轶绝尘,不可追也。"②与杜甫《夔州歌》典雅整饬、格律精严相比,这首词清新自然,富有地方文化色彩。苏轼、黄庭坚认为这组词也不让杜诗。

白居易与刘禹锡晚年常常作诗唱和,他们也唱和曲子词。白居易《忆江南三首》自注:"此曲亦名《谢秋娘》,每首五句。"③《谢秋娘》为李德裕所作,段安节《乐府杂录》云《望江南》:"始自朱崖李太尉镇浙西日,为亡妓谢秋娘所撰,本名《谢秋娘》,后改此名,亦曰《梦江南》。"④白居易改《谢秋娘》为《忆江南》,因为词中所忆为江南的风景、杭州、吴宫,与李德裕《谢秋娘》的内容无关。刘禹锡《和乐天春词忆江南曲拍为句》"春去也,多谢洛城人。弱柳从风疑举袂,丛兰裛露似沾巾。独坐亦含嚬",⑤已与江南无关,只是借用白居易《忆江南》的曲拍而已。刘白唱和词《杨柳枝》《竹枝》《浪淘沙》等都是借曲拍唱新诗,有些与词调还有一些关系,有些就没有了,属于刘禹锡所谓的"踏曲兴无穷,调同词不同"⑥的创作方法。如此以来,词乐剥离也就难免。刘禹锡喜欢在词中发议论,如《竹枝》"城西门前滟滪堆,年年波浪不

---

① [唐]刘禹锡:《刘禹锡集笺证》,卷二七,瞿蜕园笺证,上海:上海古籍出版社1989年版,第852页。
② [宋]魏庆之:《诗人玉屑》,卷之一五,王仲闻点校,北京:中华书局2007年版,第486页。
③ [唐]白居易:《白居易集笺校》,卷第三四,朱金城笺注,上海:上海古籍出版社1988年版,第2353页。
④ [唐]段安节撰:《乐府杂录》,[唐]崔令钦撰《教坊记(外三种)》,吴企明点校,北京:中华书局2012年版,第146页。
⑤ [唐]刘禹锡:《刘禹锡集笺证》,《外集》卷四,第1255页。
⑥ [唐]刘禹锡:《刘禹锡集笺证》,卷二七,第869页。

能摧。懊恼人心不如石,少时东去复西来",①又"瞿塘嘈嘈十二滩。此中道路古来难。长恨人心不如水,等闲平地起波澜",②《浪淘沙》"莫道谗言如浪深。莫言迁客似沙沈。千淘万漉虽辛苦,吹尽寒沙始到金"。③ 都是直接抒发忠而被贬的侘傺失意之情。

刘、白的曲子词更像诗歌,平淡闲雅之中透出人生的感慨。晚唐薛能也是用绝句来作词的,其"杨柳新声"由五首绝句组成。④ 他曾指出刘白《杨柳枝》文字生僻,不适合歌唱;⑤并且对当时学习白居易《杨柳枝》陈陈相因的现象不满。⑥ 他在曲子词中大量的运用典故,这使他的《杨柳枝》更难读。这说明中晚唐词人是用作诗的方法和心态来填词的,其中融入了一些诗化的因素,如诗意创新、运用故实、平仄对仗等特点。在他们创作观念里,曲子词与诗歌没有什么区别。

诗词一体是把双刃剑。有利的一面是借助诗歌成熟的创作方法和审美理想来提高曲子词的文化品位,使其能够与古代优秀的文化传统相对接,从而被上流社会和士大夫所接受。不利的一面是曲子词几乎被诗歌所取代,隋唐五代曲子词有很多都是唐人绝句、律诗,或者选取律诗中的一部分。有些借用长短句的形式,歌唱唐人的律诗绝句。给唐人律诗、绝句加上前缀后缀,主体部分依然还是诗歌。这种诗歌徒具曲子词之名,并无曲子词之实。也就是说曲子词娱宾助兴、深美闳约的特质它基本没有。词体内在的特质被诗歌所掩蔽,其独有的魅力并没有呈现出来。晚唐五代曲子词在雅化的同时,也蕴含着一个危机,它随时都会被诗歌所取代而销声匿迹。

(二)本色雅化

曲子词在繁盛期迎来了词体的雅化。词体雅化没有采取雅俗对立的方式,而是随俗雅化,即在不改变曲子词整体风格的条件下,用世俗的曲子词来抒写雅正的情感。西蜀号称天府之国,也是风流渊薮。生于斯地长于斯时的《花间集》中就有许多听歌观舞、流连风月,甚至于嫖娼狎妓的作品。在这些没有多少积极意义的曲子词中,也体现出了文人士大夫清雅的品格。孙光宪《浣溪沙》:"乌帽斜欹倒佩鱼。静街偷步访仙居。隔墙应认打门初。

---

① [唐]刘禹锡:《刘禹锡集笺证》,卷二七,第853页。
② 同上。
③ 同上书,第864页。
④ 曾昭岷等编撰:《全唐五代词》,《正编》卷一,北京:中华书局1999年版,第143页。
⑤ 同上书,第145页。
⑥ 同上书,第138页。

将见客时微掩敛,得人怜处且生疏。低头羞问壁边书。"①这首词写了一个狎妓过程。词人的重心不在于纵欲宣淫,而是抒写那种特殊环境下人性美好的那一面。词的前两句写官员狎妓时的装束,乌帽、佩鱼表明他的官员身份;斜欹、倒佩,表明他闲适自在的心情。狎妓与上朝服饰竟然一样,但心情绝不相同!静街,人迹稀少的小巷。偷步,无拘无束随意行走。仙居,神仙住的地方。唐人笔下的仙,往往是妓女或女冠。这个妓女住在一条寂静的小巷里,表明她不是当红的妓女。接下来重点写这个妓女一系列动作:隔墙就能听出谁来了,将见客人时眼神飘忽不敢正眼看人,最让人疼爱的是她有意与客人保持一定距离,临上床前还问客人你看墙上写的是什么字。上述动作连贯而传神,表明这个女子与那些市井猥妓不同,自有一股恬淡、安静的书卷气,其清纯可人的形象如在目前。孙光宪词中也写了很多妓女,其中以《浣溪沙》最有名。孙洙谓其绝无含蓄而自然入妙。② 这些词既没有比兴寄托,也引申不出家国情怀,但它真实自然、摇曳多姿,俚俗之中见高雅,香艳之中透清新。欧阳炯《浣溪沙》、③牛峤的《菩萨蛮》,④在五代词中属于另类,直接描写赤裸裸的性爱场面。令笔者惊讶的是这些词竟然还能入选本色清雅的《花间集》。这有什么说法呢?虽然这两首词内容特别了一些,但作者的用意不是想鼓扇淫荡之情,而是抒写人间真情。真情是无处不在的。这也证实了一个道理:曲子词高雅与否,不在于它选择了什么题材,而在于它抒发什么情感。晚唐五代是一个乱世,士大夫普遍缺乏社会责任感,只求奢靡淫乐。饮酒狂欢、纵欲狎妓的场景,在唐五代词中随处可见。更多的词人则是通过扩大曲子词的题材,用充实的思想来改变它情感上的萎靡状态。于是三教九流、五行八作的人们利用曲子词合辙押韵、便于记诵的特点,给他们行业知识配上流行的词调。这是唐诗很少采用的一种面向大众的普及教化功能。兵家用《望江南》来记诵兵法,佛教徒用《五更转》《十二时》来宣讲佛法,医者用《定风波》来演唱药方,商人用《长相思》诉说漂泊江西、有家难归的苦衷。儒生也借助曲子词来宣讲儒家的伦理道德,用《皇帝感》来宣讲玄宗御注的《孝经》十八章。这也是首次用曲子词来歌唱儒家的经典。⑤ 与此相同的还有《皇帝感》"新合千文皇帝感词"、《十二时行孝文》《十种缘》"父母恩重赞"、《十恩德》"报慈母十恩德"、《求因果》"孝义"、

---

① [五代后蜀]赵崇祚辑:《花间集校》,李一氓校,北京:人民文学出版社1998年版,第139页。
② 李冰若评注:《花间集评注》,卷七,石家庄:河北教育出版社1999年版,第164页。
③ [五代后蜀]赵崇祚辑:《花间集校》,第97页。
④ 同上书,第67页。
⑤ 曾昭岷等编撰:《全唐五代词》,《副编》卷二,第1206页。

《求因果》"悌让"等一些简单易行的道德规范和行为准则。这是生活在战乱时期普通民众最需要的知识。他们没有接受教育的机会,只能通过这些说唱来了解社会规则。他们认为社会之所以混乱,是因为礼崩乐坏而没了规矩。他们渴望恢复儒家的礼乐教化,重建社会秩序。什么三从四德、忠孝节义之类的词语出现在曲子词里。儒释道三教都用曲子词教化世人,曲子词的传播也使三教概念深入人心。另外,值得一提的是唐庄宗竟然用曲子词作为战歌来鼓舞士气。《旧五代史·庄宗纪》记载:"初,庄宗为公子时,雅好音律,又能自撰曲子词。其后凡用军,前后队伍皆以所撰词授之,使揭声而唱,谓之'御制'。至于入阵,不论胜负,马头才转,则众歌齐作,故凡所斗战,人忘其死,斯亦用军之一奇也。"①如此英雄豪情,在宋代豪放词中也不多见。唐五代曲子词题材非常广泛,几乎没有不可以用曲子词来表达的内容。

曲子词的雅化还体现在词学理论上。崔令钦的《教坊记》前有序,后有跋(后记),在序中说明教坊产生的缘由。初唐时期,太常寺掌管雅俗之乐。由于玄宗喜好俗乐,常在九曲观览太常歌舞杂戏。每次表演,天子与亲王家的艺人分为南北两朋,现场表演,一争高下。当时称为"热戏",类似于后世的对台戏,尤其是百尺幢之类的高空竿戏,常以出人意料的创意、新险惊奇的技艺拔得头筹。为了适应宫廷娱乐行业的发展,开元二年(714)正月玄宗设立左右教坊,负责传授俗乐歌舞杂戏等专门技艺。官设机构、厚其俸禄、高才荟萃、国师亲授,在这种优越的环境下唐代世俗娱乐行业获得了极大的发展。崔令钦躬逢其时,记录了这一盛事。《教坊记后记》是唐宋词学史上第一篇词学理论。一般经历过战乱的人,都把致乱原因归结给某一个人。崔令钦把战乱的原因归结为一种普遍的社会现象,这种现象在每个社会成员身上都有,除了人好逸恶劳的天性之外,还有精神上的自我放纵。是什么原因导致整个社会成员的自我放纵呢? 这与开天盛世有一定的关系。其时承平日久,自上而下文恬武嬉,把追求享乐、穷奢极欲作为人生目标。统治者倡之于前,士大夫随之于后。由于缺乏必要的道德规范,为了一己之享受,不惜损人利己,如悦人妻而图其夫,纳异宠而薄糟糠,重衽席而轻宗祀,贪美色而忽祸败,腼冒苟得而不顾宿诺等,②五常废弃,社会道德整体滑坡。教坊三百四十三曲,既是开天全盛的真实写照,又是玄宗荒淫误国的确凿证据。崔令钦谆谆于声色亡国,并无一语指斥玄宗。类似这种矛盾的心

---

① [宋]薛居正等撰:《旧五代史》,卷三四,北京:中华书局1976年版,第478页。
② [唐]崔令钦撰:《教坊记笺订》,《崔氏后记》,任半塘笺订,北京:中华书局2012年版,第187页。

态,在晚唐五代具有普遍意义。其时,文人士大夫很喜欢曲子词这种新兴的音乐文学形式,他们听歌观舞,流连忘返;但又觉得这种声色犬马的生活方式,与慎独修己、培养浩然之气的大丈夫人格不合,于是就出现了喜好和判断上的错位。喜好归喜好,判断归判断。晚唐五代词人热衷于填词,但又对温庭筠及其词评价甚低;他们频繁出入青楼妓院,却又大谈治理国家。当两种对立的思想汇集在一个人头脑中,慢慢就找到了一个新的平衡点。这个平衡点就是因俗化雅,曲子词的雅化也是从这一时段开始的。相比较而言,西蜀花间词的雅化是一种自觉行为,而南唐词的雅化是一种不自觉行为。

所谓的自觉行为就是有意识去做一件事。这件事经过认真思考,有明确的目标对象,以及所要达到的目标及方法步骤。西蜀词的雅化就是如此。从安史之乱到后蜀广政年间,经过近二百年探索,曲子词也到了收获期。于是有人根据本色清雅的标准确立一个选域,编选了一部词集。为了说明这一点,有人撰写词序,总结曲子词的历史,说明选编的标准和目的。编选者和作序者还多次聚会讨论词学观点,最后形成共识。《花间集叙》就是对西蜀词坛雅化过程的总括。

《花间集》编选标准是本色清雅。这个标准首先体现在《花间集》的词人、词作都是经过严格选择的,它与原生状态的晚唐五代曲子词不同,这就是所谓的"诗客曲子词"。编选者在每位词人名下标注了官职,说明这些词人的社会地位。既然是文人士大夫、宫廷词客,那么,他们对诗歌是很熟悉的,而且是用写诗的心态来填词的。其次《花间集》的题材仅有言情一种,其他各类题材都是从言情派生的。这与晚唐五代曲子词题材广泛,涉及现实社会的方方面面不同。就像品种单一、剪裁整齐的草坪,虽然不是原生状态,但也是编选者按照一定标准修剪的结果。再次,词序和词选其实是一个问题的两个方面,也就是说在思想上它们是一致的,但在表现的方式上各有侧重。词选通过划定选域、确立取舍标准、入选作品的数量、前后次序的编排等方式来体现编选者的意图;词序则是通过理论概括来阐述编选者的词学观念,并对词选的编纂标准、选词方法和审美理想等不为外人所知的深层原因进行介绍。二者之间的关系就像买卖和吆喝一样,买卖的是货物,吆喝的是卖点。卖点虽然不是实体,却是实体中最吸人眼球、打动人心,促成消费行为的那些特点。按照"卖什么吆喝什么"的原则,《花间集叙》吆喝的就是《花间集》的词学主张。欧阳炯在《花间集叙》中对赵崇祚本色清雅的编选标准推扬备至。说明他们的词学观点是一致的。

《花间集》是唐宋词学史上第一部文人雅词选集,除了本色清雅的词学思想,还有规范词体的作用。《花间集》所选的"诗客曲子词",也就是诗人创作的具有诗歌情调的曲子词,采用了诗歌的创作手法、语言典雅、句式规范、题材集中、情感高雅;所选的词人词作,采用的词调,以及配乐歌唱的方式,情感抒发的渠道等都是合乎规范的,对宋词雅化提供了可资借鉴的方法和路径。

《花间集》体现了晚唐五代西蜀词坛的词学思想。它的选域是一个时代,所选的词人也不局限在前后蜀词坛,还包括了晚唐词人温庭筠、皇甫松,后晋词人和凝、荆南词人孙光宪,主要以前后蜀词人群体为主。西蜀词人生活在一个相对封闭的环境中,其时社会秩序稳定,物阜民康。曲子词的雅化与后蜀孟昶勤政爱民、兴礼乐教化、刻印石板九经等举措有关,也是由曲子词自身的发展规律所决定的。曲子词经过长期的发展到了"诗客"手中,必然要按照"诗客"的审美方式进行创作。士大夫文化总是趋向高雅的。实现高雅的途径有很多种,既可以尚雅黜俗,也可以化俗为雅。唐五代词学史证明雅和俗不再是一组对立的概念,而是紧密相连的两个环节。于是在唐五代词中就出现了很多化俗为雅的词作。西蜀词坛就是沿着本色清雅向前发展的,而选取温庭筠作为典范就集中体现了这一点。温庭筠《菩萨蛮》是一组献给宣宗皇帝的词作。由于读者是特定的,所以词人在客观叙事中往往蕴含着寄托之意。寄托之意才是温庭筠要抒发的情感。此后花间词人就是沿着这个方向发展的,即使没有寄托,也能守住清雅的底线。

南唐是一个处于四战之地的偏霸之国。四战之地往往地瘠民贫,偏霸之国前景都不美妙。如何在乱世生存下去,是南唐统治者必须面对的一道难题。早在开国之初,先主李昇就制订了友好睦邻、与民休息的国策,"志在守吴旧地而已,无复经营之略也。然吴人亦赖以休息七年"。① 这个国策看似平淡无奇,其实是一着高棋:首先,与民休息就可以恢复国力赢得民心,与邻睦好就可以减少敌对发展自我。只有在和平环境下,才能实现国强民富的目标。其次,南唐政权是一个经过多次篡夺建立起来的小朝廷,内部派系林立,很难团结一致取得对外战争的胜利。新建政权需要有时间和空间来消除矛盾,凝聚力量壮大自我。自安史之乱以来,经过了二百年的战乱,人心思静。消弭战争、兴礼作乐、教化民众,才能赢得天意民心。

先主李昇熟谙人情世故,精通治国理政之道。他制定了割据江淮、保境安民的国策,存周边三国以为屏障,发展经济,训练军队,等待时机。此后,无论是争霸中原,还是举国归附,都有主动选择的机会。在李昇秉政的十二

---

① [宋]欧阳修撰,[宋]徐无党注:《新五代史》,卷六二,北京:中华书局1974年版,第768页。

年里,"于时中外寝兵,耕织岁滋,文物彬焕,渐有中朝之风采"。① 中主李璟即位次年就改变了国策,一度扩大了南唐版图,但也为此失去了称霸中原的机会。此后兵连祸结,尽失江北土地,降格为后周的附庸。至此,南唐覆没已成定局。南唐中主李璟、后主李煜和宰相冯延巳,既是国策的制定者,又是词坛上的主要词人,他们亲历了南唐帝国由盛转衰的全过程,在他们的词作里总有一种挥之不去的忧患意识。中主存词四首,都是闺怨词。《南唐书》记载了中主两首词。马令《南唐书》卷二十五:"王感化善讴歌,声韵悠扬,清振林木,系乐部,为歌板色。元宗嗣位,宴乐击鞠不辍,尝乘醉命感化奏《水调》词,感化唯歌'南朝天子爱风流'一句,如是者数四。元宗辄悟,覆杯叹曰:'使孙、陈二主得此一句,不当有衔璧之辱也。'感化由是有宠。元宗尝作《浣溪沙二阕》手写赐感化,曰:'菡萏香销翠叶残,西风愁起碧波间。还与容光共憔悴,不堪看。 细雨梦回清漏永,小楼吹彻玉笙寒。漱漱泪珠多少恨,倚栏干。''手卷珠帘上玉钩,依前春恨锁重楼。风里落花谁是主,思悠悠。 青鸟不传云外信,丁香空结雨中愁。回首绿波春色暮,接天流。'后主即位,感化以其词札上之。后主感动,赏赐感化甚优。"②后来,李煜又把这两首词抄录在自己词集前面,并题曰"先皇御制歌词"。③ 流行的曲子词是不登大雅之堂的,为什么南唐两代皇帝对这两首曲子词如此郑重其事呢?在这个不同寻常的举动里,蕴含着一段不为人知晓的隐情。

王感化歌唱的是晚唐诗人李山甫《上元怀古》二首中第一首的第一句。诗歌原文如下:

南朝天子爱风流,尽守江山不到头。
总是战争收拾得,却因歌舞破除休。
尧行道德终无敌,秦把金汤可自由。
试问繁华何处有?雨苔烟草古城秋。④

诗名为上元怀古。怀古是手段,伤今才是目的。李山甫所感伤情况在

---

① [宋]史□撰:《钓矶立谈》,朱易安、傅璇琮等主编:《全宋笔记:第一编》第4册,郑州:大象出版社2003年版,第221页。
② [宋]马令撰:《南唐书》,卷二五,李建国点校,傅璇琮、徐海荣等主编:《五代史书汇编》,杭州:杭州出版社2004年版,第5420页。
③ [宋]陈振孙:《直斋书录解题》,卷二一,徐小蛮、顾美华点校,上海:上海古籍出版社1987年版,第614~615页。
④ 中华书局编辑部点校:《全唐诗(增订本)》,卷六四三,第7414页。

南唐中主时期也有现实意义。中主即位以后,宴乐击鞠不辍。王感化借用李山甫这首诗歌中的第一句,连歌数四进行讽谏。李璟也熟知这首诗歌的内容,如后面的"尽守江山不到头。总是战争收拾得,却因歌舞破除休",因为语言太过尖刻而省略不讲,这才是王感化要讽谏的内容。所以,"元宗辄悟,覆杯叹曰:'使孙、陈二主得此一句,不当有衔璧之辱也。'"中主李璟把他的两首《浣溪沙》赠给王感化。这些词与王感化讽谏内容基本相合。李璟这二首《浣溪沙》都与战争有关,应该是李璟发动平闽之役后的作品。"菡萏香消翠叶残"一句表面上是写荷花遇秋逐渐衰残,实际上是在慨叹南唐的国运。"还与容光共憔悴,不堪看"一句最为沉痛。① 荷花盛于夏季,入秋后渐趋衰残。这个过程是不可逆转的,只能看着它一步步走向灭亡。南唐失去了入主中原的机会,从此再无希望,只能一步步沉入泥塘。这是词人内心真正痛苦的原因。

　　在李璟四首词中,一首是纯粹的闺怨,其他三首是战争,兼有闺怨。这是由南唐独特的地理位置和政治环境决定的。作为一个有为之主,李璟从内心里看不起其父李昪割据江淮保境安民的国策,他一直想扩大版图,恢复高祖、太宗的基业。只因为一个错误的选择,葬送了自己的雄心壮志,也把国家带入万劫不复的困境。这是对祖宗国家子孙后代都无法交代的。在李璟的两首词里都写到风中落花的意象,如"重帘静。层楼迥。惆怅落花风不定","风里落花谁是主,思悠悠"。李璟把南唐比作风中落花。南唐在后周、北宋连续攻击下,像暮春落花一样随风飘逝,沉入池塘化作泥土。李璟四首词在闺怨中蕴含着对国势的忧愁,与李煜的"春花秋月"同其沉郁。

　　李后主"酷信浮图之法,垂死不悟",②在曲子词创作中融入了禅宗的思维方式。禅宗就是从纷繁复杂的物象中发现事物的根本特征,稍加点化,从而达到顿悟的境界。李后主词的画面省净,语言简洁,就像唐代王维的山水诗一样。王国维《人间词话》称李后主词"神秀""不失其赤子之心""阅世愈浅,则性情愈真"等③,道出了李后主词的基本特点。李煜至情至性,即使那些写宫中女子梳妆打扮、没什么比兴寄托的艳情词,如《一斛珠》"晓妆初

---

① [南唐]李璟、李煜:《南唐二主词笺注》,王仲闻校订,陈书良、刘娟笺注,北京:中华书局 2013 年版,第 10~17 页。
② [宋]龙衮撰:《江南野史》,卷三,张光剑整理,朱易安、傅璇琮等主编:《全宋笔记:第一编》第 3 册,郑州:大象出版社 2003 年版,第 174 页。
③ 王国维:《人间词话》,徐调孚、周振甫注,王幼安校订,北京:人民文学出版社 1960 年版,第 197~198 页。

过"、①《玉楼春》"晚妆初了明肌雪"②,描写宫中宴乐的《浣溪沙》"红日已高三丈透",③甚至有些情色暧昧的《菩萨蛮》"花明月暗飞轻雾",④都是实写其事,同样也风情摇曳、引人入胜。李后主缺乏帝王的权谋韬略,但能以正常心态待人,其词情感逼真,随便抓住某个点稍加点染,就能给人留下深刻的影响。李后主耽于佛学,把善良的天性保持到死,也给所有的词作都倾注了真情,所以他的词篇篇都好。在晚唐五代,李后主扩大了曲子词的题材,提升了曲子词的品味,给世俗化的曲子词注入了富贵风流、高雅清新之气。李后主以其亡国之君独特感受,真实记录一个时代的风云变幻,引领了五代词雅化的方向。

冯延巳文采出众,有政治才能,但也有严重的缺点,如大言无实、急于功名、性情浮躁等,南唐的覆没与他有直接的干系。冯延巳掌握南唐大政十五年(946~960),与中主在位时间大体相等。中主急于政事,冯延巳"遂肆为大言,谓己之才略,经营天下有余,而人主躬览庶务,大臣备位,安足致理,元宗果谓然,悉委以政,凡是奏可而已"。⑤冯延巳掌握南唐的军政大权后,做的一件大事就是伐闽。宋人认为冯延巳伐闽之役因小失大,坐失入主中原的机会。陆游则有不同的看法:"元宗举闽、楚之师,境内虚耗。及契丹灭晋,中原有隙可乘,而南唐兵力国用既已弗支,熟视而不能出,世以为恨。予谓不然。唐有江淮,比同时割据诸国,地大力强,人材众多,且据长江之险,隐然大邦也。若用得其人,乘闽、楚昏乱,一举而平之,然后东取吴越,南下五岭,成南北之势,中原虽欲睥睨,岂易动哉!不幸诸将失律,贪功轻举,大事弗成,国势遂弱,非始谋之失,所以行之者非也。且陈觉、冯延鲁辈用师闽、楚,犹丧败若此,若北乡而争天下,与秦、晋、赵、魏之师战于中原,角一旦胜负,其祸可胜言哉!"⑥南唐政权内部派系林立,宋党孙党相互倾轧,内耗很大。冯延巳以幕府故人把持国政,未做任何准备即匆匆上路。所用诸人皆无才识,将帅无能、军队未经训练,在对闽楚南汉的战争中,稍遇抵抗即一溃千里。在与后周、北宋的战争中也是每战必败,尽失江北之地,削去国号降为附庸。即使不启战端,同样也是困境重重。而轻启战端,无疑是雪上加

---

① [南唐]李璟、李煜:《南唐二主词笺注》,第38页。
② 同上书,第119页。
③ 同上书,第80页。
④ 同上书,第85页。
⑤ [宋]陆游撰:《南唐书》,卷一一,李建国校点,傅璇琮等主编:《五代史书汇编》,杭州:杭州出版社2004年版,第5550页。
⑥ [宋]陆游撰:《南唐书》,卷二,第5484~5485页。

霜,加速了它的覆亡。

冯延巳词集原名《香奁集》,又名《阳春集》,①收录词作一百一十二首,几乎篇篇都是男女之情。通过今昔对比、聚散离合,抒发了深刻的情感,有些还蕴含着哲理。

冯延巳并不回避题材的庸俗,即使纯粹的狎妓词他也能写出新意。《忆江南》二首是一组狎妓词。其一"去岁迎春楼上月。正是西窗,夜凉时节。玉人贪睡坠钗云。粉消妆薄见天真。 人非风月长依旧。破镜尘筝,一梦经年瘦。今宵帘幕扬花阴。空余枕泪独伤心"。② 其二"今日相逢花未发。正是去年,别离时节。东风次第有花开。恁时须约却重来。 重来不怕花堪折。只怕明年,花发人离别。别离若向百花时。东风弹泪有谁知"。③ 这组词采用了联章的形式,上章是去年的艳遇,下章是今年的重逢。按说从艳遇到离别,从离别再到重逢,有始有终、情感上也比较完满,不会留下什么遗憾。但词人由于爱得太深,总感到欢愉短暂和相思痛苦。相约今年重来,今天终于团圆了。明年又如何呢?明年花开还能重逢吗?如果不能,你是否知道我的思念,理解我对花洒泪的心情?这组词无论是题材,还是情感都是前人写过的,一般不会有什么新意。但经过冯延巳的一番构思,就一往而情深。去年,今年,明年;花开,花落,花又开;重逢之后离别,离别之后又重逢,重逢以后再离别。反反复复,夹叙夹议,把普通的离别之情渲染得荡气回肠催人泪下。冯延巳出彩的地方在于其情感的深挚,构思总要比别人深一层,即使没有多少积极意义的羁旅狎妓,也令人柔肠寸断。

冯延巳多次写到女子的"严妆"。严妆是一种正式的梳妆打扮,只有在重要场合才有如此妆扮。《舞春风》:"严妆才罢怨春风。粉墙画壁宋家东。蕙兰有恨枝犹绿,桃李无言花自红。 燕燕巢时帘幕卷,莺莺啼处凤楼空。少年薄幸知何处,每夜归来春梦中。"④女子爱上了薄情儿。薄情儿一去无踪影。这个女子寂寞无聊,精心妆扮自己,希望自己更加漂亮,能拴住薄情儿的心。可惜,薄情儿只在梦中才会回来。《菩萨蛮》:"娇鬟堆枕钗横凤。溶溶春水杨花梦。红烛泪阑干。翠屏烟浪寒。 锦壶催画箭。玉佩天涯远。和泪试严妆。落梅飞晓霜。"⑤又是一首艳情词。词中女子在溶溶春水

---

① [宋]张侃撰:《张氏拙轩集》,卷五,《四库全书珍本·初集》,上海:商务印书馆民国二十四年影印清乾隆本,第23页。
② 黄进德编著:《冯延巳词新释辑评》,北京:中国书店2006年版,第167~168页。
③ 同上书,第169页。
④ 同上书,第103页。
⑤ 同上书,第147~148页。

中做了一场春梦。梦醒后,她含泪梳妆打扮。当年心上人因王命急宣一去未回。这个女子总想着他,为他妆扮等他回来。在每一次严妆的背后,都蕴藏着一段缠绵凄婉的故事。

冯延巳善写闲情。《鹊踏枝》:"谁道闲情抛掷久。每到春来,惆怅还依旧。日日花前常病酒。敢辞镜里朱颜瘦。 河畔青芜堤上柳。为问新愁,何事年年有。独上小楼风满袖。平林新月人归后。"①闲情是闲愁。开篇突兀而起"谁道闲情抛掷久",闲愁虽非切身之痛,但也令人不安。当我们因某事惴惴不安时,恨不能把心中所有的闲情全部抛弃。作为一个豁达的人,词人也认为自己早把心中的闲情抛掷到九霄云外了,谁知每到春来心情依旧惆怅。为了消愁不断饮酒,常常因此酩酊大醉。等酒醒了心中依然充满忧愁。长期的抑郁加上纵酒,以致于朱颜消瘦青春不再。春天来了,漫步河边,到大自然去散心。旧愁不去新恨又来,河畔青草,堤上新柳,到处都是忧愁。独立小楼,漫步平林,等到人去楼空,风满双袖,剩下除了作者就是闲情。闲情表现为心情不快,内心焦灼不安,它与时间环境心态等因素密切相关,不知因何而起,心情不快而又没有目标。冯延巳深得中主李璟的信任,多次拜相执掌国政。在派系斗争中经常受到对方的攻击,在复杂的人事纠葛中心理负担很重。冯延巳赖以进身的国老宋齐丘被对方陷害而死,这种无常之祸,随时也会降临到他自己身上。更何况冯延巳本人问题很多,本想建功立业但常常事与愿违;本想扩大版图,结果又亲自割让了江北土地;本想一统天下,还得三番五次求着人家俯首称臣。等后周政权稳固后,南唐的灭亡已是注定的事情。作为南唐的当国者,岂能不忧?这种忧愁不是因某件具体的事情而起,但与眼前的一切都有关系。

冯延巳没有留下多少文学理论。《五代诗话》云:"江南冯延巳曰:凡人为文,皆事奇语,不尔则不足观。惟徐公率意而成,自造精极,诗冶衍遒丽,具元和风律,而无澠涩纤阿之习。"②仁者见仁、智者见智,评价别人也是间接地评价自己。冯延巳评价徐铉的话,同样也适用于他自己。陆游《南唐书》称:"延巳工诗,虽贵且老不废。如'宫瓦数行,晓日龙旗,百尺春风',识者谓有元和词人气格。"③元和气格,是冯延巳与徐铉所共有的。冯延巳词也具有这种风格,即不用奇语,率意而成,自造精极,意境华美,无论卑气弱

---

① 黄进德编著:《冯延巳词新释辑评》,第5页。
② [清]王士禛原编,郑方坤删补:《五代诗话》,卷三,戴鸿森校点,北京:人民文学出版社1989年版,第169页。
③ [宋]陆游撰:《南唐书》,卷一一,李建国校点,傅璇琮等主编:《五代史书汇编》,杭州:杭州出版社2004年版,第5550页。

之习。

　　南唐词的雅化是在不自觉状态下完成的,没有专门的词学理论、反复讨论的过程、一部能体现自己风格的《词选》。由于词人身份特殊,词中充满了忧患意识。有些是具体可感的,更多是抽象模糊的。譬如李璟、冯延巳词中的情感就很隐晦,虽然无法确指,但闲愁遗恨也确实存在,并给读者留下深深的印象。西蜀词有喜有悲,南唐词则有悲而无喜。这就是范仲淹所谓的先忧后乐,属于典型的士大夫化的情感。他们眼睛所看到的人物景象,都能激发出家国情怀。南唐词虽然未经遴选,但在题材上与《花间集》相同,甚至在比《花间集》更为清雅。除了李后主几首词直接抒写亡国之恨,大部分词都是通过男女之情、今昔对比、节令变迁来体现作者内心隐约深微的情感。陈世修《阳春集序》说"公(冯延巳)以金陵盛时,内外无事,朋僚亲旧,或当燕集,多运藻思,为乐府新词,俾歌者丝竹倚而歌之,所以娱宾而遣兴也"。① 冯煦也称他说"俯仰身世,所怀万端,缪悠其词,若显若晦,揆之六艺,比兴为多。若《三台令》《归国谣》《蝶恋花》诸作,其旨隐,其词微,类劳人思妇羁臣屏子郁伊怆恍之所为"。② 界定了冯延巳词的创作环境以及雅化的途径。这些特点不是冯延巳词所独有的,而是南唐词共有的。

　　南唐和西蜀词人在不同的地域,不同创作环境下,用不同的方法途径完成了曲子词的雅化,为宋词本色雅化导夫先路。如果宋词按照这个轨迹发展下去,很快就可以实现词体的雅化,从流调上升为正体,从而成为一个时代主流的文学形式。时世推移,环境突变,宋词会沿着这个轨迹向前走吗?

---

① 黄进德编著:《冯延巳词新释辑评》,《附录》,北京:中国书店2006年版,第185页。
② 同上书,第188页。

上编　唐宋诗学与宋词创作

宋词并没有沿着南唐、西蜀词本色清雅的道路继续发展。因为外部环境发生了变化，词不得不随之改变。宋太祖、太宗对曲子词持蔑视态度，把它视为亡国之音。亡国君臣被掳以后处境艰难，在祸福无常生死难测的环境下，他们无法保持以往的创作状态。李煜终日以泪洗面，其词低徊哀婉充满今昔之感。其他偏霸之主，如孟昶、刘鋹、钱俶等皆不得善终。从五代入宋的词人孙光宪、欧阳炯等也备受猜忌，很少有新的词作。赵宋王朝是通过军事政变而建立的，相对汉唐王朝这个江山来得太容易了，容易到手的东西也容易失去。宋太祖及其后继者费尽心机，要把这个来之太易的江山世世代代传递下去。为此，他制订了防微杜渐的祖宗家法。①防的结果是把士大夫奋发图强、除弊革新的精神给"防"没了。赵宋王朝美其名曰皇帝与士大夫共治天下，但没有给士大夫提供建功立业的机会，士大夫也把过剩的精力用在日常琐碎事务上。以酗酒好色为例，李白斗酒诗百篇，长安市上酒家眠。他有钱也饮，无钱牵马换酒也要饮，且逢酒必醉，醉了就去狎妓，简单而率性。宋人却能搞出许多明目来，宋代士大夫只可用官妓侍宴却不能侍寝，于是他们就蓄养家妓。宋代用契约来管理家妓，从制度上保障了家妓的合法权益，也使雇主得到了更多实惠，士大夫也能遵守这些法规或契约。宋太祖杯酒释兵权时，用官职、土地、美色、亲情去腐蚀功臣宿将的意志，但首先被腐化了的是世家子弟。宋太祖慨叹这些纨绔子弟，除了饮酒听琵琶什么也不会。在这种醉生梦死、纵欲享乐的社会风气下，俚俗词不上台面，高雅词又不合时宜，晚唐五代的"诗客曲子词"因不服水土而惨遭淘汰，于是出现了宋初词作顿衰于往日的现象。

北宋一百六十多年，城市经济繁荣，给文人士大夫提供了一个听歌观舞、流连风月的社会环境。他们把五代十国时惴惴不安的一晌贪欢，变成了百琲邀妓、狂嫖豪赌。柳永的羁旅狎妓和闺门淫亵词是宋初词风的体现，它能够风靡词坛，说明它能适应当时的社会风气。赵宋王朝建立以后，社会风气不是向着淳厚朴实、奋发向上的方向发展，而是朝着纸醉金迷、歌舞享乐的方向堕落。宋词的雅化、理学的兴起，就是针对这种风气而产生的一种救赎行为。即

---

① 邓小南：《宋代"祖宗之法"的核心》，《党建》，2011 年 5 月 4 日，http://www.dangjian.cn/whdg/201107/ t20110726_260024. shtml. 访问时间：2016 年 3 月 5 日。

以宋词雅化为例,起初只是一种文人士大夫自觉的个性化行为。每个人都是根据自己的感觉来雅化的。前后词人之间、同门之间认可度并不高。宋词雅化也一直在走偏路,或追求词乐的流行,或追求文字的雅化。方向相同,途径各异;大家叠出,各有一偏。由于缺乏包容理解,即使某些被后世奉为典范的词人,在生前也没有受到多少关注。

南宋一百五十年,先是徘徊在战和之间,后又陷入权臣专制的泥潭。在恶劣的政治环境下,士风日趋无耻。士大夫生逢其时,在创作时往往心有余悸,"怕杀乌台旧案"。① 洪迈不无企羡的说:"唐人歌诗,其于先世及当时事,直辞咏寄,略无避隐。至宫禁嬖昵,非外间所应知者,皆反复极言,而上之人亦不以为罪。……今之诗人不敢尔也。"②罗大经说辛弃疾《摸鱼儿》"晚春"词:"使在汉唐时,宁不贾种豆种桃之祸哉! 愚闻寿皇见此词,颇不悦。然终不加罪,可谓至德也已。"③其实像这样的词句,在汉唐很少贾祸,而在宋代没有贾祸实属意外。孝宗性情宽厚,在他执政时期也没有权臣擅权。如果这首词出现在高宗时期,即使高宗慷慨大度、不予追究,秦桧也一定会让作者付出代价的! 对进步力量的打压,士气就会离散。在南宋后期,国家民族正在遭受前所未有的危机,而士大夫依然留恋歌舞,关心无关痛痒的清雅! 唐宋分属两种文化,形成了两种文学风格,士大夫尚雅黜俗的精神未变,只不过换了一种形式。

唐宋诗学对宋词创作上的影响,就是用诗歌成熟的方法理论来提高词的思想品位。宋诗创作表现为以文字为诗,以才学为诗和以议论为诗三种形式。④ 诗词一理、诗词一体,宋词受诗歌的影响也很深。下面,也是从这三方面来论述宋词创作上的特色。

---

① [宋]刘克庄:《后村词笺注》,卷一《贺新郎》,钱仲联笺注,上海:上海古籍出版社2012年版,第32页。
② [宋]洪迈撰:《容斋随笔》,《续笔》卷二,孔凡礼点校,北京:中华书局2005年版,第239~240页。
③ [宋]罗大经撰:《鹤林玉露》,《甲编》卷一,王瑞来点校,北京:中华书局1983年版,第12~13页。
④ [宋]严羽:《沧浪诗话校释》,郭绍虞校释,北京:人民文学出版社1961年版,第12页。

第一章　以文字为词

"以文字为诗"是一种文字游戏，①"以文字为词"亦然。宋词中的文字游戏形式有次韵、櫽栝、白战、嵌字、联句、集句、回文、调笑等。在此仅选取"櫽栝"一例，分析宋人以文字为词的特点。

作为一种创作方法，櫽栝在诗歌、散文、史传、辞赋等文体中早已有之，只是未成风气。櫽栝成为一种风气，是从苏轼贬谪黄州作《定风波》"与客相携上翠微"开始的。这首词櫽栝杜牧的七律《九日齐安登高》，写作时间是宋神宗元丰三年（1080）重九日。② 此后，效仿者云起，到南宋中后期还出现了櫽栝名家和櫽栝理论。下文试从櫽栝方式、櫽栝名家两方面分析其特点。

第一节　櫽栝方式

宋人櫽栝有三种方式：以诗度曲、櫽栝经典和櫽栝词作。

一　以诗度曲

"以诗度曲"，首次出现是在刘几的《梅花曲》"以介甫三诗度曲"里。杨晓霭教授把它作为一个词学术语引入学术界。其论文《"以诗为词"亦"櫽栝"创作词调歌曲》第一部分就是"以诗度曲"。杨教授对"以诗度曲"的定义是："以诗'度'曲，即借现有诗歌创作新的歌曲。"③笔者认为"以诗

---

① 胡明：《"以文为诗"和"以文字为诗"》，《河北师院学报（哲学社会科学版）》1984年第1期；王洪：《试论苏轼的"以文字为诗"》，《江西社会科学》1991年第5期。
② ［宋］苏轼撰：《东坡词编年笺证》，卷二《定风波》，薛瑞生笺证，西安：三秦出版社1998年版，第254页。
③ 杨晓霭：《"以诗为词"亦"櫽栝"创作词调歌曲》，《西北师大学报（社会科学版）》2007年第1期，第48页。

度曲"是借用曲调来唱诗歌,根据词体需要适当增减一些内容,使其适合于歌唱的需要。两个定义大同小异,只不过杨教授偏重于创作,笔者偏重歌唱的需要。歌唱是櫽栝的关键。

薛用弱《集异记》"旗亭画壁",记载了一个唐代歌妓唱诗的案例。① 唐诗不带音乐,要想唱它就得选用相应的词调。选诗以配乐,用腔子来唱诗歌。晁补之说黄庭坚词不脱诗人本色时,用了一个形象的说法:"黄鲁直间为小词,固高妙,然不是当行家语,乃著腔子唱好诗也。"②腔子就是词调,好诗就是唐宋诸贤的诗篇。这些被选作歌词的"好诗"有长有短,把它们纳入曲子有很多办法。有的选取整篇诗歌入词,如给五七言诗加上合适的词调,再根据词调的节拍,增添一些前缀后缀、韵脚之类,如张才翁的《雨中花》櫽栝张公庠的七律,刘几的《梅花曲》三首櫽栝王安石的七律《与微之同赋梅花得香字三首》,米友仁的《诉衷情》"渊明诗"櫽栝陶渊明的五古《饮酒》其五,贺铸的《替人愁》櫽栝杜牧的七绝《南陵道中》,贺铸的《晚云高》櫽栝杜牧的七绝《寄扬州韩绰判官》,胡仔的《水龙吟》櫽栝李贺的七古《美人梳头歌》,辛弃疾的《声声慢》櫽栝陶渊明的四言诗《停云》,卫元卿《齐天乐》櫽栝温庭筠的《江南曲》,程节斋的《水调歌头》櫽栝苏轼的《贺陈述古弟章生子》,蒋捷《贺新郎》櫽栝杜甫的五古《佳人》,无名氏的《点绛唇》櫽栝韩偓七绝《偶见》等;有些选取长诗中的一段配乐歌唱,如李清照《如梦令》櫽栝韩偓《懒起》;有些选取同一诗人的不同诗歌,或者不同诗人同一类型的诗歌,组合成一首新词,如辛弃疾《水龙吟》"爱李延年歌、淳于髡语合为词,庶几高唐、神女、洛神赋之意云",把汉代李延年的乐府诗、战国淳于髡讽谏齐王的说辞合为一曲,徐鹿卿《醑江月》"元夕上秘丞并引"把苏轼多首有关上元节的诗歌如《次韵刘景文路分上元》《上元侍饮楼上三首呈同列》《上元夜》"惠州作"和《上元夜过赴儋守召独坐有感》等櫽栝成一曲,赵鼎《满庭芳》"九日用渊明二诗作"櫽栝了陶渊明的两首九日诗《己酉岁九月九日》和《九日闲居》;篇幅较长,有一定故事情节的,则采用联章组词的形式,如杨万里《归去来兮引》四首櫽栝陶渊明的《归去来兮辞》,赵令畤《蝶恋花》"商调十二首"櫽栝西厢故事,曾布《水调歌头》七首櫽栝冯燕故事,郑仅《调笑转踏》十二首櫽栝历代女子故事,毛滂《调笑》"诗词"八首櫽栝历代美女故事,董颖《薄媚》"西子词"十首櫽栝西子故事,无名氏《调笑集句》八首櫽栝

---

① [唐]薛用弱撰,中华书局编辑部编:《集异记》,卷第二,北京:中华书局1980年版,第11~12页。
② [宋]赵令畤撰:《侯鲭录》,卷八,孔凡礼点校,北京:中华书局2002年版,第206页。

历代女子故事,可旻《渔家傲》"赞净土并序"二十首宣讲佛教净土宗教义,净圆《望江南》"娑婆苦六首"、《望江南》"西方好六首"分别讲俗世之苦与佛国之乐,惠洪《述古德遗事作渔父词八首》檃栝历代渔父故事,曹勋《散序》十一首檃栝道教故事等。唐五代诗人并不精通音乐,而精通音乐的乐工歌妓也未必擅长创作。他们合作的模式是诗人负责歌词创作,乐工歌妓负责配乐歌唱。也不是所有的诗歌都适合歌唱,按照人工音律组合而成的五七言律诗,与用自然音律歌唱的曲子词属于两个语音系统,二者之间会有很多的不协调,需要根据乐拍的长短和节奏,对诗歌进行必要的剪裁改编。同一首诗歌,可以剪裁成不同的词,苏轼《定风波》"重阳"、朱熹《水调歌头》分别檃栝杜牧的七律《九日齐山登高》,晁补之《洞仙歌》"填卢仝诗"、贺铸《小梅花》和林正大《满江红》分别檃栝卢仝的《有所思》。有些歌唱效果好一些,有些差一些,张志和《渔父》被苏轼、黄庭坚和无名氏分别檃栝成《定风波》《鹧鸪天》,而"以《鹧鸪天》歌之,更叶音律"。①唐宋时期乐府、声诗并著,流行著腔子唱好诗。所不同的是唐代以诗度曲主要是乐工歌妓的工作;宋代文人士大夫也参与其中,并逐渐成为檃栝词的主力。他们檃栝前贤时彦的诗歌,乃至辞赋、散文入词。这是宋词创作的新气象。

唐五代诗词界限不清,到了宋代也有类似的情况。有些词调是专门用来唱齐言诗的,"著腔子"唱的好诗以七言为主。歌七绝多用《竹枝》《小秦王》,歌七律多用《瑞鹧鸪》。② 这些诗歌在入词时,不需要作太多的改动。曲子的长短决定了改动幅度的大小。同一首诗歌,有人把它改为中调,有人度为小令。石曼卿《代意寄师鲁》是首七言律诗,关咏把它度为《迷仙引》,双片一百二十二字;赵鼎把它度为《河传》五十八字,篇幅相差一倍还多。把同一个诗人的一组七律度入同一个曲子,字数多少也不一样。刘几《梅花曲》"以介父三诗度曲"把王安石的《与微之同赋梅花得香字三首》度为《梅花曲》,字数分别是九十六、一百、九十二。《梅花曲》仅见于刘几的三首词中,一调三体,字数各不相同。田玉琪教授认为这是刘几的自度曲。③ 刘几精通音乐,在宋神宗元丰三年(1080)与范镇修订雅乐。他还与国工花日新、汴妓郜懿等交游,曾度曲并填词《花发状元红慢》赠郜懿。他既通雅乐,

---

① [宋]黄庭坚:《山谷词》,马兴荣、祝振玉校注,上海:上海古籍出版社2001年版,第152页。
② 杨晓霭:《著腔子唱好诗——宋人歌诗方法分析》,《西北师大学报(社会科学版)》2003年第2期,第44~48页。
③ 田玉琪:《词调史研究》,北京:人民出版社2012年版,第414页。

又精俗乐,主张吸收俗乐中的一些成分来改造雅乐。①

诗词相比,一般诗歌的篇幅短小,尤其是六七言绝句、五七言律诗入词时,需要增添一些成分才能与曲子相配。苏轼用"加语"、②黄庭坚用"续成"、③朱敦儒用"添作"等,④向子諲用"广声",⑤把张志和的《渔父》度为当时可以唱的调调。张志和的《渔父》既是诗歌,也是曲子词。《渔父》到宋代已经不能歌唱了,需要借助别的曲子来歌唱。于是苏轼把它度为《浣溪沙》,黄庭坚度为《鹧鸪天》。由于词的篇幅比诗长,需要增加一些成份,使其长短相匹配。程节斋《水调歌头》檃栝苏轼的《贺陈述古弟章生子》,苏诗五十六字,程词九十五字,篇幅扩大近一倍,增加了五韵和四个典故。张才翁把张公庠七律《游白鹤山》度为《雨中花》,由五十六字扩展为九十八字。他把八句拆为二十一句,四韵扩展为八韵。贺铸改某妓诗为词,上阕全部是词人增添的"分别之景色",⑥下阕才是妓女所赠七绝的内容。辛弃疾《丑奴儿》也是给绝句增添四个后缀,绝句是:"晚来云淡秋光薄,堂上风斜画烛烟。从渠去买人间恨,肠断西风十四弦",檃栝为《丑奴儿》是"晚来云淡秋光薄,落日晴天。落日晴天。堂上风斜画烛烟。从渠去买人间恨,字字都圆。字字都圆。肠断西风十四弦"。⑦穿靴戴帽以后,仍撑不起词体的架子。宋人别出心裁,把同类的诗歌合并组成一首新词。黄庭坚檃栝张志和《渔父》"乃取张、顾二词合为《浣溪沙》",又"因以宪宗画像求玄真子文章,及玄真之兄松龄劝归之意,足前后数句"合为《鹧鸪天》;⑧好事者继续为之,把它从小令扩展为七十字的中调《定风波》;⑨姚述尧《鹧鸪天》"昨夜东风到海涯",把王清叔的两首赏海棠诗檃栝为一首词;⑩叶梦得《念奴娇》

---

① 田玉琪、赵树旺:《刘几与花日新的交游——兼论北宋中期教坊乐和雅乐之改革》,《河北大学学报(哲学社会科学版)》2006年第3期,第112~117页。
② [宋]苏轼撰:《东坡词编年笺证》,卷三《浣溪沙》,薛瑞生笺证,西安:三秦出版社1998年版,第589页。
③ [宋]黄庭坚:《山谷词》,《鹧鸪天·词序》,第152~153页。
④ [宋]朱敦儒:《樵歌校注》,《浣溪沙》"玄真子有《渔父词》,为添作",邓子勉校注,上海:上海古籍出版社2010年版,第320页。
⑤ [宋]向子諲《浣溪沙》,《词序》,唐圭璋编纂:《全宋词》,王仲闻参订,孔凡礼补辑,北京:中华书局1999年版,第1246页。
⑥ [宋]吴曾撰:《能改斋漫录》,卷一六《乐府》,上海:上海古籍出版社1960年版1979年新1版,第484页。
⑦ [宋]辛弃疾:《辛弃疾集编年笺注》,卷八《丑奴儿》,辛更儒笺注,北京:中华书局2015年版,第885页。
⑧ [宋]吴曾撰:《能改斋漫录》,卷一六《乐府》,第473页。
⑨ [宋]吴曾撰:《能改斋漫录》,卷一七《乐府》,第498页。
⑩ [宋]姚述尧:《鹧鸪天》,《全宋词》,第2013页。

"南归渡扬子作,杂用渊明语"融入了陶渊明的《归去来兮辞》和《饮酒》其五。① 汪莘《乳燕飞》"汪子感秋,采楚词,赋此",所采楚辞有屈原的《离骚》《涉江》《九歌》《湘夫人》等篇目。② 单篇诗歌篇幅狭小,内容单薄,在檃栝为词时常常有捉襟见肘之叹。而把多篇诗歌檃栝为词,材料比较充实,选择余地大,更容易驱使才学,写出思想丰富情感充沛的词作来。

宋人以诗度曲可选择的范围很大,从先秦《诗经》《楚辞》到作者自己的诗词歌赋无所不包,比较受关注的诗人是陶渊明和苏轼。陶渊明生活在晋宋易代之际,与谢灵运并称为陶谢。历代诗论家对他们的评价也轩轾不一,在唐以前陶不如谢,在唐以后谢不如陶。钟嵘《诗品》列谢灵运为上品,是"国风"一系中的正派诗人。在中唐皎然的《诗式》中,谢灵运更被推崇为唯一的典范。宋人普遍喜好陶渊明,并且对陶渊明及其诗歌有了新的认识。这种转变是从苏轼开始的,张戒称之为"发明"。③ 苏轼发明陶诗的价值在于"外枯中膏"。用"枯槁"来评价陶诗,首创者是杜甫。杜甫《遣兴五首》其三云:"陶潜避俗翁,未必能达道。观其著诗集,颇亦恨枯槁。达生岂是足,默识盖不早。有子贤与愚,何其挂怀抱。"④杜甫认为渊明不合流俗,也未必合乎儒家的正道。陶诗如山人隐士,略显枯槁。陶诗好讲达生,是老庄的观点;关心儿子的材与不材,有悖儒家子不亲教的传统,陶渊明不是真正的达道者。对于杜甫这个观点,宋人多不赞成。这在崇尚杜诗的宋代诗坛上是极其罕见的。郭祥正《读陶渊明传》之二罗列了一大堆证据,证明陶渊明安贫乐道、不事奔竞,与孔门高足颜渊同类。⑤ 辛弃疾《书渊明诗后》犯了一个张冠李戴的错误,把杜甫的观点记到了苏轼账上。这并不重要,重要的是他认为陶渊明身似枯株、心如静水,没有非分之求,这不是闻道又是什么?⑥ 文学家从主观感受出发,凭经验来判断陶渊明是否闻道这一哲学命题。理由虽多,未必能说明问题。理学家则从学理上进行判断。魏了翁认为渊明有悠然自得之趣,超出历代诗人而符合儒者的情感。⑦ 真德秀说渊

---

① [宋]叶梦得:《念奴娇》,《全宋词》,第 993~994 页。
② [宋]汪莘:《乳燕飞》,《全宋词》,第 2818 页。
③ [宋]张戒撰:《岁寒堂诗话》,丁福保辑:《历代诗话续编》,北京:中华书局 1983 年版,第 463 页。
④ [唐]杜甫著,[清]仇兆鳌注:《杜诗详注》,卷之七,北京:中华书局 1979 年版,第 563 页。
⑤ [宋]郭祥正撰:《青山续集》,卷二,影印《四库全书》本。
⑥ [宋]辛弃疾:《辛弃疾集编年笺注》,卷一,第 58 页。
⑦ [宋]魏了翁撰:《鹤山先生大全文集》,卷五二《费元甫陶靖节诗序》,《四部丛刊初编·集部》第 205 册,据商务印书馆 1926 年版重印,上海:上海书店印行 1989 年版,第 6 页。

明之学,正从经术中来,故形之于诗,有不可掩者。① 两人着眼点大体相同,都在证明陶渊明的思想境界达到了很高的标准。这个标准绝非老庄之徒、方外之士所能有,是纯正的儒家思想。陆九渊的结论是:"李白、杜甫、陶渊明,皆有志于吾道。"②苏轼、朱熹论述陶渊明,都称颂其率性任真、真实无伪的性格和人生态度。两人枚举的事例也差不多,只是判断的方法略有不同。苏轼由言行溯及情感,而朱熹则溯及思想。

  杜甫把"枯槁"作为一个缺点,源自钟嵘《诗品》的"质直"。③ 质直就是缺乏文采。尽管钟嵘列举"欢言酌春酒""日暮天无云"等风华清靡的诗句,证实陶渊明诗歌并非全部缺乏文采,不可否认的是陶渊明大部分诗歌确实缺乏文采,有"田家语"般的朴实无华。陈师道延续了这个说法"陶渊明之诗,切于事情,但不文耳"。④ 苏轼也不否认陶诗的"枯槁",他给"枯槁"新的阐释:"所贵乎枯澹者,谓其外枯而中膏,似澹而实美,渊明、子厚之流是也。若中边皆枯澹,亦何足道。佛云:'如人食蜜,中边皆甜。'人食五味,知其甘苦者皆是,能分别其中边者,百无一二也。"⑤苏轼还说过:"渊明作诗不多,然其诗质而实绮,癯而实腴。自曹、刘、鲍、谢、李、杜诸人皆莫及也。"⑥苏轼改"枯槁"为"枯澹",减轻杜甫所赋予陶诗的贬义,还给"枯槁"增添了"外枯中膏"的新特点。外枯即杜甫所谓的"枯槁",中膏则包蕴无穷。内容与形式上的反差构成陶诗的风格,也是陶渊明为人处世的特色。"似澹而实美""质而实绮""癯而实腴",把陶渊明外在的放达和内心的热衷、行为上的无拘无束与内心的"眷眷王室"统一起来。如此以来,苏轼把陶渊明提到一个前所未有的高度。苏轼作诗,先学李、杜,晚喜渊明。⑦他对盛中唐诗坛上的大家做过认真的学习,选择陶渊明作为自己

---

① [宋]真德秀撰:《西山真文忠公文集》,卷三六《跋黄瀛甫拟陶诗》,《四部丛刊初编·集部》第 209 册,第 2 页。
② [宋]陆九渊:《陆九渊集》,卷三四《语录上》,钟哲点校,北京:中华书局 1980 年版,第 410 页。
③ [梁]钟嵘:《诗品笺注》,《诗品中》,曹旭笺注,北京:人民文学出版社 2009 年版,第 154 页。
④ [宋]陈师道:《后山诗话》,[清]何文焕辑:《历代诗话》,北京:中华书局 1981 年版,第 313 页。
⑤ [宋]苏轼撰:《苏轼文集》,卷六七《题跋·评韩柳诗》,孔凡礼点校,北京:中华书局 1986 年版,第 2109~2110 页。
⑥ [宋]苏辙:《栾城集》,卷之二一《子瞻和陶渊明诗引》,曾枣庄、马德富校点,上海:上海古籍出版社 2009 年版,第 1402 页。
⑦ [宋]苏辙:《栾城集》,卷之二二《亡兄子瞻端明墓志铭》,曾枣庄、马德富校点,上海:上海古籍出版社 2009 年版,第 1422 页。

创作上的典范。苏轼对陶渊明的发明不是孤立的,与自身的遭际密切相关。陶渊明蔑弃礼法、放任自我的人生态度和意到笔随、直抒胸臆的创作风格,对于生活在思想空间越来越狭小的北宋中后期的苏轼来说,确实是一个可遇而不可求的奇迹。在五言诗歌史上,曹植、陆机、谢灵运都比陶渊明影响大;李白、杜甫、白居易都比陶渊明成就高。相比之下,唯有陶渊明契合苏轼的精神追求。他活在世俗,追求精神上的超越。陶渊明的超越是任性而为,苏轼则是有意而为。陶渊明可以抛弃仕途经济、退隐田园,穷困时沿门乞讨,对于一饭之恩感激涕零。苏轼做不到这一点,他厌恶世俗、向往归隐,但仍努力与世沉浮,直到被排挤流放,卒于常州孙氏寓所。苏轼的遭遇具有普遍意义,随着城市经济的发展,知识也成为一种商品。士大夫以知识谋生,越来越被主流社会疏远,而他们又离不开主流意识主导的社会体制。脱离体制,归隐田园,追求心中的桃花源已变得很不现实。宋代文人士大夫,无论失意还是得意,都是陶渊明的崇拜者。陶渊明及其诗歌价值在宋代被发现,不是陶渊明有什么新的思想,而在于他具有宋人所希翼的那种情怀。宋人对陶渊明的再发现,更多的还是对自身生存环境的忧虑。同样的作家作品,在不同的时代、不同的文化背景下,可以读出不同的意蕴。每个评论家,在评论别人时先要打上他自己所处时代和个性的烙印。因为他是站在自身的立场上,有选择的接受前代作家作品和思想的。在同样一个时代环境氛围下,个性化的认知,往往会演化成社会化的共同认知;个性化的审美追求,也会演化成一个时代的审美理想。

南宋诗论家继承了苏轼的外枯中膏说,又赋予它新的内涵。曾纮说:"余尝评陶公诗语造平淡,而寓意深远;外若枯槁,中实敷腴,真诗人之冠冕也。"①姜夔说:"陶渊明天资既高,趣诣又远,故其诗散而庄,澹而腴,断不容作邯郸步也。"②曾纮和姜夔是江西诗派的诗论家,他们突出了陶诗平淡的一面。陶渊明率性任真,其诗有造语平淡的一面,也有情感激越的一面。不过,江西诗派需要平淡的一面。这种平淡的情感(曾纮所谓的"寓意"、姜夔所谓的"趣诣")是深远而非具体可感的,就像我们欣赏音乐、歌舞、美术、书法等艺术形式时所产生的那种审美体验。这些在陶诗中确实存在但不突出,可它对宋人来说非常重要。宋人以才学为词,抒发的是一些空灵模糊的意趣。这些是南宋诗论家对苏轼"枯槁说"的完善和补充。到了南宋时期,

---

① [东晋]陶渊明:《陶渊明集笺注》,《附录》一,袁行霈笺注,北京:中华书局2003年版,第616页。

② [宋]姜夔:《白石诗说》,郑文校点,北京:人民文学出版社1962年版,第30页。

诗词进一步融合。宋词也接受到陶诗的影响,形成一种气象浑厚、情感雅正的词风。

宋人以诗度曲就是为了歌唱。在实际改编中,会围绕着这个目的对原作做一些改动。无名氏《点绛唇》:"蹴罢秋千,起来慵整纤纤手。露浓花瘦,薄汗轻衣透。　见有人来,袜刬金钗溜。和羞走,倚门回首,却把青梅嗅。"①这首词檃栝韩偓的七绝《偶见》。韩偓《偶见》云:"秋千打困解罗裙,指点醍醐索一尊。见客入来和笑走,手搓梅子映门中。"无名氏添加了一些必要的细节,改变韩诗的一些疏误。韩诗"秋千打困解罗裙"并不合逻辑。秋千打困了,有各种休憩方式,不一定非要解下罗裙。而无名氏处理就很高明,"蹴罢秋千,起来慵整纤纤手。露浓花瘦,薄汗轻衣透",回答了为什么解下罗裙的问题。蹴罢秋千,先整一下纤纤手。因为长时间握住秋千绳索手很累,休憩时先要按摩一下手掌。露浓花瘦是深秋,其时秋高气爽,已不是酷暑难耐、浑身冒汗的盛夏。由于剧烈运动以致于汗湿罗裙,才有了解下罗裙的必要。无名氏高妙之处在于他处理这个问题时,没有给出一个明确的说法,而是把它放置在两可之间。词中只有解罗裙的理由,并无解罗裙的描写。韩诗的第二句"指点醍醐索一尊",也是在化用典故。典出杜甫《少年行》:"马上谁家薄媚郎,临阶下马坐人床。不通姓字粗豪甚,指点银瓶索酒尝。"②杜诗刻画了一位少侠的形象,外貌是白面,表明其身份的高贵,然后通过一系列不同寻常的动作,如临街下马、入屋登床、不通姓字、指点银瓶、索酒品尝,表现了白面郎的冷酷豪爽。杜甫在写少侠时,还不忘加一句"不通姓字粗豪甚"。这些举动即使在不拘礼法的少侠中也是出格的。韩偓把这个典故挪来描写闺中少女确实不妥。或许有事实上的真实,但没有文学上的必然。无名氏注意到了这一点,直接把这一句取掉了。接下来,变静态描写为动态刻画。韩诗"见客入来和笑走",简洁生动;无名氏的《点绛唇》"见有人来,袜刬金钗溜",则细密而传神。"袜刬"与前面"解罗裙"相应。因为解掉了罗裙,"袜刬"才露出来。"和羞走,倚门回首,却把青梅嗅",把一个少女含蓄害羞又略显尴尬的神态写活了。比韩偓诗"见客入来和笑走,手搓梅子映门中"更加生动。不仅有行动的描写,而且还有内心活动。这首词剔除了韩诗的粗率、不合逻辑,再加上一些生动的细节描写,把一首一般层次的诗歌变成了经典,其构思之巧妙,描述之细腻,令人观止。

---

① [宋]无名氏:《点绛唇》,《全宋词》,北京:中华书局1999年版,第4861页。
② [唐]杜甫著,[清]仇兆鳌注:《杜诗详注》,卷之一〇,北京:中华书局1979年版,第884页。

李清照的《如梦令》"昨夜雨疏风骤。浓睡不消残酒。试问卷帘人,却道海棠依旧。知否。知否。应是绿肥红瘦",①也是从韩偓的诗歌檃栝而来的。韩偓《懒起》原文是:"百舌唤朝眠,春心动几般。枕痕霞黯淡,泪粉玉阑珊。笼绣香烟歇,屏山烛焰残。暖嫌罗袜窄,瘦觉锦衣宽。昨夜三更雨,今朝一阵寒。海棠花在否,侧卧卷帘看。"②李清照檃栝这首词时,有三点值得注意:

其一,构思巧妙。李清照《如梦令》词起句不凡,一夜狂风阵雨,天亮之后,小园里面肯定是一幅凄惨景象:断壁残垣,树倒草偃。然而呈现在眼前的竟然是另外一幅画面:经过一夜风雨的滋润,海棠花开得正酣。这是生命的奇迹! 这种构思出人意料之外,细细推敲恰又在情理之中。一般作者绞尽脑汁苦思三天三夜,也未必能杜撰出如此奇异的美景。但在李清照的笔下娓娓道来,自然平实,丝毫不见斧凿之痕。

其二,描写细腻。李清照善于细节描述,而且是韩偓诗歌不具备或不突出的。《如梦令》不是对韩偓《懒起》全诗的檃栝,而是选择了最后四句,截取一幅画面。李清照给这幅画面增添了一些新的内涵,如懒起的缘由"浓睡不消残酒",询问海棠花的对话,都是原诗所没有的。原诗中"海棠花在否,侧卧卷帘看",是一个女子懒卧未起的画面,情感不突出,景象也不美。到了李清照笔下,这成了突出描绘的地方:先是急切的询问,再是漫不经心的回答,然后是女主人公的着意强调,"知否。知否。应是绿肥红瘦",一下子就使惜花之情跃然纸上。两个"知否"反复出现,在一般的《如梦令》中显得啰嗦,但在李清照这首词中,恰到好处的表现了对海棠花的关切。可谓天籁之音,自然而贴切。

其三,名言警句。李清照这首词的亮点还是对雨后海棠的描写。"绿肥红瘦",通过颜色、形状的对比,描写经过一夜春雨滋润后花叶的变化。没有对生活的热爱对海棠花的细致观察,是不会有如此名言警句的。该句的特点是描述真切,语言简练,使人过目不忘,留下不灭的印象。

这首小词,从一位女性词人独特的视角,展现了生活中很常见的一个场景,抒发前所未有的情感,把禅宗的思维方式用于词的构思写景,选取一幅画面留下诸多空白,该词情感具体而细腻,能够触发读者很多遐思,有余音

---

① [宋]李清照:《李清照集笺注》,卷一,徐培均笺注,上海:上海古籍出版社2002年版,第14页。
② [唐]韩偓:《韩偓集系年校注》,卷四,吴在庆校注,北京:中华书局2015年版,第737~738页。

余韵,达到了李清照词论所提倡的本色雅正才学三者相结合的创作标准,为宋词天才人力相结合的创作方法做了有意义的尝试。

不同作者檃栝同一首诗歌,往往立意有差别。苏轼、朱熹都檃栝过杜牧的《九日齐山登高》。杜牧《九日齐山登高》原文如下:

> 江涵秋影雁初飞,与客携壶上翠微。尘世难逢开口笑,菊花须插满头归。但将酩酊酬佳节,不用登临恨落晖。古往今来只如此,牛山何必独沾衣。①

苏轼把它檃栝为《定风波》:"与客携壶上翠微。江涵秋影雁初飞。尘世难逢开口笑,年少,菊花须插满头归。 酩酊但酬佳节了,云峤,登临不用怨斜晖。古往今来谁不老,多少,牛山何必更沾衣。"②朱熹把它檃栝为《水调歌头》:"江水浸云影,鸿雁欲南飞。携壶结客,何处空翠渺烟霏。尘世难逢一笑,况有紫萸黄菊,堪插满头归。风景今朝是,身世昔人非。 酬佳节,须酩酊,莫相违。人生如寄,何事辛苦怨斜晖。无尽今来古往,多少春花秋月,那更有危机。与问牛山客,何必独沾衣。"③

两词同源,改编者都加入了一些自己的感受,在情感上有一定的差别。

苏轼《定风波》忠实于杜牧的原意,他只是加了三个词缀,略微改动了几处文字。把杜牧的"古往今来只如此,牛山何必独沾衣",改为"古往今来谁不老,多少,牛山何必更沾衣"。杜牧这首诗歌的情感本来就达观。苏轼在檃栝时把一个反诘句变成两个,突出了杜牧诗中所提到的自然规则。"古往今来谁不老"与"古往今来只如此"略有不同,批评的对象不再是齐景公一人,也包括今天那些像齐景公的贪生怕死之辈。苏轼檃栝词多作于乌台诗案以后贬谪黄州时期,在内心深处仍存在着恐惧感,他选择了檃栝这种形式,在写作时思想也放不开。内山精也说苏轼的骊括词,好像彻底以徒诗的歌辞化为首要目标,始终以克制的态度作略微的调整而已。朱熹则将自己的感慨也交织其中,无拘无束地改编原篇。④ 他几乎拆分了所有的句

---

① [唐]杜牧撰:《杜牧集系年校注》,《樊川文集》卷第三,吴在庆校注,北京:中华书局2008年版,第371页。
② [宋]苏轼撰:《东坡词编年笺证》,卷二,薛瑞生笺证,西安:三秦出版社1998年版,第254页。
③ [宋]朱熹:《水调歌头》"括杜牧之齐山诗",《全宋词》,北京:中华书局1999年版,第2165~2166页。
④ 〔日〕内山精也著,朱刚译:《两宋骊括词考》,《学术研究》2005年第1期,第131页。

子,增加一些杜牧诗歌没有的内容,词的主题悄然发生变化。朱熹在词的下阕,增加了"人生如寄"一句,突出了人生的短暂和对待生死的达观之情;又增加了"多少春花秋月,那更有危机",只要自己方寸不乱就不会有什么问题。

  杜牧这首诗歌一洗晚唐的幽暗阴冷和牢骚惆怅,因而赢得了文学家苏轼和理学家朱熹的共同喜好。他们不约而同的选择了这首诗歌,表明了他们对杜牧这首诗歌的肯定。在抒发情感时,他们与杜牧不同。杜牧登高怀古,用齐景公登牛山而泣的典故,①批评其贪生怕死的人生态度。苏轼把这首诗歌情感扩大了一些,批评的对象不限于齐景公也包括今天像齐景公那样的人。朱熹把它上升到哲学的高度,认为人世间的一切危机都是庸人自扰,由患得患失的心态招致的。在疑神疑鬼的人看来,世间一切都充满了危机;在正常的人看来,世间只有春花秋月、天理流行。朱熹把古往今来所有的人、所有的事都包含进去,其广度深度已非一般文人士大夫所及。②

  宋代文人士大夫以诗度曲,与乐工歌妓著腔子唱好诗都是用流行的曲子演唱好诗,所不同的是文人士大夫櫽栝词还对诗歌意境进行改造。他们用点石成金之妙笔,变一般的诗歌为传世经典。这需要改编者谙熟词体的规则,具有深厚的文学功力,以及对人情世态的透彻之悟。这是一般乐工歌妓所不具备的,它只能出现在文人士大夫以诗度曲的词作中。这也算是宋代櫽栝词的一个意外收获吧!

二　櫽栝经典

  相对于诗歌,櫽栝辞赋的难度更大一些。辞赋篇幅长,动辄数百言,甚至上千言。要把这些篇幅较长的文字櫽栝为词,宋人想了不少办法。米友仁用剪裁法,赵令畤全摭其文、止取其意,林正大掠其语意,易繁为简。由于辞赋、散文、史传、诸子等文体没有配乐歌唱的特点,或因为脱离了音乐,才得以发展,其思想深刻、逻辑严谨、结构复杂、语言美妙,即使反复阅读、沉潜玩味也未必能懂。要把它变成百余字的歌词,似乎是强人所难。然而事实证明,宋人确实能做到这一点,而且还做得风生水起。

  任何一件成功的事情,细究起来都有深厚的历史积淀,櫽栝经典入词也不例外。在唐五代时期,櫽栝入词已经普遍存在。被櫽栝的多是儒佛道

---

① 吴则虞撰:《晏子春秋集释》,《内篇谏上第一》,北京:中华书局1962年版,第63页。
② [清]王奕清等撰:《历代词话》,卷七,唐圭璋编:《词话丛编》,北京:中华书局1986年版,第1229页。

兵家的经典,需要保持原意不变,且不能做太大的改动。晚唐五代檃栝词以普及教化为主,因为大部分人还是通过宗教、娱乐、集市、聚会、节日等各种社交活动来接受传统文化的。宋词中也有不少檃栝佛教、道教教义的词作,以传授宗教知识为主。檃栝经典入词也是如此。往往选择知名度很高的作品,用时下流行的新曲来歌唱。这些作品早已万口共传,也不需要借助曲子词的形式来传播。之所以还要檃栝传播,是为了扩大宣传,也是审美的需求,传统经典也要与时俱进、适应时代的需要。从这个意义上说,檃栝是一种具有宋代特色的再创造。

宋代文学的一个特点就是善于模仿。宋人学习前人风格,学得惟妙惟肖、传神阿堵。苏轼檃栝陶渊明《归去来兮辞》、黄庭坚檃栝欧阳修《醉翁亭记》、刘克庄檃栝韩愈《送李愿归盘谷序》等都是艺术成就很高的作品。在檃栝辞赋入词时,选用《哨遍》比较普遍。《哨遍》也称《稍遍》,是苏轼首创的词调。苏轼说:"旧好诵陶潜《归去来》,常患其不入音律,近辄微加增损,作《般涉调哨遍》,虽微改其词,而不改其意,请以《文选》及本传考之,方知字字皆非创入也。"①苏轼给朱寿昌(字康叔)解释说,创立这个词调就是为了檃栝陶渊明的《归去来》。为了确保陶辞风格不变,他微改其词而不改其意,甚至连词中每个字都出自陶辞,不敢擅自增加。那么,他是如何做到这一点的呢?

首先,作为一首乐曲,《哨遍》歌唱的难度不大。万树《词律》比较几首《哨遍》,认为它"此词长而多讹",②《康熙词谱》认为它体近散文,不拘平仄。③ 苏轼自度曲《哨遍》极尽散文变化之能事,适合表现其豪放之情。黄庭坚说用草书写碑刻,就像苏轼用《哨遍》檃栝陶渊明《归去来兮辞》一样不合体制。④ 苏轼的《哨遍》形式自由、歌唱随意,是一种新的吟咏形式。由于受外在的束缚较少,能自由表达内心的情感,比较适合抒写内心的不平之鸣。刘将孙说:"长篇极于《哨遍》《大酺》《六丑》《兰陵》,无不可以反复浩荡。而豪于气者,以为冯陵大叫之资。"⑤由于苏轼在宋代文化上的特殊地位,在诗词文赋上有许多追随者。那些效仿苏轼檃栝为词者,往往继承了

---

① [宋]苏轼撰:《苏轼文集》,卷五九《与朱康叔二十首》(之一三),孔凡礼点校,北京:中华书局1986年版,第1789页。
② [清]万树:《词律》,卷二〇《哨遍》,上海:上海古籍出版社1984年版,第456页。
③ [清]陈廷敬主编:《康熙词谱》,卷三九《哨遍》,长沙:岳麓书社2000年版,第1180页。
④ [宋]黄庭坚:《黄庭坚全集》,《别集》卷第一五《与李献父知府书》其二,刘琳、李勇先、王蓉贵校点,北京:中华书局2021年版,第1624页。
⑤ 李修生主编:《全元文》第20册,卷六二〇,[元]刘将孙:《新城饶克明集词序》,南京:凤凰出版社1999年版,第152页。

苏轼好自由发挥的特点,且越走越远。曹冠用《哨遍》檃栝苏轼《前赤壁赋》,"聊写达观之怀,寓超然之兴云";①刘学淇《松江哨遍》檃栝苏轼《后赤壁赋》,"今取其言之足以寄吾意者,而为之歌,知所以自乐耳"。② 都是借前人之作,抒发自己的情怀。这与苏轼恪守陶渊明《归去来兮辞》本意的檃栝方法,判然两途。

其次,苏轼采用了全撼其文的方法。《哨遍》前三句"为米折腰,因酒弃家,口体交相累"是全词的点睛之笔。这是苏轼从《归去来兮辞序》中总结出来的。陶渊明在序中谈到自己谋求做官以及挂冠离任的原因是:因家贫耕植不能自给,所以才出来做官;做官以后,身心交累,苦不堪言,于是因故去职。《晋书》《南史》本传谈到陶渊明辞职时,提到一个细节:郡遣督邮行县,吏白当束带见之。渊明不愿因五斗米向乡里小儿折腰,于是即日解印绶去。对于同一件事,渊明自叙和史传记述不同但都可能是真实的。只不过在叙述同一件事情时,选择的角度不同罢了。史传更重视外在的原因,而作者更留意内在的情感。苏轼并不在这些表象上纠缠,而是从本质问题入手概括渊明归去的原因,"质性自然,非矫厉所得。饥冻虽切,违己交病。尝从人事,皆口腹自役"。③ 袁行霈教授称这才是陶渊明辞官的根本原因。④ 宋人洪迈《容斋随笔》的观点更为通达,他说:"观其语意,乃以妹丧而去,不缘督邮。所谓矫励违己之说,疑必有所属,不欲尽言之耳!词中正喜还家之乐,略不及武昌,自可见也。"⑤在具体檃栝时,《哨遍》上阕是对《归去来兮辞》第一二段的概括,下阕是对第三四段的概括。详略有所不同,都抓住了陶渊明辞中的要害。陶辞要害就是它的思想。陶渊明思想以儒家为主,又有浓郁的道家色彩。朱熹说"陶渊明亦只是老庄"。⑥ 苏轼檃栝陶渊明人生态度时,加了一句《归去来兮辞》中没有的"我今忘我兼忘世"。⑦ 按"忘我",出自《庄子》;⑧"忘世"虽不见于《庄子》,但《庄子》中有与其相近的

---

① [宋]曹冠:《哨遍》,《全宋词》,北京:中华书局1999年版,第1995页。
② [宋]刘学淇:《松江哨遍》,《全宋词》,第3122页。
③ [东晋]陶渊明:《陶渊明集笺注》,卷第五,袁行霈笺注,北京:中华书局2003年版,第460页。
④ 同上书,第476页。
⑤ [宋]洪迈撰:《容斋随笔》,五笔卷一,孔凡礼点校,北京:中华书局2005年版,第841页。
⑥ [宋]黎靖德编:《朱子语类》,卷一二五,王星贤点校,北京:中华书局1986年版,第2987页。
⑦ [宋]苏轼撰:《东坡词编年笺证》,卷二《哨遍》,薛瑞生笺证,西安:三秦出版社1998年版,第286页。
⑧ [清]郭庆藩辑:《庄子集释》,卷五下《天运第十四》,王孝鱼整理,北京:中华书局1961年版,第498页。

"忘天下"。① 在《归去来兮辞》中确实有老庄思想的因素,如最后一段的"寓形宇内",就是《庄子》的"寄寓",也是苏轼常说的"人生如寄";"委心任去留",即"委任随意";"乘化以归尽",即"顺从造化""顺从自然","乐夫天命"即"乐天知命",这些都出自道家的典籍。这种人生态度是苏轼与陶渊明所共有的。苏轼用它来概括陶渊明,后人也用它来概括苏轼。徐经孙《哨遍》櫽栝苏轼《赤壁赋》,就用了"忘我忘世"。② 苏轼还用"且乘流,遇坎还止",③描述陶渊明的处世方式。"乘流坎止"出自贾谊《鵩鸟赋》的"乘流则逝,得坎则止。纵躯委命,不私与己"。④ 人生在世如木行水上,顺流则往,遇险难则止,一切全凭自然;把躯体交给命运不把它看作自己的私有。贾谊的这种人生态度也是渊明与苏轼共有的,他用起来恰切而自然。

苏轼一些哲学概念来自庄子,但与庄子本意不同。他给这些概念增加了新的内涵。王水照、朱刚说:"'寄寓'思想,在庄子那儿,是对人生有限的消极体认,是一种无可奈何的叹息;在苏轼这儿,便转化为对于人生的诗意的深刻阐发,对创造性活动的积极肯定,对世间利害得失的本质超越。苏轼的'寄寓'哲学,融合了儒家的创造精神与道家的超越精神,将创造性与超越性推阐为'寄寓'意义的两个方面,在'寄寓'上统一起来。"⑤宋人的许多观点来自前朝,宋人在继承这些思想时又给它赋予了新的内涵。这个内涵就是把个性舒展变成不断努力,这是宋代文化与前代不同的地方。

再次,苏轼櫽栝词创作,主要在黄州时期(1080~1084)。作者刚刚经历乌台诗案,历尽屈辱,总算保住了一条性命。黄州四年是苏轼仕途上的贬斥期,也是政治上的流放期、人生上的反省期。他有大块的时间来反思以往的言行并思考以后的打算,他的人生态度发生了变化,由奋发有为转向沉静凝练;创作风格也由开朗热情转向淡泊宁静。这种转化不是一蹴而就的,而是经历了两年半的深思熟虑,转折点是在元丰五年(1082)七月。苏轼在《念奴娇》"赤壁怀古"中抒发了"大江东去,浪淘尽,千古英雄"的怀古伤今之情。这是一种绝望的情感。到了七月既望所作的《前赤壁赋》中,绝望之情就化解了,变成了随遇而安、注重当下的新思想。这是苏学成熟的标志。

---

① [清]郭庆藩辑:《庄子集释》,卷五下《天运第十四》,第498页;《庄子集释》,卷一〇下《杂篇·天下第三十三》,第1084页。
② [宋]徐经孙:《哨遍》,《全宋词》,第3460页。
③ [宋]苏轼撰:《东坡词编年笺证》,卷二《哨遍》,第287页。
④ [汉]贾谊:《贾谊集校注》,《乙编》,王洲明、徐超校注,北京:人民文学出版社1996年版,第418页。
⑤ 王水照、朱刚:《苏轼评传》,南京:南京大学出版社2004年版,第561页。

苏学的核心是无论外在环境怎么变化，都要保持一颗平常心，随遇而安，在当下寻找出路。从外表上看，苏轼比以前收敛多了。诗歌的情感也淡化了，不再咄咄逼人了，代之而起的是含蓄蕴藉的哲理。正因为有这种转化，他才对陶渊明诗歌有了外枯中膏的新发现。元丰七年（1084），苏轼离开黄州后，所作的《陶骥子骏佚老堂二首》其一表达了对陶渊明的崇敬之情："渊明吾所师，夫子乃其后。"①表明他对陶渊明的崇敬超过了孔子。不是说陶渊明比孔夫子还要伟大，而是因为陶渊明的个性气质、人生态度更接近他自己。在谈到檃栝陶渊明《归去来兮辞》的缘由时说他和渊明心心相印，读渊明的诗辞就像陪渊明饮酒。正因为两人交心，他檃栝陶渊明的作品就有一些独特感悟。张炎评论苏轼这首檃栝词："《哨遍》一曲，檃栝《归去来辞》，更是精妙，周、秦诸人所不能到。"②对这首不够本色的檃栝词，竟然能给予如此高的评价确实令人惊奇。苏轼檃栝的是形式，突出的是精神，给宋代檃栝词一种新的生命。

苏轼《哨遍》在艺术形式上还不够完美，而黄庭坚檃栝欧阳修的《醉翁亭记》更进一步，在艺术形式和思想境界两方面都达到了很高的境界。关于黄庭坚的《瑞鹤仙》有各种说法，有人说它属于檃栝体，有人说它属于福唐体，还有人说它属于独木桥体。从词体功能上看，这三体都是文字游戏，只不过游戏的方式不同罢了。檃栝体就是把散文、辞赋、诗歌等文体改编成曲子词。从檃栝词的押韵方式来看，有些属于独木桥体，大约有十九首，③但绝大部分还是一般的檃栝体。檃栝体与独木桥体有一定的交集，是两个并列的概念。福唐体与独木桥体则是从属关系。独木桥体是大概念，并不局限于词体之中，在诗歌、散曲中也有独木桥体。任半塘《散曲概论》中有独木桥体的散曲。④ 罗忼烈《宋词杂体》中有宋词的独木桥体。⑤ 宋词独木桥体包括福唐体、骚体和一般独木桥体三个小概念。

独木桥体，也称一韵体，它的特征是从开头到结尾，一韵到底。从诗词押韵的趋势上看，诗词押韵同源异流：词韵出自诗韵；近体诗不需要歌唱，押韵比较严格；词需要歌唱，要适应字词的音变声变，押韵比较宽泛、形式多种

---

① ［宋］苏轼著，［清］冯应榴辑注：《苏轼诗集合注》，卷二三，黄任轲、朱怀春校点，上海：上海古籍出版社2001年版，第1175页。
② ［宋］张炎撰：《词源》，卷下，唐圭璋编：《词话丛编》，北京：中华书局1986年版，第267页。
③ 沈文凡、李博昊：《宋词中的独特体式——福唐独木桥体》，《社会科学辑刊》2006年第1期，第189页。
④ 任中敏：《散曲丛刊》，卷二，曹明升点校，王小盾、陈文和主编：《任中敏文集》，南京：凤凰出版社2013年版，第1083页。
⑤ 罗忼烈：《罗忼烈杂著集》，上海：上海古籍出版社2010年版，第301~304页。

多样、灵活自然。独木桥体反其道而行之,把众多的韵变成一个韵部的一个韵字,如同千军万马过独木桥,故称为"独木桥体"。黄庭坚《阮郎归》"效福唐独木桥体以作茶词",原文如下:

烹茶留客驻雕鞍韵。有人愁远山韵。别郎容易见郎难韵。月斜窗外山重韵。 归去后句,忆前欢韵。画屏金博山重韵。一杯春露莫留残韵。与郎扶玉山重。①

该词押八韵:"鞍""山""难""山""欢""山""残""山",其中四韵为"山",其他四韵与"山"隔句出现。按照独木桥的要求,间隔的四韵应与"山"字同韵且同音。沈雄说:"山谷《阮郎归》,全用山字为韵。稼轩《柳梢青》,全用难字为韵。"②辛弃疾《柳梢青》原文如下:

莫炼丹难。黄河可塞,金可成难。休辟谷难。吸风饮露,长忍饥难。 劝君莫远游难。何处有、西王母难。休采药难。人沈下土,我上天难。③

按辛弃疾词序"辛酉(1201)生日前两日,梦一道士话长年之术,梦中痛以理折之,觉而赋八难之辞",词分八难,每难一韵,共八韵,全用"难"字韵。依此类推,黄庭坚《阮郎归》应全押"山"字韵。在官韵中这些字同韵不同音;在福唐话中读音应是相同或相近的,故称为"福唐独木桥体"。古代以地域命名的文体如楚辞、吴体等,都具有该地的地域文化、语言特征。"福唐独木桥体"即用福唐话押韵的独木桥体。福唐体是独木桥体中的一种特殊形式。《全宋词》中"福唐体",也仅黄庭坚《阮郎归》一首,别无比对。按黄庭坚足迹不到福唐,为何会效福唐体,他效仿的对象是谁,其词用语押韵是否合乎福唐语的规范等一系列问题,有待进一步考证。不过,这些词具有游戏的色彩,似不必律之太严。

除了福唐体,独木桥体的另一种形式是骚体。骚体是用《离骚》中的语助词"些"字来押韵,如蒋捷《水龙吟》"效稼轩体招落梅之魂",④以及辛弃

---

① [清]陈廷敬主编:《康熙词谱》,卷六,长沙:岳麓书社2000年版,第181页。
② [清]沈雄撰:《古今词话》,《词品》上卷,《词话丛编》,第845页。
③ [宋]辛弃疾:《辛弃疾集编年笺注》,卷一四,辛更儒笺注,北京:中华书局2015年版,第1768页。
④ [宋]蒋捷撰:《蒋捷词校注》,卷一,杨景龙校注,北京:中华书局2010年版,第72页。

疾的《水龙吟》"用些语再题瓢泉,歌以饮客,声韵甚谐,客为之醼",①这些词形式上都押"些"字韵,真正的韵脚是"些"字前面的实词。这两首《水龙吟》每句实有两个韵脚,"些"是形式上的韵脚,或者骚体的标志。正因为有了这个标志,它才具有了一韵到底的特性,成为一首独木桥体词。

黄庭坚《瑞鹤仙》"环滁皆山也",既是一首独木桥体,也是一首櫽括词。作为独木桥体,该词押了十二个"也"字韵,且一韵到底;作为櫽括词,它把欧阳修的《醉翁亭记》櫽栝成《瑞鹤仙》。该词特点如下:

第一,《醉翁亭记》介于骈散之间,本身就是一篇游戏之作,连用二十一个"也"字。李扶九云:"从来文中用'也'字之多,无过于此,故独出一奇。"②作者善于用简单的判断句,来表达难以言说的情感。句法简洁,文辞优美,其间自有一种韵律美。黄庭坚选用独木桥体,连押十二个"也"字韵,把《醉翁亭记》中的奇特的"也"字韵移植到宋词中。所选择的形式与原作风格契合,这在宋代櫽栝词中还不多见。林正大《风雅遗音》指出黄庭坚词善于櫽括的特点:"一记凡数百言,此词备之矣。"③吴承学教授说:"欧阳修《醉翁亭记》全篇多用'也'字,故有一种摇曳生姿的风神,以独木桥体正是忠实传神之笔。"④笔者认为黄庭坚采用櫽栝加独木桥的形式,给欧阳修的游记名篇配上当时流行的词乐,使其神韵得以流传,是一种才力的体现。

第二,《醉翁亭记》自问世之日起,好事者就一直想给它配上音乐。欧阳修在世的时候,好奇之士沈遵前往滁州,用琴写其声,创作了琴曲《醉翁操》。欧阳修亲自撰写歌词,但琴声与歌词不合。欧阳修又依楚辞作《醉翁引》,好事者依其辞再制新声,粗合韵度,但琴声被歌词所束缚,不够自然。欧阳修去世后,庐山玉涧道人崔闲,再作琴曲《醉翁操》,由欧阳修的弟子苏轼谱写歌词。⑤ 据说是声调皆备,遂为琴中绝品。曾巩《跋醉翁操》说:"子瞻复按谱成《醉翁操》,不徒调与琴协,即公之流风余韵,亦于此可想焉。"⑥郭祥正仿效苏轼《醉翁操》填词一首,并认为苏轼原作"未工也"。⑦ 欧阳修、苏轼和郭祥正的《醉翁操》《醉翁吟》其实都是新作,与《醉翁亭记》没有

---

① [宋]辛弃疾:《辛弃疾集编年笺注》,卷一二,第1340页。
② [清]李扶九、黄仁黼编,段干木明校注:《古文笔法百篇》,卷之六,合肥:黄山书社2002年版,第68页。
③ [宋]魏庆之:《诗人玉屑》,卷之二一,王仲闻点校,北京:中华书局2007年版,第677页。
④ 吴承学:《论宋代櫽栝词》,《文学遗产》2000年第4期,第82页。
⑤ [宋]苏轼撰:《东坡词编年笺证》,卷二,薛瑞生笺证,西安:三秦出版社1998年版,第388页。
⑥ [清]王文诰撰:《苏文忠公诗编注集成总案》,卷三五,成都:巴蜀书社1985年版,第5页。
⑦ [宋]郭祥正撰:《青山续集》,卷二,影印《四库全书》本。

檃栝关系。黄庭坚的《瑞鹤仙》把一篇游戏辞赋檃栝成游戏词。虽然是双重游戏,但也投入了很多心血,解决了前人遗留的问题,堪称檃栝词中的上乘之作。

第三,檃栝词中比较难把握的是原作的情感尺度,因为这种情感在原作中是不明显的,而且是几种情感交缠在一起的。词本是酒边歌筵的小唱,并不适合表现复杂而含蓄的情感。黄庭坚自有其高明之处。他选择了檃栝加独木桥体的方式,把欧阳修赋中明显的特色整体移植到词中。在处理情感上,能够抓住《醉翁亭记》情感的关键。《醉翁亭记》的情感主要包含两点:一是政治斗争的失利,庆历四年(1044)八月,欧阳修被贬出朝,以龙图阁直学士出任河北都转运按察使;二是个人名誉受到玷污,庆历五年八月,因孤甥张氏案被以污名,落龙图阁直学士差知滁州。在这双重打击下,他内心的痛苦是很深的。他说"我遭谗口身落此,每闻巧舌宜可憎",①并自称"醉翁",取其年老衰颓,流连醉乡之意,他还说:"我时四十犹强力,自号醉翁聊戏客。尔来忧患十年间,鬓发未老嗟先白。"②然而他并没有因此消沉下去,《醉翁亭记》表现了作者乐山乐水、随遇而安的人生态度和旷达情怀。黄庭坚并没有对欧阳修的情感条分缕析、一一指明,而是后退一步做虚化处理,突出其不以物喜、不以己悲的儒者胸襟。而这正是欧阳修所要表达的,只不过他比欧阳修表述得更明白一点。黄庭坚聪慧过人,也曾从政多年数遭贬斥,他完全理解《醉翁亭记》中含而不露的那种情感,并用简短的文字把它表述出来。这一切又做得水到渠成,不露一丝斧凿痕迹。这是其过人笔力的又一次体现。

黄庭坚《瑞鹤仙》流行一时,甚至被称为"时文体"。③ 仿者云起,《全宋词》中独木桥体用《瑞鹤仙》词调的还有五首,如赵长卿《瑞鹤仙》"归宁都,因成,寄暖香诸院"、林正大《括贺新凉》"括醉翁亭记"、李曾伯《瑞鹤仙》"戊申初度自韵"、方岳《瑞鹤仙》"寿丘提刑"、蒋捷《瑞鹤仙》"寿东轩立冬前一日"等,而且全押"也"字韵。林正大的《贺新凉》"括醉翁亭记"成就较高,虽然没有达到黄庭坚的高度,但也给黄庭坚词高度的评价。

---

① [宋]欧阳修:《欧阳修诗文集校笺》,《居士集》,卷三《啼鸟》,洪本健校笺,上海:上海古籍出版社2009年版,第66页。
② [宋]欧阳修:《欧阳修诗文集校笺》,《居士集》,卷六《赠沈遵》,第162页。
③ [宋]方岳撰:《秋崖诗词校注》,卷三七《瑞鹤仙》,秦效成校注,合肥:黄山书社1998年版,第643页。

三 檃栝词作

宋人檃栝按照内容来分,有对整首词的檃栝和对词中部分内容的檃栝;按照作用来分,有对词作文本的檃栝和切合场景的檃栝。而檃栝内容和对词作文本的檃栝相重合,下面,依次论述对整首词的檃栝、对部分词的檃栝和切合场景的檃栝:

(一) 对整首词的檃栝

1. 黄庭坚檃栝王仲甫的《醉落魄》

绍圣元年(1094),黄庭坚因修《神宗实录》多诬,被贬涪州别驾、黔州安置,"言者犹以处善地为歉法。以亲嫌,遂移戎州"。① 元符二年(1099),黄庭坚迁移戎州。在戎州与他交游的有吴元祥、黄中行等人,黄庭坚檃栝王仲甫的《醉落魄》送给这两位朋友。檃栝这首词的原因,首先是该词虽有佳句,但斧凿痕明显且不入律,无法歌唱;其次,情绪低迷,与"蜗角虚名""解下痴绦"两词相同。后两首词不像是苏轼的作品,应该也是王仲甫的。黄庭坚把这三首颓废词都记在王仲甫名下。

王仲甫字明之。② 陈鹄《西塘集耆旧续闻》卷九记载王仲甫为翰林,权值内宿,有宫娥新得幸,仲甫因应制赋词泄漏宫掖秘闻被驱逐出朝,于是自号"逐客"。③ 因仕途失意而纵情花酒,《醉落魄》就是他醇酒美人,醉生梦死"逐客"生涯的真实写照。④ 黄庭坚也处在人生低谷期,但不赞同这种观点,于是作《醉落魄》一组四首词表明自己的观点。第一首题下有序:"旧有一曲云:'醉醒醒醉,凭君会取皆滋味。浓斟琥珀香浮蚁。一入愁肠,便有阳春意。　须将席幕为天地,歌前起舞花前睡。从他兀兀陶陶里。犹胜醒醒、惹得闲憔悴。'此曲亦有佳句,而多斧凿痕,又语高下不甚入律。或传是东坡语,非也。与'蜗角虚名'、'解下痴绦'之曲相似,疑是王仲父作。因戏作四篇呈吴元祥、黄中行,似能厌道二公意中事。"⑤说明写作的缘起,以下四首词意是:

---

① [元]脱脱等撰:《宋史》,卷四四四《黄庭坚传》,聂崇岐点校,北京:中华书局1985年版,第13110页。
② 叶烨、王兆鹏:《北宋词人王仲甫、王观事迹考辨》,《湖北社会科学》2006年第7期,第87~90页。
③ [宋]陈鹄撰:《西塘集耆旧续闻》,卷九,孔凡礼点校,北京:中华书局2002年版,第382~383页。
④ [宋]王仲甫:《醉落魄》,《全宋词》,第350页。
⑤ [宋]黄庭坚:《山谷词》,马兴荣、祝振玉校注,上海:上海古籍出版社2001年版,第115页。

第一首词先说饮酒的好处。酒桌临近华胥国,这个国家,非舟车足力之所及,饮酒以后,情绪高昂,一下子就进入了这个无帅长、无嗜欲、无夭殇、无爱惜、无利害、无畏忌、无痛痒的国度。更何况酒宴上还有无数的风花雪月,歌儿舞女,不醉怎么可能?醉酒如同作梦,一切皆是虚幻。暂时回避还是躲不过现实的忧乐。作新诗用新事排解心中闲适自得之情,像谢安携妓游山一样,自得其乐。在家里做一个快乐的人,在村里做一个镇静不乱的人,岂不更好?这首词用事独特,"家里乐天,村里谢安石",①据作者自注,出自"石曼卿自嘲,云:'村里黄幡绰,家里白侍郎。'"②石曼卿把黄幡绰与白侍郎并举,是用两人姓名(官职)的字面来自嘲,即村里酒旗飘扬,家中快乐无边。黄庭坚把这个典故略改一下,去掉"黄幡绰",加上"谢安石",取安若盘石之意,说在家里做个快乐的人,在外边做一个镇静沉着的乡绅。词人把要抒发的情感也含蓄委婉的说了出来。

第二首词说人生是由无数的忧愁烦恼堆砌起来的,忧愁烦恼多了,需要借酒浇之。古人云"百年三万六千日,一日须倾三百杯",③不是没有道理的。清早一杯扶头酒,如果不能化解胸中块垒,不妨像嵇叔夜玉山倾颓大醉一场。凡事都有一个度,过了这个度就享受不到酒中的乐趣了。人自由自在地活着,日高春睡平生皆足。这时听到敲门声,有人送来亲贤宅的名酒:安乐、春泉、玉醴和荔枝绿。如果醉得不省人事,就品味不到春睡的乐趣和名酒的滋味。

第三首词有一小序:"老夫止酒十五年矣。到戎州,恐为瘴疠所侵,故晨举一杯。不相察者乃强见酬,遂能作病。因复止酒,用前韵作二篇,呈吴元祥。"④黄庭坚此前已经戒酒十五年了,到了戎州后,地气湿热,恐为瘴疠所侵,每天早晨饮酒一杯。结果被朋友们发现,认为他能饮,于是宴会上强迫他饮酒。由于担心饮酒患病,于是再次戒酒。饮酒致幻,人生就像槐安国。富贵功名不过是过眼烟云,随风飘逝。劝人不要饮酒,但别人总是不听。每次都是一饮而尽,赢得酒桌上的一笑。士大夫如此,民间也是如此。物阜民丰,酒贱民也乐。百姓赊账,也要博一醉。醉看甘霖普降,来年定有一个好收成。词中用了"二千石"这个典故。"二千石"是地方长官(郡守)的俸禄。黄庭坚给它赋予了新义,就是这个词语的字面意义。老天关注民

---

① [宋]黄庭坚:《山谷词》,第 115 页。
② 同上。
③ [唐]李白著,[清]王琦注:《李太白全集》,卷之七,北京:中华书局 1977 年版,第 369 页。
④ [宋]黄庭坚:《山谷词》,第 119 页。

生,一场大雨浇透了田地,明年咱百姓都有二千石的俸禄。

第四首,饮酒后情绪高亢,滞留醉乡不忍归来。醉乡路远,不知去中国几千里,往往是有去而难回。对于酒徒来说,不饮酒就失去了心态的平衡。我也曾经沉溺于酒,终因身体不好放下了酒杯,换上一碗淡不托(汤面条)。生活在异乡,米珠薪桂。饭后摩挲肚皮,鼓腹而游。等到明年小麦成熟,鬓边绿丝变成轻霜。人生就这样短促,为什么要活得糊里糊涂的呢?

吴元祥得意于酒,与世相忘,黄庭坚《陶兀居士赞》是写他的。他常常喝得糊里糊涂的,出来进去让人扶着,一撒手就钻到桌子底下去了。① 黄中行好酒兼好色,黄庭坚《采桑子》就是赠他的。词云:"宗盟有妓能歌舞,宜醉尊罍。待约新醅。车上危坡尽要推。 西邻三弄争秋月,邀勒春回。个里声催。铁树枝头花也开。"②这位同姓宗盟好养家妓。家妓能歌善舞,擅长劝酒行令。他请黄庭坚尝新酿的酒。黄庭坚推辞道"车上危坡尽要推"。就是说年岁大了,体力不支,就像推车上坡一样竭尽全力,不敢饮酒误事。酒席上,这个家妓很漂亮,可与秋月争辉;还吹得一口好笛子,不要说吹落梅花,就连春天也能吹回来。她最擅长行令劝酒,据说她连铁树也能劝开花。不用说这次又喝醉了。

黄庭坚这组词,与以前的櫽栝词略有不同。以前櫽栝都是修改字句,立意基本不变。这首词除了词调未变,其他因素全变了。如果说是一组新词,它与旧作有着必然的联系。笔者仍把它作为一组櫽栝词来看待。它展现了一个新的黄庭坚的形象。黄庭坚从绍圣元年(1094)十二月责授涪州别驾、黔州安置。直到写这组词的元符二年(1099)还在戎州贬所。黄庭坚是一位低调的士人,他不像苏轼、秦观那样少有大志,终生为之奋斗不休。他是一位博学的书生,一生心血用在作诗上。从这组词里,可以真切地感受黄庭坚的人生态度。人在低谷,精神不能垮掉,行为要有节制。他反对王仲甫式的颓废,也不赞成吴元祥、黄中行式的沉溺。在艰难时期,或许干不成什么事情,至少要保持头脑的清净和生活的正常。他认为这种态度,应该符合两位朋友的意中所想。

李吕《醉落魄》"因效山谷道人'陶陶兀兀'之句""法其体",③他所效仿的是黄庭坚词的句法体式,抒发的是一种闲适之情,也就是他所说的"遣

---

① [宋]黄庭坚:《黄庭坚全集》,《正集》卷第二二,刘琳、李勇先、王蓉贵校点,北京:中华书局2021年版,第512页。
② [宋]黄庭坚:《山谷词》,第241页。
③ [宋]李吕:《醉落魄》,《全宋词》,北京:中华书局1999年版,第1915页。

兴",而不是君子处困境中的操守。由此,可见黄庭坚的伟岸人格。

2. 黄庭坚"窜易前词"

黄宝华教授说:"绍圣二年,山谷被指控为修撰《神宗实录》失实多诬,贬为涪州别驾黔州安置,此词当是他赴黔途中经过夔州巫山县时所作。作为一个知名诗人,山谷受到了地方官的热情接待,还游览了峡中的山水奇胜;但作为一个逐臣,他的内心又有着难以排解的抑郁忧闷。山谷把这两方面的情感编织在同一首词中,通过乐与悲的多层次对比烘托,突现出他在贬谪途中去国怀乡的忧闷之情。"①

《醉蓬莱》原作是这样的:

> 对朝云叆叇,暮雨霏微,乱峰相倚。巫峡高唐,锁楚宫朱翠。画戟移春,靓妆迎马,向一川都会。万里投荒,一身吊影,成何欢意。 尽道黔南,去天尺五,望极神州,万里烟水。樽酒公堂,有中朝佳士。荔颊红深,麝脐香满,醉舞裀歌袂。杜宇声声,催人到晓,不如归是。②

《醉蓬莱》窜易后是这样的:

> 对朝云叆叇,暮雨霏微,翠峰相倚。巫峡高唐,锁楚宫佳丽。蘸水朱门,半空霜戟,自一川都会。虏酒千杯,夷歌百转,迫人垂泪。 人道黔南,去天尺五,望极神京,万种烟水。悬榻相迎,有风流千骑。荔脸红深,麝脐香满,醉舞裀歌袂。杜宇催人,声声到晓,不如归是。③

这首词修改的幅度不大,主要是中间叙述描写部分。未窜易前写得比较质实,迁谪途中受到当地地方官的厚待,是这样的——"画戟移春,靓妆迎马,向一川都会",刻画了一幅盛大的欢迎场面:巫山知县宋肇率领人马,打着各种仪仗来欢迎他,在县门外还有一群盛装的群众迎接他和马队,整个平地上都是欢迎的人群。这让我们想起了黄庭坚在京城所受到的不公正待遇,拘押陈留,没人敢来探望,随时面临不测之祸;当权者必欲置之死地而后快。而到了外地,巫山的故友和淳朴的人民,还把他作为贵宾来迎接。这种

---

① 黄宝华:《醉蓬莱赏析》,唐圭璋等撰:《唐宋词鉴赏辞典·唐·五代·北宋卷》,上海:上海辞书出版社 1988 年版,第 773~774 页。
② [宋]黄庭坚:《山谷琴曲外篇》,卷一,吴昌绶、陶湘辑:《景刊宋金元明本词》,北京:中国书店 2011 年版,第 563 页。
③ [宋]黄庭坚:《山谷词》,第 20 页。

热烈的场面,使他想起了自己贬客的身份,"万里投荒,一身吊影,成何欢意"。正因为贬谪的身份,使他只有感激之情而没有愉悦之感。下阕抒发这种复杂的情感:此去黔南,地势很高,望极神州,思念魏阙。在偏远的巫山县,迎接他的宴会上有来自中朝的佳士,还有当地的土著居民。酒过三巡,脸上泛着荔枝红;宴堂里飘着麝香,在半熏半醉中欣赏歌舞。这是一种多么难得的人生景象啊。这时突然传来杜宇的叫声,让人顿生梁园虽好,却非久留之地的感慨,一下子思念起自己的家乡来。

修改以后,把"乱峰相倚"变成"翠峰相倚",一字之差,感受不同。把"锁楚宫朱翠",变成"锁楚宫佳丽","朱翠"是颜色,指山水景物,"佳丽"是美人,用美人来形容山水,更形象具体一些。欢迎仪式上"画戟移春,靓妆迎马,向一川都会",为"蘸水朱门,半空霜戟,自一川都会",画面集中,而且对仗工整。改动较大的是把欢迎仪式上他自己身份的感受"万里投荒,一身吊影,成何欢意",变成"胪酒千杯,夷歌百转,迫人垂泪",增加了宴会上热烈的场面,减少了自己的感受。像这种描述点到为止,没有作大肆渲染。

下阕改动较小,把"尽道黔南"变为"人道黔南",把"望极神州,万里烟水"变为"望极神京,万种烟水",改的是表述程度,修改后逻辑更为顺畅。"尽道"是全部都这么说,"人道"是据说、有人说。二者相比,"人道"更合实际,至少不那么绝对。"神州""神京",都是指代中原地带。"神州"比较宽泛,常常是中国的代名词,"神京"则比较具体,仅指京城。"万里""万种"都是指距离的遥远。"万里"虽有夸张但更具体一些,"万种"也是指距离遥远,通过品类繁杂表示距离之远、各地山水的不同。这些词组合在一起,就会发现经过修改后表述更加准确了。地方小了,距离远了,话也不那么绝对了。在欢迎的宴会上"尊酒公堂,有中朝佳士",是写出席宴会的人物,应该是比较真实的。因为中朝佳士与当地土著之间的差异是比较明显的。修改以后变成了"悬榻相迎,有风流千骑",意在突出人物之间的差异,既有中朝佳士,也有彪悍风流的千骑。这里还出现一个上文没有的新词汇"悬榻相迎",该典出自范晔《后汉书·徐穉传》。[①] 用这个典故,突出他们过去的交游。黄庭坚元祐八年(1093),在京城任职期间与巫山县令宋肇有诗歌唱和。贬谪之中,故人重逢,他得到宋肇的厚待。"杜宇声声,催人到晓"和"杜宇催人,声声到晓",只是调换了词组的位置,但突出的部分不同。未修改前的"杜宇声声,催人到晓",突出的是"声声",修改后"杜宇催人,声

---

① [刘宋]范晔撰,[唐]李贤等注:《后汉书》,卷五三,北京:中华书局1965年版,第1746页。

声到晓",突出的是"催人"。突出的内容不同,给人的感受也就不同。

黄庭坚《玉楼春》序云:"当涂解印后一日,郡中置酒,呈郭功甫。"黄庭坚于崇宁元年(1102)六月初九日领太平州事,九日而罢。这首词作于"解印后一日"的六月十八日,体现了黄庭坚宠辱不惊的心态。词云:"凌歊台上青青麦。姑熟堂前余翰墨。暂分一印管江山,稍为诸公分皂白。　江山依旧云空碧。昨日主人今日客。谁分宾主强惺惺,问取矶头新妇石。"①这首词上阕写景叙事。写景包括陵歊台和姑熟堂,这是当涂的风景名胜。叙事是出任太平州知州一事。事情比较简单,线索也很清楚,难的是黄庭坚在这里运用了一些典故,委婉含蓄的写出了他此时的心绪。"陵歊台"是宋孝武帝的离宫,黄庭坚写陵歊台用了"青青麦"这个修饰语。一方面是当时景色的描写,另一方面还是用事。时值农历六月,小麦已经收割。作者看到青青一片的应该是稻类植物,之所以用"青青麦"这个典故,就是借箕子《麦秀》诗表达"黍离麦秀"之情。姑熟堂前余翰墨,引起读者对李白《姑孰十咏》的遐想。叙述部分用了"管江山"和"分皂白"两个典故。黄宝华教授说:"经过迁谪的动荡磨难,忧患余生的山谷已把做官一事看得十分淡薄,所以他把此事自称为'管江山''分皂白'。'管江山'实际是'吏隐'的代称,亦即把做官作为吏隐的一种手段,不以公务为念,优游江湖,怡情山林,亦官亦隐。"②暂,临时。稍,微。用这两个修饰语,表明山谷淡然超脱的态度。下阕写罢官宴会上的情景。江山依旧,云卷云舒,一片澄碧。人事上却发生很大的变化。昨天还是这片土地的主人,今天就成了诸公的客人。所谓的主人客人也只是一般人的感觉。试问矶边的新妇石,这片江山何曾有过什么主人?

这首词写完之后,黄庭坚对它进行修改,谓之"窜易前词"。修改后的词作是:"翰林本是神仙谪。落帽风流倾座席。坐中还有赏音人,能岸乌纱倾大白。　江山依旧云横碧。昨日主人今日客。谁分宾主强惺惺,问取矶头新妇石。"③前后两词相比,前一首比较质实。时间、地点、事件的经过等因素,能够传寄给读者很多的信息量。而窜易后的词作写得比较模糊:翰林本是神仙谪,用李白典故;落帽风流坐席,用孟嘉的典故。这两个典故都与当涂有关。李吉甫《元和郡县图志》"当涂县"条下:"龙山,在县东南十二

---

① [宋]黄庭坚:《山谷词》,第122页。
② 黄宝华:《木兰花令赏析》,《唐宋词鉴赏辞典:唐·五代·北宋卷》,第795页。
③ [宋]黄庭坚:《山谷词》,第123~124页。

里。桓温尝与僚佐,九月九日登此山宴集。"①而这两个典故都收束在座中名人郭祥正身上。郭祥正据称是李白的后身,戴着露出额头的乌纱帽,其人还精通音律,能大盅饮酒。通过窜易,把写景叙述中质实的内容去掉了,留下的只是与当地有关的典故。这两个典故信手拈来,但都与出席酒宴的当地名人有关。由此,可见黄庭坚渊博的学识和用事才能。下阕基本没有什么变化,只第一句与前词稍有不同,把"江山依旧云空碧"改为"横碧",从逻辑上来说,这样修改也更通顺一些。"横碧"是指除了这片横着的白云,天空其他地方澄碧一片。而"空碧"则是说天空一无所有、一片澄明。然而事实上,天空并非一无所有,还是有云彩的。

通过对两首词的分析,可以看出黄庭坚词"窜易前作"的基本思路。以才学入词,用事考究,把前篇描写地方的一组典故,换成后篇有关人文的典故。这些都与当地风俗文化有关,也与当时的情景、人物契合,看不出其间人工斧凿的痕迹。这种举重若轻的驾驭学问的才能,正是宋词才学化的体现。在描写叙述时,尽可能减去比较质实的词句,使作品具有较大的适应性,更容易触发读者的无邪之思。不用直白的叙事抒情,而是化用典故,其词耐咀嚼回味;不同时代、不同阅历、不同心情下去展读,感受都不相同,这就是修改的魅力。

3. 刘将孙檃栝康与之词的《满江红》

还有几首檃栝词,是在前人的基础上运思成章。刘将孙《满江红》词序云:"五日风雨,萧然独坐,偶检康与之伯可《顺庵词》,见其中檃栝《金铜仙人辞汉歌》,自谓缚虎手,殊不佳。因改此调,虽不能如贺方回诸作,然稍觉平妥。长日无所用心,非欲求加昔人也。"②这段话传寄给我们如下的信息:

第一,中唐诗人李贺的《金铜仙人辞汉歌》,先后被宋代词人贺铸、康与之和刘将孙檃栝成词。

第二,三首檃栝词已散佚两首,就连贺铸、康与之当时采用什么词调也不得而知,但它们内在的思路还是清晰的:其一,贺铸与李贺身世相近,又都生活在王朝末世。李贺出自李唐王朝的宗室远房,贺铸出身赵宋王朝的外戚旁支,都是恩荫出仕的。由于与皇室关系疏远,入仕以后只能沉居下僚。尽管如此,李贺还是担忧李唐王朝的衰亡,以汉代唐,写下了《金铜仙人辞汉歌》。贺铸忧国忧时,选择李贺这首诗歌并把它檃栝成词。贺铸的檃栝

---

① [唐]李吉甫撰:《元和郡县图志》,卷第二八,贺次君点校,北京:中华书局1983年版,第684页。
② [宋]刘将孙:《满江红》,《全宋词》,第4459页。

词又影响了热血青年康与之,在南宋初期他再次檃栝李贺的《金铜仙人辞汉歌》,抒写其壮志。南宋覆亡后,刘将孙翻检康与之《顺庵词》,偶尔读到这首檃栝词,使他产生了很多联想。三首檃栝词前后相联,联系他们的是时世变化和李贺的这首诗歌。其二,刘将孙在《满江红》词序中表明他檃栝李贺这首诗入词,是受到贺铸和康与之的影响。虽不及贺铸词的雄奇瑰丽,但比康与之要好一些。正因为是同类作品,才能进行比较。比较不是目的,只是想借用古人诗歌聊且抒发一下自己的胸臆。

第三,今存《东山词》是贺铸亲自收集编纂的,但也散佚近半,其中并无檃栝李贺《金铜仙人辞汉歌》。在贺铸《行路难》中有这么几句,与康与之自诩的"缚虎手"及李贺《金铜仙人辞汉歌》中"衰兰送客咸阳道,天若有情天亦老"一联相同。这首《行路难》对康与之也有一定的影响,他自诩的"缚虎手"就出自此。正是康与之那首"殊不佳"的檃栝词,激发了刘将孙的创作欲望。刘将孙以诗度曲,把李贺《金铜仙人辞汉歌》度入《满江红》,其词云:

> 千里酸风,茂陵客、咸阳古道。官门夜、马嘶无迹,东关云晓。牵上魏车将汉月,忆君清泪知多少。怅土花、三十六宫墙,秋风袅。　　泣露兰,啼痕绕,画兰桂,雕香早。便天还知道,和天也老。独出携盘谁送客,刘郎陵上烟迷草。悄渭城、已远月荒凉,波声小。①

从檃栝为词的角度讲,这是一首比较成功的作品:首先,这首词有自己的构思和创造。一般檃栝词只是把诗句拆分组合使其适合词体的需要,而这首词则是在熟读李贺原作基础上的再创造。李贺原作从前到后是直线型叙述:刘郎—铜人—感受,其间夹杂着一些抒情议论,即使直线叙事他也能搞出一些响动来。开篇写汉武帝不同凡响,连用了三个词语:茂陵、刘郎、秋风客,组成了一个完整的汉武帝形象。茂陵,是汉武帝的陵墓,陪葬有卫青墓,为冢象庐山(阴山);霍去病墓,为冢象祁连山,突显其大破匈奴、抵御外侮的英雄气概。刘郎,汉武帝年轻时的称谓,可以想见其金屋藏娇、倾国倾城的风流逸事。秋风客,武帝因作《秋风词》而得名。李贺用这三个词组诠释了他心目中的汉武帝形象:文治武功、风流倜傥、文采超人。"夜闻马嘶晓无迹"则记述了一个奇异的故事。武帝死后灵魂不灭,常于晦夜巡游人间。仗马嘶鸣,宛然如在,至晓则隐匿不见。然而,辉煌的历史也不敌岁月流逝。刘将孙檃栝这首诗歌则突出了"千里酸风,茂陵客、咸阳古道"的离

---

① [宋]刘将孙:《满江红》,《全宋词》,第4459~4460页。

别场面。按说生死离别、聚散离合是常见现象,并不值得特别伤感。之所以让人有酸鼻的痛感,是因为这场离别的特殊性。魏官奉命迁移金铜仙人,这仙人是汉武帝的捧盘金人,专门给他承接天上的仙露。它是大汉王朝盛世的象征,也是一代雄主的爱物。在离别之际,金铜仙人感念武帝恩情落下铅泪,而汉武帝的英魂也只能眼巴巴地看着仙人被拆下来、打包装车、启程远去,却无力阻止。改朝换代后,一代英主连自己的爱物也保不住,面对欺凌,也只能忍气吞声。

作为唐诸王孙,他不希望李唐王朝重蹈汉代的覆辙。同样,生活在北宋后期的贺铸也是如此。南宋初期的康与之、入元以后的刘将孙对亡国、亡天下有深刻的体验。康与之选择李贺的《金铜仙人辞汉歌》入词,因为他也曾是一个有血性的士人。建炎初,高宗驻跸扬州,他上《中兴十策》。后来依附秦桧、专写应制歌词,甚至助纣为虐,反噬有恩之人。其时,秦桧深得高宗宠幸,大权独揽,顺昌逆亡。天下之大,不附秦从逆者有几人?康与之沉溺于花酒,缺乏理想信念,妥协、从逆也是其必然的选择。他自称"缚虎手",不过是叶公好龙而已。一百五十年后,南宋王朝再次覆亡。刘将孙檃栝李贺这首词,伤悼前朝、抒发亡国之痛。这些作品与兴亡有关,但在表现手法上各有特色。刘将孙作为亡国遗民,生活在异族的铁蹄之下,其词含蓄委婉,浅易平实,思路更加清晰。他读懂了李贺的诗意,也汲取了贺铸、康与之的优缺点,突出了自己的独特感受,所以才能落尽华采,回归平妥。

(二)对部分词句的檃栝

1. 檃栝牛希济词句

这类词檃栝方法与上文不同。它不是对整首词的檃栝,而是部分檃栝并保留其中的名言警句为己所用。牛希济《生查子》词云:

春山烟欲收,天淡稀星小。残月脸边明,别泪临清晓。　语已多,情未了,回首犹重道。记得绿罗裙,处处怜芳草。①

这首词写荡子歌妓之间的情缘,尤其是细节的描写很传神:残月脸边明,别泪临清晓。把时间的流逝通过恋人脸部、泪水体现出来,既符合情理又别出新意。这一句与上一句相联,共同构成一幅临别的场面,大的景象是天上残星渐退,烟雾褪去而山形渐显;小的景象透过情人的脸看见天上的残

---

① [五代]赵崇祚辑:《花间集校》,卷第五,李一氓校,北京:人民文学出版社1998年版,第96页。

月,透过泪珠看见黎明的曙光。大小、远近、虚实景象相结合,构成一幅动人的画面。下阕抒情,是通过描述来进行的。临别前,情人之间说了好多话,印象较深的是结尾一句。女子已经踏上归程,回首叮咛:记得绿罗裙,处处怜芳草。这是一句出人意料之外,又恰在情理之中的好句。牛希济这首词已经很好了,贺铸又将如何措手呢?

贺铸的《绿罗裙》原文如下:

> 东风柳陌长,闭月花房小。应念画眉人,拂镜啼新晓。 伤心南浦波,回首青门道。记得绿罗裙,处处怜芳草。①

该词是从男子思念情人的角度来写闺情的。设想女子住在一间狭小的房间里,这个房间临着柳荫小道。闭月,遮挡住月亮。这个男子接着设想,他的情人也应该想念他,想起当初给她画眉时的情景,于是拂镜啼哭直到天亮。难忘的还是南浦离别的情景,女子临走回首一句:记得绿罗裙,处处怜芳草。贺铸这首词也是佳作,构思不出牛希济的划域,但在描写上很有特点。上阕叙述从外到内,从大到小,线索清楚。如果说牛希济的描写是一幅静态的画面,贺铸的叙述则是一幅动态的场景。下阕写离别,贺铸把离别放在南浦这个特殊的地点。南浦是古代诗词中常见的送别地点,贺铸用这个典故突出"送美人兮南浦"②的含义,"美人"与前文的"闭月"相应。贺铸这首词通过场景的重新设置,回到结尾三句"回首青门道。记得绿罗裙,处处怜芳草"上来,③但在构思、描写上有自己的特色。尤其是用了几个典故,比牛希济词更为典雅。

2. 补足李后主词

蔡絛《西清诗话》云:"南唐后主围城中作长短句,未就而城破。'樱桃落尽春归去,蝶翻金粉双飞,子规啼月小楼西。曲琼金箔,惆怅捲金泥。门巷寂寥人去后,望残烟草低迷。'余尝见残稿点染晦昧,心方危窘,不在书耳。"④这首词收录在胡仔《苕溪渔隐丛话》、张邦基《墨庄漫录》、陈鹄《西塘集耆旧续闻》等诗话、笔记中。蔡絛、张邦基等说这首词后三句不全,陈鹄说此词未尝不全,并列举了全文:"蔡絛作《西清诗话》载:江南李后主《临江

---

① [宋]贺铸:《东山词》,钟振振师校注,上海:上海古籍出版社1989年版,第57页。
② [宋]洪兴祖撰:《楚辞补注》,白化文等点校,北京:中华书局1983年版,第78页。
③ [宋]贺铸:《东山词》,第57页。
④ [宋]蔡絛撰:《明抄本西清诗话》,张伯伟编校:《稀见本宋人诗话四种》,南京:江苏古籍出版社2002年版,第204页。

仙》云：'围城中书。'其尾不全。以余考之，殆不然。余家藏李后主《七佛戒经》及《杂书》二本，皆作梵叶，中有《临江仙》，涂注数字，未尝不全。其后则书李太白诗数章，似平日学书也。本江南中书舍人王克正家物，后归陈魏公之孙世功君懋。余，陈氏婿也。其词云：'樱桃落尽春归去，蝶翻轻粉双飞。子规啼月小楼西。玉钩罗幕，惆怅暮烟垂。别巷寂寥人散后，望残烟草低迷。炉香闲袅凤凰儿。空持罗带，回首恨依依。'后有苏子由题云：'凄凉怨慕，真亡国之声也。'"①古人著述，各据其所见，或根据记忆整理，其中也不乏辗转传抄，以致各种诗话词话笔记小说中同一首诗词文字相差较大。宋人认为李后主这首词似非完璧，南北宋之际，刘羲、康与之尝试着补全它。刘羲《临江仙》"补李后主词"："樱桃结子春归尽，蝶翻金粉双飞。子规啼月小楼西。玉钩罗幕，惆怅卷金泥。　门巷寂寥人去后，望残烟草低迷。何时重听玉骢嘶。扑帘飞絮，依约梦回时。"②康与之《瑞鹤仙令》"补足李重光词"："樱桃落尽春归去，蝶翻金粉双飞。子规啼恨小楼西。曲屏珠箔晚，惆怅卷金泥。　门巷寂寥人去后，望残烟草低迷。闲寻旧曲玉笙悲。关山千里恨，云汉月重规。"③由于有李后主前面大部分词句的限定，词人所补仅后三句。都有一种伤时感世之叹，切合李煜当年的心境。

3. 用欧阳修词为首句填词

李清照酷爱欧阳修《蝶恋花》"庭院深深深几许"，④于是以"庭院深深深几许"为首句填了好几首词。这些词的特点在于叠字。欧阳修连叠三个"深"字，其中含义不同。前两个"深"抒写庭院的幽密深邃；后一个"深"字引起下文，问庭院到底有多深。欧阳修深得骚人风致，其词在春闺幽怨、落红缤纷中，透出士大夫的闲雅之致。李清照作为一女性词人，其词细腻传神，情感深厚真切。李清照《临江仙》云："庭院深深深几许，云窗雾阁常扃。柳梢梅萼渐分明。春归秣陵树，人客建安城。　感月吟风多少事，如今老去无成。谁怜憔悴更凋零。灯花空自接，离别共伤情。"⑤起句与欧阳修相同，

---

① ［宋］陈鹄撰：《西塘集耆旧续闻》，卷三，孔凡礼点校，北京：中华书局2002年版，第315页。
② ［宋］刘羲：《临江仙》"补李后主词"，《全宋词》，北京：中华书局1999年版，第1524～1525页。
③ ［宋］康与之《瑞鹤仙令》"补足李重光词"，《全宋词》，第1693页。
④ ［宋］欧阳修：《欧阳修词校注》，卷二，胡可先、徐迈校注，上海：上海古籍出版社2015年版，第129页。
⑤ 李清照《临江仙》词序云："欧阳公作《蝶恋花》，有'庭院深深深几许'之句，予酷爱之。用其语作'庭院深深'数阕，其声即旧《临江仙》也。"李清照认为这首词为欧阳修作。也有人认为是冯延巳作。笔者姑仍其旧，按李清照的说法去论述。引文见［宋］李清照：《李清照集笺注》，徐培均笺注，卷一，上海：上海古籍出版社2002年版，第105页。

抒发的情感却不一样。黄墨谷认为这首词作于建炎三年(1129),①徐培均教授把时间精确到该年二月。② 赵明诚本年春二月罢守江宁,三月具舟上芜湖,入姑熟(今当涂),将卜居赣水。李清照这首词充满了战乱时期漂泊江湖、漫漫前途、无所依靠的情绪,比欧阳修感慨更为沉重。欧阳修词为暮春伤感,属于一种闲愁。李清照则是切身的忧患。一个女子携带毕生收藏图书文物,辗转于兵马战乱之间,与流人死亡为伍。离别建康城以后,明天的命运会是什么无法预料。她对灯花卜吉之类的事情不感兴趣。

李清照还有一首《临江仙》,也以"庭院深深深几许"起句,其词原文如下:

庭院深深深几许,云窗雾阁春迟。为谁憔悴损芳姿。夜来清梦好,应是发南枝。　玉瘦檀轻无限恨,南楼羌管休吹。浓香吹尽有谁知。暖风迟日也,别到杏花肥。③

这两首词是一组,《历代诗余》卷三十八题做"宋媛李清照",且排列在《临江仙》"庭院深深深几许,云窗雾阁长扃"之前。④ 徐培均教授认为写作时间与上词相当,也为建炎三年二月。这首词的视觉很独特,她选取梅花凋零这个平常人们着意回避的题目。云窗雾阁春日渐长,不知不觉中梅花开了,又憔悴了。似乎还记得梦见梅花初开,南枝向阳的情景,早起再看只见花瘦蕊枯,落英飘零。暖风迟日春意渐浓,不知不觉就到了杏花时节。从梅花到杏花之间相差一个月,在一个月的时间里没有关心一下梅花。那么,词人关心什么呢?现实生活中有许多比梅花更值得关注的事情,比如个人的生死、国家的命运等,当我们还在为这些问题纠缠不清的时候,美好的梅季就悄悄的溜走了。

这两首词虽然是游戏文字,但也写出了词人自己的情怀,有自得之意。

4. 对首句的改造

李清照用欧阳修词"庭院深深深几许",还是顺着欧阳修的词意往下写,而辛弃疾、赵师侠用前人诗词成句则是抒写己意。

辛弃疾《蝶恋花》"客有'燕语莺啼人乍远'之句,用为首句",原文

---

① [宋]李清照:《重辑李清照集》,卷三,黄墨谷辑校,北京:中华书局2009年版,第34页。
② [宋]李清照:《李清照集笺注》,卷一,第106页。
③ 同上书,第109页。
④ [清]沈辰垣等编:《御选历代诗余》,卷三八,杭州:浙江古籍出版社1998年版,第199页。

如下：

> 燕语莺啼人乍远。却恨西园，依旧莺和燕。笑语十分愁一半。翠园特地春光暖。　只道书来无过雁。不道柔肠，近日无肠断。柄玉莫摇湘泪点。怕君唤作秋风扇。①

按"燕语莺啼人乍远"是朱敦儒《念奴娇》中的词句，朱敦儒用这句是写别情离绪、他乡寒食的凄惨景象。② 辛弃疾以此句为《蝶恋花》首句，反其意而用之，营造了一个春暖花开、人欢鸟啼的热闹景象。下阕层层递进，叙述了一个弃置无复道的爱情悲剧。首句对词作影响很大，但是到了辛弃疾笔下这种情感也是会变化的，就像用典一样运用前人故实写出自己新意。

赵师侠《菩萨蛮》"用三谢诗'故人心尚远，故心人不见'之句"，也是以前人诗句为词首句，该句出自谢朓《和王主簿季哲怨情诗》，诗歌原文是："掖庭聘绝国，长门失欢宴。相逢咏蘼芜，辞宠悲团扇。花丛乱数蝶，风帘入双燕。徒使春带赊，坐惜红颜变。平生一顾重，宿昔千金贱。故人心尚尔，故心人不见。"③按谢朓诗歌用昭君远嫁、陈后失宠、女子被弃、班姬咏扇以及楚成王后子瞀千金不顾的典故，说明男子喜新厌旧。赵师侠用谢朓诗歌结论为《菩萨蛮》首句，其词也是沿着这个思路往下发展的。虽然写爱情悲剧，但视野宽阔气魄宏大，以天地、长江为景象，情感陡然翻转。"不怨薄情人，人情逐处新"，④这样的结论确实出人意料。这首词用谢朓诗歌尾句为词首句，谢朓诗歌原文是"古人心尚尔"，也是用《古诗十九首》第十八首"客从远方来"中的成句，赵师侠改作"故人心尚远"，义同字不同，只是为了趁韵。

（三）切合场景的櫽栝

櫽栝的目的是歌唱，歌唱的目的是实用。实用的场所各自不同，朝廷有郊庙祭祀、岁时燕飨，地方有公私宴会、宾主聚会，民间有婚丧嫁娶、亲朋聚会等，这些都需要举办宴会。宋人很多事情都是在宴会上处理的，只要有

---

① ［宋］辛弃疾：《辛弃疾集编年笺注》，卷八，辛更儒笺注，北京：中华书局2015年版，第847页。
② ［宋］朱敦儒：《樵歌校注》，补遗，邓子勉校注，上海：上海古籍出版社2010年版，第369页。
③ ［南朝齐］谢朓：《谢宣城集校注》，卷四，曹融南校注集说，上海：上海古籍出版社1991年版，第351~352页。
④ ［宋］赵师侠：《菩萨蛮》，《全宋词》，北京：中华书局1999年版，第2686页。

宴会，就不能不唱词。宋人唱词讲究切合场所、融情入景，在不同的场所有不同的规矩，入乡问俗、入朝问禁，尤其不能犯一些忌讳。朝廷宴飨图吉利，不能说忌讳的话、用不吉利的词。皇祐中，南极星现，柳永应制撰词，连犯仁宗忌讳导致他仕途蹉跎。① 公府宴会，不能触犯上司名讳，有一歌妓在招待宴会上，因触犯了上司名讳而受惩罚。② 酒席宴上，也不能犯贵客的名讳，尤其是家主长辈的名讳。如果遇到这样的字眼，要设法回避。

吴曾《能改斋漫录》记载，在一次西湖聚会上，通判闲唱秦观的《满庭芳》，把"画角声断谯门"，唱成"画角声断斜阳"。歌妓琴操指出这个失误，通判开玩笑说"尔可改韵否"。也就是说还是用秦观原词，按照"画角声断斜阳"的"阳"字韵往下改。琴操当即改为："山抹微云，天连衰草，画角声断斜阳。暂停征辔，聊共饮离觞。多少蓬莱旧侣，频回首烟霭茫茫。孤村里，寒鸦万点，流水绕低墙。　魂伤当此际，轻分罗带，暗解香囊。漫赢得青楼薄幸名狂。此去何时见也，襟袖上空有余香。伤心处，长城望断，灯火已昏黄。"③这种改动意义不大，只是酒席歌筵中的一个插曲而已，也体现了歌妓聪明机智。

宋人常常对流行的词作进行修改，使其满足宴会的需要。徽宗听了王诜的《忆故人》，喜其词意但以不丰容宛转为恨，遂令大晟府别撰腔。《忆故人》是王诜度曲填词的作品，词调与题目相同，抒发了他对流落天涯歌妓的怀念。这种情感已经超出了具体的人物事件，适用于一切对过去美好岁月的回忆。周邦彦用叠韵的手法，巧妙地完成了这项任务。王诜《忆故人》正面描写不多，主要是对歌妓的怀念。周邦彦把他移作下阕，新增的上阕以正面描写为主，写这个歌妓打扮精致，一双娇眼，勾人魂魄。酒宴频见，心许目成，但每次都是匆匆而别留下了无穷遗恨。真不如当初不见，不见就没有相思，没有相思也就不会有痛苦。下阕用王诜《忆故人》专写别后的思念。词改成后用王诜《忆故人》首句"烛影摇红"作为词调名。徐培均教授认为："丰容是够丰容的了，但却显得繁冗拖沓，减少了原来浓醇的词味。"④王诜《忆故人》本身就是双阕，上下阕各自独立，也各有作用。增加一段正面描

---

① ［宋］严有翼撰：《艺苑雌黄》，郭绍虞辑：《宋诗话辑佚》，《附辑》，中华书局1980年版，第579页。
② ［宋］杨和甫撰：《行都纪事》，［元］陶宗仪辑：《说郛》，卷二〇，北京：中国书店1986年版，第15页。
③ ［宋］吴曾撰：《能改斋漫录》，卷一六，上海：上海古籍出版社1960年版1979年新1版，第483页。
④ 徐培均：《忆故人赏析》，唐圭璋等撰：《唐宋词鉴赏辞典：唐·五代·北宋卷》，上海：上海辞书出版社1988年版，第592页。

写后,头上安头,叙事上有重复,情感上也不连贯。周邦彦新加的上阕"几回相见,见了还休,争如不见",这是一种恋爱期间常有的矛盾心理。王诜《忆故人》则是对流散姬妾的相思,是一种生离死别之情。心许目成式的暧昧与生离死别式的痛苦差别很大,情感也衔接不上。下阕引用王诜《忆故人》,又在文字上做了一些改动。有一处改得不好,王诜原文是"尊前谁为唱阳关",改成"当时谁会唱阳关"。① 一字之别,意义完全不同。王诜"尊前谁为唱阳关"是说这个美丽的歌妓,尊前一曲阳关没把别人送走,反倒把自己送走了。这里有一个回旋跌宕,突出了离别之意。周词改为"当时谁会唱阳关"就不切题了,《阳关》是当时的流行曲,几乎人人会唱。这首词篇幅扩大了,却没有融成一体,朱彝尊有"续凫为鹤"之说。②

《锦园春三犯》编曲填词方式与《烛影摇红》相同。卢祖皋《锦园春三犯》词调出自张孝祥《锦园春》,《锦园春》原先就犯三调:《解连环》《醉蓬莱》《雪狮儿》。叠韵以后,还犯三调。音乐上的增加,不等于情感上的重复。卢祖皋《锦园春三犯》上阕是张孝祥《锦园春》咏海棠。张孝祥咏海棠色艳品正却不为人所知,卢祖皋下阕续写惜花之情,晚上秉烛赏花,白天锦幄藏花,惟恐风吹雨打花儿陨落,可还是萋萋绿叶、飘落残红。于是词人寄信鸿鹄,约好明年再来赏花。卢祖皋这首词上下阕在情感的处理上是相反的,先是叹花幽独,然后惜花赏花,花落了再续明年之约。与周邦彦《烛影摇红》相比似更胜一筹。宋词檃栝看似游戏,比试仍是构思立意。

前面檃栝的是内容,下面这首则是檃栝情感。

李清照《声声慢》基调凄苦,只适于独自伤感。陈世崇《随隐漫录》记载:"庚申(宋理宗景定元年,1260)八月,太子请两殿幸本宫清霁亭,赏芙蓉、木樨。韶部头陈盼儿捧牙板,歌'寻寻觅觅'一句,上曰:'愁闷之词,非所宜听。'顾太子曰:'可令陈藏一撰一即景《快活声声慢》。'先臣再拜承命,五进酒而成,二进酒数十人已群讴矣。天颜大悦,于本宫官属支赐外,特赐百疋疋、两。"③李清照的词并非不好,只是不应景,不适合宫廷聚会庄严、热烈的场景。宋理宗让御前应制陈藏一即景创作一首快活《声声慢》。陈藏一《声声慢》"应制赋芙蓉、木樨"原文是:

---

① [宋]吴曾撰:《能改斋漫录》,卷一七,第 496~497 页。
② [清]朱彝尊、王森编:《词综》,卷七,李庆甲校点,上海:上海古籍出版社 1978 年版,第 153 页。
③ [宋]陈世崇撰:《随隐漫录》,卷二,孔凡礼点校,北京:中华书局 2010 年版,第 15~16 页。

澄空初霁,暑退银塘,冰壶雁程寥漠。天阙清芬,何事早飘岩壑。花神更裁丽质,涨红波、一夜梳掠。凉影里,算素娥仙队,似曾相约。闲把两花商略。开时候,羞趁观桃阶药。绿幌黄帘,好顿胆瓶儿著。年年粟金万斛,拒严霜、锦丝围幄。秋富贵,又何妨,与民同乐。①

　　从眼前的两种花说起。木樨(桂花)香味浓郁但花色不艳,芙蓉花好但香味不浓。两种花一齐开放,正好取长补短,给人以视觉嗅觉多方位的享受。词人说它们好像商量好的一样,成群结队来到人间。下阕说赏花,芙蓉生于银塘,只可远观不可亵玩,不能像欣赏桃花、芍药一样,凑到跟前用眼观用鼻嗅用手摸。木樨香味经久不灭,可以插在银瓶带回房间,供奉案头慢慢品味。词人由木樨花颜色金黄细小像粟,联想到"粟金万斛",祝愿百姓有一个好收成,在花好月圆的季节里天子与民同乐。这是一首成功的应制词,词人从眼前景象入手,切合时令、切合花色特点,语言典雅,气氛庄严,颂美之中不忘规谏,得汉赋之真传。史臣章采云:"陈藏一长短句,以清真之不可学老坡之可,东宫应令,含情托讽,所谓曲终奏雅者耶?沉香亭《清平之调》,尚托汗青以传,藏一此词,合太史氏书法,宜牵连得书。"②

第二节　櫽栝名家

　　宋代写过櫽栝词的词人有四十多位,如北宋词人刘几、赵令畤、黄庭坚、秦观、晁补之、周邦彦,南宋词人朱敦儒、向子諲、李清照、杨万里、朱熹、辛弃疾、赵长卿、吴潜、李曾伯、刘克庄、蒋捷和刘将孙等,少则一二首,多则三四首,属于那种偶尔为之的类型,游戏笔墨,没有投入太多的时间和精力。至于作品较多,对宋代词坛有一定影响的櫽栝词人当推苏轼和林正大。苏轼开创了櫽栝风气,林正大则专力櫽栝,并且总结櫽栝理论。他们两人先后辉映词坛,体现了宋代櫽栝词的特色。

一　苏轼

　　櫽栝词不始于宋代,但首开风气者是苏轼。苏轼有意识的櫽栝前人的诗辞文赋入词,一方面是乌台诗案后避免言及现实内容,另一方面也是词体

---

① [宋]陈世崇撰:《随隐漫录》,卷二,第16页。
② 同上书,第16~17页。

雅化的一个途径。宋词雅化还要汲取古代文学的精华,使宋词也成为传统文化的载体。

苏轼櫽栝词共计八首,①其中七首作于黄州贬谪时期。一首(《戚氏》"玉龟山")作于绍圣元年(1094)正月,地点是定州。这些词是苏轼在外任职时所作,都是政治上的失意期,通过这些词也使我们对苏轼的词学思想有了新的认识:

第一,苏轼性情豪放,填词一挥而就,给人的印象是其词不够本色。而苏门弟子黄庭坚、晁补之、陈师道等人对苏轼词的评论,无疑又加深了这一印象。黄庭坚说:"东坡居士曲,世所见者数百首,或谓于音律小不谐。居士词横放杰出,自是曲子缚不住者。"②王质《东坡先生祠堂记》补充了一条材料,云:"前三十年,一妪尚及见。(东坡先生)修躯鬑面,衣短绿衫才及膝,曳杖谒士民家无择。每微醉辄浪适欢相迎曰:苏学士来。来则呼纸作字,无多饮,少已倾斜,高歌,不甚着调。"③老妪亲见,苏轼唱歌经常跑调!

笔者无法否认上述材料的真实性,然反复玩味,发现今人对苏轼词的印象是不准确的。宋人对苏轼词比较客观的评价是有别于柳词的另一种风格。正如苏轼幕下士所说的柳词如十七八女郎,执红牙拍,歌杨柳岸晓风残月;苏词是关西大汉,执铁绰板,唱大江东去。④ 宋人说苏轼词不够本色,但没有说它不能歌唱。当我们把目光集中到櫽栝词这一点上,发现苏轼还是很注重歌唱的。他在櫽栝词序中反复强调:稍加櫽栝,使就声律。櫽栝陶渊明《归去来兮辞》入《哨遍》如此,⑤櫽栝韩愈《听颖师弹琴》入《水调歌头》也是如此。⑥ 其中《水调歌头》还是应歌妓要求当场填词。歌妓是专业

---

① 郑园教授考证苏轼櫽栝词共八首,见郑园:《论东坡櫽栝词》,《文学遗产》2006 第 3 期,第 147 页。笔者认为:《醉翁操》"琅然"是苏轼给崔闲《醉翁操》所配的歌词,与欧阳修《醉翁亭记》没有櫽栝关系;《瑶池燕》是苏轼给同名琴曲所填的词,与苏易简《越江吟》也没有櫽栝关系,所以这两首不是櫽栝词。笔者新增两首櫽栝词:《戚氏》"玉龟山",櫽栝《穆天子传》;《洞仙歌》櫽栝孟后主诗歌。分别见[宋]李之仪撰:《姑溪居士文集》,卷三八《跋戚氏》,四川大学古籍整理研究所编:《宋集珍本丛刊》第 27 册,北京:线装书局 2004 年版,第 84 页;[宋]张邦基撰:《墨庄漫录》卷九,孔凡礼点校,北京:中华书局 2002 年版,第 237 页。
② [宋]赵令畤撰:《侯鲭录》,卷八,孔凡礼点校,北京:中华书局 2010 年版,第 205 页。
③ [宋]王质撰:《雪山集》,卷七,四川大学古籍整理研究所编:《宋集珍本丛刊》第 61 册,北京:线装书局 2004 年版,第 611 页。
④ [宋]俞文豹撰:《吹剑录全编》,续录,张宗祥校订,上海:古典文学出版社 1958 年版,第 38 页。
⑤ [宋]苏轼撰:《东坡词编年笺证》,卷二,薛瑞生笺证,西安:三秦出版社 1998 年版,第 286~287 页。
⑥ 同上书,第 324 页。

唱词的人，如果这首词不能歌唱，送给歌妓就没有意义了。李之仪目睹了苏轼创作《戚氏》的过程，"随声随写，歌竟篇就，才点定五六字。坐中随声击节，终席不问它词，亦不容别进一语"。① 这是现场填词，如果歌唱效果不理想是很难堪的。苏轼给那些无法歌唱的曲子，填上新词使其能够歌唱。琴曲《瑶池燕》词不协、声亦怨咽，苏轼把它改变成闺怨，使其能够歌唱。② 张志和《渔父》词"恨莫能歌者"，苏轼增加数语令以《浣溪沙》歌之。③ 这首诗经过苏轼檃栝入律后，歌唱效果相当好，据称"山谷见之，击节称赏"。④

苏轼檃栝词的唱法，得到黄庭坚、李之仪等本色词人的认可。好奇立意、善于创新的个性使他并不满足于此。于是另辟蹊径，开创了宋词的另一种唱法。《哨遍》是苏轼度曲填词的作品，"使家僮歌之，时相从于东坡，释耒而和之，扣牛角而为之节"。⑤ 苏轼还把这首词呈给堂兄苏不疑（字子明），"请歌之"。苏轼在给不疑（子明）的信中记述少年应举时，他还不会唱词，常听子明唱词的旧事。⑥ 不疑（子明）是会唱词的。如果《哨遍》不能歌唱，或歌唱效果很差，岂不尴尬？苏轼有两首词都叫《归来引》。一是《词九首》中的《归来引》（送王子立归筠州），一是《哨遍》。据苏轼《陶骥子骏佚老堂二首》其一"我歌归来引"句下自注："余增损渊明《归去来》以就声律，谓之《归来引》。"⑦这首增损渊明《归来引》即《哨遍》。两首词都作于元丰五年（1082）夏，从赠与不疑（子明）的时间上（元丰五年末）来说都是近作；⑧两首词与陶渊明《归去来兮辞》有关，情感也大致相同。词九首中的词，应该是楚辞的辞。一般词集都不收录《词九首》。因为它属于诗歌而非宋词，连一个词调都没有，如何歌唱？苏轼赠给不疑（子明）并"请歌之"的这首《归来引》就是《哨遍》。除了赠给堂兄不疑（子明）之外，苏轼还把他送给董毅夫、朱寿昌等人。他对这首词还是比较满意的。苏轼在北宋流行的女声唱法之外，恢复了传统的男声歌唱。有时是自己唱，有时请朋友唱，效果都不错。袁绹是著名歌者，相当于唐玄宗时的李龟年，在宣和年间曾供

---

① [宋]李之仪撰：《姑溪居士文集》，卷三八《跋戚氏》，《宋集珍本丛刊》第 27 册，第 84 页。
② [宋]赵令畤撰：《侯鲭录》，卷三，孔凡礼点校，北京：中华书局 2010 年版，第 89 页。
③ [宋]苏轼撰：《东坡词编年笺证》，卷三，第 589 页。
④ [宋]吴曾撰：《能改斋漫录》，卷一六，上海：上海古籍出版社 1960 年版 1979 年新 1 版，第 473 页。
⑤ [宋]苏轼撰：《东坡词编年笺证》，卷二，第 286 页。
⑥ [宋]苏轼撰：《苏轼文集》，卷六〇，孔凡礼点校，北京：中华书局 1986 年版，第 1832 页。
⑦ [宋]苏轼著，[清]冯应榴辑注：《苏轼诗集合注》，卷二三，黄任轲、朱怀春校点，上海：上海古籍出版社 2001 年版，第 1175 页。
⑧ 作词见孔凡礼撰：《苏轼年谱》，卷二一，北京：中华书局 1998 年版，第 542 页；赠送子明见该书第 559 页。

奉九重,元丰八年(1085)中秋陪苏轼游金山登妙高台,唱苏轼《水调歌头》。① 苏轼《江城子》"密州出猎"则令东州壮士抵掌顿足而歌之,吹笛击鼓以为节。② 苏轼是重视歌唱的。在他的词作里,既有高难度的词调,也有一般人也能吟唱的曲调。《哨遍》就是一种介于吟唱之间,重在抒情而歌唱难度不大的词曲,连那些没有多少专业知识的家僮也能歌唱。形式的简化,为内容的深化提供了条件。

第二,诗词一体化的观念,有了新的证据。在苏轼的八首檃栝词中,其中有六首是以诗度曲的。这说明以诗为词是宋词创作的主要途径之一。那么,"乌台诗案"之后,流放黄州期间,在这个特殊的历史时期,苏轼有意识的选择这些诗歌,创作一系列的檃栝词,他想达到一个什么目的呢?

以诗为词,提高词的品位。在苏轼的八首檃栝词中,所选择的大多是前代优秀的文学作品,即使仓促而作的《木兰花令》(或《玉楼春》)③和《戚氏》"玉龟山"④也是如此。这两首词没有充足的时间进行认真的选题、立意、构思、修改,草稿完成以后当即交付歌唱。体现了苏轼深厚的知识积累和娴熟的创作技巧,要达到这一点,才学和本色缺一而不可。其他六首词,都是有目的、有意识的创作。之所以选择陶渊明的《归去来兮辞》,是因为陶渊明的性格、趣味与他接近,用陶渊明的名作来表明自己厌倦仕途、渴望归隐的心声是很恰切的。选择杜牧的《九日齐安登高》,因为他也像齐景公那样贪生怕死,但现在他对这些问题已经想开了。选择玄真子(张志和)《渔父》,因为他向往无拘无束、个性舒展的生活,而这是现实中最缺乏的。笔者想着重分析苏轼檃栝韩愈的《听颖师弹琴》⑤和他自己的《红梅》,探析他在黄州时的创作心态。

关于韩愈《听颖师弹琴》有诸多公案:一是苏轼《水调歌头》词序所记欧阳修对该诗所用乐器的质疑,二是这首诗歌的系年。第一个问题,本来不成问题。苏轼的《水调歌头》,是应章楶家琵琶伎索词时,顺便说到欧阳修对该诗的评论。⑥ 欧阳修根据韩愈所记述乐声,怀疑颖师所弹的乐器不是古琴而是琵琶。琴声雅正,不适合表现情感跌宕起伏的乐曲;而琵琶是世俗乐

---

① [宋]蔡絛撰:《铁围山丛谈》,卷三,冯惠民、沈锡麟点校,北京:中华书局1983年版,第58页。
② [宋]苏轼撰:《苏轼文集》,卷五三《与鲜于子骏三首》(之二),第1560页。
③ [宋]苏轼撰:《东坡词编年笺证》,卷二,第393页。
④ [宋]苏轼撰:《东坡词编年笺证》,卷三,第625页。
⑤ [唐]韩愈:《韩昌黎诗系年集释》,卷九,钱仲联集释,上海:上海古籍出版社1984年版,第1005页。
⑥ [宋]苏轼撰:《东坡词编年笺证》,卷二,第324页。

器,能弹奏出各种复杂声音。苏轼也赞同这个观点。至此,一石激起千层浪。从宋到清,许多学者对此发表看法。由于缺乏确凿的证据,也只是从声音上来判断是哪种乐器,并没有得出令人信服的结论。第二个问题,关于韩愈这首诗歌的写作时间。钱仲联教授把它定为元和十一(816)年。① 这个观点出自吕大防《韩愈年谱》。② 吕大防的依据是李贺也做过一首《听颖师弹琴歌》,两诗题目相近,应是同时所作。李贺在元和十一年去世,于是他就把这首诗歌系于该年。吕大防也没搞清这首诗歌作于何时,他的结论只是一个宽泛的范围。

解开两桩公案的钥匙,还在李贺这里。韩愈与李贺交游,地点是在长安。李贺诗中的颖师是一位天竺胡僧,长得像寺庙里的金刚。这位胡僧与韩愈诗中的琴师名号相同、时间相同、地点相同,所从事的技能也相同,可以判定就是一个人。吕大防、钱仲联也是这么理解的。既然如此,剩下的问题就简单了:李贺诗歌题目也是"听颖师弹琴歌",就算韩愈不识乐器,李贺还是懂点儿音乐的。因为李贺曾做过太常协律郎,总不至于分不清琴和琵琶吧?李贺对乐器的描写是"古琴大轸长八尺,峄阳老树非桐孙"。③ 可证颖师所用乐器就是古琴! 颖师弹完琴曲以后,请李贺写篇听后感,以示揄扬。李贺推辞了,他说:"请歌直请卿相歌,奉礼官卑复何益?"④明言自己的身份是奉礼郎。按李贺任奉礼郎,是在元和五年五月到七年三月期间,前后三个年头(810~812),实不足两年。再看李贺这首诗歌中出现的物品,"凉馆闻弦惊病客,药囊暂别龙须席",⑤凉馆、龙须席是夏季避暑之物,说明听琴是在夏季。李贺出任奉礼郎,经历了两个夏季,即元和五年(810)和六年(811)夏。这首诗歌应作于奉礼郎任内的某个夏季。

韩愈《听颖师弹琴》与李贺同时所作。查阅韩愈元和五、六年的行踪,也不失为解决这个问题的一个途径。韩愈从元和二年到六年(807~811)在洛阳任职,具体情况如下:二年,以国子博士分司东都;四年六月十日,行尚书都官员外郎分司东都;五年秋冬,为河南令。六年"是岁夏秋,转职方员外郎,归朝"。⑥ 韩愈与李贺听颖师弹琴,应在元和六年夏秋之间。

---

① [唐]韩愈:《韩昌黎诗系年集释》,卷九,第1005页。
② [清]顾嗣立撰:《昌黎先生年谱》,[宋]吕大防等撰:《韩愈年谱》,徐敏霞校辑,北京:中华书局1991年版,第161页。
③ [唐]李贺:《李长吉诗歌编年笺注》,卷三,吴企明笺注,北京:中华书局2012年版,第337页。
④ 同上。
⑤ 同上。
⑥ [宋]方崧卿编:《韩文年表》,北京图书馆出版社影印室编:《隋唐五代名人年谱》三,北京:北京图书馆出版社2005年版,第257页。

韩愈听颖师弹琴后为什么涕泗交流,不忍卒听呢?这与颖师高超的技艺有关。一个外国人,不远万里来到大唐,而且还把我们的国粹(古琴)弹得出神入化,这本身就很感人。但也只是钦佩而已,还不足以把韩愈感动得痛哭流涕。能感动听众者,必是其内心的情愫。韩愈诗中记述的五个片段,是其内心情愫的真实写照。它们依次是:温柔旖旎的家庭环境,慷慨悲壮的报国情怀,天地阔远的理想空间,大一统的社会现实和一落千丈的自身处境。五段串联起来,不正是唐代士人的一生心路历程吗?他们历尽艰难,终于到达了理想的边缘,结果遭谗被贬落入深渊。此情此景,与诗人内心的情感融为一体。通过琴声娓娓叙来,就像梦魇一样在诗人脑海中重现。韩愈的感觉就像把冰炭两种冷热不同的物质,同时放置在肠内。于是推手遽止,中途退席。苏轼选择这首诗并加以檃栝,有偶然的因素。章粢家琵琶伎索词,于是他就把有关琵琶的名曲檃栝为词以遗之。① 琵琶就成了触发作者创作灵感的第一因素。尽管这一因素已被笔者否定掉了,但其作用还是存在的。必然因素还是韩诗中的情感与苏轼的处境相吻合,只是这种情感比韩愈更突出也更典型。苏轼比韩愈才气更大、名声更大,跌落得也更深。苏轼基本上保持韩诗的本意,增加了"起坐不能平",②去掉了韩愈听乐的感受,"嗟余有两耳,未省听丝篁。自闻颖师弹……"③拿掉这些枝节末叶,直接抒发内心的感受。苏轼檃栝词情感自然流畅,明白易懂。听琴后的他们的反映不同。韩愈是"湿衣泪滂滂",④苏轼则是"无泪与君倾"。⑤ 从泣泗滂沱到无泪可流,内心的情感从易动到麻木,也是前后作品情感上的递进。

《定风波》"咏红梅"⑥是一首檃栝作者自己诗歌的词作。元丰五年,苏轼创作了《红梅三首》。⑦ 这是一组咏物诗。红梅色彩艳丽,孤高韵冷,经常被人误作是桃花杏花。苏轼托物言志,抒发他不被人理解的痛苦。《红梅三首》其一檃栝成《定风波》后,保持原意不变,只是对有些句子作了修改。宋代檃栝作者自己诗歌的仅此一首,苏轼为什么要选择自己的诗歌檃栝入词呢?

这首诗歌真实的反映苏轼在黄州时的心情,而且具有不可替代性。苏

---

① [宋]苏轼撰:《东坡词编年笺证》,卷三《水调歌头》,第324页。
② 同上。
③ [唐]韩愈:《韩昌黎诗系年集释》,卷九,钱仲联集释,上海:上海古籍出版社1984年版,第1005页。
④ 同上。
⑤ [宋]苏轼撰:《东坡词编年笺证》,卷二《水调歌头》,第324页。
⑥ 同上书,第322页。
⑦ [宋]苏轼著,[清]冯应榴辑注:《苏轼诗集合注》,卷二一,第1076页。

轼来自偏远的蜀中，为人坦诚，受世俗影响很少。入仕之后动辄得咎，现实远不像科举应对那么简单。于是，他积攒了一肚皮的不合时宜。这些东西又不便于明说，只能用含蓄委婉的手法点到为止。咏物言志就是作者的不二选择。苏轼写了《红梅三首》，觉得还不尽兴，就把其中第一首檃栝成词，配乐歌唱，以供自己把玩。与其他檃栝词创作氛围不同，它既不是酒席筵上的应景之作，也不是檃栝经典馈赠亲友的流行之作。这首词也不适合人多嘈杂、场面热烈的酒席歌宴，它属于那种转喉一唱，满座凄然的煞风景之作。既然如此，苏轼为什么还要作？这是词人内在的精神需求，也是一首为自己而写的词，是他与自己心灵的对话。就像屈原作《离骚》，从客观角度去看国家覆没与一首诗歌关系不大，写与不写都一样。不写，就没人知道他的心声；写了，还可能招致更大的灾难。屈原没有沉默，他写了，也没人听。于是他向列祖列宗陈述内心的委屈，陈述完了就效仿彭咸自沉汨罗。苏轼这首小词也是如此。在笔者看来属于可有可无，最好没有的那种类型。但在词人看来，却是不可或缺的。他把郁积已久的牢骚抒发出来，给自己的心灵透透气、晒晒太阳。

苏轼这两首以诗度曲的檃栝词，与前面分析过的五首词作一样，诗情即是词意。用诗歌的情感和词的形式，来抒写他自己的牢骚幽怨。这两首词的意趣都来自诗歌，情感雅正，不犯什么忌讳，也不会流入柳词纵情声色的歧途。从题材上来说，一是赠妓，一是咏物，都是宋词中最常见的题材，也都涉及到了对女性的描写，符合词为艳科的标准，又避免了龊龈从俗。这就是用诗歌、辞赋等文学传统来补救宋词立意不高、取誉筝琶的倾向。苏轼雅化词体走的是诗词一体化的道路，这对宋词的本色化有一定的冲击。辛派词人继承了苏轼以诗为词的传统，并把它演化成以文为词、以赋为词、以论为词，深化了词的思想情感，把它变成了一种骚雅的审美理想；姜派词人继承苏轼因俗化雅的创作风格，把它演化成一种清空的词法，这种词法后来形成一种创作风格和正派体系。然究其源流，南宋后期两大词学流派皆出自苏轼，出自诗词一体化的创作观念。

第三，诗词情感上的融合和形式上的互补。苏轼的诗词一体化的创作观念，经常被人误解成破体为词。苏轼把以诗为词，作为宋词雅化的一个必然选择。他雅化的对立面是柳永，论词也以柳词为靶的。苏轼生活在柳词盛行的时代，耳濡目染全是柳词。柳词风靡天下但格调不高，是宋初奢靡享乐、苟且偷安风气的写照。到了仁宗时期，道学兴起，古文复兴以及宋诗形成，都是针对这种萎靡风气而发的。苏轼雅化词体是从革新柳词开始的，借助诗歌雅正的思想情感、成熟技巧来改善宋词淫靡、俚俗之风。如果把苏轼在同一时段所作的诗词文赋做一对比,发现其情感大多是相近的。诗歌中的情感,基本上都可以在词中抒写而且效果更好。再把这些苏轼诗词按编年排序,发现不同文体的情感也是连续不断的,从中可以看出作者思想演进的轨迹。宋神宗元丰五年(1082)七月写的《念奴娇》"赤壁怀古",与作于七月既望的《前赤壁赋》,属于同一题材不同文体的作品,思想就从困惑到开悟。苏轼扩展了宋词的题材,把诗歌中的咏物、抒怀、怀古、记游、时节、唱和、议论等都用词来展现,使词的情感进一步诗化。诗情词意是相互交融的。这并不意味着苏轼就抹煞了诗词的界限。在实际创作中,他还是恪守诗词划域的。这就是:词可以庄,但诗不可以媚;词可以言志,但诗不可以写情,尤其不宜男女艳情。苏轼提高了词的品味,也保住词体的特质。与唐人相比,苏轼诗歌中言情题材很少;与宋人相比,苏轼词也言情,却是雅正的。即使那些赠妓词,也是谑而不虐。既没有色情描写,也没有鼓扇情欲,甚至连对女性外貌描写也没有。他抒发的是一种悟透世事的沧桑,对人生、对友情、对乡土的眷恋。王灼说词到苏轼风气一变,指出向上一路。① 苏轼同时也是重视词体本色的,他自创调有《翻香令》《哨遍》《皂罗特髻》《荷花媚》《占春芳》等,表明他具有较高的音乐修养;苏轼词传唱天下,表明经过苏轼革新以后宋词并没有脱离音乐。能否歌唱,仍是决定宋词是否本色的关键。

二 林正大

(一)林正大的身份

林正大任严州学官,见《钦定续文献通考》卷一百九十八:"林正大《风雅遗音》二卷。正大,字敬之,号随庵,开禧中为严州学官,里贯无考。"② 查阅宋人相关资料并无林正大出任严州学官的记载,与林正大及严州学官相关的资料仅见于《风雅遗音》易嘉猷跋,其中还存在较大的问题,仅就相关问题辨析如下:

其一,易嘉猷跋作于宋宁宗开禧元年(1205),按《钦定续文献通考》记载林正大在开禧中出任严州学官。查《景定严州续志》卷三"州学教授题

---

① [宋]王灼:《碧鸡漫志校正(修订本)》,卷二,岳珍校正,北京:人民文学出版社2015年版,第29页。
② [明]王圻撰:《钦定续文献通考》,卷一九八,影印《四库全书》本。

名"有"林式之",而无林正大。① 林正大原名:"林伯礼,(林)杞孙,字正大,号随菴,喜读书,尚吟咏,好礼能文,隐居不仕。"②关于严州教授"林式之",《分疆录》卷之五《选举》中记载:"绍熙庚戌(光宗绍熙元年,1190)余复榜(进士),林式之,泗溪人,字敬则,(林)待聘从侄。历官江西帐干,严州、袁州教授,宣教郎知奉化县事,终奉议郎。"③根据《分疆录》提供的上三代家族成员情况,发现这两人其实是同乡同族。再查《风雅遗音》发现他们交情甚好,在《风雅遗音》中唯一收录一首不是櫽栝的词,就是《水调歌》"送敬则赴袁州教官"。④ "敬则"即林式之,他在任袁州学官前,还出任过严州学官。《景定严州续志》卷三"州学教授题名":"林式之,嘉泰二年(1202)八月二十日到任,开禧二年二月十八日满。"⑤易嘉猷题跋时间是"开禧乙丑(开禧元年)八月朔",正在林式之严州教授任期内。易嘉猷还谈到他与"泮宫林先生"交游的情况,并涉及到林正大的《风雅遗音》,原文如下:"嘉优(猷)典犴严陵,泮宫林先生,相与过从,公余得倡酬之乐。一日出示一编目,曰《风雅遗音》。乃随菴以古今诗文括长短句。"⑥按:"典岸"即典犴,典,掌管;犴,狴犴,主牢狱之神兽。典犴是掌管刑法、牢狱的官员,是易嘉猷在严州任职的别称。易嘉猷任职严陵,还是有记载的。杨万里赠易嘉猷(允升)诗题有《严陵决曹易允升自官下遣骑归,写予老丑,因题其额》,⑦易嘉猷在严陵任职决曹。决曹是汉代官职名,主罪法事,相当于宋代的司法参军。这与他自称的"典岸"相合。这样易嘉猷题跋的原因以及三人在《风雅遗音》中的角色就明白了,《风雅遗音》一卷由林正大编撰,再由同乡同族好友林式之交给同僚易嘉猷题跋。

其二,根据同时代人记载,林正大隐居不仕,身份应为处士。作于"易嘉猷跋"前一年(嘉泰四年,1204)滁州州学教授陈子式的《风雅遗音序》,言及林正大家世生平甚详,不言其仕履:"永嘉林君正大敬之,道州使君之子,

---

① [宋]方仁荣、郑瑶纂,钱则可修:《景定严州续志》,卷三,中华书局编辑部编:《宋元方志丛刊》,北京:中华书局1990年版,第4371页。
② [清]林鹗纂修,林用霖续编纂:《分疆录》,卷之八《乡逸传》,黄成功编:《中国方志丛书》,浙江省《分疆录》,台北:成文出版社有限公司印行1973年版,第411页。
③ [清]林鹗纂修,林用霖续编纂:《分疆录》,卷之五《选举》,《中国方志丛书》,浙江省《分疆录》,第263页。
④ [宋]林正大:《水调歌》"送敬则赴袁州教官",《全宋词》,北京:中华书局1999年版,第3131页。
⑤ [宋]方仁荣、郑瑶纂,钱则可修:《景定严州续志》,卷三,《宋元方志丛刊》,第4371页。
⑥ [宋]易嘉猷:《风雅遗音跋》,[宋]林正大撰:《风雅遗音》,八千卷楼珍藏善本。
⑦ [宋]杨万里撰:《杨万里集笺校》,卷四二,辛更儒笺校,北京:中华书局2007年版,第2225页。

尚书吏部开府公之孙也。生长华胄,屹不为流俗移,恪守诗礼遗训,期以翰墨自植,高山流水,未遇赏音,体《易》随时之义,故自号曰随庵居士云。"①根据陈子式序言,林正大是以著述立身的。林正大去世后的两篇挽词,再次证明他隐居不仕。叶适《林敬之挽词》:"杂遝新河市,酸寒处士庐。甘辞鲁穆馈,独著孟轲书。篱坏从儿补,禾荒付客锄。永嘉新有志,莫遣姓名疏。"②点明了林正大的处士身份。薛师石《挽林敬之》云:"闭门常读《易》,遁世意如何。有酒可消闷,无阶不种莎。闲时寻旧友,月夜步新河。我亦逃名者,题碑愧尔多。"③点明了林正大遁世逃名的生活方式。这些林正大友人所写的第一手材料,与《景定严州续志》卷三记载林正大的"隐居不仕"相合,证实他确实未出任过严州教授或其他官职,终生隐居不仕。

严州学官,正式名称是严州州学教授。熙宁改革以后,诸路教授改由中书门下选京朝官、选人或举人充任,属于地方政府中的正式官职,出任教授后就不是布衣百姓了。叶适称林正大为处士,薛师石称他为逃名者,叶适、薛师石都与林正大都有交往,他们的说法更可靠。所谓林正大出任严州学官,是《钦定续文献通考》误读材料所致的一个错误观点。

(二)林正大的理论

檃栝词不仅在内容上受前人影响,在词体上也受前人左右。在双重限制下,创新难度很大,但宋人文字游戏要的就是难度。刘克庄檃栝韩愈《送李愿归盘谷序》的缘由是:欧阳修说晋无文章,惟陶渊明的《归去来》一篇而已。苏轼也说唐无文章,惟韩愈《送李愿归盘谷序》一篇而已。④既然苏轼已把《归去来兮辞》檃栝成词且流传千古,那么我也把《送李愿归盘谷序》檃栝为词,希望也能永久流传。读了他的词就明白他的自信是有道理的。向子諲《浣溪沙》檃栝张志和的《渔父》词,抒发浩然归去之意。刘将孙漫填《沁园春》二阕,粗以自遣。刘学箕《松江哨遍》借苏轼之赋以寄吾意。这与苏轼稍加檃栝,不敢出以己意的创作心态不同。檃栝也是与时俱进的。林正大的檃栝理论就是在这个环境下产生的,包括历史、现实和宗旨三个方面:

---

① [宋]陈子式:《风雅遗音跋》,[宋]林正大撰:《风雅遗音》,八千卷楼珍藏善本。
② [宋]叶适:《叶适集》,《水心文集》,卷之七,刘公纯等点校,北京:中华书局1961年版,第100页。
③ [宋]薛师石撰:《瓜庐集》,影印《四库全书》本。
④ [宋]苏轼撰:《苏轼文集》,卷六六,孔凡礼点校,北京:中华书局1986年版,第2057页。

其一，追流溯源，把宋词与古代燕飨诗歌相连。这是南宋词学理论的一个共同点，有其合理的一面，因为它们都是音乐文学、都与宴会有关；但制乐的目的正好相反。古人燕飨以礼制乐、以乐节情，注重的是礼仪和节奏，在欢乐祥和的气氛中完成各种仪式。唐宋曲子词所用燕乐，主要来自西域胡乐，流行在都市娱乐场所，具有世俗化、色情化的特点。一个趋雅，一个向俗，差异是明显的。宋人去古未远，雅乐尚未完全失传，但耳闻目濡的又多是俗乐，他们对古乐今乐的感受是深刻的。南宋人摒弃燕乐，把词乐追溯到古代燕飨之乐，给世俗的曲子词争取一个正统的源头。这是宋词雅化的必然选择，只有正统音乐才有传承的资格。林正大研读《周易》《孟子》，是一位具有理学色彩的词人。他把世俗的小词与儒家经典连接起来，通过雅化使其达到燕飨诗章的审美标准。他指出今之歌曲是燕飨诗章的传续，在诸如花朝月夕、贺筵祖帐、捧觞称寿、对景生情、随寓而发等场景、方式上都是相同的，也有令人不满的因素。但聊胜于无，总比雅乐完全失传好一些。他想借助檃栝，用宋词词调演唱传统经典，一洗樽俎之间淫哇之习，使人心开神怡。① 这种因俗为雅的改良精神，是切实可行的。

其二，林正大的这个设想也是有事实依据的，宋人把陶渊明的《归去来》、杜甫的《醉时歌》、李白的《将进酒》、欧阳修的《醉翁记》、苏轼的《赤壁赋》等数十首诗词文赋檃栝成词，在尊俎之间广为流行。王灼对此评价犹高，认为它与晚唐五代选取唐人绝句入词歌唱性质相同，只不过选取的面更广，思更深，选名家经典协入声律，暗合孙吴兵法。② 不仅有娱宾助兴的功效，还把今乐和昔贤情感联系起来，借助传统文化提高宋词的品位，有助于净化社会风气，不失为宋词雅化的一个途径。

其三，林正大酷嗜雅词，平日阅读古代诗文时即留心此事，于是撷其华粹，律以乐府，成《风雅遗音》二卷。这些词是本着风雅精神制作的，婉而成章，乐而不淫，但并不适合当时人的欣赏趣味。林正大坚信后世一定会有人喜欢他的词。为了说明问题他用了扬雄的典故："昔扬子云著《太玄》，人皆笑之，子云曰：'世不我知，无害也；后世复有扬子云，必好之矣。'"③不幸的是，他也遭遇了扬雄的悲剧，其檃栝词直到今日也没得到多少积极的评价，良可叹也。

---

① ［宋］林正大撰：《风雅遗音》，《风雅遗音序》，八千卷楼珍藏善本。
② ［宋］王灼：《碧鸡漫志校正（修订本）》，卷一，第15页。
③ ［唐］韩愈撰：《韩昌黎文集校注》，卷三，马其昶校注，马茂元整理，上海：上海古籍出版社1986年版，第197页。

林正大认为自己的檃栝词具有"一唱三叹"的遗味。这使我们想到了姜夔、严羽。他们与林正大基本上是同时代人,有差不多相同的阅历,也都追求"一唱三叹"的精神。"一唱三叹"来自诗骚,追求诗歌情感的余音余味。宋人以才学为诗(词),其弊在于只讲才学、法度,忽略了诗歌情感的自然感发,缺乏古诗含蓄隽永、回味无穷之美。在宋词雅化的思路上,林正大与姜夔也相近。坚守本色雅化、以才学为词,用传统文化来滋养宋词。姜夔走的是融会贯通,胸中有数万卷书的道路;林正大直接檃栝古今名篇成词。所不同的是:姜夔是一位本色词人,他把词乐和词作同时雅化;林正大只雅化了文学部分而没有雅化词乐,用俗乐来表现雅正的情感。不是没有可能,其间还有很多的过程,他基本没做。他没有得到任何一个词派的认可。无论如何评价他的檃栝词,有一个事实是不容否定的:他借助传统文化雅化了词体,这是南宋中期词坛雅化的一次有益尝试。

(三) 林正大的创作

关于林正大的檃栝词创作,普遍评价不高。《四库全书总目提要·风雅遗音》云:"是编皆取前人诗文,檃栝其意,制为杂曲。每首之前,仍全载本文,盖仿苏轼《檃括归去来词》之例。然语意蹇拙,殊无可采。"[①]上述观点,已成定谳。笔者认为这些观点还是可以商榷的。

檃栝词成就不高,因为这种文体缺乏创新,所以从事这种文体创作的人表现也就平庸。文体并无好坏,檃栝只是一种游戏,每种游戏都有它的规则。檃栝词不以思想的深刻和立意的新颖取胜,较试的是一种驾驭文字的技巧。化繁为简、化难为易,檃栝入律,便于歌唱。一些优秀的檃栝词人如苏轼、黄庭坚、李清照笔力过人,往往能把一首平常的诗歌点化成经典。一般的作者只要能抓住关键,符合词体规范就可以了。随着文化教育的普及,文学创作从三不朽中脱离出来。各种文体不分贵贱,反映的都是普通人的喜怒哀乐,而读者无论身份地位如何,也把自己作为一个普通读者。由于作者社会身份的淡化,个人的情感成为创作的主体。宋词缺少宏大叙事,少有慷慨激昂的词篇,词人关注的是作者内心的情感。于是越来越多的平淡琐屑的题材进入了文学作品,情感也从外在不平转为内在的感悟。文以载道,道在日常伦理之中。也正在这一点上,理学与词学两个原本对立的范畴有机的融合在一体。理学对宋词的影响就是骚雅,宋词的理学化就是清空,即由技进乎道,技与道在较低层面上是对立的,在较高层级上是契合的。而

---

① [清]纪昀总纂:《四库全书总目提要》,卷二〇〇《风雅遗音》,石家庄:河北人民出版社2000年版,第5513页。

清空的程度决定着词作的档次,于是就有了追求清空的词学流派。文学创作因时而变,文学批评也要适应现实。在研究宋代文学时像以往那种凭主题定优劣的批评方法,笔者认为是不接地气的。

从《风雅遗音序》可以看出,林正大创作檃栝词学习的是苏轼。苏轼在某个特殊时段偶尔为之的一种游戏体,他坚持做了一辈子。《四库全书总目提要》也说他在檃栝词形式上模仿苏轼,先抄录原诗赋再檃栝成词,但他与苏轼的创作心态不同。苏轼在黄州开始檃栝词的创作,是乌台诗案以后规避文字狱的无奈之举,把一些难以言说的情感借助前人作品表达出来。古人抒发情感的方式有二:一是即兴造篇,二是诵诗言志。苏轼檃栝词把这两种方式融合起来,从创作心态上看还是偏重于后者。林正大出身华族,隐居不仕,他创作檃栝词不是出于某种忌讳,而是有意为之。檃栝是他化俗为雅、提高词品的一条途径。从情感上来说,他要比苏轼真切自然得多。

从选材上说,《风雅遗音》就是一部简编本的古代文选。他所选择的檃栝对象,不拘文体,诗歌辞赋古文应有尽有;时间跨度较大,从魏晋之际竹林七贤中的刘伶到南北宋之际的韩驹,前后近千年。在这个宽泛的范畴里,用什么标准,选谁,选什么,选多少,都凝聚着作者匠心。林正大所选的都是古代文学中的名家名篇,其中最后一位诗人韩驹已经去世近七十年。他不选同时代的作家,也不选还活着的作者,所选作品都经过了历史的沉淀和选择,能够代表古代文学的真实成就。由于数量有限,无论怎么选都会挂一漏万,留下很多遗憾。这些作品,有前人檃栝过的作品,如王羲之的《兰亭序》、陶渊明的《归去来辞》、欧阳修的《醉翁亭记》和苏轼的前、后《赤壁赋》等;更多是作者首次选择的名家名篇。在这一部具有文选性质的檃栝词集中,还有一个选集共有的规则,即入选作品数量的多少,往往是作家创作成就和文学地位的体现。在林正大四十一首檃栝词中,入选最多的作家是唐代的李白(七首),其次是唐代杜甫(五首)、宋代的苏轼(五首)和黄庭坚(五首),再次是宋代的欧阳修(四首)、范仲淹(三首)。历代优秀作家刘伶、王羲之、陶渊明、王绩、白居易、刘禹锡、韩愈、卢仝、李贺、王禹偁、叶清臣和韩驹等各选一首。通过这个选阵,我们看到林正大尊崇唐诗,也不废宋调。他给唐宋诗歌代表人物以应有的地位,大体符合我国古代文学史的实际情况。这些作品是风雅精神的载体,而把这些作品汇为一编且檃栝成词,体现了林正大宋词雅化的方法和思路。

林正大檃栝词数量比较多,但良莠不齐。檃栝比较成功的是散文、古诗、辞赋,这些文体篇幅较长,思想情感比较复杂。一篇散文之中叙述线索就有好几条,而且这些明的暗的线索交织在一起,要想读懂它已经不易。如果再要把它改变成篇幅短小,一读就懂的词体,似乎有点异想天开。而林正大偏偏这方面做得较好,经他櫽栝过的作品思路清晰、重点突出、简洁明了。他櫽栝韩愈《送李愿归盘谷序》的《水调歌头》、王绩《醉乡记》的《摸鱼儿》、苏轼前后《赤壁赋》的《酹江月》等,都能掠其语意,化繁为简,具体做法就是抓住关键、旁及其他、不枝不蔓、言简意赅。櫽栝古诗也不错,如櫽栝欧阳修《庐山高》的《水调歌头》、黄庭坚《送王郎》的《贺新凉》、《听宋宗儒摘阮歌》的《满江红》、櫽栝《煎茶赋》的《意难忘》等简洁明了。尤其是櫽栝欧阳修《醉翁亭记》的《贺新凉》,堪称是形神兼备。林正大采用了黄庭坚的独木桥体,保留了欧阳修《醉翁亭记》押"也"字韵、一韵到底的特点,在百十字内,把这首思想情感复杂的作品,叙述得明明白白。从艺术成就上说并不比黄庭坚的《瑞鹤仙》逊色。

櫽栝诗歌就相对差点。诗歌与词体篇幅接近,名家名篇都是精金美玉,删减增补一字均非易事。失败之作又集中在对李白几首诗歌的櫽栝上,櫽栝《将进酒》的《木兰花慢》、《蜀道难》的《意难忘》。因为这些诗歌读者太熟悉了,其中名言警句已是家喻户晓、深入人心。櫽栝成词以后,失去了李白诗歌特有的韵律和气场,把耳熟能详的诗句改成半通不通、缺舌拗口的长短句。怎么读都不顺,怎么看都怪怪的,有点不伦不类的感觉。而櫽栝《清平调辞》三首为《酹江月》问题更多,李白三首诗歌,每首都有一个独立的结构,有首有尾,自成一章。把三首诗歌混在一体,熟悉的韵律没有了,代之而起的是一堆杂乱无章的诗句词句。就像吃螃蟹找不到蟹肉蟹黄,只见一碟子长短不一、有粗有细的蟹腿。

这并不是说林正大只适合櫽栝散文辞赋,而不善于以诗度曲。林正大对一些诗歌的櫽栝还是很到位的。杜甫《醉时歌》本身是发泄牢骚的,而《水调歌》"送敬则赴袁州教官"是送同乡同宗赴官。两种情感正好相反。林正大根据实际需要,一反杜诗牢骚哀怨,把它变成一首送别祝愿词。切合情景,用事恰当,表现了作者驾驭文字、运用才学的功力。櫽栝苏轼《海棠》为《满江红》则更进一步。① 苏轼《海棠》诗下有序,云:"寓居定惠院之东,杂花满山,有海棠一株,土人不知其贵也。"②这句话包含三个信息:其一,这首《海棠》诗是在黄州作的;其二,苏轼在贬谪流放期间,忽然见到这个产于故乡的花树,有他乡遇故知之亲切和痛惜感;其三,海棠生在满山杂花之中,

---

① [宋]林正大:《满江红》,《全宋词》,第 3143 页。
② [宋]苏轼著,[清]冯应榴辑注:《苏轼诗集合注》,卷二〇,黄任轲、朱怀春校点,上海:上海古籍出版社 2001 年版,第 1001 页。

当地人并不认为它是什么高贵之花。苏轼把这一株从故乡流落黄州的海棠看作自己的化身,抒发了天涯流落之感。这首诗歌包含着丰富的信息量,林正大都接收到了,并且把它融化在心,表现在词作的字里行间。檃栝,不仅仅改变语言文字,使其适合音律,更主要的是传承作者的思想情感。只有内在的精神不变,甚至更加集中或突出才算一首好词。林正大檃栝词基本上是循规蹈矩的,他选择的是经典,传承的是风雅。起点很高,超越就不易。也许他的生活过于平静,使得他的作品缺乏足够的力道,也没有传神的细节刻画。与苏黄李清照相比,略逊一筹。

檃栝不始于宋代,也不止于宋代。宋代只是其中的一个发展阶段。在这一阶段,作家、文体、时代、思想风云际会形成一种风气,以致于一提到檃栝就必然想到宋词。檃栝是具有宋代特色的文学形式之一,它的意义体现在以下三点:

第一,是宋词雅化一次尝试。宋词有多种雅化途径,檃栝无疑是其中最简便的一条。它是把诗词文赋等文学作品檃栝为词,这是每个词人都曾经做过的填词训练。檃栝者从忠实原文到出以己意,由改写到创作。辛弃疾三首《哨遍》畅谈老庄之道,素材出于《庄子》,议论全是针对现实的。辛弃疾"读渊明诗不能去手,戏作小词以送之",《鹧鸪天》原文是:"晚岁躬耕不怨贫。支鸡斗酒聚比邻。都无晋宋之间事,自是羲皇以上人。 千载后,百篇存。更无一字不清真。若教王谢诸郎在,未抵柴桑陌上尘。"①上阕檃栝陶渊明一生的为人行事,下阕抒发对陶渊明的敬仰之情。蒋捷《贺新郎》"括杜诗"檃栝杜甫《佳人》,抒发自己战乱流离之感。② 用古人的素材,抒发今人的情感,这是对檃栝精神的发扬。檃栝改善宋词骩骳从俗、萎靡不振的精神状态,使宋词具有书卷之气和刚正之气。

第二,是宋代雅词从审美到应用的一次成功实践。词分雅俗,雅词流行于文人士大夫之间,俗词则流行于各个娱乐场所。相比之下,俗词更接地气,在社交娱乐休闲等公众场所占主导地位。雅词则面临着很多压力,檃栝是雅词应对各种压力的一种新的突破。它没有脱离音乐,把案头经典拿来歌唱,这很契合文人士大夫的审美品味。它承认晚唐五代以来音乐与词意分离的现实,这极大地解放了词体。檃栝与四六的结合、诗与词的结合

---

① [宋]辛弃疾:《辛弃疾集编年笺注》,卷一三,辛更儒笺注,北京:中华书局2015年版,第1496~1497页。
② [宋]蒋捷撰:《蒋捷词校注》,卷三,杨景龙校注,北京:中华书局2010年版,第307~308页。

等使檃栝具有俗词所没有的庄重感和仪式感,檃栝词不仅出现在文人雅集上,也出现在民间庆生祝寿、男婚女嫁、亲友聚会的公众社交场所。檃栝为雅词流传赢得一方天地,它随俗雅化、简便易行,是宋代雅词从审美转向应用的一次成功实践。

第三,也是宋词体系的初步体现。在文学史上,只有雅体才能进入文学体系。宋词是一种俗体,檃栝又是俗体中的游戏,它与雅体还有较大的差距。在文学史上,也有不少从俗体到雅体转化的成功事例,如楚辞、汉赋、乐府、近体诗等它们都经历了一个化俗为雅的过程。檃栝借鉴历代文学的经验,它在音乐方面不再花费太多的精力,还是采用流行的词乐。因为"淫哇"之音,也可以表现古风雅韵。在选词调时,它不用尖新的市井新声、也不用很难的三犯四犯,即使自度曲也采用便于写意的简单词调,把主要精力投入词作情感的雅化上。历代文学经典和当代诗词名篇为它提供了取之不尽用之不竭的源泉,林正大《风雅遗音》所选择的檃栝对象,合起来就是一部简编的文学经典选本,在这个选本中蕴含着他对历代对作家作品的评价。这就是文学体系意识的体现,把古代文学的体系移到檃栝词中,使檃栝与古代传统相接,成为今日的雅正词作。宋词檃栝从形式到内容都成为古代文学体系的一部分,并且得到宋代词论家王灼、张炎的高度评价。

檃栝是一种文字游戏,通过这种游戏来探究宋代词人创作的真实心态,加深对宋词体系的理解,得出合乎情理的结论,也是非常有意义的。宋人的文字游戏也是宋词才学化、议论化的体现,可以说游戏是手段、才学是方法、议论才是宗旨。下文,接着分析宋词的才学化。

第二章 以才学为词

才学由先天之才与后天之学组成。先天之才是指人的天赋。天赋高低是由遗传基因决定的,与后天之学也有一定的关系。人在后天所学到的知识、掌握的方法技能、感悟的事理以及观察问题、思考问题、解决问题的能力等都能转化成一种才能。只有通过后天之学,才能把先天之才发挥到极致。宋人以才学为诗,把众多的典故组织在一起,剥茧抽丝般的寻找其内在逻辑关系和情感线索,就像从纷繁复杂的世事中感悟禅理。宋人普遍采用了以禅喻诗、以禅论诗的方法,其中严羽《沧浪诗话》具有代表性。严羽是主唐音轻宋调,反对以才学为诗的,但他也指出如果不多读书、多穷理,就不能极其至。宋人普遍认为"胸中无千百家书,乃欲为诗,如贾人无资,终不能致奇货也"。① 在唐宋诗学影响下,宋词创作中的才学化问题也很突出。本章通过以学问为词来分析宋词才学化的特点,学问是人后天所学到的知识技能,在宋词创作方面主要是用典和用韵。

第一节 用典

用典是化用典故入词。典故分为事典和语典两类:事典是化用前人故事,语典是化用前人诗词成句。虽然都是用典,但方法作用不尽相同。

一 事典

事典有各种不同的名称,如典故、故实、故事、事实等,使用事典目的是以旧为新、用不自然的方法达到自然的目的。它是宋词常用的创作材料。

唐宋诗歌都在大量用事,也都在抒写意趣,李商隐的《无题》《有感》《写意》《锦瑟》等与宋诗相差无几。如果从用事写意的角度去看,区别还是比

---

① [宋]周密撰:《浩然斋雅谈》,卷上,孔凡礼点校,北京:中华书局2010年版,第15页。

较明显的:我们把唐诗中这种抽象模糊、含蓄蕴藉的情感,姑且称之为"意",这种意也只是作者心中的意;而宋诗中的"意",则是读者心中的意,是读者阅读诗歌时的感受和联想。唐人诗意清浅,往往又难以捉摸,于是一些诗歌就成了千古疑案;无论你如何解释都不完全是诗人的本意。宋诗(词)虽然不好理解,但每个读者都有自己的感受很少形成疑案。究其原因,唐诗抒写的是作者一人之意,以众人的猜度去合一人之意,其难可知。宋人以用事来抒写读者之意,意有深浅或有所偏,但不会虚无缥缈、卒无所解。作者要表述什么并不重要,重要的是读者如何去理解。在宋诗或宋词里,构成"意"的元素便是一个个用事。一首诗词的意由许多的用事组成,意是浑然一体的,不能分割成一个个用事。写意与抒情有相同之处,都是一种情感。抒情直接而且具体,写意则抽象而模糊。抒情可以用事,也可以不用事,不用事似乎更符合诗歌情感自然感发的特质。写意则要依赖众多的材料,这些材料就是用事。到北宋中期,苏轼、黄庭坚从理论上承认用事的合理性,并提出一系列化用故实的方法。北宋后期,李清照的"李易安云"历诋北宋词坛诸大家,如"晏苦无铺叙,贺苦少典重,秦即专主情致,而少故实",①这是文学批评史上第一次把"少故实"作为一个缺点,用来批评本色词人的创作。化用典故、崇尚故实,不仅改变了宋词的创作方式,也改变了宋人的词学观念。

宋词用事延续了汉赋以来同类相聚的传统。吴文英评论周密"绝妙词"的《踏莎行》"敬赋草窗绝妙词",②所用典故如"鲛室裁绡""白雪歌郢"等出自《花间集叙》。这表明"绝妙词"与《花间集》有相同之处,是一部雅正的词选。张炎《西江月》"《绝妙好词》乃周草窗所集也",用事也出自《花间集叙》,如"花气烘人""珠光出海"等,③由此可以看出词人所评论对象的特点和性质。像这种同类相聚的用事方法,在民间词中也很普遍。无名氏《柳梢青》"贺生第三女。全用三女事",④连用四个有关第三女的典故。这些词如同一个模板,涵盖了几乎所有的庆贺吊祭场面。每个人都可以根据自己需要,选择合适的模板,照葫芦画瓢,略作改动即可当场使用。用事由

---

① [宋]胡仔纂集:《苕溪渔隐丛话》,《后集》卷三三,廖德明校点,北京:人民文学出版社1962年版,第254~255页。
② [宋]吴文英撰:《梦窗词集校笺》,《梦窗词集补》,孙虹、谭学纯校笺,北京:中华书局2014年版,第1731~1732页。
③ [宋]张炎:《山中白云词笺》,卷五,黄畲校笺,杭州:浙江古籍出版社2018年版,第291页。
④ [宋]无名氏:《柳梢青》,《全宋词》,第4786页。

文人士大夫阶层向市民延伸。

用事是文人雅嗜之一,《梁书》记载梁武帝与沈约比试用栗典故,①苏轼《张子野年八十五尚闻买妾述古令作诗》用一系列张氏故实,王楙记录这件风流韵事,并自填《望江南》为张仪真寿,其词云:

三杰后(张良),福寿两无涯。食乳相君功未既(张苍),妩眉庆兆眷方兹(张敞)。富贵莫推辞。　门两戟,②却棹一纶丝(张志和)。莼菜秋风鲈鲙美(张翰),桃花春水鳜鱼肥。笑傲溪霅湄(张志和)。③

周密也用张氏故事与张枢次韵唱和。词中用了张曙、张敞、张耒、张建封和张琪故事,构成了一幅女子思夫的场景。④ 辛弃疾《六么令》"用陆氏事,送玉山令陆德隆侍亲东归吴中",原文如下:

酒群花队,攀得短辕折(陆徽)。谁怜故山归梦,千里莼羹滑(陆机)。便整松江一棹,点检能言鸭(陆龟蒙)。故人欢接。醉怀霜橘,堕地金圆醒时觉(陆绩)。　长喜刘郎马上,肯听诗书说(陆贾)。谁对叔子风流,直把曹刘压(陆抗)。更看君侯事业,不负平生学。离舫愁怯(陆贽)。送君归后,细写《茶经》煮香雪(陆羽)。⑤

这首词用了一系列陆姓典故送陆翼年回苏州省亲,词分两阕,每阕四则典故,突出陆氏先辈的煌煌事业,增加了陆氏后辈自豪感。这些还只是堆砌典故、以资游戏,那么,辛弃疾《永遇乐》"戏赋辛字送十二弟赴调"⑥则在诙谐幽默之中,讲论辛氏家族的历史。辛弃疾曾经编纂过《菱湖辛氏族谱》,谙熟家族历史。辛姓肇自周大夫甲公,后来分居陇西,卫国戍边,英贤辈出。辛氏家族性如烈日秋霜,人禀忠肝义胆。这个家族的命运如同它的味道:艰

---

① [唐]姚思廉撰:《梁书》,卷一三,北京:中华书局1973年版,第243页。
② 应是"三戟"。唐人门列三戟的典故较多,张姓有张俭、张去奢、张沛、张文、张巡等,兄弟三人同时出任三品以上高官,故门列三戟。而门列两戟,包括二戟、双戟等事实上更多,但未查到具体的事例。
③ [宋]王楙撰:《野客丛书》,卷二九《用张家故事》,郑明、王义耀校点,上海:上海古籍出版社1991年版,第422页。
④ [宋]周密:《草窗词校注》,卷一,史克振校注,济南:齐鲁书社1993年版,第66页。
⑤ [宋]辛弃疾:《辛弃疾集编年笺注》,卷七,辛更儒笺注,北京:中华书局2015年版,第739~740页。
⑥ [宋]辛弃疾:《辛弃疾集编年笺注》,卷一三,第1574~1578页。

辛、悲辛、辛酸、辛苦，还有辛辣，如同椒桂捣残依然飘香。正因为世上好事不到吾门，临别赠言一句望思量：从今以后入直上省睡不着时不要思念兄弟，待人接物要温言强笑面如靴纹，改一改咱家的坏脾气。

　　用典不只是数量上的堆砌，还要写出新意。黄庭坚尝试着在诗歌中掺入不同类型的典故。《猩猩毛笔》中的"平生几两屐"，用阮孚事；"身后五车书"，用惠施事；"拔毛能济世"，用杨朱事。这些都不是猩猩的本事，也与毛笔不属于同类。① 从以故为新的角度来看，化用这些与题目无关的典故更容易写出新意。类似用法在宋词中也比较普遍。辛弃疾的《沁园春》"灵山斋庵赋，时筑偃湖未成"用"谢家子弟""相如庭户""文章太史公"来形容突兀而出的"三数峰"。② 这些典故不是山本身具有的，用来比拟群山，却比山本身的典故还要确切，把群山的外貌、气度和神态写活了。

　　用事是外来语，与词作叙事状物、言情写意的语境有一种天然地排斥关系。宋以前人通过取消用事的独立性把它融到作品中去。以致于我们阅读这些作品时，有时很难判断作者是否在用事。宋神宗赞扬王珪《上元应制》"妙于用事"。王珪所用无非就是"鳌山凤辇"之类常见的典故，③妙在于他对这些常见典故的改造和组织上，每个用事都剪裁得恰到好处，看不出凑泊之感，也无獭祭之嫌。许顗把剪裁用事称为"杀缚事实"。④ 杀缚事实就是结合具体的语境，对写入诗歌的典故进行剪裁。一个典故，往往有很多不同的形式，只要其核心因素不变，其他都可以改变。这样就有了广泛的适应性，比较容易地融入到各种场景和氛围中去。但这种融入只是表层的，也就是文字层面的。如果要在更深层面融入，还需在立意上下功夫。晚唐五代词人在词的创作中增加一些诗化的因素，用诗意为小词。到了宋代，以诗为词成为一种常态，也把宋诗的才学化问题带进宋词中来。苏轼的一些名篇就突破了上阕写景叙事下阕抒情写意的固定模式，通篇以写意为主。写意又通过用事来展现。苏轼词用事不是着眼于典故翻新，而是从词的立意出发组织谋篇的。首先以某个典故为主干，搭起词的基本框架，然后把其他典故依次附丽其上。"中秋水调歌"的主干就是李白谪仙的典故。苏轼与李白性情相近，沉沦下僚的经历使他认为自己就是那个谪落人世的仙子。于是这就有了下文的把酒问月、乘风归天、玉宫清冷、重返人间、与世沉浮等一

---

① ［宋］黄庭坚撰，［宋］任渊等注：《黄庭坚诗集注》，卷第三《和答钱穆父咏猩猩毛笔》，刘尚荣校点，北京：中华书局2003年版，第149~150页。
② ［宋］辛弃疾：《辛弃疾集编年笺注》，卷一一《沁园春》，第1390页。
③ ［宋］赵令畤撰：《侯鲭录》，卷二，孔凡礼点校，北京：中华书局2002年版，第67页。
④ ［宋］许顗著：《彦周诗话》，何文焕辑：《历代诗话》，北京：中华书局1981年版，第399页。

系列相关的用事，巧妙地把神话故事、历史传说和士大夫心态融为一体，为词作增添了摇曳多姿的艺术魅力。《念奴娇》"赤壁怀古"抒发了伤今之情。怀古只是一种手段，伤今才是目的。"赤壁怀古"围绕着"伤今"这个主旨，把眼前的历史遗迹，正史中的历史事件，传说中的历史人物信手拈来，随意挥洒。从词体的结构上说，这首词开篇第一句就把创作主旨和盘托出，接下来层层论证。更为难得是词中每一句，与上文都是逆接关系。首句"大江东去，浪淘尽、千古风流人物"，是词作的主旨。不过，这个主旨很绝望。大江东去，不仅淘掉了沙粒，也淘尽了英雄。苏轼并没有沿着这个话题往下写而是逆接了一次，不再枚举淘尽了什么，而是写还剩下了什么。于是就过渡到了眼前的古战场的遗址。这就是赤壁大战遗留下来的实物，是历史的见证。不过历史流传下来实物——传说中的周郎赤壁太令人失望了。然后再逆接一次，从令人失望的人文景观过渡到黄州一带长江岸边的自然景观——惊涛拍岸、乱石穿空，卷起千堆雪。二者相比，历史上的人文景观实在不值一提。作者通过两次逆接又回到原点：历史长河冲刷掉了一切，包括曾经决定国家命运的赤壁大战和当时的英雄人物。正当我们以为历史不过尔尔，作者又来一次逆接。下阕突然调动历史记载、传说，着意塑造了一个光芒四射的英雄，这就是三国周郎。他年轻儒雅、风流倜傥，谈笑间一把火烧出个三国鼎立的局面，在历史上留下浓墨重彩的一笔。接着由周郎过渡到我，这又是一个大落差：与光彩照人的周郎相比，作者年纪老大、无所作为；以戴罪之身流落江湖之上，恐怕一生也只能如此了。孔夫子说过"四十、五十而无闻焉，斯亦不足畏也已矣"。① 由周郎到自己是一个逆接。作者本来就认命了，谁知江水明月多情，偏偏把我放到这个令人遐想的地方，或许是江月之神想助我一臂之力吧？于是作者端起酒杯，祭奠江月之神并感谢他们的深情厚谊，作者也只能如此了。这首词前后句之间全是逆接，通过前后对比、大起大落，形成情感上的落差，表现作者内心的失意。这是苏轼一生最失望的时期，也是最失望的词作，直到半个月后作的《前赤壁赋》，才把这种失意化解开来。苏轼的其他词作也都引入了一些散文的作法。读词如读散文，文无定法，顺意而行。由于立意不凡，以天才驾驭才学，使得读者只见词意而不见其用事。魏庆之说苏轼词"皆绝去笔墨畦径间，直造古人不到处"。②

辛弃疾词同样用了散文化的结构，《永遇乐》"京口北固亭怀古"也是一

---

① 十三经注疏整理委员会整理：《十三经注疏·论语注疏》，卷五，北京：北京大学出版社 1999 年版，第 120 页。
② ［宋］魏庆之：《诗人玉屑》，卷二一，王仲闻点校，北京：中华书局 2007 年版，第 675 页。

首怀古之词。词一开始叙述京口的历史,用了孙权和刘裕的典故。他们与京口密切相关,孙权以京口为都城经营江北土地,刘裕以京口为根据地平定内乱、成就帝业。作者用"想当年金戈铁马,气吞万里如虎",①寥寥几句就把刘裕北伐的气势烘托出来。下阕接着叙述宋文帝元嘉北伐,前后三次均以失败告终。"四十三年"以下,转为对辛弃疾自己事业的叙述。四十三年前,作者也是如此狼狈逃到南方的。故地重游,还是当年烽火扬州路的情景。北方依然没有收复,佛狸祠下一片神鸦社鼓之音。北方遗民已经习惯了异族的统治,接受了异族文化。南宋时期的政治军事格局与刘宋相似:南北划江而治,南方汉族政权本想取得封狼居胥、扫穴犁庭的不朽功业,却因事起仓促,将非其人,只落得一次次屈辱议和。"凭谁问,廉颇老矣,尚能饭否",②这是辛弃疾当时的真实处境。自他归来以后四十三年,有三分之一的时间被投闲置散。现在虽被委以方面之重,还是没有得到当政者的完全信任。这首词以赋敛故实为特征,即岳珂所谓的"微觉用事多耳"。③ 几乎每句都在用典,有孙权、刘裕、刘义隆、拓跋焘、廉颇以及他自己从北方归来的故事;在内容上也以重复擅场,对某一个内容进行反复的多角度叙述。孙权、刘裕皆以京口起家,成就帝王之业是重复的;宋文帝好大喜功,本想建立不朽的功业,结果只赢得仓皇北顾,与他自己从山东归来,烽火扬州路也是相同的。除了重复,还有一些不重复的内容。如在孙权后面,加一句评语"舞榭歌台,风流总被,雨打风吹去",④说历史上成功的英雄,也会被时光洗去。作者要详说的,其实是不成功的事例。即使不成功的事例,也不是一步到位的。作者给它加上了刘宋王朝的兴衰,武帝刘裕奋起寒微、不阶尺土、讨平僭伪、成就帝业;而文帝刘义隆以天下之主,三次北伐,竟然铩羽而归。个中原委发人深省。这首词还用了夹叙夹议的手法,在孙权后面,加上"舞榭歌台,风流总被,雨打风吹去",既是写实,也是议论,说明历史上的英主也会被时光冲刷干净;在刘裕后面加上"想当年,金戈铁马,气吞万里如虎",既是总结刘裕的功绩,也是造势,与后面的失败做对比。前面的用事是铺垫,主要还是为伤今。前面抬得越高,后面压得越低。由作者处境可以看出,韩侂胄北伐只是装腔作势,没有做充分的准备,其结局必然是宋文帝北伐失败的再现。辛弃疾这首词写成后,曾征求幕僚的意见。岳珂指出其

---

① [宋]辛弃疾:《辛弃疾集编年笺注》,卷一五,第1818页。
② 同上。
③ [宋]岳珂撰:《桯史》,卷三《稼轩论词》,吴企明点校,北京:中华书局1981年版,第38页。
④ [宋]辛弃疾:《辛弃疾集编年笺注》,卷一五,第1818页。

缺点是用事多了一些。辛弃疾认为岳珂说得有理,正中他的痼疾。然后进行修改,反复吟咏、细细玩味,日数十易,累月犹未竟。① 今天看这首词,并没有修改多少,岳珂谈到的不足一仍其旧。其中的原因又是什么呢? 其一,辛弃疾以赋为词、以论为词,把用事作为创作的基本素材,在这首词中,除了用事再没有别的内容。从大的方面来说,用了七八个典故;从小的方面来说,可谓是字字有出处,一字不肯轻出。"千古江山"出自苏轼《念奴娇》"赤壁怀古"的"大江东去,浪淘尽,千古风流人物";② "斜阳草树,寻常巷陌",出自刘禹锡乌衣巷的"朱雀桥边野草花,乌衣巷口夕阳斜。旧时王谢堂前燕,飞入寻常百姓家"。③ 用事对辛弃疾来说像唐人用情一样,是一种基本的方法和材料。要想把它改了,除非换一种全新的创作方法和材料;而创作方法的形成与文体发展、时代氛围和个人学养等因素是很难改变的;至于材料,宋人注重的还是用事。除了用事,似乎也找不着第二种更合适的材料。其二,辛弃疾词用事没有主次之分,他只是把各色典故排列成篇而已。在客观排列之中,通过详简、议论、对比、重复等手法表明作者的情感。我们读辛弃疾词也感不到典故的堆砌、气脉的板滞和意趣的晦涩。相反,这些词如同胸臆语,直接从肺腑而出。每一位研究者都没有把辛词用事找全,其中的缘由也有二:一是没必要,找不找典故,都不妨碍对辛词的理解;二是也不易,辛弃疾才学出众,其学养不是我们所能企及的。张炎称辛弃疾词是豪气词,于文章余暇,戏弄笔墨,为长短句之诗耳。辛词把传统诗赋的情感融入宋词创作,加上作者个性魅力,形成一种被称之为"骚雅"的意趣。这也是张炎词法着力要弘扬的审美理想之一。

　　姜夔体现了宋词用事的另一种模式。姜夔度曲填词有其尽兴率意的一面,但主要的还是恪守法度。在他的自度曲中,对词体结构作了一些改变,上下阕在形式上有一定的变化,字数、押韵也不相同。经他改造过的词体,结构极其简单。《暗香》《疏影》是一组咏物词,分别咏梅的冷香和月影。上阕是花开,下阕是花落。一开一落,把今昔之感、盛衰之情都写进去了。姜夔通过对用事内涵的改造,使众多用事趋向一个共同意向构成词的意趣。下文试举一例,予以说明:

　　"旧时月色"是姜夔石湖咏梅词《暗香》第一句,给整组词定调。有关姜

---

① [宋]岳珂撰:《桯史》,卷三《稼轩论词》,第38页。
② [宋]苏轼撰:《东坡词编年笺证》,卷三,薛瑞生笺证,西安:三秦出版社1998年版,第357页。
③ [唐]刘禹锡撰:《刘禹锡集笺证》,卷二四,瞿蜕园笺证,上海:上海古籍出版社1989年版,第710页。

夔词的各种注本,都没有对这个典故作注。"旧时""月色""旧月""旧时月"等典故,在唐宋诗词中比比皆是。但把这四个字组合成一个新的典故,也仅见于姜夔这首词中。姜夔把几个常用典故,整合成一个新典故藉此想表达什么情感呢？由于在姜夔之前没有这个词语,在姜夔同时也没有人用这个词语,那么从姜夔以后、与姜夔有某种联系的人相关的记述中来理解这个"旧时月色"也有一定的参考价值。元人杨维桢为陆子敬"旧时月色轩"作记,其中就谈到"旧时月色"。① 陆子敬是张炎的弟子陆行直,深得张炎论词"奥旨制度之法",也继承了张炎对姜夔的尊崇之情。轩名"旧时月色"即出自姜夔的《暗香》。姜夔《暗香》《疏影》是组词,它的写作缘起是范成大晚年退居石湖,治坡儦舍,种植梅花,范村梅园是文人雅士经常汇聚游览之地。绍熙二年(1191)冬月,姜夔在此流连一月有余,应范成大之邀度曲填词创作了《暗香》《疏影》。首句"旧时月色"即点明姜夔的用意："白石为范石湖氏出仕于朝,归老于家也。时异事改,求昔日之所见者,唯月在梅耳,待酒相对悦,如遇故人,于数十年后,岂不有旧月之感哉？"②这一点,很契合范成大心意。"旧时月色"是出仕前在故乡所见到的月色,也泛指青少年时期无忧无虑、欢乐惬意的美好时光。与它相对的是"今之月色"。"今之月色"往往是进退于庙堂与江湖的纠结:进则充满了忧患恐惧和烦躁不安,即使偶尔赏月,也无法释怀忧谗畏讥的惊悸心态;退则不甘。君子之仕也,行其义也。天下扰攘,岂能一走了之？就在这样的纠结中,有人一辈子也没有退出官场,直到被杀被贬被流放。范成大激流勇退,毅然抛弃了仕途经济、回到故乡,重新过上优游岁月、闲适安逸的日子。他忘记了荣辱得失,见到了早年故乡那轮皎洁明亮的月色。"旧时月色"又指退隐归来,重新过上惬意的生活。月分新旧,在姜夔之前已经存在了。所谓的"旧月""今月",不是天有二月,而是在人的感觉中有二月:一是侘傺失意的今月,二是身心舒展的旧月。古人一般只说旧月,而不言今月。旧月,也作"故园月"。岑参《宿铁关西馆》云："那知故园月,也到铁关西。"③故地重游,也称其所见的月为"旧月",白居易《宿府池西亭》："池上平桥桥下亭,夜深睡觉上桥行。白头老尹重来宿,十五年前旧月明。"④在宋词中经常见到"旧时月""故园月"之

---

① [元]杨维桢撰:《东维子文集》,卷一七,《四部丛刊初编·集部》,上海:上海书店印行1989年版,第17~18页。
② 同上。
③ [唐]岑参撰:《岑嘉州诗笺注》,卷三,廖立笺注,北京:中华书局2004年版,第483页。
④ [唐]白居易:《白居易诗集校注》,卷第三七,谢思炜校注,北京:中华书局2006年版,第2800页。

类的典故,史达祖《阮郎归》"月下感事":"旧时明月旧时身。旧时梅萼新。旧时月底似梅人。梅春人不春。 香入梦,粉成尘。情多多断魂。芙蓉孔雀夜温温。愁痕即泪痕。"①史达祖是与姜夔同时、年辈稍晚的词人,他们之间有一定的交游。史达祖用到"旧时月"这个词汇时,包括了时光流逝、旧月欢快、月下赏梅等因素,含义与姜夔相近。姜夔把新月、旧月组合在一起,延续了前人旧月即家园,今月即仕游的观念,只不过他的旧月不完全是时间意义上的过去的月色,而是退隐回家重新见到的月色。这个比新月还新的月色,因其与旧时感觉相近而被称为旧时月色。

　　姜夔对前人典故作了一定的改动,使其适合词的语境。何逊渐老,由赋梅和咏春风两个典故组成。何逊赋梅有三个因素:咏梅、渐老、忘却,综合起来表达一个意向,年老才尽,再也写不出当年的春风诗句。过去注释姜夔"何逊而今渐老,都忘却春风词笔"时,往往引用何逊《扬州法曹梅花盛开》:"兔园标物序,惊时最是梅。衔霜当路发,映雪拟寒开。枝横却月观,花绕凌风台。朝洒长门泣,夕驻临邛杯。应知早飘落,故逐上春来。"②既然写不出还引这首诗为证,岂不南辕而北辙?清乾隆江昉刻本《何水部集》此篇下有一注:"(何)逊为建安王水曹,王刺扬州,逊廨舍有梅花一株,日吟咏其下,赋诗云云。后居洛思之,再请其任,抵扬州,花方盛开,逊对花彷徨,终日不能去。"③此前,写了这首咏梅诗;这次再来,梅花盛开,他对花彷徨,终日不去,没有写下咏梅名篇,这才更符合姜夔的词意。春风词笔,出自何逊的另一首诗歌《咏春风诗》,该诗原文是:"可闻不可见,能重复能轻。镜前飘落粉,琴上响余声。"④这首诗歌咏物工细,确实比何逊咏梅诗写得好。⑤ 姜夔词用事,深婉工细。"旧时月色"后面,紧接着"算几番照我"。算,算计。几番,几回。张先《系裙腰》:"人情纵似长情月,算一年年。又能得、几番圆。"⑥照我,宋人写明月照我,多与思乡有关。王安石《杂咏四首》其一:"为问扬州月,何时照我还。"⑦《泊船瓜洲》:"春风自绿江南岸,明月何时照

---

① [宋]史达祖撰:《梅溪词》,雷履平、罗焕章校注,上海:上海古籍出版社1988年版,第25页。
② [梁]何逊:《何逊集校注》,卷二,李伯齐校注,北京:中华书局2010年版,第81页。
③ 同上书,第82页。
④ [梁]何逊:《何逊集校注》,卷三,第285页。
⑤ 王双启:《暗香赏析》,唐圭璋等撰:《唐宋词鉴赏辞典:南宋·辽·金卷》,上海:上海辞书出版社1988年版,第1755页。
⑥ [宋]张先:《张先集编年校注》,吴熊和、沈松勤校注,杭州:浙江古籍出版社1996年版,第192页。
⑦ [宋]王安石著,[宋]李壁笺注:《王荆文公诗笺注》,卷四〇,高克勤点校,上海:上海古籍出版社2010年版,第1010页。

我还。"①这两句紧扣着范成大致仕归来的活动展开。其他各典也紧承前面的语义,梅边吹笛、玉人摘梅、春风词笔、竹外梅花、香入瑶席等环环相扣,把情感引向深入。下阕承折梅赠远而来。江国寂寂、夜雪初积、梅下开宴、回忆往事、梅花飘落,都与梅花以及范成大范村所处的江南有关。"江国寂寂",江国,江南,杜甫"江国逾千里,山城仅百层"。②寂寂,李群玉"玉鳞寂寂飞斜月,素艳亭亭对夕阳",③写梅花半开半落的景象。花瓣飘落如玉龙战败,鳞甲从斜月飞下,盛开的梅花如同亭亭玉立的美女。对这一联后人评价极高,杨慎说:"'玉鳞寂寂飞斜月',真奇句也。'暗香浮动'恐未可比。"④王世贞也认为它比林逋的"暗香疏影"好,与杜甫的"幸不折来伤岁暮,若为看去乱乡愁"齐名,"大有神采,足为梅花吐气"。⑤姜夔化用典故达到了出神入化的境界,越咀嚼越有余味。

宋词用典比宋诗还要突出。在宋诗创作中还有叙述状物、描写景物的眼前语,而在宋词创作尤其是在质实丽密的词人词作里,基本上就是一个个典故的罗列。这与唐人獭祭有相似之处,但表述效果不同。它是有潜气内转、运行其间的,理解起来也不难。宋词是用意趣来统摄全篇,尽管用典众多,但从头到尾只是一意,且环环相扣,层层推进。苏轼词意趣自然飞动,辛弃疾词骚雅厚重,姜夔词疏旷灵动,吴文英则沉潜质实。词体形式决定了它不能脱离女性化的题材,本色词只能以男女爱情、咏物言志、节序更换等几种有限的形式抒情言志。苏轼、辛弃疾用典是一种个性化的方法,好之者以为无以复加,但不能作为一种理论推广开来。姜夔、吴文英用典的方法,被沈义父、张炎总结为质实清空理论传承下来。姜夔因此而成为宋词的一代宗师,如宋诗中的黄庭坚。

二 语典

语典是运用前人的成句入词,在这些成句中以唐宋诗歌为主,有些词人词作用典不受限制,经史子集均在陶冶之中。语典分为两种:一是直接使用、不做大的改动,以集句为主;一是按照词体需要予以修改剪裁,使它符合词体需要,与词意融为一体。

---

① [宋]王安石著,[宋]李壁笺注:《王荆文公诗笺注》,卷四三,第1137页。
② [唐]杜甫著,[清]仇兆鳌注:《杜诗详注》,卷二二,北京:中华书局1979年版,第1945页。
③ [唐]李群玉:《人日梅花病中作》,《全唐诗(增订本)》(第9册)卷五六九,第6659页。
④ [明]杨慎撰:《丹铅总录校正》,卷二〇《人日梅诗》,丰家骅校正,北京:中华书局2019年版,第937页。
⑤ [明]王世贞:《艺苑卮言校注》,卷四,罗仲鼎校注,北京:人民文学出版社2021年版,第284页。

(一) 集句

关于宋代集句词,张明华教授《集句词研究》做了比较全面的搜集和统计,两宋集句词人共计十九人,作品五十一首。① 不过还有遗漏,譬如周紫芝集句词两首就未统计。如果继续搜集,肯定还有新的发现,但也不会太多,因为形式限制了数量。还有些不是集句词,而是繁密的用典。笔者以王安石、苏轼、辛弃疾和汪元量为例,分析集句词的特点。

王安石有集句词六首,没有注名集句出处,笔者试补注于词句后:

菩萨蛮

数间茅屋闲临水(刘禹锡),窄衫短帽垂杨里(?)。今日是何朝(韩愈),看予渡石桥(骆宾王)。② 柳梢新月偃(韩愈《南溪始泛三首》其一:梢梢新月偃),午醉醒来晚(陈叔宝),何物最关情(李白《杨叛儿》:何许最关情)? 黄鹂三两声(晏殊《破阵子》:叶底黄鹂一两声)。③

菩萨蛮

海棠乱发皆临水(徐寅《依韵赠安南方处士》五首其四:落花明月皆临水)。君知此处花何似(韩愈)? 凉月白纷纷(杜甫),香风隔岸闻(韩愈)。 啭枝黄鸟近(杜甫),隔岸声相应(?)。随意坐莓苔(杜甫),飘零酒一杯(杜甫)。④

浣溪沙

百亩庭中半是苔(刘禹锡)。门前古道水萦回(王安石《法喜寺》:门前白道自萦回)。爱闲能有几人来(杜牧)。 小院回廊人寂寂(杜甫《涪城县香积寺官阁》:小院回廊春寂寂),山桃野杏两三栽(雍陶),为谁零落为谁开(严恽)。⑤

---

① 张明华:《集句词研究》,北京:中国社会科学出版社 2016 年版,第 310 页。
② 这两句,一作"花是去年红,吹开一夜风"。胡仔《苕溪渔隐丛话》《后集》卷第三九《长短句》云:"鲁直书荆公集句《菩萨蛮词》碑本云:'数间茅屋闲临水,窄衫短帽垂杨里。花是去年红,吹开一夜风。娟娟新月偃,午醉醒来晚。何许最关情,黄鹂三两声。'因阅《临川集》,乃云:'今日是何朝,看余度石桥。'余谓不若'花是去年红,吹开一夜风'为胜也。"[宋]胡仔纂集:《苕溪渔隐丛话》,上海:上海古籍出版社 1962 年版,第 326 页。按:花是去年红(弘秀),吹开一夜风(王维:新开一夜风)。
③ [宋]吴曾撰:《能改斋漫录》,卷一七,上海:上海古籍出版社 1960 年版 1979 年新 1 版,第 491 页。
④ [宋]王明清撰:《挥麈余话》,卷之二,上海:上海书店出版社 2009 年版,第 231 页。
⑤ 黄昇《花庵词选》卷二收录王安石《菩萨蛮》"数间茅屋闲临水"和《浣溪沙》"百亩庭中半是苔"二首"集句"([宋]黄昇选:《唐宋诸贤绝妙词选》,卷二,黄昇选编:《花庵词选》,中华书局上海编辑所编辑,北京:中华书局 1958 年版,第 48~49 页);陈耀文编《花草粹编》卷三《集句》有王安石的"海棠乱发皆临水"和"新筑草堂集句"(数间茅屋闲临水)二首([明]陈耀文编:《花草粹编》,卷之三《菩萨蛮》,龙建国、杨有山点校,保定:河北大学出版社 2006 年版,第 173 页)。

甘露歌

折得一枝香在手(?)。人间应未有(晁补之《木兰花》"退观楼":人间应未觉春归)。疑是经春雪未消(戎昱)。今日是何朝(韩愈)。

又

尽日含毫难比兴(王禹偁)。都无色可并(李商隐)。万里晴天何处来(储载)。真是屑琼瑰(韩愈)。

又

天寒日暮山谷里(杜甫)。的砾愁成水(韦应物《咏水精》:的皪愁成水)。池上渐多枝上稀(张籍《宴客词》:地上渐多枝上稀)。唯有故人知(韦应物)。①

上文补注分三种情况:集句与原文相同的,仅注明作者;集句与原文不同的,注名作者和原文;查无出处的,空缺。空缺也分为两种情况:一种是确实没有出处的,如《菩萨蛮》中的"隔岸声相应"句;另一种是除了王安石集句词以外,在后人作品中发现有相近的句子,如《菩萨蛮》中的"窄衫短帽垂杨里"一句,相近的诗句出现在金代赵可词中,为"轻衫短帽垂杨里"。

集句词有其内在的规定性:第一,集句词所选的句子,以诗歌居多,不限文体。第二,每家只取一句,杂取多家组成一首新词。胡仔批评葛次仲集句:"今亚卿(葛次仲)全用致尧前两句,极为无工。"②第三,用古人原句不能更改,更不能杜撰。从笔者补注的王安石集句词的情况来看,他并不符合上述三个规定的后两个规定,而且表现还比较突出,如《菩萨蛮》"海棠乱发皆临水",集杜诗达四句。陈正敏《遁斋闲览》说王安石平生集句诗,未尝改古人字。③ 根据笔者补注,王安石集句词多次改动古人诗句,甚至还有杜撰之嫌。这种情况在苏轼集句词也有。苏轼《定风波》"元丰六年七月六日,王文甫家饮酿白酒,大醉,集古句作墨竹词",也改动了古人好几处诗句。词的原文是:

雨洗涓涓嫩叶光,风吹细细绿筠香。秀色乱侵书帙晚,帘卷,清阴微过酒尊凉。　人画竹身肥拥肿,何用?先生落笔胜萧郎。记得小轩

---

① [宋]王安石撰:《王安石文集》,卷三七《甘露歌》,刘成国点校,北京:中华书局2021年版,第621页。
② [宋]胡仔纂集:《苕溪渔隐丛话》,《后集》卷第一五,廖德明校点,北京:人民文学出版社1962年版,第113页。
③ [宋]胡仔纂集:《苕溪渔隐丛话》,《前集》卷第三五,第238页。

岑寂夜,廊下、月和疏影上东墙。①

上阕四句来自杜甫《严郑公宅同咏竹得香字》:"绿竹半含箨,新梢才出墙。色侵书帙晚,阴过酒樽凉。雨洗娟娟净,风吹细细香。但令无剪伐,会见拂云长。"②除了次序不同,还增加了一些韵脚和辅助部分。有四句来自杜甫的同一首诗歌。下阕前两句来自白居易《画竹歌并引》"人画竹身肥拥肿,萧画茎瘦节节竦",③原文有所改动。下阕后两句出自曹希蕴的《墨竹》。④ 这首词不完全符合集句的要求,更偏向檃栝。苏轼这首词,没有注明各句的出处,估计也没有把它当作集句。与此相近的还有向子諲的《浣溪沙》:"爆竹声中一岁除。东风送暖入屠苏。曈曈晓色上林庐。 老去怕看新历日,退归拟学旧桃符。青春不染白髭须。"⑤这首词集王安石和苏轼有关除日的诗句。既有对原句摘用,也有化用。向子諲特别提到吕居仁的两句诗歌,是对王安石《除日》诗的化用。向子諲在上下阕前两句是摘用,第三句是檃栝。第三句不见于王安石、苏轼原词,是向子諲自己撰写的。上阕第三句"曈曈晓色上林庐",化用王安石"千门万户曈曈日",加上韵脚的"上林庐"。下阕第三句"青春不染白髭须",是顺接苏轼诗意加的新句。因为在苏轼原诗中是非常伤感的,不适合喜庆的节日主题。经过向子諲的摘用加化用,词的意脉完整,一洗苏轼伤感基调。向子諲自撰的"青春不染白髭须",经辛弃疾的化用而家喻户晓成为宋词名句。在宋人心目中,檃栝与集句是相近的创作方法,可以搭配使用。

那么,苏轼自注为"集句"的词作,情况又如何呢?试看《南乡子》"集句"三首:

其一

寒玉细凝肤(吴融),清歌一曲倒金壶(郑谷),杏叶萄条遍相识(李商隐《燕台四首》"春":冶叶倡条遍相识),争如,豆蔻花梢二月初(杜牧《赠别二首》其一:荳蔻梢头二月初)。 年少即须臾(白居易《东南行一百韵寄通州元九侍御澧州李十一

---

① [宋]苏轼撰:《东坡词编年笺证》,卷二,薛瑞生笺证,西安:三秦出版社1998年版,第344页。
② [唐]杜甫著,[清]仇兆鳌注:《杜诗详注》,卷之一四,北京:中华书局1979年版,第1184页。
③ [唐]白居易:《白居易诗集校注》,卷第一二,谢思炜校注,北京:中华书局2006年版,第927页。
④ [宋]苏轼:《苏轼文集》,卷六八《书曹希蕴诗》,孔凡礼校注,北京:中华书局1986年版,第2130页。
⑤ [宋]向子諲:《浣溪沙》,《全宋词》,第1246页。

舍人果州崔二十二使君开州韦大员外庚三十二补阙杜十四拾遗李二十助教员外窦七校书》：年少不须史），芳时偷得醉工夫(白居易。郑邀《招友人游春》：芳时偷取醉工夫)。罗帐细垂银烛背(韩偓《闻雨》：罗帐四垂红烛背)，欢娱，岂得平生俊气无(杜牧)。

其二

怅望送春杯(杜牧)，渐老逢春能几回(杜甫)。花满楚城愁远别(许浑《竹林寺别友人》：花满谢城伤共别)，伤怀，何况清丝急管催(刘禹锡《洛中送韩七中丞之吴兴口号五首》其三：何况清弦急管催)。吟断望乡台(李商隐)，万里归心独上来(许浑)，景物登临闲始见(杜牧)，徘徊，一寸相思一寸灰(李商隐)。

其三

何处倚阑干(杜牧)，弦管高楼月正圆(杜牧《怀钟陵旧游四首》：丝管高台月正圆)。蝴蝶梦中家万里(崔涂)，依然，老去愁来强自宽(杜甫《九日蓝田崔氏庄》：老去悲秋强自宽)。明镜借红颜(李商隐《戏赠张书记》：明镜惜红颜)，须著人间比梦间(韩愈)。蜡烛半笼金翡翠(李商隐)，更阑，绣被焚香独自眠(许浑,李商隐)。①

苏轼集句词与王安石差不多。一首集句词中出现同一个诗人两句以上的现象比较普遍，而且每首词中的诗句都改动过两次以上，《南乡子》其一竟多达四次。如果这些改动出自不同的版本，那么，有些诗句连作者也标识错误，如《南乡子》其一"芳时偷得醉工夫"，苏轼标识作者为白居易，其实是郑邀，诗句也略有不同，是"芳时偷取醉工夫"。《南乡子》其三"绣被焚香独自眠"，苏轼标识作者为许浑，其实是李商隐。类似的情况在苏轼用典中经常出现，据说苏轼诗歌写好后，让弟子和儿子查阅典故出处。他人代查，难免有讹误。

苏轼的《阮郎归》"集句梅花"，原文及补注如下：

暗香浮动月黄昏(林逋)，堂前一树春(蒋维瀚《春女怨》：白玉堂前一树梅)。东风何事入西邻(王维《春日与裴迪过新昌里访吕逸人不遇》：东家流水入西邻)？儿家常闭门(蒋维瀚《春女怨》：儿家门户寻常闭)。雪肌冷(?)，玉容真(?)，香腮粉未匀(谢逸)。折花欲寄陇头人(陆凯《赠范晔诗》：折花逢驿使，寄与陇头人)，江南日暮春(刘攽)。②

---

① [宋]苏轼撰：《东坡词编年笺证》，卷四《南乡子》三首，薛瑞生笺证，西安：三秦出版社1998年版，第695~697页。
② [宋]苏轼撰：《东坡词编年笺证》，卷三《阮郎归》"集句梅花"，第638页。

在这首集句词里,比较规范的集句仅三句,不规范的六句,其中改动原句四次,作者自撰两句。对于生性豪放洒脱、不拘小节的词人,恪守规则是有一定难度的。苏轼把这种创作心态,带到了他的诗词创作中。

辛弃疾有三首集句词,分别是集经句、集庄语、集古句。其中集经句的《踏莎行》"赋稼轩,集经句",原文如下:

进退存亡(《易·乾·文言》:知进退存亡而不失其正者),行藏用舍(《论语·述而》:用之则行,舍之则藏)。小人请学樊须稼(《论语·子路》:樊迟请学稼,子曰:"吾不如老农。"请学为圃。曰:"吾不如老圃。"樊迟出。子曰:"小人哉,樊须也"),衡门之下可栖迟(《诗·陈风·衡门》:衡门之下,可以栖迟),日之夕矣□□下(《诗·王风·君子于役》:日之夕矣,羊牛下来)。 去卫灵公(《论语·卫灵公》:卫灵公问陈于孔子。孔子对曰:"俎豆之事,则尝闻之矣;军旅之事,未之学也。"明日遂行),遭桓司马(《孟子·万章上》:孔子不悦于鲁、卫,遭宋桓司马,将要而杀之,微服而过宋)。东西南北之人也(《礼记·檀弓上》)。长沮桀溺耦而耕(《论语·微子》),丘何为是栖栖者(《论语·宪问》:丘何为是栖栖者与)。①

《卜算子》"用庄语"②摘取《庄子》中成句组成新词,比"集经句"更甚。"集经句"中还有两句没有剪裁,而"集庄语"中没有一句不剪裁的,还有他自己发的议论"善学庄周者"。辛弃疾的《忆王孙》"秋江送别,集古句",③只有两处剪裁成句入词:一是"登山临水送将归"(《楚辞·九辨》:登山临水兮送将归)。一是"昔人非"(苏轼《陌上花》三首其一:江山犹是昔人非)。比"集经句""集庄语"规范一些。集句词比较规范的,是宋末词人汪元量。汪元量现存集句词九首,补注于后:

忆王孙④

汉家宫阙动高秋(赵嘏)。人自伤心水自流(刘长卿)。今日晴明独上楼(卢纶)。恨悠悠(秦观)。白尽梨园子弟头(孟迟)。

又

吴王此地有楼台(刘沧)。风雨谁知长绿苔(李远)。半醉闲吟独自来

---

① [宋]辛弃疾:《辛弃疾集编年笺注》,卷八《踏莎行》"赋稼轩,集经句",辛更儒笺注,北京:中华书局2015年版,第767页。
② [宋]辛弃疾:《辛弃疾集编年笺注》,卷一四,第1665~1666页。
③ [宋]辛弃疾:《辛弃疾集编年笺注》,卷一〇,第1207页。
④ [宋]汪元量:《汪元量集校注》,卷五,胡才甫校注,杭州:浙江古籍出版社1999年版,第254~256页。

(高骈)。小徘徊(李商隐)。惟见江流去不回(窦巩)。

又

长安不见使人愁(李白)。物换星移几度秋(王勃)。一自佳人坠玉楼(胡曾)。莫淹留(高适)。远别秦城万里游(李涉)。

又

阵前金甲受降时(李郢)。园客争偷御果枝(刘禹锡)。白发宫娃不解悲(顾况)。理征衣(杨巨源)。一片春帆带雨飞(弘秀)。

又

鹧鸪飞上越王台(窦巩)。烧接黄云惨不开(吴融)。有客新从赵地回(罗隐)。转堪哀(司空图)。岩畔古碑空绿苔(许浑)。

又

离宫别苑草萋萋(张孝祥《满江红》"秋满蘅皋":但长洲、茂苑草萋萋)。对此如何不泪垂(白居易)。满槛山川漾落晖(罗隐)。昔人非(苏轼)。惟有年年秋雁飞(李峤)。

又

上阳宫里断肠时(顾况《叶上题诗从苑中流出》:上阳宫女断肠时)。春半如秋意转迷(柳宗元)。独坐纱窗刺绣迟(朱绛)。泪沾衣(苏轼)。不见人归见燕归(崔橹)。

又

华清宫树不胜秋(孟迟)。云物凄凉拂曙流(赵嘏)。七夕何人望斗牛(李嘉祐)。一登楼(秦观)。水远山长步步愁(李群玉)。

又

五陵无树起秋风(杜牧)。千里黄云与断蓬(杨凭)。人物萧条市井空(张泌)。思无穷(苏轼)。惟有青山似洛中(许浑)。

孔凡礼《增订湖山类稿》"编年":"《忆王孙》词九首,中有'有客新从赵地回'之句,当作于南归之初。"①再看词中所描写的景象,是战乱后重游故地的沧桑感。刘辰翁批语:"集句数首,甚婉娩,情至可观。"②所谓的"情至"是词中所蕴含的词人对于江南故国的深厚情怀。这些情感在当时是不能直接表述的,作者采用了婉转含蓄的表述方法。汪元量这组集句词,以首为单位,杂取诸家诗词组合而成,每位诗(词)人只取一句,除了个别诗句与

---

① [宋]汪元量:《汪元量集校注》,卷五,第256页。
② 同上书,第254页。

原文略有不同外,基本没有修改原句。

集句是合异为同,易故为新。① 把来自不同时代、作者、文体中的成句,重新排列组合,再赋予它新的含义。必须用"意"把来源不同的句子贯穿起来。这个"意"并不显露,但它决定了集句词的质量。一首好的集句词,诵之终帙,见其即事体物,委曲亲切,如肺腑中,自出机杼,而无附离牵合之态。② 有才是集句的基础,用才是集句的关键。集句是一种文字游戏,但在宋代文人集句的创作中游戏色彩日渐淡泊,而才学因素日趋突出,甚至比一般诗词创作还要正规高雅。集句词尤难神合。③《柳塘词话》列出六难:属对、协韵、不失粘、切题意、情思联续和句句精美。沈雄再加一难:打成一片。④ 一首好的集句词,不仅需要才气,还需要对才学的运思。陆游《杨梦锡集句杜诗序》说得很到位,"梦锡之意非为集句设也,本以成其诗耳"。⑤ 杨冠卿(字梦锡)不是为了呈才学而作集句,他是用集句来表现意。与宋诗创作的心态完全一致了。杨冠卿《卜算子》"秋晚集杜句吊贾傅":

苍生喘未苏(《行次昭陵》),贾笔论孤愤(《寄岳州贾司马六丈、巴州严八使君两阁老五十韵》),文采风流今尚存(《丹青引,赠曹将军霸》:文彩风流犹尚存),毫发无遗恨(《敬赠郑谏议十韵》)。 凄恻近长沙(《入乔口》),地僻秋将尽(《秦州杂诗二十首》第十八首)。长使英雄泪满襟(《蜀相》),天意高难问(《暮春江陵送马大卿公,恩命追赴阙下》)。⑥

这首词,集杜诗而成。笔者补注时,只列出篇名,文字不同才列出原文,在这首词中,已经看不出诗句在杜诗中的原意了,基本上融入了词作,成为词作情感的组成部分。词围绕着贾谊的政论文和不幸遭遇而展开。"贾笔论孤愤",出自杜甫《寄岳州贾司马六丈、巴州严八使君两阁老五十韵》,原文是"贾笔论孤愤,严诗赋几篇"。⑦ "贾笔""严诗"切合杜甫唱和的对象

---

① [元]牟巘撰:《陵阳集》,卷第一二《厉瑞甫唐宋百衲集序》,四川大学古籍整理研究所编:《宋集珍本丛刊》第87册,北京:线装书局2004年版,第549页。
② [宋]王炎撰:《双溪类稿》,卷二四《东山集句诗序》,影印《四库全书》本。
③ [清]邹祗谟撰:《远志斋词衷》,唐圭璋编:《词话丛编》,北京:中华书局1986年版,第653页。
④ [清]沈雄撰:《古今词话》,《词品》上卷,《词话丛编》,第843页。
⑤ [宋]陆游:《渭南文集笺校》,卷一五《杨梦锡集句杜诗序》,朱迎平笺校,上海:上海古籍出版社2022年版,第751页。
⑥ [宋]杨冠卿:《卜算子》,《全宋词》,第2404页。
⑦ [唐]杜甫著,[清]仇兆鳌注:《杜诗详注》,卷之八,北京:中华书局1979版,第650页。

"岳州贾司马六丈"（贾至）和"巴州严八使君"（严武）。"贾笔"出自《汉书·贾捐之传》"贾君房下笔，言语妙天下"，①在这首集句词中，有些诗句是非常有名的。"文彩风流犹尚存"形容曹霸绘画，"长使英雄泪满襟"感伤诸葛亮北伐未成赍志以殁。用来形容贾谊的文章，虽不很恰切但也不乏诙谐幽默。就像绘画介于似与不似之间，只有这样才能传神。集句也是如此。太贴题了拘而不畅，不着题就失去了集句的意义。

集句词不是原创性的创作，但也需要极高的才气和过人的笔力，是记忆能力和创作能力的双重检验。集句词的每一句都有双重意义，一是原先语境下的含义，二是选取过来以后词人赋予它的新意。由于是整句入选，又不能做太大的改造，语义的支离破碎在所难免。集句之难，在于融汇；融会贯通、才能写出新意。作为一种游戏偶尔为之不失为一种雅趣，但很难成为一种主流的创作方法。作为一种集中使用才学的方法，出现在以才学为词的宋代，本身就能说明很多问题。

（二）化用诗词

在宋词中化用唐宋诗及宋词的情况比较普遍，大致有以下这五种情况：

1. 以词释诗，赋予新意。这以诗句用在词首句的情形居多，比如用宋人名句"满城风雨近重阳"入词。惠洪《冷斋夜话》卷四："黄州潘大临工诗，多佳句，然甚贫，东坡、山谷尤喜之。临川谢无逸以书问：'有新作否？'潘答书曰：'秋来景物，件件是佳句，恨为俗氛所蔽翳。昨日清卧，闻搅林风雨声，欣然起，题其壁曰："满城风雨近重阳。"忽催租人至，遂败意。止此一句奉寄。'闻者笑其迂阔。"②潘大临的佳句因思绪中断而无对句，尽管只有一句，宋人对它评价却很高。吕本中称"文章之妙，至此极矣"，③赵蕃说"我谓此七字，已敌三千首"。④ 谢逸、谢薖、吕本中、王十朋、赵蕃、韩淲、方岳等为这句诗作续，成为宋代诗史上的一段佳话。这种续作之风在宋词中也有体现。在《全宋词》中直接化用这句诗的有五次，间接化用二十一次。仅以直接化用而言，有四首放在首句。

赵彦端《画堂春》："满城风雨近重阳。夹衫清润生香。好辞赓尽楚天

---

① [汉]班固撰，[唐]颜师古注：《汉书》，卷六四下，北京：中华书局 1964 版，第 2835 页。
② [宋]释惠洪撰：《日本五山版冷斋夜话》，卷之四，张伯伟编校：《稀见本宋人诗话四种》，南京：江苏古籍出版社 2002 年版，第 40 页。
③ [宋]吕本中撰：《东莱诗集》，卷四，四川大学古籍整理研究所编：《宋集珍本丛刊》第 39 册，北京：线装书局 2004 年版，第 20 页。
④ [宋]赵蕃撰：《淳熙稿》，卷一《重阳近矣风雨骤至诵潘邠老满城风雨近重阳句辄为一章书呈教授沆陵》，《丛书集成初编》，北京：中华书局 1985 年北京新 1 版，第 8 页。

长。唤得花黄。 客胜不知门陋,酒新如趁春狂。故人相见等相忘。一语千觞。"①首句"满城风雨近重阳"为词定调。按潘大临的本意这句是凄苦之音。正如方回所云"潘邠老曰'满城风雨近重阳',此衰谢之极感也"。②词中的风雨、重阳,限定了它所写的景象在深秋,作者却营造了一个朋友聚会、诗酒唱和的温馨气氛。深秋气爽,洗尽盛夏的溽热烦闷。词人换上夹衫,与亲友汇聚陋宅作诗填词。你唱我和,直到把好辞赓尽,然后赏菊。下阕写酒宴。嘉宾纷至,忘记了门巷简陋;新熟的酒喝得情绪高涨像春天一样。亲朋故友十分融洽,每一句知心话,都赢得千觞美酒。秋天是一个伤感的季节,这首词却给它赋予了祥和平静的气氛。

袁去华的《念奴娇》"次郢州张推韵":"满城风雨近重阳,云卷天空垂幕。林表初阳光似洗,屋角呼晴双鹊。香泽方熏,烘帘初下,森森霜华薄。发妆酒暖,㜸人须要同酌。 老手为拂春山,休夸京兆扫,宫眉难学。客里清欢随分有,争似还家时乐。料得厌厌,云窗深锁,宽尽黄金约。不堪重省,泪和灯烬偷落。"③这首词情感起伏跌宕,首句情调阴霾,接下来各句由阴转晴,气氛由凄苦转为甜美。词中着重写了一段"客里清欢"。他的意中人就像柳永《少年游》中的世间尤物,陪同词人度过了一段欢乐时光,词人回家后一再推延返期。也料想到她对自己的刻骨思念,却没料到这个痴情的女子竟然因思成疾,因疾成病,因病去世,情感至此也由甜美转向哀伤。从结句"不堪重省,泪和灯烬偷落"分析,这是一首悼亡词。

姚述尧《朝中措》:"满城风雨近重阳。小院更凄凉。遥想东篱山色,今年花为谁黄。 何妨载酒,登高落帽,物外徜徉。都把渊明诗思,消磨□□□□。"④这首词中的"满城风雨近重阳",既是自然天气的描写,也是词人内心的真实反映。上阕写了两层景象:一是今日的风雨重阳、小院凄凉。二是对过去家乡岁月的思念,东篱山色,从陶渊明《饮酒》其五"采菊东篱下,悠然见南山"化出,用陶渊明诗中景象借指自己故乡。故乡菊花正盛,主人不在,不知为谁开放? 下阕是登高望远,化解心中的愁闷。试想如果真是风雨重阳,并不适合登高望远,能见度差,看不到多远的地方;雨中登山,道路泥泞,脚下打滑,艰于出行。此处的"满城风雨近重阳"未必是正在下雨,而是重阳节前下了一场雨,雨后登高望远抒发思乡之愁。呼朋引伴、

---

① [宋]赵彦端:《画堂春》,《全宋词》,第1882页。
② [元]方回:《重阳吟五首并序》,北京大学古文献研究所编:《全宋诗》第66册,卷三四八二,北京:北京大学出版社1998年版,第41438页。
③ [宋]袁去华:《念奴娇》"次郢州张推韵",《全宋词》,第1936页。
④ [宋]姚述尧:《朝中措》,《全宋词》,第2017页。

载酒郊外、登高望远,徜徉物外,以致于帽子落了都不知道。姚述尧用了孟嘉龙山落帽的典故,①表现自己神游物外、遗忘荣辱之情。用渊明的诗思——饮酒赏菊,消磨半日轻狂。

赵长卿《蓦山溪》"忆古人诗云'满城风雨近重阳',因成此词":"满城风雨,又是重阳近。黄菊媚清秋,倚东篱、商量开尽。红萸白酒,景物一年年,人渐远,梦还稀,赢得无穷恨。 钗分镜破,一一关方寸。强醉欲消除,醉魂醒、凄凉越闷。鸳鸯宿债,偿了恶因缘,当时事,只今愁,斑尽安仁鬓。"②根据词题可知,这首词也是阐释"古人"诗意的。根据词体、押韵的需要,他把"满城风雨近重阳"变成了"满城风雨,又是重阳近",形式略有变化。"又是重阳近"也是从秦观《满庭芳》"秋思"中化出的,具有明显的节令特征。"黄菊""东篱",化用陶渊明《饮酒》诗;"红萸白酒",是唐人重阳登高常用的典故。景物一年年,出自张若虚《春江花月夜》"江月年年只相似",景物未变,而人世代变。他所系念的人一去不返,甚至在梦中也遇不到,只留下无穷的遗恨。下阕具体抒发这无穷遗恨。"钗分镜破",点明人世变化的关键。"钗分"典出袁宏《后汉纪·灵帝纪上》:"妇人见去,当分钗断带。"③"镜破"典出孟棨《本事诗·情感第一》徐德言夫妻离合事。④ 赵长卿用这个典故,并强调"一一关方寸",说明他经历了一次惨痛的别离。据赵长卿《临江仙》词序云:"予买一妾,稍慧,教之写东坡字。半年,又工唱东坡词。命名文卿。元约三年。文卿不忍舍主,厥母不容于议,坚索之去。今失于一农夫,常常寄声,或片纸数字问讯。仙源有感,遂和其韵。"⑤他是南丰宗室,故自号仙源。文卿是他的家妓,刚雇来时连名字也没有。赵长卿给她取名、教她学东坡字、唱东坡词。文卿天资聪颖,很快学会了这些才艺,还学会了填词。三年期满后,文卿不忍离去。但她的母亲不容商议,夺其所好,嫁一农夫,过上了一夫一妻的生活。她忘不了主人对她的恩惠,经常给主人寄信寄词以示问候。赵长卿这首词就是与她唱和之作。由于文卿原唱已经散佚,只能根据这首《临江仙》一窥其当日风貌。词云:"破靥盈盈巧笑,举杯滟滟迎逢。慧心端有谢娘风。烛花香雾,娇困面微红。 别恨彩笺

---

① [东晋]陶渊明:《陶渊明集笺注》,卷第六,袁行霈笺注,北京:中华书局2003年版,第491页。
② [宋]赵长卿:《蓦山溪》,《全宋词》,第2318页。
③ [汉]荀悦、袁宏:《两汉纪》,《后汉纪》,卷第二三,张烈点校,北京:中华书局2002年版,第451页。
④ [唐]孟棨:《本事诗》,上海:古典文学出版社1957年版,第5页。
⑤ [宋]赵长卿:《临江仙》,《全宋词》,第2341页。

虽寄,清歌浅酌难同。梦回楚馆雨云空。相思春暮,愁满绿芜中。"①上阕是写文卿的美貌慧心,下阕离别后的相思。在《惜香乐府》中与文卿有关的词约十余首。词中"强醉欲消除,醉魂醒、凄凉越闷。鸳鸯宿债,偿了恶因缘,当时事,只今愁,斑尽安仁鬓",抒写词人准备接受现实,摆脱这种没有希望的情感。于是饮酒解愁,谁知酒醒之后更加凄凉愁闷。用鸳鸯分飞,偿还今世恶缘。过去的情爱、现在的愁恨萦绕心头,挥之不去,使词人早早地白了两鬓。男女之情会随着时间推移悄然发生变化:昔日的甜蜜转为痛苦,往日的痛苦又转为甜蜜。爱之愈深,恨之愈切。爱有多深,伤害就有多深。赵长卿用伤心的情感阐释了他对"古人"的诗意的理解。

　　李处全《浣溪沙》"儿辈欲九日词而尚远,用'满城风雨近重阳'填成浣溪沙"。词云:"宋玉应当久断肠。满城风雨近重阳。年年戏马忆吾乡。催促东篱金蕊放,佳人更绣紫萸囊。白衣才到共飞觞。"②这首词没有把"满城风雨近重阳"放置在首句,但也蕴含悲意。宋玉断肠即宋玉悲秋。宋玉为何悲秋?悲秋与作客往往相联,杜诗云:"万里悲秋常作客。"③词人写宋玉悲秋不是为了写悲,而是要写乐。回忆家乡的民俗是秋风戏马、赏菊饮酒和馈赠萸囊等。如果遇上刮风下雨,这些户外活动就取消了。这便是词人悲秋的缘由。辛弃疾"思量却也有悲时,重阳节近多风雨",④与此词意境相近。

　　词人把"满城风雨近重阳"放在首句或次句,为整首词定调。虽然诗意凄苦,但经过词人的改写,词意发生了新的变化,也可以抒写温馨、欢快之情,也可以悼亡伤感,写更为凄苦之情。同样的诗意,表现迥然不同的情感,体现了宋人化用才学的方法和功力。

　　2. 以诗收词,阐释诗境。诗句常用在词的尾句,用诗意来深化词的意境。

　　宋词有以诗收词的传统,藤宗谅《临江仙》就是一首这样的作品。词的原文是:"湖水连天天连水,秋来分外澄清。君山自是小蓬瀛。气蒸云梦泽,波撼岳阳城(孟浩然《临洞庭》)。　帝子有灵能鼓瑟,凄然依旧伤情。微闻兰芝动芳馨。曲终人不见,江上数峰青(钱起《省试赋湘灵鼓瑟》)。"⑤这首词在

----

① 〔宋〕赵长卿:《临江仙》,《全宋词》,第 2341 页。
② 〔宋〕李处全:《浣溪沙》,《全宋词》,第 2240 页。
③ 〔唐〕杜甫著、〔清〕仇兆鳌注:《杜诗详注》,卷之二〇《登高》,北京:中华书局 1979 年版,第 1766 页。
④ 〔宋〕辛弃疾著:《辛弃疾集编年笺注》,卷一〇《踏莎行》,第 1187 页。
⑤ 〔宋〕藤宗谅:《临江仙》,《全宋词》,第 141 页。

《御选历代诗余》卷三十八、《词综》卷八均题为"巴陵"。是词人贬谪岳州时所作,时间应在庆历六年(1046)间。① 词中写巴陵的自然和人文景观,与范仲淹《岳阳楼记》相近。范仲淹云:"予观夫巴陵之胜状,在洞庭一湖。"② 滕宗谅这首词也是由洞庭湖着笔的。上阕写洞庭湖,化用了孟浩然《临洞庭》中的名句"气蒸云梦泽,波撼岳阳城"。③ 下阕写巴陵人物,突出了帝子湘灵,归结到钱起的名句"曲终人不见,江上数峰青"。④ 化用前人成句,为词作增色不少。这些唐诗名句家喻户晓,惟其如此,才能彰显出巴陵深厚的文化底蕴。如果换成别的两句,就很难达到这个效果。在滕宗谅化用的四句诗中,孟浩然的"气蒸云梦泽,波撼岳阳城",因其独一无二的地域特征后人化用者寥寥。而钱起这两句写景抒情诗因具有广泛的适应性,被后人多次化用。

秦观《临江仙二首》其一:"千里潇湘挼蓝浦,兰桡昔日曾经。月高风定露华清。微波澄不动,冷浸一天星。　独倚危樯情悄悄,遥闻妃瑟泠泠。新声含尽古今情。曲终人不见,江上数峰青。"⑤姚述尧《临江仙》"送使君刘显谟归三衢":"忆昨曾将明使指,轺车踏遍东城。重来游戏拥双旌。江山皆故部,英俊尽门生。　杖策翩然归去也,送行满坐簪缨。尊前雨泪不胜情。曲终人散后,江上数峰青。"⑥这两首词都归结到钱起这两句诗歌,成为整首词抒情写意归宿点。在这三首词中,"曲终人散后,江上数峰青"都在结尾,词句相同但含义各不相同。滕宗谅化用湘灵鼓瑟典故,突出巴陵人文景观之盛,是神来之笔。秦观用古典写今情,突出听琴后的感受,余音袅袅,不绝如缕,在广阔的潇湘水面上扩散。而姚述尧写刘使君故地重游送行人物之盛。

以诗收词的还有贺铸《雁后归》"临江仙人日席上作":"巧翦合欢罗胜

---

① 庆历四年(1044)春,滕宗谅谪守巴陵(岳州);庆历七年(1047)二月迁苏州,三月辞世(见范仲淹《祭同年滕待制文》《天章阁待制滕君墓志铭》)。词中"湖水连天天连水,秋来分外澄清",为洞庭秋景。这首词应作于滕宗谅守巴陵之秋。排除了庆历七年,再看词中景象,与范仲淹写于庆历六年九月十五日的《岳阳楼记》相近,故定为庆历六年(1046)秋。
② [清]范能濬编集:《范仲淹全集》,《范文正公集》,卷第八,薛正兴校点,南京:凤凰出版社2004年版,第168页。
③ [唐]孟浩然:《孟浩然诗集笺注(增订本)》,卷上,佟培基笺注,上海古籍出版社2013年版,第132页。
④ [唐]钱起:《钱起诗集校注》,卷六《省试湘灵鼓瑟》,王定璋校注,杭州:浙江古籍出版社2015年版,第189页。
⑤ [宋]秦观:《淮海居士长短句笺注》,卷下,徐培均笺注,上海:上海古籍出版社2008年版,第179~180页。
⑥ [宋]姚述尧:《临江仙》"送使君刘显谟归三衢",《全宋词》,第2012页。

子,钗头春意翾翾。艳歌浅拜笑嫣然。愿郎宜此酒。行乐驻华年。　未是文园多病客,幽襟凄断堪怜。旧游梦挂碧云边。人归落雁后,思发在花前。"①这首词演绎的是薛道衡《人日思归》。叶梦得《鹧鸪天》"续采莲曲":"一曲青山映小池。绿荷阴尽雨离披。何人解识秋堪美,莫为悲秋浪赋诗。

携浊酒,绕东篱。菊残犹有傲霜枝。一年好景君须记,正是橙黄橘绿时。"②全词分上下两阕,两阕是各自独立的;都是前两句写景,后两句抒情;阐释苏轼《赠刘景文》"荷尽已无擎雨盖,菊残犹有傲霜枝。一年好景君须记,正是橙黄橘绿时"的诗意。③上下两阕情感相连,从不悲秋到喜秋,词意与诗情融合。

3.用诗词名句入词,深化词中情感。诗词名句多处于词体中间位置,如李贺的《金铜仙人辞汉歌》中的"天若有情天亦老"句。④

欧阳修《减字木兰花》:"伤怀离抱。天若有情天亦老(李贺)。此意如何(陈叔宝)。细似轻丝渺似波(吴融)。　扁舟岸侧。枫叶荻花秋索索(白居易:枫叶荻花秋瑟瑟)。细想前欢。须着人间比梦间(韩愈)。"⑤欧阳修词共八句,其中五句化用前人诗歌,具有集句词的某些特征。"天若有情天亦老"跟在"伤怀离抱"之后,加深情感,突出了对"前欢"的思念。

孙洙《河满子》"秋怨":"怅望浮生急景,凄凉宝瑟余音。楚客多情偏怨别,碧山远水登临。目送连天衰草,夜阑几处疏砧。　黄叶无风自落(卢纶:霜叶无风自落),秋云不雨长阴(卢纶:秋云不雨空阴)。天若有情天亦老(李贺),摇摇幽恨难禁。惆怅旧欢如梦(温庭筠:还似去年惆怅。春欲莫,思无穷。旧欢如梦中),觉来无处追寻。"⑥从补注可以看出孙洙这首词也多处化用唐人诗词成句,其中"黄叶无风自落,秋云不雨长阴"是从卢纶诗歌化出的。卢纶《送万巨》:"把酒留君听琴,谁堪岁暮离心。霜叶无风自落,秋云不雨空阴。人愁荒村路细,马怯寒溪水深。望尽青山独立,更知何处相寻。"⑦这是一首六言诗,这

---

① [宋]贺铸:《东山词》,卷三,钟振振师校注,上海:上海古籍出版社1989年版,第372~373页。
② [宋]叶梦得:《鹧鸪天》"续采莲曲",《全宋词》,第1008页。
③ [宋]苏轼著,[清]冯应榴辑注:《苏轼诗集合注》,卷三二,上海:上海古籍出版社2001年版,第1634页。
④ [唐]李贺:《李长吉歌诗编年笺注》,卷二,吴企明笺注,北京:中华书局2012年版,第159~160页。
⑤ [宋]欧阳修:《欧阳修词校注》,卷一,胡可先、徐迈校注,上海:上海古籍出版社2015年版,第71页。
⑥ [宋]孙洙:《河满子》"秋怨",《全宋词》,第280页。
⑦ [唐]卢纶:《卢纶诗集校注》,卷一,刘初棠校注,上海:上海古籍出版社1989年版,第43~44页。

两句紧承首联把酒听琴、岁暮离别而来,写景状物,展现岁暮离别之情。在这首词中,"天若有情天亦老"跟在"黄叶无风自落,秋云不雨长阴"后,加深霜叶飘落,愁云惨淡的景象。

贺铸《行路难》:"缚虎手(《淮南子》:王子庆忌足蹑麋鹿,手缚虎兕),悬河口(晁补之:诸公辩壮悬河口),车如鸡栖马如狗(范晔)。白纶巾(白居易:晚着白纶巾),扑黄尘(郭祥正:我方两鬓扑黄尘),不知我辈可是蓬蒿人(李白:我辈岂是蓬蒿人)!衰兰送客咸阳道(李贺),天若有情天亦老(李贺)。作雷颠(从范晔《后汉书·雷义传》化用而来,没有现成的句子),不论钱(客户里女子:姹娘相托不论钱),谁问旗亭(柳永《看花回》:任旗亭、斗酒十千)美酒斗十千(王维:新丰美酒斗十千)? 酌大斗(《诗集传·大雅·行苇》:酌以大斗),更为寿(《全唐诗》卷八:倾盌更为寿),青鬓常青古无有(韩琮:青鬓长青古无有)。笑嫣然(宋玉:嫣然一笑),舞翩然(?),当垆秦女(辛延年《羽林郎》:胡姬年十五,春日独当炉)十五语如弦(韩琮:秦娥十六语如弦)。遗音能记秋风曲(《汉武帝故事》:乃自作《秋风辞》),事去千年犹恨促(李益)。揽流光(李白:欲上青天揽明月;曹植:流光正徘徊),系扶桑(杜甫:有时系扶桑),争奈愁来一日却为长(李益:愁来一日即为长)!"①贺铸这首词题目与词调相合,备述世路艰难及离别的伤悲,且句句用典,具有集句词的一些特点。集句以语典为主,这首词还用事典,"作雷颠"是从《汉书·雷义传》、"秋风曲"是从《汉武故事》等史书中化出的;集句集而不改,这首词对写入词中的诗句改动较大;有些词句还找不到恰当的出处,应该是词人自创的新语。宋人用典往往同类相比,贺铸用朱震"车如鸡栖马如狗",表明自己官职卑微。② 虽然才高位下,但他仍不甘于目前的处境,倔强之中还有些自命不凡。"衰兰送客咸阳道,天若有情天亦老"即由此而来。在李贺诗中,这两句突出金铜仙人离别长安的悲伤,蕴含着国势衰微、时序迁移的复杂情感。贺铸化用李贺成句写他自己离别京城,辗转于江湖之上酸辛。此情此景,苍天也会为之伤悲。抒情有大小,伤感都一样,与李贺原意出入不大。

万俟咏《忆秦娥》"别情":"千里草。萋萋尽处遥山小。遥山小。行人远似,此山多少。 天若有情天亦老(李贺)。此情说便说不了。说不了。一声唤起,又惊春晓。"③这首词化用前人成句仅李贺这一句,词意也比较简单,伤春感别。上阕是一个特定的离别场面,春草萋萋,染绿了千山。千山尽头是行人。行人就像远山一样,越走越远直到看不到。下阕抒情,第一句

---

① [宋]贺铸:《东山词》,卷一,第 103 页。
② 同上书,第 104 页。
③ [宋]万俟咏:《忆秦娥》"别情",《全宋词》,第 1049 页。

即"天若有情天亦老",渲染这种离别之情。下面是欲休还说,说又无法说清的这种离别之感。于是昏昏睡去,再醒来时已是春晓。李贺"天若有情天亦老"位于换头处,与下句相联。通过一点一染,把具体的情感扩大了。

4. 大量的化诗入词,诗词意境高度融合。

前面所讲是化用诗句入词,基本上以是化用一句、两句诗歌入词。大量化用诗词成句入词,类似集句,但与集句不同,如贺铸的《行路难》。集句是游戏而这是严肃的创作。从化用诗歌的语典、成句,到融汇诗意入词,形成诗词一体的观念。那些诗词兼善的词人,常常化用诗意来写词。

姜夔《扬州慢》通过对扬州城兵燹后情景的描写抒发了黍离之悲。① 该词作于宋孝宗淳熙三年(1176)冬至日,姜夔二十刚出头,他告别汉阳,沿江而下,第一次到扬州。虽然是初来乍到,但对于扬州并不陌生。他从前人的诗赋中熟知扬州昔日的繁华富庶。在唐代"扬州富庶甲天下,时人称扬一益二",②姜夔也是由此着笔的。淮左名都,竹西佳处,是扬州所处的地理位置和繁华所在。宋时扬州属于淮南东路,古人把东西称为左右,淮南东道为淮左。名都,扬州是历史名城,也是唐代商业经济最发达的大都市。竹西,竹西亭,杜牧《题扬州禅智寺》:"谁知竹西路,歌吹是扬州。"③春风十里是扬州城繁华的商业大道,杜牧《赠别》诗云:"娉娉袅袅十三余,豆蔻梢头二月初。春风十里扬州路,卷上珠帘总不如。"④杜牧所写的扬州城里的雏妓,十里长街数她最漂亮。妓女是城市经济的产物,也是唐宋时期的支柱产业之一。不过姜夔所看到的却是另一幅景象,"尽荠麦青青"。当年的繁华富庶、歌儿舞女不见了,所见到的只有荒田野草。扬州是一座四通八达、兼有鱼盐之利的商业城市。在南宋初期,两次遭遇兵火,沦为荒城。姜夔描写扬州荒凉的景象,用了拟人的手法,"自胡马窥江去后,废池乔木,犹厌言兵"。下面写扬州城残败的景象,黄昏时的清角,回荡在空城。扬州已沦为宋金对峙的边城,驻扎军队,早晚吹号角以警晨昏。姜夔感觉这是一座空城,昔日繁华如同一梦。即使杜郎重生,也无法接受眼前的一切。无论是豆蔻词,还是青楼梦,都与眼前景象对不上。上文所述,是扬州已经消失了的景象。下

---

① [宋]姜夔:《姜白石词编年笺注》,卷一,夏承焘笺校,上海:上海古籍出版社1981年版,第1页。
② [宋]司马光编著,[元]胡三省音注:《资治通鉴》,卷二五九,北京:中华书局1956年版,第8430页。
③ [唐]杜牧:《杜牧集系年校注》,《樊川文集》卷第三,吴在庆系年校注,北京:中华书局2008年版,第344页。
④ [唐]杜牧:《杜牧集系年校注》,《樊川文集》卷第四,第614页。

文所写则是扬州历经沧桑,依然保存下来的景象。二十四桥,典出杜牧《寄扬州韩绰判官》:"青山隐隐水遥遥,秋尽江南草未凋;二十四桥明月夜,玉人何处教吹箫。"①这座历史名桥,历经多次兵火,竟然奇迹般的保存下来,而且桥边红药还盛开着,仿佛在等待着谁。通过扬州城仅存隋唐遗物,衬托出初冬时节扬州城的荒凉残破。千岩老人萧德藻认为这首词有黍离之悲。② 姜夔通过今昔对比,来体现扬州城的变化。这种对比直接而强烈,给人留下深刻的印象。盛衰之感、兴亡之意,也在对比中油然而生。

相比之下,刘过同类的作品要轻松一些。《沁园春》"寄稼轩承旨":"斗酒彘肩,风雨渡江,岂不快哉。被香山居士,约林和靖,与东坡老,驾勒吾回。坡谓西湖,正如西子,浓抹淡妆临镜台。二公者,皆掉头不顾,只管衔杯。白云天竺飞来。图画里、峥嵘楼观开。爱东西双涧,纵横水绕,两峰南北,高下云堆。逋曰不然,暗香浮动,争似孤山先探梅。须晴去,访稼轩未晚,且此徘徊。"③关于这首词的词题,诸本均作"寄辛承旨,时承旨招,不赴"。《花庵词选》作"风雪中欲诣稼轩,久寓湖上未能一往,因赋此词以自解"。④ 这首词的写作缘起是:"嘉泰癸亥(1203)岁,改之在中都,时辛稼轩(弃疾)帅越,闻其名,遣介招之。适以事不及行,作书归辂者。"⑤辛弃疾闻刘过之名,邀其赴山阴聚会。刘过未能去,于是仿辛弃疾词风填了这首词《沁园春》,解释未能赴邀的原因。词一开篇,就徘徊在去与不去之间。先设想稼轩邀他赴宴,是一次英雄聚会,招待的食物也是英雄化的斗酒彘肩。英雄相惜,有诉说不尽的豪情。风雨渡江,也不同寻常。二者结合起来,岂不快哉? 不料半路上被三个古人给拦下了。这三个古人都是唐宋时期的杭州主人。我也只能客随主便。他们请我留在中都(临安)游西湖,但在游览的具体景点上,各又不同。东坡快人快语,他说雨中游湖最好,犹如西子浓妆临镜。这是化用苏轼《饮湖上初晴后雨二首》其二:"水光潋滟晴方好,山色空蒙雨亦奇。欲把西湖比西子,淡妆浓抹总相宜。"⑥白居易和林逋掉头不顾,只管饮酒。白居易说还是看山好,天竺山飞来峰,佛寺依山而建,楼观峥嵘,景色如画;东西二涧、南北二峰,高下相映,别有洞天。这是化用白居易描写杭州西

---

① [唐]杜牧:《杜牧集系年校注》,《樊川文集》卷第四,第545页。
② [宋]姜夔:《姜白石词编年笺注》,卷一,第1页。
③ [宋]刘过撰:《龙洲词校笺》,马兴荣校笺,南昌:江西人民出版社1999年版,第11页。
④ [宋]黄昇选编:《花庵词选》,《中兴以来绝妙词选》,卷之五,北京:中华书局1958年版,第261页。
⑤ [宋]岳珂撰:《桯史》,卷第二,吴企明点校,北京:中华书局1981年版,第23页。
⑥ [宋]苏轼著,[清]冯应榴辑注:《苏轼诗集合注》,卷九,第404页。

湖的系列诗歌"在郡六百日,入山十二回",①"湖上春来似画图,乱峰围绕水平铺",②"东涧水流西涧水,南山云起北山云"等。③ 林逋说看山好,游天竺不如游孤山。孤山赏梅,别有情趣。暗香浮动,疏影横斜,静谧之中韵味无穷。这是化用林逋的"疏影横斜水清浅,暗香浮动月黄昏"。④ 等到来日天晴,再访稼轩不迟。结论虽未明说,但所要表达的意思很清楚——谢绝邀请,暂不能去。这是一首游戏词,文人之间开个玩笑。刘过词有稼轩词的豪放风格,岳珂说它"词语峻拔如尾腔,对偶错综,盖出唐王勃体而又变之",⑤ 该词具有以赋为词的特征,如采用对话,伸主抑宾;大量用典,错综对偶;叙议结合,构思奇特,就像王勃的《滕王阁序》一样,骈散交杂,整饬之中意脉流畅,也深得辛词三昧。

程珌《六州歌头》"送辛稼轩"⑥作于开禧元年(1205)秋,送辛弃疾镇江罢任,归铅山时而作。⑦ 其中包含了辛弃疾的三首词,词人向辛弃疾质问三事:第一件事概括了辛弃疾《兰陵王》"赋一丘一壑",⑧词人专致于一丘一壑,心无旁骛,像古来贤者,进亦乐,退亦乐;第二件事包蕴了辛弃疾《沁园春》"再到期思卜筑",⑨词人准备找一方山水隐居起来,不知稼轩前次归去,近况如何。第三件事总结辛弃疾《哨遍》,⑩认为庄生多事,论虱论豕论羊蚁,这个问题还未说清楚,又谈论什么于鱼得计。鱼相忘于江湖,就是得计?难道它不知水上水下都有危险。凡此三惑,谁能使我心中释然。我不是葫芦,不能把口吊起来不吃饭。既然要吃饭,危机就不可避免。我可以像稼轩老那样,把自己的行藏出处完全托付给自然。有事即出,无事即回。回到瓢湖,有千棵松柏相迎。这首词名为向稼轩老质三事,其实是无疑而问。词人像辛弃疾那样隐退江湖,在危机中求得一线生机。

上述三首词的用典方式略有不同。姜夔词是直接用典,通过正面类比与反面映衬,在历史与现实之间切换,突出今日扬州的衰败。刘过以间接用

---

① [唐]白居易:《白居易诗集校注》,卷第二三,谢思炜校注,北京:中华书局2006年版,第1827页。
② 同上书,第1812页。
③ [唐]白居易:《白居易诗集校注》,《外集》卷上《诗补遗》,第2908页。
④ [宋]林逋:《林和靖集》,卷二,沈幼征校注,杭州:浙江古籍出版社2012年版,第87页。
⑤ [宋]岳珂撰:《桯史》,卷第二,吴企明点校,北京:中华书局1981年版,第23页。
⑥ [宋]程珌:《六州歌头》"送辛稼轩",《全宋词》,第2948~2949页。
⑦ [宋]程珌:《六州歌头》"送辛稼轩",吴熊和主编:《唐宋词汇评:两宋卷》,杭州:浙江教育出版社2004年版,第2882页。
⑧ [宋]辛弃疾:《辛弃疾集编年笺注》,卷一二,第1366~1367页。
⑨ [宋]辛弃疾:《辛弃疾集编年笺注》,卷一一,第1326~1327页。
⑩ [宋]辛弃疾:《辛弃疾集编年笺注》,卷一四,第1762~1763页。

典为主,对典故改动较大,甚至看不出典故的出处。引用白居易诗句比较隐晦,以至于看不出他具体化用了哪几句。从用典的惯例来分析,"白云"应与上文的"坡谓"、下文的"逋曰"相同,是在化用白居易的诗句。具体化用哪几句,也只能从相近的诗句去比对。程珌《六州歌头》"送辛稼轩"则更像櫽栝,没有直接引用辛词原句而是化用辛弃疾词意,典故已经退居其次,抒怀写意才是最主要的。

5. 化用俗语入词。当化用诗词成句、典故入词到了一定的程度,势必形成逆反心理,于是有人反其道而行之,化用俗语、俚语入词,从而达到以俗为雅的目的。这种方法也不始于宋词,在唐诗中即有以鄙俗语入诗者。① 苏轼化用王巩(定国)侍妾柔奴的口语"此心安处是吾乡",②吴曾指出这句话出自柔奴,但也有出处:"余以此语本出于白乐天,东坡偶忘之耳。白《吾土诗》云:'身心安处为吾土,岂限长安与洛阳。'又《出城留别诗》云:'我生本无乡,心安是归处。'又《重题》诗云:'心泰身宁是归处,故乡独可在长安。'又《种桃杏》诗云:'无论海角与天涯,大抵心安即是家。'"③苏轼创作随心所欲,记错用错典故也是常有的现象。④ 李之仪《蝶恋花》"席上代人送客,因载其语",⑤化用送行人语入词,千叮咛万嘱咐,亲切自然中见真情。李之仪(又作蔡伸)《临江仙》"咏藏春玉"末二句"物轻人意重,千里赠鹅毛",全用俗谚。⑥ 这句俗语还用在邢俊臣的《临江仙》"神运石"中,其词云:"巍峨万丈与天高。物轻人意重,千里送鹅毛。"⑦把"巍峨万丈"的巨石形容成"鹅毛",且不惜千里相赠,生动形象的描绘出了北宋末年花石纲耗费人力物力之巨,而这些在统治者看来又是如此地微不足道。邢俊臣滑稽词亦庄亦谐、风趣幽默,其讽刺效果入木三分。

化用诗词成句入词,是以才学为词的具体途径之一。宋人以才学为词,作诗的材料与古人不同。古人以亲身感受为诗材,也辅以事典、语典,一般

---

① [宋]王楙撰:《野客丛书》,卷二四《以鄙俗语入诗中用》,郑明、王义耀校点,上海:上海古籍出版社1991年版,第346~347页。
② [宋]苏轼撰:《东坡词编年笺证》,卷三《定风波》,薛瑞生笺证,西安:三秦出版社1998年版,第488页。
③ [宋]吴曾撰:《能改斋漫录》,卷八,上海:上海古籍出版社1960年版1979年新1版,第235~236页。
④ [宋]邵博撰:《邵氏闻见后录》,卷一六,刘德权、李剑雄点校,北京:中华书局1983年版,第126~128页。
⑤ [宋]李之仪:《蝶恋花》,《全宋词》,第455~456页。
⑥ [清]李调元撰:《雨村词话》,卷二《鹅毛》,唐圭璋编:《词话丛编》,北京:中华书局1986年版,第1405页。
⑦ [宋]邢俊臣:《临江仙》"神运石",《全宋词》,第1282页。

说来量不大、也不足以改变诗歌的表现形式；宋人也有亲历亲见亲身感受为诗材的，但大量的运用前人的典故，尤其是化用前人诗词文赋语句入词，改变了诗歌的表现形式。诗歌不再是叙事抒情，而是表现读者心中的意。表现方式有所变化，但真切体验实际感受仍很重要。贺铸曾称自己笔端驱使李商隐、温庭筠奔走不暇，而与他同时的晏几道用唐诗语典相对少一些，晏几道词比贺铸更接近时代。王铚《墨记》卷上云："贺方回遍读唐人遗集，取其意以为诗词，然所得在善取唐人遗意也，不如晏叔原尽见昇平气象，所得者人情物态。"①亲身感受远远超过化用典故，即使在以才学为词的宋代，也是如此。

三 白战

语典、事典，是运用才学的方法。运用才学多了也容易形成套路，一看题目就想到该用哪些典故，描摹哪些景象，抒发哪些情感，形成了一种思维定式。这种定式陈陈相因，极难出新。宋人在唱和词中提出一种新的游戏规则，即所谓的禁体、白战。

禁体是通过限定使用部分常用词语，实现诗意的创新。白战不用才学典故，用寻常言语抒情写意，实现诗意的创新。唐宋诗歌以文人雅集、相互唱和为创作途径之一，聚会唱和是禁体、白战规则推行的主要场所。宋人习惯把文人雅集、唱和称为文战。参加文战，除了要有战斗的意志，还需熟识游戏规则。有些规则是普遍流行的，如诗体、诗韵、立意、构思等；有些是临时增加的，如唱和、分韵的方式和部分禁字等。禁体、白战也是其中的规则之一。这两个词语经常连用，都出自苏轼对皇祐二年（1050）欧阳修在颍州聚雪堂所做《雪》诗的阐释。元祐六年（1091）十一月一日，苏轼在颍州祷雨张龙公，得小雪，与客会饮聚星堂。② 在同样的时间、地点、氛围（雪中约客赋诗）下，他想起了欧阳修当年的风流轶事，也想效仿一次。聚星堂雅集赋《雪》诗，题目、规则也是欧阳修四十一年前遗留下来的。欧阳修的"禁体物语"，见于《雪》诗序："时在颍州作。玉、月、梨、梅、练、絮、白、舞、鹅、鹤、银等字皆请勿用。"③苏轼也禁上述体物语，而且还把禁止的范围进一步扩大。这就是他在诗歌结尾所说的，"汝南先贤有故事，醉翁诗话谁续说。当时号令君听取，白战不许持寸铁"，由禁常用词语到禁用一切典故。"醉翁诗

---

① ［宋］王铚撰：《默记》，卷下，朱杰人点校，北京：中华书局1981年版，第46页。
② ［宋］苏轼著，［清］冯应榴辑注：《苏轼诗集合注》，卷三四，第1724页。
③ ［宋］欧阳修：《欧阳修全集》，卷五四，李逸安点校，北京：中华书局2001年版，第764页。

话",即《六一诗话》,记载进士许洞刁难九僧的故事,①与欧阳修在颍州聚雪堂唱和规则相近,明确限定某些词语不能入诗,并没有把它延伸到"白战"的范畴。白战是苏轼自己新加的。作为欧阳修的弟子,他对欧阳修的创作方法是服膺的。嘉祐四年(1059),苏轼《江上值雪》,即"限不以盐、玉、鹤、鹭、絮、蝶、飞、舞之类为比,仍不使皓、白、洁、素等字"。② 这种限定与欧阳修禁体物语是相近的,也是合乎情理的。多用常语,写不出新意。诗意的创新,从词语创新起步。欧阳修之所以禁用这些词语,不乏有受许洞的影响,主要还是剔除陈词滥调,用新词写新意。许洞是刁难九僧,欧阳修刻意出新。规则相同,但制定规则的出发点和归宿点不同。

"白战"在欧阳修的诗话、诗歌中没有出现过。它出自苏轼对欧阳修禁体诗的阐释。白战即徒手格斗、不假外物,赤手空拳战胜对手。如果用这个标准来衡量,欧阳修、苏轼此前所禁的那些陈词滥调,显然不是"寸铁"。因为这些词语根本威胁不了任何人,反倒会影响自己诗意的表达。能杀人的"寸铁"是宋诗中的才学,宋诗中的才学又包括很多因素,如诗歌的立意、构思、音韵、对仗,以及化用前人的语典、事典等。前面这些因素,是诗歌创作中通用的因素,属于内在的因素已经成为诗体的一部分。而使事用典是到宋代才被承认的才学化因素,属于外在的因素。即是说没有才学化的因素,照样能写出诗歌,在宋诗创作中它属于外物。假借外物战胜对手,胜之不武。不用外物,完全依靠纯天然的手段战胜对手,才符合苏轼"于艰难中特出奇丽"的标准。③ 排除了才学,就要在诗歌的立意、构思等传统因素上加倍用功,这是一种更难的创作方法。诚如欧阳修诗中所言的"脱遗前言笑尘杂,搜索万象窥冥漠"。④ 苏轼虽然继承了欧阳修的精神,沿用欧阳修的规则,但他与欧阳修聚雪堂唱和要求并不同。欧阳修限用陈词滥调,但不限制使用典故。欧阳修《雪》诗采用赋体写法,从各个方面描述对雪的感受,几乎每句都用典故。再看苏轼的几首禁体诗,情况也各不相同。嘉祐四年(1059)的《江上值雪》,禁用一些常用的词语和常见典故;熙宁七年(1074)冬的《雪后书北台壁二首》和《谢人见和前篇二首》,没有禁用的范围,以韵难而著称。元祐六年(1091)的《聚星堂雪》,重申欧阳修的"前令",并把它

---

① [宋]欧阳修:《欧阳修全集》,卷一二八,第 1951~1952 页。
② [宋]苏轼著,[清]冯应榴辑注:《苏轼诗集合注》,卷一,第 22 页。
③ 周裕锴:《以战喻诗:略论宋诗中的"诗战"之喻及其创作心理》,《文学遗产》2012 年第 3 期,第 82 页。
④ [宋]欧阳修:《欧阳修全集》,卷五四,李逸安点校,北京:中华书局 2001 年版,第 764 页。

扩大为"白战"。魏庆之《诗人玉屑》卷九"白战"条下收录的苏轼《溪堂雪诗》，①出自宋徽宗宣和五年（1123）阮阅编纂的《诗话总龟》。② 孔凡礼教授认为："序中所云与苏轼经历不合，今入无名氏。"③故存而不论。

宋诗的这种游戏规则，也对宋词创作产生了一定的影响。在宋词中也有"禁体词成"④"白战清吟"⑤等话题。词人聚会也填禁体词，也讲白战术，与之相适应的是唱词方式也发生了改变，清吟、孤吟、自吟、自唱等方式应运而生。这是宋代才出现的唱词方式，它与唐五代的"清唱"相近，唱词者不是乐工歌妓，而是词人自己。自作自吟，用简单的形式表达纯真的情感。禁体与白战连用有了新的含义。除了限定常用语、俗语，还不能用典故，"不须持寸铁"。⑥ 史浩的《朝中措》"雪"："冻云著地静无风。簌簌坠遥空。无限人间险秽，一时为尔包容。　凭高试望，楼台改观，山径迷踪。唯有碧江千里，依然不住流东。"⑦既没有犯禁，也没有明显用典，而且也达到了较高的水平。

禁体诗始于咏雪，并不限于咏雪。禁体词也从咏雪扩大到了咏梅。汪莘批评唐宋人咏梅的种种弊端，其中就有搜索枯肠、斗尽尖新、形式出奇而妨碍了词意的抒发，思想上了无新意。宋词创作刚刚突破一种程式化，又陷入了另一种程式化。这说明仅仅依靠改变创作方法还是不够的，真正的创新应该是思想品质的提升，比如宋人咏梅作品很多但佳作有限，新意不多。李清照说"世人作梅词，下笔便俗"，⑧清雅不是用文字所能装饰的。

禁体词并没有风行词坛，成为一种流行的创作方法，因为它不符合宋代词学的创作趋势。作为一种反动的方法，它对宋词才学化及其后遗症进行反思，被宋词理论所汲取，成为宋词自然理论的一部分。

---

① ［宋］魏庆之：《诗人玉屑》，卷九，王仲闻点校，北京：中华书局2007年版，第286~287页。
② ［宋］阮阅编：《诗话总龟》，《后集·附录》，周本淳点校，北京：人民文学出版社1987年版，第323页。
③ ［宋］苏轼撰：《苏轼诗存目》八《雪诗八首》其一，北京大学古文献研究所编：《全宋诗》第14册，北京：北京大学出版社1998年版，第9655页。
④ ［宋］秦观：《淮海居士长短句笺注》，存疑，徐培均笺注，上海：上海古籍出版社2008年版，第257页。
⑤ ［宋］周密：《草窗词校注》，卷二，史克振校注，济南：齐鲁书社1993年版，第113页。
⑥ ［宋］吴潜：《霜天晓角》"己未五月九日，老香堂送监簿侄归，和自昭韵"，《全宋词》，第3511页。
⑦ ［宋］史浩：《朝中措》"雪"，《全宋词》，第1654页。
⑧ ［宋］李清照：《李清照集笺注》，卷一，徐培均笺注，上海：上海古籍出版社2002年版，第123页。

第二节　用韵

　　词之所以要押韵,一方面是音乐文学自身的需要,歌唱时唇吻清爽,前后韵脚相联,累累如贯珠,给人以听觉上的美感;另一方面也是受诗歌的影响,韵文都是要押韵的。唐宋词人又多是诗人,他们不一定精通音乐,但一定通晓声律,以诗法为小词,也是情理之必然。宋词押韵来自唐诗。近体诗只能押平声韵,且一韵到底,中间不换韵,韵字也不能重复出现。诗词施用的场所不同,押韵也有一些变化。宋词是当时流行曲子的歌词,讲求按谱填词、随律押韵。它既可押平声韵、也可押仄声韵、还可以押入声韵。宋词的基本单位是篇,每篇对应一首乐曲。乐曲也叫词调。词调一般由上下两阕组成,也有单阕、三阕或四阕等情况。每阕包括二至十个乐拍,每拍为一韵。韵也叫乐句,用句号来表示。每韵由一至六自然句组成。宋词押韵的位置也是固定的,一般韵脚都在句尾,也有句中韵。此外,根据需要也会临时增添一两韵。宋词押韵有一定的灵活性,在同一词调不同的词体中,押韵数量也不完全相同。唐宋律诗是按照官韵来押韵的,而宋词向无官韵。它参考诗韵,但比诗韵宽泛,邻近的韵部可以通押。大部分词通篇只押一韵,也就是同一个韵部里的韵字;有些词可押二到四个韵部的韵字。宋词"按谱填词","谱"是声谱,即乐谱,后来逐渐演变成根据前人同一词调词体制成的词谱,即图谱。选择哪个词人词体作为效仿的对象,蕴含着对被模仿者创作风格的认可。

　　宋人喜唱和,一部分词就是在这种类似创作竞赛或训练的环境下完成的,用事用韵的特点得到了充分的展示。宋词的唱和方法也来自唐诗,但往往比唐诗更出彩。笔者把宋词唱和用韵分为和韵、次韵和效体三类。下面逐次分析这些问题:

一　和韵

　　和韵是宋词唱和用韵形式的总称,包括用韵、借韵、依韵、叠韵、独韵等形式,每个名称都有各自的特点。

　　"用韵",经常以"用……韵"的形式出现,用前人或对方的韵,但不次韵。刘辰翁《金缕曲》"五日和韵"和"古岩和去年九日约登高韵,再用前韵",[①]这

[①] [宋]刘辰翁:《刘辰翁词校注》,卷三《金缕曲》"五日和韵",吴企明校注,上海:上海古籍出版社 2015 年版,第 459 页。《刘辰翁词校注》,卷三《金缕曲》"古岩和去年九日约登高韵,再用前韵",第 461 页。

两首词,虽非同一时间、同一主题下的唱和词,但用韵相同。前一首词韵是"鼓、午、虎、女、误、语、处、楚、屦、柱、赋、缕";后一首用韵是"去、雨、语、句、误、屦、处、楚、土、路、浦、缕"。都在《词林正韵》"第四部(仄)"韵,且有一半韵字相同。吴潜《诉衷情》也是自唱自和的,前首押"休、流、愁、钩、楼、头"六韵,后首词是"秋、悠、头、流、飕、愁"六韵。① 部分韵字相同,在《词林正韵》里属于"第十二部(平)"韵。刘将孙《摸鱼儿》"用前韵调敬德"也是自唱自和,"前韵"是指此前他所做的两首《摸鱼儿》词,分别是"己卯(1279)元夕"和"甲申(1284)客路闻鹃"。② 三首《摸鱼儿》用韵分别是"雨、去、语、许、处、否、女、五、舞、古、赋、舞","暮、囗、住、去、树、宇、故、处、路、语、土、古、雨、许、度","楚、杵、赋、吐、许、举、浦、土、路、阻、绪、处、取、古"。基本在同一韵部,即《词林正韵》"第四部(仄)"韵;唯第三首"取"字,《词林正韵》没有收录,但在《平水韵》中属于可以通押的韵。三首词韵数还不同。第一首押十二韵,上下阙各六韵;第二首押十五韵,上阙七韵,下阕八韵;第三首词押十四韵,上阕六韵,下阕八韵。和韵是用对方的韵填词,既可以用原词用过的韵字,也可以选择同一韵部甚至相近韵部的韵字。押韵的数量也可以增减,次序也可以调换,作者还有一定的选择余地。

"和韵"的另一种形式是"和旧韵""用旧韵"。黄庭坚《南乡子》"重阳日寄怀永康彭道微使君,用坡旧韵",③所谓的"坡旧韵",就是苏轼《南乡子》"重九涵辉楼呈徐君猷"④词韵,即"收、洲、飕、头、酬、秋、休、愁"八韵;黄庭坚和韵是"收、洲、州、头、流、秋、州、愁"八韵。都在同一韵部内,八韵中有三韵不同。其中,黄庭坚词中"州"字韵出现了两次,是重复用韵。黄庭坚《点绛唇》"重九日寄怀嗣直弟,时再游涪陵。用东坡余杭九日《点绛唇》旧韵二首"。⑤ 苏轼余杭重九日《点绛唇》三首("己巳重九和苏坚""庚午重九再用前韵""再和送钱公永"),⑥是一组次韵词。黄庭坚用东坡旧

---

① [宋]吴潜:《诉衷情》"软风轻霭弄晴晖",唐圭璋编纂:《全宋词》,王仲闻参订、孔凡礼补辑,北京:中华书局1999年版,第3482页;[宋]吴潜:《诉衷情》"和韵",《全宋词》,第3520页。
② [宋]刘将孙:《摸鱼儿》"己卯元宵""甲申客路闻鹃""用前韵调敬德",《全宋词》,第4460页。
③ [宋]黄庭坚撰:《山谷词》,马兴荣、祝振玉校注,上海:上海古籍出版社2001年版,第145页。
④ [宋]苏轼撰:《东坡词编年笺证》,卷二《南乡子》"重九涵辉楼呈徐君猷",第289页。
⑤ [宋]黄庭坚:《山谷词》,马兴荣,祝振玉校注,上海:上海古籍出版社2001年版,第256~257页。
⑥ [宋]苏轼撰:《东坡词编年笺证》,卷三,薛瑞生笺证,西安:三秦出版社1998年版,《点绛唇》"己巳重九和苏坚",第518页;《点绛唇》"庚午重九再用前韵",第540页;《点绛唇》"再和送钱公永",第542页。

韵,但没有次东坡韵,尽管他这两首词也是次韵的。这表明和韵还是比较宽泛的,宽泛到同一韵字可以重复出现。

"借韵"是诗歌创作的一种押韵方法。严羽《沧浪诗话·诗体》"借韵"自注:"如押七之韵,可借八微或十二齐一韵是也。"①对此,学术界有不同的看法。胡才甫认为:"按通常所谓借韵,指五七言近体首句借用旁韵而言,故亦称旁韵。唐宋以来已有之。"②郭绍虞认为:"此当指宋时《广韵》或《集韵》韵目通用之例。"③张健认为借韵乃韵书未规定可以通用而临时借用之韵。④ 李之仪《更漏子》"借陈君俞韵",⑤按照宋词借韵即次韵的惯例,李之仪这首《更漏子》次陈君俞词韵,其韵字、次序应是一致的。陈君俞词已经散佚,但从李之仪词可以看出陈君俞当初是如何借韵的。李之仪《更漏子》押八韵,即"愠、峻、表、香、碎、外、新、人"。两韵一换,共换四韵。这四组韵字,即以宽泛的《词林正韵》来看,"表"与"香","碎"与"外"也分属两个韵部,不在通押范围之内。此处的借韵,就是临时借来押韵的。借用的依据是什么呢?目前还不得而知。晏殊、张先、苏轼、黄庭坚的《更漏子》,也有借韵的情况,但不像这首词换韵这么频繁。张榘《虞美人》"和兰坡催梅"三首,⑥也是次韵加借韵的词作,押"折、月、心、清、动、梦、声、青"八韵,两韵一换,共换四韵。按《词林正韵》"心""清"分属两韵,也是临时借来押韵的。

"依韵"即"同在一韵",⑦在和诗中,按照他人诗歌同一韵部的字来押韵。晁补之《一丛花》"十二叔节推以无咎生日于此声中为辞,依韵和答",⑧依韵的对象是其族叔晁端礼的《一丛花》。⑨ 晁补之词押八韵,分别是"鱼、壶、驹、如、疏、庐、渔、榆",晁端礼词押韵与此相同。这八韵全部属于《词林正韵》中的"第四部(平)"韵。倪偁《蝶恋花》"读东坡蝶恋花词,有会于予心,依韵和之",⑩依苏轼《蝶恋花》"抒怀"韵。⑪ 两词也是次韵,押韵

---

① [宋]严羽:《沧浪诗话校笺》,张健校笺,上海:上海古籍出版社2012年版,第351页。
② [宋]严羽:《沧浪诗话笺注》,胡才甫笺注,杭州:浙江古籍出版社2015年版,第101页。
③ [宋]严羽:《沧浪诗话校释》,郭绍虞校释,北京:人民文学出版社1961,第95页。
④ [宋]严羽:《沧浪诗话校笺》,张健校笺,上海:上海古籍出版社2012年版,第352页。
⑤ [宋]李之仪:《更漏子》"借陈君俞韵",《全宋词》,第449页。
⑥ [宋]张榘:《虞美人》"和兰坡催梅",《全宋词》,第3412页。
⑦ [宋]刘攽:《中山诗话》,[清]何文焕辑:《历代诗话》,北京:中华书局1981年版,第289页。
⑧ [宋]晁补之撰:《晁氏琴趣外篇》,卷之三《一丛花》"十二叔节推以无咎生日于此声中为辞,依韵和答",刘乃昌、杨庆存校注,上海:上海古籍出版社1991年版,第124页。
⑨ [宋]晁端礼:《一丛花》,《全宋词》,第553页。
⑩ [宋]倪偁:《蝶恋花》"读东坡蝶恋花词,有会于予心,依韵和之",《全宋词》,第1727页。
⑪ [宋]苏轼撰:《东坡词编年笺证》,卷二《蝶恋花》"抒怀",薛瑞生笺证,西安:三秦出版社1998年版,第475页。

相同,共八韵,依次是"路、注、鹭、处、语、去、亩、趣",都属于《词林正韵》的"第四部(平)"韵。依韵就是狭义上的押韵,用同一韵部的字来押韵,不需借助其他韵部。这是一种比较严格的押韵形式。即使如此,作者仍有一定的选择空间。

"叠韵"就是将两片的词体,用原韵再加叠一倍。① 宋词中的"叠韵"远不止此,大体分为以下四种情况:

首先,原调的叠加。晁补之《梁州令》"叠韵"是叠《梁州令》而成的,② 贺铸的《小梅花》也是由《梅花引》叠加而成的,③ 苏轼的《行香子》"茶词""寓意""述怀""病起小集""丹阳寄述古""过七里滩""与泗守过南山晚归作"等,④ 刘辰翁的《行香子》"和北客问梅,白氏,长安人"、《行香子》"次草窗忆古心公韵"、《行香子》"叠韵"和《行香子》"探梅"⑤都是由两首《行香子》累加而成的。有些词叠加后形式没有变化,大部分词是有变化的。柳永的《集贤宾》⑥由毛文锡《接贤宾》⑦再加一叠而来,前后段多有变化。前段起句不用韵,第二句少一字;前后段第五句少一字,第八句各添一字;上下阕结句句读也不相同。⑧《烛影摇红》是由毛滂和王诜两种体式的《烛影摇红》叠加而成,周邦彦还做了一些修订,把王诜词二韵三句九字"向夜阑。乍酒醒,心情懒",变成"夜阑饮散春宵短"七字。⑨ 形式上略有变化,还保留着当初两阕叠为一词的特点。

其次,上下阕在句读、押韵方面不同。晁补之《梁州令》"叠韵"⑩上阕

---

① 夏承焘、吴熊和:《读词常识》,北京:中华书局2000年版,第35~36页。
② [宋]晁补之撰:《晁氏琴趣外篇》,卷之一,刘乃昌、杨庆存校注,上海:上海古籍出版社1991年版,第26页。
③ [清]陈廷敬等编:《康熙词谱》,卷一二,长沙:岳麓书社2000年版,第377页。
④ [宋]苏轼撰:《东坡词编年笺证》,薛瑞生笺证,西安:三秦出版社1998年版,卷一《行香子》"过七里滩",第37页;《行香子》"丹阳寄述古",第53页;卷二《行香子》"与泗守过南山晚归作",第451页;卷三《行香子》"咏茶",第519页;《行香子》"寓意",第620页;《行香子》"抒怀",第623页;《行香子》"病起小集",第652页。
⑤ [宋]刘辰翁:《刘辰翁词校注》,卷一,吴企明校注,上海:上海古籍出版社2015年版,第107~111页。
⑥ [宋]柳永:《乐章集校注》,卷中,薛瑞生校注,北京:中华书局1994年版,第127~128页。
⑦ [五代]赵崇祚辑:《花间集校》,卷第五,李一氓校,北京:人民文学出版社1998年版,第84页。
⑧ [清]陈廷敬等编:《康熙词谱》,卷一三,长沙:岳麓书社2000年版,第389页。
⑨ [清]陈廷敬等编:《康熙词谱》,卷七,第199~200页。
⑩ [宋]晁补之撰:《晁氏琴趣外篇》,卷之一《梁州令》"叠韵",刘乃昌、杨庆存校注,上海:上海古籍出版社1991年版,第124页。

押八韵,下阕五韵,相差三韵。苏轼《行香子》"冬思"①前段八句,五平韵;后段八句,三平韵;苏轼《行香子》"茶词",②前段八句,五平韵;后段八句,四平韵。

再次,叠韵后,形成新的词体。新词体在用韵方式上,具有一般词调的特点,上下阕之间不能重复用韵。叠韵是词乐的叠加,不是用韵的重复。

最后,有些词题标明"叠韵",其实与叠韵无关。卫宗武《摸鱼儿》"叠前韵"就是次韵,次他自己前一首词《摸鱼儿》"咏小园晚春"韵。③ 刘辰翁《金缕曲》"叠韵"也是次韵,次前一首《金缕曲》"壬午五日"韵。④ 无非表明前后两词同调同韵,把前词的体式声韵再来一遍。这两首词各自独立,不具备叠韵的特点。

"双韵"是宋词中一种特殊的押韵方式。其特征是两韵一换。由于两韵相同,故称为"双韵"。辛弃疾《菩萨蛮》"双韵赋摘阮":"阮琴斜挂香罗绶。玉纤初试琵琶手。桐叶雨声干。真珠落玉盘。　朱弦调未惯。笑倩春风伴。莫作别离声。且听双凤鸣。"⑤这首词押八韵,依次是"绶、手、干、盘,惯、伴、声、鸣"。"绶手""干盘""惯伴""声鸣",两韵相同,然后两韵一换。在前面所举词例中,李之仪《更漏子》"借陈君俞韵"、张榘《虞美人》"和兰坡催梅"三首,除了具有借韵、次韵的特点,同时还具有"双韵"的特点。

"独韵"是一种比较少见的押韵形式,主要用于游戏词体之中,其特征是整首词只用一个韵字。所有的词句都押这一个字,如同千军万马过独木桥,也叫独木桥体。刘克庄《转调二郎神》五和林希逸为其代表作。刘克庄词序云:"余生日,林农卿赠此词,终篇押一韵,效颦一首。"⑥林希逸原唱已经散佚。刘克庄奉和林希逸的五首词,抒发了词人告老还乡、退出仕途、皈依田亩的种种感受。每首词的切入点不同,但情感一致,从多方面反映了刘克庄晚年的生活及情感,表现了很高的才情,并无凑韵之感。

词韵比诗韵宽松,可以在较大的用韵范围内选择需要的字来押韵。⑦宋人唱和填词选择了最为艰险的次韵。过于复杂艰险的方法往往流传不

---

① [宋]苏轼撰:《东坡词编年笺证》,卷一《行香子》"冬思",薛瑞生笺证,西安:三秦出版社1998年版,第53页。
② [宋]苏轼撰:《东坡词编年笺证》,卷三《行香子》"茶词",第519页。
③ [宋]卫宗武:《摸鱼儿》,《全宋词》,第3778~3779页。
④ [宋]刘辰翁:《刘辰翁词校注》,卷三,第454~457页。
⑤ [宋]辛弃疾:《辛弃疾集编年笺注》,卷一《菩萨蛮》"双韵赋摘阮",辛更儒笺注,北京:中华书局2015年版,第1114~1115页。
⑥ [宋]刘克庄:《后村词笺注》,卷二,钱仲联笺注,上海:上海古籍出版社2012年版,第150页。
⑦ 吴丈蜀:《词学概说》,北京:中华书局2000年版,第67~68页。

开,宋词和韵违背常规,如何解释呢?

这还得从宋诗押韵说起。严羽认为宋诗创作上务求多使事而不问兴致,讲究用字必有来历,押韵必有出处,存在着过度使用才学的风气。① 这对宋词也有一定影响。词是音乐文学,按谱填词,随律押韵就可以了,为什么还一定要出处呢?因为宋词押韵比较宽泛,可选择余地比较大,难度有所降低。难度降低,不是宋人追求的风格。为了确保难度不降,甚至因难而见巧,于是宋词用韵也像用事一样,必须得有出处。否则无法证明这个韵是规范的,还是自己杜撰的。填词不是根据实际需要选韵,而是选用前人用过的韵。对于前人没有用过的韵,一般也不去尝试。押韵是一种介乎天然和人力之间的规则,古诗押韵出于天然,近体押韵则出自人力。有些押韵,除了韵书,并不构成事实上的押韵。这些人为的规定,还不断变化,即使诗坛大家也未必完全清楚。杨万里"无事好看韵书",②因为记不住、弄不明白,需要多看多记,避免用时困乏。《宋会要辑稿》云:"试诗赋日,止许将入《切韵》《押韵》《韵略》,余书悉禁。"③宋代科举考试严禁携带书籍进入考场,但试诗赋日却可以携带韵书。韵书篇幅没有大经大,为什么禁携大经而不禁韵书呢?经书有其内在的条理而韵书没有,常用还不易记。对于一般的作者来说,创作构思出自天性,而用韵则来自韵书。张炎谈填词过程,"作慢词,看是甚题目,先择曲名,然后命意。命意既了,思量头如何起,尾声如何结,方始选韵,而后述曲"。④ 在创作各环节中,命意、构思是作者的天性,而选韵、述曲⑤则是人为的规定。用天性去迁就规定,可谓是一难;如果连韵也得用前人的,可谓是难上加难。给脆弱敏感、倏忽易逝的创作灵感,加上一系列条条框框桎梏了作者的创造力。

对这种舍弃坦途,务求艰险的押韵方法,严羽做了尖锐的批评,他说要想作好诗先除五俗。五俗之一就是俗韵。何谓俗韵?好奇贪多,只求胜人一筹。⑥ 用俗心所为之韵即是俗韵。宋人唱和不是想办法把诗歌写好,而是通过窄韵、险韵逼得对方无处立足、无话可说然后推盘认输。明明一首诗

---

① [宋]严羽:《沧浪诗话校笺》,张健校笺,上海:上海古籍出版社2012年版,第177页。
② [宋]罗大经撰:《鹤林玉露》,《乙编》卷五,王瑞来点校,北京:中华书局1983年版,第212页。
③ [清]徐松辑:《宋会要辑稿》,《选举》三,刘琳等校点,上海:上海古籍出版社2014年版,第5289页。
④ [宋]张炎撰:《词源》,卷下,唐圭璋编:《词话丛编》,北京:中华书局1986年版,第258页。
⑤ [宋]张炎:《词源注》,夏承焘校注,北京:人民文学出版社1963年版,第13页。
⑥ 陶明濬《诗说杂记》卷九云:"过于奇险,困而贪多,过于率易,虽二韵亦俗者是也。"[宋]严羽:《沧浪诗话校释》,郭绍虞校释,北京:人民文学出版社1961年版,第109页。

歌把要说的说完了,还要一和再和、无话找话,硬凑十余首。刘辰翁《水调歌头》词序:"丙申(1296)中秋,两道人出示四十年前濯缨楼赏月水调。臞仙和,意已尽,明日又续之。"①意已尽,还要续,那只能无话找话、为填词而填词。写诗不是抒情言志,而是较量才学。所以用心一俗,诗歌也就全俗。严羽说"押韵不必有出处"②"和韵最害人诗"。③ 唐宋以前诗人唱酬,和其义而不和其韵;一问一答,自然而明白。和韵兴于中唐时的元白,是一种"穷极声韵"的文字游戏,其目的是"盖欲以难相挑耳"。④ 宋代文人士大夫生活相对安闲,有较多的时间和精力。他们闲来结社,把唱和作为手段,在一种类似竞赛或训练的环境下进行创作,不断加大难度、挑战极限,于是把最难的用韵方法——次韵,变成了日常功课。同社之人,你来我往,较试几个回合。应社赋诗限题限韵,剩下的就是积字成句、积句成章、獭祭故实、拼凑词韵的文字游戏。这不是作诗,而是作韵。⑤

　　宋代诗学观念直接影响宋词创作。沈义父《乐府指迷》说"押韵不必尽有出处,但不可杜撰。若只用出处押韵,却恐窒塞"。⑥ 押韵不必墨守前规,也不能随意杜撰,把毫无关系的字拿来凑韵。张炎《词源》也说:"词不宜强和人韵,若倡者之曲韵宽平,庶可赓歌。倘韵险又为人所先,则必牵强赓和,句意安能融贯,徒费苦思,未见有全章妥溜者。……我辈倘遇险韵,不若祖其元韵,随意换易,或易韵答之,是亦古人三不和之说。"⑦这些都是切肤之论,张炎所说的"古人三不和"未见出处。根据张炎原话及宋词创作实际来看,"三不和"是不和和韵、次韵、险韵。和韵如方千里、杨泽民、陈允平遍和清真词,次韵如苏轼次韵章楶的《水龙吟》,险韵是指韵部很窄的韵字。⑧ 一是该部韵字少,可选余地不大;二是韵字组词能力差,很难与其他字搭配

---

① [宋]刘辰翁:《刘辰翁词校注》,卷三,吴企明校注,上海:上海古籍出版社2015年版,第402页。
② [宋]严羽:《沧浪诗话校笺》,张健校笺,上海:上海古籍出版社2012年版,第430页。
③ 同上书,第651~654页。
④ [唐]元稹撰:《元稹集》,卷第六〇《上令狐相公诗启》,冀勤点校,北京:中华书局1982年版,第633页。
⑤ [清]吴乔撰:《答万季野诗问》,王夫之等撰:《清诗话》,上海:上海古籍出版社1999年版,第25页。
⑥ [宋]沈义父:《乐府指迷笺释》,蔡嵩云笺释,北京:人民文学出版社1963年版,第66页。
⑦ [宋]张炎撰:《词源》,卷下,唐圭璋编:《词话丛编》,北京:中华书局1986年版,第265~266页。
⑧ 王力根据30个韵部包括的字数多少,分为宽韵、中韵、窄韵、险韵四类,其中窄韵包括微、文、删、青、蒸、覃、盐,险韵包括江、佳、肴、咸。韵越窄,包含的字数越少,选择的余地就越小。见王力:《汉语诗律学》,上海:上海教育出版社2005年版,第44页。

使用。如果押险韵,前人抢占了几个比较好用的字,剩下的字很难入词,于是作者就面临两种情况:不用则落韵,用之则不通。如果原倡全是窄韵险韵,再接着次韵,难度就增加了很多。刘学箕次韵辛弃疾的《贺新郎》"把酒长亭说"。① 该词所用全部是窄韵或险韵,而且"葛""合""骨""瑟"等字组词能力差。辛弃疾原倡及其二首和词,②浑然天成,语意俱到。如果让其他人也填出同样的词,就有些强人所难了。刘学箕慨叹"韵险甚"。③ 宋人在和韵时也经常唱叹"地窄,但能小举袖,不容敷舒也",④"又局于韵字,不能效公用陶诗之精整"等,⑤虽说奇丽出自艰险,但太艰险了也会妨碍情感的正常表达。真正的大家都是通达之人,知道轻重缓急、先后次第,总能在山重水复之时找到柳暗花明的途径。在张炎词学理论中,体现了宋词押韵比较宽松、通达、实用的一面。这是解决实际问题,通向理想的正确途径。

二 次韵

次韵是最难的一种用韵方式,经常出现在词社聚会、文人雅集的创作场所。是同道之间交流的途径,又是一种写作上的训练。通过对一个题目、一个词调反反复复的训练,先学作好词,再正之音律,作词合律之后,进而达到极玄之域。宋人次韵的心态是文武并用、宽严相济的,既有以文会友、切磋交流的一面,也不乏争强好胜、穷追猛打的一面。同一词调同一主题同一词韵,甚至连押韵次序也不能改变,一首词往复五六次,乃至十几次,直到搜索枯肠实在无话可说,才俯首称臣。次韵不仅是与他人争胜,也是与自己较劲。宋人自唱自和,也有次韵三五次,直到找不到话头为止。今天没话了,不等于明天也没有,在读书、闲聊中灵机一动找到话头,就再来几首。次韵很难,几乎把创作中的灵性限制死了,在层层束缚之下舒展筋骨、寻找希望。宋人要的就是这种感觉。贺铸《青玉案》有二十五人次韵,留下作品二十八首。⑥ 沈瀛《减字木兰花》次韵四十八首,为宋词次韵数量之冠。刘克庄《沁园春》次韵十次,是宋代唱和往来较多的一组次韵词。而苏轼的《水龙

---

① [宋]刘学箕:《贺新郎》,《全宋词》,第 3124 页。
② [宋]辛弃疾:《辛弃疾集编年笺注》,辛更儒笺注,北京:中华书局 2015 年版,卷九第 1072~1073 页、第 1079 页,卷一〇第 1087~1088 页。
③ [宋]刘学箕:《贺新郎》,《全宋词》,第 3124 页。
④ [宋]程大昌:《南歌子》,《全宋词》,第 1981 页。
⑤ [宋]刘将孙:《沁园春》,《全宋词》,第 4462 页。
⑥ [宋]贺铸:《东山词》,卷一,钟振振师校注,上海:上海古籍出版社 1989 年版,第 158 页。

吟》竟然比原作作得还好,是质量较高的一首次韵词。

(一)沈瀛《减字木兰花》

关于沈瀛的资料,概括起来有两点:一是关于他的人品。宋人把沈瀛看作伪君子,张端义《贵耳集》、周密《齐东野语》记载了沈瀛言行不一、阿附权贵的事情。宋人还常把王质沈瀛并提,因为两人有很多共同点:同龄、同年,私交也很深。王质《送徐圣可十首》其九云:"宝溪同社两齐年,一落江湖一上天。试问吾兄应好在,何时再拜玉阶前。"自注云:"沈子寿编修与楚辅(葛邲)皆文溪为命,今子寿尚栖迟。子寿于某长一月,某命亦文溪也。故以兄称。"①沈王交好,甚至影响到了他的仕途。林光朝《缴奏沈瀛除知梧州词头》云:"(淳熙四年1177)三月二十一日,三省同奉圣旨,沈瀛差知梧州,替张积躬。臣窃见沈瀛昨为枢密院编修官,懦而无立,惟知干进,为王质所摇动。王质唱之,沈瀛从而和之,此亦公论之所不容。前日,沈瀛无故复来,见者切齿,谓如此等人幸而得祠禄,闭门自讼,岂应更求进?今若与之州郡,何以示劝惩?沈瀛得郡,则王质之轻儇狡险且将攀缘而至矣。臣恐公论自此不立,为害甚大。欲乞睿断,将沈瀛差知梧州指挥,特赐寝罢,以为浮躁不知耻者之戒。所有录黄,臣未敢书行。"②林光朝与王质曾被虞允文以谏官同时荐于朝,他们是相互熟悉的。林光朝缴奏沈瀛除知梧州,是因为王质的品行不端而沈王私交甚深,这就影响到了沈瀛的仕途。按理说这封缴奏是不合情理的。沈瀛能否出任梧州知州,是由他自己的品行、才能和资历决定的,而不是由王质的性情(轻儇狡险)来左右的。这封缴奏得到了吕祖谦的认可。他说"沈子寿缴章,乃谦之第一义。折其萌芽,亦不为无益也"。③ 王质与沈瀛性格不同,王质强势一些,沈瀛则柔糯一些。叶适说他"仕四十余年,绌于王官",④一生沉于下僚,仕宦不显。

二是关于他的身份。乾道六年(1170),陆游入蜀任夔州通判,在常州时沈瀛来访。这是他们第一次会面,"子寿仍出近文一卷"。⑤ 沈瀛曾给吴

---

① [宋]王质撰:《雪山集》,卷一一,四川大学古籍整理研究所编:《宋集珍本丛刊》第61册,北京:线装书局2004年版,第661页。
② [宋]林光朝撰:《艾轩集》,卷二,林煌柏主编,北京:中国文史出版社2014年版,第29~30页。
③ [宋]吕祖谦编著:《吕祖谦全集》第1册,《东莱吕太史别集》,卷第一○,黄庚灵、吴战垒主编,杭州:浙江古籍出版社2008年版,第495页。
④ [宋]叶适:《水心集》,卷一二《沈子寿文集序》,刘公纯等点校,北京:中华书局1961年版,第205~206页。
⑤ [宋]陆游:《渭南文集笺校》,卷四三《入蜀记第一》,朱迎平笺校,上海:上海古籍出版社2022年版,第2056页。

荛、杨万里等人投献诗卷。杨万里对其诗歌高度赞扬,并许其为一代诗坛盟主。① 沈瀛"甲乙自著累百千首",②现在仅剩下诗歌一首。③ 他还流传下来《竹斋词》九十首,其中有《减字木兰花》次韵四十八首,以及套曲《野庵曲》和《醉乡曲》等。沈瀛是一位具有道学气息的文人,同时还受禅宗、道教内丹派的影响。叶适说他为文不为奇险,而瑰富精切,自然新美,使读之者如设芳醴珍殽,足饮餍食而无醉饱之失也。又能融释众疑,兼趋空寂,读者不惟醉饱而已,又当销愠忘忧,心舒意闲,而自以为有得于斯文也。④ 这些评论,也适用他的词。

沈瀛的《减字木兰花》四十八首,涉及人生态度(十首)、慎戒(七)、教化(二)、酬赠(九首,其中赠道士刘烟霞五、生日宴会二、简沈都仓一、赠樊子野一)、咏物(二)、唱和(二)、侑酒(十三首,其中竹斋侑酒辞二、劝酒十)、真率会(三)等八个方面。如此丰富的主题,与宋人次韵词主题单一、情感集中的惯例不合。这些主题有的是从唐五代继承过来的,到了宋代已经很少见了。教化是词体刚刚兴起时,广泛流行的一种主题。它出自佛教的俗讲,用流行的曲子词演唱一些佛教故事、宣扬佛法,教化民众。后来儒、道、医、兵诸家纷纷效仿,用这种新鲜有趣、易于记诵的形式来宣扬各家的思想。宋词向上发展,趋向诗歌化、士大夫化,娱宾遣兴、抒情写意。而那种面向大众、普及教化的形式很少了。沈瀛继承了这种形式,也给它赋予了时代的特色。《减字木兰花》第十八、第十九,⑤普及理学知识。沈瀛生于南宋初期,正是理学思想的发展期。当时的理学思想具有浓厚的事功色彩,把修身养性与建功立业结合起来,就是沈瀛宣扬的"治国治家用处多"。沈瀛还谈到理学在南宋初期流派众多的事实,这是因为理学源于民间,没有统一的标准。不同的学者因其所思所感不同而有不同的主张,于是就形成了众多的流派,如张载的关学、周敦颐濂学、二程的洛学等。

沈瀛把如此众多的主题包容在一组词里,就无法把词与乐曲本身的情感融合起来,也只是借助词的形式便于记诵而已。在文学创作上,用最严的形式创作数量最多的组词,难免会有一些瑕疵。如《减字木兰花》第十八

---

① [宋]杨万里撰:《杨万里集笺校》,卷六六,辛更儒笺校,北京:中华书局2007年版,第2820页。
② [宋]叶适:《水心集》,卷一二《沈子寿文集序》,刘公纯等点校,北京:中华书局1961年版,第205页。
③ [宋]沈瀛撰:《石人》,北京大学古文献研究所编:《全宋诗》第45册,北京:北京大学出版社1998年版,第27702页。
④ [宋]叶适:《水心集》,卷一二《沈子寿文集序》,第205~206页。
⑤ [宋]沈瀛:《减字木兰花》,《全宋词》,第2144~2145页。

首:"圣经五止。止向丘隅黄鸟喜。广大儒风。一贯三才万类通。　太羹玄酒。圣域能跻民域寿。支派从何。关内濂溪洛涧多。"①这首词赞美宋代儒学复兴气象。从押韵形式上说,它句句押韵,两句一换韵,共换四韵。属于上文所说的"双韵"。词首"圣经五止",即为人君,止于仁;为人臣,止于敬;为人子,止于孝;为人父,止于慈;与国人交,止于信。根据朱熹的注释,这是孔子说诗之辞,言人当知所当止之处也。由黄鸟止于丘隅,联想到人应该止于本分。②只要人人都恪守本分,世上就没有难办的事。知止很重要,但也得不出"止向丘隅黄鸟喜"的结论。按"黄鸟""丘隅",出自《诗经·小雅·绵蛮》"绵蛮黄鸟,止于丘隅"。按照毛注郑笺孔疏,这是一首讽刺诗,③诗人在发牢骚,与"喜"联系不上。孔子引用这句诗,也只赞美鸟知所止,并没有说它有"喜"或"不喜"的情感。作者用"喜"字,是为了凑韵。为了凑韵,连典故的本意也改变了,说明这个典故用得不好。沈瀛是一个杂家,他的思想包括理学、禅宗、内丹等,杂而不精。学问还是有的,只是经不住推敲。《醉落魄》中两首"致知格物",也是宣扬理学思想的。④像这样直接宣传理学思想的词作,在宋代还是很少见的。"致知格物"是儒家思想的核心问题。所谓的"致知格物。孔颜学问从兹出",就不够准确。"致知格物"出自《大学》。《大学》经一章,是孔子之言而曾子述之。传十章,是曾子之意而门人记之。⑤《大学》是曾子一派的思想,所谓的孔颜学问,还不如说成孔曾学问。"致知格物"也不是为了战胜人欲、克尽私心,而是要治国平天下。沈瀛所宣传的只是宋儒的观点,并不符合《大学》的本意。

(二)刘克庄《沁园春》

据钱仲联《后村词笺注》所收录二百六十四首词中次韵九十首,约占三分之一强。这些词往复很多次,如《水调歌头》"游蒲涧追和崔菊坡韵",七次其韵;《贺新郎》"乙未(端平二年,1235)九日同季弟子侄饮仓部弟免庵,艮翁、宫教来会",六次其韵;《念奴娇》"丙寅(咸淳二年,1266)生日",六次其韵;《满江红》"丹桂",六次其韵;《转调二郎神》"余生日,林农卿赠此词,终篇押一韵,效颦一首",五次其韵;《满江红》"和王实之韵送郑伯昌",五次其韵;《贺新郎》"生日用实之来韵",五次其韵。

---

① [宋]沈瀛:《减字木兰花》,《全宋词》,第 2144 页。
② [宋]朱熹撰:《四书章句集注》,《大学章句》,北京:中华书局 1983 年版,第 5 页。
③ 十三经注疏整理委员会整理:《十三经注疏·毛诗正义》,卷第一五,北京:北京大学出版社 1999 年版,第 934 页。
④ [宋]沈瀛:《醉落魄》,《全宋词》,第 2138~2139 页。
⑤ [宋]朱熹撰:《四书章句集注》,《大学章句》,北京:中华书局 1983 年版,第 4 页。

尤其是《沁园春》"和林卿韵",竟然十次其韵!那么,同调同题同韵,他是如何创新的?

《沁园春》"和林卿韵"作于咸淳二年(1266),是刘克庄与林希逸的唱和词。刘克庄七十八岁致仕回乡定居,与林希逸来往密切。在刘克庄过八十岁生日时,林希逸作《沁园春》贺寿。刘克庄"和林卿韵",填了这组《沁园春》,谈仕宦退隐等问题。词人显然是有备而作,在同一主题下从各个方面切入避免话题重复,而且新意不断。《沁园春》一和抒发归隐之情,①上阙从畴昔遭逢谈起,昔年也曾上南薰殿献诗献赋,也曾为朝廷掌制诰,但词人不慕功名富贵,谢绝了宫锦之赐、黄冠还乡,像种杏仙人那样回归故里,像看桃君子那样看尽一年四季的花开花落。任他人笑我不识时务,不懂钻营去吧。下阕则从还乡以后的自由自在生计谈起,身后定作班扬,以著述为生;尽管是蚍蜉撼树,但也乐此不疲。作几首歪诗,被官奴藏去;喝几杯淡酒,倩儿孙扶将。心情舒展,挥洒日月,岂能像周颙那样辜负猿鹤之盟,再次出山。任别人笑我像韩愈一样头童齿豁,像张镐一样眉毛苍苍。刘克庄词如散文,气脉酣畅,挥洒自如,不在乎词中重复用字。这首词上下阕抒情部分都用"从人笑"引领,表达作者内心的情感,豪放之中有章法。

刘克庄其他词也是如此。在立意、构思、布局、表述等方面,都是匠心独诣的。同样的主题,但每首词的重心不同。二和说功名富贵诱人,进退荣辱是由自己决定的;三和叹息自己时运不济,感念先帝的恩义;四和把早年才气纵横与现今老大迟暮相比,说明及早归来,优游著述是上天所赐;六和从"八十"岁说起,充满了对理宗皇帝的感念之情;七和谈到时势危机,慨叹百无一用是书生;九和谈及昔年的宠遇和今日的自在,慨叹人要适可而止,不能只手援救天下。无论如何构思,也难免力不从心。在这组词中,有三首和韵而不和意,即韵同而意不同。五和是读《三国志·诸葛亮传》的感受,作者自注:"韵狭不可复和,偶读孔明传,戏成。"②所谓"韵狭"之说,其实是不准确的。"七阳"属于宽韵,不存在字少无法选择的情况。作者所谓的"韵狭不可复和",是因为次韵形式的限制,次韵的次数多了,很难找到与上述韵字搭配组词的字了。这首词韵字"璋""将"的组词能力不强,几次次韵后实在找不到合适的字与其搭配了。于是词人另辟蹊径,再选主题,继续次

---

① [宋]刘克庄:《后村词笺注》,卷二,钱仲联笺注,上海:上海古籍出版社2012年版,第188页。
② 同上书,第195~196页。

韵。八和写宋理宗赐墨二笏,①这首词实质上是一篇墨赋。上阕敛集有关墨的典故,下阕是对先帝赐墨的珍惜。十和题目是"林卿得女"。② 这是一首庆贺词,及时应景。刘克庄次韵如行云流水,驱使典故如韩信将兵。词中用典很多,词意并不晦涩;押韵也是水到渠成,显示出作者过人的才学。由于次韵形式的限制,也会出现凑韵的现象,如二和"荣与辱,算到头由我,不属苍苍",荣辱由我不由天。"苍苍"是指天的颜色,《庄子·逍遥游》云:"天之苍苍,其正色邪?"③还可以指其他事物的颜色或数量,如暮色苍苍、蒹葭苍苍、松柏苍苍、两鬓苍苍、苍苍蒸民等。用"苍苍"指天,把宽泛的含义定为很狭窄的一点,在逻辑上不对等,实有凑韵之嫌。

(三)苏轼《水龙吟》"杨花"

如果说前面两组次韵,以数量多而取胜,那么苏轼的《水龙吟》"杨花"则以质量高而著名。

章楶的原作本身就不俗。在黄昇《唐宋诸贤绝妙词选》卷五,这首词的题目是"柳花"。④ 苏轼和词的名称是"次韵章质夫杨花词",⑤在苏轼给章楶的信中又称其为"柳花"。⑥ 宋人杨花柳花常常混用。⑦ 这是一首咏物词,咏物贵在似与不似之间。太似则受物象制约,情感拘而不畅;不似则漫无所依,不及所咏之物。这首词在分寸上把握得很好。在情感脉络上,先写柳花,次写闺中思妇,再抒发情感。写柳花是这样的:先点明时间、地点、物象和动作。暮春时节,正堤上柳花飘坠。其次是细节描写:柳花点画青林、飞入深院、傍珠帘又被吹起,一下子把柳花的神态写活了,也把柳花的情感勾勒出来了。下阕由花到人,写闺中思妇"兰帐玉人"白日睡觉,说明她内心空虚,寂寞无依。她看到春衣上落了一层雪,晶莹剔透,绣床上堆满了一个个小球,微风拂过,球儿霎时散开,飞出户外。户外蜜蜂粘着轻粉,从眼前飞过;鱼儿戏水,吹打水面浮萍。这是因为古人认为杨花落水化为浮萍。然后由人到抒情,闺中思妇抬眼望去,池边柳树青青一直通往章台。良人一去,乐而不归,使她独守空闺,想到这不由得泪水盈眶。这首词用

---

① [宋]刘克庄:《后村词笺注》,卷二,第200~201页。
② 同上书,第190~205页。
③ [清]郭庆藩撰:《庄子集释》,卷一上,王孝鱼点校,北京:中华书局2001年版,第4页。
④ [宋]黄昇选编:《花庵词选》,《唐宋诸贤绝妙词选》卷五,中华书局上海编辑所编辑,北京:中华书局1958年版,第91页。
⑤ [宋]苏轼撰:《东坡词编年笺证》,卷二《水龙吟》,薛瑞生笺证,西安:三秦出版社1998年版,第269页。
⑥ [宋]苏轼撰:《苏轼文集》,卷五五,孔凡礼校点,北京:中华书局1986年版,第1638页。
⑦ [宋]姚宽撰:《西溪丛语》,卷下,孔凡礼校点,北京:中华书局1993年版,第108页。

男女之情寄托君臣之意,符合古典诗词的传统,堪称骚雅词之典范。朱弁说"章楶质夫作《水龙吟》咏杨花,其命意用事清丽可喜",①苏轼也称其"妙绝"。②

面对这样一首高水准的咏物词,苏轼的心态是矛盾的。想和,但不知如何措手;不和,又不甘心。最后决定了放手一搏。他的创作动机是:"又思公正柳花飞时出巡按,坐想四子,闭门愁断,故写其意,次韵一首寄去,亦告,不以示人也。"③主题既定,苏轼《水龙吟》"次韵章质夫词"一开始就先声夺人。他不再纠结花和人的关系,直接把花与人融为一体,于是就有了杨花飘落、随风而起、化作梦境、追寻情郎、被莺声唤醒的情景。下阕抒情也极有功力。不再拘泥于杨花坠落,化作浮萍,而是说春天就在煎熬思念中过去了,万紫千红化作落花流水,于是再看落入池塘的杨花,已经不是落花而是离人的眼泪。苏轼词在情感上,并没有超越章楶,而在表现手法上比章楶略胜一筹。王国维说:"东坡《水龙吟》咏杨花,和韵而似元唱。章质夫词,元唱而似和韵。才之不可强也如是。"④章楶原唱写得比较规范一些,柳花—离妇—抒情;抒情也是由男女之情—君臣之义;苏轼一开始就是花人一体,花落了,人做梦;抒发情感也是美好时光一去不再复返,到处都是离人的愁恨。按理说写作比较规范的词容易被人接受。因为它符合人们阅读理解的习惯;但有时,某些不符合规范的词更容易被人接受,因为它略去了形式,以赤裸裸的情感呈现在读者的眼前。关于这首词,张炎的评论较为中肯。他说:"东坡次章质夫杨花《水龙吟》韵,机锋相摩,起句便合让东坡出一头地,后片愈出愈奇,真是压倒今古。"⑤东坡胜出的原因在于他起句漂亮,先声夺人,奠定了成功的基础,而后片(下阕)越写越好,踵事增华,抒发出更加完美、深刻的情感。张炎还说:"如东坡杨花词云:'似花还似非花,也无人惜从教坠。'又云:'春色三分,二分尘土,一分流水。'此皆平易中有句法。"⑥看似平淡,内中大有丘壑,可以成为后人学习的典范。张炎是反对和人词的,尤其反对次韵,却又偏偏对苏轼这首词评价很高,说明这首词确实很成功。

---

① [宋]朱弁撰:《曲洧纪闻》,卷五,孔凡礼点校,北京:中华书局2002年版,第158页。
② [宋]苏轼撰:《苏轼文集》,卷五五,第1638页。
③ 同上。
④ 王国维:《新订人间词话 广人间词话》,佛雏校辑,上海:华东师范大学出版社1990年版,第111页。
⑤ [宋]张炎撰:《词源》,卷下,《词话丛编》,第265页。
⑥ 同上书,第258页。

在押韵方式上,苏轼这首词也有独到之处。苏轼唱和的方式是次韵,这就意味着他必须接受章楶词的词调、词意、词韵以及词韵的排列次序。苏轼与章楶的《水龙吟》都是一百一十四字,唯一不同的是句读。章楶《水龙吟》第二句"正堤上、柳花飘坠",苏轼"也无人惜从教坠";章楶第三四句"轻飞点画青林,谁道全无才思",苏轼"抛街傍路,思量却是,无情有思";章楶第二十、二十一句"望章台路杳,金鞍游荡,有盈盈泪",苏轼"细看来、不是杨花,点点是离人泪"。有些属于可顿可不顿,有些把两个六字句变成了三个四字句,最后抒情句变化尤其明显,章楶两句十三字,为5—4—4句式,苏轼也是十三字,改为3—4—6句式。句法变化灵活,很难看出这是次韵。类似的变化方式在宋人次韵词中还有,仅以次韵章楶、苏轼的《水龙吟》为例,李纲的《水龙吟》"次韵和质夫、子瞻杨花词"、刘镇的《水龙吟》"丙戌(1226)清明和章质夫韵",其句读方式折中于章楶苏轼之间,上阕与苏轼相同,下阕与章楶相同。通过句法的变化,更好的表现其思想情感。

宋人把才学集中在用事和用韵上。用事以有才不用为上,灵活自如为次;用韵以化险为夷为上,迎难而上为次。宋词创作是从众多的故实中理出一条清晰的思路,从极险的押韵中找到一线生机。通过崎岖险途,追求平淡的意境。以才学为词就是用人力工夫去追求自然意境,把天然的灵性和人为的规范融合在一起。惟其如此,才能创作出具有宋代特色的词作来。

三 效体

效体是效法某词调下某体的填词方法。除孤调之外,大多数词调下都有两种以上的体,体分正变,效体并不限于正体,一些名人变体也常常被作为效仿的对象,其影响力甚至超出正体。《满江红》有押仄韵者、有押平韵者,以押仄韵者为正体。至于谁的哪首词为正体未必有人知道,而岳飞的《满江红》"写怀",①却是家喻户晓的。

有些词标明效体,因找不到所效仿的对象,无法分析它是如何效体的。仅就能够找到效与被效的词来看,辛弃疾《唐河传》"效花间集",②即效仿花间词人温庭筠、顾敻的《河传》,③该词句句押韵,前后段两仄两平四换韵,

---

① [宋]岳飞:《满江红》"写怀",《全宋词》,第1615页。
② [宋]辛弃疾:《辛弃疾集编年笺注》,卷八,辛更儒笺注,北京:中华书局2015年版,第812页。
③ [五代]赵崇祚辑:《花间集校》,卷第二温庭筠《河传》三首,李一氓校,北京:人民文学出版社1998年版,第23~24页。卷第六顾敻《河传》三首,第116~117页。

不和韵。辛弃疾两首《念奴娇》赋梅花,前一首"赋傅岩叟香月堂两梅",①后一首"用前遍体制戏赋"傅岩叟家四古梅,②这两首词词调、词体相同,也不和韵。其他,如李吕《醉落魄》效仿黄庭坚词、③仇远《合欢带》"效柳体"、④刘将孙《南乡子》"重阳效东坡作"、⑤王观《清平乐》"拟太白应制",⑥都不和韵。

周密《效颦十解》,⑦有作品可以分析的词仅四首,其中三首不和韵,即《西江月》"拟稼轩"、《江城子》"拟蒲江"、《朝中措》"茉莉拟梦窗"。吴文英《朝中措》一韵到底,而周密词中间换韵,看不出具体效的是什么。和韵的只有《好事近》"拟东泽"一首。张辑《好事近》押"碧、急、拍、笛"四韵,周密押"湿、碧、色、笛"四韵。四韵中有两韵重复,都在《词林正韵》的"第十七部(入)"韵。吕南公效韦应物《调笑》二首,⑧其一:"行客。行客。身世东西南北。家林迢递不归。岁时悲盛泪垂。垂泪。垂泪。两鬓与霜相似。"和韵。其二:"华草。华草。秀发乘春更好。深心密竹纷纷。妖韶随处动人。人动。人动。王孙公子情重。"不和韵。

还有一些效体,同时也和韵。苏辙效韦应物《调笑》,⑨增加了一个重复的二字句,减少一韵,和韵。郭祥正《醉翁操》"效东坡"、⑩吴儆《蓦山溪》"效樵歌体"等,⑪都是和韵的。黄昇《阮郎归》"效姜尧章体",⑫仿效姜夔《阮郎归》"为张平甫寿,是日同宿湖西定香寺"。⑬姜夔两首词本身就是和韵的;黄昇效仿姜夔也是和韵的。黄庭坚《菩萨蛮》"戏效荆公作",⑭王安石原作是集句,黄庭坚效仿也是集句,和韵,但不次韵。蒋捷《水龙吟》"效

---

① [宋]辛弃疾:《辛弃疾集编年笺注》,卷一三《念奴娇》,第1561页。
② [宋]辛弃疾:《辛弃疾集编年笺注》,卷一三《念奴娇》,"余既为傅岩叟两梅赋词,傅君用席上有请云:'家有四古梅,今百年矣,未有以品题,乞援香月堂例。'欣然许之,且用前遍体制戏赋",第1564页。
③ [宋]李吕:《醉落魄》,《全宋词》,第1915页。
④ [宋]仇远:《合欢带》"效柳体",《全宋词》,第4312页。
⑤ [宋]刘将孙:《南乡子》"重阳效东坡作",《全宋词》,第4458页。
⑥ [宋]王观:《清平乐》"拟太白应制",《全宋词》,第338页。
⑦ [宋]周密:《草窗词校注》,卷三,史克振校注,济南:齐鲁书社1993年版,第218页。
⑧ [宋]吕南公:《调笑》,《全宋词》,第578页。
⑨ [宋]苏辙:《栾城集》,卷之一三《效韦苏州调啸词二首》,曾枣庄、马德富校点,上海:上海古籍出版社2009年版,第317~318页。
⑩ [宋]郭祥正:《醉翁操》,《全宋词》,第479页。
⑪ [宋]吴儆:《蓦山溪》,《全宋词》,第2038页。
⑫ [宋]黄昇:《阮郎归》,《全宋词》,第3799页。
⑬ [宋]姜夔:《姜白石词编年笺校》,卷四,夏承焘笺校,上海:上海古籍出版社1998年新1版,第57~58页。
⑭ [宋]黄庭坚:《山谷词》,马兴荣、祝振玉校注,上海:上海古籍出版社2001年版,第247页。

稼轩体招落梅之魂"①效辛弃疾的骚体词,用了同样的词调体式,押同样的韵。

效体是一种比较笼统的创作方法,包括好几种因素,具体怎么效,宋人在词序中做了具体的限定。冯取洽《水调歌头》"四月四日自寿,用玉林韵,兼效其体",②这首词除了用黄昇选的词调(《水调歌头》)、还效其体、用其韵。黄庭坚"倚声律作词",③就是用《渔家傲》词调体式来櫽括两首诗歌入词。康与之《风流子》用贺铸声律,即用贺铸词调、音韵,他这首词比贺铸原作少两韵。④ 周密《羽调解语花》有其谱而亡其词,"倚声成句",按照《解语花》的音谱填词。⑤ 刘辰翁《酹江月》"依声依韵"、⑥《霓裳中序第一》"用其声用其韵"⑦而作的唱和词,既用其词调,又押其韵,但没有次韵。刘辰翁诵李清照《永遇乐》"元宵"词,感触颇深。宋亡以后,遂依其声,即用李清照的词调、词体和词韵,并模拟其口吻再作一首《永遇乐》,寄托他的悲苦之情。⑧《永遇乐》"余方痛海上元夕之习,邓中甫适和易安词至,遂以其事吊之",⑨这是痛惜南宋祥兴君臣蹈海而死,也是效李清照《永遇乐》体,用其韵,但不次韵。

效体常见的形式是仿其平仄。按说每个词调的体式是相对固定的,分片、句子长短、平仄押韵都有一定之规。有些词人不懂音乐,往往以前人、名家词作为谱,所以效体就成了以前人词作用韵、平仄填词了。汪莘称其《哨遍》櫽栝王维"山中与裴迪书",用韵、平仄都是按辛弃疾的《哨遍》来作的,⑩把辛弃疾词作当做词谱来用。方岳《沁园春》"櫽括兰亭序",⑪是写给歌妓演唱的。方岳并不精通词乐,他用《沁园春》的体式平仄押韵来櫽括《兰亭集序》。作为一位诗人,他熟悉诗歌的作法。词填好后,交给歌妓去歌唱。由于当时的音谱、唱法尚在,用平仄、押韵图谱所填的词也可以歌唱,至少在声律上没有扞格之处,稍做润饰就可以了。方岳《瑞鹤仙》"寿丘提

---

① [宋]蒋捷撰:《蒋捷词校注》,卷一,杨景龙校注,北京:中华书局2010年版,第72页。
② [宋]冯取洽:《水调歌头》,《全宋词》,第3386页。
③ [宋]黄庭坚:《山谷词》,第84页。
④ [宋]康与之:《风流子》,《全宋词》,第1693页。
⑤ [宋]周密:《草窗词校注》,卷一,史克振校注,济南:齐鲁书社1993年版,第34页。
⑥ [宋]刘辰翁:《刘辰翁词校注》,卷二,吴企明校注,上海:上海古籍出版社2015年版,第274页。
⑦ 同上书,第319页。
⑧ 同上书,第330~331页。
⑨ 同上书,第332~333页。
⑩ [宋]汪莘:《哨遍》,《全宋词》,第2833页。
⑪ [宋]方岳撰:《秋崖诗词校注》,卷三五,秦效成校注,合肥:黄山书社1998年版,第609页。

刑"词序说他自己"旧为场屋士,不能歌词,辄以时文体,按谱而腔之,以致其意"。① 方岳不通词乐,理由是早年埋头科举、不谙音律,不能唱词,只能按照时下流行的黄庭坚《瑞鹤仙》填词。词填好了,交给乐工歌妓按谱歌唱。王炎也说过类似的话,早年家贫,没有家妓,没条件唱曲子。② 就没法按音谱填词,这是文人士大夫的通病。尽管作不出可以歌唱的词,但不妨碍他填词助兴。于是随着音乐节拍,按照词谱的体式、平仄、押韵等因素来填词。这类"不能歌词"者所填的词,处理不了用字与歌唱的细节问题。乐工歌妓在唱词时,还需逐字订正,然后才能凑合歌唱。

效体与宋词歌唱也有关联。宋人填词起初是按音谱填词、随律押韵的,往往多几个字少几个字、多一韵少一韵,并不影响实际歌唱。那些不通词乐的词人往往以词为谱,仿其体式、平仄押韵填词。这些词已经脱离了音乐,与唐宋音谱隔了一层,与宋词歌唱隔了两层,因此是不能歌唱的。然而事实证明这些词有些竟然也是为歌唱而作的。这对那些闭门读书、很少接触世俗乐曲的文人士大夫有特殊意义,为他们打开了一扇通向宋词的方便之门。他们虽不精通音乐,但熟悉声律,避生就熟、扬长避短,何乐而不为呢? 从音谱到图谱,其间有一个必然过渡,而这个过渡就是效体。

宋人效体有两层含义:一是对某人某词调下某一词体的效仿,一是对词人整体风格的效仿。效体在北宋还是比较随意的,到南宋中后期就变成了有目的、有选择的工作。由名人名作逐渐变成了创作风格、审美观念相近的词人。周紫芝《鹧鸪天》仿效晏几道所作三首词,③仿效的是晏几道词的整体风格,所以他没有一一指出具体的效仿对象。辛弃疾《玉楼春》"效白乐天体"、④《木兰花慢》"用天问体",⑤都是词体以外的风格,这说明宋人不仅学习前代文学的创作风格,还汲取其思想精华。周密"效颦十解"中,《四字令》"拟花间",《花间集》中并没有"四字令";《醉落魄》"拟二隐",二隐是兄弟两位词人,性情不同:一个严谨、一个豪放,词作差别较大。周密所"效颦"的是《花间集》和二隐的总体风格,即《花间集》那种本色雅正、言情抒怀风格;二隐世家子弟、雍容典雅、含而不露的骚雅情感。

效体使宋词从形式到精神上与古代文学传统一脉相连,即使那些仿效

---

① [宋]方岳撰:《秋崖诗词校注》,卷三七,第642页。
② [宋]王炎撰:《双溪诗余》,《自叙》,王鹏运辑:《四印斋所刻词》,上海:上海古籍出版社2012年版,第793页。
③ [宋]周紫芝:《鹧鸪天》,《全宋词》,第1135页。
④ [宋]辛弃疾:《辛弃疾集编年笺注》,卷一三,第1618~1619页。
⑤ [宋]辛弃疾:《辛弃疾集编年笺注》,卷一二,第1453页。

模拟前人词体、声韵、格律填词也是宗派意识的体现,杨泽民、方千里、陈允平遍和清真词,与当时词坛盛行周邦彦词风相呼应,这是宋代词学体系的具体体现,对宋词流派、理论、创作等都有一定的影响。

下面,分析宋词的议论化。

第三章 以议论为词

南宋王顺伯说:"本朝百事不及唐,然人物议论远过之。"①道出了宋人好发议论的特点。按说宋词是一种流行歌词,并不适合发表议论。但其中仍有很多议论的因素,如登高抒怀、咏物写意、宦海牢骚都能变成一种议论。这还容易理解,有人还把一些哲理思辨、作家作品评论等抽象理论也写入词中,而且还是出自同时代行家里手的第一手材料,直接影响着宋词创作和理论,具有重要的学术价值。

宋词作者以文人士大夫为主,他们关注科举仕宦、读书议论,有很多议论都是针对这些问题而发的。这也是前人很少论及的。

第一节 科举仕宦

一 秋试春试

宋代科举制度比较规范,到了宋太宗时期做了较大的调整,由一年一试、时考时停变为三年一考,时间大致固定。在考试程序、科目设置以及进士待遇上,把严谨规范与方便实用结合起来。朝廷对科举进行动态管理,从时间到空间,从科目设置到录取结果,使它适应时代需要。从制度设计层面来说是切实可行的;但从微观层面来说,每一个置身其中的人,都真切地感受到了制度带给他们的震撼。在适应制度的过程中,他们的心态发生了一些变化,他们用词把这个变化记录了下来。在宋词中涉及科举题材的作品大约有三百首,包括乡试、发解、鹿鸣宴、省试、殿试、释褐、琼林宴等步骤以及锁厅试、别头试、太学补试、四川类省试等形式,词作者既有考生,也有试官,还有考生亲朋好友、妻子女友,涵盖了宋代科举的方方面面。

---

① [宋]陆九渊:《陆九渊集》,卷三四,锺哲点校,北京:中华书局1980年版,第406页。

科举是从乡试起步的,乡试是从投牒开始的。一个读书人(士子)想参加科举考试,必须在科举之年科举诏颁布以后,在户籍所在县报名,即所谓的投牒自进。牒上需开明所应科目、姓名、乡贯、年甲、三代、户头、举数、年月等,州县负责对报名者的情况进行核实,不能有隐忧匿服、曾犯刑责、不孝不悌、为害乡里、假户冒籍、工商杂类、曾为僧道、身有残疾等情况。州郡长官审查合格,再令考生十人相保,如有不实,则十人连坐不得举荐。① 乡试合格,取得荐举资格。州郡再把考生报名材料、连同地方长官签名状和乡试试卷解送礼部。获得发解资格举人,在州郡举办鹿鸣宴后,即可动身到京城参加省试。由于路途远近不同,一般至迟于入闱前两个月到京师。举子进京后,还有一系列手续要办。要向礼部呈上解牒、家保状,以便礼部对发解举人进行资格审查。考前数日,向礼部投纳试卷用纸、誊录用纸。试卷用纸要在卷首填写姓名、年甲、三代、乡贯、科目、场次等信息,必须是发解举人亲笔手书,目的是验看签名与答卷的笔迹是否一致,防止枪手作弊;填写完毕,礼部用印确认。② 省试一般安排在正月底到二月中旬。③ 省试揭榜后,三四月举行廷试。宋代发解举人没有出仕资格,就连发解资格也只能用一次。④ 按三年一次科举来算,仅为获得进京参试的资格,就得努力两年。繁琐的程序和巨大的花销,还要联保连坐保结分明,使每一位参试者身心俱疲,有两位状元就死在了授官之前。科场得意者尚且如此,沦落者更加凄惨。逸民《江城子》"中秋忆举场"云:"秀才落得甚干忙。冗中秋,闷重阳。百年三万,消得几科场。吟配十年灯火梦,新米粥,紫苏汤。 如今且说世平康。收战场。息欃枪。路断邯郸,无复梦黄粱。浪说为农今决矣,新酒熟,菊花香。"⑤ "逸民"所忆为秋闱乡试,故而有"冗中秋,闷重阳"之语。他多次参加乡试,没有领乡荐的资格,于是决定归隐。无论先前的浪说,还是这次真的归隐,至少他还有一个归宿。而宋代大部分读书人倾其平生财力心力投身科场,能够如愿的(包括待遇极低的特奏名进士)也是极少数人。而大多数读书人被抛掷在江湖上,过着漂泊不定的生活。没有正常的职业,缺乏赖以为生的技能,就连日常生活也无法保障。

---

① 何忠礼:《南宋科举制度史》,北京:人民出版社2009年版,第36~37页。
② 何忠礼:《科举与宋代社会》,北京:商务印书馆2006年版,第37页。
③ [元]刘一清撰:《钱塘遗事校笺考原》,卷一〇,王瑞来校笺,北京:中华书局2016年版,第354~355页。
④ 何忠礼:《科举与宋代社会》,第24页。
⑤ [宋]逸民:《江城子》"中秋忆举场",唐圭璋编纂:《全宋词》,王仲闻参订,孔凡礼补辑,北京:中华书局1999年版,第4536页。

科举制度手续繁琐,如果再羼杂一些人为的因素,就变成了有意刁难。贾似道为了钳制士大夫,唆使御史陈伯大奏立士籍,规定凡应举及免解举人,州县给历一道,亲书年貌、世系及所肄业于历首,执以赴举。过省参对笔迹异同,以防伪滥等。如前所述,这些措施在宋代已成惯例,只不过这次新增的内容和时间有些离谱。萧某《沁园春》"讥御史陈伯大"云:"士籍令行,条件分明,逐一排连。问子孙何习,父兄何业?明经词赋,又具如前。最是中间,娶妻某氏,试问于妻何与焉。乡保举,那当著押,开口论钱。　祖宗立法于前,又何必更张万万千。算行关改会,限田放籴,生民凋瘵,膏血俱胀。只有士心,仅存一脉,今又艰难最可怜!谁作俑,陈坚伯大,附势专权。"①关于奏立士籍一事,《宋季三朝政要》详载其本末。咸淳六年(1270)春:"时贾相患举人猥众,御史陈伯大请置士籍,开具乡贯、姓名、年甲、三代、所习经赋、娶妻姓氏,令士人书之,乡邻着押保结,于科举条制并无违碍,方许纳卷。议者谓,士而有籍,与禁何异?又严后省覆试法,比校中省举人元卷字踪,互异者黜之。覆试之日,露索怀挟。……当此边事危急之际,束手无策,而以科举苦举子,何其缪耶?"②无名氏《沁园春》词云:"国步多艰,民心靡定,诚吾隐忧。叹浙民转徙,怨寒嗟暑;荆襄死守,阅岁经秋。寇未易支,人将相食,识者深为社稷羞!当今亟出陈大谏,箸借留侯。　□□迂阔为谋,天下士如何可籍收?况君能尧舜,臣皆稷契,世逢汤武,业比伊周。政不必新,贯宜仍旧,莫与秀才做尽休。劝吾元老,广四门贤路,一柱中流。"③这两首词所发议论都很精彩,在内忧外患不断,国运悬于一线之际,朝廷需要化解外部的军事压力,收拾人心,共度危亡。但贾似道为了专权固宠,想尽一切办法滥施威权,摧残仅剩下的一点世道人心。

宋代常科分为三级:乡试、省试和殿试。乡试在本州举行,省试、殿试北宋在汴京、南宋在行在临安举行。宋代有许多送行词都是送举子发解进京的。一般是写景状物、叙事言情,再加一些祝福的话,希望被送行者心气平和,在接下来的考试中取得好成绩。心气平和也是需要本钱的,于是有人枚举种种致胜的条件,如年少聪颖、才高八斗、积年苦学、家世渊源等,甚至把"阴德""阴功"这些不为人知的隐私也抖了出来。阴德、阴功是做了别人所不知道的好事,福报最重。宋代焦蹈送还书童捡拾的一枚金戒子,耽误了省

---

① [明]田汝成辑撰:《西湖游览志余》,卷五,上海:上海古籍出版社 1958 年版 1980 年新 1 版,第 87~88 页。
② [元]佚名撰:《宋季三朝政要笺证》,卷四,王瑞来笺证,北京:中华书局 2010 年版,第 342 页。
③ [明]田汝成辑撰:《西湖游览志余》,卷五,第 87 页。

试。因救人一命的阴德,不但重新参加了省试,还被钦点为状元。① 宋人认为五行八作皆是修行,在各种修行中,以阴德为上;在各种阴德中,又以拯救性命为上。按照众生平等的原则,救人与救生物是一样的。无名氏《沁园春》"寿冰壶刘监丞,以竹为寿"词云"渡蚁阴功须状元"。② 还有些送行词,不把希望寄托在虚无缥缈的阴德上,而是在思路上突破常规;不纠缠于被送者是否能考中进士这个敏感话题,而是希望对方不忘初衷,急流勇退,及早归来。无名氏《鹧鸪天》"弟寿兄又赴省":"冬至阳生才两日,欣逢伯氏绂麟长。鹡鸰原上欢声沸,棣萼堂前喜气新。斟九酝,劝千巡。华途从此问云津。杨前未把耆年祝,且愿青云早致身。"③无名氏是从正面立论,哑女则是从反面警示。哑女《醉落魄》"赠周锷应举":"风波未息。虚名浮利终无益。不如早去备蓑笠。高卧烟霞,千古企难及。 君今既已装行色。定应雁塔题名籍。他年若到南雄驿。玉石休分,徒累卞和泣。"④这是一种高明的议论方式。首先,词人认为被送行者考上进士是不成问题的,问题是此后不要忘了人生的目的。十年苦读、一朝成名,目的是为了顺遂本初,活得更好;如果总是追求高科、高官,就会使自己屈从于外物,心被物役,活得很痛苦。其次,在人的一生中会遇到很多次选择,每次选择都不要羼杂太多的私心杂念。私心杂念多了,误判率就增加了。如果一直沿着错误的选择走下去,其归宿是玉石俱焚。到那时,即使像卞和泣玉那样哭得天昏地暗也难证清白。这些议论在其他文体中也有,只是绕来绕去说不明白,远没有这首词说得透彻。

  进士及第是入仕的正途。那些没有出身的官员,无论后来地位多高、权力多大,总觉得有些欠缺。史达祖是韩侂胄的亲信,作为中书省堂吏他跟随李壁出使金国,考察敌国的政治形势和军事布防;帮助韩侂胄处理朝政,奉行文字,拟帖撰旨,以至调拨军马,移易兵将,科拨钱粮等,当时有"史丞相"之称。⑤ 朋友给他祝寿词用的也是宰辅级的专用典故,如高观国的《东风第一枝》"为梅溪寿"词:"调羹雅意,好赞助、清时廊庙。"⑥侍从大臣给他信函

---

① [宋]吴曾撰:《能改斋漫录》,卷一二,上海:上海古籍出版社 1960 年版 1979 年新 1 版,第 353 页。
② [宋]无名氏:《沁园春》"寿冰壶刘监丞,以竹为寿",《全宋词》,第 4792 页。
③ [宋]无名氏:《鹧鸪天》"弟寿兄又赴省",《全宋词》,第 4770 页。
④ [宋]哑女:《醉落魄》"赠周锷应举",《全宋词》,第 585 页。
⑤ [明]黄淮、杨士奇编:《历代名臣奏议》,卷一八五《论苏师旦状》,上海:上海古籍出版社 2012 年版,第 2426 页。
⑥ [宋]高观国:《东风第一枝》,《全宋词》,第 3029 页。

也要用申呈。① 不过在他自己的词作中,还是透漏出内心的卑怯。《满江红》"书怀"词云:"好领青衫,全不向、诗书中得。还也费、区区造物,许多心力。未暇买田清颍尾,尚须索米长安陌。有当时、黄卷满前头,多惭德。思往事,嗟儿剧。怜牛后,怀鸡肋。奈棱棱虎豹,九重九隔。三径就荒秋自好,一钱不直贫相逼。对黄花、常待不吟诗,诗成癖。"②在这首"书怀"词里,词人内心的情怀分为六个层面:一对自己身世的简介,好一领青衫,却不是用诗书换来的,而是费尽周折,从别的渠道获得的;二仕宦有违初衷,但他没有归隐之资,只能索米长安,寄希望于将来,希望将来某日能够回归田园;三面对黄卷,多有惭德,书中自有千钟粟、书中自有黄金屋,书中自有功名富贵,别人从书中淘得了种种好处,偏偏他自己没有收获;四处境艰难,恩荫出仕,身份低贱,等同于牛后鸡肋;五朝堂上危机四伏,虎豹九关,磨牙吮血,随时都有命丧虎口之虞;六目前处境很糟,但也无可奈何,不如聊学渊明,放纵诗癖,聊吟一首黄花曲。史达祖是韩侂胄的心腹,距离权力中心最近。他对开禧北伐前后政局有清醒的认识,隐约感到了在韩侂胄禁锢善类、发动北伐战争的表面平静下激流暗涌。这是一般的主战派人士觉察不到的。

科举场上的失意者,有的栖居名山大川,屏绝世事,自放于尘埃之外。关注《水调歌头》谈到的"吾乡陆永仲",科举失意后退隐白鹿洞,成为世外高人。③ 更多的文人则像鲁迅笔下的孔乙己,既放不下读书人的身份,又缺乏生存之资,于是就成了江湖游士,如"晋、宋间人物"刘过,④卖诗鬻文,结交权贵,养成有钱即荡于花酒,无钱忍饥挨饿的流浪汉习气。在《沁园春》"卢蒲江席上,时有新第宗室"词中,他自嘲"四举无成,十年不调,大宋神仙刘秀才"。也不羡慕宗室新获得的进士头衔,以及"拥三千珠履,十二金钗"的富贵生活,⑤体现了江湖游士的铮铮风骨。

姚勉(1216~1262)是宋代科举中成功的典型,他留下了许多有关宋代科举的资料。笔者试以姚勉为例,分析宋词好发议论的特点。

姚勉获得了宋理宗宝祐元年(1253)省试第四、廷试第一的好成绩。一般传记资料言及姚勉都是从这里开始的。这就给人一个错觉,认为姚勉科举很顺利。其实不然,姚勉也经历了折翼而坠、太学被逐、七举无成的黯

---

① [宋]叶绍翁撰:《四朝闻见录》,戊集《侂胄师旦周筠等本末》,沈锡麟、冯惠民点校,北京:中华书局1989年版,第183页。
② [宋]史达祖撰:《梅溪词》,雷履平、罗焕章校注,上海:上海古籍出版社1988年版,第132页。
③ [宋]关注:《水调歌头》,《全宋词》,第1678页。
④ [宋]张世南撰:《游宦纪闻》,卷一,张茂鹏点校,北京:中华书局1981年版,第4页。
⑤ [宋]刘过撰:《龙洲词校笺》,马兴荣校笺,南昌:江西人民出版社1999年版,第8页。

淡岁月。黯淡期长达二十三年,约占他人生的一半。姚勉初次参加科举时只有十六岁,他说:"在辛卯(绍定四年,1231)岁,予叨荐名,折翼而坠。"①初出茅庐,身手不俗,居然通过乡试获得了荐举的资格,但在次年的省试报罢。同样的说法还有:"方当丁岁踏槐之始,几成甲戈鏖敌之功;偶因新昌壮邑之无人,竟以高安小子而败绩。"②姚勉第一次参加省试才十七岁,也就是秋试的第二年,为什么说是成丁之岁呢? 这里有个缘故:姚勉弱冠之年(二十岁)做了一个梦,梦见神人告诉他"君第千中一"之语,以及"臣年二十三岁"之诗。他认为这是神人托梦暗示他在二十三岁考中进士第一。为了应梦,他从此虚增了三岁。此后投牒,用的就是这个年龄。写这封信时,是姚勉再次取得发解资格的淳祐十二年(三十七岁,1252)。他在追叙当年的经历时,仍是按照虚增岁数来说的。宋人投牒自进,要求一切材料真实无误。增减年龄也是一种违法行为,为此姚勉一直经受内心煎熬,直到庚申(1260)年才向有关部门坦白了这件事情,并请求处分。③

姚勉自第一次侥幸领乡荐后,其后六次都没有获得荐举,于是他想通过太学补试来获取发解资格。淳祐七年他通过补试进入太学。太学补试录取率是百人取三或取六,进入太学以后成为待补生,待补生的发解额"率四人而取一",④或"率三人而取一";⑤州郡发解额平均是三百取一,而姚勉家乡瑞州是三千取八。⑥ 其难易程度是显而易见的,进入太学,通过补试是一个不二选择。

姚勉与太学补试有关的词共四首,词题中的"太学补试""京学类申"是他在太学学习的经历。淳祐七年,姚勉游太学,复不遇,是指他在淳祐七年通过了太学补试,成为待补生员;淳祐九年没有通过京学类申,取得发解资格。淳祐十年姚勉又来太学补试。这年省试延期到八月、会试延期到九月。十月丙午(1250年11月9日),宋理宗宣布实行太学补试改革:"国家以儒立国,士习美恶,世道所关。端平初增诸郡解额,寖漕闱牒试,正欲四方之士,安乡井、修孝悌,以厚风俗。比岁殊失初意。可令逐州于每举待补人数内,分额之半,先就郡庠校以课试,取分数及格者,同待补生给据,赴上庠补

---

① [宋]姚勉:《姚勉集》,卷四八《祭族子霆伯》,曹诣珍、陈伟文校点,上海:上海古籍出版社2012年版,第559页。
② [宋]姚勉:《姚勉集》,卷二三《发解谢新昌赵判县启》,第274页。
③ [宋]姚勉:《姚勉集》,卷二七《陈实年甲申省状》,第322页。
④ [宋]李心传撰:《建炎以来朝野杂记》,《甲集》卷一三《太学养士数》,徐规点校,北京:中华书局2000年版,第278页。
⑤ [宋]李心传撰:《建炎以来朝野杂记》,《甲集》卷一三《国子监试法》,第278页。
⑥ [宋]姚勉:《姚勉集》,卷二八《上丞相谢渼山书》,第324页。

试。其天府一体施行。"①透过这些冠冕堂皇的说辞,可以体察到这次改革的实质就是驱赶游士离京,于是突出了府学课试这个环节。只有府学课试分数及格者,与已在太学待补的生员,州郡发给公据,凭公据到太学补试。姚勉是较早离开临安,回乡参加府学课试的。回乡以后他发现有人仍留在太学参加补试,同一类人面临两种政策,这使他对这项改革不满,在《癸丑廷对》里表达了这种情绪。

姚勉回乡课试,分数合格,又回到太学,先通过了太学补试,淳祐十一年又通过了京学类申,取得了参加礼部试的资格,有人向他道贺,"人有言而必中"②"子明年且上第"等。③ 姚勉也说"久塞复通,随试辄效。虽抱罢公闱之旅进,亦尝魁天邑之类申",④"辟雍五试之辛勤,京泮两年之苦淡"⑤等。他把太学五年看做一个整体,前三年,复不遇;后两年,随试辄效。姚勉在太学顺风顺水发展得很好,为什么他又匆忙回到瑞州取解呢?

这里需要对太学补试、京学类申略作解释:太学补试和京学类申是进出太学的两个关口。太学补试是进口,因为太学发解名额较宽而录取人数有限,即所谓的"百取六人之制",⑥每年有上万甚至十万士子聚集临安补试,因此竞争很激烈。太学有进必补,三年一补,著为定式。⑦ 京学类申是出口,京学即临安府学,负责对京城各类生员发解资格进行审查。太学具有独立的发解权,但待补生员多是外地户籍,参加发解要占用临安府学名额,对外地户籍游士的类申也在京学进行。京学负责对寄寓京城各类应试人员,包括临安府学生员、太学待补生员、寓居京城官员的门客、子孙等按照分配名额进行筛选。淳祐十年停止太学补试和京学类申,是从出入两个关口控制京城游士数量,逼迫他们回乡课试、发解,防止他们逗留京城干扰朝政。这个政策并没有一刀切,还允许那些出学年久、有实际困难而不能赴乡举者可以赴浙漕试。⑧ 应该说是比较温和的,以前也实行过,只不过这次执行力度稍大了一些。

周密《齐东野语》卷六《杭学游士聚散》记载这件事是从淳祐十一年七

---

① [宋]无名氏撰:《宋史全文》,卷三四,汪圣铎点校,北京:中华书局2016年版,2803页。
② [宋]姚勉:《姚勉集》,卷二三,第274页。
③ [宋]姚勉:《姚勉集》,卷一一,第117页。
④ [宋]姚勉:《姚勉集》,卷二三,第274页。
⑤ 同上书,第272页。
⑥ [元]脱脱等撰:《宋史》,卷一五七,聂崇岐点校,北京:中华书局1985年版,第3671页。
⑦ [清]徐松辑:《宋会要辑稿》,《崇儒》一《宗学》,刘琳等校点,上海:上海古籍出版社2014年版,第2740页。
⑧ [宋]无名氏撰:《宋史全文》,卷三四,2808页。

月敦促游士回乡发解开始的。① 临安府一开始比较保守,把劝返游士变成限制游士数量,临安府的发解额共三百名,把一半留给土著、一半留给游士。在受到理宗批评后立即变得激进起来,把劝返变成了驱赶,并限期出境。姚勉已在淳祐十年通过了太学补试、十一年通过了京学类申,还取得了京学类申第一的成绩。他是按照太学新规取得这些资格的,不在被驱赶的游士之列。但二十多年科举历程,始终处在高压动荡的环境之下,使他内心的堤防崩溃了,抛弃已经到手的发解资格,重回瑞州取解。这时他对科举也失去了信心,萌生归隐的想法。这种心态在《贺新郎》"京学类申后作"与《发解谢判府蔡寺丞启》中均有体现。他说:"抟鹏九万里,锐意图南;梦翼八重天,每成战北。屡罢辟雍之群试,遂媒京泮之类申。论士秀升,渐已近长安之日;逐客令下,乃不遇洛阳之春。弹铗而归故山,带经而锄夜月。"②他是在"逐客令下"之后回乡取解的。此前,在家乡取解连败五场,使他对能否取解已不报希望。内心深处的底线是无论能否中举,都不改变致君尧舜的理想。科举只是实现理想的手段而不是目的,一种手段不成,再换一种照样也能实现理想,只不过更艰难一些。这种超脱的心态,使他在此后的秋试、春试、殿试中取得超常发挥。下面对这些词试作分析:

《沁园春》"太学补试归途作",③是姚勉从太学补试回家的作品。姚勉两次到太学补试,分别是淳祐七年和十年。由于资料所限,很难判断具体作于哪一年。从该词的情感上看,它体现了姚勉一贯的思想,不服现状但又无可奈何。他把理想寄托在虚无缥缈的命运上,一般人认命是为自己的失败开脱,姚勉则是为重新站起来寻找理由。他承认科举场上的失败,相信经过不懈的努力,积蓄力量,定会一飞戾天,中状元、拜宰相,做一个清正廉洁、扭转乾坤的好宰相。词中"无地楼台,有官鼎鼐",用北宋贤相寇准的典故。这是他的理想。

下面两首《贺新郎》词题分别是"京学类申时"和"京学类申后",应该作于淳祐十一年(1251)京学类申时。根据姚勉取得淳祐十二年春试的荐举资格后写给家乡地方官员蔡判府、赵府判、赵判县等人的谢启所言,他是在通过京学类申后被驱赶回乡取解的。两首词围绕着"京学类申"展开,但没有谈京学类申的过程步骤,而是抒发内心的感受,凸显了制度带给人内心的压力。

---

① [宋]周密撰:《齐东野语》,卷六,张茂鹏点校,北京:中华书局1983年版,第110~112页。
② [宋]姚勉:《姚勉集》,卷二三,第271页。
③ [宋]姚勉:《姚勉集》,卷四四,第507页。

姚勉《贺新郎》"京学类申时作"，①认为苍天不公。剑吼龙怒，正是英雄大显身手的时候。词人接着提出自己的疑问：既然天生英雄是为了建功立业的，为什么还要给英雄那么多的挫折呢？姚勉七举不成，难免有儒冠误身之叹。苍天总是这样，行事多不合逻辑。这个且不去理他，既然有如椽健笔，何不到月中折桂，在蟾宫散步呢？英雄总无出头之日，还有谁辅佐吾君重整乾坤呢？我要抓住机会，龙游大海、兴云吐雾。他相信机会真的来了。

姚勉《贺新郎》"京学类申后作"，作于淳祐十一年（1251），在这次京学类申中，姚勉取得了临安府学类申第一的成绩。② 类申第一，词人应该得意才是，结果正相反。他长啸山中思前想后，慨叹二十多年光阴，在一次次科举蹭蹬中流逝了。谁能料到自己会落魄到如此地步？也许他不适合科举，于是决定归隐。也许将来会遇到什么机会，不妨再出来干一番事业。然而心有不甘，历史上那些粗汉，如彭越、陈余、朱温、李克用辈，出身盗贼、逃犯、流寇、胡儿，竟然能干出一番惊天动地的事业。万一哪天老天开眼了，我也佩金印干一番轰轰烈烈的事业。世间万事皆如此：当你迫切想得到什么时，往往得不到；当你觉得没有希望了，可以用平常心审视它，好运就在这时姗姗降临。这种心态在科举场上表现尤为突出，姚勉功名心强、性情狷急，③经过二十多年的挫折，始终没有放弃致君尧舜的理想，现实又使他明白实现这个理想是多么艰难。

《沁园春》"送友人补太学"④是姚勉及第后的词作。"友人"主修《周礼》，其学问来自山斋，雄姿直气，不受世俗玷污，应该平步青云才是，不幸也是折翼而返，去太学补试。太学是养育人才的地方，太学生人称白衣御史、未来卿相。友人这是才到命不到，时人不用猜疑，等机会到了功名就会如期而至。上天惯用挫折来成就人，没有岁寒，何以见青松的高洁；没有严寒，何以有梅花的馨香。世间万物，到了春天就会复苏。时机比什么都重要。眼前的一切，都是天工的精心安排。但愿友人能识透天意，从璧水起步，直上兰台。为什么要直上兰台，而不是别的衙门呢？这里用了一个典故。宋代状元及第，初次授官为承事郎、签书节度判官厅公事。等下一科进士放榜，前科状元调回，任秘书省正字，新科状元接着任承事郎、签书节度判官厅公事，名曰对花召。⑤ 秘书省在唐代改称兰台。这首词祝愿友人从太

---

① ［宋］姚勉：《姚勉集》，卷四四，第507～508页。
② 同上书，第508页。
③ ［宋］姚勉：《姚勉集》，卷三六《养斋记》，第412页。
④ ［宋］姚勉：《姚勉集》，卷四四，第509页。
⑤ ［宋］文天祥：《文天祥全集》，卷之三《己未上皇帝书》，北京：中国书店1985年版，第62页。

学起步,中状元、任职秘书省。这是根据宋代官制的惯例而言的,惟其如此,才合情理,才能被人接受。

前三首太学词作于姚勉的困顿时期,人在低谷,豪气不赊,之所以有这种心态,原因也是多方面的:

首先,姚勉笃信谶纬之学、神仙托梦之说、堪舆之术、相面算卦等神秘文化,他半生都在从事科举,而科举场上的得失利钝,不是哪个考生自己能左右的。人在无法决定自己命运时,往往把它推给天意。一般人因此沉沦下去,但姚勉没有。他认为梦境就是命运的体现,既然有此命运,就得努力去实现。他常常以状元、宰相自期,愈挫愈勇,这些神秘文化反倒成了他精神上的支撑点。

其次,姚勉主张修齐治平、经世致用,受程朱理学和苏学的影响较深,在他的思想中多了一份对信仰的执着、对社会的责任,在极其艰难的环境下也要推行道义。远大的理想也是他政治上的支撑点。

再次,姚勉出身书香门第,上两代没有做官,家境贫寒,且拖累很大,他也没有别的选择,为了生存和家族的荣耀必须坚持下去。艰难困苦的生活环境和对亲人的责任感,是他生存上的支撑点。三点托起了一个理想,词就是这个理想境界的展现。

姚勉"拙样背时",①属于那种赶不上趟的人。前六次科举,除第一次侥幸通过秋试,其余均是秋风报罢。他到太学补试,两次都侥幸成功。第一次没有通过京学类申,第二次取得类申第一的成绩。结果又遇上朝廷驱赶游士回乡发解。回来以后,诸事不顺。淳祐十一年秋试失去了首荐的资格,他本想以《春秋》荐,结果以诗赋荐。《春秋》是经,诗赋是文。经与文之间差距悬殊,能考中的机会微乎其微。好在姚勉心态平和,把得失看得很淡。这种心态挽救了他,竟然取得了省试第四的高等,就有机会参加一甲的角逐。终于在殿试中,凭借一篇扎实的策论,被理宗钦点为状元。

按姚勉及第时间为宝祐元年五月己亥(1253年6月19日)。② 姚勉《贺新郎》词题为"及第作",抒发了一种别样的情感。③ 这种情感不是常见的那种新科状元俯视芸芸众生的得意骄纵之情,而是众人观看状元所发出信任和放心的感慨,"玉勒金鞯迎夹路,九街人、尽道苍生福"。④ 这远比宴

---

① [宋]姚勉:《姚勉集》,卷二三,第269页。
② [元]脱脱等撰:《宋史》,卷四三,聂崇岐点校,北京:中华书局1985年版,第848页。
③ [宋]姚勉:《姚勉集》,卷四四,第509~510页。
④ 同上书,第510页。

罢琼林、醉游花市深刻。唐五代进士及第有冶游习俗,《花间集》中有不少这类的作品。宋人也继承了这一习俗,沈瀛《风入松》上阕:"金榜初登。绮阁朱楼对娉婷。软红尘、有人相等。归来寝立功名。油盖拥着一书生。开宴处、笙歌频奏声。眼前光景。人生如意享欢荣。得酒娱情。"①周申《壶中天》下阕:"闻道潇洒才郎,天庭试罢,名挂登科记。昨夜凉风新过雁,还有音书来寄。千万楼台,三千粉黛,今在谁家醉。"②至于姚勉词序中提到的那首旧词"宴罢琼林",已经剔除了狎妓冶游的内容,是一首正规的寄内词。该句出自宇文绶的《踏莎行》。由于该词《全宋词》未收录,故将原词抄录如下:

足蹑云梯,手攀仙桂。姓名高挂登科记。马前喝道状元来,金鞍玉勒成行缀。　宴罢琼林,醉游花市。此时方显平生态。修书速报凤楼人,这回好个风流婿。③

这首词出现在新发现的鎏金新科状元游市图银盘上。姚勉所引述的字句与鎏金银盘不大相同。鎏金银盘作"此时方显平生态",姚勉引述为"此时方显男儿志"。鎏金银盘是第一手历史文献,但出自工匠之手,未必是宋词原文。姚勉引述词句是二手材料,但引述该文是为了批判。既然以此为稿的,一般是不会引述错误的。这首词描绘了宋代放榜以后状元游市的场景,推销皇帝与士大夫共治天下的理念。宋代重文官,文官重出身,出身看进士,进士看状元。状元是万众关注的焦点。有许多文人把考进士中状元作为人生的理想,一旦理想实现了,难免会放纵一番。与上述几首冶游词相比这首《踏莎行》还是很收敛的。即便如此,也引起了姚勉的不满。当友人潘清可(号月崖)请他书写及第感受时,他特意拈出这句予以批评。认为男儿之志,岂止在醉游花市而已哉,必志于致君泽民而后可。这种说法不是不可,只是有些不近情理。

宋代状元及第后的那些环节,仪式性与娱乐性并存。如果讲求效率,估计三天全做完了,可它偏偏要拖上两个月。姚勉有一首诗歌也是写状元游市的,其议论也与《贺新郎》"及第作"相同。诗云:"玉丝鞭褭散天香,十里

---

① [宋]沈瀛:《风入松》,《全宋词》,第2152页。
② [宋]周申:《壶中天》,《全宋词》,第3620页。
③ 王宁:《鎏金新科状元游市图银盘》,《收藏家》2006年第5期,第57~58页。

栏干簇艳妆。但念君恩思报称,懒骑骄马过平康。"①所发议论仍旧是堂而皇之的,状元游市时想的是如何报答君恩,而不是到平康里给失足妇女作秀。在不经意之间,还是泄露了状元公的内心世界。姚勉不愿意看尽长安花,却看了满眼的"艳妆"美女。十里栏杆是一幅多么宽广的画面,簇拥着多少艳妆的美女,选取这个场景表明诗人对这个场景感兴趣。人有原始的冲动,对美食美色会有正常的心理反应。只不过一般人抱着欣赏的态度快乐的接受,而理学家则抱着排斥的态度拒绝。细细推敲下来,也不乏喜庆感和娱乐感。

姚勉的诗词文赋,为我们留下了宋代科举的第一手资料。通过这些文字,我们感到进士及第的不易和朝廷对状元的优待。然而即便是皇帝钦点的状元,也有各种质疑的声音存在,姚勉说:"赋或讥其体字,公则称其工致于发明;论或疑其剽文,公则称其奇杰而隽壮。"②"平生不袭陈言,而疑其剽文;所学一本先儒,而谓之碍理。"③好在这些质疑及时得到了纠正,没有起到决定性的作用。姚勉毕竟是廷试第一,成了宝祐元年(1253)科举场上的赢家。科举只是人生的第一步,进入官场以后,竞争会更加激烈,也更为残酷。像姚勉这样的柔弱书生,能适应官场的生存法则吗?

二 宦游四方

姚勉经过二十多年的努力,终于进士及第,并被钦点为状元。虽然做官的时间不长,也体现出了负气敢言的铮铮风骨。这种性格作为一个状元还行,但作为一个官员就不合适了。官场有官场的规矩,必须遵循规章制度去办事,不能由着性子来。姚勉状元及第以后,上书丞相谢堂、参政徐清叟,要求增加瑞州解额。理由是瑞州解额太少,每年应考举子三千人,解额只有八个,以致于瑞州举子四处求荐。与其游走在合法与非法之间,还不如光明正大的给瑞州增加几个解额。于是他愿放弃初次授官时的状元恩例,接受第二人的恩例,用其间相差的四资为瑞州换取四个解额。④ 这里面有无作秀的成分姑且毋论,仅这个动议的本身就触犯了诸多忌讳:其一,在封建时代恩由上出,臣子必须无条件服从,如果人人都按照自己的意愿提要求,那就没有什么公平可言了;第二,姚勉说为瑞州增加解额是他父亲来信嘱咐的,

---

① [宋]姚勉:《姚勉集》,卷一一《殿直求赋状元游六街诗》,第118页。
② [宋]姚勉:《姚勉集》,卷二三《及谢牟存斋启》,第268页。
③ [宋]姚勉:《姚勉集》,卷二三《及谢郑慥堂启》,第269页。
④ [宋]姚勉:《姚勉集》,卷二八《上丞相谢渼山书》,第325页。

儿子要顺从父亲,这已经是要挟朝廷了,朝廷不会同意他的动议;第三,姚勉要想增加解额,也不能同时托两位朝廷大员去办同一件事,这本身就是对所托大员的不信任。如果哪位大员细究起来,这教训够他汲取一辈子的。好在状元及第是件大喜事,朝廷没有治不敬之罪,大员也以包容为德,但肯定不会按照他的要求去做的。姚勉初授官"承事郎签书平江军节度判官厅公事",①说明朝廷否定了他的提议,两位大员一笑了之、没当回事。

  姚勉与很多举子一样,仕宦是为了得禄养亲。在姚勉进士及第回家一个月后,他父亲突然去世了。姚勉家庭拖累很重,他要养活他和妻子两个家族。他多次说"家素贫,嗷嗷数百指,待食于某",②"食指凡四百,皆仰给于某"等。③ 这丝毫不影响他仗义执言,并且因批评时政而屡忤权贵。姚勉守丧期满,奉诏回朝任秘书省校书郎,再除秘书省正字。这是状元任职的正常晋升次序,但对姚勉来说却是一种破格的待遇。姚勉在守丧其间没有出任过任何官职,当然也没有举荐与考核这些转官必备的条件。但皇帝仍然按照状元三年任职期满、考核合格的待遇,于宝祐三年召他回朝任职。他很感激,行至上饶,闻太学生劾丁大全遭到打击一事。他觉得自己有义务向朝廷言明此事危害,于是上《丙辰封事》辞职西归。三年后(开庆元年,1259)吴潜入相,再次征召他回朝任校书郎。景定元年(1260)正月一日依所乞除正字,二月兼沂靖惠王府教授,六月再除校书郎,兼太子舍人,兼职依旧。八月十一日轮对,十九日在新益堂为太子讲《周易》"否"卦,又一次得罪了一执政和一近幸。《民国盐乘》说一执政是沈炎,一近倖是董宋臣。二人比而谮之,姚勉遂被罢归家居。④ 明熊相等纂修《明正德瑞州府志》云姚勉因指斥权奸,无所顾避,忤贾似道。贾似道唆使孙附凤劾姚勉为吴潜余党,免归而卒。⑤ 明朱希召《宋历科状元录》、清谢旻修《清雍正江西通志》、胡思敬《民国盐乘》、陆心源《宋史翼》等都持这个观点。不知他们的依据是什么?其时,贾似道刚应召回朝,因其有肃清外患再造宋室之功,声名正著。就在姚勉轮讲《周易》的前三天,是贾似道四十八岁生日(景定元年八月八日)。他还为贾似道作寿词,把贾比作宪宗中兴时平定淮蔡的贤相裴度。⑥ 直到一年后,姚勉罢官家居,与友人谈起这事,还提到贾似道当天褒奖他的六个字

---

  ① [宋]姚勉:《姚勉集》,《附录》一《初授承事郎签书平江军节判诰词》,第594页。
  ② [宋]姚勉:《姚勉集》,卷三〇《与蔡佑神公亮书》,第342页。
  ③ [宋]姚勉:《姚勉集》,卷二八《与蔡中岳书》,第328页。
  ④ [宋]姚勉:《姚勉集》,《附录》一《民国盐乘》,第601页。
  ⑤ [宋]姚勉:《姚勉集》,《附录》一《明正德瑞州府志》,第598页。
  ⑥ [宋]姚勉:《姚勉集》,卷四四《沁园春》"寿贾丞相",第516~517页。

"和而正粹而严",在一定程度上缓解了贵幸对他的打击力度。① 贾似道擅权也有个过程,但在姚勉罢官这件事情上,尚未见到贾似道打击姚勉的证据。不过随着吴潜贬死,他再也不过问政治,而是专心著述了。罢官后的第三年十二月二十三日(1263年2月3日),姚勉在家乡去世,终年四十七岁。他正式做官不到两年,其间屡遭坎坷,他作了不少有关仕宦的词。其词基调昂扬、没有牢骚忧怨,只有责任和担当。即以不被词学界看好的"寿贾词"而言,姚勉的《沁园春》"寿贾丞相"写得也很好:首先是给贾似道定位,说他是宪宗中兴名相裴度;其次赞颂贾的再造之功,谈笑间把漫天乌云驱散;最后希望贾相"著片公心,辨双明眼,长与群贤扶太平。无它愿,植万年宗社,万古功名"。贾似道是南宋后期政治人物,在解决外戚近幸学校等问题上表现出了高明的政治手腕;②在抵御蒙古入侵方面也颇有建树。但他毕竟是个纨绔子弟,不学无术,用心不正,这就注定了他是一个李林甫式的人物,善于玩弄权术,最终落得个身败名裂的结果。贾似道之死标志着南宋政权的结束。在贾似道入相初期,朝野对他寄予厚望。姚勉对贾似道的赞颂也寄托了他的政治理想,希望贾似道抵御外侮,革新朝政,给国家带来新的希望。这种情感不是编造的,而是根据贾似道以往的履历事功总结出来的。祝寿词是酬酢的一种。所谓的酬赠也是双方互动的。词中叙述抒情就是寻求双方情感中的认同感,再通过议论把这种情感转化成一种事理。事理可以离开具体的叙述而存在。姚勉寿贾词不具备功利目的,也没有什么不良动机和私心杂念,完全发自内心,表明了他对贾似道作为一个抵御外侮、治理朝政、力挽狂澜的英雄的敬仰。贾似道权力膨胀是在宋理宗去世以后,他把度宗皇帝玩弄于股掌之上,置国事于不顾,铲除异己,杀害向士璧、曹世雄,逼降刘整,直到兵败鲁港,被贬处死。在宋度宗咸淳期间,每年八月八日贾似道的生日,有一群词人为贾献颂词。由于颂词太多,还要搞一个征文比赛,选出"善颂首选"。③ 姚勉这首词作于贾似道刚回朝任相的理宗时期,所发议论也建立在真实情感之上,岂能与后期谄谀词同日而语?

姚勉从进士及第到去世有九年时间。在这九年里,他真正做官不到两年。加之屡逆权贵,官职不高也在情理之中。南宋初期状元黄公度进士及

---

① [宋]姚勉:《姚勉集》,卷三二《答许司门书》,第364页。
② [宋]周密撰:《癸辛杂识》,《后集》,吴企明点校,北京:中华书局1988年版,第67~68页。
③ [宋]周密撰:《齐东野语》,卷一二《贾相寿词》,张茂鹏点校,北京:中华书局1983年版,第219页。

第后连续做官十八年,与姚勉风骨凛然的个性气质不同。黄公度典重温雅,①善于处理各种错综复杂的人际关系,但他仍然官不过外郎。南宋前后两位状元官职不显,姚勉有特殊性,而黄公度的遭际更具有普遍意义。黄公度文集散佚较多。在他去世后,其子黄沃多方搜集,编成《知稼翁集》十一卷,词一卷;后人又补遗词一首,文二篇。这些文集与作者宦游相关,尤其是黄公度词十五首,黄沃还做了注释,对于我们理解黄公度仕宦大有裨益,其主要体现在:

其一,黄公度词的写作时间。宋人词话记载一些词作本事,编撰者出于猎奇的心理,往往把一些不实的材料也记下来。由于这些文献时间比较早,后人已无法辨析,遂导致了以讹传讹的现象。吴曾《能改斋漫录》云:"汪彦章在翰苑,屡致言者。尝作《点绛唇》云:'永夜厌厌,画檐低月山衔斗。起来搔首,梅影横窗瘦。好个霜天,闲却传杯手。君知否,晓鸦啼后,归梦浓如酒。'或问曰:'归梦浓如酒,何以在晓鸦啼后?'公曰:'无奈这一队畜生聒噪何!'"②汪藻任翰林学士,在建炎四年(1130)十二月至绍兴元年(1131)九月之间。③ 根据黄沃词注,汪藻《点绛唇》作于绍兴十三年,从泉州移知宣城时。④ 所抒发的情感不是被言者所困而是内不自得。其时黄公度签书平海军节度判官厅公事兼(泉州)南外宗簿,是汪藻的属下。汪藻时年六十五岁,其词充满了历经沧桑之后的激流勇退之情;而黄公度三十五岁刚踏入仕途,对未来充满希望。他没有理解汪藻的隐忧,反而祝愿他归去凤池。同时所作的《送汪内相移镇宣城》把汪藻比做奉天之难中的陆贽,淝水之战中的谢安,二人均有再造之功。高宗念苍生艰难,派汪藻治理泉州,政成为福建路八州第一。汪藻出任新职前例行要奉诏廷对,也被他看作姜太公出山、郭子仪北上破燕,并认为是入相的前兆。黄公度还有一首《菩萨蛮》也是怀念汪藻的。黄沃注云:"公时在泉幕,有怀汪彦章而作。以当路多忌,故托玉人以见意。"⑤按黄公度在泉幕时间为绍兴八年七月十三日至绍兴十五年正月,汪藻离开泉州是在绍兴十三年早春。这首词应作于绍兴十四年春。汪藻离开泉州后,先以知宣州兼江东提刑;阅月,改知镇江府;同年十二月,被

---

① [宋]黄公度撰:《知稼翁集》,陈俊卿序,四川大学古籍整理研究所编:《宋集珍本丛刊》第44册,北京:线装书局2004年版,第435页。
② [宋]吴曾撰:《能改斋漫录》,卷一六,上海:上海古籍出版社1960年版1979年新1版,第481页。
③ 方星移:《宋四家词人年谱·汪藻年谱》,哈尔滨:黑龙江人民出版社2008年版,第261~265页。
④ [宋]黄公度撰:《知稼翁集》,卷下,《宋集珍本丛刊》第44册,第501页。
⑤ 同上书,第502页。

无端弹劾,罢知镇江府,落职永州居住。汪藻离开泉州,赴任宣州、镇江,尚属于正常调动;而到了绍兴十三年十二月罢知镇江、落职永州居住,则属于政治迫害,很符合"当路多忌"的创作环境。这首词"故托玉人以见意"。原文是:

> 高楼目断南来翼。玉人依旧无消息。愁绪促眉端。不随衣带宽。萋萋天外草。何处春归早。无语凭栏杆。竹声生暮寒。①

这是在政治高压下所写的词。为了隐晦其辞,以男女之情写朋友遇合之谊。自屈原《离骚》之后,古诗常用男女之情喻君臣之义。但用男女之情喻朋友之谊还不多见,这是作者自出机轴。玉人可指男,也可指女。按照男子漂泊于外,女子思春于内的惯例来写,这首词不露痕迹,符合宋词骚雅的审美情趣。陈廷焯说:"黄思宪《知稼翁词》,气和音雅,得味外味。人品既高,词理亦胜。《宋六十一家词选》中载其小令数篇,洵《风》《雅》之正声,温、韦之真脉也。"②

其二,黄公度与秦桧的真实关系。黄公度与秦桧没有直接冲突,只是与赵鼎、汪藻等人比较亲近,秦桧把他视为异己,在政治上排挤他。绍兴十五年(1145年)春正月,黄公度结束了在泉幕七年任职,奉调回朝。根据故事授秘书省正字。这年十月三日,宋高宗亲书"一德格天之阁"赐给秦桧,并遣中使就第赐宴。黄公度作了两首诗,似有捧场献媚之嫌。但任何事情都有其特殊性,这件事情自然也不例外。

黄公度与秦桧交往不多,没有唱酬的必要,那么,他为什么还要给秦桧献诗呢?李心传《建炎以来系年要录》卷一百五十四记载:(绍兴十五年冬十月三日)"上书秦桧赐第书阁曰'一德格天之阁',遣中使就第锡宴,仍赐桧青罗盖涂金从物,如蔡京、王黼例。桧言不敢上辜恩赐,欲什袭珍藏。以俟外补,或得归休,用诸国门之外。上优诏谕之。"③关于这段话,研究者多注意前半部分——高宗赐予秦桧扁阁等物以示恩宠,而忽略了后半部分——秦桧得到赏赐之后,表态要外补或归休。于是上优诏答之,文武大臣到秦桧家名为庆贺,实为劝留。在这个特殊的场所,去了不一定有用;不去

---

① [宋]黄公度撰:《知稼翁集》,卷下,《宋集珍本丛刊》第44册,第502页。
② [清]陈廷焯:《白雨斋词话足本校注》,卷一,屈兴国校注,济南:齐鲁书社1983年版,第116页。
③ [宋]李心传编撰:《建炎以来系年要录》,卷一五四,胡坤点校,北京:中华书局2013年版,第2912页。

就站到秦桧的对立面,意味着你不支持秦桧留任,想让他外任、退休回家。这个场所黄公度必须得去,但黄公度与秦桧私交很少,他们之间实在没有什么共同话题,只能作一些官面文章,说些无关痛痒的废话。《御赐阁额二首》正是如此。无非是说秦家宅邸多么宏敞高大、装饰多么精美、秦的功劳多么大、皇帝待秦多么专一、希望秦多多关照之类的话,①没有一点新意。即使希望得到秦桧关照,也只是一句客套话,不能看作是卖身投靠,准备成为秦桧死党的证据。真想得到秦桧的关照并不难,需要具备两个条件:一是价值观相同,能谈到一起,然后相互沟通交流、分工协作、达到一定的目的。二是有利用价值,充当吹鼓手和打手,帮秦桧干一些他不愿或不屑干的脏活儿。权奸与打手是利益的共同体,在获取共同利益时扮演不同的角色。仅仅依靠献诗献赋,就想跻进秦桧的朋友圈未免天真。黄公度献诗后的一个多月,"十一月七日,左奉议郎、秘书省正字黄公度放罢。以臣僚言公度为赵鼎游说故也"。②李心传《建炎以来系年要录》记述得详细一些:"(十一月)己酉,秘书省正字黄公度罢。侍御史汪勃言:'李文会居言路日,公度辄寄书喻之,俾其立异。且谓不从则当著野史讥讪,其意盖欲为赵鼎游说,阴怀向背,岂不可骇?伏望特赐处分。'故公度遂罢。"③可见献诗,并没有缓解黄公度和秦桧之间的紧张关系。他仍被加以"阴怀向背"之类的罪名,被赶出行在。

秦桧不容黄公度。黄公度也有预感。谈到这次贬谪,黄沃词注解释道:"公之初登第也,赵丞相鼎延见款密,别后以书来往。秦益公闻而憾之。及泉幕任满,始以故事除秘书省正字,雅知非当路意,故自初赴调,踌躇不进,寓意此词。道过分水岭,复题诗云:'谁知不作多时别。'又题崇安驿诗云'睡美(生)憎晓色催',皆此意也。既而罢归,离临安有词云:'湖上送残春,已负别时归约。'则公之去就,盖蚤定矣。"④黄公度之被罢免,因为他与赵鼎走得太近;而赵鼎又是秦桧嫉恨的人,于是憎屋及乌,迁怒于他。

其三,黄公度在家乡短暂的幸福生活。黄公度被贬出朝,主管台州崇道观。主管宫观没有具体职掌,可以回家居住。他离开临安时赋《好事近》,词云:

---

① [宋]黄公度撰:《知稼翁集》,卷上,《宋集珍本丛刊》第44册,北京:线装书局2004年版,第464页。
② [清]徐松辑:《宋会要辑稿》,《职官》七〇《黜降》七,刘琳等校点,上海:上海古籍出版社2014年版,第4932页。
③ [宋]李心传编撰:《建炎以来系年要录》,卷一五四,第2917页。
④ [宋]黄公度撰:《知稼翁集》,卷下,《宋集珍本丛刊》第44册,第502页。

上编　唐宋诗学与宋词创作 ｜ 141

　　湖上送残春，已负别时归约。好在故园桃李，为谁开谁落。　还家应是荔支天，浮蚁要人酌。莫把舞裙歌扇，便等闲抛却。①

　　在外做官，辜负了美好时光。罢归回家，正好享受剩下的春天，品荔枝，饮美酒，欣赏歌舞。故园桃李是指家乡的树木，也是黄公度家中的两个侍儿。黄公度父子兄弟多人做官，家里也豢养了一些家妓。黄公度归莆，作《菩萨蛮》，词云：

　　眉尖早识愁滋味。娇羞未解论心事。试问忆人不。无言但点头。　嗔人归不早。故把金杯恼。醉看舞时腰。还如旧日娇。②

　　关于这两个家妓，黄沃词注云：“公罢归抵家，赋此词。先是公有二侍儿，曰倩倩，曰盼盼。在五羊时，尝出以侑觞。洪丞相适景伯为赋《眼儿媚》词云：'瀛仙好客过当时。锦幌出蛾眉。体轻飞燕，歌欺樊素，压尽芳菲。花前一盼嫣然媚。滟滟举金卮。断肠狂客，只愁径醉，银漏催归。'倩倩先公而卒，四印居士有《悼侍儿倩倩诗》，其一曰：'兰质蕙心何所在，风魂云魄去难招。子规叫断黄昏月，疑是佳人恨未消。'其二曰：'含怨衔辛情脉脉，家人强遣试春衫。也知不作坚牢玉，祇向人间三十三。'”③这两个家妓还随黄公度任职广南。当时洪皓也贬谪在广南，洪适、洪迈兄弟随父广南居住。黄公度与洪迈是同年进士，他们有一定的交游。洪适对黄公度家中的侍儿印象很深，故在词中记述了当时酒席遇合的情景。侍儿倩倩死在了岭南，只活了三十三岁。

　　其四，黄公度仕宦的真实心态。绍兴十九年（1149），黄公度四年主管宫观期满。言者附会其《题分水岭两绝》诗意，说他为赵鼎言说。于是秦桧把他流放岭南，通判肇庆府。当时岭南还是雾瘴蛮荒之地，秦桧置他于此地，让他再无出头之日。对此黄公度也是清楚的。他在《将赴高要官守书怀》中云：“古来仕路多机阱，我复情田少町畦。回首壮图犹拾沈，惊心往事屡吹虀。不因昏嫁那能许，此去声名敢厌低。但使安闲更强健，何妨流落在

---

① ［宋］黄公度撰：《知稼翁集》，卷下，《宋集珍本丛刊》第44册，第503页。
② 同上。
③ 同上。

涂泥。"① 黄公度此去岭南,一是为了实现当年的理想,尽管这些理想屡受摧残,且无成功的希望。对他来说已经形成条件反射,就像被热汤烫过一样以后喝汤都要先吹一下。二是因生活所迫。黄公度不像姚勉那样拮据,但家庭拖累也不小。家有五儿二女加上老两口,还有家妓二人,也是十多口人的大家庭,"扶携百指过南州"。② 作为人父,为了儿女婚嫁,即使机关陷阱也得蹚。他对广南之行别无奢求,只要心安身健,即使流落泥涂也在所不惜。龚茂良《宋左朝散郎尚书考功员外郎黄公行状》云:"高要于百粤尤荒远,非以罪迁及资浅蹴授者不至。或唁公,公笑曰:'是独不可以为政耶?'"③高要是肇庆府的别称。

黄公度到肇庆府,上任伊始断书生冤案,赢得了广南东路安抚使的敬重。期月,部使者檄公度摄守南恩。黄公度摄南恩知州两年(绍兴十九年到二十一年,1149~1151),决滞讼、除横敛、增学廪、劝教化,使百姓安居乐业,读书人科举上进。南恩州出了第一位进士(特奏名)。南恩是唐宋流放罪犯的地方,而今兴办教育,竟然破天荒地出了本土第一位进士。这些举措振奋人心,于是邦人相率绘黄公度像于学校予以生祭。黄公度奉诏回朝时,当地士庶播绅越境送别。黄公度把孔子虽处九夷,亦可行道的理想落到实处。黄公度还有几首词,写于摄知南恩州时期。《满庭芳》词云:

一径叉分,三亭鼎峙,小园别是清幽。曲阑低槛,春色四时留。怪石参差卧虎,长松偃蹇挐虬。携筇晚,风来万里,冷撼一天秋。　优游。销永昼,琴尊左右,宾主风流。且偷闲,不妨身在南州。故国归帆隐隐,西昆往事悠悠。都休问,金钗十二,满酌听轻讴。④

黄沃注:"公自高要倅摄恩平郡,郡有西园,乃退食游息之地,先尝赋诗,其一曰:'清樾才十亩,炎陬别一天。华堂依怪石,老木插飞烟。长夏绝无暑,乘风几欲仙。心闲境自胜,底处觅林泉。'其二曰:'意得壶觞外,心清杖屦间。簿书休吏早,花鸟向人闲。旧隐在何许,倦游殊未还。天涯赖有此,退食一开颜。'和者甚多。"⑤西园在南恩州署以西,周围二里,乔木抟荫,怪石争耸,萧然出尘,亦名"盘玉墅"。是南恩的风景名胜,也是黄公度退食

---

① [宋]黄公度撰:《知稼翁集》,卷下,《宋集珍本丛刊》第44册,第471页。
② 同上。
③ 同上书,第508页。
④ 同上书,第505页。
⑤ 同上。

游息之地。黄公度《西园二首》描写西园的优美景色,黄沃把他引用在词注中。《满庭芳》就是这两首诗歌的诗意。上阕写西园的布局。一径分三叉,三叉各建一亭。三亭鼎峙,清幽肃穆。小园十亩,设计别具匠心。曲阑低槛,高矮树木,环绕其间。冬无严寒,夏无酷暑;四季皆春,景色怡人。怪石似卧虎,长松像飞龙。晚来携杖盘游其中,西风顿起,感觉秋意习习。下阕写公余优游之情。招来三五同道之人,弹琴饮酒,续写兰亭风流。忙中偷闲,忘了自己身处岭南。不再思念故乡的归帆,也不想在秘省任职的往事。满酌一杯,听歌妓轻拢慢捻唱流行小曲,也是世间难得一乐。《浣溪沙》黄沃注"时在西园偶成",词原文如下:

风送清香过短墙。烟笼晚色近修篁。夕阳楼外角声长。 欲去还留无限思,轻匀淡抹不成妆。一尊相对月生凉。①

这首词也是抒发公余优游之情。与上首词所写的热闹景象不同,它写了一幅清冷的画面。词人独自徜徉西园,排解内心愁绪。西园植物茂密,微风过处,带来花儿的清香。黄昏时候,徜徉在竹丛,城头号角传到很远的地方。漫步西园,心中有无限的留恋。欲去还留,有许多不舍之情。西园像一个少妇,轻匀脂粉,淡扫娥眉,虽不是一幅完整的妆容,也掩不住它的天姿国色。于是樽酒相对,直到夜深月光生寒。

从上述两词来看,黄公度在南恩州过着乐不思蜀的幸福生活。其实不然,词人还是有许多忧愁的。同时所作的《官舍闲居》,反映了诗人内心真实的情感,诗云:"朝市竞纷华,山林甘寂寞。要之其间各有趣,飞鸟冲天鱼纵壑。我本麋鹿姿,误被簪绅缚。男婚女嫁苦逼人,薄宦天涯失身落。似吏非吏兮似隐非隐,谓强不强兮谓弱不弱。五斗红腐可以疗饥,一室琴书可以自乐。负暄扪虱度清昼,未觉岭南官况恶。"②黄公度是一个达观的人,他认为居住闹市与退隐山林都是一种生活的方式。选择哪种方式本身并无好坏,就像鸢飞戾天、鱼跃于渊,各适其趣罢了。我本麋鹿之性,喜山林而远朝市,尤不喜外界束缚。无奈被功名所牵,为了儿女婚嫁薄宦天涯、失身泥塘,过着一种似官非官,似隐非隐的生活,选择了一种既不坚强又不柔弱的处世方式。人活在世上所需物质并不多,五斗腐烂的糜子就可以疗饥,一间琴室可以自乐。闲来无事,负暄晒背、扪虱清谈,可以度过漫长的一天。如此自

---

① [宋]黄公度撰:《知稼翁集》,卷下,《宋集珍本丛刊》第44册,第505页。
② 同上书,第472页。

得其乐,并不觉得在岭南有什么不好。《西园招陈彦招同饮》①也是诗人的酒后真言。人活世上,经常要违背自己的初衷。为了生活也只能苟且偷生、随遇而安了。只是不要饮酒,一沾酒就会思念家乡。

其五,黄公度与秦桧余党相处。人世间最难堪的事情,莫过于与敌对的人朝夕相处。黄公度贬谪岭南,暂时摆脱了秦桧的魔爪,但又落到了秦桧余党的手中。天下之大,何处没有秦桧的党羽?就连当时流放犯人的岭南也不例外。黄公度与物无忤、与人为善,即使与秦桧余党也能融洽相处。方滋是秦桧亲信,在绍兴二十一年(1151)二月至绍兴二十四年七月帅广东。与秦桧的阴险忌刻不同,方滋为人宽厚,能善待流放的岭南的官员,洪皓、胡铨等人流放岭南期间都曾得到他的关照。黄公度集中有多篇给方滋祝寿的诗词。《方帅务德滋生朝三首》,诗前有序,用四六写成,表达了对方滋的赞美和敬重。② 方滋移镇福州,黄公度也以四六祝贺。③ 黄公度有梅词二首为方滋祝寿。之所以选择咏梅,是因为方滋生日正值梅花开放。《朝中措》"梅词二首,贺方帅生朝"的创作背景是:方滋帅广东时,黄公度正摄任南恩知州。于是他写了一篇四六,向新任安抚使道贺,其中有"俾尔黄髪,欲三寿之作朋;遗我绿琴,顾双金之何报"句。④ 上句化用《诗经·鲁颂·閟宫》"三寿作朋,如冈如陵"的典故,⑤下句用司马相如得绿绮琴的典故,化用张载(孟阳)《拟四愁诗》中"佳人遗我绿绮琴,何以赠之双南金",⑥表明方帅对他情意深重,无以答报。方滋也敬重属下这位状元通判,特意把他请到广州设宴招待。当时洪皓流放在雄州,洪皓的儿子洪适就近侍奉其父,也在方滋幕府任职。方滋请洪适代作乐语以致其意。洪适乐语名句有"云外神仙,何拘弱水。海隅老稚,始识魁星",即兴填《临江仙》一首,侑觞助兴。⑦洪适《会肇庆黄通判乐语》,⑧有几处空缺,结构还算完整。致语下面有一首

---

① [宋]黄公度撰:《知稼翁集》,卷下,《宋集珍本丛刊》第 44 册,第 475 页。
② 同上书,第 471~472 页。
③ [宋]黄公度撰:《知稼翁集》,卷下《贺方帅务德移福州》,《宋集珍本丛刊》第 44 册,第 490 页。
④ [宋]黄公度撰:《知稼翁集》,卷下《朝中措》梅词二首,《宋集珍本丛刊》第 44 册,第 504 页。
⑤ 十三经注疏整理委员会整理:《十三经注疏·毛诗正义》,卷第二〇,北京:北京大学出版社 1999 年版,第 1413 页。
⑥ [梁]萧统编,[唐]李善注:《文选》,卷第三〇,[晋]张载:《拟四愁诗》,上海:上海古籍出版社 1986 年版,第 1431 页。
⑦ [宋]黄公度撰:《知稼翁集》,卷下,《宋集珍本丛刊》第 44 册,第 504 页。
⑧ [宋]洪适撰:《盘洲文集》,卷六六,长春:吉林出版集团有限责任公司 2005 年版,第 456~457 页。

口颂(口号),用七言律诗写成。黄公度肇庆通判任满受命赴阙时(绍兴二十五年十一月),代理广东安抚使(权帅,绍兴二十五年十一月二十一日,广南帅周三畏调任平江府,新帅陈璹尚未到任,权帅姓氏无考)设宴送行。①代作乐语的是洪适的弟弟洪迈,名句有"三山宫阙,早窥云外之游;五岭莺花,行送日边之去。小驻南州之别业,肯临东道之初筵"。② 二洪兄弟迭居帅幕,具有文名、尤擅长四六。广东安抚使为了宣扬黄公度的声誉,才举办这两次盛会的。黄公度对此很感激,他在给方滋的祝寿词中也写了一段致语表达了对方滋生日的祝贺、人品的赞颂、未来的祝愿。这是词人所要应酬的主要内容和目的。至于词就简单得多,描写方滋生日时的景色,加上词人的良好祝愿。"雪梅二首,贺方帅生朝(并序)"中的第二首《一剪梅》,③融合了梅的两种意象:梅比德君子、调和鼎鼐两大特征,儒者理想的社会秩序是天爵人爵相当,德配其位,大才担当大任。黄公度梅词构思巧妙,前后贯通翻出新意。虽然是应酬之作也别具匠心。酒席宴上填词,不争输赢,而是沟通情感、增进友谊、融洽气氛。这是礼乐文明到一定程度才会有的现象,因而具有独特的文学价值。

《满庭芳》是为肇庆知府章元振的祝寿词。④ 章元振,绍兴二十四(1154)年改知肇庆府,二十五年三月,提举广南东道常平茶事兼东西路盐事。章元振与秦桧是同年,他甘于远宦,未尝以私书干谒秦桧,凭借自己的政绩和资历升迁。岭南远离朝廷,官吏奉公守法意识淡薄。官盗一体现象时有发生,黄公度所处理的书生冤案就是一例。章元振到任后,以法律约束官员,保障了百姓的利益,当地百姓作歌谣颂美。黄公度《和章守(元振)三咏》,所咏对象有包公堂、清心堂和披云楼,是当地的人文景观和公余休闲之地。"包公堂"与包拯有关。宋仁宗庆历元年到三年(1041~1043),包拯知端州府,也就是肇庆府。端州产砚,此前知府借进贡之名大肆贪污,再用贪污来的端砚用来馈赠权贵。包拯令制砚仅供贡数,从未私拿一砚。黄沃作注突出这一点,表明他们共同的志趣。在章元振重九生日(绍兴二十四年),黄公度填词贺寿。词中有序,序用四六,也就是词的致语:"熊罴入梦,当重九之佳辰;贤哲间生,符半千之休运。弧桑纪瑞,篱菊泛金。辄敢取草木之微,以上配君子之德。虽词无作者之妙,而意得诗人之遗。式殚卑悰,

---

① 吴廷燮撰:《北宋经抚年表南宋制抚年表》,《南宋制抚年表》卷下,张忱石点校,北京:中华书局1984年版,第575页。
② [宋]黄公度撰:《知稼翁集》,卷下,《宋集珍本丛刊》第44册,第504页。
③ 同上书,第505页。
④ 同上。

仰祝遐寿。"①用典对偶,赞美章元振的才德。重九适逢菊节。菊为花中隐士,用菊花比德章氏人品。词中情感与致语大体相近。与赠方滋的词相比,在结构上、思路上有相同之处。都是用流行词体来贺寿,为了表示敬仰之情,特意加了一段四六致语。写法上也是从生日的节令写起,以花比德君子。但两人兴趣不同,方滋年轻气盛,在仕途上还有较大的上升空间,所以祝他早日拜相。章元振年龄偏大,恬静谦退,所以祝贺他做神仙。同样的内容,用词与启来表述,情感上也有一定的差异。在《贺章盐》启中有"谅由旦夕,即正钧衡。某夙忝同僚,欣闻盛事。愧莫陪于贺客,徒企仰于台阁"句,②也祝章元振早日登阁拜相。在词中没有这方面的内容,只是祝章元振生日快乐,做个神仙。启属于官面文章,形式规范,情感庄重,用在正式的场面。词属于流俗文体,用于私人宴会,比较随意。二者相比,词的情感更真实一些。

其六,黄公度回朝后的仕历。绍兴二十五年十月,秦桧死。秦桧在相位十九年,前后大魁皆淹遗于外。高宗更化以后,黄公度首先被征召回朝。十一月,黄公度奉诏进京;正月召对。黄公度两次上札,一以秦桧专权为戒,要高宗收还威柄,躬勤万几,毋偏听毋独任。二宽谤讪之禁,下求言之诏,扶持天下正气,实行开明政治。正月初八引对,言及岭南官场之弊在于"欲者不与,与者不欲"。③ 高宗面擢黄公度为考功员外郎,掌管官员考核选拔任用。黄公度为之焦心敝力,殿最功罪,斟酌定夺,务在允平。六月生病告假,八月二十四日辞世。

宋代官员们比较关注官职的升降,讲究出身和资历,对超资任用很期盼。尽管这个官职本身并不高,也能让求官者特别满意。黄公度官不过外郎,是一个比较低的职务。别人为他鸣不平,但他自己(也包括他的儿子黄沃)对此却很满意。这岂不怪哉?分析其中原委,主要是看问题的角度不同。黄公度的同年,如洪迈、陈俊卿、林大鼐等站在客观的立场上。他们认为宋代大魁,一般很快就能升到宰辅。而黄公度仕宦十八年,官不过外郎,品不过正七。④ 长期流放在雾瘴蛮荒之地,回朝不到一年即一命呜呼,确实令人扼腕。黄公度及其子黄沃,则站在当事人的角度。黄公度任职岭南,长期没有升迁。按照资历他还够不上这个职务,更何况这是皇帝亲自擢用。

---

① [宋]黄公度撰:《知稼翁集》,卷下,《宋集珍本丛刊》第44册,第505页。
② 同上书,第494页。
③ [宋]李心传编撰:《建炎以来系年要录》,卷一七一,第3264页。
④ [宋]黄公度撰:《知稼翁集》,卷下龚茂良《宋左朝散郎尚书考功员外郎黄公行状》,《宋集珍本丛刊》第44册,第508页。

高宗把他放在这个位置上,想让他解决岭南地区官场混乱问题。官职不高,责任重大,体现了皇帝对他的器重。① 黄公度很领情,想有一番作为,报答高宗的赏识。结果不幸辞世,官职也尽于此。这就形成了评价上的不对等,黄沃也承认其父同年们所说的事实。但也有所保留,虽然此前沦落,但此后前景看好。如果不是意外病故,他的宦途还是可以期待的。黄公度官职低微的原因有三点:其一,秦桧对他无端猜忌,先罢归后流放,使其十七八年无出头之日。其二,好不容易熬到秦桧死亡,境遇刚刚好转,又不幸辞世。② 按说黄公度身体不错,流放岭南六年,从没有得过什么病,回朝以后却因小病不治而亡,结局出人意料。其三,黄公度真正在职的时间不多,在仕宦的前八年只成二考。③ 管勾宫观四年,基本上半脱离官场;后来在岭南任职,还不时有辞职还乡的想法。④ 他已经厌倦宦游,⑤对职务升迁就不尽心。

随着接触面的扩大,黄公度发现许多不公的现象。一些坏人为非作歹,甚至长期把持国政,谁也奈何不了他,比如秦桧;还有一些小人奴颜婢膝、巴结权贵,总能找到晋升的捷径。而那些正直有才能的人跋前疐后、动辄得咎。桂阳宰胡达信"十年流落犹州县",⑥吴君与"谁知廊庙具,反任州县责",⑦从兄黄泳"三年惠政留岩邑",⑧被罢官还家。看透这些以后,他不再有幻想,仅把仕宦作为一种谋生的手段。他说:"愚且自用,每与世以背驰;仕专为贫,初无心于择地。得官高要,投迹南荒。瘴疠侵人,风烟横路。涉山川而冒险阻,余四十程;挈老幼以仰斗升,几二百指。"⑨甚至对这个职务还有依恋,"顾穷途其向晚,舍公府以焉归? 疲马恋轩,惟不忘于旧德;枯鱼在辙,实深望于余波"。⑩ 他把公府看成了家,把车辙当做枯鱼心目中的大海。期望值低,即使贬谪岭南,也能处之若素。

其七,黄公度在高要咏物,以咏梅居多,盖以梅自况、咏梅言志。《眼儿媚》第一首原文如下:

---

① [清]徐松辑:《宋会要辑稿》,《选举》二三《尚书左选》下,刘琳等校点,上海:上海古籍出版社2014年版,第5689页。
② [宋]黄公度撰:《知稼翁集》,序二,《宋集珍本丛刊》第44册,第436页。
③ 同上书,第486页。
④ 同上书,第459页。
⑤ 同上书,第462页。
⑥ 同上书,第472页。
⑦ 同上书,第480页。
⑧ 同上书,第466页。
⑨ 同上书,第499页。
⑩ 同上书,第493页。

一枝雪里冷光浮。空自许清流。如今憔悴,蛮烟瘴雨,谁肯寻搜。昔年曾共孤芳醉,争插玉钗头。天涯幸有,惜花人在,杯酒相酬。①

眼前这株梅花,自诩为清流。如今形容枯槁、颜色憔悴,被人抛掷到蛮荒之地,浸淫在雾障之中,还有谁肯搜寻它?这株梅花有过辉煌的时候,曾经陪高士痛饮,也曾插上美人玉钗。而今流落蛮荒,幸有惜花人在,也还杯酒相酬,诉说心中无限幽怨。词中采用了拟人化的手法,把梅花与词人融为一体。花即是人,人即是花,清雅之中透漏着词人的操守。陈廷焯说该词"情见乎词矣,而措语未尝不忠厚"。②《朝中措》原文如下:

幽香冷艳缀疏枝。横影卧霜溪。清楚浑如姑射,孤高胜似东篱。岁寒风味,浮花尽处,密雪飞时。不比三春桃李,芳菲急在人知。③

黄公度这首词是一首梅颂。前两句写梅的形状,它含苞待放,白中带粉,散发着幽幽清香;疏影横卧在寒溪上。是对林逋《山园小梅》"疏影横斜水清浅,暗香浮动月黄昏"的概括。接下来两句写梅的神韵,梅花绽放,清香冷韵如同《庄子》中的世外高人藐姑射仙子,孤高如同爱菊的陶渊明。下阕赞美梅的品格,梅花绽放在寒冷季节,这时雪花飘扬,并不适宜户外赏花。它也不求人知,在一个角落淡淡地绽放着,不像三春桃李,红红白白,唯恐人不知。梅的品格就是作者的自我写照。曾丰《知稼翁词集序》认为词是一种新兴的文体,继承了《诗经》的精神,也像诗歌一样,发乎情性,归之于礼仪。黄公度继承了苏轼词风,泉幕之解,秘馆之除,比兴抒怀,含蓄蕴藉之中透出词人的情愫,与苏轼的"缺月疏桐"写法相似。词是他仕宦经历的真实写照,情感雅正。这是经过剪裁的、有节制的,也是作者道德修养、学问人品的体现。④ 不过与苏轼相比,黄公度的经历简单了一些,寿命也不够长。如果天假以年,他一定能把这种思想充实而光大,达到苏轼词的境界。

上文,列举了南宋两位状元的仕途经济。他们是皇帝钦点的状元,享受

---

① [宋]黄公度撰:《知稼翁集》,卷下,《宋集珍本丛刊》第44册,第504页。
② [清]陈廷焯:《白雨斋词话足本校注》,卷一,屈兴国校注,济南:齐鲁书社1983年版,第117页。
③ [宋]黄公度撰:《知稼翁集》,卷下,《宋集珍本丛刊》第44册,第504页。
④ 同上书,第501页。

到了一般士人所没有的阳光雨露。因为得罪权奸佞幸,遂使他们一生没有大的作为,宦海沉浮多年后赍志以殁。宋代官场不仅有百十个状元,五六万进士,①还有一个人数众多的官僚体系。仅从入仕途径上分,有贡举、奏荫、摄署、流外、从军等类型。这五等人又分成不同的类型和更加繁杂的名目,散处于不同的时代和地域。每一类型的官员从什么品级起步,注授什么官职,到职之后如何考核、迁转,乃至退休以后的待遇、去世以后的福利都有一定之规。"入仕则有贡举之科,服官则有铨选之格,任事则有考课之法",②这表明宋代官制的规范和成熟。但任何事情都不是一成不变的,宋代官制在有序中也存在着一些随意,在某些时段还比较任性。在秦桧、史弥远、贾似道擅权时期,嘘枯吹生全凭一己之私,就连皇帝也只能端默高拱。在这些时段,官员进退无章可循。如果有,那就是顺昌逆亡。即使在正常情况下,每一类人都有共同点,每一个人也有不同于他人的独特际遇。有科举高第而仕途不畅的,有恩荫任子却独揽朝纲的,有世代贵胄而牢落不遇的,也有假冒外戚而世代富贵的。一部宋版官场现形记,远比我们看到的甚至所能想到的还要精彩,而这一切都被宋词记录下来。细品宋词,其间蕴含着多少时代风云和人世沧桑。只不过略去了前因后果,只留下内心感受。需要我们静心感悟,才能读出其中的情感和议论。

三 头白归来

古代官员七十致仕。这个年龄设置偏高,很多官员没活到这个年龄就死了。有幸活到这个年龄的,还有很多人没有办理退休手续。历朝历代提倡廉退,为什么还有人甘冒风险而不致仕呢?其中原因有四点:一是因皇帝挽留或犯罪流放,无法正常办理退休手续。二是大权独揽、玩弄君主于股掌之上,最后死在高位上,如秦桧、史弥远就死在相位上;即使他死了,他的亲信旧党仍遍布朝堂之上,掌控要害部门,推行的还是他的既定政策。三是朋党之争,加剧了对权力的掌控,得之则生,失之则死,得胜方一方是不会主动交出权利的,而失势一方也不甘退出政治舞台。四是家族的拖累,宋人聚族而居,每一位官员背后都有一个庞大的家族,官员俸禄就是这个家族活命的重要经济来源。为了家族的性命,也必须降身辱志坚持到底。尽管如此,北宋、南宋也各有一百五六十年太平时光,有一部分官员享受到致仕后的衣食无忧、悠闲自在的退休生活,他们也用词记述了这种生活。

---

① 何忠礼:《南宋科举制度史》,北京:人民出版社 2009 年版,第 45 页。
② [元]脱脱等撰:《宋史》,卷一五五,第 3603 页。

（一）向子䛘退闲词

向子䛘(1085~1152)在抗金战争中屡立大功,他的《酒边集》里没有战争题材的作品,甚至与南北宋之际的各种政治事件也刻意保持距离,他展现的不是一段历史而是一种情感。这种情感也体现在《酒边集》的编纂上,《酒边集》分"江南新词"和"江北旧词",分别作于南宋和北宋时期。向子䛘把"江南新词"置于前,而把"江北旧词"排在后。这与以时间先后次序编排作品体例的通用规则不同。其中的原因是什么呢？向子䛘没有解释。胡寅为向子䛘词集作序,他是这样解释的："观其退江北所作于后,而进江南所作于前,以枯木之心,幻出葩华,酌玄酒之尊,弃置醇味,非染而不色,安能及此？"①胡寅认为向子䛘进新词而退旧词,是因为新词比旧词更为清雅。新词是向子䛘进入南宋以后的作品,大部分作于归隐芗林以后。是词人内心情感的自然流露,就像枯木开花一样,不是为了炫耀鲜艳的色彩,而是一种生命的绽放形式；又像给古尊注水一样,不是为了品尝醇美的酒味,而是要完成必须的礼仪。经过岁月的历练,词人的思想已趋成熟,不会随着外界的变化而变化。染而不色,依然故我。在表现这种情感时,新词比旧词更接近词人的真实情感。向子䛘出身相家后族,十六岁(元符三年,1100),因向太后复辟之恩补假承奉郎,自此踏上仕途,宦游南北。他喜好奇花异草,偏嗜岩桂。绍兴八年(1138)八月向子䛘赋《满庭芳》,叙述了他与岩桂的渊源："岩桂风韵高古,平生心醉其间。昔转漕淮南,尝手植堂下。芗林此花为多……"词的下阕云："酒阑。听我语,平生半是,江北江南。经行处、无穷绿水青山。常被此花相恼,思共老、结屋中间。不因尔,芗林底事,游戏到人寰。"②王灼《碧鸡漫志》卷二"六人赋木犀"条,③记述了向子䛘与苏庠、陈与义、朱敦儒、韩璜等人同赋岩桂(木樨)一事,可见这在当时还是有一定影响的。

向子䛘如此喜爱岩桂,但在"江北旧词"中竟然没有一首咏岩桂的作

---

① [宋]胡寅撰:《崇正辨 斐然集》,卷一九《向芗林酒边集后序》,容肇祖点校,北京:中华书局1993年版,第403页。
② [宋]向子䛘:《满庭芳》,《全宋词》,第1234~1235页。绍兴八年八月赋《满庭芳》,见王兆鹏《两宋词人年谱·向子䛘》,台北:文津出版社1994年版,第548~550页。
③ [宋]王灼:《碧鸡漫志校正(修订本)》,卷二《六人赋木犀》,岳珍校正,北京:人民文学出版社2015年版,第35~36页。按:王灼《碧鸡漫志》所记六人是:刘敞、向子䛘、苏庠、陈与义、朱敦儒、韩璜,依据是"同一花一曲,赋者六人"。除了同赋岩桂以外,向子䛘还倡议结"芗林静社"(向子䛘《清平乐》"奉酬韩叔夏",见《全宋词》,第1249页)。在王灼所记六人中,刘敞(原父)已于宋神宗熙宁元年(1068)四月八日去世,属于前辈词人。向子䛘出生于宋神宗元丰八年(1085年8月14日),他们不可能交游。向子䛘等五人是用刘敞《清平乐》赋岩桂。王灼漏记了一人徐俯,向子䛘《满庭芳》邀请徐俯诸公同赋。因徐俯同赋岩桂的词没有流传下来,王灼记"六人赋木犀"就没有他。

品。而在"江南新词"中俯拾即是,如《鹧鸪天》"绍兴己未(绍兴九年,1139)归休后赋",其词云:"露下风前处处幽。官黄如染翠如流。谁将天上蟾宫树,散作人间水国秋。 香郁郁,思悠悠。几年魂梦绕江头。今朝得到芗林醉,白髮相看万事休。"①岩桂又名木犀,从颜色上分有金桂、银桂和丹桂三种;从时间上分有早中晚三秋桂子。根据词人描写岩桂"露下风前处处幽,官黄如染翠如流"的状况,应为早秋开放的金桂。词人说不知是谁把月中金桂洒向人间,妆点水国的秋天。它香味馥郁,引人遐思,想起了过去许多事情。向子諲徽宗政和四年(1114)在宛丘种花木建芗林,不到三十岁就准备归隐了。因北宋灭亡,北方失陷而不能退隐宛丘。南宋建炎元年(1127)九月罢职以后,至江西临江军清江县五柳坊再建芗林。此后,他在绍兴三年、五年曾两次短暂归隐芗林。到绍兴九年(1139)暮春,再次归隐芗林。② 这年,词人仲舅李公休亦辞春陵郡守致仕。词人赋《西江月》抒发归隐之情:"抛掷麟符虎节,徜徉江月林风。世间万事转头空。个里如如不动。"③世间万事万物如影如幻,唯有归隐之情不变。如如,常在不变,指词人归隐之情。归来后他徜徉芗林,写了许多关于岩桂的词作。

  向子諲喜宾客,好觞咏,与江西当地官员以及过往的文人士大夫交游密切。与他交游并参与唱和的有曾惇、曾几、李弥逊、张元干、王庭珪、韩璜、王景源、王元渤、扬补之等,其中曾惇是前翰林学士承旨吴开的女婿。吴开、曾惇这对翁婿在靖康之变中,帮助金人搜捕宗室姬妾,搜刮士大夫财产,拥立张邦昌为楚帝,又随张邦昌归顺南宋。助纣为虐、认贼作父是这对翁婿的污点,而这一点又偏偏赢得秦桧的青睐。在秦桧擅权时期,曾惇一再得到重用,出任地方长官。绍兴十四年七月曾惇起知虔州。这年的九月十九日,吴开遇赦不敢归朝,居住赣上。秦桧任命其婿曾惇为虔州知州,意在庇护这个贰臣。④ 曾惇在虔州其间,多次与向子諲唱和。绍兴十七年在清江芗林,向子諲《蝶恋花》词序"和曾端伯使君,用李久善韵"。曾惇原唱《蝶恋花》,向子諲奉和而写下这首词。用李久善韵,李久善《蝶恋花》仅剩"莺掷垂杨,一点黄金溜"一韵,⑤按宋人用韵惯例,以及这首词残存一韵的情况来分析,这是同调同题同韵的次韵之作。向子諲词所写为春天景象,应作于春季,抒

---

① [宋]向子諲:《鹧鸪天》,《全宋词》,第1240页。
② 王兆鹏:《两宋词人年谱·向子諲年谱》,第552页。
③ [宋]向子諲:《西江月》,《全宋词》,第1244页。
④ 王可喜、王兆鹏:《南宋词人曾惇、尹焕生平考略》,《词学》第17辑,上海:华东师范大学出版社2006年版,第112~113页。
⑤ [宋]李久善:《蝶恋花》,《全宋词》,第1286页。

写归隐后自由自在的生活。他辞官归来,流连山水,吟赏烟霞,为吟诗而憔悴。《满江红》作于秋季,是奉酬曾惇兼简赵若虚监郡的。奉酬即奉答,是对曾惇词或某个观点的酬答。"虎头城太守"是指虔州知州曾惇。"虔"与"虎"偏旁相同,故虔州有"虎头城"之称。虔州知州、通判来到芗林,劝向子諲重新出仕。向子諲回看小女灵照,笑抚庭树,不言而婉拒。虔州知府精通道藏,明白君子不违初心的处世之道。况我心性淡泊,并无流宕之思,不用像陶渊明那样赋《闲情》抑邪心而归正道。① 绍兴十八年(1148),向子諲赋《浣溪沙》,与王庭珪、曾惇唱和。向子諲原倡,王庭珪、曾惇各次韵一首。根据词中用韵、用典的情况来分析,向子諲词先写成,寄给王庭珪;王庭珪奉和后,寄回;曾惇参考了王庭珪词再次韵唱和。② 绍兴十九年曾惇移知荆南,路过清江。向子諲赋《鹧鸪天》为其壮行。③ 曾惇仕途得意,兴致很高。从向子諲与曾惇现存的几首唱和词来看,他们不是一路人。向子諲恬静隐退,而曾惇热衷功名。处世态度决定行为方式,在南北宋之际,向子諲是一位抗金平叛的英雄,沉稳而有大略;曾惇附逆变节、干了许多伤天害理的肮脏事。这并不影响他们的交游,因为除了政治态度不同之外,他们还有许多共同的爱好,比如喜欢清雅的生活方式、喜欢苏轼词等。向子諲是苏轼词风的继承者,曾惇也对苏轼词有特殊的喜好。他曾经遍搜苏轼词作,镂版流传。他说元祐文章绝代,苏轼为元祐文坛盟主,"想象豪放风流之不可及也"。④ 曾惇对苏轼文学研究很深,评价也很到位。

向子諲是曾惇所选的三十四家词人之一。《乐府雅词》卷中收录向子諲词十四首。⑤ 除《更漏子》"竹孤青,梅醑白"出自"江北旧词"外,⑥其余十三首皆出自"江南新词"。在《乐府雅词》拾遗下编者不知作者的词作中,又收录向子諲词九首。⑦ 曾惇完成《乐府雅词》编选时间是绍兴十六年上元

---

① [东晋]陶渊明:《陶渊明集笺注》,卷第五,袁行霈笺注,北京:中华书局2003年版,第452页。
② 王兆鹏:《两宋词人年谱·向子諲年谱》,第565页。
③ [宋]向子諲:《鹧鸪天》,《全宋词》,第1242页。
④ [宋]苏轼撰:《东坡词编年笺证》,《附录》,[宋]曾惇:《东坡词拾遗跋》,薛瑞生笺证,西安:三秦出版社1998年版,第824页。
⑤ [宋]曾惇选:《乐府雅词》,卷中,曹元忠原校,葛渭君补校,上海古籍出版社编,唐圭璋等点校:《唐宋人选唐宋词》,上海:上海古籍出版社2004年版,第414~417页。
⑥ 同上书,第416页。
⑦ [宋]曾惇选:《乐府雅词》,《拾遗》下,《唐宋人选唐宋词》,第482~486页。这些词并未全部标注作者,试列举如下:《鹧鸪天》"召隶初逢两妙年"(482~483)、《鹧鸪天》"只有梅花似玉容"(483)、《鹧鸪天》"小院深明别有天"(483)、《浣溪沙》"姑射肌肤雪一团"(484)、《浣溪沙》"璧月光中玉漏清"(484)、《卜算子》"临镜笑春风"(464~485)、《减字木兰花》"千山万水"(485)、《减字木兰花》"谁知莹澈"(485)、《玉楼春》"云窗雾阁春风透"(486)。

日,在此之前他们没有交游。如此以来,关于曾慥《乐府雅词》选录向子諲词的诸多不合情理之处,就有了合理的解释。如果有交游,像作品归属问题问一下作者本人就能解决;以及所选词是否合乎向子諲的心意、能否代表向子諲的风格等。由于曾慥收藏的词集有限,可供选择的范围并不大。加之,是在公余游息之时编选,时间仓促,没有沉潜下去进行认真的分析比较,这部词选只是开了宋人选词的先河,却没有体现出宋代雅词的真实风貌。

  对盛中唐诗人张志和(732~774)的认同,也是向子諲隐退之情的体现。张志和原名龟龄,十六岁明经及第,曾以策干肃宗,特见赏重,命待诏翰林,授左金吾卫录事参军,赐名志和,字子同。有感于宦海风波和人生无常,他在贬谪以后不复出仕,居江湖之中,自称烟波钓徒。代宗大历九年(774)秋,曾谒见湖州刺史颜真卿,撰《渔父》五首。唐宋人多以《渔父》为题进行唱和,其中以向子諲词较有特色。向子諲《浣溪沙》词意出自黄庭坚。黄庭坚檃栝张志和《渔父》,上下阕各加两句(一韵),把它改为《鹧鸪天》。因为《渔父》用《鹧鸪天》歌唱才入律。他还融入张志和之兄松龄的词意,"惧玄真放浪而不返也"。① 事实上,他"续成"的效果并不好。这两首《渔父》叙事相同,立意相反。张志和抒发了对江湖山水的喜爱。正因为景象美好,才会有"斜风细雨不须归"的结论。而张松龄则反其意而用之,他突出江湖风浪的险恶,家园的美好,这才有及时归来的结论。黄庭坚把立意不同的两首词融汇在一起,以张志和《渔父》为框架,然后在上下阕各加两句(一韵),想把词意翻转过来。无奈两词立意相反,留下了几处无法祛除的硬伤。如下阕第二韵"斜风细雨不须归"和第三韵的"人间底是无波处,一日风波十二时"相矛盾。阅读至此,不禁要问:江湖到底有无风浪?是和风细雨还是狂风恶浪?张志和隐居江湖,躲避人世风波。既然风波到处都有,他还有归来的必要吗?苏轼看出了一点,笑曰:"鲁直乃欲平地起风波耶?"②黄庭坚创作诗词,讲夺胎换骨,善于融化字句,但不善于炼意。他还把张志和与顾况的《渔父》檃栝为一首《浣溪沙》,用玉肌花貌代替山光水色,也被苏轼讥笑为"澜浪"。③ 相比之下,向子諲词的立意就要清晰得多。向子諲《浣溪沙》词序云:"渔父词,张志和之兄松龄所作也,有招玄真子归隐之意。居士为

---

  ① [宋]黄庭坚:《山谷词》,马兴荣、祝振玉校注,上海:上海古籍出版社2001年版,第152~153页。
  ② [宋]吴曾撰:《能改斋漫录》,卷一六,上海:上海古籍出版社1960年版1979年新1版,第474页。
  ③ 同上书,第473页。

姑苏郡守,浩然有归志,因广其声为《浣溪沙》,示姑苏诸友。"①向子䛨《浣溪沙》是对张松龄《渔父》词的"广声"。"广声"是在原词基础上再加一两韵,用别的曲子如《浣溪沙》来歌唱。序中的"居士"即向子䛨本人。绍兴八年(1138)八月,他以徽猷阁直学士右朝请大夫任平江知府,十一月致仕。②任职时间短,并且是以致仕的方式离任的,其中原因是:金使议和将入境,子䛨不肯拜金诏,乃上章言:"自古人主屈己和戎,未闻甚于此时,宜却勿受。"忤秦桧意,乃致仕。③ 为了便于说明问题,先将张松龄《渔父》与向子䛨《浣溪沙》抄录如下:

张松龄　渔父

乐在风波钓是闲。草堂松迳已胜攀。太湖水,洞庭山。狂风浪起且须还。④

向子䛨　浣溪沙

乐在烟波钓是闲。草堂松桂已胜攀。梢梢新月几回弯。 一碧太湖三万顷,屹然相对洞庭山。狂风浪起且须还。⑤

通过对比,两词特点就呈现出来:一、立意相同,向子䛨的表述更为清晰,檃栝是为了歌唱。二、招隐之意更为明显。张松龄《渔父》词没有序,内容相对也比较简单,绝大多数读者可能没有注意过这首词。向子䛨给他增加了词序,词意就清晰了。向子䛨词不仅是赞颂张志和激流勇退的品格,也是抒写他自己的浩然归志。向子䛨序中的文字也是有出处的。"渔父词,……有招玄真子归隐之意",见颜真卿《浪迹先生玄真子张志和碑》:"兄浦阳尉鹤龄,亦有文学。恐玄真浪迹不还,乃于会稽东郭买地结茅斋以居之,闭竹门十年不出。"⑥张志和退隐江湖,以打鱼谋生。其兄鹤龄⑦认为这种隐遁方式太危险,于是在家乡买地盖房,希望他改变隐居方式。张志和也

---

① [宋]向子䛨:《浣溪沙》,《全宋词》,第1246页。
② [宋]范成大撰:《吴郡志》,卷一一,陆振岳校点,南京:江苏古籍出版社1986年版,第148页。
③ [元]脱脱等撰:《宋史》,卷三七七,第11642页。
④ [唐]张松龄:《渔父》,曾昭岷等编撰:《全唐五代词》,正编卷一,北京:中华书局1999年版,第33页。
⑤ [宋]向子䛨:《浣溪沙》,《全宋词》,第1246页。
⑥ [唐]颜真卿撰:《颜鲁公文集》,卷九,北京:中国书店2018年版,第237页。
⑦ 为张志和买地建房的兄长,姓名有两种说法:颜真卿《碑记》作张鹤龄,而《全唐五代词》以及黄庭坚、向子䛨词序等作张松龄。颜真卿年代较早,又亲与张志和交往,他记述的准确性更大一些。笔者在叙述这件事时,改"松龄"为"鹤龄"。

回到了家乡,在鹤龄建造的茅斋里隐居十年。张鹤龄招隐,不是呼吁他离开官场,而是希望他改漂泊江湖为隐居故园。张志和回来后,官府又抓他当差,"吏人尝呼为掏河夫,执畚就役,曾无怍色"。① 无论做官还是归隐,都有许多的无奈。陈少游拜访他,表其所居曰玄真坊,还为他买地修门巷、修桥,召集文人士大夫与之唱和,这些活动都是在张志和的家乡会稽郡举行的,为提高他的隐居质量提供了保障。三、向子諲准确的理解了张鹤龄《渔父》词。因为他们之间有很多相通的想法,向子諲曾多次请求归隐。直到绍兴八年(1138),宋金和议达成,金国派使者肖哲、张通古诏谕江南。使臣自北而来,路经苏州府。向子諲不愿屈膝夷狄,再次提出辞职归隐。高宗终于同意了,并赐他一艘游船"泛宅"。"泛宅"是颜真卿当年赠给张志和游船的名称。向子諲乘坐这艘游船回到了清江芗林。此后,他一直隐遁芗林。《蓦山溪》抒发了他的真实心态:

挂冠神武,来作烟花主。千里好江山,都尽是、君恩赐与。风勾月引,催上泛宅时,酒倾玉,脍堆雪,总道神仙侣。 蓑衣箬笠,更着些儿雨。横笛两三声,晚云中、惊鸥来去。欲烦妙手,写入散人图,蜗角名,蝇头利,著甚来由顾。②

向子諲是皇室姻亲,也是拥立高宗的功臣。在南北宋之际屡建奇功,他得到了高宗的特殊礼遇。王仲甫(字明之)这首词《蓦山溪》,③比较符合他自己的心意。于是他修改了其中十数字,使它更加切合自己目前的情状了。由于王仲甫原作散佚,不知道哪十数字是向子諲所改。据词中自注:"泛宅,即公所赐舟也。上批云:泛宅可永充子諲乘船。因名其舟曰泛宅。"④"泛宅"二字,应该是向子諲所改。因为这是一个比较生僻的典故。至于其他改动过的文字,也无法一一确认。在这首词中,向子諲描写了一个富贵闲人的形象,也是他津津乐道的神仙生活。这种富贵风流的隐居方式与张志和穷困艰难、漂泊江湖的隐居不同。隐退以后,烦心事少了,生活条件依然优渥,才有可能对官场上的"蜗角名""蝇头利"不屑一顾。

人在江湖,难免会有干谒。干谒又以祝寿居多,祝寿就得献词。向子

---

① [唐]颜真卿撰:《颜鲁公文集》,卷九,第237页。
② [宋]向子諲:《蓦山溪》,《全宋词》,第1235页。
③ [宋]王仲甫:《蓦山溪》,《全宋词》,第350页。
④ [宋]向子諲:《蓦山溪》,《全宋词》,第1235页。

谭隐退清江,没有给权贵祝寿献词。为数不多的几首祝寿词,也是写给自己、亲人和朋友的,其中以赠给老妻的居多。绍兴十年(1140)十一月初七日赋《临江仙》,词序为:"绍兴庚申(1140),老妻生日。幼女灵照生于是岁。女子亦有弄璋之喜。"①向子谭娶宗子博士范瓛女,封硕人。这一年他们夫妻团圆,添丁添口,过着神仙一般的日子。绍兴十五年,向子谭再赋《鹧鸪天》为老妻贺寿。写老妻身世不同寻常。姓名曾题九天之上(封为硕人),今天来清江做地行仙。地行仙是长寿仙人。家里养的龟鹤前来祝寿,庄里种的松竹用以延年,祝愿老妻像阁皂山和清江水一样万寿无疆。这是借用眼前的山水景物即兴祝寿。向子谭钟爱幼女灵照,据《临江仙》词序记载,灵照生于绍兴十年冬月初七,新月照在窗帘上端,梅树刚刚长过房檐。在静谧的夜晚,在高堂为夫人庆寿。一切都是那么的寂静,有两个小孩子发出咿呀学语声。作于绍兴十七年前后的《满江红》有两位朋友(即虔州知州曾惜、通判赵若虚)来访,劝芗林出仕,"芗林顾灵照,笑抚庭树"。② 用与小女相处的惬意,委拒出仕。集句《浣溪沙》是向子谭退居十年之作,因书以遗灵照。③ 灵照是向子谭词中唯一出现子女名,而且接连出现三次,足见词人对幼女的喜爱。

　　向子谭隐居芗林,也有其时代特征。先秦隐士远离俗世,以不事君王为高尚。后代的隐士并不以出仕为俗事,他们想仕则仕,不想仕则隐,出处全凭兴趣。所谓的出仕也只是解决生计问题,不会投入太多的情感。向子谭与前人不同。他少年入仕,志乐肥遁。由于时势变化,不能回到宛丘芗林,只能以地方大员的身份驱弛在抗金一线。直到绍兴八年,才回到清江芗林。绍兴十二年芗林新桥建成,向子谭与杨愿(谨仲)、鲁子明、刘曼容、刘子驹兄弟在此中秋待月,慨叹世路风波险恶。④ 绍兴十四年,向子谭两首"有怀京师"词突出了黍离之悲。《水龙吟》"绍兴甲子(1144)上元有怀京师"⑤和《鹧鸪天》"有怀京师上元,与韩叔夏司谏、王夏卿侍郎、曹仲谷少卿同赋"。⑥ 词序中的京师,是北宋都城汴京。上元是汴京城一年最热闹的节日,户户春风,家家管弦;各种杂耍,争奇斗艳;各地美食,色味俱佳;张灯结彩,观灯三日;金吾不禁宵夜,天子与民同乐。靖康之变后,昔日繁华犹如春

---

① [宋]向子谭:《临江仙》,《全宋词》,第 1248 页。
② [宋]向子谭:《满江红》,《全宋词》,第 1238 页。
③ [宋]向子谭:《浣溪沙》,《全宋词》,第 1246 页。
④ [宋]向子谭:《鹧鸪天》,《全宋词》,第 1242 页。
⑤ [宋]向子谭:《水龙吟》,《全宋词》,第 1236 页。
⑥ [宋]向子谭:《鹧鸪天》,《全宋词》,第 1241 页。

宵一梦。词人用今昔对比的手法,通过国运的兴衰、处所的变迁,情感上的跌宕起伏,触发读者情感的共鸣,这两首词感人至深。

宋人注重生活品味,尤其注重节令。节令来自自然节气,在漫长的历史发展过程中与民族文化融合在一起,成为社会风俗的一部分,寄托了对亲人的思念、对先贤的敬仰和对自然规则的敬畏。过节既是一种祭奠仪式,也是一种情感的表达方式。到南宋中后期,节令已成为宋代雅词主要题材之一。向子諲"江南新词"的节令有中秋和重阳。中秋集中在绍兴八年(1138)闰中秋,抒写隐居之乐,如"浩歌直入沧浪去,醉里归来凝不知";①慨叹聚散离合之情,如"悲欢离合古犹今";②感抚时事,抒发劫后余生之情,如"忍问神京何在,幸有芗林秋露,芳气袭衣裘";③寄托对远方朋友的挂念,如"水程山驿总关情"。④ 重阳节集中在绍兴十一年(1141)所作的《南歌子》和《点绛唇》四首上。⑤ 绍兴十一年夏,向子諲大病了一场,直到深秋才初愈。《南歌子》是大病初起之作。词人拖着病体,在风中支离欲倒。在家人的搀扶下游览芗林,欣赏如水的月光和岩间的野花。这场突如其来的大病,使词人多了几分人生感悟。美好的时光总是太短促、转瞬即逝,说不定什么时候就化为乌有,要有秉烛夜游、及时行乐的紧迫感。⑥《点绛唇》四首用苏轼"己巳重九和苏坚"词韵,抒发了对芗林深秋的喜爱,对故旧凋零的感伤,对汴京醾池烟塔的思念,对已过半百光阴的慨叹。⑦ 这些小词,记录了向子諲平静而充实的退隐生活。

向子諲退闲十三年,时间较长,词作也较多,情感也比较丰富,既有对芗林景物的喜爱,又有对隐退之乐和仕途艰险的感喟,对帝乡的怀念,对亲朋好友的挚爱,以及对宴会上侍儿舞女的描述等。胡寅把向子諲列为苏派词人,所谓的"步趋苏堂而哜其胾者也"。向子諲为苏派登堂词人,他与苏轼共同之处是以诗为词,且具有清雅词风。与柳词的低俗,小晏、秦郎的柔腻不同。尽管如此,胡寅还担心后世读者误解了向子諲的为人,正如读《梅花赋》而忽略了宋璟一代贤相的功业。后世人读《酒边集》,据此认为向子諲只是一介清雅君子,一生事业在隐遁,一生喜好在岩桂,求田问舍而无大

---

① [宋]向子諲:《鹧鸪天》,《全宋词》,第1242页。
② [宋]向子諲:《浣溪沙》,《全宋词》,第1247页。
③ [宋]向子諲:《水调歌头》,《全宋词》,第1237页。
④ [宋]向子諲:《浣溪沙》,《全宋词》,第1247页。
⑤ 王兆鹏:《两宋词人年谱·向子諲年谱》,第557页。
⑥ [宋]向子諲:《南歌子》,《全宋词》,第1255页。
⑦ [宋]向子諲:《点绛唇》四首,《全宋词》,第1252页。

志,淡忘了他彪炳史册的宏才伟绩和精忠大节。这个提醒是必要的。就向子諲词来说也确实如此。他也有与苏轼不同的一面,苏轼词与政治联系密切,一些重要的情感往往是通过词作来展现的。向子諲则有意规避历史人物和事件,如《卜算子》"督战淝水,再用前韵第三首示青草堂",《卜算子》"复自和赋第四首",① 这两首词是向子諲词中言及南北宋之际大事的词作。绍兴六年(1136)十月,伪齐兵分三路侵宋。宋军都督张浚约淮南西路太平州宣抚使刘光世军于庐州。刘光世畏敌避战,声言乏粮,退守太平州。张浚派向子諲前去督战。向子諲昼夜并行,至庐州,以大义责光世。光世改图,进袭刘麟,破走之。如果没有向子諲,刘光世肯定要贻误军机。对于这场大战,在两首词中没有一字言及。词中所有仅是对禅理的感悟,化繁为简、化实为虚,情感空灵蕴藉、来去无迹,具备了清空骚雅的基本特点。

(二) 李光的贬谪词

与向子諲优游岁月的退居生活不同,李光的晚年是在贬谪流放中度过的。他经历了三次贬谪,垂老投荒,在海南流放十八年,终于等到了回归的那一天。李光在必死之地求得生还,引起了世人的关注,并试图解释其中的缘由。朱熹《庄简公墓志》云:"公尝从刘安世学,得其精微,故晚年迁谪,深入瘴地,远涉鲸海,略不以为意,实似安世云,在海外自号'转物居士'。"② 李光之子李孟坚《宋故参知政事李公墓表》说他待人诚信孝悌,侍上尽节为忠。③ 他的学术取向决定了人生态度。上述说法有一定的道理,但还是隐藏了一部分事实,而被隐藏的这些事实,也许才是关键。

这就是李光性格中三教合一的思想。三教儒佛道,儒占主流。作为儒者,李光是宋代理学流派中人物,他师承元城学派刘安世。刘安世受学于司马光,其核心是诚。诚表现在两点:一不妄语,言行一致,表里如一;二做事尽心。元祐时期刘安世出任谏官,正色立朝,面折庭争,敢犯龙颜、逆龙鳞,

---

① [宋]向子諲:《卜算子》,《全宋词》,第 1254 页。
② 王兆鹏、吕厚艳:《家谱所见李光墓志及李光世系考述》,《文献》2007 年第 2 期,第 137 页。原文中的"博物居士",应为"转物居士"。侯成成在《新刊布〈宋故参知政事李光墓志〉及其相关问题》中已对此做了分析。他认为李光在琼州寓居的双泉,是苏轼常游之地,故用苏轼典故自号为"转物居士"。侯成成:《新刊布〈宋故参知政事李光墓志〉及其相关问题》,《中国典籍与文化》2016 年第 4 期,第 65~66 页。
③ 任群、李金海:《余姚出土李孟坚撰〈李光墓志〉及其文献价值》,《文学遗产》2011 年第 1 期第 136 页。

一时目为"殿上虎"。① 为此他也付出了代价,他曾弹劾蔡确、黄履、邢恕和章惇四凶。到哲宗绍圣年间,政局反转过来,"章惇用事,尤忌恶之。初黜知南安军,再贬少府少监,三贬新州别驾,安置英州"。② 章惇必欲置之死地,"人言'春循梅新,与死为邻;高窦雷化,说着也怕',而元城历其七"。③ 章惇还借机恐吓刘安世,想逼迫他自杀。由于对于死亡的无所畏惧,他才躲过一劫。刘安世投荒七年,直到徽宗建中年间才自岭外归来。李光早年向刘安世问学,接受了元城学派"诚"的思想。他待人接物、做人做事,出之以诚,这就显得与别人不一样。李光多次被弹劾,被认为是蔡京、蔡攸父子的亲信或者秦桧同党。李光与这类人物绝非同类,如冰炭不同器。但这些人物曾经是他的上级,对待上级应该诚敬。即使他们配不上,也不能因此而糟蹋了自己的修养。一般官员被贬上路,风餐露宿,忧讥畏谗,与押解官吏都处不好。李光与枢密院押解使臣张君相处甚好,临别还以诗相赠。在这组诗里,我们看到的不是董超、薛霸式的恶差,押解着满面晦气的林教头奔赴沧州牢城营的景象,而是朋友之间的依依惜别。④ 说明诚信之人,在什么地方什么时候都有好报。

儒家讲达则兼济,穷则独善,但人生的道路不是穷达两途所能涵盖的。忠而见谤,以罪犯之身谪居蛮荒,甚至身陷牢狱,是想独善也不可得的。历史上的那些功成名就、激流勇退者,往往受道家的影响。道家讲究人与自然、人与社会的和谐相处。道家处世方式不是向前,而是退后。李光是南北宋之际重要的政治人物,他性情谦退,每除一职,都要上辞表。即便如此,还是成了秦桧的眼中钉。秦桧与金议和,李光也是支持的。对和议后的政治走向,两人观点不合。李光想通过议和而为自治之计,秦桧则撤除淮南守备,夺诸将兵权,对外屈膝投降,对内独裁专治。于是两人在御榻前展开辩论,结果是秦桧大怒,李光求去。高宗是这么说的:"卿昨面叱秦桧,举措如古人。朕退而叹息,方寄卿以腹心,何乃引去?"⑤后来发生了李光私撰小史案,言及前事,高宗又是这么说的:"光初进用时,以和议为是。朕意其气直,甚喜之。及得执政,遂以和议为非,朕面质其反复,固知光倾险小人,平

---

① [清]黄宗羲原著,[清]全祖望补修:《宋元学案》,卷二〇《元城学案》,陈金生、梁运华点校,北京:中华书局1986年版,第821页。
② [元]脱脱等撰:《宋史》,卷三四五,第10953页。
③ [清]黄宗羲原著,[清]全祖望补修:《宋元学案》,卷二〇《元城学案》,第830页。
④ [宋]李光撰:《庄简集》,卷五《予得罪南迁朝廷枢密院准备差遣张君送伴凡八十日予嘉其勤于其行也作诗送之》,《宋集珍本丛刊》第33册,第742页。
⑤ [元]脱脱等撰:《宋史》,卷三六三,第11342页。

生踪迹,于此扫地矣。"① 就这样,李光被宋高宗抛弃了。李光贬谪经历了三个阶段:绍兴十一年冬,责授建宁军节度副使,藤州安置;绍兴十四年秋移琼州;绍兴二十年春,移昌化军。路途是越来越远,处境是越来越差,还经常受到地方官的迫害。绍兴二十三年,李望守昌化。② 李望一介武夫,在张俊部任壕寨官,粗暴无礼,观望上司,"百端凌辱郡中官僚士人,不许往还行户,不许供应饮食,囚之空廨,死在旦暮。八十老翁,岂堪摧辱如此耶"?③ 类似的情况,在李光贬谪生涯中多次出现。绍兴二十四年有人妄传李光擅离受责之地,逃匿全州王趯家。十二月初九日,朝廷下令湖南、广西宪臣亲往逮捕李光押还贬所,并逮捕王趯押赴大理寺受审。李光给胡铨信中说有人落井下石,想置他于死地。④ 他年近八十,平生万事已足,所欠惟一死耳。⑤ 李光是儒者,做人诚实做事无欺,因国是与秦桧辩于御榻之前。因此得罪权相,于是一贬再贬,直到海岛。这是先儒所没有的遭遇,在圣贤的经典中也无先例。儒家的穷达说解决不了他的实际问题,于是弃经史而不读了。他说:"庄老吾师也。其余经史,且可拨置。"⑥

李光少年时即喜欢道家典籍,他对道家和道教的思想比较熟悉。绍兴十四年夏,李光在藤州为其仲兄李贯(字德充)所作的《养生堂记》中谈到了道家"吐纳导引"之术。这就是《抱朴子》中的"胎息法",其原理是废弃一切外在的感官作用,回到生命形成时的"胎息"状态,用元神呼吸元气。这是一种简便的养生之术,由于名利、财色、嗜欲、喜好等因素的干扰,往往使元神和元气分离。要想恢复到这种混沌蒙昧的状态,还需要一定的训练,需要真积力久,才能功行俱圆。⑦ 道家的养生思想渗透到他的言行之中,如《不出》写他日常的生活,"老氏不出牖,庄生务内游。猿猱犹习定,鸡犬放须收。俛仰超三际,翱翔隘九州。坐忘师正一,辟谷慕留侯。客至酒三酌,睡余茶一瓯。萧然方丈内,卒岁更何求"?⑧ "猿猱犹习定,鸡犬放须收",出自《坐忘论》"收心第三"的"牛马家畜也,放纵不收,犹自生梗,不受驾御;

---

① [宋]李心传编撰:《建炎以来系年要录》,卷一六一,胡坤点校,北京:中华书局2013年版,第3040页。
② 方星移:《宋四家词人年谱·李光年谱》,哈尔滨:黑龙江人民出版社2008年版,第195~196页。
③ [宋]李光撰:《庄简集》,卷一五《与海南时官书》,《宋集珍本丛刊》第34册,第64页。
④ [宋]李光撰:《庄简集》,卷一五《再与胡邦衡书》,《宋集珍本丛刊》第34册,第70页。
⑤ 同上书,第72页。
⑥ 同上。
⑦ [宋]李光撰:《庄简集》,卷一六《养生堂记》,《宋集珍本丛刊》第34册,第76页。
⑧ [宋]李光撰:《庄简集》,卷二《不出》,《宋集珍本丛刊》第33册,第720页。

鹰鹑野鸟也,为人系绊,终日在手,自然调熟。况心之放逸,纵任不收,唯益粗疏,何能观妙"?① 他还以《庄子》中的术语为诗题,如坐忘吟、玄珠吟等。这些也是当时道教著作的名称。李光不仅受道教思想的影响,而且还用道教思想观照自己的言行。在《玄珠吟》诗序中他说自己十年间重履忧患,经历三次贬谪,从藤州贬琼州,再从琼州贬儋州。自然环境越来越恶劣,社会环境也是越来越艰难。这也许是造物主因为其性格玩矿难化,有意挫辱他、成就他。偶读《庄子》,有所感悟。黄帝遗失了玄珠,用各种方法、各种人去寻找,都没有找到。最后让罔象找到了。这说明有意去做某件事情往往做不到,无意去做或许才有新的发现。事后反思,任何事情都是按照其自身的规律存在着、发展着,就像《维摩诘经》说的莲生水中,不会生长在高原旱地一样。十年来,苦苦搜寻生活的哲理,遍寻而不得,结果在无意中找到了。玄珠就是道,概括起来就一句话:"只在寻常动用中。"② 道在寻常的一举一动、日常生活之中。这是他对十年流放生涯的感悟。

李光还用道教思想来表述他的文学观点。《效庄周句法》论述苏轼散文用典的特点。苏轼幼时没有读过《庄子》,有一次在外家程氏书架上看到一部《南华真经》。读完以后,觉得与他自己心意吻合。他想说而没说的,庄子都说了;庄子没说的,他也能说出来。李光指出苏轼"其为文虽不剽其语,而源流血脉多自庄周书来"。苏轼不光用庄子中的典故,还传续庄子的思想。李光列举了四五个事例,说明苏轼给庄子赋予新的内涵,"此正诗人所谓夺胎换骨法也"。③ 李光的观点有新的内涵:其一,夺胎换骨是江西诗派的化用典故的方法,一般局限在诗歌创作之内。李光把它扩大到散文写作,而且研究的对象是江西诗派以外的苏轼。这说明夺胎换骨是一种适应面很宽的创作方法,适应于其他的文体和作家。其二,夺胎换骨的特点是以故为新,新不仅是给庄子中的典故赋予新意,还在于给庄子的思想增加新的内涵。思想上的延续才是最好的用典。

李光不仅读庄老、葛洪、司马承祯、碧虚子(陈景元)等道教的书籍,还转求丹砂,喜好食补药补、吐纳等养生之术。这些宋代道教的卫生之术,也解决不了生死问题。李光贬谪琼州以后,经常受到死亡的威胁。人性中趋吉避祸、贵生贱死的一面时有体现。只要贪生怕死,就很难达到精神上的逍

---

① [唐]司马承祯撰:《坐忘论》,张继禹主编:《中华道藏》第26册,北京:华夏出版社2004年版,第30页。
② [宋]李光撰:《庄简集》,卷二《玄珠吟》,《宋集珍本丛刊》第33册,第722页。
③ [宋]李光撰:《庄简集》,卷一七《效庄周句法》,《宋集珍本丛刊》第34册,第89页。

遥。于是,他在精神上倾向于禅宗。前面笔者所引述的材料,在谈论道教的方法时,其重心已经偏移到禅宗上去了。他在为仲兄李贯(德充)所作的《养生堂记》中,认为佛教养生方法深于道教的吐纳之术,希望仲兄还要兼修佛教的养生方法,访寻禅宿,参透佛祖西来的真谛,从而达到飞行自在,出没去来的境界。

李光研究佛教是要解决生死问题的。他说:"予出仕逾三十年,百谪之余,颇欲归依佛乘究生死之说。"①解决生死问题的途径有三,即避免、逃离和看淡。儒家讲危邦不入,乱邦不仕,道家讲的顺从自然、顺从教化、顺从社会等都是避免死亡的。死亡是由危险带来的,于是连危险也一并避免了。当一个人犯罪以后,随时面临着死亡威胁,他该如何应对呢?强有力者,会选择逃跑或反抗,弱者选择自杀。前面讲到的刘安世谪居梅州时,章惇借朝廷派人去海南追杀宦官陈衍的机会,绕道梅州吓唬他,逼迫其自杀。偏偏刘安世把死亡看得很淡,从容安排后事,静等死亡的到来。对此,章惇无计可施。一代名相赵鼎就没有逃过这一劫,于绍兴十七年(1147)八月二十日绝食而死。面对突如其来的灾祸,李光发现自己无法改变现状。于是他选择了顺从。当他发现顺从也解决不了问题,又选择了淡化。人终归有一死,既然死不可避免,何必还要担心死的时间和方式呢?绍兴二十二年十二月十五日,他在《与姜山嗣老书》中说:"然生死去来,本是常事。若罪垢未除,冥心宴坐,无常来到,撒手便行。"②他从容交代自己后事:"某已造直掇,寄近村三十里。然古人既死,漾在尸陀林中。刘伯伦常以锸自随,曰死便埋我。杨王孙以布袋裹尸,入穴,则去袋,此皆达人大观。能辨真假,不流滞于三途,一点冥灵,自有去处。如此殊觉今日多事,不免见笑于大方之家也。但吾儒以孔孟为宗师,棺椁衣衾不敢废也。"③在《病中自赞》也说:"今年八十,百病相攻。今夕明月,炯然当空,似我方寸不欺。为忠得死牖下,是惟善终。虽四山相逼,五蕴皆空。唯灵光一点,穿透地狱天宫。咄,甚唤作地狱天宫。"④李光精研佛教,能够参透生死。《转物庵铭》体现了李光的佛学思想。它的写作时间没有记载,方星移教授把它系于绍兴十六年(1146),并认为李光名其所居为"转物庵"始于安置琼州其间。⑤ 证据是李光《新年杂兴十首》第五首"世事悠悠委逝波,六年归梦寄南柯"和第七首"萧然一榻本

---

① [宋]李光撰:《庄简集》,卷一八《律师通公塔铭》,《宋集珍本丛刊》第 34 册,第 101 页。
② [宋]李光撰:《庄简集》,卷一五《与姜山嗣老书》,《宋集珍本丛刊》第 34 册,第 65 页。
③ 同上。
④ [宋]李光撰:《庄简集》,卷一六《病中自赞》,《宋集珍本丛刊》第 34 册,第 85 页。
⑤ 方星移:《宋四家词人年谱·李光年谱》,哈尔滨:黑龙江人民出版社 2008 年版,第 177 页。

无尘,转物庵中老病身"。① 根据这组同时所作的诗歌,可以得出如下结论:这组诗歌写于李光贬谪第六年,即绍兴十六年在琼州时期;李光在琼州时期,即已名其所居为"转物庵",移居昌化继续沿用这个名号。李光《书尾寄六十五侄孟容》:"转物庵中一老人,十年岭峤且藏身。黎山万叠波千顷,心镜孤圆月一轮。"②这是李光贬谪第十年移居昌化后的作品。但这些材料,还无法证实《转物庵铭》作于绍兴十六年。提出一个名词比较容易,要想清晰地表述出它的内含比较难。笔者以为《转物庵铭》写作时间往后定似更为稳妥。《转物庵铭》的出现,标志着李光佛学思想的成熟。《转物庵铭》分为两部分,前面散文部分为记,后面韵文部分为铭。主要观点在记中已表述明白:其一,引用佛的观点,说一个人能否成佛,关键在于他对待外物的态度。如果被物所役,就不能成佛;如能驱使外物,就有成佛的可能。其二,学道之人不能修成正果是因外物而起妄情。其三,烦恼、无明等外因并不影响人修道成佛,克服困难才能成功。在修炼过程中,转物就是克坚攻难的利器。于是,他把自己居住的房子命名为转物庵。转物不是期望成佛成菩萨,而是能正确对待目前的种种烦恼和无明。③《转物庵铭》中的观点,用李光另一句话来概括,就是"自觉自悟,本来是佛"。④ 正因为有深厚的佛学修养,李光在行动上与别人不一样。绍兴二十年(1150)私史案以后,李光移居昌化,且永不检举,即剥夺政治权利终身。这是一个严酷的判决。至此,他已经家破人亡,亲朋故旧受到牵连。但他表现平静,且看他移居昌化前后这一年的活动:

三月,离琼前,有《双泉亭》诗;当时,琼士饯送,严君锡、魏介然追送到儋耳,李光赋《古风》二首为他们送行;到昌化军后,李光寻访苏东坡旧游之地,得到东坡"载酒堂诗"真本,还写了几首唱和诗;有感于海南诸州叛乱缘于脏吏枉法,写了著名的《海外谣》诗;

八月望夜,杖策独游,有《水调歌头》"昌化郡长桥词";

九月初九,至陈氏水阁,率尔成诗;

在昌化,在给胡铨的信里谈私史案。⑤

---

① [宋]李光撰:《庄简集》,卷七《新年杂兴十首》,《宋集珍本丛刊》第33册,第771页。
② [宋]李光撰:《庄简集》,卷七《书尾寄六十五侄孟容》,《宋集珍本丛刊》第33册,第773页。
③ [宋]李光撰:《庄简集》,卷一六《转物庵铭》,第34册,第82页。
④ [宋]李光撰:《庄简集》,卷一七《跋所书华严经第一卷》,第34册,第88页。
⑤ 方星移:《宋四家词人年谱·李光年谱》,第181~190页。

在这些活动的背后,还有一个政治迫害逐渐加剧的过程:三月十九日,李孟坚狱具。诏李光遇赦永不检举;孟坚除名,峡州编管;胡寅、程瑀、潘良贵、张焘等八人缘坐,黜降有差。八月一日,王趯(彦恭)停官,坐与赵鼎、李光交往;九月十一日,吴元美除容州编管,坐与李光交往等。李光的活动范围越来越小,此前在藤州、琼州时,李光是以流寓人的身份与郡守、通判之类地方官员宴会唱和,而到了昌化后,待遇时好时坏,有时被囚禁起来,遭受非人待遇。但李光在这一年的活动,确实耐人寻味。有正常的人际交往,如离别送行,琼州士人为李光饯别,有人一直陪伴李光到达昌化。有些是文人士大夫式的清雅活动,如赋诗填词,寻找苏轼"载酒堂诗"的真本等,这些可以理解。令人不可思议的是他竟然还敢写《海外谣》!这是一首政治讽刺诗,揭露地方官员贪赃枉法,为百姓而且是已经公开叛乱,并被歼灭的叛贼呼号的诗歌。李光早已把生死置之度外,才能无所顾忌。他的逻辑是:既然无法把握生死,就不要为它去劳神。人生有限,意外的灾祸随时会降临。目前能做的就是做好自己该做的或想做的事情,否则会留下遗憾。以前可以拖延,因为还有很多时日;现在要立即去做,要赶在死亡之前把自己想做的事情做好。至于其他的一切,听天由命好了。在致赵鼎的信中,他说:"死生祸福,固已前定,一切任之。"①既然一切都是命中注定,就不要折腾自己。只要看透了生死,世上就没有什么难题了。

李光思想具有三教合一的特征。他说碧虚子(陈景元)"出入儒释道三教",②与他交往密切的前辈学者杨时(龟山),也是出入于三教的。李光是儒家信徒,称儒家为"吾儒";在贬谪期间他以庄老为师;③在《移昌化军安置表》中说:"年龄衰晚,志气凋零。久杂处于黎蛮,唯归依于佛祖。"④他也是出入于儒释道三教的。出入三教,是不是对儒家思想的信仰就淡化了呢?笔者认为不是,原因是:首先,宋代儒学已经形成自身体系,有体系就会有选择和判断,它把佛教、道教的一些因素拿过来为己所用,这是一个很自然的过程。其次,任何一种思想都有与其他思想相通的成分,产生于同一个时代、同一种社会环境下的儒道佛思想可以交融的成分应该更多。李光对佛教禅律二宗有很深的研究,又喜好老庄易,贬谪期间,与其长子孟博常以

---

① [宋]李光撰:《庄简集》,卷一四《与赵元镇书》,第34册,第59页。
② [宋]李光撰:《庄简集》,卷一七《跋碧虚子纂经》,第34册,第87页。
③ [宋]李光撰:《庄简集》,卷一五《再与胡邦衡书》,第34册,第72页。
④ [宋]李光撰:《庄简集》,卷一三《移昌化军安置谢表》,第34册,第40页。

"易老庄"三玄进行唱和,他说:"文字可消忧,探索易老庄。我唱汝辄和,不知岁月长。"①在李光的书信诗词中,也经常谈到当时的道教典籍和人物。他是在这几种思想之间进行比较,寻找一种更适合自己的新思想。再次,从思想发展的过程来看,强调对立往往是不成熟、不自信的表现,成熟而自信的思想是融会贯通的,再通过兼收并蓄的方法来达到更高的层次。宋代儒佛道三教是融合的,但没有合成一家,而是在融合后形成新的三家,甚至是更多流派的新思想。宋代理学比诗歌流派还多还要繁杂,谈到宋代理学,一般不说流派而说体系。因为流派太多,越说越烦;而说体系就简单多了。体系对传统学说的深化,以往我们接触的是一个个相对独立的学术观点。这些观点良莠并存,很难判断其中的合理性和准确性。如果把这种思想放置在一个体系内,通过前后左右对比分析,就能够判断出孰是孰非,指出它的创新点和独特性。在这个体系之内的思想,往往都不会出格;不在体系之内的,怎么伪装都不对。李光理学思想是宋代儒学体系中很小的一支,它形成于绍兴二十年(1150)贬谪昌化军前后。但其中的一些萌芽,早在北宋时期就出现了。对待生死的观点,在绍兴十六、十七年间已逐步完善。在《与赵元镇书》中他说:"孔子所谓素富贵行乎富贵,素患难行乎患难,素蛮貊行乎蛮貊。观此数语,虽释氏千经万论,岂能越此。亦愿相公常作此观,勿起一念,异时方知得力耳。"②李光这段话前面"三素"出自《中庸》,③是儒家的观点;后面"勿起一念"出自《楞严经》,是佛教的观点。二者综合起来,就是说要用平常心对待生死祸福,犯不着改变自己去适应环境。用佛教的话说就是不要被外物所役,用理性看待突如其来的种种烦恼和无明。这种思想在儒家经典中就有,为什么还要用佛教来表述呢? 这就是所谓的印证说。一种成熟的思想,要经得起不同方法的验证,否则就只能是一家之说。只有经得起各种方法验证的学说,才能证明其合理性,从而被更多人接受。

李光的思想是在艰苦环境下形成的。宋代执政大臣贬谪岭海,以李光的遭遇最惨。秦桧在一德格天阁书赵鼎、李光、胡铨三人姓名,必欲杀之。④李光贬谪岭海十八年,每日都与死亡为伴,他的思想就是在死亡的阴影下形成的。他先认为自己得罪权相,难免岭海一行,应该保持一定风度和形象。被贬以后,他没有把自己当做囚犯而是一般的迁客。然而仕途险恶、人心险

---

① [宋]李光撰:《庄简集》,卷一《送孟博二首》其一,第33册,第711页。
② [宋]李光撰:《庄简集》,卷一四《与赵元镇书》,第34册,第59页。
③ [宋]朱熹撰:《中庸章句集注》,[宋]朱熹:《四书章句集注》,北京:中华书局1983年版,第24页。
④ [宋]李心传编撰:《建炎以来系年要录》,卷一五八,第3003页。

恶,有人落井下石、有人栽赃污蔑,于是他越贬越远,处境也更为严酷,直至家破人亡。为了化解死亡的威胁,他学会了顺从、学会了淡忘。他终于明白人生只是一个过程,在这个过程中有些是自己该做的和能做的,有些是无可奈何的。没必要为那些做不到的事情去困惑。于是他恢复了常态,有质量有品味的活在海岛上,并且对海岛有了认同感。他结交当地士大夫,品尝当地的土特产,参与当地的文化建设。经常给同样沦落天涯的难友,如赵鼎、胡铨等赠送一些琼州、儋州特产。仿佛他不是流放来的犯官,而是新迁的主人。就这个心路过程来看,似乎绕了一个弯又绕回来了,从起点又回到了起点。但其间经历十八年的生死考验和亲朋故旧的死亡,其中有思想上的顿悟,也不乏长年累月的渐悟,还有各种思想之间的相互印证。这不是每个人都能感悟到的。后人在总结他的思想时,出于各种目的又有意回避一些内容,使我们对这位理学家的认识存在一定的误区。笔者通过对具体作品的分析,加深对李光思想体系的认识。

李纲、李光都出自唐汝阳王李琎,是远房宗亲。李纲给李光寄了一首词,称"太白乃吾祖,逸气薄青云",①并以李肇《唐国史补》卷上《李白脱靴事》和苏轼《书丹元子所示〈李太白真〉》为题,赞美李白的天才与傲骨。李光顺着这个思路唱和就可以了。如果不愿意也可以不唱和。但李光为人太实诚,他依韵唱和了一首。② 在这首词里,他把陶渊明与李白做了一番对比,表明他对陶渊明的喜好。喜好陶渊明不错,但拿陶渊明的长处来比李白的短处就令人很难堪了。李白一生中不能提的事情莫过于投靠永王李璘、兵败被俘一事,李光说的正是这件事。李光这首词有点煞风景。李纲的祖先也未必是李白。③ 他只是敬重这位同姓前辈,喜谈王霸大略,好为帝王之师。两人气质相近,命运坎坷也类似。李纲写李白寄托着某种情怀,也不排除开玩笑的成分。李光连开玩笑也这么认真,可想他平日为人多么古板。这是李光的性格,也是他思想的体现。李光之学出自司马光、刘安世,讲求"诚",做到不妄语、不自欺,即使开玩笑也出之以诚,尽管这个"诚"有些煞风景。

《水调歌头》词序为"清明俯近,感叹偶成,寄子贱舍人",④体现李光的

---

① [宋]李纲:《水调歌头》,《全宋词》,第1174页。
② [宋]李光:《水调歌头》,《全宋词》,第1016页。
③ 查阅有关李纲的资料,包括李纲兄弟子弟所撰的行状、年谱、家谱、传记等,未发现李纲是李白后代的记载。李纲一系出自唐汝阳王李琎,是唐代诗人李频的后代。李纲《水调歌头》"太白乃吾祖",应该是一种略带调侃的说法。
④ [宋]李光:《水调歌头》,《全宋词》,第1016页。

佛学思想。子贱是潘良贵的字,舍人是潘良贵绍兴八年(1138)三月至七月间的差遣。李光称潘良贵为舍人,是宋人的习惯称法。就像李光贬谪海南,胡铨还称他"李参政"一样。潘良贵自绍兴八年七月充集英殿修撰,提举江州太平观后就不再担任中书舍人。此后,基本上奉祠居家,十年不出。绍兴二十年三月因李光私史案受牵连,降三官。同年八月壬戌卒。潘良贵与李光是好友,也是亲戚。潘良贵侄儿潘時娶李光第五女。他们之间有书信往来。绍兴十七年,李光还提醒良贵不要贪婪酒色,要学吐纳之术。良贵也给李光提供一些朝廷上的消息,比如正月十五日,高宗对流窜海岛的犯官有宽大之意,遂使李光等被长期囚锢之人看到了生还的希望。事后证明是谣传。① 根据词中"何事成淹泊,流转海南边""行尽荒烟蛮瘴,深入维那境界,参透祖师禅"句,这首词是绍兴二十年李光贬谪昌化军前(三月十九日)清明时期的作品。私史案经过两个多月调查还没有结果,但可预料将是一场大的灾难。词上阕叙事,又是一年寒食清明时,家乡又是园林春暖,花落柳绵。贺老(知章)门前鉴湖水停靠着钓鱼船。渔父斜倚在船舷上悠闲的打发着日月。贺知章是李光家乡的先贤,晚年辞官归来,隐居鉴湖。这是李光一直想做而没有来得及做的事情,谁知道造化弄人,老了闲了,竟然被贬谪到了南海边上。下阕抒情,世上一切都是过眼烟云,如水中影、镜中像,不要计较得失。如果人心不定,总是充满欲望,就会有无穷的忧患像藤缠树一样,缠你一辈子。人生处处是修行,荒烟蛮瘴之处也是修行的好道场,渗透祖师禅意。在打坐参禅中超越过去、现在、未来,无拘无束地度过有生之年。

　　在这首词里,李光为什么要与潘良贵谈禅理呢?其中原因有三:其一,李光当时对禅宗感兴趣,要用佛学化解内心中的不安,与亲戚朋友谈话说说心里所想的事情,也是自然而然的;其二,良贵耽于酒色,需要悟透色空之理;其三,良贵也信佛,他曾送给李光一张观音菩萨入定的画像,希望菩萨保佑李光逢凶化吉、脱离苦海。李光也明白这层意思,给这幅画像题赞:"惟观世音,有感斯应。蒙头宴坐,如金在井。法无起灭,动不离静。能作此观,是真入定。"②观音菩萨具有无边的法力,当人遇到危险时,只要虔诚的诵念观音菩萨尊号,菩萨就会寻声而来帮人脱离困境。③ 李光写菩萨蒙头闲坐,像金块处于井中,身心俱静。观音菩萨入定后,照见五蕴皆空,可以度一切

---

① [宋]李光撰:《庄简集》,卷一五《与潘子贱书》,《宋集珍本丛刊》第34册,第61页。
② [宋]李光撰:《庄简集》,卷一六《子贱舍人寄入定观音像因赞其上》,《宋集珍本丛刊》第34册,第84~85页。
③ 俞学明、向慧译注:《法华经译注》,《观世音菩萨普门品》第二五,北京:中华书局2012年版,第310页。

苦厄。① 佛法无起无灭,存在于一切事物之中,表现为动静二相。静故了群动,空故纳万静。② 明白这点,才是真正的入定。

在这首词中,李光抒写了很多的情感。既有对亲戚朋友关心爱护之情的回应,也有对自己处境和心态的真实抒发。平淡之中有波澜,文字之外现真情,而这些情感是难以言说的,概括起来就是:事已如此,一切由命。

李光在他的诗词散文书信中,多次谈到司马承祯的《坐忘论》。尤其在《水调歌头·昌化郡长桥词》中比较集中,从词序到词作都谈到坐忘论。理解坐忘论,就成了理解这首词的关键。李光早年即好道教,宦游四方时也接触了不少的道士,阅读了一些道教书籍。但他接触正一派比较晚。绍兴十四年(1144)孟夏,李光在藤州为其兄李贯养生堂作记,才开始接触司马承祯的《坐忘论》。证据有三:其一,这首词词序云:"放逐以来,又得司马子微叙王屋山清虚洞所刻《坐忘论》一编,因得专意宴坐,心息相依。"③这篇《坐忘论》是附带司马承祯所作"叙"言,并由王屋山清虚洞刻印。其二,《养生堂记》中有些话语,如"锄胸中之荆棘,而梨枣生;薅害稼之稂莠,而嘉谷植",④出自《坐忘论》"有如良田,荆棘未诛,虽下种子,嘉苗不茂,爱见思虑,是心荆棘,若不除剪,定慧不生"。⑤ 其三,李光所说的胎息法,"及其至也,如释氏之入定,六根皆废,心想都灭",⑥也符合司马承祯坐忘的基本特征。放逐以来才开始接触,时日不长,他对《坐忘论》还不熟习,习惯用胎息法来阐释《坐忘论》的某些特征。在此后七年(1144 年至 1150 年),他认真研究并运用司马承祯的《坐忘论》。李光有两首没有编年的诗歌,大约作于此时,也都提到《坐忘论》。《不出》有"坐忘师正一"句。⑦ "坐忘"是司马承祯的著作名,正一是司马承祯的谥号。李光练习过司马承祯的坐忘术。《坐忘吟》也谈论到《坐忘论》。李光概括《坐忘论》只用了一句话"林间宴坐心超然"。坐忘的关键也是一句话"系念一处离葛缠"。⑧ 可谓是言简意

---

① [唐]玄奘译:《般若波罗蜜多心经》,方广锠编纂:《般若心经译注集成》,上海:上海古籍出版社 2011 年版,第 6 页。
② [宋]苏轼著,[清]冯应榴辑注:《苏轼诗集合注》,卷一七,黄任轲、朱怀春校点,上海:上海古籍出版社 2001 年版,第 864 页。
③ [宋]李光:《水调歌头》,《全宋词》,第 1017 页。
④ [宋]李光撰:《庄简集》,卷一六《养生堂记》,《宋集珍本丛刊》第 34 册,第 76 页。
⑤ [唐]司马承祯撰:《坐忘论》,张继禹主编:《中华道藏》第 26 册,北京:华夏出版社 2004 年版,第 30 页。
⑥ [宋]李光撰:《庄简集》,卷一六《养生堂记》,《宋集珍本丛刊》第 34 册,第 76 页。
⑦ [宋]李光撰:《庄简集》,卷二《不出》,《宋集珍本丛刊》第 33 册,第 720 页。
⑧ [宋]李光撰:《庄简集》,卷二《坐忘吟》,《宋集珍本丛刊》第 33 册,第 723 页。

贱,一字千钧。绍兴二十年(1150)中秋,李光"因得专意宴坐,心息相依"。① 他依照《坐忘论》的方法步骤,经常打坐入定,调节心息频率,进入忘我的境界。绍兴二十六年在《与胡邦衡书》中说他梦见道士授与道书两卷,其中有司马子微养生说。信中的时间是"六月二十六夜",其时"予若将起程北归者",②据此可定为李光北归,在即将到郴州的旅途上。梦中之事,真真假假,也不完全合乎逻辑,但说明李光确实喜好道教养生术。

李光谈到《坐忘论》时,总要添加一个吐纳养生的尾巴,在《养生堂记》《坐忘吟》等诗中都是如此。这与司马承祯《坐忘论》不合。司马承祯《坐忘论》源于颜回的"坐忘"。颜回坐忘的特点是"堕肢体,黜聪明,离形去知,同于大通",③即废弃一切人为的因素,诸如仁义、礼乐,甚至自己的肢体、大脑等感知器官,用精神直接感知自然之道。这种感悟方式是很难掌握的,司马承祯用人为的方式进入这种状态。从方法上,他与颜回是相反的。被颜回废弃的那些因素又让他捡回来了。《坐忘论》七个阶次,第一"敬信"、第三"收心",都是颜回所摒弃的。"敬信"属于仁义、礼乐范畴,"收心"是司马承祯自创的词汇。《庄子》只有"游心",④而没有"收心";《孟子》有收心之意,却没有"收心"这个词。《孟子》要"求其放心",⑤如何求呢?那就是"收"。司马承祯与颜回方法不同,目的大体相近,即通过一定的方式进入禅静的状态。集中注意力,思考一个哲学问题。如此以来,他把一种个性化的方法变成一种面向大众、可以普及的方法。为此,他必须要设置一些抓手,确立一些方法步骤,否则就没法操作。一旦有了方法步骤,尤其像"敬信""收心""断缘""简事"等,就不是颜回当初的方法了,故有人称其为"坐驰"。明乎此,再来看李光的这首《水调歌头》。词序中谈到昌化郡桥,长桥跨江,气象甚盛。中秋之夜老人杖策独游,怀念平生故人。他特别提到司马承祯的《坐忘论》,自放逐以来得到这部奇书,在无数的空闲时间里专意宴坐,通过参禅打坐,调节心率和气息,慢慢进入入定的状态。坐忘可延年益寿,虽不能得乔松之寿,但也许还能等到与朋友相见之期。词是按照这个思路展开的。中秋之夜,老人独步长桥。也许是衣着装束与当地人不同,于是有黎人围上来,问老人因何流转古儋州。这晚,月圆风定潮平,阴云散去明

---

① [宋]李光撰:《水调歌头》,《全宋词》,第 1017 页。
② [宋]李光撰:《庄简集》,卷一五《再与胡邦衡书》,《宋集珍本丛刊》第 34 册,第 67 页。
③ [清]郭庆藩撰:《庄子集释》,卷三上,王孝鱼点校,北京:中华书局 1961 年版,第 284 页。
④ [清]郭庆藩撰:《庄子集释》,卷二中,第 160 页。
⑤ 十三经注疏整理委员会整理:《十三经注疏·孟子注疏》,卷一一下,北京:北京大学出版社 1999 年版,第 310 页。

月如昼。一叶扁舟浮在水月澄明处,老人笑饮一杯酒,自唱《水调》一曲,曲调中夹杂着当地的蛮歌情调。少时的朋友,现已白头。回望家乡,我已经流放十年了。岁月催人老,时光如水流。患难中得到这部奇书。据说是神仙传下来的,按它修行就能白日飞升。不用御风,也可神游八极。我就先飞回去,看看平生故人。① 写这首词时是李光老人一生中的艰难时期,但情感平和没有一丝怨气。老人一生守端行正,遇所当为,虽鼎镬刀锯在前而不避。② 流放以后绝欲忘缘,随顺方便,每日坚持参禅打坐,调整心态,将养身体。儿子孟坚说他:"留落岭海几二十年,虽蹈百谪、滨九死而胸中坦然,盖信道焉。而自知明,死生祸福不足以动其心也。"③正因为心态好、身体还行,他终于等到秦桧死去的那一天,等到了离开海岛,量移郴州的那一天。绍兴二十六年五月他踏上北归旅程。在郴州居住了两年半,绍兴二十八年十二月二十一日,朝廷给他复官,允许任便居住。绍兴二十九年初,老人踏上了回家的路。四月初三,客死蕲州的蕲口镇,享年八十二岁。④ 六月十八日(六月辛丑),其家人乞以本官致仕。⑤ 这里有一个问题:人已经去世了,还有办理致仕的必要吗? 这里有两个原因:其一,致仕是老人生前的心愿,子孙不愿违背;其二,宋代提倡谦退之风,官员引年致仕有一定的优待,可以恩荫子弟入仕。李光贬谪海岛十八年,家产籍没、骨肉离散,两个儿子死亡、一个儿子被诬陷入狱,身后二子三孙俱是白丁。为子孙后代计,也必须办理致仕的手续。朝廷只允许李光致仕,并没有给其他恩例。两年后(绍兴三十一年三月辛卯),因宰相陈康伯说情,高宗才把李光致仕时的左朝奉大夫追复为左中大夫,恩荫其二子入仕。⑥ 至此,这位饱经忧患、忠心为国的老人,才算走完了人生的一应程序。

几十年后,陆游谈到这位乡贤,谈他的铮铮风骨和青鞋布袜。⑦ 只可惜"青鞋布袜",再没有踏上故乡的泥土路。这不仅是个人的悲剧,也是时代的悲剧。当正义力量被无端摧残时,南宋王朝的春天就在斜阳荒草间消失了。

---

① [宋]李光:《水调歌头》,《全宋词》,第1017页。
② [宋]李光撰:《庄简集》,卷一五《与陈伯厚书》,《宋集珍本丛刊》第34册,第71页。
③ 任群、李金海:《余姚出土李孟坚撰〈李光墓志〉及其文献价值》,《文学遗产》2011年第1期,第136页。
④ 同上。
⑤ [宋]李心传编撰:《建炎以来系年要录》,卷一八一,第3501页。
⑥ [宋]李心传编撰:《建炎以来系年要录》,卷一八九,第3663~3664页。
⑦ [宋]陆游撰:《老学庵笔记》,卷一,李剑雄、刘德权点校,北京:中华书局1979年版,第10页。

第二节　书画品题

宋代文人士大夫在宦游中也不辍读书著述,词是士大夫生活的真实写照,于是他们把填词与士大夫的生活结合起来,出现了很多以词论经、以词论史、以词论画、以词论词的作品,把宋人好议论的特色发挥到极致。

一　以词论经

宋人读书范围宽泛,从圣贤经典到野史小说,从千卷巨帙到小诗小词,甚至诗词中的一些名言警句、一个化用巧妙的典故、一个敲打得响的字眼、一个押得精彩的韵脚,都是他们讨论的话题。宋人用词记录下读书思考表述欣赏等美妙的感受,读这些诗词能真切感受到道就在日常功用之中。

宋词中出现的书名有《周易》《春秋》《大学》《中庸》《孟子》《周礼》《离骚》《太玄》《战国策》《史记》《汉书》《三国志》《晋书》等,这是宋人经常阅读的前代经史。此外,宋人也喜欢阅读当代人的著述,如张载《西铭》、朱熹《诗说》等。

阳枋《临江仙》"涪州北岩玩易有感"词云:"乐意相关莺对语,春风遍满天涯。生香不断树交花。个中皆实理,何处是浮华。　收敛回来还夜气,一轮明月千家。看梅休用隔窗纱。清光辉皎洁,疏影自横斜。"①这首词题为"玩易有感",所感悟的是生生不息的易理。② 在具体的表述时,词人采用了宋词常见的化用前人故实的方法。词的立意来自石延年《金乡张氏园亭》的后四句:"乐意相关禽对语,生香不断树交花。纵游会约无留事,醉待参横月落斜。"③上阙还掺杂了观花的感悟,下阕穿插了花光画梅的典故。④上述故实与《周易》并没有直接的关系。程颢把石曼卿的"乐意相关禽对语,生香不断树交花"一句解释为孟子的"浩然之气",朱熹不以为然,认为

---

① [宋]阳枋:《临江仙》"涪州北岩玩易有感",《全宋词》,第3375页。
② 十三经注疏整理委员会整理:《十三经注疏·周易正义》,卷第七,北京:北京大学出版社1999年版,第271页。
③ [宋]石延年撰:《金乡张氏园亭》,北京大学古文献研究所编:《全宋诗》,卷一七六,北京:北京大学出版社1998年版,第2001~2002页。
④ [元]王冕著:《王冕集》,《竹斋集续集》,《梅谱》,寿勤泽点校,杭州:浙江古籍出版社1999年版,第243页。

这只是不间断之意。① 笔者认为诗无达诂,把宽泛的诗意局限在某一点上在逻辑上也不周延。陈文蔚《请问晦庵先生书》云:"明道先生引石曼卿诗:'乐意相关禽对语,生香不断树交花。以谓形容得浩然之气。'文蔚虽想象见得意思,终不莹彻。近见子融举先生所答语,窃有所悟。莫是天理自在流行,而万物各遂发生和乐之意否?"②陈文蔚把这两句阐释为天理流行。一切事物都是按照天理来流行的。明乎此,就能明白作者所感悟的易理乃大自然规律,即春华秋实,生生不息。下阕从静态谈天理流行。牛山之木白天被砍伐,夜晚需要将息。任何事物的发展都是一动一静,动静结合的。动静是天理流行的基本方式。动以成物,静以成己。这些道理朴实真切,没有一丝一毫的浮华。夜气是人在无利害之心作用下所产生的良知善念。人需要静夜的涵养和反思。植物也是如此,晚上是自我疗伤复原时期。有长有伐,才不会疯长;有伐有长,才不会枯竭。砍伐与生长、白天与夜晚是相反而相成的辩证关系。梅是诗人的爱物,虽然不受斧斤牛羊的戕害,但它白天也要承受阳光风雨的暴晒侵袭,晚上也需要自我调养。隔窗看梅,在宋词中常见。扬补之《柳梢青》:"隔窗疏瘦,微见横枝。"③高观国的《忆秦娥》"隔窗月色寒于冰。寒于冰。澹移梅影,冷印疏棂"等,④表现了对梅的喜爱。词人与苏轼喜爱海棠一样,白天观之不足,晚上点灯观赏。⑤ 阳枋直接到月光下去观赏梅影,越是贴近观察越能体验到生生不息的天理。

《庄子》在唐代始号《南华真经》,⑥成为道教的经典。宋人对三教经典做过认真研究,宋词中有几首读《庄子》(或《南华真经》)的词。濠上之辩是历代文人关注的话题。叶梦得《水调歌头》"濠州观鱼台作"云:

> 渺渺楚天阔,秋水去无穷。两淮不辨牛马,轻浪舞回风。独倚高台一笑,围围游鱼来往,还戏此波中。危槛对千里,落日照澄空。　子非我,安知我,意真同。鹏飞鲲化何有,沧海漫冲融。堪笑磻溪遗老,白首直钩溪畔,岁晚忽衰翁。功业竟安在,徒自兆非熊。⑦

---

① [宋]黎靖德编:《朱子语类》,卷九七《程子之书》三,王星贤点校,北京:中华书局1994年版,第2493页。
② [宋]陈文蔚撰:《克斋集》,卷二《请问晦庵先生书》,影印《四库全书》本。
③ [宋]扬无咎:《柳梢青》,《全宋词》,第1551页。
④ [宋]高观国:《忆秦娥》,《全宋词》,第3028页。
⑤ [宋]苏轼著,[清]冯应榴辑注:《苏轼诗集合注》,卷二二《海棠》,第1139～1140页。
⑥ [宋]欧阳修、宋祁撰:《新唐书》,卷五九《艺文志》三,北京:中华书局1958年版,第1328页。
⑦ [宋]叶梦得:《水调歌头》"濠州观鱼台作",《全宋词》,第991页。

叶梦得登上濠州观鱼台,眼前所见无非庄子秋水的景象。面对圉圉游鱼,他想起那个著名的公案——庄惠濠梁之辩。① 庄子认为不同事物之间是可以相互了解的,其方法就是在同一环境下由己及人,进行合乎情理的推侧。惠子则认为不同事物之间是不能相互了解的,他推理的逻辑与庄子相同。"意真同",是一个关键词语。意,由己及人的推测逻辑;真,真切;同,一致。这个词语既是对庄惠濠上之辩的总结,又是对下文各种逻辑关系的提纲挈领。正因为如此,叶梦得才认为所有事物都是一理。人同此心,心同此理。成玄英疏:"夫物性不同,水陆殊致,而达其理者体其情,(足)[是]以濠上彷徨,知鱼之适乐;鉴照群品,岂入水哉!"②用这个道理去观察自然界的变化,发现鲲鹏转化、大鹏图南,是大海的潮起潮落,沧海冲容。再观察社会上的人和事,发现当年太公钓鱼,白首直钩的不合情理。正因为不合情理,他所建立的功业早就烟消云散了。像这样矫情的举措,如何会有"所获非龙非䝙,非虎非罴,所获霸王之辅"的卦兆?③ 这是对历史、对自然一个新的阐释。不过用自然现象解释神话故事,用今人的观点推测历史,未必合乎自然社会之道。宋人就是这么地执着,对世间一切奇奇怪怪、不合情理的事物都要质疑一番。

辛弃疾三首《哨遍》都在谈《庄子》,这不是一个偶然现象。辛弃疾喜读庄老,他说"案上数编书,非庄即老",④在道家经典里,辛弃疾似乎偏嗜《庄子》。辛弃疾用《老子》的典故不多,用庄子的典故随处可见。《卜算子》:"一以我为牛,一以吾为马。人与之名受不辞,善学庄周者。 江海任虚舟,风雨从飘瓦。醉者乘车坠不伤,全得于天也。"⑤这是一首"集庄语"的集句词,全首用《庄子》语,信手拈来,皆成妙趣。辛弃疾还喜欢《秋水篇》,名其堂为"秋水观"。有一首谈哲理的词,题目即是"秋水观"。⑥ 词人从自然的角度观察世间的万事万物,发现世俗所谓的大小、寿夭、毁誉、贵贱等都是相对的。《哨遍》"用前韵"有"试回头五十九年非"一句,即出于《庄子·

---

① [清]郭庆藩撰:《庄子集释》,卷六下《秋水》,王孝鱼点校,北京:中华书局1961年版,第606~607页。
② 同上书,第608页。
③ [汉]司马迁撰,[宋]裴骃集解,[唐]司马贞索隐,[唐]张守节正义:《史记》,卷三二,北京:中华书局1959年版,第1477~1478页。
④ [宋]辛弃疾:《辛弃疾集编年笺注》,卷一三《感皇恩》,辛更儒笺注,北京:中华书局2015年版,第1612页。
⑤ [宋]辛弃疾:《辛弃疾集编年笺注》,卷一四《卜算子》,第1665~1666页。
⑥ [宋]辛弃疾:《辛弃疾集编年笺注》,卷一三《哨遍》,第1529~1530页。

寓言》篇:"孔子行年六十而六十化,始时所是,卒而非之,未知今之所谓是之非五十九非也。"①邓广铭据此确定这首词以及与它同韵的《哨遍》"秋水观"皆作于辛弃疾六十岁时(庆元五年,1199)。② 这首词是辛弃疾归隐期思时的作品,表明了他放弃功名富贵、忘机忘己、融入自然的情感。这些还比较容易理解,而在《哨遍》中讨论《庄子》"于鱼得计",提出了自己的质疑和见解,则表明了辛弃疾对庄子研究的独到造诣。

《哨遍》词有长序,交代了"鱼计亭"的渊源,以及这个名称所包含的意蕴。辛弃疾认为《庄子》"于蚁弃知,于鱼得计,于羊弃意"三句结合在一起,在逻辑上是不通的,"然上文论虱吒于豕而得焚,羊肉为蚁所慕而致残,下文将并结二义,乃独置豕虱不言而遽论鱼,其义无所从起。又间于羊蚁两句之间,使羊蚁之义离不相属,何耶"?③ 辛弃疾的观点如下:

其一、上文谈到虱托身于豕,羊因其肉膻味而被蚂蚁所害,下文应就此收笔,进行总结;然而庄子舍弃豕虱不言而突然论鱼,不知这鱼从何而来,庄子想说什么?

其二、在羊蚁之间,突然加入鱼,羊蚁都是带有否定意味的语句,中间加一句带有肯定意味的鱼,这使羊蚁之间完整的意脉分离。

辛弃疾读书很细,能发现一些深层次的问题。诚如辛弃疾所言,《庄子》在提出"于蚁弃知,于鱼得计,于羊弃意"的观点时,在逻辑上有一定的跳跃性,省略了一些必要的成分。在"于蚁弃知,于羊弃意"之间,插入一个前无交代、后无对应的"于鱼得计",无论是从叙述的连贯性,还是语气的一致性上都有问题。由于这些问题导致逻辑上的紊乱,让人摸不着头脑。辛弃疾序中所引文字出自《庄子》杂篇《徐无鬼》第二十四的第十三段,从"有暖姝者,有濡需者,有卷娄者"到"古之真人,得之也生,失之也死;得之也死,失之也生"。④ 讲了三种不同的处世方式,即沾沾自喜者(暖姝者)、苟安自得者(濡需者)和劳形自苦者(卷娄者)。因为沾沾自喜者在现实社会中太多,毋需举例。其他两种人分别举例说明,苟安自得者以豕虱为例,托身于豕发肤之上的虱子就是这一类人。劳形自苦者以羊为例,羊肉因其膻味,能吸引人过来,大舜就是这样的人,他所迁徙之地往往成为城市。蚂蚁

---

① [清]郭庆藩撰:《庄子集释》,卷九上《寓言》,王孝鱼点校,北京:中华书局1961年版,第952页。
② [宋]辛弃疾撰:《稼轩词编年笺注(增订本)》,卷四,邓广铭笺注,上海:上海古籍出版社1993年版,第425页。
③ [宋]辛弃疾:《辛弃疾集编年笺注》,卷一四《哨遍》,辛更儒笺注,第1762页。
④ [清]郭庆藩撰:《庄子集释》,卷八中《徐无鬼》,第863~866页。

则代表逐膻而来的普通平民。关于这三种处世方式,郭嵩焘(家世父)解释说:"暖姝者,囿于知识者也;濡需者,滞于形迹者也;卷娄者,罢于因应者也。三者同蔽,庄生所以逃而去之。"①成玄英说真人的处世方式异乎上述三者,他"不慕羊肉之仁,故于蚁弃智也;不为膻行教物,故于羊弃意也;既遣仁义,合乎至道,不伤濡沫,相忘于江湖,故于鱼得计"。②说通顺一点就是真人抱德养和,顺应自然,抛弃蚂蚁的心智,如鱼一般的自得,抛弃羊的意念。真人以自然待人事,而不以人事干扰自然,得失完全听其自然。③

　　表达哲理,需要朴实无华的文字,同时还要逻辑严密,前后句衔接紧密,段落过渡自然。《庄子》这段文字,正好缺这一点。诗化的语言、跳跃的逻辑、随意省略的文字,以及生僻的词汇,使《庄子》阅读起来比较艰难。至于辛弃疾所说的,在"于蚁弃知"与"于羊弃意"之间,加一个"于鱼得计",前后两个是否定的,就中间加上一个肯定的,这个肯定的处世方式从何而来,确实使人无法猜测。《庄子》以鱼为例,说明人应有的处世心态,如"泉涸,鱼相与处于陆,相呴以湿,相濡以沫,不如相忘于江湖",这句话在《庄子》中出现了两次。④ 它说明《庄子》中的语言是可以重复的,但这里却没有重复。对于熟悉庄子的人来说,也许能猜出其中省略的成分;对于不熟悉《庄子》的读者,尤其对《庄子》语言风格不适应的读者来说这是一忌。当然,也有一些注者并没有读懂《庄子》,司马彪所注的"蚁得水而死,羊得水而病,鱼得水而活,此最穿凿,不成义趣"。⑤ 辛弃疾的态度是诚恳的,他记录下自己不懂的地方,也加上自己的思考。辛弃疾词也分两部分:上阕谈论《庄子》对"于鱼得计"的理解。辛弃疾也明白《庄子》"人适忘鱼,鱼适还忘水"的真谛,但对在这段文字里突然穿插这一句,还是不解。不解的原因正如惠子所云,"我非子""子固非鱼",既非同类,所以互不了解。下阕从"鱼计"说起,鱼活在水里也不容易,下有网罟,上有鹈鹕,九州海外,还有龙伯、任公以钓鱼吃鱼为生的神仙大人。东游大海、鲲化为鹏的机会并不多。未得其天年,生命就消失了。人生何尝不是这样,处处暗藏机关,一旦误入其中,就会丢失性命。可笑世间狂人,说什么"丈夫生不五鼎食,死即五鼎烹耳"之类

---

① [清]郭庆藩撰:《庄子集释》,卷八中《徐无鬼》,第864页。
② 同上书,第866页。
③ 陈鼓应注译:《庄子今译今注》,北京:中华书局1983年版,第659页。
④ 一次是在《庄子·大宗师》篇,另一次是在《庄子·天运》篇。中间只有一个字不同,第一次用"不如",第二次用"不若"。
⑤ [宋]辛弃疾:《辛弃疾集编年笺注》,卷一四《哨遍》,辛更儒笺注,第1762页。

的浑话,①把人生的起伏跌宕、岸谷之变视为平地。这种人想得善终,恐怕也难。希望那些初登仕途的人借鉴鱼的经历,三思而后行。这是辛弃疾对人生的感悟,未必合乎《庄子》"鱼计"的本意,也非赵彦思(叡)命名"鱼计亭"的初衷,②却是宋人仕宦心态的真实体现。

宋人治学,注重义理贯通。儒家的著述经宋人发明之后才成为经典,儒学思想经过宋人阐释之后,体系才彰显出来。宋人把疑古和通古结合起来。疑古就是不完全相信前人成说,往往会有新的发现;通古是代古人立言,把自己思想与圣人的学说融会贯通,把人人皆可成为尧舜落到实处。虽然只是一介寒儒,也敢为天地立心、为生民立命、继先圣之绝学,开万世之太平!③ 这种气度和自信,在宋词中较为普遍。阅读宋词,能真切感受宋人对儒佛道经典的一些独特体会和观点。这些观点,往往是通过引用典故、化用古人语句、提炼古人思想体现出来的。品味宋词,读者的思想也得到了升华。

二 以词论人

宋人通过对历史人物的评价,来表达自己的历史观。范仲淹以先忧后乐之志垂名青史,他也有意志消沉的时候。在宋代官僚体制下,要想做成一件事非常艰难。他与欧阳修谈论三国,认为曹刘孙用尽机关,只分得三分天下,还不如刘伶一醉。人生苦短,在很短的人生里,又用最美好的一段光阴去谋取浮名,甚是可哀。④ 王安石号称"拗相公",平生以功业自许,也不得不承认历史发展有一定的偶然性。只要有机会英雄豪杰乘时而出,干一番惊天地的功业;如果没有机会英雄豪杰也只能空老林下,如:"伊吕两衰翁。历遍穷通。一为钓叟一耕佣。若使当时身不遇,老了英雄。 汤武偶相逢。风虎云龙。兴王只在笑谈中。直至如今千载后,谁与争功。"⑤这是宋词中的历史,它比正史更真实,也更亲切。

---

① [汉]司马迁撰,[宋]裴骃集解,[唐]司马贞索隐,[唐]张守节正义:《史记》,卷一一二,北京:中华书局1959年版,第2961页。
② [宋]真德秀:《西山真文忠公文集》,卷第一《鱼计亭后赋》,《四部丛刊初编·集部》第208册,据商务印书馆1926年版重印,上海:上海书店印行1989年版,第19~20页。
③ [宋]张载:《张载集》,《拾遗》,章锡琛点校,北京:中华书局1978年版,第376页。
④ [清]范能濬编集:《范仲淹全集》,《范文正公集逸文》,《剔银灯》"与欧阳公席上分题",薛正兴校点,南京:凤凰出版社2004年版,第681页。
⑤ [宋]王安石:《浪淘沙令》,唐圭璋编纂:《全宋词》,王仲闻参订,孔凡礼补辑,北京:中华书局1999年版,第266页。

程珌《沁园春》"读史记有感",感慨历史的多变和仕途的恐怖。① 词人回到家乡,考核阳坡一年的收获,比如春后忝栽了多少杉树松树什么的。在桃花盛开、春意正浓的时候,他向太史公提出自己内心的疑问:为什么扁鹊能够洞见人的五脏六腑,却不能发现李醯的祸心?巨龟能托梦宋元王脱离渔人的幕网,却不能逃脱卫平的固执,被剐甲而亡?世上的事情,本来没有一个标准。所以智者未必智,愚者也未必愚。不能因为唐举为蔡泽相面不准就证明他相术不高。也不能因孔孟终身困穷、不为时君所用就证明他们没有才能。举世混浊而屈原独醒,独醒的结果是贬谪流放、沉江而死。优孟为孙叔敖鸣不平,于是楚王加封孙叔敖的儿子。楚王到底加封的是哪一个孙叔敖?是真孙叔敖,还是优孟扮演的假孙叔敖?对这些问题,太史公也毋需回答。正好床头酒熟,徜徉在故乡的烟雾缥缈中,看见新堤路上,一棵棵新松樛枝下垂,树皮如鱼鳞,像一条条夭娇的苍龙沉浮在天地间。②

程珌与史弥远同龄,关系比较复杂。宋宁宗死后,史弥远请程珌同入禁中草矫诏,废皇子赵竑,改立理宗赵昀,形成了史弥远继续专权的局面。史弥远答应程珌共同执政。因程珌私受杨太后缄金一囊,史弥远不再信任他。程珌圣眷日隆,宝庆三年(1227)十一月,"人皆知上有柄用意,而公知有忌者"。③ 从此他一直请求宫观,结果祈闲得郡,做过一任建宁知府。适值汀邵盗作,(绍定二年,1229)十一月又除招捕使,节制军马,平定叛乱。从绍定三年(1230)直到去世(1242),他一直提举宫观、赋闲家居。程珌还山以后,每日徜徉于泉石之间、手不释卷,每以未老得闲为乐。这首词就作于这个时候,也是这种情绪的写照。离开朝廷、回归自然,他觉得历史就像眼前的云烟一样,变化莫测。他不愿像屈原那样尽忠而死,只愿避免杀身之祸。在史弥远专权时期,他有意回避执政柄;史弥远去世之后,他仍一再拒绝实际差遣,直到致仕而死。史弥远虽然死了,但他的后遗症还在。在黑暗专制之下,士大夫噤若寒蝉,全身避祸是南宋中后期士大夫的普遍心态。南宋政权大部分时期都处于权奸专制、排斥异己的政局下,有热情、有才能的士大夫备受排斥,士大夫全身避祸唯恐不及,很难形成万众一心、共御国侮的局面。从这一点上来看南宋的灭亡是必然的,只是一个时间早晚、从哪个点切入的问题。

---

① [宋]程珌:《沁园春》"读史记有感",《全宋词》,第 2951 页。
② 钟振振师:《沁园春》"读史记有感"赏析,唐圭璋等撰写:《唐宋词鉴赏辞典(南宋·辽·金卷)》,上海:上海辞书出版社 1988 年版,第 1794~1796 页。
③ [明]程敏政辑撰:《新安文献志》,卷九四下,何庆善、于石点校,易名审定,合肥:黄山书社 2004 年版,第 2387 页。

宋人不仅读正史,也读稗官野史。宋代野史盛行,有一种记述都市繁华的野史很有特色。在文学史上描述都市繁华,一直是都邑大赋的主题。从星象地域、山川河流、历史文化到人文景观,用铺张排比、骈俪对偶的语言,淋漓尽致的描写城市的富庶,成为盛世黼藻。这种贵族化的文体雍容典雅却流行不开。周邦彦的《汴都赋》洋洋六千七百字,其中的奇文异字连翰林学士李清臣也认不全,只能靠字形猜测其读音。这种高大上的正统文体是不接地气的。宋人尝试用白话文记载都市生活,这些风俗小说体制宏大、语言通俗,所描述对象更接地气。蒋捷《齐天乐》"元夜阅梦华录"选取了一个特殊的节点(元夜)来抒发阅读《梦华录》的感慨。① 在《东京梦华录》中孟元老用浓墨重彩描述了元夜"宣和与民同乐"的盛况,蒋捷选取的也正是这一点。一轮明月爬上殿堂的瓦脊,把柔和的月光洒在高挑的飞檐上。大内前陈列着开封府结缚的鳌山。游人集结在御街的两廊下,等待着宣和天子御驾出来观灯。天子的仪仗出来了,卫士们身佩宝剑,近侍撑开曲柄红罗伞盖,精美的车骑在花灯底下穿行。宽阔平坦的大内前涌起无数灯山,观赏花灯的人内三层外三层,人声鼎沸。管理御輦的内侍齐喝一声"随竿媚来",于是各色伎艺人在竹竿子的指挥下开始表演。竿是竹竿,是杂剧等伎艺表演的指挥棒。执棒的参军色是该节目的色长、指挥、领衔主演的演员,还负责念致语、口号,与观众互动、问答等事项。② 媚,伎艺人随着竹竿子的指挥进行演出。③ 媚来,就是开始表演。那些迎接皇帝銮驾的侍女们,嬉笑之声闻于外。众多的美女戴着珍珠翡翠,随着御輦观灯。一时间,人挨人,人挤人,第二天地上的珠翠就能扫好多。阅读东都往事,仿佛是华胥一梦。梦还未醒,就被天公吹换到另一方土地上。那里花柳湖山风景美好,沉醉于西湖歌舞的人们,只知道临安的快乐,早已经忘记了汴京。回头看当日宣和天子与民同乐的汴京,寒烟衰草,一片废墟,夜深了只有鬼火闪烁。④ 张炎《思佳客》"题周草窗《武林旧事》"是读《武林旧事》的感慨。⑤ 《武林旧事》是周密编撰的一部记述南宋朝廷典礼、山川风俗、市肆经纪、四时节物、教坊乐部

---

① [宋]蒋捷撰:《蒋捷词校注》,卷三《齐天乐》,杨景龙校注,北京:中华书局2010年版,第296页。
② [宋]孟元老撰:《东京梦华录笺注》,卷之九,伊永文笺注,北京:中华书局2006年版,第853页。
③ [宋]孟元老撰:《东京梦华录笺注》,卷之六,第592页。
④ [宋]蒋捷撰:《蒋捷词校注》,卷三《齐天乐》,杨景龙校注,北京:中华书局2010年版,第296页。
⑤ [宋]张炎:《山中白云词笺》,卷八《思佳客》,黄畬校笺,杭州:浙江古籍出版社2018年版,第427页。

的野史。该书最后两章详述了清河郡王府迎接御驾的豪奢气派。张炎出自清河郡王府,对此有特殊的感情。他说读《武林记事》就像梦中说梦,给人一种幻化感。当年的清河郡王府还在,只是更换了新主人,当年的莺莺燕燕早已散落天涯。西湖流水响琵琶,铜驼荆棘卧残阳。人世的悲欢离合到处都有,何必问江南故家?这两首词都作于南宋灭亡以后:一是慨叹宋人贪图西湖山水之乐,忘记恢复故土;一是南宋灭亡后,慨叹沧海桑田之变。词中用了很多典故,把宏大的主题浓缩为一个场所、一个家族的兴替,使抽象的主题具体可感,凸显了历史的沉重感和沧桑感。词作意脉流畅,情感沉痛,因而感人至深。

宋人还用词评论古今人物,谈论较多的历史人物是严光和陶渊明,从中也可以看出宋人兴趣所在。这两位古人都生于乱世、隐居不仕;所不同的是,一位隐于清时,一位苟活于乱世。严光,少有高名,与光武帝刘秀游学。光武即位后,他隐居不见,被召洛阳,遗书司徒侯霸"怀仁辅义天下悦,阿谀顺旨要领绝";光武帝劝其出仕,不从,一见之后即退耕富春山。就其一生而言,他属于那种舒展个性,蔑弃功名富贵的山林隐逸。隐逸与帝王的关系很微妙。帝王需要隐逸出山,以此收揽人心;也需要他隐居不出,维持廉退恬静、不事奔兢的社会风气。范仲淹说:"盖先生之心,出乎日月之上;光武之量,包乎天地之外。微先生,不能成光武之大;微光武,岂能遂先生之高哉?而使贪夫廉,懦夫立,是大有功于名教也。"① 道出了其中的真谛。宋人论严光也是从这一点出发的。林实之《八声甘州》赞美严光摒弃功名富贵,隐居钓鱼,自由自在的生活方式。② 刘麤感慨世人浮躁,只想建立不世功名,哪知山中亦自有乐趣。③ 曾中思《水调歌头》赞美光武帝念及故人之情,征召子陵入朝为官;子陵品德高尚,心中有无限经纶才略。隐居求志,追求一种自由洒脱、无拘无绊生活方式。④ 黄子功《水调歌头》赞美子陵的风节,如鸿鹄冥冥。⑤ 张嗣初《水调歌头》认为光武与子陵都是真性情。在名节与轩冕之间,他们追求各自的理想。一个中兴汉室,救民于水火;另一个不仕王侯,也不降心求志,"龙潜豹隐,胸中同是一经纶"。⑥ 这种真实无伪的性

---

① [清]范能濬编集:《范仲淹全集》,《范文正公文集》卷第八《桐庐郡严先生祠堂记》,薛正兴校点,南京:凤凰出版社2004年版,第164~165页。
② [宋]林实之:《八声甘州》,《全宋词》,第4544~4545页。
③ [宋]刘麤:《水调歌头》,《全宋词》,第4545页。
④ [宋]曾中思:《水调歌头》,《全宋词》,第4545页。
⑤ [宋]黄子功:《水调歌头》,《全宋词》,第4545~4546页。
⑥ [宋]张嗣初:《水调歌头》,《全宋词》,第4546页。

情是有益于世风的。沈明叔《水调歌头》认为严陵老子,放弃功名,藐视山河九鼎,成为一个独特的景观。寄语那些来严濑游览的君子,用有限的光阴追求虚无缥缈的功名富贵,结果化成一抔尘土。既然来到此地,为何不放下私心杂念,还想着沽名钓誉呢?① 郑庶参观钓台遗址,感慨当年功名赫赫的云台二十八将全化成乌有,唯有严子陵的美名依然不减。二者孰轻孰重是一目了然的。游览钓台,感受历史沧桑、时代变迁,发现千余年的历史浓缩在一根纶丝上。一舒一卷,一代繁华就过去了。② 程准《水调歌头》与上述各词立意不同。他是陪同上司,即所谓的"诗书元帅"来参拜子陵钓台的。除了"上想中兴事,名节重于山"③是对严子陵的赞美之外,还有对上司的颂扬与祝愿。虽说颂扬祝愿近乎谄,但也能体现出一个人的真实情感。词人祝贺"诗书元帅"抓住中兴机会,建立功业,入朝拜相,在更高的层级施展才能。这是一首很别致的咏史词,词人以为退隐和仕进是两种不同的处世方式,在本质上并无高下之分。只要不背初心,任何选择都是有意义的,只是别辜负了难得的中兴机会。

陶渊明也是宋人谈论的热门话题。袁去华《六州歌头》"渊明祠"化用渊明诗中典故悼念渊明。他认为渊明故去千余年,还没人理解渊明的心事。渊明隐居一是舒展个性,二是避免危机。词人称渊明"是吾师",表明他认同渊明的处世态度和归隐方式。只是此地衰柳残阳,物是人非,令人不胜嘘唏。④ 他在《归字谣》中表明词人也要效仿渊明归隐家山,并称"陶元亮,千载是吾师"。⑤

辛弃疾性情坦率真诚,类似于陶渊明。他在多首词中也提到陶渊明。辛弃疾《鹧鸪天》说渊明的隐逸态度是躬耕和不怨,其诗歌的特点是清真。清,清雅;真,无伪。⑥ 辛弃疾喜欢渊明,以致于形诸梦寐。⑦ 正因为喜欢,才了解得透彻。他把渊明归来的原因说得很明白:只要把白发西风、折腰五斗,与北窗高卧、东篱自醉做一对比,是去是留立见分晓。辛弃疾把渊明与谢安相比较。渊明率性任真,谢安矫饰自敛,他们属于不同类型的人物。渊明从不掩饰自己的喜怒哀乐,所以活得很真实。谢安从不流露自己的情感,

---

① [宋]沈明叔:《水调歌头》,《全宋词》,第 4546 页。
② [宋]郑庶:《水调歌头》,《全宋词》,第 1759 页。
③ [宋]程准:《水调歌头》,《全宋词》,第 2939 页。
④ [宋]袁去华:《六州歌头》,《全宋词》,第 1939~1940 页。
⑤ [宋]袁去华:《归字谣》,《全宋词》,第 1953 页。
⑥ [宋]辛弃疾:《辛弃疾集编年笺注》,卷一三《鹧鸪天》,辛更儒笺注,北京:中华书局 2015 年版,第 1496~1497 页。
⑦ [宋]辛弃疾:《辛弃疾集编年笺注》,卷一四《水龙吟》,第 1759~1760 页。

所以活得很理性。无论是在桓温当政,还是在前秦百万大兵压境时,他沉着冷静、小心应对,终于以柔克刚、以弱胜强,保住了东晋的半壁江山。忍耐是成就一切大事的基础。辛弃疾《贺新郎》下阕记述了梦中与渊明商榷作诗的场面,①性情上的相近,使辛弃疾对陶渊明的认可度更高一些,其词喜用渊明的典故,也有陶诗质朴自然、真气扑面的意趣。

　　王奕《沁园春》"过彭泽发明靖节归来之本心",②作于入元后的至元二十七年(1290),是王奕东行曲阜祭孔,路过彭泽时所作。③ 王奕经历了改朝换代,他对陶渊明归去来的本心有真切地认识。渊明只做了八十日彭泽县令,浩然归去,知道其中原委的人很少。黄庭坚"欲招千载魂,斯文或宜当",④"斯文"就是《宿旧彭泽怀陶令》,谈到渊明的出处只说了一个大概;汤汉注《述酒》篇,也只揭示了一些微不足道的原因。至于沈约《宋书·隐逸传》说渊明不愿束带见督邮、不能为五斗米拳拳事乡里小儿及晋亡以后写诗不题刘宋年号、只书甲子等都是渊明杜德机。"杜德机"出自《庄子》内篇《应帝王》,是指心如止水,闭塞一切生机。⑤ 渊明归去来的深层的原因并不在此,而在《时运》和《荣木》诗中。"黄唐邈不可追",即《时运》篇中的"黄唐莫逮,慨独在余"。吾生虽不及黄唐,但贤者之乐所在皆是。孔子与弟子的"浴乎沂,风乎舞雩,咏而归"的理想,就是这种乐的体现。《时运》序云:"时运,游暮春也。春服既成,景物斯和,偶影独游,欣慨交心。"⑥是渊明

---

① [宋]辛弃疾:《辛弃疾集编年笺注》,卷一四《贺新郎》,第1749页。
② [宋]王奕:《沁园春》"过彭泽发明靖节归来之本心",唐圭璋编纂:《全宋词》,王仲闻参订、孔凡礼补辑,北京:中华书局1999版,第4170页。在这首词里,王奕三个自注都有问题:一、"山谷诗云:欲招千载魂,斯文或宜出此。"引文缺一字,应是:"'欲招千载魂,斯文或宜当',出此。"二、"阳乐间注《述酒》一篇",按"阳乐间"应为"汤东涧",汤汉字伯纪,号东涧,这里把"汤东涧"讹误成"阳乐间"。汤汉所注并非《述酒》一篇,而是陶渊明的全部诗歌,即《陶靖节先生诗注》,其中对《述酒》篇的注释较为相尽,还在序言里还做了强调。他说陶渊明"平生危行孙言,至《述酒》之作始直吐忠愤,然犹乱以廋词,千载之下读者不省为何语。是此翁所深致意者,迄不得白于后世,尤可以使人增欷而累叹也。余偶窥见其指,因加笺释以表暴其心事,及他篇有可发明者,亦并著之。"([东晋]陶渊明撰,[宋]汤汉注:《宋刊陶靖节先生诗注》,《序》,北京:中国书店2021年版,第6~8页。)三、"仆有和陶短葛。"按陶渊明没有诗题为"短葛"的诗篇,甚至在诗中也没有"短葛"二字,就连"短褐"也仅一现。在王奕现存作品中也没有以"短葛"或"短褐"为题的和陶诗,这使他有关"短葛""公衣"的议论,就不易理解。
③ [宋]王奕:《沁园春》,吴熊和主编:《唐宋词汇评:两宋卷》,杭州:浙江教育出版社2004年版,第3864页。
④ [宋]黄庭坚撰,[宋]任渊等注:《黄庭坚诗集注》,卷第一《宿旧彭泽怀陶令》,刘尚荣校点,北京:中华书局2003年版,第57~58页。
⑤ [清]郭庆藩撰:《庄子集释》,卷四下,第299页。
⑥ [东晋]陶渊明:《陶渊明集笺注》,卷第一《时运》,袁行霈笺注,北京:中华书局2003年版,第8页。

暮春独游时的感受。春服既成,出自《论语》孔子与弟子畅谈志向,其中以曾点的志向比较特殊。别人都在谈如何治国理政,诸如通过什么途径,在什么期限之内实现什么目标之类。唯独他舍此不谈,只说在暮春时分,与亲朋子侄浴乎沂,风乎舞雩,咏而归的和美景象。孔子听了也很向往,说吾与点也。其实曾点谈的也是治国理政,与他人讲的军事武备、富国裕民、祭司会同、礼乐教化没什么不同。高明之处在于他是从另一个方面考虑的,别人讲入,他讲处。这就是人们常说的进得去还出得来,拿得起也放得下。试想暮春时分,与亲朋子侄在沂水沐浴,和风吹过舞雩台,吟诵着诗歌回家,哪个政治家能做到? 恐怕也只有三代的尧舜了。后人称渊明祖述曾点之志,而有尧舜气象。① 与《时运》的悠闲自在不同,《荣木》则充满了焦虑感。序云:"荣木,念将老也。日月推迁,已复九夏,总角闻道,白首无成。"②荣木即朝槿,"晨耀其华,夕已丧之"为其特点,③渊明用荣木形容短暂的人生。在短暂人生中,时光过得很快,学问长进却很慢、事业成功也很少,这就是"总角闻道,白首无成"。写这首诗时,渊明已经四十岁了。人生即将过半,他希望自己能及时建功立业,即使任重道远也不气馁。词中"人表何时,谁生过鲁,愿企高风慕浴沂"④人表,指品学出众,堪为表率者。谁生,谁,何人;生是后缀词。无论是何时何代的杰出人物,还是像我这样的一般人物,只要经过鲁地,都羡慕曾子的浴沂咏归的境界。如果渊明也到此浴乎沂、咏而归,他只能穿短葛而非公服了,但他的品行绝不低于任何一个穿公服的。至此渊明归来的本心才被发掘出来。渊明渴望建功立业,然晋宋之际缺乏这种环境和机会,他只能归隐畎亩。这是一个无奈的选择,但"策夫名骥,志夫童冠"⑤两种不同的人生理想,在他头脑中交替出现。他没有放弃出来干一番事业的志向,但又一直归隐畎亩。无论进退,都有自己的操守。

宋人对陶渊明的认识有一个逐渐提高的过程。先是喜欢他诗歌的质朴自然,然后羡慕其性情的中和纯粹,再认为陶渊明思想符合理学标准。陶渊明的地位不断地攀升,从齐梁时期一位中品诗人,一跃而成为可以与杜甫并肩的大诗人,甚至超过杜甫成为诗骚之后的第一人。

除了论古,宋人也喜欢谈今,很多当代人物也是宋词议论的对象。王迈

---

① [清]邱嘉穗评注:《东山草堂陶诗笺》,卷一《时运》序:"四章皆赋体,能会曾点襟怀而发为尧、舜气象,真见道之言。"清康熙甲午年印本。
② [东晋]陶渊明:《陶渊明集笺注》,卷第一《荣木》,第 13 页。
③ 同上,第 13 页。
④ [宋]王奕:《沁园春》"过彭泽发明靖节归来之本心",《全宋词》,第 4170 页。
⑤ 同上。

《沁园春》评论"尹杨出处",为真德秀复出做一参考。① 尹焞早年应举,见发策有诛元祐诸臣议,于是终身不再应举。靖康元年(1126),因种师道荐被召入京,一见之后即请辞。靖康二年,金人攻陷洛阳,尹焞全家被害。尹焞死而复苏,被门人舁置山谷才得以幸免。接着刘豫派人请他出仕,他从商州奔蜀,拒绝出使伪朝。绍兴四年(1134),又被荐入朝。入仕之后,他多次请辞。在大是大非问题上,他有自己的判断。绍兴八年(1138)十二月,金派遣张通古、萧哲诏谕江南。焞上疏言父母之仇不共戴天,又移书秦桧指出和议的危害性。从此退出仕途,绍兴九年(1139)引年告老,转一官致仕。绍兴十二年去世。② 尹焞性情鲁钝,语言表述能力不强,但他能守程门之学。杨时则自幼颖悟,为人和易,在仕途上是另一番情景。杨时熙宁九年(1076)进士及第。曾杜门十年不出,但仕进的愿望比较强,于是在政宣之间,应蔡攸之荐入朝,亲历了北宋亡国的过程。对此宋人有诸多的议论,朱熹认为他在政宣间应荐进京未尝不可,是谁所荐也不重要,重要的是他做了哪些事情,发挥了什么作用。"观渠为谏官,将去犹惓惓于一对,已而不得对。及观其所言,第一,正心、诚意,意欲上推诚待宰执;第二,理会东南纲运。当时宰执皆庸缪之流,待亦不可,不行亦不可。③ 不告以穷理,而告以正心、诚意。贼在城外,道途正梗,纵有东南纲运,安能达?所谓'虽有粟,安得而食诸'!当危急之时,人所属望,而著数乃如此!所以使世上一等人笑儒者以为不足用,正坐此耳。"④朱熹这番话有失偏颇,杨时在当时还是发挥了一定作用的。他的一些建议,针对北宋后期政局,在新旧两党之间翻来覆去、相互倾轧,把人心士气摧残殆尽之际,他提出元祐、熙丰姑置勿问,一趋于中而已。当时朝廷方图燕云、虚内事外,他主张燕云之师宜退守内地,以省转输之劳,募边民为弓弩手,以杀常胜军之势,并且指出京师防卫的缺点,力陈君臣警戒,正在无虞之时,乞为《宣和会计录》,以周知天下财物出入之数等。金人入攻,他主张上下一致,示敌以强硬。金人围汴京城,勤王之兵四集,他主张统一指挥,统一部署,并对于那些闻风而逃的人,如童贯等正以典刑;敌兵初退,议者欲割三镇讲和,他极言其不可,主张以重兵蹑其

---

① [宋]王迈:《沁园春》,《全宋词》,第3223页。
② [元]脱脱等撰:《宋史》,卷四二八《道学二》,第12734~12738页。
③ 按:"待亦不可,不行亦不可",语意不顺,该句在郑明等校点的《朱子语类》卷一〇一作"待亦不可,不待亦不可"。似更符合朱熹的本意。[宋]朱熹撰,朱杰人等主编:《朱子全书(修订本)》,《朱子语类》卷一〇一,郑明等校点,庄辉明审读,上海:上海古籍出版社,合肥:安徽教育出版社2010年版,第3374页。
④ [宋]黎靖德编:《朱子语类》,卷第一〇一,王星贤点校,北京:中华书局1988年版,第2569页。

后,责以背约之责,随时准备与金人决战。这些奏章有很明确的针对性和实用性,只要朝廷稍加重视就不会导致北宋王朝的覆亡。当然,也有一些不急之务,如大难当头,他还在考虑王安石是否应该配飨孔子庙庭等事项,就有些迂腐不达时务了。① 杨时不洁去就,扰攘一场,于事无补。王迈评价这场公案,给真德秀一个建议,那就是必须出山。覆巢之下安有完卵,想明哲保身已不可能。那么,出山以后会不会也像杨时那样扰攘一场,淘气而归呢? 王迈认为不可能。理由是现在天下大乱,正是朝廷用人之际。南洲潢弄,指绍定元年(1228)冬,汀州盗起事件。真德秀荐陈韡有文武才干。陈韡用两年时间(1229~1230)平定了叛乱。西淮鼎沸,指李全事件。绍定三年(1230)十二月庚申,楚州李全叛乱。甲子,理宗下诏讨伐,次年(1231)春正月壬寅,赵范、赵葵等诛李全于新塘。廷绅噤舌,指史弥远利用梁成大、莫泽、李知孝等台谏势力,控制朝廷,排挤士大夫;史弥远还制造梅花诗案,实行诗禁,万马齐喑,使整个国家和时代都变得不正常了。这时需要一个有才能、有威望的人出来力挽狂澜。而此时,真德秀正在家乡招鹤亭前高卧,诺大的国家交给谁去收拾? 结论是:公须起,要擎天一柱,支架明堂。不幸一语成谶,真德秀复出之后,面临着杨时的困境。黄震《两朝政要》云:"理宗时,天下所素望其为相者,真德秀文行声迹独重。嘉定、宝、绍间,金谓用则即日可太平。端平亲政,趋召至朝,正当世道安危升降之机,略无一语及之,乃阿时相郑清之,饰其轻举败事,谓为和、扁代庸医受责;又以清之开边建议,御阅卒以府库不足犒赏,事不可行,致前至诸军,质贷备衣装,无以偿,故哄,延及州兵皆哄,自是军政不复立。知贡举事,复以喧骂出院。除参政,未及拜,以疾终。"②

王迈这首词还有些瑕疵:尹焞应召进京是在钦宗靖康元年(1126),而不是徽宗政宣间。杨时也非屡出,他是进士出身,入仕乃其本分。宋代理学家议论他不洁进取,在蔡攸举荐下进京任职。但还有一个背景,宣和五年(1123)给事中路允迪、中书舍人傅墨卿出使高丽,高丽国主问龟山先生今在何处。二人对曰"见召赴阙"。使回即奏闻,有旨召赴都堂审察。杨时以疾辞。次年(1124),三韩使人将至,傅公虑前言不信,遂力荐于朝。③ 然后由蔡攸出面推荐,御笔以秘书郎召。杨时于宣和六年(1124)十二月至汴

---

① [元]脱脱等撰:《宋史》,卷四二八《道学二》,第12738~12743页。
② [清]黄宗羲原著、[清]全祖望补修:《宋元学案》,卷八一《西山真氏学案》,陈金生、梁运华点校,北京:中华书局1986年版,第2707~2708页。
③ [宋]黄去疾编:《龟山先生文靖杨公年谱》,刁忠民校点,吴洪泽、尹波主编:《宋人年谱丛刊》,成都:四川大学出版社2002年版,第3405~3406页。

京。这一段正是蔡京第三次复出。次年(1125)四月,蔡京罢领三省事,复以太师、鲁国公致仕。到了靖康元年(1126),蔡京被指为六贼之首,以秘书监分司南京,连贬崇信、庆远军节度副使,衡州安置,又徙韶、儋二州。行至潭州死,年八十。杨时也参与了对蔡京的批评,但态度不积极。至于章惇,因为反对徽宗即位,早在元符三年(1100)十月,已贬为雷州司户参军。崇宁四年(1105)徙睦州,卒。那时,杨时居住家乡也起不了作用。蔡京是宰相,曾两次致仕,然后请求赐对,见到徽宗痛哭流涕。这一哭就变成了落致仕,仍兼任宰相之职。关于蔡京进退,也不是杨时能决定的,主动权操纵在皇帝手里。王迈这首词叙事与史实不完全相符,是凭印象而作的。

三 以词论画

宋人爱好书画收藏和鉴赏。在宋词中,也常见到那些漂亮的歌妓索要新词的场面,如"珊瑚筵上,亲持犀管,旋叠香笺。要索新词,殢人含笑立尊前"。① 像苏轼、黄庭坚、黄公度、辛弃疾、刘过等词人的手迹,墨迹未干旋即被人拿去收藏,以致于后世子孙编纂文集时不得不去找收藏家抄写,每每以见不到真品为憾事,见到真品后又因囊中羞涩,不能收回而惆怅。宋代能生产高雅精美,适宜于长久保藏的纸张。② 纸质画卷与绢质画卷并行,书画收藏、鉴赏成为一个新兴的文化产业。许多词人本身就是书画家,又是收藏家和鉴赏家,姜夔、周密等都在他们寓所举办藏品展览鉴赏会,延请当世名流过来观赏把玩,题诗题词予以品评。前代的书法、字画真迹,以及宋人的一些书法、字画名篇被装裱为卷帙。一般前面是真迹,后面是鉴藏家、文人墨客的题识(包括题诗、题词、序跋和鉴赏文字),这对于保存真迹、记录收藏轨迹和书画研究都有价值。宋词中涉及的绘画种类繁多,笔者选取能代表宋人文化精神的文人墨画来分析宋人题画词的议论化特色。

文人墨画也称"墨戏",始于唐,盛于宋元,是文人士大夫词翰之余,聊抒一时兴趣的一种绘画形式。就像我国古代其他艺术形式一样,用简约的形式来表现抽象的情感,更适合抒写文人士大夫内心幽约的意趣。

(一) 花光墨梅

花光寺方丈释仲仁,也叫妙高禅师,一般称为花光,是宋代墨梅的创始人。

---

① [宋]柳永:《乐章集校注》,卷下,薛瑞生校注,北京:中华书局1994年版,第184页。
② 刘仁庆:《古纸纸名研究与讨论》之六、七《宋代纸名》(上、下),《中华纸业》,2017年第1~3期。

墨梅是一种写意画，由于不是专业画师的作品，往往妙而不工。不过，墨梅画大师花光、扬补之却是例外。他们是当时著名的画家，花光善画潇湘山水，扬补之善画人物。① 惠洪《题墨梅》云："华光（即花光）作此梅，如西湖篱落间，烟重雨昏时见，便觉赵昌写生不足道也。"② 赵昌是北宋真宗、仁宗时的画师，善画草虫花果，自称"写生赵昌"。《宣和画谱》称他"不特取其形似，直与花传神者也"。③ 用赵昌写生为花光铺垫，说明花光墨梅也是形神兼备的。宋人常用"写真"来说明他们绘画的特点。刘克庄说："画之至者不能两能，花光、补之专为梅花写真，所以妙天下。"④ 陈与义《和张规臣水墨梅五绝》认为花光墨梅的特点：一是巧画风韵，二是变白为黑。⑤ 花光墨梅原是写月下花影的。王冕记述花光月夜未寝，见疏影横于其纸窗，萧然可爱，遂以笔戏摹其影。⑥ 王冕是花光墨梅的传人，他的说法是可信的。花光墨梅有写真的特点，月照梅树，树影映窗，枝干、花朵、花蕾都是黑色的。华镇说他"戏弄柔毫移白黑"。⑦ 花光写梅往往是一枝两枝（交枝），没有半树全树的，"以墨晕作梅，如花影然"。⑧ 所谓的花影，也是唐宋人常用的一种取影法。苏轼说："道子画人物，如以灯取影，逆来顺往，旁见侧出，横斜平直，各相乘除，得自然之数，不差毫末。"⑨ 吴太素《松斋梅谱》汇集花光、扬补之、汤正仲写梅方法，也有"初学写时，以瓶置花，以灯烛玩其形影"的训练方法。⑩ 宋濂说花光以浓墨点滴成墨花，加以枝柯，俨如月下梅影。⑪ 王

---

① 程杰：《论花光仲仁的绘画成就》，《南京艺术学院学报（美术与设计版）》2005年第1期，第17～18页。
② [宋]释惠洪：《注石门文字禅》，卷第二六，[日本]释廓门贯彻注，张伯伟等点校，北京：中华书局2012年版，第1524页。
③ [宋]不著撰人：《宣和画谱》，卷一八，于安澜编：《画史丛书》第2册，上海：上海人民美术出版社1963年版，第217页。
④ [宋]刘克庄：《刘克庄集笺校》，卷一〇五《花光补之梅》，辛更儒笺校，北京：中华书局2011年版，第4401页。
⑤ [宋]曾敏行撰：《独醒杂记》，卷四，上海师范大学古籍整理研究所编：《全宋笔记：第四编》第5册，郑州：大象出版社2008年版，第145页。
⑥ [元]王冕：《王冕集》，《竹斋集续集》，《梅谱》，寿勤泽点校，杭州：浙江古籍出版社1999年版，第243页。
⑦ [宋]华镇撰：《云溪居士集》，卷六《南岳僧仲仁墨画梅花》，北京大学古文献研究所编：《全宋诗》第18册，卷一〇八三，北京：北京大学出版社1998年版，第12313页。
⑧ [元]夏文彦编：《图绘宝鉴》，卷三，于安澜编：《画史丛书》第2册，第70页。
⑨ [宋]苏轼撰：《苏轼文集》，卷七〇题跋《书吴道子画后》，孔凡礼点校，北京：中华书局1986年版，第2210～2211页。
⑩ [元]吴太素编：《松斋梅谱》，卷第一，[宋]范成大等著：《梅谱》，章宏伟主编，程杰校注，郑州：中州古籍出版社2016年版，第253页。
⑪ [明]宋濂：《宋濂全集》，卷三六《题徐元甫墨梅》，黄灵庚编辑校点，北京：人民文学出版社2014年版，第795页。

概把墨晕法称为"墨渍作梅"或"点墨"。① 点墨成画,看似随意,但要点好也不容易,它需要画家经验和手感。花光用水墨展现梅花的淡雅清香,突出其傲雪凌寒、先春而放的孤高品格。画家与绘画形式、绘画对象之间都有一种必然的联系。这种联系就是写意。傅抱石说水墨是为写意而生的,调青研绿,钩之斫之,是不会有什么"意"的。② 其实,这段话前半句还算中肯,后半句有失偏颇。宋人绘画形式有繁有简,比较繁琐的,如宋代宫廷画、赵昌写生等,色彩线条构图布局等比较繁琐,这种繁琐的形式也是可以写意的。比较简单的形式更适合写意,如文人写意画、墨画等。花光墨梅继承了唐人诗画一体的风格,刘克庄曾说花光用墨梅笺释林逋诗意,"直以矮纸稀笔作半枝数朵,而曲尽画梅之能事。此卷就和靖八诗,各摘二字为梅传神。为和靖笺诗,花光得意之作也"。③ 在花光一千二百幅墨梅中,有对家乡的思念,有对孤山的向往,还有无处不在的禅意。花光属于那种个性鲜明的人,不羡势利,也不惧威胁,用墨梅结交贬谪南荒的文人士大夫。惠洪称他用笔墨作佛事。④ 惠洪因与张商英交往密切而受蔡京的排斥,在蔡京专权时期,他屡遭大狱。政和元年(1111)十月发配朱崖军,四年春得以北归。取途衡岳,受到花光的礼遇。宣和元年(1119)中秋,惠洪宿花光云房,为留十日。别后半年(宣和二年,1120),惊闻花光死讯。⑤ 花光初见惠洪,即赠以两幅画:《潇湘平远》和《烟雨孤芳》。花光卧病时,还遣侍者送墨梅给惠洪。惠洪与花光的弟子、儿子、朋友交往也很密切,他见过花光几乎所有的精品,有十多首题花光墨梅的诗词。《浣溪沙》"妙高墨梅"写春日残梅。原文如下:

日暮江空船自流。谁家院落近沧洲。一枝闲暇出墙头。 数朵幽香和月暗,十分归意为春留。风撩片片是闲愁。⑥

从画面来看,这幅画仅有一枝梅花、数朵幽香,背景是黄昏夜月。惠洪

---

① 吴蓬临本,吴蓬、杨为国编:《芥子园画谱》第二集《兰竹梅菊》,南宁:广西师范大学出版社2002年版,第129~130页。
② 傅抱石撰:《中国绘画变迁史纲(附中国美术年表)》,上海:上海古籍出版社1998年版,第39页。
③ [宋]刘克庄:《刘克庄集笺校》,卷一〇七《花光梅》,辛更儒笺校,北京:中华书局2011年版,第4469页。
④ [宋]释惠洪:《注石门文字禅》,卷第二七《跋行草墨梅》,[日本]释廓门贯彻注,张伯伟等点校,北京:中华书局2102年版,第1552页。
⑤ 周裕锴撰:《宋僧惠洪行履著述编年总案》,北京:高等教育出版社2010年版,第255页。
⑥ [宋]释惠洪:《浣溪沙》"妙高墨梅",《全宋词》,第919页。

给它增添了一些画外的内容,上阕对衡山花光寺外景的描写,日暮空江,野渡无人,孤舟自横。在如此空旷孤寂江边,一枝梅花探出墙头。下阕用月夜昏暗来表现画家的闲愁。又是一年春来了,梅花却要凋残了。这枝寒梅,经历了严寒、风霜、黄昏、夜月,花瓣飘零随风而逝。花有花的去处,而人却没有。因各种原因背井离乡、飘流异乡,看见风吹梅花,片片飘荡,撩起了心中无限闲愁。这些闲愁包括对故乡的思念、对政治环境的恐惧、对自身处境的忧虑以及对时光流逝、韶华不再的悲叹等。这些闲愁因眼前某件事情而引起,所蕴含的情感却很多,属于那种道不明、说不清、剪不断、理还乱的意趣。

这首小词,与惠洪诸多的题画诗歌相同。只不过他给这幅画增添了一些背景材料,使这幅画离开了具体画面,变成了一个故事。

王沂孙《一萼红》"丙午(1306)春赤城山中题花光卷",也是题写花光墨梅画卷的。① 余陛云说"起六句确为题梅花卷而非咏梅",②这六句概写画面内容:初春夜月,一枝残梅,点缀着几朵小花。如此珍贵的一幅墨梅画,流落到人间,使我们在乱世有幸遇到它。接着化用墨梅的典故,突出了花光墨梅的清魂。这幅画在布局上很有特色,画面由凋残的梅花和生机勃勃的梅枝组成,体现了岁月流逝、新旧更替。下阕是欣赏这幅墨梅的感慨。用黄庭坚评花光画梅的典故,点出这幅墨梅画得极其逼真。因为梅花想起了孤山林逋。有一见如故,攀车清谈的愿望。王沂孙自称为"东南倦客",词中还化用一系列典故,如李贺《金铜仙人辞汉歌》中的"铅泪"、李煜《虞美人》中的"故国"等,表明直到丙午年题花光画卷时,他还在任元朝的官职,并没有归隐故山。王沂孙出任的庆元路学正,是一个受命于礼部、行省或宣慰司的正式官职,加之仕元时间漫长,加重了他对故国的思念和愧疚。词题"赤城山",在台州天台县西北,距离杭州以及王沂孙的故乡会稽还有几百里路。词人宦游于外,思念故国临安。词人不禁要"问信孤山"林和靖,一夜风雨过后,故国梅花还剩多少? 余陛云评:"下阕'孤山'句罗浮庾岭,梅花盛处,而独言孤山者,盖寓宗国之思,故歇拍有'故国''风残'之慨。后幅与姜白石《疏影》咏梅词同意。掩泪频看,低回不尽,与禾黍周原同感矣。"③姜夔《疏影》抒写盛衰之感、时光流逝、人生易老之意,蕴含着人世间诸多的不如意,但还达不到禾黍周原之类亡国之思。而这首词的情感则远远超过了禾黍离离之意。东周大夫经过西周故地,毕竟还有半壁河山。虽然悲伤

---

① [宋]王沂孙撰:《花外集》,吴则虞笺注,上海:上海古籍出版社1988年版,第58页。
② [清]俞陛云撰:《唐五代两宋词选释》,上海:上海古籍出版社1985年版,第567页。
③ 同上。

惆怅,但江山政权还在,希望并未泯灭。王沂孙则是在亡天下之后被迫出仕,以身心俱辱的心态面对故国的。陈廷焯《白雨斋词话》点出其"身世之感,君国之恨",①似更贴题。

(二)扬补之墨梅

花光、扬补之为梅花写真,具体的方法不同。花光是黑白照底片式的写真,扬补之则是黑白照式的写真。扬补之以墨为颜料,所写的梅花是白色的,就像乡村水边、篱落墙角随意生长的野梅。宋徽宗称其为"村梅"。这是与着色梅、宫苑梅等宫廷画法不同的一种文人写意画。

关于扬补之的师承,曾敏行《独醒杂记》卷四云:"绍兴初花光寺僧来居清江慧力寺,士人扬补之、谭逢原与之往来,遂得其传。补之所作,后益超出,格韵尤高。"②花光寺僧不是上文所讲的花光。因为花光在徽宗宣和元年(1119)去世了,又岂能在高宗绍兴初年来清江慧力寺传授墨梅画法?花光寺僧应是花光的弟子,扬补之应是花光的再传弟子。曾敏行(1118~1175)是扬补之同时稍晚人,他的记述较早也比较可信。赵子固谈到墨梅正统也说:"逃禅祖花光,得其韵度之清丽。闲庵绍逃禅,得其萧散之布置。回视玉面而鼠须,已自工夫较精致。枝枝例作鹿角曲,生意由来端若尔。所传正统谅未绝,舍此的传皆伪耳。"③这里的"祖",表明扬补之与花光,并无直接的师承关系。扬补之门下弟子众多,形成了一个规模浩大的墨梅流派,活动地域多在江西,门下弟子也多为江西人,故称江西梅派。

扬补之长于水墨人物,吴太素说他"水墨人物学李伯时",④有《崆峒问道图》《谈道图二》《四皓采芝图》《渊明画像》等人物画,他也擅长山水花鸟、兰梅水仙,并精通宫苑梅、著色梅画法,尤善墨梅。扬补之现存的几幅画全是墨梅,有《四梅图卷》《雪梅图》《墨梅图》纨扇等。他不仅是画家,还是理论家。扬补之绘画理论,主要记述在宋元时期逃禅宗派的一些梅谱、画卷里,如赵子固《梅谱》、吴太素《松斋梅谱》以及吴瓘等人的《宋元梅花合卷》等,其中以吴太素的《松斋梅谱》记述较为详尽,汇集宋代花光、扬补之和汤正仲三家梅谱;在这三家中,又以扬补之的理论较为完善。

---

① [清]陈廷焯:《白雨斋词话足本校注》,卷二,屈兴国校注,济南:齐鲁书社1983年版,第192页。
② [宋]曾敏行撰:《独醒杂记》,卷四,上海师范大学古籍整理研究所编:《全宋笔记:第四编》第5册,郑州:大象出版社2008年版,第145页。
③ [宋]赵孟坚:《赵子固梅谱》,《里中康节庵画梅求诗因述本末以示之》,[宋]范成大等著:《梅谱》,章宏伟主编,程杰校注,郑州:中州古籍出版社2016年版,第136页。
④ [元]吴太素编:《松斋梅谱》,卷第一四,《梅谱》,第407页。

扬补之梅谱分为两部分:一是技法,二是理论。试分别论述之:

绘画是一门技术性较强的艺术形式,需要用线条、色彩、图形来表现画家内心的意趣。首先要画得像,这就需要在形似上下功夫。花光、扬补之重视形似,制作了一套简明扼要、易学易用的梅谱。这些梅谱是以图诀的形式出现的。王思义《香雪林集》汇集了"花光图诀四十八,范补之图诀一百,宋器之图诀五十六"。范补之当为扬补之。① 吴太素《松斋梅谱》卷第三也收录了这些图诀。这些图诀与宋伯仁《梅花喜神谱》相同。张东华博士《扬无咎画梅中的格物思想——〈四梅花图〉新解》认为:"从扬补之《四梅花图》画后的跋文看,其《四梅花图》与宋伯仁《梅花喜神谱》创作的思路和创作方法是一致的。"②宋伯仁《梅花喜神谱》是仿效花光、扬补之梅花图谱而作的,而扬补之《四梅花图》是梅花图谱的升级版。他们不仅在思路、方法上一致,而且还有事实上的传承关系。对于花光、扬补之的这些图谱,二百年后吴太素还感慨:"尝求谱而观之,恍若亲其口授指画者,临摹仿效,昕夕靡怠。自是发枝点花、纵横俯仰之法、向背开合之势,历历与谱不少异。"③《松斋梅谱》保留的图谱不多,有价值的还是那些写梅的技法。这些技法是长期以来积累的写梅经验,也是训练弟子的入门途径。入门的标志是什么呢?是善于写意。《扬补之写梅论》云:"画梅有诀,立意为先。"④他的同宗后辈(可能是扬季衡)说:"花光写梅,但画其影。补之作画,必求其意。"⑤关于花光画影,前面已经做了论述。这里着重谈谈扬补之作画必求其意。什么是意?意有多重含义:一是作品的主旨。补之写梅,首先要立意,意是作品的灵魂。二是作者内心的情感。作者内心有什么样的情感,就会写什么样的梅。喜乐者写梅,枝清而癯,花闲而媚;忧愁者写梅,枝疏而槁,花惨而寒;感慨者写梅,枝曲而劲,花逸而迈;愤怒者写梅,枝古而怪,花狂而壮。绘画是作者情绪的再现,也是思想的真实记录。情绪波动,会影响绘画创作。意速则枝逸,意逸则花清。⑥ 作者的内心情感对于创作至关重要。绘画以意为主,以梅为宾;在诗歌创作中以意为主,以诗为宾;在填词过程中以意为主,以词为宾。"意"是一个变量,既可以是作者一时情绪的呈现,也可以是

---

① [元]吴太素编:《松斋梅谱》,卷第三,《梅谱》,第 273 页。
② 张东华:《扬无咎画梅中的格物思想——〈四梅花图〉新解》,《湖北美术学院学报》2014 年第 2 期,第 16 页。
③ [元]吴太素编:《松斋梅谱》,《自序》,《梅谱》,第 229 页。
④ [元]吴太素编:《松斋梅谱》,卷第一,《梅谱》,第 256 页。
⑤ [元]吴太素编:《松斋梅谱》,卷第二,《梅谱》,第 269 页。
⑥ [元]吴太素编:《松斋梅谱》,卷第一,《梅谱》,第 234 页。

作者长期情感的再现，还可以是比较稳定的思想的表现。在绘画过程中，要心态平和减少负面情绪，并把思想情感准确的表述出来。扬补之说："凡欲作画，须寄情物外，意在笔先，正所谓足于内形于外矣。"①作诗、填词与写梅是三种不同的艺术形式，但在写意这一点上是相同的。"是以画之得意，犹诗之得句。"②诗如其人，写梅也如其人。宋代画院十三科，写梅不在其中。这既是写梅画家的尴尬，也是梅花孤高品格的最好阐释。写梅就要写梅的品格，超脱物外，不为名利所牵，只有具有这样品格的人，才能写出梅的精神。除了作者平素的修养之外，写梅先立主旨，体现一种清雅不俗的精神，而不是只画眼前所见的物象。物象是有选择、有提炼的。

在逃禅宗派的梅谱中，有一些是讲梅花生长环境和性情物态的。因为不熟悉这些知识，写梅就不真实。真实是基础，在真实的基础上才有品格。只有熟悉自己所写对象，才能通过它来表现内心的情志。只有符合自然规律，才能写出真意。还要勤学苦练，做到心手相应，善于捕捉梅不同的姿态情态。吴太素说："惟花光、补之之作，其清标逼人，神妙莫测，非得乎心而应乎手者不能也。此无他，盖其深得造化之妙，下笔有神而摹写逼真故耳。苟不知此，则亦无足论矣。"③吴太素总结的很精辟，深得造化之妙，加上摹写逼真。形神兼备，就是格。格就是格调。

扬补之在传授绘画技法时，往往还会灌输一些思想，如物我合一，托物言志。他所表达的这种志是客观事物中普遍存在的理。理是无处不在的，蕴藏在一切事物之中。既然蕴藏在一切事物当中，为什么还要借梅来展现呢？这是因为诗骚以来形成的比德说，以鲜花芳草喻君子。古人认为世间美好的事物是相通的，梅格与君子的性情相近，通过梅花的各种情态来体现君子的品格。从美学上来说就是把美与德连接起来，使人对抽象的德有直观感受。但在细节上还存在一些问题：一是用《周易》象数来解释梅花的各种物性，表面上看一切数字都能对应上梅花各个部位，实际上二者之间没有必然的联系，只是一种曲意的比附。花像五行，故有五萼；须像七政，故有七须。这种比附缺乏科学依据，与求真写实的逃禅宗派精神是背道而驰的。好在扬补之对此已经做了修改，花瓣不止于五，也有多出的；花须也不止于七，也可以多出。二是一改咏物词春怨秋悲的模式，赋予梅花健康的基调。在扬补之看来自然界的一切，冬去春来、花开花落、落英飘零、逐水而逝，都

---

① [元]吴太素编：《松斋梅谱》，卷第一，《梅谱》，第 241~242 页。
② 同上书，第 241 页。
③ [元]吴太素编：《松斋梅谱》，卷第二，《梅谱》，第 260 页。

是《周易》生生不息的一部分。这是宇宙间普遍存在的理,对理的探索和践行是逃禅宗派写梅的目的。

扬补之墨梅属于宋代文人墨画,与一般文人墨画不同,在于他有扎实的基本功,能够做到形似神似,通过写梅的不同情态表达画家心中的意趣。他的画有思想有深度,并由技近乎道,通过写梅探究宇宙间无所不在、须臾不离的理。这个理就是蕴藏在事物背后普遍存在的理。与一般的理学家不同,他不只是学理上探究,还要一一地躬行。

关于扬补之及其墨梅,有许多问题都值得深入研究。不过,笔者关注的还是扬补之的题画词以及宋人题扬补之墨梅的词。扬补之题画词有《柳梢青》十四首。根据扬补之题跋以及文献记载,可分为两组:一是咏梅《柳梢青》十首、二是题"四梅卷图"《柳梢青》四首。试分别论之:

1. 咏梅《柳梢青》十首

辽宁省博物馆藏《南宋徐禹功雪中梅竹图等合卷》,原名《宋元梅花合卷》,由扬补之自书咏梅《柳梢青》词十首,补之门人徐禹功画梅、赵子固题咏,张雨、吴瓘、吴镇画跋,吴宽、杨循吉、黄云识尾。这幅画卷前后相延二百年,是由后人多次汇集而成的。关于扬补之咏梅《柳梢青》词十首,在扬补之《四梅花图》题跋中谈到用《柳梢青》题词的原因时,他说:"予旧有《柳梢青》十首,亦因梅所作,今再用此声调,盖近时喜唱此曲故也。"落款是:"乾道元年(1165)七夕前一日癸丑,丁丑人扬无咎补之书于豫章武宁僧舍。"① 扬补之生于丁丑年(宋哲宗绍圣四年,1097年),作《四梅花图》并题四首《柳梢青》时,他已六十九岁。《柳梢青》十首是他此前"旧有"之作,②据《柳梢青》十首跋中"老境对花,时一歌之",③这也是他老年所作。按照历代书画鉴赏家的记载,这是给徐禹功所写墨梅题的词,但仍有几个问题无法解释:

第一,为一幅画题十首词,题词与绘画之间没有什么直接联系,更谈不上绘画题词融为一体、相得益彰了。

第二,比较早的收藏家如明初袁泰所藏的版本,把扬补之这十首词放在前面,其次是徐禹功的"雪中梅竹图",这个排列次序推翻了扬补之为徐禹功画题词的说法。

第三,一般题画词都要交代一下题词的原因,扬补之题跋并没有提到弟

---

① [宋]扬无咎:《柳梢青》,《词跋》,《全宋词》,第1564页。
② 同上。
③ [宋]扬无咎:《柳梢青十首》,辽宁省博物馆藏《南宋徐禹功雪中梅竹图等合卷》。

子徐禹功及其"雪中梅竹图"。江秋萌、车旭东《宋元梅花合卷小考》认为扬补之自识"并未提及徐禹功及本画,且'自乐如此'云云,很可能不是专为徐禹功题跋,而是后人补配的"。① 笔者认同这个观点,并认为这组词在排列次序上还有变动,留下一些明显的破绽。而且这些破绽在明代已经存在,江秋萌据此认为明赵琦美《赵氏铁网珊瑚》中记扬补之《墨梅图》一卷,清卞永誉《书画汇考》卷四十五《宋元人合卷》是伪作。② 画卷的真假,并不影响扬补之这组词的存在。

扬补之自书的这组《柳梢青》十首,有题跋有签名,是给知音者的。这个"知音者",可能是他的弟子徐禹功。而徐禹功"雪中梅竹图"是阐释扬补之这组词中某一首词意的,如第三首"茅舍疏篱",其画面正是残雪梅竹。扬补之题词与徐禹功"雪中梅竹图"合在一起肯定是有缘由的。把这些字画合在一起,是从明初袁泰藏本开始的。

扬补之曾经把《柳梢青》十首中的前四首,自书于《双清图》卷尾。宋度宗咸淳九年(1273)冬,周密在孤山疏清翁处第一次见到扬补之书画真迹。就是疏清翁所藏的扬补之《双清图》,该图卷尾有扬补之自书的《柳梢青》词四首。于是周密、陈允平次韵追和。次韵须按原词用韵的次序填词。周密、陈允平的次韵追和词,与扬补之咏梅《柳梢青》十首中的前四首词相同。而扬补之《双清图》及卷尾题词没有留传下来。于是,就有多种可能:

其一,扬补之自书于《双清图》卷尾四首词是一组自和词,即扬补之次韵自己的《柳梢青》十词中的前四首。

其二,这组词就是咏梅《柳梢青》中的前四首。根据周密《柳梢青》自序及陈允平、周密和词的内容,我们认为:一、双清,即梅竹。双清图可能就是扬补之传世之作《雪梅图》。二、周密词序中的几个人物疏清翁、点胸老、放鹤翁之类,名号比较生僻,对此略作补充说明。疏清翁,姓陈,曾经做过别驾,也就是通判。陈允平曾填词为他祝寿,从词中内容以及他号"疏清"来看,他善于画梅,并对梅花很痴迷。陈允平祝贺他梅花移种玉堂,即祝愿他出任清要之职,③其时他还没有归隐。周密在孤山看《双清图》时他已经退隐了,成为一个画家。"点胸老"是扬补之。补之号逃禅。禅即禅悟。点胸也是禅悟。点胸洗眼,一洗尘俗,使人心胸豁然开朗。放鹤翁,即林逋。孤

---

① 江秋萌、车旭东:《宋元梅花合卷小考》,《荣宝斋》2017 年 4 月 1 日,第 133 页。
② 同上书,第 139~140 页。
③ [宋]陈允平:《霜天晓角》"寿疏清陈别驾",《全宋词》,第 3940 页。

山有林逋放鹤亭。这些,史克振已经做过注释,笔者补充一些资料,特作申述。① 三、周密次韵扬补之《柳梢青》,用意与扬补之相近,只给知音者看,不为俗客道。周密词序与扬补之词跋的立意措辞基本相同,说明周密应知道扬补之的题跋。四、四首词排列次序略有不同:周密、陈允平追和扬补之《柳梢青》十首中的前四首,把其中的第一、二首次序稍作调整。如果按照扬补之《柳梢青》十首排列规律来说,周密、陈允平调整后的次序是对的。扬补之在抄写咏梅《柳梢青》十首时,把一二首的次序搞错了。次序的改变,并不影响词意。

理解咏梅《柳梢青》十首最直接的途径还是扬补之的题跋,原文是:"右《柳梢青》十首。平生与梅有缘,既画之,又赋之,自乐如此。不知观者,以为如何也?然老境对花,时一歌之,岂欲投他人耳目?非知音者,不可以示也。"②由于这组词是作者自乐并送给知音者的,馈赠者和接受者是同道之人,许多话不用明说,双方也都懂。需要说的是一些关键的话。这则题跋虽短,信息量较大,可以得出如下结论:

其一,这组咏物词,不是为了投人所好,而是自得其乐,所以并不在乎他人的感受。

其二,老境对花,面对流逝的岁月和即将消失的人生,必须得做一些事情。扬补之想做的就是为花修史,把梅花的品格载入史传。

其三,作为同道交流的一个途径,作者把自己对梅花、对世事感悟写入词章。根据辽宁省博物馆收藏的《南宋徐禹功雪中梅竹图等合卷》中扬补之的咏梅条幅题跋,以及较早的收藏记载,笔者认为这组词当初就是一个横幅,是词人把自己有关咏梅的《柳梢青》汇为一编,算是对一生雅嗜的总结。作为馈赠知音的礼物,他也是经过一番思考的,其中蕴含着作者独有的意趣。笔者显幽发微,试做分析如下:

第一,这组咏梅词不是一时写成的,有些是题画词,有些与画面有一定的距离。作者把它汇为一编,本来就不是为某一幅画题词的。比如《柳梢青》十首中的前四首,是题写在疏清翁所藏《双清图》卷尾的,符合画面的也只有一首。而这组咏梅《柳梢青》十首连一个具体的画面都没有,作者把它们组合在一起的目的是什么?笔者以为无论是填词还是写梅,其目的都是写意。意有一个触发点,但没有必然的归结点。它可以由某件事情、某个画面、某句诗词触发而生,再通过发散思维产生很多联想。把这些意趣相近的

---

① [宋]周密:《草窗词校注》,史克振校注,济南:齐鲁书社1993年版,第87页。
② [宋]扬无咎:《柳梢青十首》,辽宁省博物馆藏《南宋徐禹功雪中梅竹图等合卷》。

词汇集在一起,组成一个意向群,更容易与观者(读者)内心的意形成共鸣。绘画与宋诗宋词,不仅要抒写作者自己内心的意,还要引导观者(读者)内心的意。我们观赏绘画、阅读宋诗宋词,往往不是接受新知识,而是寻求共鸣、形成共识,并对自己内心隐约不明的意趣,有一清晰的判断。这十首词咏梅词按照时间顺序排列,有傲霜凌雪的孤山早梅、雪艳烟痕的月夜清影、茅舍疏篱的残雪梅竹、月堕霜飞的清晓暗香、月转东墙的几枝寒影、玉骨冰肌的簪花贴黄、为爱冰姿的飞英相逐、水曲山旁的梅竹相映、天赋风流的落花流水、屋角墙隅的两三株梅等,记载了梅花从开到落的过程。细分下来,前两首是欲开,三、四首是初开,五、六首是盛开,七、八首是将残,九、十首是已残。这与"四梅花图"的次序基本相同。后来范端伯让作者写梅四幅"一未开,一欲开,一盛开,一将残",并非一时起意而是有所祖述的。再细分十首词为五组,每组两首,前一首写梅花的香,后一首就写梅树的影,形成写梅的定式。姜夔的《暗香》《疏影》即由此而来。这十首词在排列时第一组第一、二首,与其他组词次序略有不同。而这在周密、陈允平的追和词中已做了修正。说明扬补之在给疏清翁收藏的《双清图》题词时,已经做了修正。源头正了,流派才会正。

第二,这组词是赠给知音者礼物。这说明词作者与受赠者的兴趣爱好相同,双方之间有较大的认可度。扬补之咏梅,不管是花开花落,还是风雨黄昏,都没有多少伤感的成分。他所展现的是梅独一无二的美好瞬间和永恒不变的品格,既有暗香疏影,也有流水落花。这与扬补之的涵养有关,他出入于儒佛道、精通周易,对阴阳合德、生生不息的自然之道有独特的体验。这种道作为天理的一部分,在他的画卷、词曲中都有展现。扬补之号逃禅。逃禅有两意:一是逃儒入禅,二是逃禅入理。就扬补之一生经历来看确实如此。扬补之早年仕宦不成,逃儒入禅,当时是带有一定负面情绪的。《多丽》"中秋"词下阕:"念年来、青云失志,举头羞见嫦娥。且高歌、细敲檀板,拚痛饮、频倒金荷。断约他年,重挥大手,桂枝须斫最高柯。恁时节、清光比似,今夕更应多。功名事,到头须在,休用忙呵。"①《双雁儿》"除夕"词上阕:"穷阴急景暗推迁。减绿鬓,损朱颜。利名牵役几时闲。又还惊,一岁圆。"②写这两首词的时间:一是中秋,一是除夕。这是家人团聚的良辰吉日。在这个时段,按照传统民俗应禁止一切负面情绪的表述。扬补之偏偏在这时发牢骚谈感慨,说明他的内心的痛苦是多么的强烈。逃儒入禅以后,

---

① [宋]扬无咎:《多丽》,《全宋词》,第1544页。
② [宋]扬无咎:《双雁儿》,《全宋词》,第1548页。

他的心态平和了不少。他的画和词,在中正平和之中蕴含着沟沟壑壑。他学会了和光同尘,学会了与官员打交道,也学会了逢场作戏、与世周旋。后人一再称他有高节、知进退。周密称他为"点胸老",即悟透世事,能度己度人。这是一种禅悟后才有的境界。但扬补之并不局限于此,他又一次逃禅入理。理即天理。《鹧鸪天》云:"不学真空不学仙。不居廛市不居山。时沽鲁酒供诗兴,莫管吴霜点鬓斑。 只么去,几时还。岂知魂梦□□间。凭君休作千年调,到处惟□一味闲。"①追求自由自在的生活,遵循天理流行,不用处心积虑去经营。他的为人处世,就像他写的梅花,自然洒脱中有法度,秀润妩媚中含风骨。

第三,咏梅《柳梢青》十首蕴含着扬补之的人生理想。扬补之善于与人相交,总是把自己放在比较低的位置上。绍兴二十八年(1158)他应召到了临安,为高宗写梅。他写的有宫苑梅、着色梅,而不是他擅长的三踢勾圈墨梅。他降低姿态,希望能得到高宗赏识。就在功名即将来临之际,他惧以是干进,即脱身还里。② 由于不辞而别,他从此开始逃亡,③直到癸未(1163年)秋社还未回家。④ 扬补之宁可逃亡也不干仕进,见得思义,对于不义的富贵,弃如敝履。那么,他的人生理想是什么呢?扬补之有不少梅词是赠送各地官员的,觥筹交错、酒酣耳热之际,填词一曲以助雅兴,照例要祝愿他们调和鼎鼐、入阁拜相,但他在写给自己及知音者的这组词中所说的愿望只是"为花修史"。扬补之在《松斋梅谱》《逃禅词》中也多次说要为梅修史,为花传神,⑤宋人也有过多次修花史、梅史的记载,这些著述没有流传下来,至于当初的修撰体例、花木次序等已不得而知。花史就是人史,表明人们对该物种的认知水平和审美观念。以花比德,托物言志,彰显君子品格。按照修史的常识,修史之人,一定是某一方面的行家,他的专业水平和个人品质是众所公认的。佞人不能修史、坏人不能修史,否则修出来的是污史秽史。修史是个人雅嗜,但也事关重大。在扬补之在这组《咏梅》词里,梅与癯儒事业相配。在《柳梢青》十首中的第十首,再次展现了扬补之真性情,词原文如下:

---

① [宋]扬无咎:《鹧鸪天》,《全宋词》,第 1558 页。
② [元]袁桷:《袁桷集校注》,卷四七《题扬补之梅》,杨亮校注,北京:中华书局 2012 年版,第 2080 页。
③ [元]刘埙:《隐居通议》,卷一一,《丛书集成初编》214 册,北京:中华书局 1985 年版,第 124~125 页。
④ [宋]扬无咎:《柳梢青》"癸未秋社有怀故山",《全宋词》,第 1553 页。
⑤ [元]吴太素编:《松斋梅谱》,卷第一,《梅谱》,第 243 页。

屋角墙隅。占宽闲处,种两三株。淡月微云,嫩寒清晓,香彻庭除。群芳欲比何如。癯儒岂、膏粱共途。因事顺心,为花修史,须纪中书。①

这首词用了一些典故,笔者择其要者略作阐释:在自家闲地种上两三株梅,不占地方,还能陶冶性情。嫩寒清晓,用黄庭坚题花光梅的典故,形容花光墨梅极其逼真。扬补之更进一步说漫步庭院,像行走在花光画里,淡淡清香沁人心脾。梅花与其他花相比,就像癯儒与膏粱子弟,一清雅、一粗俗,不是一路人。因事顺心,用陶渊明《归去来兮辞序》典故,渊明因程氏妹之丧辞官而去,得以顺遂本心。扬补之说自己一生不顺,唯穷愁潦倒的癯儒生涯与梅花清雅品格相合,于是想修一部花史。在这部花史中,依修史惯例,把梅花列入本纪。至于其他花,或居君子一德或居君子一能,可入列传。为花修史、须纪中书,典出赵令畤的诗句:"自古无人作花史,官梅须向纪中书。"②扬补之用这个典故,突出梅在百花中的特殊地位。按扬补之性情和易、善与人交,不像花光和尚那样纵情任性、喜怒形诸于色。然而再随和的人也有其执着的一面。在这十首《柳梢青》里体现了他执着的一面,除了自乐,还有不投时好。这与梅花孤高清雅的品格也正相合。

2. 题"四梅卷图"《柳梢青》四首

这四首词见故宫博物院收藏的《宋扬补之梅花卷》,在四梅花图后面有扬补之题词四首,没有标注词调,每首一段,共四段。词后面是扬补之的题跋,分两段,交代了这组词创作缘起。宋孝宗乾道元年七夕前一日(1165年8月14日),在豫章武宁僧舍。扬补之应范端伯之邀而创作一组四幅梅花图,并填词四首以述画意。范端伯名直筠,是范仲淹的四世孙。宋孝宗乾道元年(1165)迁奉议郎、签书荆门军判官厅公事,赴任途经南昌与扬补之相遇。③

这四首题画词,与此前创作的《柳梢青》十首都是扬补之晚年的作品,无论从绘画技法、选择内容、填词意境等方面皆趋老辣。这两组词词意相近,所不同者有二:

其一,十首是写给自己并赠送知音的,言志写意;"四梅卷图"是应酬

---

① [宋]扬无咎:《柳梢青十首》,辽宁省博物馆藏《南宋徐禹功雪中梅竹图等合卷》。
② [宋]周煇撰:《清波杂志校注》,卷一〇,刘永翔校注,北京:中华书局1994年版,第455~456页。
③ [清]顾文彬撰:《过云楼书画记》,卷第一《画类》一《扬补之四清图卷》,柳向春校点,上海:上海古籍出版社2011年版,第83页。

词,谦和得体。创作目的不同,词意差别也较大。《柳梢青》十首突出自得其乐、不投人所好的秉性。"四梅卷图"《柳梢青》四首是应邀而作的,属于应酬词。读者往往会犯一个错误,《柳梢青》十首对知音者情况没有介绍,遂认为这个知音者性格模糊不清;而"四梅图卷"对范端伯做了一些说明,就认为他的人品性格比较清楚。其实,正好相反。扬补之没有对知音者作必要介绍,因为他们是同道,在兴趣爱好、思想观念、行为方式上相近,多说也没有必要。而作者与范端伯萍水相逢,只有一些初步认识,比如他出自名门,人还不俗,观其谈吐,觉得他胸怀坦荡;再作交流,发现他才思敏捷。至于其他情况并不了解,关于他的人品用的还是推测之辞:"观其好尚如许,不问可知其人也。"①面对这样一位缺乏深交、偶尔相逢的官员,花光和尚是不会为他写梅的。扬补之为人和易,也感到范端伯要求太多了,但还是努力去满足,并且把墨画和题词做成传世精品。然而无论多么和易的人也有自己的原则,交浅言深君子所戒。扬补之为范端伯写梅、题跋也是小心翼翼的。话要说得顺耳,事要做得顺心,用词还要谦和,顺便还提了一个要求,请范端伯"要须亦作四篇,共夸此画,庶几衰朽之人,托以俱不泯尔"。② 这幅画有幸流传下来,但从南宋到现在的各种记录,并未见范端伯的题词。仅此一点,证明扬补之与范端伯的交情是有限的。既然有限,就不能谈太深的话题。这组词一开始从立意上就受到一些限制,注定它无法超过《柳梢青》十首。

其二,"四梅卷图"是题画词,而且有一组画面可以参考,从写法上说也是中规中矩的。范端伯提出写梅四幅,分咏未开、欲开、盛开和将残,数量少了,层次感更清晰了,这是它胜过《柳梢青》十首的地方。扬补之先画梅花的四种情态,每一种情态都有其特点,然后填词分咏,给简单的画面增添了思想情感。花开花落是自然现象,作者有意提到一些自然灾害。表明九十日春多风雨,从来就没有十分美满的事情。梅子成熟后,可作和羹的调料。用这个典故,祝愿范端伯成为国之干臣。虽说是一个很俗的祝福,但在应酬词中还是不可少的。扬补之写梅填词饱含着情感,这种情感是平和而安静的,像流水一样缓缓而来、汤汤而去。自然界的一切都遵循着自身的规律,人类的活动也要遵从自然规律、社会规律,做到与时俱化、与物无忤。这就是理。文人骚客看到花开花落,会滋生出欣喜或忧伤。扬补之探究禅理、相信天理,他的情感平淡而长久。作为画家,他用手中的画笔,把梅花的各种

---

① [宋]扬无咎:《柳梢青》,《全宋词》,第1564页。
② 同上。

姿态写下来,作为词人,他用文字把内心情感记录了下来,使瞬间成了永恒,也使梅花有了神韵。刘克庄说扬补之"所制梅词《柳梢青》十阕,不减《花间》《香奁》及小晏、秦郎得意之作",①不仅仅是《柳梢青》十阕,扬补之所有的词都属于文笔浅易、饱含深情、意境美好的作品。然小晏、秦郎这类痴情词人一往而深,往往能入而不能出,即事言理,事理琐屑而不成体系。扬补之往往借理说事,他的墨梅、题词、题跋,有浓郁的禅理色彩。扬补之作画必求其意,意就是理。正因为思路清晰,删繁为简,他画面干净,没有闲物。意理是通过简单的画面来展现的。填词是也是这样,务求简约,用浅易的文字、常用的典故,穿插一两个细节,就把内心的意呈现出来。扬补之还善于发挥组词的作用,他的题画词,如《柳梢青》十首、"四梅图卷"《柳梢青》四首未必都深含义理,但确实蕴含着阴阳合德、生生不息的易理和化繁为简、当下顿悟的禅理。画面与事理结合,把抽象的情感具体化,把具体的情感图像化。观看图画,就能感觉到天理流行。扬补之的咏梅词《柳梢青》,对姜夔的《暗香》《疏影》在咏梅体式、写意方法上都有影响。

四 以词论词

宋人以词论词,表达他们的词学观点。比如把唐宋词与楚骚并称,认为它是《离骚》的遗绪。② 把美成词与山谷字、东坡诗等具有宋代特色的艺术形式并列,③凸显周邦彦在宋代词学史上的地位。宋人还用词来概括词学名家的创作风格,如"周郎学识,秦郎风度,柳七文章",④这三位本色词人的共同点是以才学为词,但在运用才学的方法上各有特色:周邦彦学识渊博,其词化用前人诗句如己出;秦观以情感人,其词格调尤高;柳永极尽变化之能事,其词如同唐宋散文,每首词都是一篇出色的文章。宋词的特点是"清词丽句",在词创作上"永叔子瞻曾独步"。⑤ 这些画龙点睛式的批评,点明了宋词的基本特色和某个阶段的代表人物。宋人这些评论,起初只是表述评论者的真实感受,并没有发挥多少实际作用。到了南宋中后期,词人结社赋词,这些评论对词社活动发挥直接的作用。从时间上说这些评论是最早

---

① [宋]刘克庄:《刘克庄集笺校》,卷一〇七《扬补之词画》,辛更儒笺校,北京:中华书局2011年版,第4468~4469页。
② [宋]程珌:《喜迁莺》"别陈新恩":"楚国离骚,唐朝词学,未信芳尘□歇。"《全宋词》,第2952页。
③ [宋]赵必𤩉:《水调歌头》"寿梁多竹八十":"美成词,山谷字,老坡诗。"《全宋词》,第4280页。
④ [宋]程正同:《朝中措》"题集闲教头簇",《全宋词》,第3375页。
⑤ [宋]青幕子妇:《减字木兰花》,《全宋词》,第762页。

的,有些还是现场评论,是宋人论词的第一手材料;从质量上说,往往是行家里手的肺腑之言,对研究宋代词学有重要意义。宋人以词论词的方法也丰富多彩,我们选择理论性比较突出的自题词和题词词为例,对此略作阐述。

(一) 自题词

自题词包括自述和自跋词。宋人常用"自述"来叙述自己的生平经历,或某一方面的兴趣爱好、性格特征。苏轼《南乡子》"自述":"凉簟碧纱厨,一枕清风昼睡余。卧听晚衙无一事,徐徐,读尽床头几卷书。 搔首赋归欤,自觉功名懒更疏。若问使君才与术,何如? 占得人间一味愚。"①在这首词里,苏轼刻画了自己"愚"的特征:白天高枕而卧,晚衙读闲书。由于断绝了功名富贵的念头,不会盘剥百姓去创造政绩。这是一个清正贤明的好官儿。如果要问使君有什么才术,那就是愚。何谓愚? 性情孤僻、不谙世事。苏轼自述有自谑之意,突出他的不合时宜。

游九言《沁园春》"五十五自述"叙述自己乐天知命、不事奔竞的性格。②

汪莘的《沁园春》"自题方壶"是词人的自画像。③ 他的情感随着时节变化,春至伤春,秋来悲秋。既然不住在华胥国,人总有七情六欲。叹息李白才气冲天、飞扬跋扈;渊明因何事慷慨歔欷? 他们活得太真,所以处处碰壁。词人从少年到晚年,经行人间五十年,唯有半生真性情。这些都不用一一去问,一觞一咏,全是对吾庐对家人的爱。南皋境界何如? 除了清风明月,还有一个传说中的神仙世界。这个神仙世界包括蓬山路上的万株翠桧,方壶门掩的四面红蕖。中间还有一位佳人,她绰如姑射仙子,一炷清香满太虚(岩桂)。出入这里的有迎客的鸣鸾和传书的飞鹤。《满江红》"自赋"是汪莘描写自己隐居生活的词作。④ 起句突兀,万古灰飞,收藏满屋黄金也有使尽的时候。词人老了,他还能过几次中秋,喝几杯醽醁? 因此他很看重这个的重阳节。登山临水总有很多伤感,明年今日身体是否还强健? 与其独自伤感,还不如把儿女唤来,寻黄菊过重九。深秋时分,浮萍变白,枫叶还绿,吃鲈鱼的季节即将过去,新橙刚熟。人间各种事情,恰好符合我的愿望。陶渊明向王母使者所祈求的酒与长年,屈原《湘君》《湘夫人》想游历的世间

---

① [宋]苏轼:《苏轼词编年校注》,《苏轼词编年校注正编》,《一、苏轼编年词二九二首·南乡子》"自述",邹同庆、王学堂编年笺注,北京:中华书局2002年版,第243页。
② [宋]游九言:《沁园春》"五十五自述",《全宋词》,第2660页。
③ [宋]汪莘:《沁园春》,《全宋词》,第2819页。
④ [宋]汪莘:《满江红》,《全宋词》,第2819~2820页。

美景就在目前。明白这些,就不惧飘风冻雨,返回柴门、骑着黄犊去游历。

吴泳有三首自述,分别是作于六十三岁的《沁园春》"生日自述"、六十五岁的《摸鱼儿》"生日自述"和六十七岁的《满江红》"洪都生日不张乐,自述",①表现了他激流勇退的思想。

宋自逊出身士大夫家庭,其父宋甡在吕祖谦门下游学。吕祖谦选编《丽泽编》,"诗中含深意,为儒道立正理,为国是立公论,为贤士大夫立壮志,为山林立逸气,非胸中有是四者,不足与议"。② 这本诗选具有强烈的社会责任感,是从教化社会、移风易俗的角度来选诗编诗的。曹彦约跋宋自逊《壶山诗集》拈出这一点,表明宋自逊与他父亲、以及他父亲的老师吕祖谦的诗学思想是一致的。仅凭宋自逊的身份地位是不可能把这种思想发扬光大的,他与那些以诗词糊口的江湖诗人不同,还坚守着文人士大夫的清雅,至少不与末世浇风合流。贾似道能一掷二十万缗为其买山,足以说明宋自逊与一般江湖诗人不同。不同在哪里呢?在人品和才学上。黄昇说宋自逊文笔高绝,当代名流皆敬爱之。③ 即敬其人品,爱其才学。这从他的自述以及别人的评论可见其端倪。

宋自逊有两首"自述"词。一是《蓦山溪》"自述"。④ 壶山居士人未老心先懒,抛弃了对于世事的热衷,留下了好客的雅兴。在家里备办竹几、蒲团、茶碗,客人来了能坐下喝茶。买一片山,盖三间房,修一条小路,可以俯瞰清流,路边栽满修竹,客人来了,有家常便饭。客人愿意留下来,还有两盏淡酒。除了吟诗填词,流连风月,别的一概不管。这是一种旷达不拘的生活态度,自由自在的生活方式。惟其信天任命,始能达观。这是他的真心话,并非矫情。⑤ 二是《西江月》"自述",⑥这首词告诉我们如何在纷繁复杂的世事面前保持内心的平静。不要讥笑别人如何如何,只要做好自己该做的就可以了。任何事情有一利必有一弊,不要只看有利的一面,还要想到不利的那一面。鹤长凫短都是自然规律,世事也一样。有人安享富贵,有人乐于贫贱,这是无法齐一的。既然选择了清闲,那就多读书、少妄想。心无妄想梦魂安。这是悟透世事后的哲理。喜好奔竞的人,绝不会有此等言语。

---

① 王兆鹏:《唐宋词史论》,北京:人民文学出版社2000年版,第332页。
② [宋]曹彦约撰:《昌谷集》,卷一七《跋壶山诗集》,影印《四库全书》本。
③ [宋]黄昇选编:《花庵词选》,《中兴以来绝妙词选》,卷之九,中华书局上海编辑所编辑,北京:中华书局1958年版,第337页。
④ [宋]宋自逊:《蓦山溪》,《全宋词》,第3421~3422页。
⑤ [清]俞陛云撰:《唐五代两宋词选释》,上海:上海古籍出版社1985年版,第475页。
⑥ [宋]黄昇选编:《花庵词选》,《续集》卷九,影印《四库全书》本。

宋自逊词书卷气多,江湖气少。戴复古《望江南》一组四首就是赠宋自逊的。根据戴词自序云宋自逊新刊雅词,有《壶山好》三十阕自说平生。这些词已经散佚,戴复古认为它说得还不透彻。于是续四阕代其自说平生。这四首词从不同的角度叙述了宋自逊的隐居生活。第一首,宋自逊身处壶山,但与外界联系密切,四海之内都有知音。他结屋三间,藏书万卷,挥毫一字,价值千金;湖边散步,柳堤行乐,饮酒赋诗,从来不违背自己的初心,做自己不喜欢事情。第二首写创作,他善于在故纸堆上下功夫,有关诗歌典故、诗法病忌之类的牢记于心,不用翻书就能赋诗。长期耳濡目染,使身边人受到感染。书童也能翻检典故,老妇能交付房租。所喜交过房租,还有剩余。第三首宋自逊腹有诗书,作诗趋向于长庆体,越老越讲究诗律;词风接近辛稼轩,胸中臆气一吐为快,善于诉说穷通之理。中年以后还未衰老,儿子长大了也能读书。客人来了留下一块饮酒,直到酒酣耳热。第四首写与朋友交游,一别千里,从不写一行书。在心里想着,无论多远都不会疏远。一支催归曲,唱得人心里发愁。于是把宝剑卖了去酤酒,没钱就去山里租房。心安处就是家,何必良宅华屋?[1] 这些词写宋自逊的隐居生活,随心而发,随意所至,把宋自逊清雅孤傲的个性刻画得淋漓尽致。说完朋友,也不忘自嘲几首。《望江南》"自嘲三首"就是作者戴复古的别样自述。[2]

第一首写他孤傲的个性,本是田舍子,偏要作诗人。于是赋诗千首,一生贫穷。饿得像贾岛一样,不懂迎合时好。也不学江西诗派,偏嗜老杜,学老杜村语俗语,不学习达官贵人喜欢的西昆体。

第二首写他倔强的性格。他长相奇特,虎头却无食肉之命,猿臂却无封侯之分。身如江边一叶扁舟。平生事,说来也羞。四处奔走,就是为了糊口。四海九州都走遍,千愁万恨凝心头。

第三首写他矛盾的心态。石屏老命中该住山林,偏偏跑到都市谋生,这就注定了一生有命而无运,一事无成。说得再好还不如啥都不说。人生就是这样,贫穷也得快乐的活着,不要辜负了大好时光。希望多活几岁,遇酒就喝莫推辞,明天也许就喝不上了。

赞美别人之词难工,自嘲之词易好。赞美要有分寸感,火候不好把握。而自嘲没有心理障碍,可以随意去写。敢于自嘲的人,都是自信的人。内心自信就不怕有人揭短,与其让别人揭还不如自己先揭,在众人笑声中完成吾

---

[1] [宋]戴复古:《戴复古诗集》,卷第八《词》,金芝山点校,杭州:浙江古籍出版社2012年版,第234页。

[2] 同上书,第235页。

日三省。这三首词要比写宋自逊的四首词好一些。

自跋也是对自己或自己词作的评价。汪莘是一位隐士,但与其他隐士不太相同。一般士人走上归隐之路多是无奈之举,与当时的社会环境、政治氛围以及自身性情等因素有一定的关系。汪莘性格、经历以及他所处的社会环境都不具备归隐的潜质,但他确实不仕、归隐柳塘。而且与一般的消极避世者不同,他热衷时事。嘉定年间,他曾以布衣上封事。据说是叩阍三疏,极论时政六事。一般隐逸者喜好本色雅正的风格,情绪不那么激烈,在中和雅正之中有余韵。汪莘五十四岁才开始作词,词风倾向于苏轼、朱敦儒和辛弃疾。他的宋词三变说、诗源于太虚说等观点,表明他是一位博通三教、比较正统的士人。前面提到汪莘还有几首自题、自述、自赋词,对自己性情、词风做了阐释。汪莘《鹊桥仙》"书所作词后"是一阕自跋词,似乎比前几首更为精辟,词云:

柳塘居处,方壶道号,汪姓莘名耕字。欲将丹药点凡花,教都做、水仙无计。　家中安石,村中居易,总是一场游戏。曲终金石满吾庐,争奈少、柳家风味。①

这是汪莘对自己词风的评价。先是词人的自我介绍,居处柳塘,道号方壶,姓汪名莘字叔耕。总想用丹药点化凡花,把它们变成水仙,结果没有成功。像磐石一样安居家中,村中薪米低贱,易于居住。人生是一场游戏。一曲终了,满屋都是金石声,只是少了柳七郎的风味。这就是他隐居生活及其不够本色的词风。

(二) 题词词

前面谈到以词论词,主要是词人对自己及其词作的评论。下面讲词人对别人及其词作的评论。这种评词方式在宋元之际达到高潮,大约有二十多首词。评论与被评论者词学观点相近,可以看作是同一词学流派内部词学观念的交流。这类词有一个特殊的名称,即题词词。题词词集中在对周密及其词的评论上。这与周密当时的词学地位有关。周密是继杨缵、吴文英之后临安词坛领袖,主持词社活动,还选编了一部体现南宋雅词流派词学观念的词选《绝妙好词》。

1. 对周密《绝妙好词》的评论

评论《绝妙好词》的词有两首,一首是吴文英的《踏莎行》"敬赋草窗绝

---

① [宋]汪莘:《鹊桥仙》,《全宋词》,第 2826~2827 页。

妙词"。① 这首词把周密比作张先和李白,周密性情爽直、热忱、善与人交,具有张先和李白的特点。下阕用《花间集叙》的典故,赞扬《绝妙好词》清雅歌唱的特色。特别提到西湖的"杏花盟",也就是说《绝妙好词》的编纂与《花间集》一样,是同盟者相互磋商、共同遴选的结果。《花间集》是宋词学习的典范,用《花间集》来比拟《绝妙好词》,是对《绝妙好词》的赞美。张炎《西江月》"绝妙好词乃周草窗所集也",②也是用《花间集》来比拟《绝妙好词》的。他把周密比作本色词人贺铸。周密豪侠性格类似贺铸。突出周密是杨缵之后的词坛领袖。用王敦谩击铜壶的典故,③表述周密慷慨激昂之心情。用李商隐《锦瑟》典故,表明周密对杨缵的怀念。庄生梦蝶,以梦境与现实的交融,表明现在与过去的虚幻。这首词构思很好,说《绝妙好词》出自才子之笔、君子之手,寄托了周密的豪情和柔情,是对南宋历史的真实记录。

2. 对周密词集(卷)的评价

这类作品有九首。在周密生前已有两个词集抄卷和词集版本。抄卷分别是:一"草窗词卷",毛珝《踏莎行》"题草窗词卷",④李莱老《青玉案》"题草窗词卷",⑤王易简《庆宫春》"谢草窗惠词卷"⑥和王沂孙《踏莎行》"题草窗词卷"等,⑦都是题这个抄卷的;二"十拟词",在《绝妙好词》中有"效颦十解",⑧李彭老《踏莎行》"题草窗十拟后",⑨题写的就是这个抄本。宋人常把自己的词抄作一卷,时间、主题、目的相对集中,作为贽见之礼投赠给社会名流或词坛名宿,类似唐代的行卷。"草窗词卷"属于这类的词集。这些抄卷中的词有多有少,一般还算不上词集。两个版本分别是:一"草窗词",李彭老的《浣溪沙》"题草窗词"和李莱老的《清平乐》"题草窗词",就是题这个版本的。二《蘋洲渔笛谱》,张炎《一萼红》词序"弁阳翁新居,堂名志雅,

---

① [宋]吴文英撰:《梦窗词集校笺》,《梦窗词集补》,孙虹、谭学纯校笺,北京:中华书局 2014 年版,第 1731~1732 页。
② [宋]张炎:《山中白云词笺》,卷五《西江月》,黄畬校笺,杭州:浙江古籍出版社 2018 年版,第 291 页。
③ [刘宋]刘义庆撰,[刘宋]刘孝标注:《世说新语笺疏》,中卷下《豪爽》,余嘉锡笺疏,上海:上海古籍出版社 1993 年版,第 597 页。
④ [宋]毛珝:《踏莎行》"题草窗词卷",《全宋词》,第 3908 页。
⑤ [宋]李莱老:《青玉案》"题草窗词卷",《全宋词》,第 3767 页。
⑥ [宋]王易简:《庆宫春》"谢草窗惠词卷",《全宋词》,第 4330~4331 页。
⑦ [宋]王沂孙撰:《花外集》,吴则虞笺注,上海:上海古籍出版社 1988 年版,第 113~114 页。
⑧ [宋]周密编,[清]查为仁、厉鹗笺注:《绝妙好词笺》,卷七《效颦十解》,郑州:中州古籍出版社 1990 年版,第 107~108 页。
⑨ [宋]李彭老:《踏莎行》"题草窗十拟后",《全宋词》,第 3764 页。

词名《蘋洲渔笛谱》"就是这个版本。① 这些题词词中的一部分还收录在周密编纂的《绝妙好词》之中，说明这些题词词以及所评论的词集，周密是认可的。根据这几首题词词，可以订正周密词集编纂流传中的一些讹误，试申述如下：

其一，评词卷者，都牵涉到对杨缵的怀念，甚至以怀念为主题。"草窗词卷"是周密抄写的有关杨缵词社活动期间的词作，评论者往往会谈到杨缵。而"草窗词"是周密词的别集，评论者也只谈论周密词的创作环境和创作风格，表明二者的编纂思想不同。

其二，李莱老既题"草窗词卷"，又题"草窗词"，说明这两个以"草窗"命名的词集（卷）不是一回事。在古人看来，评词论词是一件严肃的事情，他们是不会把评论对象搞混的。

其三，毛珝与王沂孙"题草窗词卷"同题同韵，应该是唱和之作；说明词人评词论词也是经过商榷的，避免主观臆断，使评论本身更加客观公正。

其四，过去认为《蘋洲渔笛谱》是周密生前自己编纂、订正过的词集，现在看来也不全是，需要补充的是"草窗词""草窗词卷"也是在周密生前编纂的，甚至还是他亲笔抄录的。这些词集本身没有什么问题，但经过后人整理就出现了一些常识性的错误。《蘋洲渔笛谱》前面用吴文英题词作为词序，而吴文英《踏莎行》"敬赋草窗绝妙词"是评论《绝妙好词》的。《草窗词》卷末附有毛珝、王沂孙、李莱老和李彭老"题草窗词卷"四首，又是一例张冠李戴的案例。"草窗词"与"草窗词卷"是两码事，把"题草窗词卷"的作品列在"题草窗词"后面，而又把三首"题草窗词"的词作排除在外。书商刻书时没有认真读词，一看题目相近就阑入其中。下面，笔者将具体分析这些词，以企加深对题词词的了解：

毛珝《踏莎行》"题草窗词卷"是从"草窗"二字入手评论周密词的。② 词中叙事真假参半，有些是事实，有些是戏题，不必完全当真。他说"草窗词"是在一个封闭的环境下创作的。这个封闭的环境就是杨缵的东园、环碧园。周密在词序、笔记小说中多次提到这些地方。春日良辰，顾曲寻芳。文人雅士，诗酒风流。在一个幽静的府邸，填了一系列美好的词，演绎了无数场风月情。这个环境随着南宋王朝消失了，当年的歌妓沦落天涯。现在再读这些词，使人不禁涌起了怜香惜玉之情。"绿窗留得罗裙草"，化用牛

---

① ［宋］张炎：《山中白云词笺》，卷三《一萼红》，第168页。
② ［宋］毛珝：《踏莎行》"题草窗词卷"，《全宋词》，第3908页。

希济"记得绿罗裙,处处怜芳草",①正好切合周密的号"草窗"。"草窗"出自"廉溪周子窗前草不除去",②把一个很正式的雅号变成了玩笑。

李莱老、王易简和王沂孙也分别题"草窗词卷"。李莱老《青玉案》"题草窗词卷"提到杨缵对周密词的影响:"红衣妆靓凉生渚。环碧斜阳旧时树。拈叶分题觞咏处。苟香犹在,庾愁何许,云冷西湖赋。"③环碧园是杨缵家的别墅,位于西湖丰乐楼北柳洲之侧,原是杨太后的宅园,后来赐给了杨郡王。杨郡王是杨缵的父亲杨石。杨缵词社经常在这里聚会,周密《采绿吟》词序说:"甲子夏,霞翁会吟社诸友逃暑于西湖之环碧。"④夏日环碧园荷花盛开,斜阳映照古树,凉爽宜人。在这样优美的环境下,杨缵及其词社成员拈叶分题,共赋新词。杨缵老人的龙涎香味还未散去,而时移运去、社稷易主,词中有太多的故国之情。王易简《庆宫春》"谢草窗惠词卷",也是读周密词卷的感想,由周密词想到杨缵,怀念这位词坛领袖。

王沂孙《踏莎行》"题草窗词卷",⑤认为周密是姜夔、杨缵词派的传人。王沂孙称周密词为"断歌"。除了这里"断歌人听知音少",还有《三姝媚》"次周公谨故京送别韵"的"彩袖乌纱,解愁人、惟有断歌幽婉"。⑥何谓断歌?情感起伏很大,以致于不能正常歌唱的歌谓之断歌。王沂孙还从词学传承上承认了周密的正派地位和词坛领袖身份。"几番幽梦""旧家池馆",也是对杨缵的思念。幽梦欲回,来自苏轼词"夜来幽梦忽还乡",⑦几番,多次。池馆生草,来自谢灵运"池塘生春草"。⑧化用这两个典故,表明对他们曾经生活过的杨缵东园、环碧园的思念。风月、山川二句,也是用典。风月来自黄庭坚诗歌"人得交游是风月",⑨山川出自李峤"山川满目泪沾衣"。⑩这两句概括周密词卷的主要内容是写人咏物,感时伤逝。只有亲历者才能理解。

---

① [五代]赵崇祚辑:《花间集校》,卷第五,李一氓校,北京:人民文学出版社1998年版,第96页。
② [宋]周密撰:《草窗韵语六稿》,《文汲翁题跋》,乌程蒋氏密韵楼景刊宋椠孤本。
③ [宋]李莱老:《青玉案》"题草窗词卷",《全宋词》,第3767页。
④ [宋]周密:《草窗词校注》,《采绿吟》,史克振校注,济南:齐鲁书社1993年版,第31~32页。
⑤ [宋]王沂孙撰:《花外集》,吴则虞笺注,上海:上海古籍出版社1988年版,第113~114页。
⑥ 同上书,第67页。
⑦ [宋]苏轼撰:《东坡词编年笺证》,卷一,薛瑞生笺证,西安:三秦出版社1998年版,第136页。
⑧ [东晋]谢灵运:《谢康乐诗注》,卷二《杂诗·登池上楼》,黄节撰:《黄节诗学选刊》,北京:中华书局2008年版,第61~62页。
⑨ [宋]黄庭坚:《黄庭坚全集》,《正集》卷第二三《王厚颂二首》其一,刘琳、李勇先、王蓉贵校点,北京:中华书局2021年版,第534页。
⑩ [唐]李峤:《汾阴行》,《全唐诗(增订本)》,第691页。

读罢"草窗词卷",留下满腔遗恨,就像蘋花一样,一夜为之头白。

王沂孙、毛翊题"草窗词卷",同调同题同韵,应是词社唱和之作。毛翊年辈稍早一些。他在宋理宗宝祐年间即有诗集集结刊行。李彝为其《吾竹小稿》作序题署"宝祐六年(1258)",①其年辈与吴文英、杨缵差不多。他用游戏的笔墨评论周密。王沂孙年辈稍晚一些,他称周密为"周公瑾丈"。他在评周密词集时严肃认真,恰切而到位。

李彭老的《浣溪沙》"题草窗词"、②李莱老的《清平乐》"题草窗词"③也是对周密词集的评价。这两首词也写得非常优美。

张炎《一萼红》词序云:"弁阳翁新居,堂名志雅,词名《蘋洲渔笛谱》。"④该词从周密卜隐的新居着眼,论述他的归隐生活。"志雅堂"原先在吴兴,是周密收藏书籍、文物的书房之一,收藏图书四万二千余卷以及三代以来金石刻一千五百余种。⑤ 吴兴老宅毁于战火,周密说"岁丁丑(1277),吾庐破,始去而寓杭"。⑥ 到了杭州后,先是投亲靠友,居住在杨和王府。后来杨承之昆弟捐其余地的西偏,让他自营别第。⑦ 于是周密建造了志雅堂、浩然斋、弁阳山房等房屋,树桑艺竹,垒台疏池。间遇胜日好怀,幽人韵士,谈谐吟啸,觞咏流行,酒酣摇膝浩歌,摆落羁縻,有蜕风埃、齐物我之意。⑧

张炎所记述的情景与周密自序一致。周密在杭州西湖边建造了一个世外桃源。与陶渊明的穷隐不同,他的隐居是清雅的。披着绿蓑衣,在依山傍水的地方隐居下来。一生素志在闲雅中实现了,竹门深隐,花槛小巧,春天杂花盛开。怕冷落了蘋洲夜月,于是在湖边独自吹笛。经过多年的奔波,终于可以与家人团圆了。看着灯前一个个小儿女,在谈笑中忘记了时间。在这个小园里,分得几亩烟霞,扫去苔藓才能找着路经,拨开树叶把池水连成一片。仙鹤围绕,黄莺欢唱,人老了希望时间过得慢一些。我喜爱这个

---

① [宋]陈起编:《江湖小集》,卷一二《毛翊吾竹小稿》,影印《四库全书》本。
② [宋]李彭老:《浣溪沙》,《全宋词》,第3766页。
③ [宋]李莱老:《清平乐》,《全宋词》,第3770~3771页。
④ [宋]张炎:《山中白云词笺》,卷三《一萼红》,第286页。
⑤ [宋]周密撰:《齐东野语》,卷一二《书籍之厄》,张茂鹏点校,北京:中华书局1983年版,第218页。
⑥ [元]牟巘撰:《陵阳先生集》,卷第一〇《周公瑾复庵记》,四川大学古籍整理研究所编:《宋集珍本丛刊》第87册,北京:线装书局2004年版,第522页。
⑦ 李修生主编:《全元文》第12册,卷四一九,[元]戴表元:《杨氏池堂燕集诗序》,南京:凤凰出版社1999年版,第146页。
⑧ [明]朱存理编:《珊瑚木难》,卷五《弁阳老人自铭》,上海:上海古籍出版社1991年版,第142~143页。

家,有琴书自娱,心中的事情也不想人知道。整日伴我的是一帘芳草,一卷新诗。李彭老《浣溪沙》"题草窗词"与张炎这首词构思基本一致,词云:"玉雪庭心夜色空。移花小槛斗春红。轻衫短帽醉歌重。 彩扇旧题烟雨外,玉箫新谱燕莺中。阑干到处是春风。"①相比之下,意境更为清雅一些。

3. 对周密"效颦十解"的评论

《绝妙好词》卷七收录了周密词二十二首,其中有"效颦十解"。这是周密在宋亡以后的作品。李彭老《踏莎行》"题草窗十拟后"就是对这组词的评论。紫曲迷香,紫曲,唐世妓女所居曰坊曲。迷香,迷香洞,也是妓院的别称。绿窗,女子居住的地方。梦月,思念之情形诸梦寐。周密的"十拟词",就是芳心对春风的思念。表面上诉说男女相思相爱之情,事实上有更深的寄托意义。周密拟东泽的《好事近》,在"效颦十解"中比较特殊。其他九首多窈窕之怀,这一首独具疏散之致,诵之洒然意远。② 其中也不乏慷慨激昂之情。李莱老对周密"十拟词"看法是:庾信写愁,江淹赋别,如桃红梨白,各有特色。周郎有自己的风格,何需模拟别人手笔?

4. 对吴文英词卷的评论

宋人词集多以词卷的形式流传,即使活版印刷术普及以后,词卷仍是宋词传播的一个途径。词卷有唐人行卷作用,常常作为贽见礼物。吴文英词卷有三个:一是"新词稿文英皇惧百拜"词卷,收词十六首,也是唯一留传下来的吴文英词卷抄本,四库全书收录了这个词卷。二是"霜花腴词集"(或词卷),周密、张炎曾点评过这个词卷;三是"吴文英亲书词卷",张炎为它题词。

周密的《玉漏迟》"题吴梦窗霜花腴词集",③写在吴文英死后,他用李白骑鲸仙去代指吴文英之死,并指出吴文英是杨缵词派的传人。他们曾经在苏州结社赋词,回首四桥烟草,载酒倦游处,如今已成了花间啼鸟的乐园,唯有天边暮云残照还是过去的样子。

张炎《声声慢》④一题为"题梦窗自度曲霜花腴卷后",突出自度曲这个特点。一题为"题吴梦窗遗笔",突出这个词卷是吴文英生前亲笔抄写的特点。在周密、张炎题词时,吴文英已经故去,词中内容是对吴文英的悼念和评论。吴文英从年少时就漂泊江湖上,或是游幕或是作客。所到之处与朋友们聚社赋词,像一只蝴蝶,宿在花丛;想把他唤起时,才发现在众芳摇落时

---

① [宋]李彭老:《浣溪沙》"题草窗词",《全宋词》,第3766页。
② 俞陛云撰:《唐五代两宋词选释》,上海:上海古籍出版社1985年版,第542页。
③ [宋]周密:《草窗词校注》,卷三,史可振校注,济南:齐鲁书社1993年版,第203页。
④ [宋]张炎:《山中白云词笺》,卷三,第162~163页。

他已化作秋声。曲终人远,睹物思人,黯然伤心。彩云易散,美景不常,看着他的遗笔,无处为他招魂。吴文英一生留下了很多优美的词句,如"有斜阳、还怕登临"①"愁未了,听残莺、啼过柳阴"等,②至今仍在传唱。

张炎评《吴文英亲书词卷》,③起笔就用了《花间集叙》的典故,表明吴文英词与《花间集》都是本色雅正的。不过,《花间集》是从一堆世俗词中挑选出来的好词,而吴文英词本来就是精金美玉。吴文英亲书词卷更是如此。他把自己的身世写入词卷,像蝴蝶穿梭花丛。他的魂魄与梦境相同,小楼帘卷歌声消歇。独坐幽篁里,抚琴一曲,琴声就像泉水一样流淌。梦窗的词卷留下来了,但他的愁恨却没有人懂。

5. 对王沂孙及其词的评价

王沂孙是宋元之际的词人。张炎《琐窗寒》词序说他能文工词,琢句峭拔,有白石意度。在这首悼念王沂孙的词里,张炎指出他词的特点是本色雅正。张炎说他像蝴蝶一样,生活在花丛。《花间集》命名的原因,因词叙原文缺漏而不得知。词中写到了许多歌妓、女冠,如果她们是花,词人就是生活在花间的蝴蝶。王沂孙词集名《花外集》也是取意于此,他抒发的不是花间的相思相恋,而是花外的寄托咏怀。张炎把他比作李白,并慨叹"自中仙去后,词笔赋笔,便无清致"。④ 在张炎看来王沂孙是姜夔以后的重要词人,其词本色可歌,具有清雅之致,追求花外的寄托意义。

周密题王沂孙"中仙词卷"也是从王沂孙其人谈起的。⑤ 他说王沂孙重然诺,有豪侠之风。他性情豪放、喜欢饮酒。喜欢到了有钱饮酒,无钱解佩玉质钱也要饮酒的地步。"旧游宫柳藏仙屋",说王沂孙的经历。他早年生活在种植宫柳的地方,现在隐居在神仙住的房屋。与宫廷文人司马相如、翰林供奉李白相近。周密、张炎都用李白供奉翰林的典故来描述王沂孙,说明他有类似的经历。下文从王沂孙其人过渡到其词,他的词乐来自宫廷,警句奇句来自平素的积累,使我们不忍心去听他的词。周密称王沂孙"中仙词

---

① 这句是对吴文英《唐多令》"惜别"词的概括,吴文英词的原文是:"何处合成愁。离人心上秋。纵芭蕉、不雨也飕飕。都道晚凉天气好,有明月、怕登楼。 年事梦中休。花空烟水流。燕辞归、客尚淹留。垂柳不萦裙带住,谩长是、系行舟。"[宋]吴文英撰:《梦窗词校笺》,《梦窗词集补》,孙虹、谭学纯校笺,北京:中华书局2014年版,第1673页。

② 这句是对吴文英《望江南》词的概括,吴文英词的原文是:"三月暮,花落更情浓。人去秋千闲挂月,马停杨柳倦嘶风。堤畔画船空。 恹恹醉,长日小帘栊。宿燕夜归银烛外,啼莺声在绿阴中。无处觅残红。"[宋]吴文英撰:《梦窗词校笺》,《梦窗词集补》,第1618页。

③ [宋]张炎:《山中白云词笺》,卷五《醉落魄》"题赵霞谷所藏吴梦窗亲书词卷",第275页。

④ [宋]张炎:《山中白云词笺》,卷一《琐窗寒》,第34页。

⑤ [宋]周密:《草窗词校注》,《踏莎行》"题中仙词卷",史克振校注,济南:齐鲁书社1993年版,第196页。

卷"为侍儿歌，表明他的词也是可以配乐歌唱的。

张炎观《花外集》有感，①是从归隐谈起的。词中用了王导角巾还第、唐求掷瓢流水的典故，说明王沂孙终于辞官，回归故园。闭门枯坐，小院没有姹紫嫣红、蝶飞蜂舞的景象，只有柳树新枝，繁密茂盛的样子。这个不起眼的小院曾经是词人聚会的场所，今天重来雨冷云昏。再也看不到当年的曲谱歌本，也不忍重听当时的歌词。碧山词字字都是离愁别恨。词人这次离开家园再也不会回来了，但还是忍不住问侍儿，他的醉魂何时能醒？

6. 对陈允平的评论

陈允平(1205？~1280？)是南宋本色派词人。年辈与杨缵、吴文英相近，是比周密早一辈的人物。宋理宗景定四年(1263)，周密与张枢、陈允平同赋西湖十景。陈允平《西湖十咏》跋云："右十景，先辈寄之歌咏者多矣。雪川周公谨以所作《木兰花》示予，约同赋，因成，时景定癸亥岁也。"②景定癸亥是景定四年。咸淳三年(1267)秋到次年年春，陈允平、周密、赵崇嶓、刘澜同赋《明月引》，周密"会余有西州之恨，因用韵以写幽怀"。③ 西州之恨是指周密的老师杨缵去世。杨缵去世于咸淳三年六月初三。周密词中有悼念杨缵的内容，应写于杨缵去世之后。祥兴元年(1278)陈允平被仇家诬陷，后被元军逮捕，因旧日同僚袁洪解救才幸而得脱。宋亡以后，陈允平被召北上。周密、王沂孙赋词抒发怀念之情。陈允平被放还家，从此隐居不出。在他去世后十余年，张炎曾写词纪念。陈允平才气高，经历曲折，性情恬退，作词学习周邦彦，体制雅正。陈思《两宋明贤小集》说陈允平"倚声之作，推为特绝"。④ 张炎《解连环》"拜陈西麓墓"是一首悼念陈允平的词。⑤ 这首词写得情真意切，非常感人。句章古城是陈允平的家乡。这里又少了一位故人。湖阴天冷，柳边插钥。柳下茅屋三间就是陈允平隐居的地方。他奉诏北去，离开了这个落花缤纷的江南小村。他回来了，离群索居不与外界来往。今天，他走了，但遗爱还在，像羊祜碑一样。痛心他像二乔那样被掳掠到铜雀台，终于歌断帘空，无处去召他的魂魄。他的魂魄隐藏在万叠闲云之中，张炎自注陈允平在他隐居之处山中楼题扁"万叠云"。⑥

---

① ［宋］张炎：《山中白云词笺》，卷二《洞仙歌》，第89页。
② ［宋］陈允平：《〈西湖十咏〉跋》，《全宋词》，第3929页。
③ ［宋］周密：《草窗词校注》，《明月引》，第78页。
④ ［宋］陈允平撰：《西麓诗稿》，［宋］陈思、［元］陈世隆：《两宋名贤小集》，卷三一五，影印《四库全书》本。
⑤ ［宋］张炎：《山中白云词笺》，卷一《解连环》，第72页。
⑥ 同上书，第73页。

读书评论是文人士大夫的日常功课,用词体把二者结合起来,抒写读书的感受,表达对宋词的看法,体现行家的评价和反思,得出真实可靠的结论。无论是在理论性,还是艺术性上都是可圈可点的。《庄子》曾说艺术创作要进入到"解衣般礴蠃"(解衣箕坐,倮露赤身)①的忘我状态,才能创造出绝世稀有的艺术品。文学批评也是如此。宋人以词论词,基本达到了这种层次。它们是读词的点滴体会,体现出创作者和批评者的真实意图和情感,对于我们认识和研究宋词仍具有重要意义。

---

① ［清］郭庆藩撰:《庄子集释》,卷七下《田子方》,第719页。

下编　唐宋诗学与宋词体系

古代文学体系是一个比较新的研究方法,学术界对这个问题的认识也不一致,需要对这个方法先做一些介绍,然后分析宋词体系所包含的因素。宋词体系包含的因素很多,之所以选择词学流派、词学理论、词集集注,是从研究内容的连贯性、课题创新的实际需要考虑的。词学流派既是诗学流派的延续,也是最能体现宋词体系的因素;宋词理论与上编宋词创作密切相联、二者组合更符合人们对古代文学研究的认知习惯;宋人词集集注是今人研究相对比较薄弱的问题,它是受注释学与词学双重体系制约的因素,通过研究它可以有一系列新的发现。如果另换一组因素也能说明这些问题,得出大体相近的结论。道是无所不在的,选择论述道的材料和方法还是与课题越近越好。

第一章　文学体系

中国历史悠久,我们的文化在很长时期都领先于周边各国。对外交流以单向输出为主,受外来文化冲击不大,中国古代文学也以独立发展为主。这种独立发展的模式与近代史上的闭关锁国不同,它是以开放的心态做孤独的事业。我们民族文化在很长时期内只能与自己对比,用历史来观照现实。从东汉开始,佛教传入中土;魏晋南北朝时,西域燕乐进入中原,对我们的传统文化造成一定的冲击。这时我们的文化体系已经形成,可以有序地吸收外来文化,丰富自己的民族文化。佛教进入中国后,变成具有中国特色的禅宗;燕乐进入中国后,变成了唐宋词乐。我们根据需要吸收外来文化、改造外来文化、完善传统文化,促使其融和发展。现在这些外来文化已成为我们传统文化体系中具有活力的一部分,在这种开放氛围下形成的古代文学体系具有"中国化"的特点。这是长期以来被忽视的问题,本章主要阐述古代文学体系的基本特点及其表现形式。

第一节　古代文学体系

我国古代文学体系肇源于上古尧舜禹时期,形成于大一统时代,所以它就具有这两个时代的特点:尧舜禹三代被儒家称为历史发展的最好阶段,儒家奋斗的目标就是回到尧舜禹时期。在这段历史上寄托着儒者的理想。

大一统就是土地、政令和思想的一统,即万物归一、归于一理。古代文学从前到后、从古到今只有一个体系。不是说在数量上只有一个,而是作为流行的体系只有一个,这就是显体系。在显体系流行的同时,还有无数潜体系存在。① 谁能够占据主流意识,成为显体系并不固定。即使已经成为显体系的,也可能在下一波较量中被清除出去;而备受打压、摧残的学派也可能成为新的主流意识,并上升为显体系。显潜交替的现象,在文学史上时常发生。古代文学体系是唯一的,也是不断发展的。前后体系是连贯的,具体方式就是复古创新。历史悠久的文体,要回复到历史的最佳时期;没有历史的新文体,如宋词也要从相近的文体诗歌找到一些共同的美好源头,作为复兴的目标和旗号。体系是通过文学因素来体现的,在这些因素中以文学理论的体系性较为明显。古代文论也像其他文学因素一样,短于说理、长于应用。它不是用来解释问题的,而是解决问题的。理论来自实践,经过总结提升以后再返回来指导实践,并且在实践中把这种理论进一步完善并发扬光大。文学体系也把实用放在第一位,用古代文学的经典来指导现实的创作。这表明了现实创作与传统文化是一致的,是传统文化的继承和发展,也是同一体系的延续和创新。下面,我们具体分析这个大一统的体系。

一 大一统体系

文学体系是在大一统的社会环境下发展起来的。它与同时的文学史有密切的联系,文学史一般都具有体系意识,而体系往往以史为基础。文学史是一个平面的历史,而文学体系则是一部立体的历史,它与文学各因素的联系更密切也更广泛。阅读历史文献,发现对文学史的记述比比皆是,而对文学体系的记述很少。古人既不建构体系,也很少谈论体系。即使谈论,也只可为智者道,难为俗人言。② 有关体系的观念、方法和心态研究资料不多,为研究我国古代文学体系带来一些困惑,但也带来了一些新的思考。

古代文学体系与大一统的社会环境有关。自秦汉以后,我国进入了大一统社会。"大一统",始见于《春秋公羊传》"隐公元年":公羊寿传曰:"何言乎王正月?大一统也。"徐彦疏曰:"王者受命,制正月以统天下,令万物无不一一皆奉之以为始,故言大一统也。"③ 按鲁隐公元年为公元前722年。《春秋》所记鲁国十二公即位后于次年正月改元,采用鲁国国君年号和周代

---

① 学术界向来有显潜体系的提法,我们借用这两个概念并赋予它新的含义:显体系是在社会上流行并占据主导地位的体系;潜体系是本身存在,但没有占据主导地位的体系。在历史的发展变化中,显潜体系是不断变化的。显体系会变成潜体系,潜体系也会变成显体系。
② [汉]班固撰,[唐]颜师古注:《汉书》,卷六二《司马迁传》,北京:中华书局1962年版,第2735页。
③ 十三经注疏整理委员会整理:《十三经注疏·春秋公羊传注疏》,卷第一,北京:北京大学出版社1999年版,第9~10页。

历法。春秋各国都采用周历和各国国君年号相结合的纪年方式。汉代路温舒说:"臣闻《春秋》正即位,大一统而慎始也。"①大一统在历法上统系于周天子,尊奉天子政教是从历法开始的。所谓的春秋"大一统",也仅此而已。周天子已失去了天下共主的地位,没有能力实现更多的"一统",所统唯有历法而且还不适用。秦汉是在百战之后建立起来的中央集权国家,它通过战争实现了版图、政令一统,思想的一统也成为一种必然。秦始皇三十四年(前213)焚书,三十五年坑儒,用简单粗暴的办法完成了思想上的一统。秦运短促,二世而亡。汉朝建立之后,经过高祖、惠帝、文帝、景帝三世四帝而昌,到汉武帝时着手思想上的一统。汉武帝元光元年(前134)五月,《春秋》公羊派大师董仲舒对策提出了"大一统"的观点。他说:"《春秋》大一统者,天地之常经,古今之通谊也。今师异道,人异论,百家殊方,指意不同,是以上亡以持一统;法制数变,下不知所守。臣愚以为诸不在六艺之科孔子之术者,皆绝其道,勿使并进。邪辟之说灭息,然后统纪可一而法度可明,民知所从矣。"②"大一统"就是万物归一,思想归于一统。董仲舒"推明孔氏,抑黜百家"③的主张从字面上看,似乎与秦始皇的焚书坑儒的思路相近。只是在不同历史时期,换了一种正统思想而已。实际上,汉代大一统与秦始皇简单粗暴的方式完全不同,主要体现在以下四点:其一,思想的统一,更多遵从学术思想的规律,很少用行政干预的办法。其二,在董仲舒的思想中,有一些新的因素值得注意:如阴阳五行和天人感应,他把天地、社会与人连成一体;推明孔氏,发挥圣人的微言大旨,突出孔子的特殊地位。儒家的思想不仅士大夫、黎民百姓要遵从,皇帝是万民的楷模更要带头遵守。这样就在皇权之上增加了一些限制的因素,使大一统不至于成为皇帝一统。其三,董仲舒独尊儒术、表彰六经,"六经"是圣人的思想,散在经论注疏之中,而且各家理解还不同。在汉代先是今文经学,后是古文经学;先是师法,后是家法,传经的方式、讲经的方法不一样。儒家思想分歧很大,到了唐太宗时期,孔颖达奉命编定《五经正义》,也只是对经传文字、注疏的统一,为科举取士提供必读书目和答题依据。宋代理学的兴起,疑古思潮盛行,基本上是对汉学的否定。经学在学术史上具有崇高的地位,但不具备法律的约束力。其四,在董仲舒的对策中,也多次以暴秦为戒,他主张德威并用、德主刑辅。王永祥教授说:"真正把先秦诸子百家融为一体的是董仲舒的新儒学。虽然

---

① [汉]班固撰,[唐]颜师古注:《汉书》,卷五一《路温舒传》,第2369页。
② [汉]班固撰,[唐]颜师古注:《汉书》,卷五六《董仲舒传》,第2523页。
③ 同上书,第2525页。

他号称汉代的大儒,但他实际上是以儒学为核心,广泛吸取诸子百家之长,熔铸成了一个新的有机体系。也正是因此,他所创立的儒学才能为汉代的统治者所采纳,使之居于统治思想的王座,并有效地为封建统治阶级服务。"①汉人尊崇儒术,并且把儒术落实到治国理政的各个方面,从而使两汉成为尧舜禹以来风俗较好的时期。任何思想都有上升期和衰落期,在上升期,我们感受到的多是正面现象;而到了衰落期,负面现象逐渐增多。到了晚清戊戌变法失败后,不但专制王朝、慈禧太后成为人民公敌,甚至连传统文化也被全盘否定。1949年中华人民共和国建立以后,我国政局稳定,政治社会经济文化等全面恢复发展,尤其是改革开放四十年以来综合国力显著提升,中国语言、中国模式、中国故事已成为流行语,然而一谈到文学体系,我们能想到的还是西方体系,这是一种"无根"的现象。有许多学者声称要建构我们民族的文学体系,但拿出来的还是西方体系的翻版,究其原因还是对古代文学体系缺乏认识。

古代文学体系是一种对古代文学综合的、立体的研究方法,它与别的文学研究方法不同,是古代文学自带的方法,而别的方法是后人总结的。自带的方法出自天然,客观且全面;后人总结的方法往往受各种因素的影响,具有一定的主观片面性。在实际运用过程中,自带的方法能解决实际问题,而后人总结的方法,只能解释一些问题,解决不了实际问题。相比之下,古代文学体系更符合实际,优点也更突出一些。那么,这个体系是什么、能干啥和怎么干,就是我们关注的主要问题。下面,仅就与宋代词学体系相关的部分补充一些看法:

(一)是什么?

在我国古代,体系常被称为"道",如尧舜之道、文武之道等;也称为"统",如政统、道统、文统、法统、统绪之类。古代文学体系比"道""统"面更广泛,它是阐释"道"、推寻事物基本原理和普遍联系的一种综合研究方法,具有两个特点:

1. 释用合一

古代文学理论既要解释文学现象,又要指导创作。不仅要善述,还要善作。从述的方面讲,要求把一个复杂问题表述清楚。从作的方面讲,用前代的文学思想、创作经验来指导当代的文学创作。文学创作不拘一格,每个时代都有自己的特色,但文学思想基本不变,需要把一种传统的思想延续下去

---

① 王永祥:《董仲舒评传》,南京:南京大学出版社1995年版,第406页。

并与时俱进,适应当前文学发展的需要。述作之间,作是关键。古代文学理论往往具有述作合一、释用一体的特点。我国第一篇诗论《诗大序》,一方面是对汉代《诗经》学的总结,一方面又是对汉诗创作的指导,其亮点是变风变雅说。作于乱世、批判现实的变风变雅,是连接汉诗与《诗经》的纽带。汉诗继承了变风变雅的精神,批判现实、干预政治。《诗大序》的作者甚至认为天下兴亡,系于一人。一人就是诗人,并由此得出结论:批判现实是四诗之至,也是王道之始。换言之,批判现实是诗歌最高境界,也是实现仁政的开始。如果不了解这个"述",就不知道下一步该如何去"作"。李清照《李易安云》也是由述作组成,荟萃苏门词学观点是述,提出自己本色雅正、运用故实的观点是作。这也是她所要实现的宋词创作目标。有些学者往往把"体系"与"理论体系"等同起来,这有其合理的成分。每个因素都是体系的一部分,又是一个相对独立的小体系。理论是体系的一部分,也是体系性比较突出的一个因素。李清照《李易安云》虽为短篇小论,但其本身已涉及宋代词学的作家、作品、音乐、声律、词体、故实、本色、雅正等因素,是一个相对独立的词学体系。在唐宋诗学、词学理论中,许多理论都有比较明显的体系性,称为"理论体系"也未尝不可。不过,笔者认为体系是各个因素共同作用的结果,只有把各个因素都考虑到了,研究问题才更科学规范,结论也更有说服力。如果把体系局限于某一点,就失去了体系研究意义。

2. 归纳实证

古代思想体系在表现形式上是治理经验的总结,之所以汇聚这么多的经验,不是我们古人缺乏论证的能力,而是没有找到比这更好的方法。在求真务实的心态下,构成思想体系的各要素都是真实的:理论是经验教训的总结,它来自历史,本身是真实的;它的方法、思路、事例、观点等也是真实的。如此以来,在我们的体系中就缺乏假说这种形式。假说也是一种从已知到未知、立足现实规划未来的比较科学的方法,它包含了很多科学的因素,是对未来发展趋势的一种科学预测。与我们传统的体系相比,一个把希望放在过去,一个寄托在未来;一个能经得起考验,一个只是理论上的推演。由于无法证实,它就被排除在我们的体系以外。在求真务实、讲求实证的民族文化中,要求体系各因素必须是可以实证的材料。比如我国古代法律制度并不健全,但社会治理水平还是很高的。治理国家的依据,除了法律制度之外还有前代的历史。古人处理于法无据的突发事件,往往参照前代处理类似事件的经验,然后根据当时的法律精神予以改造,很快就能提出工作方案并予以妥当处理。同样的问题,如果前代没有处理好,后人也会引以为戒。

他们汲取前人经验教训,结合法制精神、参照其他类似事件,认真处理这件事情。后人的做法反过来也对前代有所影响。历史不会倒流,但我们每个人都是古人的后人,又是后人的古人,我们在遇到类似事件时一定会谨慎、客观、公允处理的,做到有理有据、合法合规,可资后人借鉴而不是引以为戒,毕竟谁也不想作为反面典型而载入史册。古人治国,必先读史,《资治通鉴》之类的书目一直是治国理政的必选书目。做事与填词一样,化用前人典故,再赋予新的内涵,使它成为我们处理问题的方法和依据。

(二)能干啥?

1. 验证理论

在我国古代每个体系(包括各层次的分支体系)在成为主流意识之前都是潜体系。这个体系是否完善是要经过反复验证的:首先是逻辑验证,一个完善的理论前后一致,没有逻辑上的矛盾。而不完善的理论,在逻辑上存在诸多问题,如概念大小不一、前后所指不同,论述不严谨,逻辑不周延;在理论上赞同某一位作家,把他奉为楷模,但对于这个作家同一流派的其他作家却一概排斥,使人搞不清楚他的真实观点,至少说明他对该流派还缺乏研究。在某一理论被奉为楷模的诗人,在理论表述与创作实际上有一定的出入,据此可以得出完全相反的结论,说明该理论存在一定的逻辑问题。其次,特色验证,一个成熟的理论是在特定环境下处理特定问题的,它有一定的适用性。同样是以才学为诗,在齐梁和唐宋时期对才学的理解不同,在理论上就各有侧重,即使同时期宋诗与宋词,在才学运用上也不一致。正因为有侧重,它才有了特色和生命。有些理论看似全面深入但没有特色,只能看作是资料汇编,就像唐宋时期编撰的各种类书,而不是某种体系下的理论。其次,实践验证,理论与实践之间允许有一定的差异,自然科学允许有一定的误差,在人文学科中的差异往往会更大一些。古人对屈骚的评价与诗骚的实际地位相去甚远。古人风骚并称,而东汉以后因为骚体精美的构思、神奇的想象、瑰丽的文辞、诡秘的场景,以及鲜花芳草、君子美人、天上人间、历史现实交替出现的抒情方式,往往成为形式精美和思想空洞的代名词。宋人甚至把《离骚》看作变风变雅之下等而下之的作品。屈骚出自楚文化,屈原也非正统儒者,他的情感不够中正平和,于是对屈原的评价也轩轾不一。在南北文学融合时,取法屈骚的作家作品往往会被质朴平易的北方文学取代,造成文学艺术上的倒退,比如宋词在北宋初期,不仅没有发展反而差点被淘汰出局。因为有差异才需调整,调整之后才有创新,宋词骚雅就是对屈骚及其系列作家的最好评价。再次,思想验证,当我们把唐宋词学理论放在一起比较,会发现一个特殊现象:无论篇幅长短,都是集大成而不是偏颇的。只有广泛继承,才能有所创新。继承源于理解,理解才能发现精华、汲取精华。读古人的理论,发现他无论怎么说都有道理;读今人的著作,发现无论他怎么说都有问题。古人所说的话都在一定体系中,今人所说的是另外一套话语,不在同一体系中,即使有合理性也不多。古人的理论、往往比较成熟,成熟的标志就是清空、自然。即以宋词中的清空而言:清是沉淀、是成熟;从无序到有序、从浑浊到澄清,这是一个自然的过程,也是一个理论不断发展变化的过程。清空是从不清不空发展而来,不清就是浑浊、杂乱,不空就是丽密、质实,只有经历了不清不空,才觉得清空的必要和重要。唐宋诗学也是如此。自然是从不自然发展而来的,是从人力、追琢而来的,只有跨越崎岖才能达到坦途。这是宋人以才学为诗的基本思路,也是宋词清空骚雅的发展途径。

2. 复古革新

古代文学理论多是为了解决某一个实际问题而总结的经验教训,是可以反复证实的。大一统思想下体系的唯一性,使"复古"与"革新"这一组看似对立的观念有机地统一起来。在我国古代文学史上,每次革新都打着复古的旗号,每次旗号都不同。当时的作家、理论家根据实际需要进行选择,找出适合自己理想的时代、作家或文风作为复古的目标。文学革新往往面临着比较复杂的社会环境,或大乱初定,百废待兴;或王朝复兴,需要振作;或因循守旧,到了生死关头。当时文风与社会需求不适应,于是就不能不改。不改则亡,改又有两种可能:一是改好,一是改坏,而改坏的可能性更大。这就需要打出复古的旗号,选择前代质朴刚健的文风作为旗号。汉乐府打着《诗经》采集各地民风民谣的旗号,汉赋打着楚辞的旗号,五言诗歌打着风骚的旗号,用前代文学精神为新的文风定调。当然,也有调定不准的时候。宋词先打着《诗经》"雅正"的旗号,再打着楚辞"骚雅"的旗号。有些词人还称自己词作为乐府、歌曲、琴曲、乐章、渔笛谱等名目,也算是不同的旗号吧。选择旗号,往往会跨越好几个朝代,直接接续在自认为正统文体、作者之后,并把这种风气延续下去。因为品格有保障,文学体系才能向前发展。在唐宋时期文学流派比较盛行,于是涌现了一批圣人,如诗圣杜甫、词圣姜夔等,他们无不是集前代之大成、开后世新风的关键人物,也可以称之为复古与革新的典范。只有广泛汲取前代文学的精华,才能开后世新风。傅说说:"事不师古,以克永世,匪说攸闻。"①在复古背景下革新,有根有底;事不师古,则不得久远,也不入主流。历史上的变革也是如此,王充认为"百代同道",②刘壎主张"古今一理"。③ 王充所说的"道"、刘壎所谓的"理",接近于我们所说的文学体系。理论、创作与时俱进,适应新的环境,但作为其核心的"道"往往不变。文学体系不仅是一种客观存在,也是维持稳定发展的压舱石。

3. 结构判断

体系是一种比较抽象的事理,它由许多因素组成。外在因素首先是它的结构,古人常常用人或事物的形体来比拟体系的结构,秦观说小赋如人元首,破题二句乃其眉,唯贵气貌有以动人。④ 姜夔也用人体结构来比拟诗歌特点。司马光《资治通鉴》把抽象的事理比拟为具体的事物,再把事件发展过程一步步描述下来。让人直观地感受到成功是一步步努力得来的,如错失了一次机会,就会无可挽回地走向失败。失败也是逐步累积的,如果在关键节点上有人出来阻止一下,也许就可以避免失败。天下有形之物、无形之理都是有结构的,结构也是大体相同的。其次,处理体系内外的各种关系。有些看似对立的观点,却是一个体系内的思想,比如在同一词派内部会有几种不同的创作风格,有些丽密、有些疏快,但审美理想是相近的。一个时代的文学理论,占据其主流的是比较流行的诗派,如宋诗中的江西诗派;而反对江西诗派的观点,也由此滋生,如魏泰的《临汉隐居诗话》、严羽的《沧浪诗话》等,甚至连江西诗派的诗人也有出自江西诗派、反对江西诗派又被认作江西诗派的事例。杨万里、姜夔曾经把自己学习江西诗派的诗歌付之一炬。这些都是宋代诗歌体系的有机组成部分,离开它们仅有江西诗派,仅剩一条平坦的发展路线,其价值也无法凸显。内部因素是体系主要功能的体现,体系的功能就是判断和评价。判断某些词人、词作、词论、词派等因素是否属于自己的体系。由于时代及作家本人的特色,往往在不同之中有相同,相同之中又有不同。判断哪些因素属于自己,哪些不属于自己,也是一件不容易的事情。早期的判断是单选的,非此即彼。为了证明自己的正宗性,就必须排除别人的合理性。后来的判断是多选的,是比较符合客观实际的。

---

① 十三经注疏整理委员会整理:《十三经注疏·尚书正义》,卷第一〇,北京:北京大学出版社1999年版,第253页。
② 黄晖撰:《论衡校释(附刘盼遂集解)》,卷一八《齐世篇》,北京:中华书局1990年版,第804页。
③ [元]刘壎:《隐居通议》,卷二八,《丛书集成初编》215册,北京:中华书局1985年版,第289页。
④ [宋]李廌撰:《师友谈记》,孔凡礼点校,北京:中华书局2002年版,第18页。

但由于同派之间有歧义,异派之间有融合,在小的体系中不属于一派的,在大的体系中仍有可能属于一派。比如苏轼不入宋诗、宋词正派,但仍是宋诗、宋词的典型代表。体系也是不断发展变化的,这无疑增加了判断的难度。评价体系内部的词人词作词论词派,或一个时代、地域的文学成就,并对它予以定位,看它处于什么地位,具有什么特色和影响。在文学体系里,每个作家、作品都是唯一的,评价也是不同的,但在一定的条件下,其成就、贡献还是可以相比的。李白、苏轼都是川蜀文化的杰出代表,也都是天才极高的作家,两人的文学贡献是不能相比的;但放在统一体系内,设定一系列条件,就可以相互比较,做出合理的评价。

(三)怎么干?

这是一个批评方法的问题。前辈学者做了扎实细致的研究工作,刘明今教授《方法论》谈到"批评的具体方法"有"知人论世""附辞会义""品藻流别""明体辨法"等,①张伯伟教授《中国古代文学批评方法研究》有"以意逆志""推流溯源""意象批评"以及"选本""摘句""诗格""论诗诗""诗话""评点"等方法。② 类似的批评方法还有很多,笔者仅就唐宋诗学(词学)经常用到的批评方法补充三条:

1. 注疏学

古人学术往往体现在对前人著作的注疏上,通过阐释前人的思想观点,发表自己的见解。这是一门扎实的学问,只有对前人著作做过全面深入细致地研究,才能发现其特色和精华,提出自己独到的见解。古人注疏最多的是儒家经典,其次是道家、佛家的经典,再次是历代作家的文集。这些注疏是同一体系思想的延续和发展。

注疏学是具有中国特色的思想体系表述方式。注疏分两种:一是阐释义理,一是训诂章句。阐释义理是通过对圣贤思想的整体理解来展现自己的观点,《论语》是孔子及其弟子对尧舜禹汤文武周公思想的阐释,《孟子》是对孔子仁义思想的阐释,《荀子》是对孔子礼乐思想的阐释。训诂章句也是两种解经的方式。训诂就是详顺上下文意,理解古人思想。这是一种比较粗略的解释方式,历史上那些有大作为的人,读书只解大义,而不做精细

---

① 刘明今:《方法论》,王运熙、黄霖主编:《中国古代文学理论体系》,上海:复旦大学出版社2000年版。
② 张伯伟:《中国古代文学批评方法研究》,北京:中华书局2002年版。

分析。陶渊明"好读书,不求甚解"。① 章句则是一种精细的阐释方式,通过对经典字词句的分析,探寻圣人的微言大旨。这种方法比较琐碎,一个词语往往就能解释几百几千乃至上万字,是工夫与学问的体现。汉代盛行章句学,西汉宣帝时设立五经博士十四家,促进了汉代儒学的发展。但对五经的阐释越来越繁琐,而且歧义较大。于是连开两次会议,讨论《五经》同异。在石渠阁、白虎观会议之后歧义依然存在,繁琐依然如故,使章句学成为显学,由师法转向家法。② 章句之学后来扩大到了道家、佛教著作,也扩大到文学著作,出现了五百家注韩、千家注杜的壮观景象。注疏与原著一起刊行,在版本、校注、体系、编年、资料、研究各方面均有较大的收获,使一般读者迅速完成入门、升堂、入室等步骤,甚至成为该领域的行家里手。由于体系完善、学术价值高,影响也更深远。

古集注疏也是体系观念的体现。选择前人著作,并下功夫注释它,需要花费大量的时间精力,有人一辈子就干成这么一件事。选择从事这项工作,表明对前人思想的认同。一本著作往往有很多注本,各个注本对相同的问题阐释不同。在同一体系中也会有不同的观点,有时差异还比较大。郭象注庄,议论高简。凡庄子千百言不能了者,郭象以一语了之。郭象注混沌凿七窍一段,惟以一语断之,曰"为者败之"。止用四字,辞简意足。一段章旨,无复遗论。盖其妙若此,世谓"庄子注郭象"。③ 郭与庄融为一体,才会有如此精妙之注释。其实,郭象与庄子思想有较大的差异,对待"人为"的看法就不相同。庄子排除一切后天的、人为的因素,至少也要做到天人合一。郭象则强调人为的作用,只有人为的、发自真性情的才是自然。认识的出发点不同,但他还是借庄子的体系来陈述自己观点的。通过比较鉴别,常常会发现原著者与注疏者思想上的差异。有差异才是正常的,正好表明同一种思想在不同时代的发展变化。如果没有这些变化,就像只有源头没有注入活水一样,这条河流就干涸了。思想发展的标志就是不断变化,从不同方面不断注入新的内涵。这也是注疏学的魅力所在。如果某些注本离原著太远,忽略了原著的基本特点,或理解不了原注的思想,后人也可以置之不理,再注入新的内涵。《四书集注》《诗集传》是朱熹荟

---

① [东晋]陶渊明:《陶渊明集笺注》,卷第五,袁行霈笺注,北京:中华书局2003年版,第502页。
② [南朝宋]范晔撰,[唐]李贤注:《后汉书》,卷四四《徐防传》,北京:中华书局1962年版,第1500页。
③ [元]刘壎:《隐居通议》,卷一九,《丛书集成初编》214册,北京:中华书局1985年版,第195页。

萃汉唐宋各家注疏形成的集注本,其特点是篇幅不大而且以朱熹的注释为主,表明了他对自己学术的自信。后面我们将重点分析的《傅幹注坡词》《详注周美成词片玉集》也是篇幅不大的集注本,两本注释思路不同,但同样精彩。这也是现存最早的、比较完善的宋人注宋词本,其文献价值、学术价值是很高的。

2. 摘抄学

摘抄学以汇集编撰前人著述为主,有些还加上自己的评语,凸显编纂者观点和文学体系。摘抄不是原创,它通过对前人著作搜集、整理、摘抄、编撰来表明自己的文学见解。阮阅的《诗话总龟》、胡仔的《苕溪渔隐丛话》、魏庆之的《诗人玉屑》是对宋代诗话的汇编,保存了许多今已失传的作者、诗话的论诗材料。宋人常在笔记、诗话、词话、杂记中辗转抄录前人或时人的一些资料,多次抄录往往使材料失去原貌,而大型笔记、诗话、词话多以保存资料文献为目的,分类汇编、不失其真,有些还注明出处以备查询。这些大型笔记、诗话、词话收录面广、信息量大,对于保存宋人诗话、词话等具有特殊价值。即使原版也流传下来,它的价值也不容小觑。因为随着年代久远,原版也存在很多问题,多次翻刻使版本紊乱、缺页少字、文字讹误、题目缺失、刻本模糊、他人作品窜入等比比皆是,它对于校订现有版本也有特殊的文献价值。宋人创作讲究用典,著书立说又岂能无据?一般的著述都要谈到写作缘起,以及受前人影响等,表明虽是私家著述,也是出于公议,并且得到学界的首肯。而强调一切都是自己感悟,毫不假借他人之力的,似乎只有严羽的《沧浪诗话》。《沧浪诗话》主唐音而反宋调,是宋代诗话中的别调。能让这部别调成为主流的还是诗话汇编。魏庆之《诗人玉屑》几乎全文抄录严羽《沧浪诗话》,使严羽诗论成为南宋诗坛一种观点出现在主流诗话中。摘抄也是学术思想的体现,表明对原著者的观念的认可和延续。诗话摘抄、汇编与诗词选集相同,是用别人的材料表明自己的观点。只有广泛的继承,才有真正的创新;创新与掌握的资料有必然的关系;只有多方资取、集腋成裘,才能把古代文学的体系传递下去。

3. 流派学

一个时代文学创作的繁荣,表现在众多的作家作品上。有特色或者有成就的作家,往往会形成自己独特的"体"。"体"是作家身份地位的标志,所以诗人对能够自创一体是非常艳羡的。① 严羽《沧浪诗话》记载了唐宋诗

---

① [宋]姜夔:《白石诗词集》,《白石道人诗集自叙》,夏承焘校辑,北京:人民文学出版社1959年版,第1页。

歌涌现出很多的"体"。这些相同或相近的"体"构成一个流派。一个时代往往有很多的流派,在这众多的流派中会有一个或几个"正派"。除"正派"以外,还有更多的余派。正派与余派也是相辅相成的,正派比余派更接近文学体系的目标。正派往往还需借助余派来实现自己的目标,宋诗以江西诗派为正派,宋词以南宋江湖词派为正派,而他们孜孜以求的创作典范竟然是苏轼。苏轼名不入正派,但比正派诗人词人更接近宋代诗词的理想风格。其他诗人词人虽不像苏轼那样典型,也对宋代诗词体系有一定的贡献。正派与余派,取代了原先的正派与邪派,表现出古人的智慧和胸襟。宋代诗歌之所以能够迅速发展,与古人的流派观念改进有很大的关系。

二 独特的形式

道统、文统是古代的文学体系,它们同源共流、抱团并起,但最终一拍两散、各生欢喜。究其原因,令人嘘唏。至于下文论述的锺嵘的五言诗歌流派、正派体系,是与文统、道统距离较远的一种体系形式。之所以选择它,只是想藉此证实体系是无处不在的,即使在我们认为不可能存在的地方。

(一)道统文统

1. 道统

道统是儒家的思想体系,从历代圣王一脉相传的道到历代圣贤的著述,皆被奉为正统,且处于经典地位。道统是维持政统的精神支柱,又对政统起着一定的制约作用。孟子考查夏商周三代政统的更替,得出"政统五百年一变"的规律。赵岐注曰:"言五百岁圣人一出,天道之常也。"①从周文王到孔子五百余年政统虽未更替,但是周天子已经失去了天下共主的地位。在这一千六百年的历史中,政统更替了三次但道统基本未变。道统传承如下图所示:

尧舜(禹、皋陶)→商汤(伊尹、莱朱)→文王(太公望、散宜生)→孔子

在上面文字中,"尧舜"是圣人,括号里面的"禹、皋陶"等是与圣人同时代的贤者。传道的方式有两种:一是亲炙,如括号里的贤人,他们与圣人同时,亲见圣人、亲身感受圣人之道;二是与闻,下一代圣人,如"商汤"与上一

---

① 十三经注疏整理委员会整理:《十三经注疏·孟子注疏》,卷第一四下,第408~409页。

代圣人"尧舜"相隔久远,只能与闻圣人之道。他们是通过文献记载、历史传说和自己理解去感悟圣人之道,并且把它传承下去。夏商周三代传承尧舜之道,但每个朝代取舍不同,在礼乐教化、天文历法等方面各有特点。鉴于前代兴亡,道统也会有所损益。孔子与弟子经常讨论这些问题,《论语》中有关记载有十余条,如"殷因于夏礼,所损益,可知也;周因于殷礼,所损益,可知也;其或继周者,虽百世可知也",①"行夏之时,乘殷之辂,服周之冕,乐则韶舞",②"周监于二代,郁郁乎文哉!吾从周"等。③韩愈《原道》继承了孟子的道统,并且把孟子也补进新的道统,他说:"尧以是传之舜,舜以是传之禹,禹以是传之汤,汤以是传之文、武、周公,文、武、周公传之孔子,孔子传之孟轲。轲之死,不得其传焉。荀与扬也,择焉而不精,语焉而不详。由周公而上,上而为君,故其事行;由周公而下,下而为臣,故其说长。"④韩愈的道统传承如下:

尧→舜→禹→商汤→周文、武、周公→孔子→孟子

除了增补孟子为新的道统以外,他还说明了前后道统的区别:从周公以上,尧舜禹到夏商周三代是君师合一的;从周公以下,君师分离,道统只有教化权而无君权。有君权就可以借助国家机器来推行圣人之道,无君权就需要把自己的思想用文字记述下来,用思想教化民众。周公以下的道统人物都擅长著述。从孟子以后,宋人又增加了几位新的道统。柳开以道统自居,他自称:"吾之道,孔子孟轲扬雄韩愈之道;吾之文,孔子孟轲扬雄韩愈之文也。"⑤他增补韩愈和他自己为新的道统。石介增补了汉代扬雄、隋代王通、唐代韩愈,⑥在《尊韩》篇突出韩愈的作用,并说孔子为圣人之至,韩愈为贤人之卓:"吏部《原道》《原仁》《原毁》《行难》《禹问》《佛骨表》《诤臣论》,自诸子以来未有也。呜呼,至矣!"⑦苏轼承认韩愈的道统地位,并且增补欧阳修为新的道统,理由是:"愈之后二百有余年而后得欧阳子,其学推韩愈、孟

---

① 十三经注疏整理委员会整理:《十三经注疏·论语注疏》,卷二,第23~24页。
② 十三经注疏整理委员会整理:《十三经注疏·论语注疏》,卷一五,第210~211页。
③ 十三经注疏整理委员会整理:《十三经注疏·论语注疏》,卷三,第36页。
④ [唐]韩愈:《韩愈文集汇校笺注》,卷一,刘真伦、岳珍校注,北京:中华书局2010年版,第4页。
⑤ [宋]柳开撰:《河东集》,卷一《应责》,李可风点校,北京:中华书局2015年版,第12页。
⑥ [宋]石介:《徂徕石先生文集》,卷一二《上赵先生书》,陈植锷点校,北京:中华书局1984年版,第138页。
⑦ [宋]石介:《徂徕石先生文集》,卷七《尊韩》,第79~80页。

子以达于孔氏,著礼乐仁义之实,以合于大道。"①道学家以传承圣人之学为己任,程颐推举程颢为道统,他说:"孟子之后,传圣人之道者,一人而已。"②黄幹以其师朱熹为道统:"道之正统待人而后传,自周以来,任传道之责者不过数人,而能使斯道章章较著者,一二人而止耳。由孔子而后,曾子、子思继其微,至孟子而始著。由孟子而后,周、程、张子继其绝,至熹而始著。"③《宋史》道学传赞同这个观点,认为以朱熹为代表的宋代道学家继承孟子精神,成为新的道统。④

把历代道统连接起来,足以改变我们以前的认知:一、政统是经常更迭的,而道统是稳固不变的,只是与时推移、有所损益。二、道越传越多,体系越来越丰富。尧舜禹一脉相传的道"允执其中",⑤到了孔子时期,给它赋予新的内涵:《论语》仁义礼智信的君子修养,《大学》"修己安人"中的教育宗旨,《中庸》"慎独"的治心途径等,把上古帝王之学变成平民之学,把圣王治国之道与普通人的修身联系起来,成为不可须臾相离的道。《孟子》把孔子的仁发展成仁政,把君子修养简化成知言养气,更加方便易行。

对儒家道统的研究,以汉宋两代最有特色。汉儒重师统、重家法,宋儒重义理、重文本都是体系意识的表现。汉人去圣人不远,由他自己上溯几代就到圣人,重师统表明思想根源的纯正;重家法则表明学术有特色。宋儒去圣人已远,通过阅读文献、义理考辨来感悟圣贤之道。这两种方法,正是孟子所谓的亲炙与与闻。

汉儒重五经,宋人表彰四书。程颐发明四书意蕴,卒得孔孟不传之学。他发现了孔孟的思想体系,这比散乱的五经更有价值。四书,《大学》《中庸》《论语》《孟子》。《论语》《孟子》作者明确,记录了孔子、孟子的语言和思想。《中庸》,《史记》说"子思作《中庸》"。⑥《大学》的作者,《史记》没有提及,郑玄注《礼记》也没有说明。程颐认为"《大学》,乃孔氏之遗书",⑦朱

---

① [宋]苏轼撰:《苏轼文集》,卷一〇《六一居士集叙》,孔凡礼点校,北京:中华书局1986年版,第316页。
② [宋]程颢、程颐:《二程集》,《河南程氏文集》卷第一一,王孝鱼点校,北京:中华书局1981年版,第639页。
③ [元]脱脱等撰:《宋史》,卷四二九《道学三》,聂崇歧点校,北京:中华书局1985年版,第12769~12770页。
④ [元]脱脱等撰:《宋史》,卷四二七《道学一》,第12710页。
⑤ [宋]朱熹撰:《四书章句集注》,《论语集注》,卷一〇,北京:中华书局1983年版,第193页。
⑥ [汉]司马迁撰,[宋]裴骃集解,[唐]司马贞索隐,[唐]张守节正义:《史记》,卷四七《孔子世家第十七》,北京:中华书局1959年版,第1946页。
⑦ [宋]程颢、程颐:《二程集》,《河南程氏遗书》卷第二上,第18页。

熹说得更具体:"唯《大学》是曾子述孔子说古人为学之大方,门人又传述以明其旨,体统都具。"①都是揣测之辞,并无确凿的证据。

在大一统的社会,皇帝处于政统之巅。他无所不统,当然不会放弃对道统的干预。但道统最终没有沦为皇帝的御用工具,这是由道统自身的性质决定的。道是自然和社会的基本规律,不是人的主观意志能决定的。在古代政统中,讲究后圣法前圣,学习前代圣王对自然规律、社会规律掌握和运用的能力,不能随意干预道统,随意干预将对自己的声誉造成伤害。历代帝王都要按照道统的规范去做,不能留下离经叛道的恶名。但在大一统的社会,帝王的喜好确实会对道统有一定的影响,唐宋时期三教并立,但在某些时段因为帝王的偏嗜会发生一定的偏差。在历史上的某个时段,政统也会对文统施加影响,徽宗时期屡次禁绝元祐学术、禁止苏轼等人的文集。在南宋时期,韩侂胄禁绝道学、史弥远禁诗,朋党之争时,屡次兴起文字狱,对文学体系也有一定的影响。时过境迁,一切回复原状又重新开始。所谓的干预,只是一段插曲,往往成为后人警戒的内容。

2. 文统

文统是文学的统系,一般简称为"统",荀子在《非十二子》篇中批评思孟学派"略法先王而不知其统",②统即尧舜禹等前代圣王的思想体系。刘勰《文心雕龙》是一部具有体系性的文论,开卷第一篇即"原道",其次是"宗经""征圣",把文统归入道统,把文归于周公孔子门下。"宗经""征圣"与"原道"是同一关键,表明儒家经典在文统中的重要性。韩愈《进学解》自谦"学虽勤而不由其统",③"统"仍是先王的统绪,即道统。韩愈认为文统与道统是一体的,苏轼称韩愈"文起八代之衰,而道济天下之溺",④也是从文道两方面来赞颂他的实际贡献的。在唐宋古文运动中,道统与文统同时并起。随着宋代道学的兴起,从专业角度审视韩愈及其《原道》,发现他对儒家思想的阐释也不准确。张耒认为韩愈"以为文人则有余,以为知道则不足"。⑤ 文与道是两种大的统系,各有其专业特点,文道双兼、二统合一,越

---

① [宋]黎靖德编:《朱子语类》,卷一三《学》七,王星贤点校,北京:中华书局1994年版,第244页。
② [清]王先谦撰:《荀子集解》,沈啸寰、王星贤点校,北京:中华书局1988年版,第94页。
③ [唐]韩愈:《韩愈文集汇校笺注》,卷二《进学解》,刘真伦、岳珍校注,北京:中华书局2010年版,第4页。
④ [宋]苏轼撰:《苏轼文集》,卷一七《潮州韩文公庙碑》,孔凡礼点校,北京:中华书局1986年版,第509页。
⑤ [宋]张耒撰:《张耒集》,卷四一《韩愈论》,李逸安等点校,北京:中华书局1990年版,第677~678页。

来越不适应时代需要。道统文统的分离,也是必然的选择。

文统道统对应的是文学与道学,这两门学问都是研究人的情感的,但趋向不同。道学以研究心性为主,而文学以抒情写意为主,早在春秋战国时就体现出不同的特点。汪藻《答吴知录书》云:"孔子设四科,文与学一而已。及左丘明、屈原、宋玉、司马迁、相如之徒,始以文章名世,自为一家,而与六经训诂之学分。譬均之饮食,经术者,黍稷稻粱也;文章者,五味百羞也。用黍稷稻粱之甘,以充吾所受天地之冲和,固其本矣。"①他把道学比作每天都要吃的粮食,把文学比作是不可多得的美味佳肴。唐宋时代古文运动,道学与文学抱团兴起,但在兴起的过程中加剧二者之间的冲突。石介《怪说》把杨亿与佛老并列作为一怪,予以抨击。因为"今杨亿穷研极态,缀风月,弄花草,淫巧侈丽,浮华纂组,刓镂圣人之经,破碎圣人之言,离析圣人之意,蠹伤圣人之道"。② 此后,古文运动领袖欧阳修及时调整文道关系,使文道融洽发展,到元祐时各臻其极。朱熹说:"文字到欧曾苏,道理到二程,方是畅。"③到了鼎盛时期,文道分歧也更突出。吴子良《筼窗集续集序》云:"自元祐后,谈理者祖程;论文者宗苏。而理与文分为二。"④除了它们属于不同类型的事物,同笼共育,长大自然分别的原因之外,还有一些其他的原因。王氏经学的崛起,也加剧了这种分化之趋势。道学家对文学的鄙视,认为作文害道,也是其中的一个原因。

文统道统属于有一定交集的两个体系,它们同源共流,可以相互借鉴,发展得更好。宋代理学家常讲"理一分殊",⑤但在对待别的体系、别的人物时往往强求一律。文统道统的代表人物先是性格上的不合,再到朝堂上的相互攻讦,冰炭不同器,加剧了分化的趋势。

(二) 锺嵘诗派

按照常理,接下来应该枚举符合道统文统分化的事例证实上述观点的成立。笔者以为道是无处不在的,体现在所有时代的所有文体之中。那么,选择一种与文统关系比较远,但与下文宋词流派相近的文体来分析它的体

---

① [宋]汪藻撰:《浮溪集》,卷二一《答吴知录书》,《四部丛刊初编·集部》,上海商务印书馆缩印武英殿聚珍版本,第163页。
② [宋]石介:《徂徕石先生文集》,卷五《怪说》中,陈植锷点校,北京:中华书局1984年版,第62页。
③ [宋]黎靖德编:《朱子语类》,卷一三九《论文》上,王星贤点校,北京:中华书局1994年版,第3309页。
④ [宋]陈耆卿撰:《筼窗集》,吴子良《续集序》,影印《四库全书》本。
⑤ [宋]程颢,程颐:《二程集》,《河南程氏文集》卷第九《答杨时论西铭书》,第609页。

系意识,也许更能说明问题。

  五言诗在齐梁时代还是"流调",①与道统、文统关系甚远。锺嵘《诗品》论述五言诗歌的盛况,并对汉魏至齐梁之间的一百二十三位诗人划分品第、指示流派。根据锺嵘对其中三十六位主要诗人(其中"古诗"是佚名诗人所作的一组诗歌,作者当不止一人,为了论述的方便这里勉强算作一人)源流的叙述,王运熙教授等执笔的《中国文学批评通史——魏晋南北朝卷》第四章《锺嵘〈诗品〉》绘制了一幅流派示意图,②清晰展现了五言诗歌的师承关系与风格流派。这种论述方式的特点是:

  其一、分门别派,论述诗人。前后《汉书》"儒林传"也是分门别类来评价儒学人物的,这个门类是自然形成的。儒家经典有《五经》,《五经》下面有不同的学派,如"诗"有鲁齐韩毛四家诗等,这些都是自然形成的,论述它们不需要什么理由。锺嵘把五言诗溯源到国风、小雅和离骚,则出自他的判断。这个判断要想得到众人的承认,他必须要拿出一个令人信服的理由。章学诚对锺嵘评价很高,他认为锺嵘《诗品》"深从六艺溯流别也"、"如云某人之诗,其源出于某家之类,最为有本之学。其法出于刘向父子"。③ 此意非后世诗话家流所能喻也。诗源自诗骚,从《史记》到刘勰《文心雕龙》都这么说。这是一个常识。只有回归常识,才能令人信服。锺嵘把七百年的诗人组织在一起,先从宏观上的定位,如某人属于哪一品级、具有什么特色,出自哪一门派,还受什么人影响,然后引经据典、论述其创作的风格特色,有些是他自己感受到的或亲身经历过的(曹植入室,刘桢升堂,张协、潘岳、陆机坐于廊庑之间。④ 余常言陆才如海,潘才如江。⑤ [谢]朓极与余论诗,感激顿挫过其文⑥),有些是转引当时名家的品评原话(谢混云:潘诗烂若舒锦,无处不佳;陆文如披沙简金,往往见宝。⑦ 谢康乐尝言:左太冲诗,潘安仁诗,古今难比。⑧ 谢康乐云:张公虽复千篇,犹一体耳。⑨ 汤惠休曰:谢诗如

---

① [梁]刘勰:《文心雕龙义证》,卷二《明诗第六》,詹锳义证,上海:上海古籍出版社1989年版,第210页。
② 王运熙、顾易生主编,王运熙、杨明:《中国文学批评通史——魏晋南北朝卷》,上海:上海古籍出版社1996年版,第550页。
③ [清]章学诚:《文史通义新编新注》,内篇五《诗话》,仓修良编注,杭州:浙江古籍出版社2005年版,第291页。
④ [梁]锺嵘:《诗品笺注》,《诗品上》,曹旭笺注,北京:人民文学出版社2009年版,第57页。
⑤ 同上书,第80页。
⑥ [梁]锺嵘:《诗品笺注》,《诗品中》,第180页。
⑦ [梁]锺嵘:《诗品笺注》,《诗品上》,第80页。
⑧ 同上书,第87页。
⑨ [梁]锺嵘:《诗品笺注》,《诗品中》,第122页。

芙蓉出水,颜如错彩镂金。① 钟宪:大明、泰始中,鲍、休美文,殊已动俗。惟此诸人,传颜陆体。用固执不移,颜诸暨最荷家声②),有些是当时公认的看法,(沈诗任笔③)这些论诗资料非常珍贵。锺嵘引用这些材料从多个途径、多个方面相互映照,确保评论的客观公允,突出不同时代、不同流派诗人诗歌的风格特点。分门别派、指出源流的论述方法,是他对前人论述方法的改进,蕴含着许多新的思想和内容。事实证明,锺嵘的这种划分派、归类的方法是有道理的。

其二、推流溯源,依次排列。我国历史悠久,要想说明一个问题,先得从根源谈起,这样才符合人们的认知习惯。《汉书·儒林传》正是如此考虑的。《五经》源于孔子,由孔子或其门下高足亲传,然后历代学者相承,其间有高才杰出者,需要强调的加以文字说明。这样既有时间上的次序,又有重点介绍,可以说是纲举目张、条理清晰、解说明白。锺嵘论五言诗也是如此。五言诗是一种适合口语习惯的俗体诗,孔子及其弟子是没有作过五言诗的。它对《诗经》的继承,不在文体而是在精神上。锺嵘根据五言诗歌情感上的趋向把它划为三类:国风式的温柔敦厚、小雅式的词多感慨和离骚式的牢骚幽怨。在一百二十三位诗人中只有阮籍一人属于小雅,其他诗人分属国风和离骚,其中国风占多数。五言诗歌的流俗性与国风的大体相近。其他一百二十二位诗人是按照时间次序排列的,每门每派之下风格相近的诗人依此排列,一一指出其风格特点,并通过与同时相近流派的诗人比较为其定位。这样每一位诗人在这段历史上处于什么地位,基本上是准确清晰的。

其三、诗骚并重,正余互补。在汉代,司马迁、刘向对屈原及其《离骚》予以高度的评价,班固《汉书》对屈原的评价就有所保留。汉代经学兴盛,学者依据儒家观点分析问题。按照儒家温柔敦厚的诗教观点,屈原的情感是不中和的,其中有不少愤激之言。屈原作品还具有浓郁的楚文化特色,好祭祀、信巫鬼、多奇思异想,这也是儒家文化所不言的。正是在对屈原评价逐渐走低的形式下,锺嵘把他作为创作上的一种理想风格,这是需要才学识和勇气的。屈骚不是诗歌的主流,但主流诗人也受其影响。正如刘勰所说的,"衣被词人非一代也"。④ 在锺嵘《诗品》中,国风一系为正派,其代表人物是"曹植—陆机—谢灵运";楚辞一系为余派,这派诗人往往以文采擅长。

---

① [梁]锺嵘:《诗品笺注》,《诗品中》,第160页。
② [梁]锺嵘:《诗品笺注》,《诗品下》,第273页。
③ [梁]锺嵘:《诗品笺注》,《诗品中》,第192页。
④ [梁]刘勰:《文心雕龙义证》,卷一《辨骚第五》,詹锳义证,上海:上海古籍出版社1989年版,第162页。

我们姑且不论楚辞一系的诗人,只说正派中的典范诗人曹植,其诗"骨气奇高,词采华茂,情兼雅怨,体被文质,粲溢今古,卓尔不群",①显然兼有楚辞的特点,比如"词采华茂"的"词采"、"情兼雅怨"的"雅怨"。陆机、谢灵运也是诗骚兼善的。

其四、重点靠前,突出影响。《汉书·儒林传》《后汉书·儒林传》谈到每一流派杰出学者时,需要加上一些文字说明,说明多了也就淡化了所强调的特性。而锺嵘《诗品》采取了一种新方法,那就是重点靠前,突出其在流派中的实际影响作用。在锺嵘《诗品》中列入上品的诗人,如"曹植—陆机—谢灵运"都是排列在前面的。"国风"下有三个支系,一是"古诗—刘桢—左思",二是"曹植—陆机—颜延之"等,三是"曹植—谢灵运"。曹植是锺嵘着意推出的典范诗人,直接排在"国风"之后,陆机仅次于曹植;谢灵运则是受曹植影响的另一支诗人的首位,他还受到楚辞一系张协的影响(张协的位置是:"楚辞—李陵—王粲—张协")。于是就形成了"国风—曹植、陆机、谢灵运"为代表的五言诗歌正派体系。这个正派体系与宋代江西诗派"一祖三宗"何其相似乃尔。这不是偶然的巧合,而是锺嵘对各个时段诗风论述的普遍方式。在五言诗歌史上有三个重要阶段,分别是建安、太康和元嘉。曹植为建安之杰,刘桢、王粲为辅;陆机为太康之英,潘岳、张协为辅;谢灵运为元嘉之雄,颜延年为辅。②按照锺嵘的逻辑推理,五言诗歌的一祖是"国风",三宗是典范诗人曹植,辅之以陆机、谢灵运。这两人一人通脱,一人严密,再参取其他诗人的风格,如"古诗""阮籍""李陵"等形成了五言诗歌的理想风格。"一祖"担负与文学传统接轨的任务,就像宋代江西诗派中的杜甫、江湖词派中的周邦彦。杜甫接轨的是唐代以前的中国古代诗歌传统,因为他是历代诗歌的集大成者。周邦彦接轨唐宋词的传统,他是本色雅正词人的代表,代表着从花间词到政宣词坛的本色雅正之风。这个结构是我国文学中比较典型的一种论述方法,也是体系意识的体现。

当我们把问题简单化以后,一些原来的制约因素被淡化了,问题的本质浮出水面。这对启发思维、发现问题有一定帮助,但要想使结论准确、合乎

---

① [梁]锺嵘:《诗品笺注》,《诗品上》,第56页。
② "元嘉诗坛"上只列举两位诗人,一主是"元嘉之雄谢灵运",一辅是"颜延年",还缺一辅;与前面所述的建安、太康诗坛"一主二辅"的体例不合。元嘉诗坛诗人众多,锺嵘对陶潜、鲍照的诗歌评价很高,称之为"五言警策"、([梁]锺嵘:《诗品笺注》,《诗品下》,第211页)"五言之冠冕,文辞之命世"([梁]锺嵘:《诗品笺注》,《诗品序》,第19页),他们的诗风正好是谢灵运、颜延年的补充。

实际还得回到本源上,这就是惠庄之辩时庄子所说的"请循其本"。① 下面,回到锺嵘《诗品》的文本,并参考同时其他资料对上述观点进行分析。

锺嵘用了多种途径来印证他的观点。首先他在《诗品》前有一个长长的序言,这个序言收录在《梁书·锺嵘传》里,②这是目前看到的比较早、也是比较可信的版本。它与今本《诗品序》大体一致,说明今本《诗品序》也是可信的。在这篇较长的理论文章中,锺嵘谈了哪些问题呢?

五言诗歌史。与两汉儒学、大赋的兴盛不同,五言诗创作比较沉寂。五言诗歌的兴盛在魏晋以后,锺嵘还对各个重点时段进行了详细的论述,对这一时段的诗人、诗风、成就予以突出强调。他的结论是:诗人引领时代,建安之杰、太康之英和元嘉之雄等,既是五言之冠冕,也是命世之鸿才。在文学史中品评作家,也是这一时期新的特点。沈约《宋书·谢灵运传·论》、萧子显《南齐书·文学传·论》以及刘勰《文心雕龙》都是如此。刘勰每谈到一种文体,如诗、乐府、赋、颂赞、祝盟等,都要回顾它的历史指出每个时段知名的作家作品及其特色,然后根据文体发展的实际情况提出相应的改进措施。用文学史的批评方法,条理清晰、资料详实、特色鲜明、前后连贯,通过对比很容易把问题阐释清楚,也容易被人接受。锺嵘采用这种方法,其观点客观公正,也经得起检验。

不同诗体之间的风格继承。四言是诗歌的正体,五言是流调。那么,在正体流调之间、雅俗诗歌之间是否会有某种传承关系呢?它是通过什么方式传承的呢?锺嵘认为雅俗体诗歌之间也是有传承关系的,五言诗歌也是用《诗经》(四言诗)的赋比兴来创作的。锺嵘对赋比兴的含义进行了改造,使它适合五言诗歌的创作实际,并且提出了具体的创作方法。五言诗歌延续了《诗经》六义的精神,五言诗人列入"国风""小雅"一派也是理所当然的。

诗歌创作中存在的问题。诗歌本是有感而作,这个感包括自然界的春夏秋冬四季交替、人世间的悲欢离合、生死契阔。他得出的结论是:凡斯种种,感荡心灵,非陈诗何以展其义,非长歌何以骋其情?③ 本来有感而发,各随其性的诗歌创作,变成贵游子弟的创作竞赛或文学游戏,诗歌创作变味了。

---

① [清]郭庆藩撰:《庄子集释》,卷六下《秋水第十七》,第607页。
② [唐]姚思廉撰:《梁书》,卷第四九《文学上·锺嵘》,北京:中华书局1973年版,第694~697页。
③ [梁]锺嵘:《诗品笺注》,《诗品序》,第28页。

诗歌批评中存在的问题。创作变味,批评也无标准,这时就需要一种新的批评方法。钟嵘继承《汉书》九品论人、《七略》裁士法,通过划定品级、指摘源流来评论五言诗歌,指出五言诗歌创作、理论上存在的问题以及未来的发展趋向。

在《诗品》的卷中、卷下,还有两篇小序。这些序言既不属于分论,也不属于总论。它所摆放的位置与下面的内容也没有必然联系,不知因何放在这里。于是就有人怀疑它是不是窜简了,或者是书商妄加的。反复阅读并且比较多种版本后才明白,这是补充说明。钟嵘对自己提出的理论还有许多疑虑,于是再次申述。体例上稍嫌不合,但观点上却很重要。把它们与前序合并归类,挪一个位置也许就解决问题了。这两个小序内容芜杂,分别是:

卷中序包括:一、编纂体例,如"一品之中,略以世代为先后,不以优劣为诠次""又其人既往,其文克定。今所寓言,不录存者"两条。① 二、诗歌创作理论,主张直寻,反对用事。三、诗歌批评现状,钟嵘《诗品》虽然是私人制作,但也广泛汲取各家所长,能够解决许多实际问题,是一部比较及时的理论著作。

卷下序包括:一、对音韵和诗病的批评。钟嵘认为平上入去四声和八种诗病,不是诗歌天然的属性,可以省去不要。二、列举五言诗歌名篇。《诗品》总序、分论多是论人的,而这一段文字是论作品的。它相当于一部诗选,五言诗七百多年历史,入选的只有二十二家,作品三十多首,标准很高。入选其中,即是名家,所选诗歌,皆为诗坛英华。

在这里,笔者对"卷中序"的第三点略作说明:钟嵘对五言诗歌批评现状的分析,说明《诗品》虽然是一家之言,但也广泛地阅读了当时的诗学批评文献,甚至包括谢灵运编纂的《集诗抄》、张隐的《文士》之类诗歌选集。认为他们的共同特点就是只论述不品评,或者只抄录不品评,很难给读者后人一个清晰的判断。有鉴于此,《诗品》的重点在于品评。这也有受当时文坛领袖刘绘影响的因素。刘绘是钟嵘的太学同学、下品诗人,他对五言诗歌评论的现状不满,也想作一部《诗品》,品评当代诗歌。他的一些想法、观点,对钟嵘也有一定的影响。②

钟嵘对五言诗歌的批评有一套完整的体系,这个体系是多方面的。有总论与分论的对照比较、有正文与申论的补充说明、还有理论与作品的相互

---

① [梁]钟嵘:《诗品笺注》,《诗品中》,第97页。
② [梁]钟嵘:《诗品笺注》,《诗品下》,第290~292页。

参照以及各个流派内部诗人地位的展现等,先分三个品级,然后在同一个品级中对时代相近、风格相近的作家进行比较,为一百二十三位诗人定位。尤其是他一系列诗学观点和研究方法,如"品第高下""推源寻流""较量同异""博喻意象""知人论世""寻章摘句"等,①对古代文学体系影响较大。古代文学体系有多种模式,每一种模式都有其合理性和必然性。锺嵘的批评模式,简约清晰、方便易行,体现了锺嵘论诗的气度和格局,对于唐宋诗学体系影响较大。下面,我们分析宋代词学流派。

第二节　宋代词学体系

笔者曾想切近原生态研究宋词,这个想法很快就被否定了。因为宋词的原生态消失了,与它伴生的一些因素也随即消失或转化了。比如词乐没有了,凡有井水饮处即能歌柳词的氛围,茶坊酒肆按歌调弦、歌妓唱词的环境,文人聚会次韵唱和、为押一韵搜索枯肠绞尽脑汁的心态也随之消失了。就连当时流行的一些词人词作、词学理论、词集笺注、词选词卷也散佚了;而历经劫难保存下来的文献,还常常被误读。既然不能切近宋词原生态做实际考查,那么读懂现有材料包括其中蕴含的人情世故就很重要。这也是我们选择文学体系研究方法的理由之一,多几个维度、多几层观照、多几次验证,得出结论也许会更真实、合理一些。然而文学体系是无所不在、无所不包的,要想做全面系统深入的研究也不可能,于是只能选几种因素并由此切入考查宋代词学体系的基本特点。这一节分析唐宋诗学对宋词流派的影响。

宋词创作兴盛,表现为词人词作众多、词学流派繁夥。这些流派是宋词体系的组成部分。与锺嵘的五言诗歌流派一样,宋词流派也有正派余派,它们相辅相成,创造了古代文学流派相互融合的典范。宋代词学中"一祖三宗"体系,明显要比锺嵘五言诗歌流派的印象深刻一些。宋代词学体系发展完善,对唐宋诗学还有反作用。

一　宋词流派

在宋词流派之前,比较典型的流派有汉儒学派、锺嵘的五言诗歌流派。汉儒学派是根据师承关系形成的自然流派,五言诗歌流派是锺嵘根据五言

---

① 张伯伟:《锺嵘诗品研究》,南京:南京大学出版社1999年版,第79~98页。

诗歌发展历史总结出来的，不是一百二十二位诗人的自主选择，比如陶渊明就不知道他自己属于哪个流派的哪个品级，甚至连什么人出自什么人也是从感觉上得来的。历史上记载的诗人一般都是汲取诗骚、融汇诸家，再受某位大家、名家点化才形成自己的风格，很少有专门盯着一个小家学习一辈子的。所以这一点需要证据，没有证据就无以释疑，也无以服众。宋词与上述流派不同，它是词人自觉的选择，唯一能够约束词人的就是词本身。他们因词结派、来去自由，因而流派众多，且各有特色。下面，分析宋词流派及其特点：

(一) 流派概述

宋代有众多的词体和流派，王灼《碧鸡漫志》卷二论北宋各家词短长，涉及词人达五十八人。① 而且这些词人还是以群体的形式出现的。刘扬忠教授《唐宋词流派史》记唐宋词学流派二十多个。② 肖鹏博士《群体的选择》从词选的角度分析唐宋词学流派，涉及词学流派或准流派也有十个，除去西蜀、南唐词人群还有八个。③ 在每个词人群体下面，还有为数更多的亚词人群体。面对如此众多的词人群体、词体词派，宋人是如何划分流派的？

王灼《碧鸡漫志》卷二论北宋各家词短长，所涉及的词派有三：东坡之门、柳氏家法、滑稽无赖以及不属于这三派的许多词人，其中有"各尽才力、自成一家"④的四位词人。刘扬忠教授把这类词人归为一派，称之为"以贺铸(方回)、周邦彦(美成)为主要代表，包括晏几道(叔原)、僧仲殊以及张先(子野)、秦观(少游)、毛滂(泽民)等人，保持传统柔美词风而能接近风雅的一派"。⑤ 这个说法是有道理的，但还需作进一步的解释。王灼究竟是说贺铸、周邦彦、晏几道和僧仲殊四人自成"一家"呢，还是各自成一家(四家)？一字之差，区别很大。按王灼下面的解释这四人两两相似，贺周"语意精新、用心甚苦"；晏、仲"得之天然、词藻华赡"。⑥ 他们又分两体，即人力功夫和天然华赡，表明他们词学观念相近，方法途径相异。那么，"各尽其才力，自成一家"算不算一派呢？词派有许多内在规定性，如词人、词作、

---

① [宋]王灼：《碧鸡漫志校正(修订本)》，卷二《各家词短长》，岳珍校正，北京：人民文学出版社2015年版，第26～27页。
② 刘扬忠：《唐宋词流派史》，福州：福建人民出版社1999年版。
③ 肖鹏：《群体的选择——唐宋人词选与词人群通论》，南京：凤凰出版社2009年版，第46～52页。
④ [宋]王灼：《碧鸡漫志校正(修订本)》，卷二《各家词短长》，第26～27页。
⑤ 刘扬忠：《唐宋词流派史》，22～23页。
⑥ [宋]王灼：《碧鸡漫志校正(修订本)》，卷二《各家词短长》，第26页。

词法以及贯穿始终的词社活动。根据现有资料还没有发现他们在一起举行词社活动的记载,也未见他们之间相互传授词法的活动,而且各人社交圈交集不多,只能算作一个松散词派。前面提到的其他三个词派与此相同,不是缺这个就是缺那个要素,算一个词人群体或者松散词派比较合适。

汪莘《方壶诗余自序》把宋词划为淫和不淫两类。在不淫的词派里,又特别标举宋词的"三变":词至东坡一变,至朱敦儒二变,至辛弃疾三变。苏轼词善于抒写豪妙之气,朱敦儒词多写尘外之想,辛弃疾多写心中事,尤其好称陶渊明,具有陶渊明率性任真的特点。在这三家之外,汪莘则用词写自己的隐居生活、水阁闲吟、山亭静唱、自适其情。① 汪莘认为词也是一种雅正的文体。

方岳《跋陈平仲诗》也谈到宋词归类。陈平仲就是南宋后期江湖词人陈允平。周密《绝妙好词》选陈允平词九首,②表明他是一个风格突出的本色雅正派词人。张炎《词源》也说陈允平词"本制平正,亦有佳者"。③ 方岳把宋词分为欧苏和晏秦两派,秦观是晏秦派的极致,可与秦观鼎足而三的两位词人是黄庭坚和陈允平。其中黄庭坚以诗掩词,秦观以词掩诗,唯陈允平诗词俱佳。其诗不减唐人得意句,其词善写梅花,处下风也能感到梅的幽香。④

王博文《天籁集原序》认为乐府(词)始于汉,著于唐,盛于宋,以情致为主,分为两体:一体秦晁贺晏,虽得其体,然哇淫靡曼之声胜;一体东坡、稼轩,矫之以雄辞英气,天下之趣向始明。⑤ 值得注意的有两点:秦晁贺晏虽得其体,占据主流,但内容情感却与所处的地位不配。苏辛虽是别调却指出了宋词发展的方向,使天下人明白了词的趋向。这与明代张綖的婉约、豪放二分法相近。

宋词流派众多,但大多数流派还停留在词体相近或相似上,不能算作一个流派。而一些比较典型的流派又因为缺少文献记载,也只能算作一个松散词派。詹傅《笑笑词序》指出郭应祥的词学派系是:张孝祥→吴镒→郭应祥。这是宋代词史中为数不多的一个"三传词派"。根据相关记述,这个词

---

① [宋]汪莘撰:《方壶诗余自序》,朱孝臧辑校,夏敬观评点:《彊村丛书(附遗书)》,上海:上海古籍出版社1989年版,第3721~3722页。
② [宋]周密编,[清]查为仁、厉鹗笺注:《绝妙好词笺》,卷五,郑州:中州古籍出版社1990年版,第75~76页。
③ [宋]张炎撰:《词源》,卷下,唐圭璋编:《词话丛编》,北京:中华书局1986年版,第266页。
④ [宋]方岳撰:《秋崖集》,卷三八《跋陈平仲诗》,影印《四库全书》本。
⑤ [元]白朴撰:《天籁集编年校注》,《附录》,徐凌云校注,合肥:安徽大学出版社2005年版,第205页。

派不仅学习张孝祥,还学习张孝祥所尊崇的词人苏轼以及苏轼所敬畏的本色词人欧阳修、晏殊等词坛先辈,和流行词人柳永。这是一个延续主流意识、跨越本色与豪放两大词派的典雅词派,他们的词集刊刻于宋宁宗嘉定元年(1208),正是辛词鹰扬词坛之际。该派词人以康与之的诙谐、辛弃疾的粗豪为戒,追求一种清新典雅的词风。詹傅对郭应祥评价尤高,认为他"集前辈之大成,而自成一家之机轴",①是承上启下的词派领袖。滕仲因《笑笑词后记》也指出这个典雅词派,源远流长,其词或如惊涛出壑,或如皱縠纹江,或如净练赴海,可谓冰生于水而寒于水。之所以刊刻三人词集,在于气脉所传,他们都在湘中任职,成就一段奇事。② 有关这个词派的三传词法、词社活动、词社其他成员等关键文献散失殆尽。还有一些词人歌词传唱天下,是当时社会风气使然,如柳永俗词、周邦彦雅词流行既久,天下传唱,很难说天下喜好柳词、周词的人就是一个词派。宋孝宗淳熙七年(1180)强焕知溧水县,刊印周邦彦《片玉词》。宋宁宗嘉定四年(1211),陈元龙《详注周邦彦片玉集》。方千里、杨泽民、陈允平遍和清真词,③真切感受周词音韵声律之美。南宋江湖词派也是学习周邦彦的,沈义父传吴文英词法,即以周邦彦为典范;张炎《词源》卷下、陆辅之《词旨》也给周邦彦极高的评价。从词学体系上看他们都属于周派词人,继承了周邦彦的词法。南宋后期饶克明也是学习周邦彦的,他与一般周派词人不同。一般周派词人主文,他主调。调就是词调。歌词改用长短句后,唱起来不容易了。本色词人在歌唱上用功尤深,柳永出入北里,改旧乐为新声。秦观、周邦彦以才情为词,他们的词配上歌妓演唱遂传唱天下。如果不用朱唇皓齿来歌唱,就不合词体规范。到了南宋中期,词乐分化、雅俗殊途。曾慥集《雅词》、赵闻礼编《阳春白雪》以及什么"大成""妙选"集都不适合歌唱。歌妓喜唱一些文字浅显、情节感人的小词,而文人墨客喜作艰涩雅词,又不协音律。这就是宋代雅词的尴尬处境。饶克明以周邦彦为典范,收集一些适合歌唱的雅词,按照音乐来分类编撰,在各地刊印流传。改变了宋词脱离音乐、雅词不能歌唱、俗词充斥歌坛的现象。他是宋词本色雅化的功臣。④ 喜欢周词的人并不一定是周派词人,周派词人也不一定在一个流派内活动。周邦彦词风盛行是社会风气的

---

① [宋]詹傅:《笑笑词序》,《彊村丛书(附遗书)》,第3612页。
② [宋]滕仲因:《笑笑词后记》,《彊村丛书(附遗书)》,第3667页。
③ [宋]周邦彦:《清真集校注》,《附录·十、方千里、杨泽民、陈允平和词对照表》,孙虹校注、薛瑞生订补,北京:中华书局2002年版,第533~566页。
④ 李修生主编:《全元文》第20册,卷六二〇,[元]刘将孙:《新城饶克明集词序》,南京:凤凰出版社1999年版,第152页。

一部分,是各种因素共同作用的结果,并非词社之所能为。作为专业词人或词学家,欣逢那个时代,做了一些引领和推进工作,记录下了当时过程和场景。这就是我们今天看到的珍贵的词学文献。

(二)流派特点

与汉儒学派、锺嵘五言诗歌流派不同,宋词流派有一些新的特点,试逐次论述之:

1. 体派关系

在古代文学中体派往往不分,分析宋词流派还得从"体"说起。严羽《沧浪诗话·诗体》以体言派,胪列了众多的诗体,仅与宋代有关的:以时而论,有本朝体、元祐体、江西宗派体;以人而论,有东坡体、山谷体、后山体、王荆公体、邵康节体、陈简斋体、杨诚斋体;又有西昆体。① 严羽注意到了诗体即创作风格的特点。创作风格往往体现在时代、个人、地域、文体等因素上。在同一时代人们的审美观念、创作风格是相近的、呈现出一些共同特征,如齐梁诗好讲声律、唐诗好讲作用、宋诗好讲才学发议论等,严羽把宋诗称为"本朝体",这是一个时代诗人诗歌所共有的特征,相当于今天所谓的"宋调"。严羽还谈到文体的因素,在同一种文体内相同的成分会多一些,创作风格更接近一些。每种文体称为一体也是合适的。在这么多的诗体中有没有诗派呢?有,但不多,比如"江西宗派体"。在宋代诗话中谈到诗派还有江湖诗派、放翁诗派、茶山诗派、睦州诗派、晚唐诗派等几种,但宋代词派很少。宋人有词派意识,还不善于用词派这个词来表述这个意识。

宋代文献记述了大量的词体,如"东坡体""易安体""稼轩体""尧章体"等,主要指某位词人所特有的创作风格。据刘扬忠教授统计宋词有十八体,加上与"体"相同的"效某某""拟某某"十三体,共计三十一体。② 表明宋人喜欢言体而不喜欢言派。"花间派""南唐派",在宋人的表述中也是"花间体""南唐体"。宋人对流派还有一些特殊的表述方式,如"三变美成家数""东坡门""欧苏一节"等,类似我们今天所说的"词派"。那么,体派之间的关系如何呢?创作风格相近为"体",文学观念相同为"派"。"派"是由体构成的,并不是所有的"体"都是一派。《花间集》中有十八位词人,特色鲜明的只有三位,即温庭筠、韦庄和李珣。李冰若《栩庄漫记》云:"花间词十八家约可分为三派,镂金错彩,缛丽擅长而意在闺帏,语无寄托者,飞

---

① [宋]严羽:《沧浪诗话校笺》,《诗体》,张健校笺,上海:上海古籍出版社2012年版,第217~252页。

② 刘扬忠:《唐宋词流派史》,福州:福建人民出版社1999年版,第35~38页。

卿一派也。清绮明秀,婉约为高,而言情之外兼书感兴者,端己一派也。抱朴守质,自然近俗,而词亦疏朗,杂记风土者,德润一派也。"①李冰若《栩庄漫记》是在花间体下言派的,把花间一体分为三派。这与笔者派下言体正好相反。他所谓的"派"就是我们所说的"体"。明乎此,详顺李冰若的意脉,花间词人同属一派但内部差异很大,有些甚至还是对立的。在一个流派中,"体"可以相近,也可以相反,在"体"之上还有共同的文学观念唯系着。体、派关系比较复杂,"体"中可以包含无数个派,如"婉约体"包含所有的婉约词派,仅宋代就有二十多个婉约派;"派"至少要包含两个以上的"体",这两种"体"基本上是相反的。如果"体"完全相同,那就是一"体"而非一"派"了。谈论体、派是在一定的语言环境下进行的,脱离了具体语境就没有意义了。

2. 流派形成

宋词流派形成有三种情况:一是从词社演变而来的。宋人喜结社填词,在每位大词人周围都有词社存在。晏殊、欧阳修、苏轼、黄庭坚、贺铸、张孝祥、辛弃疾、杨万里、范成大、姜夔、刘克庄、吴文英、杨缵、张炎等词人身边都有类似这样的词社。兴趣相同的词人,或是师友或是同僚或是宾主,聚在一起应社填词、讨论词法。经过较长时间聚会,词社逐渐演变为一个词派;也有可能随着词社成员的分散而销声匿迹。宋代文人士大夫流动性强,由他们组建的词社往往随着词社发起人的离去而消失;一些江湖词人谒裾权门、奔走各地、席不暇暖,能够固定一处而宾主相得的实在不多。固定下来还能发挥一些作用,流动起来,为了生计往往就顾不上填词了。二是后人总结归类的词派,如苏辛词派,因为创作风格、审美观念、性情人品相近,后人把这类词人归为一派。苏辛词派在南宋时期被称为正派。也是在南宋时期,有人反思苏辛作为一个词派的合理性。刘辰翁称辛弃疾为苏轼少子,但他既不出自苏门,也不传苏轼词法。辛弃疾无意为词、放任天性,词是他抒写性情、发泄牢骚的手段。苏轼填词还有所顾忌,他一无顾忌、随意所至。他与苏轼的区别还是较大的,把他们捏合在一起形成的苏辛词派,缺少立派的一些必然要素。三是介于二者之间,前期是一个比较松散词派,后期变成一个比较规范的词学流派。根据以上情况,宋代词派可划分为松散和典型词派两种类型。松散词派是缺少一些关键因素的词学流派,词派三要素是词人、词作和词社,在每个要素下面还有一系列小因素,如"词人"要素包括词派领袖、创作典范、关键词人(擅长创作、理论、词乐,具有独特的创作风格词

---

① 李冰若评注:《花间集评注》,石家庄:河北教育出版社1999年版,第95页。

人)、一般的参与者、传播者和推介者等,其中词派领袖、创作典范是关键因素,也是不能缺少的,缺少一些关键因素就看不出词学活动和词学思想的发展过程。这些词派名为一派而实非一派,故称之为松散词派。典型词派是词人、词作和词社三大要素齐全,并通过一定的词社活动,使不同风格、性情的词人在词学思想上渐趋一致、在创作风格上相互借鉴,具有一定的共同性的词学流派。

3. 正派余派

古人给流派归类时,只有正派和余派,而没有邪派、反派等贬义名目。"正派"比较常见,江西诗派诗人好称自己为"正派"。方回《瀛奎律髓》卷十六云:"予平生持所见:以老杜为祖,老杜同时诸人皆可伯仲。宋以后山谷一也,后山二也,简斋为三,吕居仁为四,曾茶山为五,其他与茶山伯仲亦有之,此诗之正派也。余皆傍支别流,得斯文之一体者也。"①在《送俞唯道序》中说:"大概律诗当专师老杜、黄、陈、简斋,稍宽则梅圣俞,又宽则张文潜:此皆诗之正派也。"②"余派"则比较少见,方回在论江西诗派也说"余皆傍支别流,得斯文之一体者也",即"余派"。这样以来,正派与余派被定位为一种相互依存的关系,不再是"正"与"反"、"正"与"邪"的对立。

在宋代词史上,没有正派、余派之说,但正派余派意识还是很明显的。沈义父《乐府指迷》传吴文英词法,以吴文英及其他所尊崇的词人周邦彦、学习周邦彦的姜夔、康与之、施岳、孙季蕃等人为正派,其他词派为余派。张炎《词源》传姜夔的骚雅词法,以姜夔等人为正派,其他词派为余派。在其他词论中,词论家所支持的一方为正派、其他为余派。而被称之为"正派"并见诸文字记录的只有苏辛词派,而且这还是词坛以外人物所称。除了理论阐述,在宋人词选中也是如此。周密的《绝妙好词》是一部具有选派意识的南宋雅词选集,入选较多的是周密同一词派的词人,如卢祖皋、姜夔、史达祖、高观国、吴文英、龟山二隐、陈允平、王沂孙等,对其他流派、风格突出的词人,也选与清空骚雅词风相近的词作。宋词在正派余派上与方回观点相近。

4. 专业群体

宋人正派意识与专业化词人群体密切相关。宋人以才学为词,需要遵守词体自身的规律和文学创作的普遍规律,在完成日常功课次韵唱和应

---

① [元]方回选评:《瀛奎律髓汇评》,卷之一六,李庆甲集评校点,上海:上海古籍出版社2005年版,第591页。
② 李修生主编:《全元文》第7册,卷二〇八,[元]方回:《送俞唯道序》,第29页。

社填词时,需要一定的专业知识和技能,尤其是在词乐雅化、词法授受方面要求更高一些,只有专业词人才能胜任。宋词创作和研究已经由文人士大夫的业余爱好变成了专业性较强的学术工作,由于每位词人的创作方法、审美趣味不同产生了不同的风格和理论。宋代词学体系由许多这样的词人词作词社词论等因素构成,并且以流派的形式呈现出来。每个流派都包括许多不同的体,这些相近或相反的体,由于审美观念相近而形成一个派。流派多了就需要比较鉴别,划分正派余派。正派余派也不是对立的而是相辅相成的,每个流派的理论都有其合理的一面,相比之下,正派理论更接近预设的目标。宋诗以江西诗派为正派、宋词以江湖词派为正派,这两派共同的创作典范却是一位余派人物——苏轼。苏轼名不入正派却为诗词正派共同敬仰,余派虽非主流但也不会被排斥。也许时过境迁,时代风气、审美观念一变,正派余派还会反转过来。在北宋中后期以本色著称的秦观词,到了南宋时期备受訾议;而当初并不本色的苏轼词反倒成了正派。不仅在南宋半壁江山如此,在北方的金、元,苏轼诗词也大行其道。这种政治上对立,文学思想上融合的现象,在其他时代还不多见。宋人流派观点的变化,与儒佛道三教的融和有关。传授词法的方式是分席传灯,词法由不立文字转向专业论述。现在流行的宋人诗话、词话多是后人总结的,周邦彦词的法度、姜夔词的清空等都是如此;吴文英的词法也是沈义父根据早年的交游回忆整理的。杨缵词法记录在张炎《词源》卷下的附录里,这是张炎词学理论的源头,也是南宋临安词社的规范。宋代的许多词人是从文人士大夫群体分化出来的,他们在音乐、诗歌、绘画、琴艺等方面具有一流的专业技能,为词乐雅化、琴曲整理、理论撰述、词社规范做了大量的工作,促进了宋词的雅化和深化,为宋词成为一代之文学做出了特殊贡献。

5. 体系意识

宋词体系无所不在,只要稍加留意,就会发现一些司空见惯的现象其实也是体系意识的体现。在大一统的社会环境下,文学观念也是相近的。从古到今,音乐文体的审美观念都出于雅正,正如张炎所说的:"古之乐章、乐府、乐歌、乐曲,皆出于雅正。"[1]所不同的是侧重于风雅、清雅,还是骚雅。两位词人并称,在他背后所蕴含的依据也是体系意识。"三变美成家数",[2]把柳永周邦彦列为"一个家数",具有同样的家法传统,可以称为一派。柳

---

[1] [宋]张炎撰:《词源》,卷下,唐圭璋编:《词话丛编》,北京:中华书局1986年版,第255页。
[2] [宋]汪晫:《贺新郎》,唐圭璋编纂:《全宋词》,王仲闻参订,孔凡礼补辑,北京:中华书局1999年版,第2942页。

永和周邦彦是北宋的本色词人,以歌词传唱天下而闻名,分别代表宋词的雅俗两极。除了本色歌唱、以才学为词之外,他们之间有多少交集,家数到底有多大都是个问题。其他流派也是如此,前后相差五六十年、基本上没有任何交游词人被归为一派,无非表明两人创作风格相近,属于同一个词体。类似这样的流派很多,可以算是一个松散词派。那么,在宋代有没有典型词派呢?有,如郭应祥词派。该派词法三代相传、词人成就突出、词作风格明显,符合成为一个典型词派的基本条件,但每条似乎都很弱:理论不成体系、词人群体不大、作品散佚殆尽、词学活动没有记录。在南宋时期它可能还是一个典型词派,到今天只能算是一个松散词派。词社活动没有记录,是宋词流派研究中的一个短板。在《全宋词》中有大量的唱和词,而且是难度较大的次韵,甚至还是多次次韵。这些词反映了宋人以文为战、争强好胜的创作心态,应该是应社之作。但是缺乏相关的资料,几乎看不到一份完整的应社记录。

在体系意识下,不同时代人所谈论的话题、治学的方法也不相同。宋代词学体系的特点是什么呢?宋代处于词学肇基阶段,既是创作的兴盛期,也是词乐的活跃期。前于此,词乐未受重视;后于此,词乐整体消亡。宋人谈论词乐具有得天独厚的优势,他们讨论的每个话题、留下的每一条记录都是第一手的资料。本色词人谈词乐,非本色词人也谈词乐,专业水平有高低,都是可信的第一手资料。宋词还有一些优势,如词社聚会、次韵唱和,这些雕肝琢肺、呕心沥血之作,往往因为缺乏灵动之气、清新之意而被今人轻视,其实这才是真正的应社填词。而后人的应社填词,是在缺乏词乐的背景下进行的,缺乏词乐就缺乏唱词的环节,一场较试下来没有输赢,应社赋词的乐趣大打折扣。再如宫廷应制词人撰写的词作,语言典雅、情感淡薄,从前到后没有波澜、开头收尾没有变化,这些词的章法结构与苏辛词派的散文化词作有较大的差异,因而常被后人忽视或误读。其实宫廷、台阁词人在任何时代都是社会的关注点,他们的词学活动对于文人士大夫创作具有示范引领作用。在每一位宋词大家后面都有乐师国工的身影,在每一位本色词人的履历中,几乎都有一段冶游史,年少轻狂出入歌楼妓院因而得以精通词乐,而非本色的词人一生填词但很少度曲,因为他们缺乏这一段经历,不精通词乐。宋代的江湖词人、隐逸词人,穷其一生编选一部词选,从搜集材料到选炼成书、确定入选词人及词作数量、再加上简要的文字评论,真是字字有乾坤、处处有真意,费尽心机。在词派研究中也有体系意识,在同一词派内部往往有好几个体,这些体之间的差异较大,甚至超过不同流派。词法居于词派的核心地位,宋人同气相求、结社唱和、编纂词选、总结词法、授受词法。有了词法,才能保证词派变而不失其真,才能把一种思想传递下去。在词学体系中误解最大的也是词法。因为宋代词法都是借助唐宋诗学理论、概念、逻辑、体系来表述的,如果研究者昧于唐宋诗学理论,或不懂唐宋诗学理论的侧重点,往往找不到入门途径,始终不得要领,甚至不知所云。宋人词法是写给懂词的人看的,不是给不懂的人启蒙的。凡此种种,既是体系意识的体现,也是除了体系就无法解决的问题。进入宋词体系的好处是研究宋词有亲临之感,所思所想总与古人相同;缺点是宋人所思所想远远超出我们设定的畛域,在很多地方难免主观臆断,有叶公好龙的感觉。这也促使我们下决心要研究宋词体系,多几个维度、多几种方法、多几层观照、多几次验证,也许就能避免主观臆断,避免误读歧解,更接近词学真相。下面,接着分析宋词的正派体系。

二 正派体系

宋词流派众多,在大一统的体系下正派一般只有一个,而且还是变量。正派可以变成余派,余派也可以变成正派,即使余派也可以出大家。

宋代词坛正派经过了四次变化:先是五代入宋的花间词派,作为本色雅正派的诗化曲子词旋遭淘汰;代之而起的是世俗的柳词,柳词传播范围大、持续时间长,但始终未成为正派。经过北宋百余年的涵养,形成新的本色词派,该派以秦观、周邦彦为代表,成为北宋后期词坛上的正派;靖康之乱后,北宋灭亡;南宋建立,政治、社会环境发生了很大的变化,秦观、周邦彦的本色雅正词派被苏辛词派所替代;到了南宋中后期,又兴起一种新的本色派,它融汇了本色派周邦彦和豪气派苏辛词派之所长,不仅成为一个典型词派,而且还取代苏辛词派成为词坛正派,这就是南宋江湖词派。在正派余派更迭过程中,政治环境、社会风气、文学思潮、审美观念等因素发挥着重要作用。不同的时代需要不同的文学,文学发展要适应时代的发展。前三次正派的更迭就是如此,而第四次更迭则是文学自身规律发挥主导作用。下面,分析在这次更迭中词学体系的特点。

(一)苏辛词派

苏辛词派的提法在辛弃疾还在世时已经有了,辛弃疾门人范开还就此作过说明,并且回答了苏辛词风相近的原因。① 刘辰翁《辛稼轩词序》称辛

---

① [宋]辛弃疾:《辛弃疾集编年笺注》,《附录》,[宋]范开:《稼轩词序》,辛更儒笺注,北京:中华书局2015年版,第2252~2253页。

弃疾为坡公少子。① 少子,小儿子。小儿子最得父母的偏爱,辛弃疾也最肖苏轼词风。

既然辛弃疾是苏轼的"少子",那么,在他以前苏轼还应该有长子、次子什么的。他不是最早学习苏轼的词人,最早学习苏轼的应是苏轼的门人和朋友。王灼《碧鸡漫志》卷二"论各家词短长"谈到当时学习苏轼的词人状况:"晁无咎、黄鲁直皆学东坡,韵制得七八。黄晚年闲放于狭邪,故有少疏荡处。后来学东坡者,叶少蕴、蒲大受亦得六七,其才力比晁、黄差劣。苏在庭、石耆翁入东坡之门矣,短气蹋步,不能进也。赵德麟、李方叔皆东坡客,其气味殊不近。赵婉而李俊,各有所长,晚年皆荒醉汝、颍、京、洛间,时时出滑稽语。"②在苏派成员中,蒲宗孟(大受)、晁补之、黄庭坚、李廌先后在哲宗、徽宗朝去世。叶梦得、赵令畤活到了南宋,赵令畤卒于高宗绍兴四年(1134),叶梦得卒于绍兴十八年(1148)。苏在庭、石耆翁事迹无考,石耆翁存词两首。蒲宗孟是苏轼侄女的公爹,算是苏轼的儿女亲家。③ 黄庭坚、晁补之、李廌是苏门六君子,属于苏门词人。苏门词人还有秦观、李之仪、张耒、陈师道、郭祥正、李格非以及间接受苏轼影响的李格非之女李清照,与苏轼唱和的章楶等。他们的创作风格并不一致、各有特色。各有特色正是苏轼门下词人的特色。他们一起唱和、评词论词、讨论词法。叶梦得与苏轼没有交游,在他进士及第前三年,苏轼已贬南方。他晚年受苏轼影响较大,关注《石林词跋》云:"翰墨之余,作为歌词,亦妙天下。……味其词,婉丽绰有温、李之风。晚岁落其华而实之,能于简淡时出雄杰,合处不减靖节,东坡之妙,岂近世乐府之流哉?"④赵令畤与苏轼交往密切,李廌也游于苏轼门下,与苏轼词风差别较大。周紫芝《书安定郡王长短句后》却说:"安定郡王具文殊无碍辨才,传东坡居士正法眼藏,时时游戏于长短句中,妙丽清壮,无一字不可人意。今观此数解,真乐府中绝唱也。试使韵人胜士,酒酣耳热,倚席而歌之,当复令人想见其风采。"⑤赵令畤与苏轼词气味殊不相近,又得苏

---

① [宋]辛弃疾:《辛弃疾集编年笺注》,《附录》,[宋]刘辰翁:《辛稼轩词序》,第 2257 页。
② [宋]王灼:《碧鸡漫志校正(修订本)》,卷二《各家词短长》,岳珍校正,北京:人民文学出版社 2015 年版,第 26 页。
③ 笔者确定"蒲大受"为"蒲宗孟"的依据是《五百家播芳大全文粹》"姓氏","蒲大受"名下注"宗孟"。蒲宗孟字正仲,与苏轼是姻亲,交往比较密切。关于蒲宗孟事迹,见李廌《师友谈记》第 29 条"苏叔党言蒲澈妻惟以滴酥为事"、第 30 条"苏叔党言蒲传正奉养过度"。([宋]李廌撰:《师友谈记》,孔凡礼点校,北京:中华书局 2002 年版,第 25~26 页)蒲宗孟现存词 1 首。
④ [明]吴讷:《百家词》,[宋]关注:《石林词跋》,天津:天津古籍书店影印 1992 年版,第 565 页。
⑤ [宋]周紫芝:《太仓稊米集》,卷六六《书安定郡王长短句后》,影印《四库全书》本。

轼正法眼藏,看似矛盾的一组表述,实则合情合理。苏轼与门下士词学观念相通,在创作上各尽其性,每人都能形成自己的风格。

北宋灭亡以后,宋金词坛也是在苏轼词风影响下发展起来的。北方苏派词人以元好问成就较大。南宋词坛上几乎每一位词人都受到苏轼的影响,其中以张孝祥、姜夔、刘克庄较有特色。张孝祥、姜夔是有意学习苏轼的。张孝祥还给自己制定了一个读书十年赶上苏轼的计划。① 姜夔与苏轼距离最远,他研究苏轼创作风格并把它变成一种人力可及的词风。后来,以姜夔为典范的江湖词派把这种风格概括为清空理论。这是有文字记载的,也是唯一把苏轼词法传承下来的词学流派。

辛派词人是宋代词学史上一个庞大的词人群体。刘扬忠教授把辛派词人分为三类:亲炙、与闻和遥承者。② 单芳博士《南宋辛派词人研究》承藉此说,把辛派词人分为前中后三期,即从辛弃疾归宋到去世为前期(1163~1207年),从辛弃疾去世到南宋亡前十年为中期(1208~1264年),宋末元初(1265~1317年)为后期,共计词人五十四位。③ 该派持续时间长、人数多,在词学史上也是首屈一指的。如此庞大的阵容也说明它大而不精、和而不同,是一个松散词派。

苏辛是前后兴起的两个词派,把这两个词派连成一体的思想基础是什么呢? 苏轼词派在南宋成为主流派别以后,需要对他重新定位以适应新的社会环境。南宋词坛对苏轼新的定位有三点,即胡寅《向芗林酒边集后序》所说的"及眉山苏氏一洗绮罗香泽之态,摆脱绸缪宛转之度,使人登高望远,举首高歌,而逸怀浩气超然乎尘垢之外",突出苏轼词的创意;④ 汪莘的宋词"三变说",突出苏轼的豪妙之气;⑤ 王灼的"指出向上一路,新天下耳目",突出苏轼词的实际影响。⑥ 苏轼词作于北宋中后期,具有积极的人生追求和奋发向上的力量。这是任何时代都需要的那种精神,对亡国之余、立足未稳、士风不振的南宋王朝无异于一剂良药。但不同时代需要的精神也不一样,苏轼词再好也是悬在空中与时代氛围不适应。苏轼词所反

---

① [宋]张孝祥:《于湖居士文集》,谢尧仁:《张于湖先生词集序》,徐鹏校点,上海:上海古籍出版社1980年版,第1~2页。
② 刘扬忠:《唐宋词流派史》,第447~448页。
③ 单芳:《南宋辛派词人研究》,成都:巴蜀书社2009年版,第136~329页。
④ [宋]胡寅撰:《崇正辨 斐然集》,《斐然集》,卷一九《向芗林酒边集后序》,容肇祖点校,北京:中华书局1993年版,第403页。
⑤ [宋]汪莘撰:《方壶诗余自序》,朱孝臧辑校,夏敬观评点:《彊村丛书(附遗书)》,上海:上海古籍出版社1989年版,第3721~3722页。
⑥ [宋]王灼:《碧鸡漫志校正(修订本)》,卷二《东坡指出向上一路》,第29页。

映的积贫积弱、矛盾丛生的北宋中后期的社会现实,而南宋初期的情况是国破家亡、前途未卜,生死存亡才是迫切的问题。时代在变、环境也在变,苏轼的词却没法变,这时就需要一种能够体现时代精神的词派。辛弃疾以其积极报国、收复失地的爱国精神,百折不挠的英雄气概,顺应时代需求并且把这种精神落到实处。刘克庄《辛稼轩集序》赞美辛弃疾是一位英雄,其文韬武略、胸怀胆识都是历史上少有的。可惜英雄不遇、蹉跎而死,国家也因此衰亡。所以"余读其书而深悲焉",至于其词"大声鞺鞳,小声铿鍧,横绝六合,扫空万古,自有苍生以来所无。其秾纤绵密者亦不在小晏秦郎之下"。① 这是他自幼就能成诵的好词,成为他生命中的一部分。谢枋得《辛稼轩先生墓记》赞美辛弃疾精忠大义不在张忠献、岳武穆下。一少年书生不忘本朝,痛二圣不归,闵八陵不祀,哀中原子民不行王化,于是结豪杰斩俘馘,挈中原以还君父。辛公之志亦大矣。② 刘辰翁《辛稼轩词序》说:"顾稼轩胸中今古,止用资为词。"③ 词是辛弃疾英雄末路的悲歌,是壮士不遇的牢骚,具有鲜明的时代特色和情感,也是对苏轼词派的补充提升和发扬光大。

本色雅正是判断词派正馀的基础,而词法授受是立派的关键。苏辛词派既不本色,也不善于传授词法。范开谈到这一点说得比较到位,他说辛弃疾不学苏轼,只是在创作心态、性情品格、学问修养方面相近,所以词风也相近。④ 这在元好问《新轩乐府引》也得到印证,他认为苏轼词的特点就是无意为词,抒写真性情,与古诗有感而发、肆口而成的创作方法相同。自苏轼进入词坛以来,宋代词坛许多大家都受到苏轼的影响并形成自己的风格。这些风格看似千差万别但都出自苏轼,黄庭坚、晁补之、陈师道、辛弃疾等俱以歌词取称。吟咏情性,留连光景,清壮顿挫,能起人妙思,亦有语意拙直,不自妆饰,因病成妍者,皆自东坡发之。⑤ 辛弃疾与苏轼词风的相近基于性情相近,这一点很关键。因为学得再好,也不如性情相亲。学得好是人力,性情近是天然。他们的词风相同,良有以也。苏轼词本来就无法度,循着法

---

① [宋]刘克庄:《刘克庄集笺校》,卷九八《辛稼轩集序》,辛更儒笺校,北京:中华书局2011年版,第4112~4113页。
② [宋]谢枋得撰:《谢叠山集》,卷之二《宋辛稼轩先生墓记》,王云五:《丛书集成初编》,上海:商务印书馆1936年版,第31页。
③ [宋]辛弃疾:《辛弃疾集编年笺注》,《附录》,刘辰翁:《辛稼轩词序》,辛更儒笺注,北京:中华书局2015年版,第2257页。
④ [宋]辛弃疾:《辛弃疾集编年笺注》,《附录》,范开:《稼轩词序》,第2252页。
⑤ [金]元好问:《元好问文编年校注》,卷六,狄宝心校注,北京:中华书局2012年版,第1384页。

度学去还不如不循法度。学苏轼刻苦认真莫过于张孝祥,随意的应该数辛弃疾。两人各有千秋,似以辛弃疾的成就稍大一些。从词风上讲苏辛并称,表明二人风格相近实力相当。词是辛弃疾陶写之具,抒写感慨,随心所欲,没有什么法度。他晚年尤好陶渊明,把陶渊明的率性任真、自然浑朴的风格引入词中,用自然抒写真情,故其词越品越有味。辛弃疾词的英雄气概是苏轼所缺少的;他的深情绵邈、清丽妩媚,也是苏轼所没有的。苏轼词好议论,好言哲理;辛弃疾善抒情、善言情理。二者相比,辛弃疾比苏轼更接地气。

　　上面说的这种特殊情况,在文学史上并不常见。在正常情况下大多数人还是认真揣摩苏轼词的,秦观曾模仿苏轼诗词到了乱真的地步。① 张孝祥也把苏轼作为学习的典范和赶超的目标,处处以苏轼为标准,每做一篇作品都要与苏轼比较一下。② 汤衡《张紫微雅词序》也提到张孝祥出守四郡,多在三湖七泽间。汤衡认为这个地方自从屈贾题品以来,唐人所作不过是《柳枝》《竹枝词》,还留下大片空白需用大块文章去填补,上天也许想让张孝祥去发挥他的文学才能吧,写一篇能与"大江东去"齐名的词。故建牙之地,不于此而于彼,一直在楚地盘旋打转。③ 张孝祥学苏轼,得其韵致十之六七。晁补之、黄庭坚得十之七八。叶梦得、蒲宗孟(大受)也得十之六七。④ 这里不但有学习,而且还打分数,说明通过阅读作品,研究作家的创作风格是必要的也是可行的。一个人的创作风格是比较固定的,一旦形成某种风格会长期保持不变。苏轼词的创作风格比较明显,思路顺畅、条理清晰、逻辑严谨,而且变化多方、不守一格,只要抓住关键随意挥洒即可。黄庭坚、晁补之、秦观、张孝祥等人不但揣摩苏词内在的思理,还要把这种思理落实在遣字造句、平仄押韵上。再进一步,从立意上与苏轼一比高下,每填一首词都比试一下看谁占先手。有利的一面是苏轼词是不变的,而后人可以千变万化、新变不穷。他们可以尝试无数次,直到超过苏轼为止。这些人天资颖悟、学识渊博、品行端正,各种条件与苏轼差不多,他们通过努力学习可以掌握苏轼词的特点,甚至得其神韵。宋人模仿学习苏轼词的作品很多,包括次韵、和韵、檃栝苏轼诗词文赋入词等方式。还有人游览故地,用同样的词调、同样的词韵,抒写同样的怀古伤今之情。虽然不及苏轼"大江东去"

---

① [宋]惠洪撰:《日本五山版冷斋夜话》,卷之一,张伯伟编校:《稀见本宋人诗话四种》,南京:江苏古籍出版社2002年版,第9~10页。
② [宋]张孝祥:《于湖居士文集》,《序》,谢尧仁:《张于湖先生词集序》,徐鹏校点,上海:上海古籍出版社1980年版,第1~2页。
③ [宋]张孝祥:《于湖居士文集》,《附录》,汤衡:《张紫微雅词序》,第423~424页。
④ [宋]王灼:《碧鸡漫志校正(修订本)》,卷二《论各家词短长》,第26页。

也相去不远。还有人模仿辛弃疾词风,如刘过模拟辛弃疾词下笔便逼真,①宋自逊学辛弃疾,歌词渐有稼轩风等。② 宋人诗话、词话、笔记小说,关于这类记载比较多,说明这是宋人关注的话题,也是常用的方法。

宋代有很多词派,谁能够占据正派很重要。宋人往往以正派自居,看别人都是"野狐精"。苏轼评王安石《桂枝香》"金陵怀古"说此老乃野狐精。③其实他也被别人称为"野狐精",虽然没有用这个字眼但意思还是一致的。在北宋后期,苏轼词是别调还算不上正派。而到了南宋,政局的变化、时代的需要,加之禁乐十六年,在这种特殊的环境下,人们的审美观念为之一变,遂以苏轼词为正派,典型的事例是苏轼、秦观易位。汤衡《张紫微雅词序》记述了苏轼对秦观《上巳游金明池》诗"帘幕千家锦绣垂"句的批评,说学士又入小石调矣。④ 汤衡虽然记错了说话的对象,但他抑秦而扬苏的思想倾向还是很明显的。从南宋时起,苏轼词成为正派。辛弃疾继承了苏轼的精神也被称为正派。苏辛并称结为一派,成为词坛主流一百多年。宋元之际的方回称辛弃疾为词林正派,张之翰《方虚谷以诗饯余至松江因和韵奉答》记述他与方回两次谈诗论文的情况。第一次谈文章的构思和唐诗宋诗;第二次论文法,他说苏轼诗文、乐府小词皆归正派,能继承苏轼精神的是辛弃疾,其词高处纯是天籁绝非人力所为,与苏轼一样也是词林正派。原文如下:

> 迩来武林论文法,同归正派夫奚疑?风行水上本平易,偶遇湍石始出奇。作诗作文乃如此,况复大小乐府词?留连光景足妖态,悲歌慷慨多雄姿。秦晁贺晏周柳康,气骨渐弱孰纲维?稼翁独发坡仙秘,圣处往往非人为。⑤

本色词人秦观、晁补之等,气骨纤弱难当重任,唯有稼轩能发苏轼词中之秘,指出向上一路,慷慨悲歌,气象雄浑。辛词实为宋词之正派。这是江西诗派诗论家方回的观点,方回对于唐宋诗学进行过系统的研究,提出了许

---

① [宋]岳珂撰:《桯史》,卷第二《刘改之诗词》,吴企明点校,北京:中华书局1981年版,第23页。
② [宋]戴复古:《戴复古诗集》,卷第八《词》,金芝山点校,杭州:浙江古籍出版社2012年版,第234页。
③ [宋]杨湜撰:《古今词话》,唐圭璋编:《词话丛编》,北京:中华书局1986年版,第22页。
④ [宋]张孝祥:《于湖居士文集》,《附录》,汤衡:《张紫微雅词序》,第423~424页。
⑤ [元]张之翰撰:《西岩集》,卷三《方虚谷以诗饯余至松江因和韵奉答》,《四库全书珍本·初集》,上海:商务印书馆民国二十四年影印清乾隆本,第6页。

多独到的见解。这次他又对宋词正派提出新的观点。类似观点在宋代词论中也能看到,但出自方回之口,还是让人有耳目一新之感。

对于辛词正派说质疑者也不断,陈模《怀古录》说辛弃疾词风豪迈但不是词家本色,近日作者只说周邦彦、姜夔,因为他们通晓音律,自能撰词调,故人犹服之。① 陈模是南宋后期人,他所谈的情况从当时尊崇周邦彦、姜夔的词风中就能感受出来。宋人对本色的重视一直未变,再伟大的词人词不本色也算不上正派。

(二) 江湖词派

江湖词派是南宋中后期的一个词学流派。在文学史上被称为"格律词派"、②"南宋姜吴典雅词派"。③ 根据该派词人的生存状况,我们命名它为"南宋江湖词派"。这是一个拥有三十多位主要词人、延续一百四十年的词学流派。该派成员以江湖词人、皇室外戚、勋贵子弟为主,是一个由很多专业词人组成的词派。开派词人姜夔因科举不第沦落江湖,博学多才精通各种才艺,他还对唐宋音乐进行过系统的研究,修订唐宋词乐使其符合乐理;上书朝廷要求正乐,并进献《铙歌十四曲》等,从性情上说他与陶渊明相近,属于晋宋间人物。江湖词派另一位词人吴文英恩荫入仕,后来脱离官场依附权贵为客,他精通音乐,擅长度曲,入元以后还有作品问世。江湖词派的总结者张炎是末世王孙,生在富庶的清河郡王府,勋贵阀阅,联姻皇室,一时贵盛无比。其父张枢与杨缵交好,共同发起临安词社。南宋灭亡后,张枢遭籍家之祸,其子张炎侥幸逃脱,在西湖边隐居过着平静奢华的生活。十几年后,被征到大都书写金字藏经。因偶然的变故得以全身而退,他没有立即回家,而是漂泊江湖十年。回临安半年、处理家产后再次离开,从此漂泊江湖之上,投靠亲友、算命卖卦、穷饿而死。南宋灭亡后,该派主要成员皈依江湖、逃避出仕新朝,体现了民族节气和家国情怀。南宋江湖词派是宋代词派中主要因素齐全、创作成就突出、理论形态多样、体系意识明显的典型词派,还成为宋元之际的词学正派。现将该派的主要特点申述如下:

1. 清空骚雅的词风

清空是以才学为词的必然结果。才学包含的因素很多,在宋代主要表

---

① [宋]陈模撰:《怀古录校注》,卷中,郑必俊校注,北京:中华书局1993年版,第61页。
② 刘大杰:《中国文学发展史》,中卷,上海:上海古籍出版社1982年版,第646~647页。胡云翼选注:《宋词选》,《前言》,上海:上海古籍出版社1997年版,第16~17页。
③ 刘少雄:《南宋姜吴典雅词派相关词学论题之探讨》,台北:台湾大学出版委员会1995年版,第1页。

现为使事用典。如何化解因使事用典形成的典故堆砌、词脉不畅、意境支离破碎等问题,是宋代诗学面临的主要问题。苏轼以其个性化创作方法探索出了一条从才学到意趣的途径:首先是用意把各种典故贯穿起来,其次通过构思,把思路理顺,使各种典故成为词意的一部分。他这种天马行空、不拘一格的创作方法后人很难掌握,苏轼笔力也不是一般词人所能企及的。在北宋后期政宣词坛上,周邦彦精通雅乐俗乐,其词善于运用典故,注重篇章结构,留心词中关键字的音韵,还在词乐上改进,有意把好听又显功力的乐章拿来组成新的词调。周邦彦词意脉流畅、情感雅正,这种淡而有味、温柔敦厚的雅正方式,更适合晋宋间人物姜夔的个性。于是他借鉴周邦彦词法,把苏轼天才笔法改造成一种通过人力工夫就可以实现的创作方法。词意清空,往往会造成情感的淡薄。运用典故,又容易导致词意的破碎。他又汲取了辛弃疾词的优长,姜夔与辛弃疾有交游,他钦佩辛弃疾的为人和词品。他们思想的共同点是陶渊明,姜夔性情类似陶渊明,清高孤介;辛弃疾晚年尤好渊明,把陶渊明率性任真、自然质朴的抒情方式融入词中。辛弃疾词的情感真实自然,饶有趣味。他的英雄气概、报国之志,也很契合姜夔的用世之志,于是他用苏轼的词法来抒写辛弃疾的情感,用周邦彦词的法度来改造苏辛词的随性。姜夔词运用才学但意脉流畅,经过他加工改造过的散文化结构使词意更为突出。这得到了江湖词派的认可,张炎称他具有"清空骚雅"的词风。

苏轼是南宋词坛的典范词人,他的创作风格也被南宋词人普遍接受。姜夔采用了一种与众不同的方法,当别人亦步亦趋紧跟在苏辛后面还唯恐不像时,姜夔则大胆取舍,他取苏轼词的创作风格和辛弃疾词的审美风格,融合了周邦彦下字运意的法度。姜夔明白乐理,善于度曲,他的词音节闲雅,音韵极美,开创了一种新的词风。本色词派的清空骚雅,来自不本色词人。这也反映了在南宋词坛上正派余派的界限模糊,只有学习汲取,没有门户之见。这种胸襟和胆识,也是其他时代所缺少的。

2. 规范词社活动

江湖词派起初也是一个松散词派,后来才逐渐变成一个典型词派。之所以有这么大的变化与第二代领袖杨缵有密切的关系。

江湖词派是从姜夔登上词坛开始算起的。姜夔登上词坛的标志是他创作的第一首词,即作于宋孝宗淳熙三年(1176)年初冬的《扬州慢》。从这时起姜夔漂泊在江湖上,先是依萧德藻,后来游杨万里、范成大门下,再依张鉴十年。张鉴死后,他家里又遭火灾,生计艰难。姜夔自叙称遍识天下名士,未有能振之于窭困无聊之地者。他所结交的这些名公巨儒,很难说就是他的词社成员,甚至连与他次韵唱和过的曾三聘(吏部)、辛泌(克清)、辛弃疾也不是他的词社成员。姜夔词大部分是有感而非应社,从十几篇应社词也看不出他在词社中的作用。无论是从当时人的记载,还是考诸词学实际都无法证明姜夔的词社领袖身份。在姜夔时代,即使有类似词社这样的组织也是一个松散团体。姜夔发挥的作用有限,真正把词社作用发挥出来的还是杨缵。

杨缵出身外戚世家,他一生主要做了两件事:早年与门下琴客整理琴曲,晚年主持临安词社。杨缵主持词社的时间是景定元年(1260)到咸淳三年(1267),词社成员有张枢、周密、李彭老、徐理、施岳、张炎、奚㴋、王㮮等人,活动范围在临安及其周边地区,以杨缵家的东园为主要场所,词社功课是按曲填词,填词的方式是抓阄分题或分韵赋词。杨缵的身份地位和词学造诣都是首屈一指的,他以老师的身份悉心指导词社成员创作,还给他们修改词作。词社另一门功课是讲论词法,杨缵"作词五要"就是当时的词法。杨缵及其词社成员大多精通词乐,擅长琴箫笛等乐器。他们朝夕相聚、损益琴理、斟酌音律、悉心探索度曲填词的法度,并且把这些知识教给词社年轻成员。周密从不通乐到乐府妙天下,张炎自小受杨缵词社影响,晚年撰《词源》叙述宋代词乐的渊源和清空词法,其思想的源泉就是杨缵的"作词五要"。杨缵主盟临安词社的七八年,正是词社向词派过度的关键时期,由文人雅集变成词学论坛。杨缵发挥了老师和领袖的双重作用,不仅给词社成员提供了聚会的场所,而且还亲自主持词社创作并检验创作的效果。经过无数次的聚会,反复的训练,把不同性情、不同风格的词人纳入一定的法度,形成了一种趋向于周邦彦《清真词》的典雅词风。共同词风是形成流派的关键。在苏州,吴文英和仓幕同僚也组成词社经常唱和。后来遇到沈义父,他们暇日相与倡酬并讲论词法。杨缵去世后,周密接掌临安词社,率词社同仁到临安、湖州等地唱和。张炎北游把词社唱和之风带到大都,北归后漫游江浙,又与当地词社成员唱和。有关词社活动的资料,江湖词派记述得比较充分,主要记录在他们的词序、词作、词论以及周密的笔记小说中,为我们研究宋元之际的词社活动提供了第一手资料。

从杨缵规范词社活动以后,宋词发展进入到一个新的阶段。其中有一点颇受訾议,那就是把不同性情、不同风格词人的创作纳入一定的规范。应社填词确实会消除或减弱一些作家个性,限制创作自由。但任何事情都有两面性,词人入社聚会的时间一般比较短,有些能维持一年半载,有些能坚持十年到二十年,即使词社不变词社成员也总是变化的。除了核心成员之外,其他成员处在你来我往、新旧交替的不断变化中。吴文英、沈义父的

《乐府指迷》、杨缵的"作词五要"、张炎的《词源》、陆辅之的《词旨》,都是当时讲论的词法。这些词法具有活法的特点,多途径、多元化,可以适应各种不同性情的词人,不存在扼杀个性的情况。即使有些成员在词社学习时间较长,他们在掌握一定规范之后,向更高的层次努力而不是一直在低层次打转。相反,杨缵词社比一般文人士大夫应社填词还要简便,他们不主张和韵、次韵、押险韵等文字游戏,遵守填词基本规范和平易词法。每个流派都会有一种共同风格,像张炎说的合众家(秦观、高观国、姜夔、史达祖、吴文英)之所长与周邦彦争雄。① 后来把它简化成用姜夔的章法、吴文英的字面、史达祖的句法,达到周邦彦词的典雅。仅此一点,就是个人穷其一生精力也无法实现的目标。人的生命、精力、钱财等资源是有限的,但有些工作没有几十年的积累无法入门,刚刚入门就因资源耗尽又该结束了。一代人过去了,新一代人又重新开始了。周而复始,只有努力而没有结果。江湖词派的清空词法经过三代词人连续不断的努力才落到实处。姜夔等第一代词人化天才为人力,把苏轼、王安石个性化的创作风格变成一种通过人力可以实现的目标,姜夔词与苏、王一样具有清空的特色;杨缵、吴文英等第二代词人把创作风格变为具体词法,可以写出与周、姜相近的作品;周密、张炎、王沂孙等第三代词人化死法为活法,创作出不同于苏轼、姜夔清空、辛弃疾骚雅的词作。相比姜夔、杨缵、吴文英等前辈词人,周密、张炎、王沂孙的词好读易懂,"清空骚雅"与杜诗的"沉郁顿挫"一样,成为唐宋诗学中的一种显著风格,可以代表宋词风格和成就。共同风格形成后,每个词人的个性风格还保留着。他们改掉的是随性,留下来的是真情。江湖词派主要成员杨缵、张枢等人有钱有闲,还有专业词人群体、国工大师、出类拔萃的歌妓,这保证他们可以做一些文人士大夫做不了的宋词雅化工作,而且还不像大晟乐府那样急功近利、为徽宗的昏政唱赞歌。规范的词社活动,在宋词雅化中发挥了特殊作用,为其培育了源源不断的词学人才,保障了宋词流派的薪火相继、完成词风的改造工作。

3. 词学理论的传承方式

江湖词派在词学理论的传承上也比较规范。姜夔《白石道人诗说》是诗词通用的理论;吴文英、沈义父的《乐府指迷》是以周邦彦词为典范的结社赋词的词法和入门规则;杨缵"作词五要"是应社的规则和填词的规范;张炎《词源》是得之于词社前辈讲论的词乐和词法,总结并传述姜夔的清空词法。陆辅之《词旨》是张炎词法的晚年定论,《词源》中没有讲清楚或需要

---

① [宋]张炎撰:《词源》,卷下,唐圭璋编:《词话丛编》,北京:中华书局1986年版,第255页。

突出的内容,出现在"词说七则"中。这些理论是前后相连、逐步提高的,在宋元之际,尤其是在乱世还能保障这种理论顺利传承的方式也很重要,主要有以下四条:

其一、师徒相传。张炎给弟子韩铸传授的词法有"莲子结成花自落",①即顺其自然,一切随缘。这是师徒聚会、泛舟西湖时所传的词法,取眼前之物为喻,亲切自然给人留下深刻印象。张炎与陆辅之交游时间较长,陆辅之因而深得张炎论词之旨,记录下张炎论词的观点和一些句法,撰成《词旨》一书。

其二、词社讲论。沈义父、张炎、陆辅之在词话开篇讲到词法来源,这些理论得之于老师、前辈,是他们在词社讲论的内容。张炎还用词传授词法,《木兰花慢》"用前韵呈王信父",谈到给雪川吟社传授词法一事。词中有:"江南无贺老,看万壑、出清冰。想柳思周情,长歌短咏,密与传灯。山川润分秀色,称醉挥、健笔剡溪藤。一语不谈俗事,几人来结吟朋。"②"前韵",也是《木兰花慢》,词序为:"元夕后,春意盎然,颇动游兴,呈雪川吟社诸公。"③这两首次韵词写作时间相近,在内容上也有一定的联系。词序一是"呈雪川吟社诸公",一是"呈王信父",并且在"呈王信父"词中谈到吟社的情况:吟社所咏为"柳思周情",是比较常见的那种情感;应社往往在自然景色较好的地方举行,借山川秀色抒写内心感受,以境写心是常见的应社方式;吟社是文人雅集,一般不谈俗事,如升官发财、投机钻营之类事情。词法传承效法禅宗,"密与传灯",密是密传印信;传灯,禅宗以法传人,如灯火相传绵绵不绝。禅宗从一祖达摩到六祖慧能都是印信并传的,内以密付为印,外以衣钵为信。六祖以后传法不传衣,六祖继承者也不是一人而是多人。张炎词法授受也是如此,只传词法不讲形式,极大方便了清空词法的传播。

其三、书信往来。仇远《玉田词题辞》谈他对宋词本色的看法,以及他要向张炎当面请教的问题。④ 这是通过书信讨论词法而非当面授受。

其四、注重实践。在应社填词中,杨瓒还通过改词向弟子传授词法。周密《木兰花慢》写西湖十景用时六日,杨瓒以为语丽而未协律,遂相与订正,

---

① [元]陆辅之撰:《词旨》"词说七则",《词话丛编》,第 303 页。
② [宋]张炎:《山中白云词笺》,卷七《木兰花慢》,黄畲校笺,杭州:浙江古籍出版社 2018 年版,第 378 页。
③ 同上书,第 377 页。
④ [宋]张炎:《山中白云词笺》,《附录》,第 474 页。

阅数月而后定。周密因此明白词不难作而难于改,语不难工而难于协。①通过前后花费的时间对比,明白宋词本色协律有多难。周密词序还多次谈到词社聚会唱他新填的词作。② 这是词社聚会中的佳作展示方式,只有最好的词作才能得到这样的待遇。词为音乐文体,又采用了诗歌创作方法,诗歌是不需要配乐歌唱的,这样就难免出现言顺律协,但不适合歌唱的情况。这需要用歌妓的演唱来验证词乐的配合效果,有时为改定一个字,要费很多的时间和心血。有时怎么改都不合适,这也就是他们每一聚会,必要商讨词法的原因。

江湖词派词法传承的途径较多,方法灵活形式多样。保障了在较长的历史时段,词法传授而不失其真;尤其是在乱世还能坚持讲论词法,坚持词社活动,这在我国古代文学史上也是不多见的。他们还把这些理论记述下来,成为宋代词学的宝贵资料。

(三) 词学体系

苏辛词派是南宋词坛上的主流词派,对宋词的发展具有积极作用。南宋词坛上的每一位词人、每一个词学流派、甚至每一篇词论都与苏辛词派有必然的联系。但苏辛词派既没有作词的法度,也没有规范的词社活动。苏辛都是以无意的心态从事创作的,没有总结出一套完整的词学理论。偶尔议论到词,也是点点滴滴的感受。由于缺少了这些关键因素,这个词派只能算一个松散词派,这就意味着它不可能带领词学走向更高层次。它给南宋词坛吹进了一股新风,振作士大夫精神,指出宋词向上的一路。在它的影响下,南宋中后期词坛基本上是尚雅的。这时出现的词选、词论、词集、词社都以尚雅黜俗为宗旨,没有北宋初期淫词亵词、中期的滑稽无赖词、后期为徽宗新政鼓吹的大晟词。即使游戏词也是谑而不虐,保持一定的情感尺度。词作情感趋于一途,是否会限制了词人正常的思维呢? 应该不会。因为雅正是情感的一大类,还包括许多种情感。在宋词创作中即有多种雅正。从题材上说,有咏物言志、登高抒怀、怀古伤今、读书悟理、羁旅行役、节令物感等;从用途上说,有郊庙祭祀、公私宴会、亲朋聚散、庆寿诞生、词社唱和等;从表现形式上,有陈力就列、守道待时、隐逸之乐、人伦日常、男女之情等,皆未尝不可以雅正。雅正是宋词各个流派相互融合的思想基础。在宋词流派融合过程中,刘克庄及其理论也发挥了积极作用。

刘克庄是南宋末年文坛大家,他提出了融汇各家所长,提高词品的观

---

① [宋]周密:《草窗词校注》,卷一,史克振校注,济南:齐鲁书社1993年版,第10~11页。
② 同上书,第57页。

点。他看到在大家的创作中是有几种创作风格并存的,他评论陆游词,先摘抄了陆游许多词句,然后分析总结得出结论:在陆游词中至少包括三种以上的创作风格,感慨时事、抒写牢骚,辛弃疾也无法超过;描摹山水、抒写隐逸之情、尘外之想,可与陈与义、朱希真这些中隐、大隐相比;写男女情感、悲欢离合,就连晏叔原、贺方回也无法超过他。① 多种创作风格并存,证明他确实是一大家。古人好言体,体是一种创作风格。一个作家一般只有一种体,实际上并非如此。大家往往兼有好几种体,而小家连一种体都不具备。情感与表述方式之间有一种契合关系,用恰当的形式抒写恰当的情感是大家创作的共性。大家的风格有经有权、有正有奇,守正出奇是文学创新的常态。创作是一种创造性的劳动,原本不拘一格。大家的标志是集大成而出新意,善于融合;小家则墨守成规,怕踏错步子、亦步亦趋,永远也跟不上潮流。

　　刘克庄给《稼轩集》作序,他评辛弃疾词也有两种风格:一是英雄志士的心声,横绝六合、扫空万古、自有苍生以来所未有;二是言情,其情感真实、笔法精美,不逊于本色词人晏几道秦观。两种看似完全不同的风格出现在同一个词人笔下,这就是他性情全面真实的体现。② 翁应星词也是多重风格并存的。三十余阕小词,其说亭鄣堡戍间事,如荆卿之歌、渐离之筑;为闺情春怨之语,如鲁女之啸、文姬之弹;酒酣耳热,忧时愤世之作,又如阮籍唐衢之哭。类似这种多风格并存的状况,近代只有辛陆二公才有。又指出翁应星提高词品的途径,就是要参取本色词人柳晏诸人的特点以和其声。这样不仅可以提高词作水平,就连宦途也会变得通达。③ 作文就是做人,文不通就是人不通。人不通就是思想堵塞了,思想堵塞了做什么都不顺。做事之前先要把事理想通了,一通百通,一顺百顺。这个道理,读书作文的人未必都懂。刘克庄论词不主一家,与其说这是他的词学观点,不如说这是他做人的胸怀。

　　苏辛词派词人一般不论本色,刘克庄是一个例外,他喜欢论词的本色,而且把本色定为歌妓的演唱。这与李鹰的观点相同。④ 刘克庄《跋刘澜乐府》说词要叶律,要使歌妓能歌唱。不能以气为色。气是人内在的精神,色是人情绪的变化,一般表现在人的外貌上。气色一体,内外有别。豪放词人

---

① [宋]刘克庄:《刘克庄集笺校》,卷第一八〇《后村诗话续编》,辛更儒笺校,北京:中华书局2011年版,第6946~6947页。
② [宋]刘克庄:《刘克庄集笺校》,卷第九八《辛稼轩集》,第4112页。
③ [宋]刘克庄:《刘克庄集笺校》,卷第九七《翁应星乐府序》,第4083~4084页。
④ [宋]李鹰:《品令》,《全宋词》,第822页。

往往以气代色,主观情绪比较强烈,常见的表现形式就是冯陵大叫。豪放词人要学习本色词人委婉含蓄、情与境合的表达方式。① 在《跋刘叔安感秋八词》里,他还指出了宋词"骚雅"的表现形式,即"丽不至亵,新不犯陈,借花卉以发骚人墨客之豪,托闺怨以寓放臣逐子之感"。② 并且指出刘镇八首词兼备了周柳、辛陆的优长,多长调而少短腔。长调需要布置,多用人力功夫;短腔纯出天然。刘镇步武苏轼,是一位人力突出,天才稍缺的词人。刘克庄希望他能在天才、自然方面多下些功夫。

刘克庄历任显要、众体兼备,仕途阅历和文学才气,使他对世事、人生有独特的感悟,对宋词发展也提出了许多很有价值的观点。由于他对词体认识有所保留,建议后辈不要写词而要多写诗;以词人著称,有伤声誉等。他对词体研究还停留在感性层面上,未能深入一步从理性上分析词体特质及发展趋向。

像这种融合不同词派,形成新的词风的观点,南宋后期其他词人也多次提到。戴表元《题陈强甫乐府》关于宋词雅化提出了自己的方法,"体用姜白石,趣近陆渭南",③融合当时著名词人的优长,用姜夔词的形式表达陆游词的情感,从而达到本色雅正的目的。林景熙《胡汲古乐府序》从诗词一体、发乎情止乎礼义诗教观出发,认为宋代本色词人秦晁周柳,一直致力于改变晚唐五代花间词的衰靡之风,但没有完成这个任务。而非本色词人王安石《桂枝香·金陵怀古》、苏轼《水调歌头·中秋》根于情性,归于礼仪,一洗唐人之陋,提升了词的品味。④ 这两类词人各有所长,合则双美。宋代词坛上,两种不同风格的词人、流派的融和是当时词坛的共识。江湖词派只是顺应形势、总结凝练,把它们放置到正确的位置上,完善了宋代词学体系。

江湖词派是一个比较典型的词派,也是南宋后期的词坛正派。它在创作、理论方面有较大贡献,宋词雅化以它为基础融和其他词人、词派、词论,形成宋词的正派体系。正派体系只有一个,但形成途径却不止一条,这也是体系的特点之一。条条大道通罗马,各条途径可以相互比较、相互映证,多角度、多视野来观察体系的合理性和必然性。宋代词学也是唐宋诗学分支,唐宋诗学对宋词的影响是形成了清空骚雅的词风和一祖三宗的正派体系。

---

① [宋]刘克庄:《刘克庄集笺校》,卷第一〇九《跋刘澜乐府》,第 4535~4536 页。
② [宋]刘克庄:《刘克庄集笺校》,卷第九九《跋刘叔安感秋八词》,第 4183 页。
③ 李修生主编:《全元文》第 12 册,卷四二〇,[宋]戴表元:《题陈强甫乐府》,南京:凤凰出版社 1999 年版,第 183 页。
④ [宋]林景熙著,[元]章祖成注:《林景熙集补注》,卷五《胡汲古乐府序》,陈增杰补注,杭州:浙江古籍出版社 2017 年版,第 414~415 页。

先说清空骚雅的来源。清空骚雅是两个不常见的词汇,把它们联系在一起的是南宋后期词论家张炎。他在《词源》卷下"清空"条,说姜夔词如《疏影》《暗香》《扬州慢》《一萼红》《琵琶仙》《探春》《八归》《淡黄柳》等曲,不惟清空,又且骚雅,读之使人神观飞越。① 有人据此认为姜夔的词风是清空骚雅,张炎著《词源》就是传授这种词法的。这话有一定的道理,只是不符合词学实际。清空是我国古代文学发展的一个趋向,因为古代文学创作有才学化的倾向,创作喜用典故,用典由少到多、从易到难,以至于一首诗词从前到后多是典故。唐人用典也很多,但不讲用典的方法,只要求把典故用得像没有典故一样。这样就不可能遵从使事用典的规律总结使事用典的方法,如皎然《诗式》更多的是辩解什么是用典、什么不是用典,而不谈如何更好的去用典。一个错误的观点,往往要掩盖许多真实的情况。宋人比较重视用典的方法,宋代诗学中有很多都是讨论使事用典的。在宋词创作中王安石、苏轼以其天才的笔力,实现了词意的清空。王安石作词数量不多,对宋词影响也不大。苏轼是一代词宗对宋词影响很大。姜夔把苏轼天才化、个性化的清空变成了一种用人力工夫即可实现的目标。这就是姜夔的清空。后来学习周邦彦的词人还借鉴了周邦彦"下字运意"的法度,把人力可及的清空创作风格演化成一种词法,即章法、句法、字面。吴文英、沈义父《乐府指迷》传授的是"下字运意"的具体法度,张炎《词源》传授的是活法,陆辅之《词旨》突出张炎论词之旨。这几部词法连起来,展现了江湖词派清空理论的发展轨迹,以及同一流派理论之间的衔接关系。骚雅也来自苏辛词派的大家辛弃疾,姜夔把它继承过来表现清空的意趣。《词旨》中还用骚雅表述姜夔的词风。在古代诗词创作中内容与形式之间往往有一个契合度,姜夔词形式清空,情感骚雅,既可称为姜白石的清空,又可称为姜白石的骚雅。这就看论述者偏重那个方面了。

清空是一种词法,又是一种创作风格;骚雅是一种修为,又是一种情感,也可以理解为一种词风。相对于词派来讲,词法是可以授受的,修为是无法授受的。这是一个踏踏实实埋头苦干的事业。人品骚雅,词作才可能骚雅。这是张炎传清空而不传骚雅的原因。

再说"一祖三宗"的正派体系。我国古代在祭祀天地时,常常以祖宗神位来配享,配享者往往是一祖三宗。从殷商到唐宋,每朝都有自己的一祖三宗。越到后来,一祖三宗的地位越发突出。由于这个观念深入人心,锺嵘在论及五言诗歌正派时,也用了"一祖三宗"的形式。在分论各个时代的诗人

---

① [宋]张炎撰:《词源》,卷下,《词话丛编》,第 259 页。

的地位和贡献时,再次运用这种形式。采用这个形式含义有二:一是表彰已故诗人为五言诗歌所作的贡献,突出他们的成就,引起后人敬仰;二是确立撰述者自身的地位,能够承袭这种正派地位的都是嫡系传人。南宋江湖词派正派地位确立,不是该派词人自诩的而是一种客观事实。从上述宋人词论中可以看出,因为他们精通词乐、崇尚雅正、传授词法,在很多方面比苏辛词派做得更好,可以代表宋代词学成就和特色。

"一祖三宗"是对张炎《词源》卷下的补充,①在"词说七则"中唯这条被称为"要诀",足见它在张炎词论中的重要性。一祖三宗地位不同,作用也不一样。一祖周邦彦,代表唐宋词学的主流意识,与传统的诗学接轨。三宗之首姜夔是词派的开创者,也是章法典范。之二吴文英是字面典范,之三史达祖是句法典范。他们是周邦彦词的追随者,也是姜夔词风的补充者。

锺嵘在《诗品》中列举了四个"一祖三宗",也没有给读者留下了什么印象。方回《瀛奎律髓》只列一个就给读者留下了深刻印象。细究起来锺嵘有开辟之功,但没有命名之实,有实无名是其名声不扬的主要原因。读过《诗品》的人都发现了锺嵘这个特殊的论诗方式,但不会想到这就是"一祖三宗"的正派体系,而且还是最早借用"一祖三宗"来论诗学正派体系的。张炎弟子陆辅之《词旨》也只列了一个正派体系,借鉴了禅宗的一种思维方式。仅从这一点上来说,它比第五条"清空二字,亦一生受用不尽,指迷之妙,尽在是矣"②后面加了一堆禅宗说教要高明得多。如果不是记述有误,就是画蛇添足,因为它不符合张炎论词的一贯风格。张炎的风格是直截了当、不拖泥带水。

体系的作用是选择和判断,体系意识在词学流派中表现较为显著。张炎《词源》卷下与陆辅之《词旨》中的"词说七则"有些观点并不一致。这些不一致集中表现在张炎的好恶上。他喜欢苏轼,对苏轼并无间言。他不喜欢刘过,所列举的反面事例往往与刘过有关。究其原因,他与刘过都属于江湖词人。刘过身上的江湖习气较浓,而儒林正气较少。按照常理,人们对别派人物包容度会大一些,对同派人物会小一些。张炎对江湖词派中另一系词人周邦彦、吴文英的包容度不大。因为用词不当并枚举其反面事例给人造成一种误会,认为张炎推尊姜夔而反对吴文英。在当时词坛普遍认为周邦彦、姜夔、吴文英是一派的,郑思肖、邓牧在给张炎《山中白云词》作序题跋时都把周姜吴列为一派。事实上,周邦彦、吴文英一系在该派中起着前后

---

① 肖鹏:《群体的选择——唐宋人词选与词人群通论》,南京:凤凰出版社2009年版,第369页。
② [元]陆辅之撰:《词旨》,《词话丛编》,第303页。

相承、无可替代的作用。周邦彦词下字运意的法度,吴文英、沈义父的词法,吴文英丽密质实的意趣,与辛弃疾同其沉郁。如果缺少了他们,江湖词派就不成其为派。张炎在《词源》卷下中没有论述到的、说不到位的、表述有问题的、需要强调的都在给陆辅之传授词法时做了交代。陆辅之在《词旨》"词说七则"中把它记录下来,使周邦彦、吴文英一系词人与江湖词派融为一体。在这里宋代词学体系发挥了很好的作用。因为体系本来就存在,每个人都能感受到。撰述者必须克服自己的主观好恶,回归公议,只有这样才能服众。而宋诗和江西诗派的总结者方回可能不是一个君子,①但他的著述仍不乏真知灼见。他发明了唐宋诗学的正派体系,也指出了宋词的正派,这在唐宋诗学及宋代词学史上都是一个了不起的贡献。在文学体系下取舍判断,不仅是撰述者的权利,也是读者的权利。每个人在评判别人时,也会被别人评判。这样学术的公理就会彰显,私意就会减少。

张炎的身世与《红楼梦》的作者曹雪芹相似,他出身勋贵、联姻王室,一出生就过着富贵清雅的生活;在改朝换代之际惨遭籍家之祸,祖父被磔裂、父亲失踪。至元二十七年(1290)秋,他又被征北上书写金字藏经。写经结束即授以伪职。至元二十八年(1291)正月的桑哥事件改变了这个结局,他才得以全身而退。桑哥事件牵扯了朝廷主要精力,暂时顾不上给写经人员授官,但没有改变朝廷对汉族士人的笼络政策。在处理桑哥事件的同时,下令江南诸路学及各县学内设立小学,选老成之士为教授、学正、山长、学录、教谕,网罗江南遗老为朝廷所用。张炎迅速离开大都,在江浙一带漫游十年才回家。此后离家独自漂流在江湖之上,再回临安时借住学舍。他本来可以选择别的生活方式,至少衣食不愁、寿终正寝,但他却选择了不与元朝政权合作,皈依江湖。在乱世做如此选择,意味着什么他很清楚。这正说明他人品骚雅,堪称苏轼、辛弃疾、姜夔的传人。仅此一点,足以证明由他来续写宋词正派体系是一个很好的选择。

---

① [宋]周密撰:《癸辛杂识》,《别集》卷上《方回》,吴企明点校,北京:中华书局1988年版,第249~252页。

第二章 词学理论

词学理论形式多样，其中以词话与序跋的理论性比较突出。词话直接论词，全面深入，涉及词学的方方面面。序跋是词集、词选、词论等词学著作的附属物，虽不入正文却是正文的要害，单篇独行却具有体系性。本章从词话、序跋入手研究宋词理论，并分析宋代词学体系的基本特点。

第一节 词话

自曲子词兴起之后，论曲子词的材料随之而兴。早在唐肃宗时期就出现了一些记述词乐、歌妓的文人笔记，这是早期专门的论词材料。此后，论词材料日渐增多，散见于笔记、野史、诗话、词话和作家文集、书信、序跋之中，成为宋人关注的话题。从北宋中叶起，大量的词学资料集结成卷，作为诗话、笔记小说的附庸附缀其后；随着宋词创作的进一步兴盛、论词材料的大量涌现，又出现了独立成册的词话。形式的改变必然引起内容的变化，从北宋后期起，词话从记录词人词作、词坛轶事转向记录词史、传授词法。南宋后期出现了专门论述一个流派的词法且具有宗派意识的词话。词学传承主要依靠词法，词法上的认可是组成一个体系的关键。

一 零散词话

最初的词学资料是记录唐代乐舞的稗官野史，有《教坊记》《乐府杂录》《羯鼓录》等三种独立成册的著作。这些著作有序有跋，有明确的编纂思想。从形式上看他们比北宋后期的词话还要规范，但与词话的关注点不同。宋代词话关注词乐、词作、词法、词社和词人等方面的内容，而唐代词学资料只关注词乐，记录宫廷乐曲、乐工歌妓的逸闻趣事，对文人士大夫普遍关注的曲子词创作很少言及。仅就曲子的名称、创作过程做了一些交待，而且怀着一种愧疚心态。因为曲子词产生于隋唐，兴于开元天宝年间，与唐玄宗荒政有一定的联系。教坊是唐玄宗穷奢极欲、贪图享乐的见证。这些野史、笔记的作者,刚刚经历了战乱,在流离之后记述教坊及教坊曲,当然以批评警示为主。关注点偏了,有许多重要的资料就没有记录上。尽管如此,它毕竟是唐代的词学资料,而且还是比较稀缺的词乐资料,具有独特的史料价值。唐宋笔记小说中的词学资料,虽未有词话之名,但与宋代词话写法相同,笔者也称其为词话。宋代零散词话数量多品类杂,研读这些词话如深山探宝,时常有新的发现。

(一) 宋代笔记中的零散词话

宋代笔记中的零散词话是散见于唐宋笔记小说、稗官野史中的论词材料,它量大质优、形式多样,很多还是第一手的论词资料。笔者将从这些资料对宋代词人、词作、民俗等方面的记载入手,并以《中吴纪闻》为例,具体分析宋人笔记小说中零散词话的基本特点。

1. 关于词人

宋人笔记记述词人词作,一般是秉笔直书的。它的问题不在事实本身,而在于评价的心态。宋人笔记与时代风气密切相关,一个时代的词学观点,往往先是通过宋人笔记对词人词作的褒贬来体现的。

唐人对曲子词及其作者评价是中肯的。对于词人词作的恶评是从晚唐五代开始的,到北宋前中期达到高潮。从北宋中后期开始,又开始往上走。以柳永为例,前后期的评价轩轾很大。前期,侧重于曲子词的品味;词品不高,人品也受牵连。到了北宋中后期,评价就比较客观。柳永词创作背景是澶渊之盟后,宋真宗、宋仁宗时期半个多世纪的太平盛世,尤其是宋仁宗朝四十二年的繁华富庶。柳永用他的词真实准确、形象生动地记述了这段历史,这是文人士大夫所缺乏的。因为文人士大夫先忧后乐,总是用挑剔的态度看待问题,因而错过了这个难得一见的繁华景象。范镇说:"仁宗四十二年太平,镇在翰苑十余载,不能出一语咏歌,乃于耆卿词见之。"① 陈振孙《直斋书录解题》也说柳词"承平气象形容曲尽"。② 苏轼也对柳词写法予以肯定,他说柳永《八声甘州》意境宏大,不减唐人诗歌高处。③

---

① [宋]祝穆撰,[宋]祝洙增订:《方舆胜览》,卷之一一,施和金点校,北京:中华书局2003年版,第197页。
② [宋]陈振孙:《直斋书录解题》,卷二一,徐小蛮、顾美华点校,上海:上海古籍出版社1987年版,第616页。
③ [宋]赵令畤撰:《侯鲭录》,卷七,孔凡礼点校,北京:中华书局2002年版,第183页。

王灼《碧鸡漫志》引前辈语,把柳永《戚氏》比作《离骚》。① 项平甫训诫弟子诗当学杜,词当学柳。杜诗柳词皆无表德,只是实说。② 这个理由有些突兀,但细想起来也有道理。诗词都是抒发情感的,情感也只有真实才有意义。柳词描写太平盛世,在于他有感而发,就像暑天说热、冬天说冷一样,经历了寒暑的人心里有数,时过境迁、往事成昨之后再回读它越发地真实感人。

张端义《贵耳集》卷上自述他自己小词被词坛名家印可的情况,同时也谈到他的其他著述:有上皇帝三书,诗五百首,词二百首,杂著三百篇等,曰《荃翁集》。③ 小词竟然与"上皇帝书"并列,可见在南宋中后期词体的地位已经与正统文体中的奏疏、诗歌相同了。刘壎《词人吴用章传》记述落魄不第、浪迹江湖的词人吴康。吴康学问博采精探,又悟彻音律,单词短韵,字徵协谐,酷爱梅花,曾赋梅词六十二阙,编为《雪香绝唱》。他借梅自况,抒写浮沉困陁,其词不惟伶工歌妓以为首唱,就连士大夫也很喜欢。吴康咏梅词与姜夔的《暗香》《疏影》、李邴的《汉宫春》、刘一止的《夜行船》并喧竞丽殆百十年,直到宋末咸淳年间州里遗老犹歌之不置也。吴康《香雪绝唱》已失传,仅存两首残句。④ 这些资料给我们提供了一段不为人知的史实,补充了宋代词坛上的一些重要信息。

宋人词学观不断发展变化,但始终能够如实的评价每一位词人词作。周南《山房集》卷四《康伯可传》记载了康与之的种种恶事丑行。康与之字伯可,早年生长在宛洛之间,养成了豪纵狎妓的恶习。出仕以后,贪污公款为歌妓买奢侈品。后来又私藏官妓,因私德不检之屑事,反噬有恩之人,开启了南宋政坛告密的先河。据罗大经《鹤林玉露》记述建炎中高宗驻跸扬州,康与之上《中兴十策》。该论堂堂正正、切实可行,即使李纲、赵鼎辈善于谋国事者亦不能过! 康伯可早年结识名流晁说之、陈恬,学有根基。由于私德不好、风流成性,沦为秦桧的鹰犬和帮闲。秦桧死后,他被编管钦州,绍兴二十八年移雷州,死于新州牢城。据钟振振师考证:绍兴二十九年三月二十二日,钦州编管人康与之移送雷州,继又移送新州牢城收管。又移广州,

---

① [宋]王灼:《碧鸡漫志校正(修订本)》,卷二,岳珍校正,北京:人民文学出版社2015年版,第28页。
② [宋]张端义撰:《贵耳集》,卷上,李保民校点,《宋元笔记小说大观》,上海:上海古籍出版社2007年版,第4276页。
③ 同上书,第4280页。
④ 李修生主编:《全元文》第10册,卷三四九,[元]刘壎:《词人吴用章传》,第401~402页。

卒于孝宗淳熙四年(1177)以后。① 宋人评论康与之比较客观,功是功过是过。康与之一直被列为本色雅正派词人,介于柳永与周邦彦之间。而对那些不事奔竞的江湖词人,像刘过、姜夔等被称为"晋宋间人物"。晋宋间人物就是陶渊明,陶渊明在宋人心目中有崇高的地位。有品行的词人,在当日也是备受尊崇的。

2. 关于词作

宋人一些词作就是凭藉笔记小说记载流传下来的,与它一并流传下来的还有词作本事、用典、词法、评论等材料,这是词学的一个宝库。下文,仅就笔记小说所记录宋词中不受待见的应制、干谒词来看看它的特点。

应制、干谒词创作兴盛期,是在昏君奸相际会之时。元符三年(1100)正月己卯,绍述新政的宋哲宗死了。继位的是神宗第十一子端王赵佶,是为宋徽宗。徽宗初政给人以希望,但随着蔡京复出朝政瞬间转换了方向,又回到了宋哲宗绍述新政的老路上去,而且变本加厉。蔡京所为两件事:一是立党碑,禁元祐学术;二是昌"丰亨豫大"说,营造盛世景象。大晟乐府是一个专门为徽宗新政歌功颂德的机构,其职能是制作并颁示新乐。经过大晟府颁示的新乐叫雅乐,开始在太学、辟雍宴用。江汉《喜迁莺》两学盛讴,播诸海内。晁端礼的《黄河清》,天下无问迩遐小大,虽伟男髫女,皆争气唱之。王灼《碧鸡漫志》卷二记载:万俟咏在政和初召试补官,置大晟乐府制撰之职。新广八十四调,患谱弗传,雅言请以盛德大业及祥瑞事迹制词实谱。有旨依月用律,月进一曲,自此新谱稍传。②北宋大观、政和间,毛滂、赵企、江汉、晁元礼等人为蔡京献词,通过奉承蔡京、歌颂新政得到徽宗的青睐,这些人"骤得进用""用为显官",或入大晟府为制撰或以写应制为业。③ 这种虚假的吹捧,给国家带来的伤害是有目共睹的。意外的收获是为宋词雅化,做了一些有益的尝试。词体雅化从改造雅乐做起,用词服务现实;形成宋代雅词本色歌唱、含蓄蕴藉的法度。这次雅化对南宋雅词也有影响,与大晟府有一定渊源的周邦彦,被南宋雅词流派尊为典范。④

---

① 钟振振师:《〈全宋词〉康与之小传补正》,《浙江大学学报(人文社会科学版)》2009 年第 3 期,第 110~111 页。
② [宋]王灼:《碧鸡漫志校正(修订本)》,卷二,第 33 页。
③ [宋]蔡絛撰:《铁围山丛谈》,卷三,冯惠民、沈锡麟点校,北京:中华书局 1983 年版,第 27~29 页。
④ 陶尔夫、诸葛忆兵:《北宋词史》,第四章,哈尔滨:黑龙江人民出版社 2005 年版,第 418~511 页。

宋人干谒以寿词居多，寿词兴盛是在贾似道专权时期（1259～1275）。贾似道的生日是八月八日，每年到这一天，各地进献寿词数千首。这么多的寿词，一时半会儿也看不完，于是就举办一个寿词比赛，评选甲乙等。那些有幸入选甲等的词作，被传抄称颂，一时为之纸贵。寿贾词流传下来二十多首，作者有刘克庄、姚勉、吴文英、刘辰翁等词坛名家。过去对这些词持否定态度，笔者阅读这些词作，发现问题并不这么简单。贾似道是南宋后期政治家，一身系天下安危十六七年。词人给贾似道献词，也不完全是谋求富贵。上述词人中除刘克庄与贾涉、贾似道父子是旧交以外，其他人与贾似道交往比较浅。祝寿就是一种交际方式，通过这种方式可以把自己与当政者联系起来。在周密所列的"善颂首选"，只有个别词有些过分，其他还在正常交往范畴之内。寿贾词由两部分组成，颂功加祝愿。祝愿是提出良好的愿望，即希望贾似道努力去做的事情，把自己心里的话传给当政者，而且这些话还是能摆上台面的。这些词谈不上雅正，至少不那么龌龊。从文体学角度来看，这也是一种明显的进步，表明南宋末期朝野各个阶层对词体的认可。如果还像北宋后期韩维批评晏几道那样，估计就不会出现这么多的祝寿词了，尤其是给权倾天下的贾似道献词祝寿，顺便亮一下自己的政治主张。

笔记小说中记述了很多的词作，对于宋词的保存和流传做出了贡献。尤其是详细的介绍了词作的本事、创作背景等材料，对于我们准确理解词意也具有积极作用。

3. 都市民俗

宋代笔记小说还记述了都城盛况：一是城市的基本布局，包括地理方位、历史沿革、人口规模，城门街道、河流湖泊、桥梁游船、大内皇宫、衙门店铺、娱乐场所、酒楼妓院、佛寺道观、山庄别墅等自然山水和人文景观。根据这些记载，使读者对都市有个大致的了解。二是生活在都市中的人民及其生活方式，这是通过岁时节令和各种祭庆活动来展现的，包括一年十二个月的各种风俗习惯和节日庆祭。经过百年涵养教化，宋人很重视各种庆祭活动和民俗节日。城市经济的高度发展，也需要营造节日氛围，促进商品流通和市面繁荣。词体在都市文化中扮演着重要角色，从朝廷郊庙祭祀、明堂大享、天书事件、山陵导引、虞主附庙，到民间的庆生祝寿、婚丧嫁娶、宗族祭祀等活动都有词的身影。

《宋史·乐志》卷一百四十一至一百四十二记载宋代鼓吹曲二卷，用宋词参与朝廷庆祭活动。宋人所用曲子并不多，原先只有四种，即《导引》《降仙台》《六州》《十二时》，再加上后来的《奉禋歌》《合宫歌》《昭陵歌》《虞神歌》,也不过七八种。① 宋代鼓吹四曲连用,作用各不相同。《导引》用于车驾出入,《六州》《十二时》用于警夜,《降仙台》用于降神。其中以《导引》应用范围较广,在不同场所也有一定的区别,如郊祀、籍田、恭谢宗庙、迎奉先帝御容赴宫观、寺院、神主祔庙等用正宫;山陵导引灵驾,用正平调、黄钟羽、大石调;仁宗御容赴景灵宫,用道调。② 根据不同场合,选用不同曲调的《导引》,表现不同的情感,"率因事随时定所属宫调,以律和之"。③ 所用词曲不多,但变化较多,可以适应喜丧庆祭等不同仪式的需求。从歌唱上说,鼓吹四曲与艳词不同。《六州歌头》音调悲壮,闻其歌使人怅慨。④ 庆祭是国之大事,事关国运兴衰。宋词进入庆祭仪式还是有限的,"今所设鼓吹,唯备警卫而已"。⑤ 而且在表现方式上也是比较节制的。宋词应用比较普遍的是在朝廷岁时宴飨上。宋承唐制,凡祭祀、大朝会用太常雅乐,岁时宴享用教坊诸部乐。宫廷宴会上经常用教坊乐人演唱宋词。《宋史·乐志十七》"教坊"所记春秋圣节三大宴的各项仪式,⑥在宋人笔记中也有相应的记载。孟元老《东京梦华录》卷之九《宰执亲王宗室百官入内上寿》,⑦吴自牧《梦粱录》卷三"四月":"皇太后初八圣节。""宰执亲王南班百官入内上寿赐宴。""皇帝初九日圣节。"⑧周密《武林旧事》卷一《圣节》等,⑨都是给皇帝或皇太后祝寿的,仪程也大体相同。《梦华录》十月十日为徽宗天宁节。为此朝廷做了充分准备,庆生仪式从一个月前就开始了。教坊集诸妓阅乐,承担州府满散进寿议程的音乐歌舞。到节前两天(初八日),枢密院率修武郎以上武官;初十日(天宁节当天),尚书省宰执率宣教郎以上,到相

---

① [宋]程大昌撰:《演繁露》,卷之一六,上海师范大学古籍整理研究所编:《全宋笔记:第四编》第9册,郑州:大象出版社2008年版,第146~147页。
② [元]脱脱等撰:《宋史》,卷一四〇,聂崇歧点校,北京:中华书局1985年版,第3302~3303页。
③ 同上书,第3303页。
④ [宋]程大昌撰:《演繁露》,卷之一六,《全宋笔记:第四编》第9册,第146页。
⑤ [元]脱脱等撰:《宋史》,卷一四〇,第3304页。
⑥ [元]脱脱等撰:《宋史》,卷一四二,第3348页。
⑦ [宋]孟元老撰:《东京梦华录笺注》,卷之九,伊永文笺注,北京:中华书局2006年版,第836~877页。
⑧ [宋]吴自牧:《梦粱录》,卷三,孟元老等:《东京梦华录(外四种)》,上海:古典文学出版社1956年版,第152~156页。
⑨ [宋]周密:《武林旧事》,卷一,李小龙、赵锐评注,北京:中华书局2007年版,第23~30页。

国寺罢散祝圣斋筵,①然后赴尚书省都厅赐宴。天宁节后两天(十二日),宰执、亲王、宗室、百官,入内上寿。在给皇帝祝寿的宴席上,有口技、歌舞、百戏、杂剧、蹴鞠等表演,一些著名舞者参与其中,每个节目无不曲尽其妙。劝酒有音乐,酒后有歌舞。歌舞与美食交替上场,像流水一样源源不断。皇帝饮御酒九盏,宴会结束。南宋理宗天基节分为上寿(十三盏)、初坐(十盏)、再坐(二十盏)三段,整个议程下来皇帝饮酒四十三盏,②远远超过徽宗时的规模。皇帝寿宴,无论是从档次规格上,还是音乐、歌舞的数量质量上,都是穷奢极欲的。周密记述皇帝寿宴上的音乐、歌舞、艺人,还附列了参加宴会的各色祗应人,说明燕乐和词已经融入到了宋代宫廷的生活,其重要性不亚于器皿酒食。

宋词进入宫廷燕乐,有两种形式:一是引用相关词作,证实笔记小说所写景象真实可信;二是宫廷宴会上侍宴官现场填词。周密《武林旧事》卷七"乾淳奉亲"是一卷非常珍贵的史料,它出自内侍陈源家所藏的《德寿宫起居注》,以及吴琚、甘昇所编《逢辰》等录,③真实记录了南宋高宗皇帝的退闲生活。编撰者都是皇帝的身边近臣,记述真实可信,其中有几段与宋词有关。笔者以淳熙六年(1179)九月十五日明堂大礼、淳熙八年正月元日朝贺礼为例,分析其中宋词的作用。

淳熙六年九月十五日,举行明堂大礼。十三日起大雨连绵,十四日黄昏才雨止月明。十五日晴色甚佳,车驾自太庙乘辂还内,日映御袍,天颜甚喜,都民皆赞叹圣德。当时皇帝做了缮后安排,准备减免一些程序,冒雨祭祀明堂。结果天从人愿,各种仪式照常进行。天气变化,给太上皇帝、皇帝、文武百官和黎民百姓带来了希望。在这种愉悦气氛下举行大祭,更能感格上苍,赢得天意民心。知阁张抡进《临江仙》词,④记述了这次不同寻常的祭祀过程,表达了喜悦之情。

---

① 关于"罢散祝圣斋筵",未见前人注释,试补注如下:罢散祝圣斋筵包括罢散祝圣道场和出席赐宴。祝圣斋筵是一种佛教的祈福仪式,也叫祝圣道场。首先,要在皇帝(皇太后)生日前一个月启建道场,进行为期一个月的祈福活动,为皇帝(太后)祈福,祈求千秋万岁;其次,祈福期满,要举行罢散仪式。罢散,也叫满散。满散的地址北宋是相国寺,南宋是明庆寺(千顷广化寺)。满散仪式结束后,再去都厅(南宋时是贡院、浙西帅臣与仓宪、漕台)赐宴簪花。斋筵上有丰富多彩的文艺汇演。赐宴后的一两天,才是小范围的入宫上寿,宰执亲王宗室百官入内为皇帝(皇太后)祝寿。详见[宋]赵昇编:《朝野类要》,卷一"满散",王瑞来点校,北京:中华书局2007年版,第32页;[宋]吴自牧:《梦粱录》,卷三"皇太后圣节",孟元老等:《东京梦华录(外四种)》,第152页。
② [宋]周密:《武林旧事》,卷一,第23~28页。
③ [宋]周密:《武林旧事》,卷七,第195页。
④ 同上书,第202~203页。

淳熙八年(1181)正月元日大雪,宋孝宗率皇后、皇太子、太子妃至德寿宫行朝贺礼。吴琚进喜雪《水龙吟》词。大年初一遇大雪,虽有丰年之兆,也给贫民的生活带来了困难。太上皇谆谆教诲不要忘了天下贫民,皇帝吩咐京城官员做好救济工作,按照往年倍数支散贫民。太上皇也吩咐从本宫支拨官会,按照朝廷数目,发下临安府,支散贫民。这些内容在词中有所体现。吴太后命本宫歌板色歌此曲进酒,太上尽醉。① 瑞雪兆丰年,仅仅是一个良好的祝愿,只有通过一系列努力,才能把瑞雪转化为祥兆。这个过程远比我们想象的复杂。南宋城市经济发达,社会公益、慈善事业等也有较大改善。周密曾慨叹:"都民素骄,非惟风俗所致,盖生长辇下,势使之然。若住屋,则动蠲公私房赁,或终岁不偿一镮。诸务税息,亦多蠲放,有连年不收一孔者,皆朝廷自行抱认。诸项禀名,恩赏则有'黄榜钱';雪降则有'雪寒钱';久雨久晴,则又有赈恤钱米;大家富室,则又随时有所资给;大官拜命,则有所谓'抢节钱';病者则有施药局;童幼不能自育者,则有慈幼局;贫而无依者,则有养济院;死而无殓者,则有漏泽园。民生何其幸欤!"②

吴自牧《梦粱录》记述了宋宁宗孟冬行朝飨礼,遇明禋岁,行恭谢礼的祭祀过程,传宣赐群臣以下簪花,从驾、卫士、起居官、把路军士人等并赐花。惟独皇帝不簪花,都人瞻仰天表,御街远望如锦。又有恭谢词咏之,即无名氏《满庭芳》《庆清朝》《御街行》《瑞鹤仙》。③ 在宋代的庆祭活动中,经常会用到宋词。在皇帝私人宴会中,唱词也很流行。皇帝嫔妃对词体的谙熟程度,超出一般的文人士大夫。胡铨《经筵玉音问答》记载他出席宋孝宗的私人晚宴。宋孝宗、潘妃亲自为他唱词劝酒。④ 宋词在皇宫流行,成为各种仪式乃至私人宴会必不可少的内容。后宫嫔妃往往善词,南宋宫廷琴师汪元量南还时,有十三位宋旧宫人填词相送。⑤ 皇室对宋词的喜好对于社会风气和宋代词坛具有风向标的作用。

宋词也普遍流行于民间。文人士大夫的各种聚会、社交活动,都少不了词。孟元老《东京梦华录》记述在汴京酒店里,"又有下等妓女,不呼自来筵

---

① [宋]周密:《武林旧事》,卷七,第203~204页。
② [宋]周密:《武林旧事》,卷六,第165页。
③ [宋]吴自牧:《梦粱录》,卷六,孟元老等:《东京梦华录(外四种)》,第178~180页。
④ [宋]胡铨撰:《经筵玉音问答》,上海师范大学古籍整理研究所编:《全宋笔记:第四编》第3册,郑州:大象出版社2008年版,第98~103页。
⑤ [元]汪元量:《汪元量集校注》,《附录》一《宋旧宫人赠汪水云南还词》,胡才甫校注,杭州:浙江古籍出版社1999年版,第285~289页。

前歌唱,临时以些小钱物赠之而去,谓之'劀客',亦谓之'打酒坐'"。① 只不过民间一切从简,不像皇帝内廷凡事必尽其致。宋人用乐与今人相同,音乐是社交的黏合剂,许多场面仪式需要用音乐烘托气氛,但艺人对于音乐并不了解。在热闹处用哀乐,庄严场所用不严肃的乐曲的情况也时时出现。词乐经过民间艺人改造,词也是乐工歌妓创作的,体现出世俗的一面;而那些本色、高雅的词曲反倒不流行。到了南宋后期,会唱周邦彦、姜夔、吴文英词,也是要大书特书的事情,足见雅词流行面已经很狭窄了。

4. 龚明之《中吴纪闻》

宋人笔记记述词作数量太多,很难一一胪述。笔者想窥豹一斑,通过对一种笔记小说的分析略见其梗概。龚明之《中吴纪闻》记录苏州风土人情、文人轶事和诗词创作,其中有关苏州的词作十二首。范仲淹在欧阳修席上分题作《剔银灯》寓劝世之意。② 吴感《折红梅》把梅花与侍姬红梅命运交织在一起,抒发了惜春惜花之情。该词"传播人口,春日郡宴,必使倡人歌之"。③ 贺铸迁徙到醋坊桥,有小筑,在盘门之南十余里,地名横塘。其词《青玉案》"凌波不过横塘路",即是此地。④ 仲殊才思敏捷,喜作艳词。一日造郡中,见庭下有一妇人投牒立雨中。口占《踏莎行》云:"浓润侵衣,暗香飘砌,雨中花色添憔悴。凤鞋湿透立多时,不言不语厌厌地。 眉上新愁,手中文字,因何不倩鳞鸿寄?想伊只诉薄情人,官中谁管闲公事?"⑤建炎庚戌(1130),金人南侵,两浙被虏祸,有题《水调歌头》于吴江者,不知其姓氏,意极悲壮。⑥ 还有写苏州双莲堂的《木兰花》。⑦

苏轼与闾丘孝终交游,并为其侍儿懿卿赠词的故事,也是龚明之着力宣扬的家乡美事。这个传说始于绍兴初年刊行的《傅幹注坡词》,其中苏轼《水龙吟》"楚山修竹如云"就是两序并存的。⑧ 这表明他也无法取舍。龚明之出于对乡贤的敬重,采纳了这个说法。他说:"闾丘孝终,字公显。东坡谪黄州时,公为太守,与之往来甚密。未几,挂其冠而归,与诸名人为九老

---

① [宋]孟元老撰:《东京梦华录笺注》,卷之二,伊永文笺注,北京:中华书局2006年版,第188页。
② [宋]龚明之撰:《中吴纪闻》,卷第五,孙菊圆校点,上海:上海古籍出版社1986年版,第121页。
③ [宋]龚明之撰:《中吴纪闻》,卷第一,第14页。
④ [宋]龚明之撰:《中吴纪闻》,卷第三,第69页。
⑤ [宋]龚明之撰:《中吴纪闻》,卷第四,第86~87页。
⑥ [宋]龚明之撰:《中吴纪闻》,卷第六,第141页。
⑦ [宋]龚明之撰:《中吴纪闻》,卷第四,第82~83页。
⑧ [宋]苏轼著,[宋]傅幹注:《东坡词傅幹注校正》,卷第一,刘尚荣校证,上海:上海古籍出版社2016年版,第5页。

之会。东坡过苏必见之,今《苏集》有诗词各二篇,皆为公作也。公后房有懿卿者,颇具才色,诗词俱及之。东坡尝云:'苏州有二丘,不到虎丘,即到间丘。'"①在龚明之记述中补充了一些新的材料,但这些材料多出于传闻,如"苏轼贬谪黄州时,间丘孝终为太守,与之往来甚密"就不符合事实。苏轼在元丰三年(1080)二月初到黄州,时任知州为陈轼;同年八月,陈轼罢;徐大受(君猷)继任。元丰六年八月二十七日,徐大受离任,新守杨寀到任。元丰七年四月一日苏轼量移汝州时,知州还是杨寀。② 间丘孝终任黄州知州时间缺乏记载,但他在任时修建的栖霞楼是苏轼在黄州经常与友人聚会游赏的地方。苏轼贬谪黄州时,间丘孝终已致仕居住苏州,与苏州知州章岵等人举办吴中十老会。章岵知苏州在元丰五年。③ 至于"苏州有二丘,不到虎丘,即到间丘",这句话的出处是苏轼《次韵王忠玉游虎丘绝句三首》第一首"当年大白此相浮,老守娱宾得二丘"句下"公自注":"郡人有间丘公。太守王规父尝云:'不谒虎丘,即谒间丘。'规父,忠玉伯父也。"④忠玉,名王瑜。规父是苏州知州王海。王海知苏州在熙宁六年(1073),正是苏轼任杭州通判时期(1071~1074),苏轼与间丘孝终的交往主要在这一段时间内。因此苏轼贬谪黄州,游栖霞楼,梦见间丘孝终,称其为"故人"。龚明之的观点体现了文人笔记的一个特点:有闻必录,但不一定准确。

其他如盛季文作守时,颇嫚士。范周尝于元宵作《宝鼎现》词投之,极蒙嘉奖,因遗酒五百壶,其词播于天下,每遇灯夕,诸郡皆歌之。⑤ 陆徽之廷对时,与雍孝闻等力陈时政阙失。唱名日,有旨驳放。雍孝闻还被卫士以挂釜撞其颊,数齿俱落。凡直言者,尽捽出之。时上书及廷试直言者俱得罪,京师有谑词,即无名氏《滴滴金》,其词云:"当初亲下求言诏,引得都来胡道。人人招是骆宾王,并洛阳年少。 自讼监宫并岳庙,都一时闲了。误人多是误人多,误了人多少。"⑥还有对徽宗新政的批评。宣和初年,有旨令士人结带巾,否则以违制论处。士人甚苦之。当时有谑词云:"头巾带,谁理会? 三千贯赏钱,新行条制。不得向后长垂,与胡服相类。 法甚严,人尽

---

① [宋]龚明之撰:《中吴纪闻》,卷第五,第108页。
② 孔凡礼撰:《苏轼年谱》,卷一九~二三,北京:中华书局1998年版,第470~611页。
③ 十老会,见[宋]范成大撰:《吴郡志》,卷第二《风俗》,陆振岳校点,南京:江苏古籍出版社1999年版,第15~17页。章岵任平江知府,见[宋]范成大撰:《吴郡志》,卷第一一《牧守》,第144页。
④ [宋]苏轼著,[清]冯应榴辑注:《苏轼诗集合注》,卷三一《次韵王忠玉游虎丘三首》,黄任轲、朱怀春校点,上海:上海古籍出版社2001年版,第1576页。
⑤ [宋]龚明之撰:《中吴纪闻》,卷第五,第110页。
⑥ 同上书,第111页。

畏,便缝阔大带,向前面系。和我太学先辈,被人叫保义。"①徽宗这次服饰改革,把士人头巾带从后面改到前面,既像胡服又像武官的帽子,感觉不伦不类的。

龚明之也不讳言乡梓败类,如徽宗时六贼之一的朱勔就是苏州本地人。朱冲、朱勔父子因缘花石纲,俱建节钺,创双节堂。连朱勔家里那些种菜种树、叠石为山的园丁,也是朝释负担,暮纡金紫。钦宗即位后,朱勔被抄家流放,后斩于循州。朱勔家族如扮演戏剧,盛衰只在一时。当时有谑词云:"做园子,得数载,栽培得那花木,就中堪爱。特将一个保义酬劳,反做了今日殃害。诏书下来索金带,这官诰看看毁坏。放牙笏便担屎担,却依旧种菜。"又云:"叠假山,得保义,幞头上带着百般村气。做模样偏得人憎,又识甚条制。今日伏惟安置,官诰又来索气。不如更叠个盆山,卖八文十二。"②这两首词讽刺朱勔和那些附会朱勔而得富贵的小人。这些人只是一些乡野村夫却投机政治,一时间竟然大红大紫、富贵已极,等到失势后被杀被贬,留下性命的放下牙笏依旧担粪、依旧种菜。像这样的事情,从小的方面讲是个人荒唐事,从大的方面讲何尝不是大宋王朝的荒唐政治。几出荒唐剧谢幕,大宋王朝的气数就尽了。

笔记小说所记述的作品,往往有较强的故事性。一些我们平常不太在意的作品,经过小说记载,把它的创作背景、人物关系、事件内幕、经过结果等一一呈现在读者面前,使我们对这些作品认识更深一层。这些记载也体现出作者的创作意图和思想情感。龚明之《中吴纪闻》是宋代笔记中的一部,仅仅记述了中吴(苏州)一代的风土人情、奇闻异事和诗词创作。作者在叙述这些故事时不溢美,也不讳言,真实反映了南北宋之际这一地区发生的历史故事。虽然谈不上绝对真实,也体现了作者对个人、对时代命运的思考。

根据宋代风俗小说记载,宋词已经成为宋代文化的一部分,体现出主流文化的一些特点。无论是公私宴会,还是朝廷的礼仪活动,为宋词发展提供了广阔的空间。宋词的普及造成了宋词风格的世俗化,唯有世俗化才能被大众接受。也只有在广泛接受的基础上,才有因俗为雅的可能。南宋后期的词选、词论,主要是矫正这种世俗化的词风,具有因俗为雅的特点。宋代笔记中的词话经历了从少到多、从随意到严密、从以资笑谈到发明词句、传递思想的过程,散中有序、杂而不乱,与它所处时代风气、词学观念、风俗习

---

① [宋]龚明之撰:《中吴纪闻》,卷第六,第148页。
② 同上书,第145~147页。

惯有密切关联。宋代笔记小说、宋词与曾经的繁华富庶相融合,给人一种梦幻的感觉。在北宋、南宋灭亡后,再读记述这段历史的《梦华录》《梦粱录》《武林旧事》,昔日繁华化为南柯一梦,引起无限伤感。

(二)宋代诗话中的零散词话

相对于宋代笔记中的零散词话,宋代诗话中的词话数量比较少,讨论的问题也相对集中,多是一些专业性较强而趣味性稍差的问题。诗话是要讨论诗法的,关注词的本色歌唱、化用才学、品评词作,甚至一些抽象的词法。这些理论对宋词的骚雅词法也有一定的影响。

1. 本色歌唱

陈师道《后山诗话》论及宋词本色,他认为韩愈的诗歌、苏轼的词,极工极变,不够本色。当时的本色词人是秦观和黄庭坚。① 这个观点一出,引发了广泛持久的争论和新的思考。曾季狸说:"东坡之文妙天下,然皆非本色,与其他文人之文、诗人之诗不同。文非欧曾之文,诗非山谷之诗,四六非荆公之四六,然皆自极其妙。"②苏轼的词属于本色之外的那种风格,虽然不是传统意义上的本色,但也是极高的境界,而且对宋词本色还有一定的影响。

关于唐宋词的歌唱,宋人诗话也多有记载。蔡宽夫《诗话》云:"大抵唐人歌曲,本不随声为长短句,多是五言或七言诗,歌者取其辞与和声相叠成音耳。予家有《古凉州》《伊州》辞,与今遍数悉同,而皆绝句诗也,岂非当时人之辞,为一时所称者,皆为歌人窃取而播之曲调乎?"③这是曲子词初期状态。当时还没有专门给这些曲子配词,所谓的歌词就是绝句。这就是唐代词学资料只记录曲名而不记录歌词的原因。《蔡宽夫诗话》还谈到词谱更新变化,他说:"近时乐家多为新声,其音谱转移,类以新奇相胜,故古曲多不存。顷见一教坊老工,言惟大曲不敢增损,往往犹是唐本。而弦索家守之尤严。故言《凉州》者谓之濩素,取其音节繁雄,言《六么》者谓之转关,取其声调闲婉。"④唐宋市井新声求新求奇,只有创新才能引领潮流,才能引起人们的兴趣。流行音乐求新而不求古,古曲很难保存下来。隋唐大曲一般流

---

① [宋]陈师道撰:《后山诗话》,[清]何文焕辑:《历代诗话》,北京:中华书局1981年版,第309页。
② [宋]曾季狸撰:《艇斋诗话》,丁福保辑:《历代诗话续编》,北京:中华书局1983年版,第323页。
③ [宋]蔡启撰:《蔡宽夫诗话》,郭绍虞辑:《宋诗话辑佚》卷下,北京:中华书局1980年版,第397页。
④ [宋]蔡启撰:《蔡宽夫诗话》,第389页。

行在朝廷官府,有专门的机构、人员负责管理和研究这些音乐,隋唐五代时的一些大曲才能够流传下来。这与今天流行歌曲的道理一样。流行的都是新歌,流行不过一半年,就成为过而不问之秋,而一些经典歌曲因有专门机构保管才不致泯没。

2. 化用才学

才学是古代诗歌创作的一个趋势,但各个时代才学所指不同。唐诗讲求炼格炼意,宋诗突出化用典故。在宋人诗话中也经常讨论宋词化用典故的问题。下文以曾季狸的《艇斋诗话》为例,分析宋词才学化的特色:

柳三变词"渐亭皋叶下,陇首云飞",全用柳恽诗也。柳恽诗云:"亭皋木叶下,陇首秋云飞。"(313)

晏元献"春水碧于天",盖全用唐韦庄词中五字。(304)

晏叔原小词:"无处说相思,背面秋迁下。"吕东莱极喜咏此词,以为有思致。此语本李义山诗,云:"十五泣春风,背面秋迁下。"(283~284)

欧公词云"杏花红处青山缺",本乐天诗"花枝缺处青楼开"。(314)

东坡平山堂词云:"认取醉翁语,山色有无中。"然"山色有无中"本王维诗:"江流天地外,山色有无中。"(284)

东坡和章质夫《杨花》词云"思量却是,无情有思",用老杜"落絮游丝亦有情"也。"梦随风万里,寻郎去处,依前被莺呼起。"即唐人诗云:"打起黄莺儿,莫教枝上啼。几回惊妾梦,不得到辽西。""细看来不是杨花,点点是离人泪。"即唐人诗云:"时人有酒送张八,惟我无酒送张八。君有陌上梅花红,尽是离人眼中血。"皆夺胎换骨手。(309)

子由和东坡《中秋》词云:"素娥东去,曾不为人留。"其语出小说《河洛行年记》。(307)

少游《扬州词》云:"宁论爵马鱼龙。""爵马鱼龙"出鲍照《芜城赋》。(321)

少游词"高城望断,灯火已黄昏",用欧阳詹诗,云:"高城已不见,况复城中人。"(309)

少游词"小楼连苑横空",为都下一妓姓楼名琬字东玉,词中欲藏"楼琬"二字。然少游亦自用出处,张籍诗云:"妾家高楼连苑起。"(309)

东湖晚年在德兴作《渔父》词,甚高雅,云:"七泽三湘碧草连,洞庭江汉水如天。朝廷若觅元真子,不在云边即酒边。明月棹,夕阳船,游鱼一似镜中县。丝纶钓饵都收却,八字山前听雨眠。""游鱼一似镜中县",本沈云卿诗:"船如天上坐,鱼似镜中游。"上句老杜曾用,下句东

湖用之。东湖尝对予诵此词,且云本云卿之句,自击节不已。(323)①

上文,胪列宋词用典的各种情况,主要以语典为主,指出某句出自某诗,原文如何,通过对比展示宋人化用前人典故的方法。有些是对原诗的直接引用;有些做了改动,使其适合词中语境;有些则是用古人之意而非其辞。前人用典,并不考虑典故出处,只要用得合适就好。宋人把眼前景象及所想写的意都用前人诗意写出,用前人语句写出新意,而且还是读者心中的意。用典并不妨碍表情达意,就像把眼前景象用自己的语言表述出来一样。二者相比,自作语更难。而用前人语写出新意还稍微容易些。用前人语只是一个习惯问题。习惯成自然,关键是要化俗为雅、推陈出新,给古诗赋予新意。在上文用典各例中,苏轼和章楶(质夫)《杨花》词最好,曾季狸称之为"夺胎换骨手"。② 曾季狸《艇斋诗话》中三次用到"夺胎换骨",分别是王安石《画虎行》用杜甫《画鹘行》诗意,黄庭坚咏唐玄宗时事用白居易诗意,③以及苏轼化用唐诗入词等,都是在原诗的基础上写出新意。"夺胎换骨"是江西诗派的诗法。在它之上还有活法,在活法之上还有无法之法。无法之法就是用学问滋养思想、用思想改善气质,做到有典不用、有备无患,这样才能摆脱尘俗写出清雅。黄庭坚说凡士大夫胸中,不时时以古今浇之,则尘俗生其间。④ 苏轼说腹有诗书气自华,⑤吕本中说诗词高深要从学问中来。⑥学问渊博的人,诗歌意境就高;学问贫乏的人,诗歌意境艰涩,很难写出高深的意境。即使如此,还有一个度,过犹不及。宋人借鉴前代诗歌,先是认为陶渊明、杜甫诗歌每个字都有出处。后来发现有出处也未必佳。古诗之所以成为经典在于情感、气度和思想,所以它才经得起推敲、经得住琢磨,这就是古诗一唱三叹、含蓄蕴藉的秘笈。

类似这样的记载,在其他宋人诗话中还有很多。

3. 品评词作

宋代诗话还有对词人词作的评论。欧阳修指出词人情感发自内心,生

---

① 以上,并见[宋]曾季狸撰:《艇斋诗话》,丁福保辑:《历代诗话续编》,北京:中华书局1983年版,第281~323页,各段页码见段末括号内标识的数字。
② [宋]曾季狸撰:《艇斋诗话》,第309页。
③ 并见[宋]曾季狸撰:《艇斋诗话》,第283、314~315页。
④ [宋]罗愿纂,[宋]赵不悔修:《新安志》,卷一〇,中华书局编辑部编:《宋元方志丛刊》,北京:中华书局1990年版,第7767页。
⑤ [宋]苏轼著,[清]冯应榴辑注:《苏轼诗集合注》,卷五《和董传留别》,第209页。
⑥ [宋]吕本中撰:《童蒙诗训》,郭绍虞辑:《宋诗话辑佚》附辑,北京:中华书局1980年版,第595页。

活在不同环境的词人情感不同,如:"富贵愁乐,皆系乎其情焉。江南李氏据富有时,宫中诗曰:'帘日已高三丈透,金炉次第添香兽,红锦地衣随步皱。 佳人舞点金钗溜,酒恶时将花蕊嗅,别殿微闻箫鼓奏。'与夫'时挑野菜和根煮,旋斫生柴带叶烧'之诗异矣。"① 胡仔评温庭筠"工于造语,极为绮靡"。② 黄庭坚评郭英发"所作乐府,词藻殊胜,但此物须兼缘情绮靡、体物浏亮,乃能感动人耳"。③《诗话》还记录词人逸闻趣事,如王诜与歌姬啭春莺之间的悲欢离合。王诜早年尚蜀国公主,享尽荣华富贵。公主死后,他坐元祐党人贬均州,身边歌姬全部遣散。两年后,迁徙汝阴,偶遇昔日侍姬啭春莺。两人相见却不能相从,他慨叹"佳人已属沙吒利,义士今无古押衙"。有客把它写入词中,并为之足章,词云:"几年流落在天涯,万里归来两鬓华。翠袖香残空挹泪,青楼云渺定谁家? 佳人已属沙吒利,义士今无古押衙。回首音尘两沉绝,春莺休啭沁园花。"④ 一曲小词倾注了多少情感,反映了半生的迁徙飘零、牢落不遇。葛立方《韵语阳秋》卷十一记述苏轼以侍读为礼部尚书,正值得志之秋,陈师道劝他激流勇退,表明这个苦吟诗人除了痴呆执着、不通人情的一面,还有智慧明达的一面。⑤ 人在得志之时不回头、处顺境时不思抽身,只能以悲剧告终了。蔡絛《西清诗话》卷下还抄录了蔡京四首词,其中两首应制词,即"车驾被褉西池拟应制曰:华林芳昼"和"丙申岁(政和六年,1116)闰元宵,应制曰:闻余三五轻寒",诚如他所说的"至裁长短句,兼有昔人风流清婉体趣"。⑥ 蔡京以首相之尊撰写应制词,为徽宗新政歌功颂德,体现了较高的艺术才能,引领着徽宗词坛的大晟词风。还有对作品真伪的考证,葛立方根据《香奁集》中《无题诗序》与韩偓行踪一一吻合,判定《香奁集》为韩偓所做,并对沈括《梦溪笔谈》中《香奁集》为和凝少作、嫁名韩偓的观点提出质疑。⑦ 佚名氏《北山诗话》根据韩偓的诗歌,认为其《香奁集》也是有为而作,并非全是不经之语。⑧ 司马光《温公续诗话》记载寇准诗词的写作时间,他认为寇准《春日登楼怀归》和《江南

---

① [宋]佚名撰:《朝鲜版唐宋分门名贤诗话》,卷一,张伯伟编校:《稀见本宋人诗话四种》,南京:江苏古籍出版社2002年版,第256页。
② [宋]魏庆之:《诗人玉屑》卷六,王仲闻点校,北京:中华书局2007年版,第185页。
③ [宋]黄庭坚:《黄庭坚全集》,别集卷第一七《与郭英发帖》又,刘琳、李勇先、王蓉贵校点,北京:中华书局2021年版,第1677页。
④ [宋]蔡絛:《明钞本西清诗话》,张伯伟编校:《稀见本宋人诗话四种》,南京:江苏古籍出版社2002年版,第225~226页。
⑤ [宋]葛立方撰:《韵语阳秋》,卷一一,上海:上海古籍出版社1984年版,第145~146页。
⑥ [宋]蔡絛:《明钞本西清诗话》,卷下,《稀见本宋人诗话四种》,第217页。
⑦ [宋]葛立方撰:《韵语阳秋》,卷五,第70~71页。
⑧ [宋]佚名撰:《明抄本北山诗话》,《稀见本宋人诗话四种》,第402页。

春》是初知巴东县作。① 他并没有拿出证据,但司马光去寇准年代不远,他的记载也是值得注意的。宋人诗话评论词人词作,言简意赅,具有画龙点睛之妙笔。下文,还是以曾季狸《艇斋诗话》点评词人词作为例,分析其点评之妙笔:

> 秦少游词云:"春去也,落红万点愁如海。"今人多能歌此词。方少游作此词时,传至予家丞相。丞相曰:"秦七必不久于世,岂有愁如海而可存乎!"已而少游果下世。少游第七,故云秦七。(302)
> 予家空青喜晏元献词:"可惜月明风露,长在人归后。"每作郡处燕客,多令歌者以此为汤词,亦取其说得客散后风景佳故也。(322)
> 李邦直小词有云:"杨花落,燕子飞高阁。长恨春醪如水薄,春愁无处著。 往年曾宿王陵铺,鼓角悲风。今日辽东,旧日楼台一半空。"亦佳作也。(324)
> 舒信道亦工小词,如云:"画船椎鼓催君去,高楼把酒留君住。去住若为情,西江潮欲平。 江潮容易得,却是人南北。今日此尊空,知君何日同。"亦甚有思致。(324)
> 近年镇江一士大夫姓邵,词亦工,如云:"阿郎去日,不道长为客。底事桐庐无处觅,却得广州消息。 江头一只兰船,风雨湘妃庙前。死恨无情江水,送郎一去三年。"此词极有作路。又有一人词云:"黄金殿里,烛影双龙戏。劝得官家真个醉,当下齐呼万岁。 殿前按彻《凉州》,君恩与整搔头。一夜御前宣唤,六宫多少人愁。"此词极佳,或云王观词也。(324~325)
> 东莱晚年长短句尤浑然天成,不减唐《花间》之作。如一词云:"柳色过疏篱,花又离披,旧时心绪没人知。记得一年寒食下,独自归时。归后却寻伊,月上嫌迟。十分斟酒不推辞。将为老来浑忘却,因甚沾衣?"又一词,其间云:"可惜一春多病,等闲过了酴醾。"又一词,云其间云:"对人不是惜姚黄,实是旧时心绪老难忘。"皆精绝,非寻常词人所能作也。(304)②

---

① [宋]司马光撰:《温公续诗话》,[清]何文焕辑:《历代诗话》,北京:中华书局1981年版,第277页。
② 以上并见[宋]曾季狸撰:《艇斋诗话》,丁福保辑:《历代诗话续编》,北京:中华书局1983年版,第286~325页。

上述点评,或引他人之言,或直接点评。有些地方,还用了口语,如镇江邵某词"极有作路","作路"一词很少见人使用。从构词方式上分析与引文中的"思致"相近。思致即因思而致,因苦思运意而达到某种意境。"作路"与今天常用的"思路"同类,思路是指思考的方法途径,"作路"是创作的方法途径,即是说这首词在平易中有奇思妙想。在一个简单的词语里,包含无限的深意,这正是方言口语的奇妙所在。曾季狸对《花间集》的评价也有新意。《花间集》是五代后蜀时期编纂的一部雅词选集,入宋以后被当作亡国之音而不被人理解。到了北宋后期,李之仪才给它一个准确评价,指出了《花间集》在词体形成过程中的作用。宋人小令,往往以《花间集》作为标准。① 曾季狸《艇斋诗话》认为吕本中晚年长短句浑然天成,不减晚唐《花间》之作。并列举三例,其中有词有句都很精绝,非寻常词人所能作。② 吕本中词并不符合《花间集》的一惯风格。《花间集》的情感多是由艳情引发的,清晰而具体。吕本中这几首词无非是时令变幻、聚散离合和今昔存亡,这是人世间普遍的情感,与艳情无关。而且也没有落实到具体事件上,还是空中传恨。正因为不那么具体,所以才有广泛的适应性,引发更多的共鸣。吕本中词是比较典型的宋词写法,写意而不写情,写意而有余韵,接近宋人评论《花间集》所谓的"情真而调逸,思深而言婉"。③ 也许这就是宋人对《花间集》新的理解。

4. 词学理论

在宋词理论中有一个概念"骚雅"。诗骚并称是我国古代文学的源头,自东汉班固《离骚序》称屈原:"今若屈原,露才扬己,竞乎危国群小之间,以离谗贼。然责数怀王,怨恶椒、兰,愁神苦思,强非其人,忿怼不容,沈江而死,亦贬絜狂狷景行之士。多称昆仑、冥婚宓妃,虚无之语,皆非法度之政,经义所载。谓之兼《诗》风雅,而与日月争光,过矣!然其文弘博丽雅,为辞赋宗,后世莫不斟酌其英华,则象其从容。自宋玉、唐勒、景差之徒,汉兴,枚乘、司马相如、刘向、扬雄,骋极文辞,好而悲之,自谓不能及也。虽非明智之器,可谓妙才者也。"④屈原及其《离骚》的地位逐渐下降。到南宋朱熹注

---

① [宋]李之仪撰:《姑溪居士文集》,卷四〇《跋吴师道小词》,四川大学古籍整理研究所编:《宋集珍本丛刊》第27册,北京:线装书局2004年版,第89页。
② [宋]曾季狸撰:《艇斋诗话》,《历代诗话续编》,第304页。
③ [五代后蜀]赵崇祚集:《景明正德仿宋本花间集》,[宋]晁谦之:《花间集跋》,吴昌绶、陶湘编:《景刊宋金元明本词》,北京:中国书店2011年版,第435页。
④ [宋]洪兴祖撰:《楚辞补注》,《离骚经章句第一·班固〈序离骚〉》,白化文等点校,北京:中华书局1983年版,第49~50页。

诗注骚，《离骚》的地位才逐渐回升。朱熹也不是心血来潮，突然给屈原及其作品一个好评。这里有一个长期的学术积淀过程，其中也有突发的历史事件，如庆元党禁赵汝愚、蔡元定死于湖湘。① 二者结合，才使朱熹注骚既有学术高度，也有思想深度。在朱熹之前，已经有人认识到屈原及其《离骚》的价值。苏象先记述他祖父苏颂"喜晏元献、欧文忠小词，以为有骚雅之风，而不古不俗，尤爱声韵谐偶，然未尝自作一篇"。② 据苏象先自序，他自幼跟随祖父苏颂读书。从元祐二年（1087）苏颂为吏部尚书起，到元祐五年二月守尚书左丞为执政止。③ 在这段时间里读书闲暇，祖父会给他讲述一些人情世故。每到了夜分，他再把这些教诲记下来。这就是后来的《谭训》。《谭训》说在北宋元祐年间，苏颂用"骚雅"来评价晏殊、欧阳修的词风。这是"骚雅"与宋词的第一次相关联。宋人论词，喜用"雅正""风雅"之类词语，表明宋词与《诗经》的渊源。而苏颂用"骚雅"，即屈原《离骚》式的雅正。宋人诗话中的"骚雅"，有些还是"风雅""风骚"之意。仅此，还不足为据。此后晁补之对屈原及其楚辞做了系统的研究，对于提升《离骚》的文学地位，密切楚辞与宋词的联系做了一些有益的尝试。宋人将《离骚》恢复到了经的档次。只有普遍性的提高，才会有突出特色的出现。

许顗《彦周诗话》云："晁无咎在崇宁间次李承之长短句，以吊承之，曰：'射虎山边寻旧迹，骑鲸海上追前约，便与江湖永相忘，还堪乐。'不独用事的确，其指意高古深悲，而善怨似《离骚》，故特录之。"④这一段评语，用《离骚》来评晁补之的词。晁补之次韵李承之的这首词为《满江红》"次韵吊汶阳李诚之待制"。⑤ 李承之应为"李诚之"。"汶阳"是李诚之退居之地。李师中字诚之，才兼文武，熙宁初知秦州时，在对西夏的战争中屡次获胜。因与王安石不和，又不为吕慧卿所容，多次被贬官。熙宁十年（1077）二月，晁补之谒李师中于汶上。次年（元丰元年，1078）四月七日，李师中去世。两人交往不多，但他对这位前辈评价甚高，认为李诚之有超世才华和耿耿忠心，忠而被谤、抑郁而死。这首悼念李诚之的词写得很悲伤。这首词作于徽宗崇宁年间（1102~1106），距李师中之死已过去了二十五六年。其时李师

---

① 莫砺锋：《朱熹文学研究》，南京：南京大学出版社2000年版，第263~268页。
② [宋]苏象先撰：《丞相魏公谭训》，卷四，朱易安、傅璇琮等：《全宋笔记：第三编》第3册，郑州：大象出版社2008年版，第61页。
③ 苏象先《丞相魏公谭训序》苏颂的履历与《宋史》以及《苏颂年谱》（颜中其、苏克福编撰，长春：北方妇女儿童出版社1993年版）不合，笔者根据《宋史》及《苏颂年谱》做了修改。
④ [宋]许顗：《许彦周诗话》，[清]何文焕辑：《历代诗话》，中华书局1981年版，第399页。
⑤ [宋]晁补之：《晁补之词编年笺注》，编年词部分《满江红》"次韵吊汶阳李诚之待制"，乔力校注，济南：齐鲁书社1992年版，第139页。

中墓木已拱,晁补之写它的现实意义是什么?徽宗崇宁年间,大兴元祐党狱。他当时所遇到的情况远比李师中复杂。晁补之名列元祐党碑,罢官家居,与李诫之当年处境相似。他悼念乡贤,也蕴含着对自己命运的感伤。许顗说他善写哀怨像《离骚》是中肯的。

曾季狸还提出了"离骚体"这个概念。体即体派之体,风格相近为体。屈原、李白相差近千年,可以看做同一种风格。曾季狸云:"古今诗人有'离骚体'者,惟李白一人,虽老杜亦无似《骚》者。李白如《远别离》云:'日惨惨兮云冥冥,猩猩啼烟兮鬼啸雨。'《鸣皋歌》云:'鸡聚族以争食,凤孤飞而无邻。蝘蜓嘲龙,鱼目混珍。嫫母衣锦,西施负薪。'如此等语,与《骚》无异。"①《离骚》想象丰富,构思奇特,有许多奇思异想和不同寻常的景象描写,在前代诗人中唯李白近之。曾季狸《艇斋诗话》百川本有"建炎戊申六月初吉日襄邑许顗序"十四字,刊刻于南宋建炎二年(1128)。也就是说,在南宋初年,宋人对《离骚》的风格已经把握得相当准确。这为朱熹注诗注骚、诗骚并称奠定了基础,也为辛弃疾的骚雅词作、姜夔的骚雅词法、张炎的骚雅理论提供了理论支撑。

宋代诗话包容了各种学术思想和文学主张,对同一个问题见仁见智,各抒己见。读者可以根据自己的需求广闻博览,再通过对比、分析、鉴别,在各种观点交锋中形成自己的看法。还可以比较宋以外的辽夏金元的诗话词话,来校正宋代文学发展中的偏失。这些周边政权汉化程度较高,在文学上也有自己独特的主张和爱好。金人对苏轼诗词的喜好,以及对江西诗派的批评与宋人不同。他们的文学主张真切自然、一语中的。倒是宋人有时绕来绕去说不清楚,远不如金代诗话的清晰明白。用金代诗话来观照宋人诗话,也不失为一种途径。从散见于诗话中的词话,我们感受到唐宋诗学对宋词创作、理论上的影响是全面而深远的。从随心所欲到主题集中,从借鉴方法到理论创新,无不有唐宋诗学的痕迹。正因为借鉴了主流文学的发展成果,唐宋词学在各个阶段发展得都比较快,很快完成了由俚俗文体向主流文学的过渡。

二 规整词话

与零散词话相对的应该是集中词话。这里不用集中而用规整,因为规整还有集中归类之义。先把它们搜集到一起,然后再归类整合。规整词话是指笔记小说、诗话汇编附录的论词材料和独立成书的词话。这些资料经

---

① [宋]曾季狸撰:《艇斋诗话》,丁福保辑:《历代诗话续编》,北京:中华书局1983年版,第322页。

过多次收集、选择、编排和评论，不仅有原作者的本意，还有编纂者的意图，所以具有多重的思想性。归整词话在形式上从零散杂乱到集中归类，从记录逸闻趣事到讲论词法，明显体现了编纂者对它的重视和期望。由于搜集的范围比较广泛，在原集散佚以后，有些还成为仅存的词学文献。

(一)笔记小说中的词话

宋人笔记附录词话有四种，即朱弁的《续骫骳说》、吴曾的《能改斋词话》、陈模的《怀古录》和周密的《浩然斋词话》。这些词话以编者自撰为主，从零散到集结成卷，以集中的形式出现在读者面前，与零散的词话相比，它规模扩大了，思想性也更突出了。

1.《续骫骳说》

朱弁(1085～1144)字少章，号观如居士。婺源人，太学生出身。建炎元年(1127)自荐为通问副使赴金，为金所拘，不肯屈服，拘留十六年后始得放归。他曾劝宋高宗恢复中原，因此得罪秦桧，官终奉议郎。有《曲洧旧闻》《风月堂诗话》等笔记小说、诗话传世。

《续骫骳说》出自《曲洧旧闻》附录一。据《续骫骳说序》题署的时间"壬戌六年(1142)辛巳"，它是朱弁晚年的著作。① 朱弁的《续骫骳说》是继晁补之《骫骳说》之后的论词之作。晁补之《骫骳说》二卷，已经散佚。吴曾《能改斋漫录》保留两条晁补之论"乐府歌词"的资料：一是卷八的晁无咎评乐章，②二是卷十六的晁无咎评本朝乐章，③其中对欧阳修词的评价是重复的，第一条明显出自第二条，只是多了一段按语，指出欧阳修词句的出处。这个按语可能是吴曾抄录时增补的，因为在其他抄本中并没有这个按语。这是晁无咎晚年的词论，是对北宋词坛七位词人的评价，并指出黄庭坚词是"著腔子唱好诗"，与陈师道"今代词手秦七黄九"的观点不同。《晁补之评本朝乐章》符合《骫骳说》论近世人所为乐府歌词的特征，但还没有资料来证实它就一定出自晁补之《骫骳说》。朱弁《续骫骳说》是仿效晁补之《骫骳说》而作的，应该与晁补之词论有较大相似性。它除了序，还存五条材料，其中三条与词没有直接关系。一是论士气，二是论文章法度，这是所有文章的根本。文章，包括填词，没有不出自"元气"和"法度"的。宋人常说"工夫在诗外"，诗

---

① [宋]朱弁撰:《曲洧旧闻》,《附录》一,孔凡礼点校,北京:中华书局2002年版,第234页。此处原文有误,"校勘记"[一]:据此"六年"之"年"当为"月"之误。"壬戌六月辛巳",即绍兴十二年六月二十日。

② [宋]吴曾撰:《能改斋漫录》,卷八,上海:上海古籍出版社1960年版1979年新1版,第236～237页。

③ [宋]吴曾撰:《能改斋漫录》,卷一六,第469页。

外工夫就是涵养元气和谙熟法度。三是记述了诗僧"参寥子"的传奇经历。

接下来的两条与词有关。"女真之谶"记述宋金结盟联合攻辽,徽宗把袁裪为蔡京捉刀的《传言玉女》中的"女真"一词改为"汉宫",表现了徽宗对金人的忌讳。"元宵词"写中州盛日都下元宵观游盛况,并且对晁叔用《上林春慢》进行评论。这个评论耐人寻味,"此词虽非绝唱,然句句皆是实事,亦前人所未尝道者,良可喜也"。①作者追忆当年的繁华富庶,充满了对太平时节的向往。

在朱弁的其他材料中,也保存着一些论词的材料。他认为韩愈以余事作诗人的态度,未为笃论。词曲也是诗歌苗裔,宋人对这种文体寄予了很大的希望。晁补之晚年评论本朝乐章,谈到晏几道、黄庭坚和秦观词风,这些作品各有特色,创作成就不在诗歌以下。并引用晁补之的"尝曰",我托兴为词,聊以自遣。即使词作流行,又有什么关系呢?这是针对宋人一边填词,一边自扫其迹的创作心态而言的。另外,他还对那些别有用心的评论者说,不要用鸡蛋里面挑骨头的态度看待词体,更何况这些"鸡子"里面本来就没有骨头。这些话,在当时都是有所针对的。②《风月堂诗话》卷上还记录了词人李清照的一些情况,从身份上看,她是李格非之女,赵明诚之妻;从创作上看,她善属文,于诗尤工;从文学评价上看,晁补之多对士大夫称之。她的一些诗句,如"诗情如夜鹊,三绕未能安""少陵也自可怜人,更待来年试春草"等脍炙人口。③这段评论看似随意,也是经过认真思考的。李清照是当时的闻人,不仅因为她历砥北宋词坛诸家,还有她独特的经历,以致被困在北方的朱弁也知道一些。他略去了时人对李清照的非议,传递的都是正面信息。取舍就是态度,态度就是思想。朱弁远比他同时代的人善良和有眼光。《曲洧旧闻》卷五评价了章楶和苏轼次韵唱和的词作《水龙吟》,章楶原作《水龙吟》咏杨花,其命意用事,清丽可喜。东坡和之,挥洒自如,若豪放不入律吕,徐而视之,声韵谐婉,便觉章楶的原作反倒拘谨,不够洒脱,甚至有织绣工夫。之所以如此,就如晁冲之(叔用)所说的苏轼才气太高,不是一般人所能比拟的。④这个评论不偏不倚,符合创作的实际情况。

《续骩骳说》数量不多,篇幅也不长,但每一篇都很精彩。因为是有为而作,体现了编纂者对于词体的思索和探讨,并不像前人的诗话词话,仅仅

---

① [宋]朱弁撰:《曲洧旧闻》,《附录》一,孔凡礼点校,北京:中华书局2002年版,第235页。
② [宋]朱弁撰:《风月堂诗话》,卷中,蔡镇楚编,《中国诗话珍本丛书》第1册,北京:北京图书馆出版社2004年版,第229~230页。
③ [宋]朱弁撰:《风月堂诗话》,卷中,《中国诗话珍本丛书》第1册,第245~246页。
④ [宋]朱弁撰:《曲洧旧闻》,卷五,第158页。

是为了搜异录奇,施诸尊俎,掀髯捧腹,博得酒席间一乐。朱弁通过这几则词话,想引起词人思考,进而改变当时词坛萎靡风气,振奋时人的精神,从中可见作者的良苦用心。朱弁在创作理论和实践上的心态是矛盾的,他主张自然纯朴的创作方法,托兴写意,而不用太多的典故。但在江西诗派盛行的宋代诗坛,他又不得不认真研究使事用典的方法、作用和效果。他指出宋诗的发展思路,即黄庭坚"乃独用昆体工夫,而造老杜浑成之地"。① 宋词也是一样,用不自然的方法达到自然的目的。正因为思路清晰、见解高出时人,所以他对宋代文学的把握和了解远比他人准确,方法途径也切实可行。

2.《能改斋漫录》

吴曾《能改斋漫录》卷十六、十七两卷为词话。唐圭璋先生把它收入《词话丛编》,改名为《能改斋词话》。屈兴国教授又从《能改斋漫录》各卷析出词话二十条,编为第三卷。②

吴曾《能改斋漫录》编成于两宋之际,当时刚经历过战乱,作者有意保存更多的前代文献。《能改斋漫录》词话部分也以抄录词作为主,有以下几种情况:

(1)关于词作典故:指出典故的出处,有时溯流而上,查找到典故的最初出处。如"别易会难"条,他指出"别易会难"出自《颜氏家训》,李后主曾两次用这个典故使它成为大众所熟识的典故,该典的最初出处是陆士衡答贾谧诗。③ 用典是古代文学的传统,也是宋代文学的特色。宋人对于用典很认真,吴曾对于宋词中用典错误一一指正,比较分析用典特征,如"载将离恨过江南"条:"东坡长短句云:'无情汴水自东流。只载一船离恨向西州。'"张文潜用其意入诗云:"亭亭画舸系春潭。只待行人酒半酣。不管烟波与风雨,载将离恨过江南。"④这两首诗词化用同一个典故,有先有后,张耒是学习苏轼的。

(2)所抄录词作有特殊意义,如徽宗御词,徽宗身份特殊,也擅长填词。吴曾抄录了徽宗的《探春令》《聒龙谣》《临江仙》三首词。黄庭坚、陈师道的三首《满庭芳》茶词具有很高的文献价值,前两首是黄庭坚的自作自和,第一首泛泛咏茶,第二首同韵奉和,增损其辞,止咏建茶。第三首是陈师道

---

① [宋]朱弁撰:《风月堂诗话》,卷下,《中国诗话珍本丛书》第1册,第265~266页。
② 屈兴国编:《词话丛编二编》,杭州:浙江古籍出版社2013年版,第4~12页。
③ [宋]吴曾撰:《能改斋漫录》,卷一六,上海:上海古籍出版社1960年版1979年新1版,第475页。
④ 同上书,第476页。

的同题同韵唱和词,①体现了宋代文人的雅趣及喜好文战的心态。在苏轼门下士中,一般认为张耒不善填词。吴曾抄录了张耒仅见的两首词,并加以评论,味其句意,不在苏门诸公之下矣。② 词虽不多,也足以改变时人对张耒的看法。还有一些词是作者文集(词集)不载的,如苏轼送潘邠老赴省词《蝶恋花》,欧阳修咏草词《少年游》;还有他亲自见到或朋友辗转见到的词作,如绍兴十八年(1148),吴曾在信州铅山看到驿壁上题写的无名氏《玉楼春》词;③黄季岑在蔡洲瓜陂铺看到用箆刀刻青泥壁的《浣溪沙》词、题写在丰城南禅寺壁间的秋社词《点绛唇》等。④ 这些无名氏之作题写在脆弱易碎的材质上,或者不易保存的人口流动频繁之地,随时会受到损坏。如果不是及时发现并把它们抄入笔记小说,恐怕早已消失在历史云烟中了。

(3)吴曾在抄录一些词时,连同它的本事也一并记载下来,如《幼卿〈浪淘沙〉词》《馆客弃密约之好》等,千年以后再读这些作品,还令人唏嘘不已。偶尔他还会点评词人词作,言简意赅,有画龙点睛之妙。如王寀《渔家傲》词使人歌之有遗世之意,可惜斯人而不得其死,也许是因为滥杀甚多,冤报致祸吧。冯延巳三愿曲雅丰容,虽置在古乐府可以无愧。但被俗子改为五愿以后,不惟句意重复而鄙恶之极。⑤ 其他如释可正平工诗之外,其长短句尤佳;⑥颜博文(持约)、朱敦儒(希真)词不减唐人语。"四客各有所长"是论述苏轼、苏辙门下四学士长短的,即使四学士也不能诗词文赋各体兼善。欧阳修《少年游》咏草词,"不惟前二公(林逋、梅尧臣)所不及,虽置诸唐人温、李集中,殆与之为一矣"。⑦

(4)吴曾还作一些考辨,如《诉衷情》"烧残绛蜡泪成痕"词,据说作者有二人,一是杜安世,一是王益。杜安世亲口说这首词的作者是王益,即王安石之父。当时安石在坐,闻语即离席而去。⑧ 王观应制词《清平乐》,宋时就有人以为是李白所作。这首词的实际作者是王观,他因这首词获罪遂号逐客。⑨ 秦少游唱和《千秋岁》词,吴曾曾亲见秦观、孔毅甫、苏轼、黄庭坚诸人唱和的亲笔,从而证实这首词不是晁补之作,地点也不在越州、处州的西

---

① [宋]吴曾撰:《能改斋漫录》,卷一七,第486~487页。
② 同上书,第496页。
③ 同上书,第494页。
④ [宋]吴曾撰:《能改斋漫录》,卷一六,第481页。
⑤ [宋]吴曾撰:《能改斋漫录》,卷一七,第498~499页。
⑥ 同上书,第492页。
⑦ 同上书,第495页。
⑧ 同上书,第493页。
⑨ 同上书,第489页。

池,而在衡州。①

吴曾及其《能改斋漫录》遭遇坎坷,吴曾因献书秦桧受到赏识,由此入仕。秦桧死后,《能改斋漫录》第十九卷编成,但不敢复出。刊出以后,又因讪笑宗室而遭毁版,直到宋宁宗时才得以再版。它语言简练、议论精确,叙事闲暇有度,是宋人笔记中的精品。由于辗转传抄,也掺入了一些不可信内容。吴曾不是江西诗派中人,但是他所记的一些创作方法以及对作家作品的评价,也符合江西诗派的诗学观点。

3.《怀古录》

陈模的《怀古录》"上卷论诗,中卷论乐府,下卷论文",②体例与周密《浩然斋雅谈》相同,但论词(今乐府)部分较少,仅有三条,即卷上的"陈孔硕守赣"条,记录了一条词坛逸闻;③卷中的"作诗作词虽曰殊体"条,④论述诗词写法的区别,作诗只是要清,作词要有艳丽语、脂粉气;卷中关于辛弃疾词的材料,⑤是其中的关键,其价值体现在以下三点:

第一,关于辛弃疾师事蔡光一事,仅见于本条记载,尚未有其他旁证材料。

第二,果如蔡光所言,辛弃疾以词名家,晚年词笔尤高,其词采用了古文的写法,如《贺新郎》"绿树听鹈鴂",集许多怨事,与李白《拟恨赋》相似;《沁园春》"止酒"如《答宾戏》《解嘲》,把古文手段寓之于词;《沁园春》"赋《筑偃湖》"写争先见面三数峰,以人拟山,脱落故常。

第三,对南宋后期词坛流派的论述,其时以周邦彦、姜夔本色雅正词为正派,但辛弃疾词风豪迈,为万古一清风;苏辛并称,破体为词,东坡以诗为词,辛弃疾以论为词,并且借用赋体写法,这是宋词的另一种风格,也是才学化的代表。

陈模论词,既有宏观的把握,也有微观的分析,对于宋词体系有准确的把握,如对正派余派的论述切实而准确,成为宋代词学史上的定论。宋人论宋词正派,基本不出其划域。

4.《浩然斋词话》

周密《浩然斋雅谈》论词部分,原先就称《词话》。《浩然斋雅谈》卷中

---

① [宋]吴曾撰:《能改斋漫录》,卷一七,第487~488页。
② [宋]陈模撰:《怀古录校注》,邓广铭《序言》,郑必俊校注,北京:中华书局1993年版,第3页。
③ [宋]陈模撰:《怀古录校注》,卷上,第37页。
④ [宋]陈模撰:《怀古录校注》,卷中,第57页。
⑤ 同上书,第59~60页。

介绍张枢生平履历时云:"张枢斗南,其出处已略载《词话》。"①《浩然斋雅谈》是四库馆臣从《永乐大典》中辑佚编纂的,以类相从分为三卷:上卷论文、中卷论诗、下卷论词。唐圭璋教授把下卷论词部分编入《词话丛编》时恢复了《浩然斋词话》的名称。《浩然斋词话》是《绝妙好词》的续编,它收录词作、介绍词人、谈论本事、阐述理论,蕴含着一定的词学体系。

(1) 收录词作

《浩然斋词话》收录宋词四十一首,是周密《绝妙好词》的补选词作,如:

> 张枢:予已选六阕于《绝妙词》,今别见于此。
> 李莱老:予已刊十二阕于《绝妙选》矣,今复别见《倦寻芳》。
> 李彭老:予已择十二阕入《绝妙词》矣,兹不重见。外可笔者甚多,今复撷数首于此。
> 翁元龙,予尝得一编,类多佳语,已刊于集矣。今复撷数小阕于此。
> 薛梯飙:长短句,予尝收数阕于《绝妙词》。今复得其《醉落魄》云。

入选《浩然斋词话》的都是《绝妙好词》的未选佳作。只有杨缵的情况比较特殊,《绝妙好词》已选录杨缵词三首《八六子》"牡丹次白云韵"、《一枝春》"除夕"和《被花恼》,《词话》又选录杨缵《一枝春》《被花恼》两首,属于重复入选。

周密还对收入《词话》的词作考订作者,如《小重山》的作者是周容,《满江红》的作者是赵希迈,《生查子》的作者是魏子敬等。周密《词话》选词存词,也有朋友的举荐。无名氏词两首《小重山》《谒金门》,就是徐爱山推荐的。

(2) 介绍词人

周密还对一些词人做了简单的介绍,李莱老、李彭老兄弟竟爽,词笔妙绝一世。章牧之尝为浙东宪,风采为一时所称,然酝藉滑稽。翁元龙字时可,号处静,与吴文英为伯仲,作词各有所长,世人知吴文英多而知翁元龙少。周密还用简洁的笔墨交代了词人词作的特点,翁元龙词真《花间》语也。② 刘阑游天台雁荡东湖《买陂塘》词,绝笔也。哀哉!③

重点介绍的是南宋后期词坛的领袖杨缵和张枢。杨缵官至司农卿、浙

---

① [宋]周密撰:《浩然斋雅谈》,卷中,孔凡礼点校,北京:中华书局2010年版,第29页。
② [宋]周密撰:《浩然斋雅谈》,卷下,第55页。
③ 同上书,第56页。

东帅,以女进淑妃,赠少师。他精通律吕,整理琴操二百曲,精通古琴洞箫等乐器,国工乐师,无不叹服;杨缵填词多自度曲、自制谱,这些词曲已经散佚。宋元易代之际,杨氏家族满门英烈,也付出了家破人亡的代价,曾经富贵一时的外戚世家就这样沉没了。杨缵与周密有师徒之谊,他担心杨缵失而复得的几首词作再次沉没,这也许是他在词选、词话中重复选录杨缵词的理由吧?

张枢也是南宋后期临安词社的领袖。周密在《浩然斋雅谈》卷中记述了张枢的基本情况:张枢出身南渡勋臣家庭,到其父辈连姻皇室。他在宫廷任职,历任宣词令、阁门簿书等职。阁门簿书不是专职,是其他差遣的兼职,一般由阁门宣赞舍人或阁门祗候兼带。阁门西班属于武职清选,也是国家储才之地。尤其是宣词令必取音吐洪畅、能通晓文义者为之,负责朝会、宴集、巡幸时宣传辞令及相导仪规、纠察失仪、殿陛应奉等事宜,是亲近皇帝的差事。他因此得以出入九禁,备见一时宫中燕幸之事。① 张枢尝度依声集百阕,音韵谐美。周密称张枢为"真承平佳公子也",②意味着他没有活到战乱时期。

(3)词作本事

《词话》还记录词作本事。宋理宗淳祐年间,丹阳郡重修多景楼,高宴落成,一时名流聚集。酒余,主人命妓持红笺征诸客词。李演词先成,众人惊赏,为之阁笔。镇江为长江重镇、江南门户,历来是必争之地。当地官员还沉醉在太平盛世的虚幻景象里,疏于武备,词人发出了"谁护山河万里"之问。③ 李演和他的这首词以先忧后乐之志而载入史册。

文天祥被俘北上,路经南京时读到王夫人题于汴京夷山驿的《满江红》词,他叹惜该词末句欠妥,代王夫人再作一首。④ 王夫人词云"问姮娥、于我肯从容,同圆缺",说她将随时变化,如月圆缺。文天祥认为人应该有坚定信念,始终如一,于是和王夫人词,从关盼盼对张愔情感如一说起,希望达到陈师道《妾薄命》二首怀念主恩、以死相报之意。⑤ 文天祥和词"世态便如翻覆手,妾身元是分明月",以世态变化、人心不变为对。他又代王夫人再次韵一首,用昭君出塞、姚黄移根、金铜仙人、行宫夜雨等比拟南宋灭亡。回

---

① [宋]周密撰:《浩然斋雅谈》,卷中,第29页。
② [宋]周密撰:《浩然斋雅谈》,卷下,第50页。
③ 同上书,第57页。
④ [宋]文天祥撰:《文天祥诗集校笺》,卷一六《满江红》,刘文源校笺,北京:中华书局2017年版,第1587页。
⑤ 同上书,第1582页。

首南宋故宫,几年来天上月圆了缺、缺了又圆,志士报国,决不能使金瓯有缺。邓剡读到王夫人词慷慨悲歌,以如意击唾壶为节,壶边都被敲缺了。周密录入这些词作,并详叙其情感和过程,表彰之意跃然纸上。

(4)词学理论

周密《浩然斋雅谈》中评论宋人诗文的标准是清空、骚雅。

叶适以大才而服膺于四灵,因为他才学富赡雄伟,想清空而不易。四灵作诗不用才学、苦思运意就能够达到诗意的空灵。吴中老糜丈每见吴仲孚小诗,辄惊羡不已。宋人已习惯用才学为诗,一提起笔就想到经史子集、周公孔子,才学越多,诗意越乱,用才学致乱还不如不用。这与叶适服膺四灵的心态相同。

康与之诗"越王山下千树梅",抒写孤高而不被人理解的心情。周密说他家里有康与之手书古诗一卷,词语亦"骚雅"。张侃为李彭老词集作叙,云:"靡丽不失为国风之正,闲雅不失为骚雅之赋,摹拟《玉台》不失为齐梁之工,则情为性用,未闻为道之累。"①指出李彭老词具有多种风格,文词华美具有风诗的正派,文词淡雅具有骚雅的品格,写男女之情不失齐梁之工整,所有情感都是从性情而发的,没有成为道的累赘。这与刘克庄对"骚雅"的定义相近。南宋时期,清空、骚雅的观念深入人心,周密用它来评价宋人诗词,说明这个理论是普遍适用的。

《浩然斋词话》还记述了一些词人轶事,如刘过与吴仲平争风吃醋、周邦彦与李师师的传说等。还有一些化用典故的事例,何籀号为"何四远",汪彦章词以月喻额,辛弃疾以月喻足。周密很赞赏化用唐诗入词,如周美成长短句纯用唐人诗句,贺铸驱使李商隐、温庭筠常奔走不暇等,也是众所周知的典故。

周密《浩然斋词话》是《绝妙好词》的续编,《绝妙好词》是一部具有选派意识的词选,《浩然斋词话》也是这种意识的体现,不过它以理论表述为主,突出了清空骚雅的标准,并用它来评价宋人诗文词,如评四灵诗意"清空"、康与之诗歌"骚雅",这与张炎《词源》卷下、陆辅之《词旨》清空骚雅不尽相同,说明词学体系也是不断发展,日趋于精确的。

(二)诗话汇编中的词话

阮阅《诗话总龟》首开风气,在宋人诗话汇编中附录词话一卷,他选取了一些内容健康、形式规范的唐宋名家词做为研究对象,记载宋词发展轨

---

① [宋]周密撰:《浩然斋雅谈》,卷下,第52页。

迹。《苕溪渔隐丛话》前后集均有论词部分，各占一卷，它除了资料汇编，还有编纂者的议论。"苕溪渔隐曰"是作者对词学问题的思考和评论。《诗人玉屑》成书较晚，也附录词话一卷，内容少而精。魏庆之（也包括黄昇）把词论和词话分开，先词论后词话，所论皆唐宋主要词人词作，通过点评来体现编纂者的词学思想。在这三部诗话汇编后面均附录词话（乐府）一卷，说明词学思想也是唐宋诗学体系的组成部分，虽非主流但也不可或缺。

1.《诗话总龟》

阮阅《诗话总龟》，原名《诗总》，成书于宋徽宗宣和五年十一月朔日（1123年11月20日），由于党禁，未选录苏门诗人。后来书商辗转抄录，补齐了这一部分，并取名为《诗话总龟》，偏离了阮阅的编纂思想。胡仔说："闽中近时又刊《诗话总龟》，此集即阮阅所编《诗总》也，余于《渔隐丛话序》中已备言之。阮字闳休，官至中大夫，尝作监司郡守，庐州舒城人，其《诗总》十卷，分门编集，今乃为人易其旧序，去其姓名，略加以苏黄门《诗说》，更号曰《诗话总龟》，以欺世盗名耳。"①因为真伪混杂，唐圭璋先生《词话丛编》未收录《诗话总龟》词话部分。朱崇才教授认为《诗话总龟》虽经改换增补，前集仍是大致可信的。② 于是以《诗话总龟》前集卷四十乐府门为卷一，从前集各卷摘录出来的论词资料卷二、卷三，编成《词话丛编续编》的《诗话总龟·乐府》。③ 胡仔当初见到的宣和五年版《诗总》，与他保存下来的宣和五年十一月朔《诗总序》是研究《诗话总龟》的第一手资料。因为这些资料影响到他的编纂方法和思路。比如阮阅《诗总》不载元祐诸公诗话，"余今遂取元祐以来诸公诗话，及史传小说所载事实，可以发明诗句，及增益见闻者，纂为一集。凡《诗总》所有，此不复纂集，庶免重复"，④反过来说他所纂集的都是《诗总》没有的。如此一来，减去有关苏门词人材料、减去与《苕溪渔隐丛话》相同的材料，再减去与词学关系不大的条目，因为这些是不会进入到阮阅《诗总》"乐府"专卷的，剩下的才可能是阮阅《诗总》所载的词学资料。这样一来，朱崇才教授《诗话总龟·乐府》三卷共九十四条论词材料，所剩不足七十条了。

---

① ［宋］胡仔纂集：《苕溪渔隐丛话》，《前集》卷一一，廖德明校点，北京：人民文学出版社1962年版，第75页。

② ［宋］阮阅编：《诗话总龟》，朱崇才编纂：《词话丛编续编》，北京：人民文学出版社2010年版，第1页。

③ 同上书，第5~50页。

④ ［宋］胡仔纂集：《苕溪渔隐丛话》，《序渔隐诗评丛话前集》，廖德明校点，北京：人民文学出版社1962年版，序1页。

阮阅编纂《诗话总龟》受时间、地点、资料、人力等因素的限制，在公余很短的时间内要完成这么一项费工费时的细致活，难度是很大的，至少所选多不是精品，而且也缺乏提炼。阮阅对于那些"播扬人之隐慝，暴白事之暧昧，猥陋太甚，雌黄无实者，皆略而不取"，①只收录词和作者的材料，据实抄录，分类编排，在文字上也不作改动。阮阅在保存词作时，还记载了唐宋时期选诗入词、配乐歌唱的情况。大中祥符二年（1009），太宗第七女申国长公主为尼，掖庭随出者二十余人。诏两禁送至寺赐斋，传旨令各赋诗。陈彭年赋七律一首，都下好事者以《鹧鸪天》歌之。② 阮阅还记录了唐宋时期一些有名的歌唱家，如唐代的米嘉荣、何戡、商玲珑，宋代的陈不谦、不谦之子意奴等人的精湛技艺。安史之乱时，有宫廷乐工逃难到江潭，唱王维《红豆词》，坐中惨然不乐。③ 阮阅还抄录了唐宋曲牌的来历，如《何满子》《瑶台第一层》等，其中《后庭花》《思越人》《柳枝歌》是历代亡国之曲。列出这些乐曲，其鉴戒的意义是明显的。

阮阅在抄录作品时，有些词的本事也一并保存下来。陈尧佐《燕》词的本事是吕夷简致仕，推荐陈尧佐替代。陈尧佐出任宰相后，感激吕夷简的荐引之恩，因作《燕词》，携酒过之。其中有"为谁归去为谁来？主人恩重朱帘卷"句，吕夷简听后笑曰："自恨卷帘人已老。"尧佐曰："莫愁调鼎事无功。"吕夷简老于廊庙，而酝藉不减。④ 这是一首很平常的词，因为有这么一段情谊给读者留下了较深的印象。还有些作品用典很有特色，阮阅在抄录作品时，也把用典的特色记录了下来。《银管雪儿》记录的是一次才学比拼。主宾之间较试学问，比拼用典的数量与生僻程度，结果是两相悦服结交而去。化用前人语典，比较成功的例证是晏几道的"凭君问取归云信，今在巫山第几峰"，出自唐张子容《巫山诗》"巫岭岩峣天际重，佳期凤昔愿相从。朝云暮雨连天暗，神女知来第几蜂"，为人所称道。⑤ 轻薄子改张祜《宫词》切中时事，一时盛传以为笑乐。⑥ 化用语典不成功的例证是欧阳修的《鹧鸪天》，用古语"莫作双"，仅仅改头换面，没有写出新意。⑦ 阮阅还抄录对词人词作的评论，张先自称"张三影"，晏殊歌词不减南唐冯延巳，林逋《点绛唇》草词

---

① ［宋］胡仔纂集：《苕溪渔隐丛话》，《后集》卷三六，第287页。
② ［宋］阮阅编：《诗话总龟》，朱崇才编纂：《词话丛编续编》，北京：人民文学出版社2010年版，第43~44页。
③ 同上书，第7页。
④ 同上书，第25~26页。
⑤ ［宋］阮阅编：《诗话总龟》，《词话丛编续编》，第19页。
⑥ 同上书，第41页。
⑦ 同上书，第19页。

咏物,终篇没有出现过草字。被贬斥的词人有温庭筠,因薄行无检、好为艳曲,于是多年名落孙山,每以贾谊才高命薄自况,感叹:"岂司命重文章而轻爵禄,虚有授焉。"作者因此叹曰:浮于行者,必有怨尤,不自咎也。① 宋代礼乐教化几十年,讲究富贵清雅。在阮阅词话中,一再赞美晏殊父子善言富贵不及金玉锦绣,惟说富贵气象。阮阅还用当时见到的曾布家保存的《古风集》,证实《菩萨蛮》为李白所作。②

阮阅《诗话总龟》的价值在于他的编纂思路,他首先把古今诗话、笔记小说中的论诗资料汇集一编,淘汰删冗,去伪存真;把词话作为诗话的附庸列入诗话汇编。这种方法被后人所接受,不仅仅是保存作品,还保存论词资料,从中可以看出宋代词学的发展演变轨迹。他的资料性高于笑谈性,为后世词话树立了榜样。由于时间紧、任务重,缺少对所选作品的推敲,未能从大量的第一手资料里,提炼出有价值的词学思想来。编纂者本身的思路模糊,在学术思想上,逊色于后面的《苕溪渔隐丛话》和《诗人玉屑》。

2.《苕溪渔隐丛话》

胡仔《苕溪渔隐丛话》是继阮阅《诗总》编纂的一部诗话汇编。他受阮阅的启发,想编一部诗话弥补阮阅《诗总》的不足,并避免与《诗总》重复。两部诗话汇编合起来,正好是一部完整的北宋诗史。阮阅的《诗总》成书在《苕溪渔隐丛话》之前,书商翻刻时又抄录《苕溪渔隐丛话》,甚至连"苕溪渔隐曰"也照抄过来,几乎淹没了《诗总》的编纂思路。而《苕溪渔隐丛话》成于胡仔一人之手,编纂思路清晰、体例统一。胡仔论词的资料分为两部分,集中在前集卷五十九和后集卷三十九里,分散资料散处在其他诗人诗论当中。一些特别有价值的词学资料就出于散见部分,如"晁无咎评本朝乐章""李易安云"等。在分散之中也有相对集中,在那些擅长填词的诗人诗话里,论词的资料相对多一些。除了汇集词学资料,还有"苕溪渔隐曰",这也是宋代词论的一个亮点。胡仔不仅要选诗话词话,还要体现一定的思想。用作者的话说就是发明诗句、增益见闻。③

"发明诗句"包括辨析句法和评价词人词作。

辨析句法,指摘语病,曹组"望月"《婆罗门》节令与景象不合,初秋时见到的景象竟然是"霜满愁红"。④ 聂冠卿《多丽》也是如此,仲春时节呈现的

---

① [宋]阮阅编:《诗话总龟》,《词话丛编续编》,第 15~16 页。
② 同上书,第 9 页。
③ [宋]胡仔纂集:《苕溪渔隐丛话》,《序渔隐诗评丛话前集》,廖德明校点,北京:人民文学出版社1962年版,第 1 页。
④ [宋]胡仔纂集:《苕溪渔隐丛话》,《后集》卷三九,第 322 页。

却是初秋、初夏景象。① 胡仔还切合词的创作环境,知人论世,给词人词作以合乎情理的分析。柳永士行尘杂,经常出入于歌楼妓院,因而其词风萎靡不振。苏轼谪居黄州,郁郁不得志,凡赋诗缀词,必写其所怀,一日不负朝廷,其怀君之心,于末句可见。词如其人。人品好,词品就好。人品冗杂,词品也就低靡。

　　追溯语典渊源,这是宋人以才学为词中比较费工夫的工作。柳永《倾杯乐》"愁绪终难罄,人立尽,梧桐碎影",用回仙语。回仙题诗于京师景德寺僧房壁上,有"明月斜,秋风冷,今夜故人来不来,教人立尽梧桐影"句。② 王观《卜算子》送鲍浩然之浙东词"若到江南赶上春,千万和春住",与黄庭坚《清平乐》"春归何处,寂寞无行路。若有人知春去处,唤取归来同住"相近,效法黄庭坚词意。③ 贺铸的名句"梅子黄时雨",出自寇准诗歌"杜鹃啼处血成花,梅子黄时雨如雾"。④ 苏轼《水调歌头》快哉亭"一千顷,都镜净,倒碧峰",出自徐铉《徐孺子亭记》"平湖千亩,凝碧乎其下;西山万叠,倒影乎其中"。⑤ 张先《虞美人》"眼力不知人,远上溪桥",远绍《诗经·邶风·燕燕于飞》"瞻望弗及,泣涕如雨"。⑥ 赵令畤《失调名》"脸薄难藏泪,眉长易觉愁",全用韩偓《香奁集·复偶见三绝》中的"桃花脸薄难藏泪,柳叶眉长易觉愁",只是去掉前面的四字。⑦

　　传授词法,王观《雨中花令》"夏词送将归"含蓄蕴藉,说凉而不用浮瓜沉李等常见事,有尘外凉思。胡仔还说全篇皆好的词极为难得,贺铸"淡黄杨柳带栖鸦",秦湛"藕叶清香胜花气",二句写景咏物,造微入妙,但其全篇,并不精彩。⑧ 凡作诗词,当如常山之蛇,救首救尾,相互呼应,不可偏也。晁无咎《洞仙歌》中秋词首尾照应,而朱敦儒的《念奴娇》中秋,结尾两句全无意味,收拾不佳,以致全篇气味索然。胡仔还记录了一些诗法(词法),徐俯说作诗自立意,不可蹈袭前人。贺铸传前辈诗法,"平澹不流于浅俗,奇古不邻于怪僻,题咏不窘于物象,叙事不病于声律,比兴深者通物理,用事工者如己出,格见于成篇,浑然不可镌,气出于言外,浩然不可屈"。⑨ 陈本明

---

① [宋]胡仔纂集:《苕溪渔隐丛话》,《后集》卷三九,第320页。
② [宋]胡仔纂集:《苕溪渔隐丛话》,《后集》卷三八,第309页。
③ [宋]胡仔纂集:《苕溪渔隐丛话》,《后集》卷三九,第325~326页。
④ [宋]胡仔纂集:《苕溪渔隐丛话》,《前集》卷三七,第254页。
⑤ [宋]胡仔纂集:《苕溪渔隐丛话》,《后集》卷一四,第103页。
⑥ [宋]胡仔纂集:《苕溪渔隐丛话》,《后集》卷二七,第205页。
⑦ [宋]胡仔纂集:《苕溪渔隐丛话》,《前集》卷五九,第417页。
⑧ 同上书,第410~411页。
⑨ [宋]胡仔纂集:《苕溪渔隐丛话》,《前集》卷三七,第254页。

说前辈谓作诗"当言用勿言体,则意深矣。若言冷则云可咽不可漱,言静则云不闻人声闻履声之类"。①《吕氏童蒙训》云:"老杜歌行,最见次第出入本末;而东坡长句,波澜浩大,变化不测,如作杂剧,打猛诨入却打猛诨出也。"②陈师道《后山诗话》:"学诗当以子美为师,有规矩,故可学。退之于诗本无解处,以才高而好耳。渊明不为诗,写其胸中之妙耳。学杜无成,不失为功;无韩之才与陶之妙,而学其诗,终乐天耳。"③范温《诗眼》中的"句中当无虚字""句中不当重叠"等诗法,并不是通过文字相传的,而是在讨论作品时感悟到的。④

诚如胡仔《苕溪渔隐丛话后集序》所说的,他编纂诗话是要发扬苏轼的旨趣、扶持诗道。这与南宋初期推尊苏轼的风气是桴鼓相应的。"苕溪渔隐曰"中一些较长的议论,都是针对苏轼而发的。胡仔批评陈师道说苏轼词不够本色的观点,他否定了苏轼自言平生不善唱曲,词作间或有不入腔处的说法。尽管证据略显不足,不能说明问题,仍极力为之辩驳,体现了他对苏轼词学成就的印可。杨湜《古今词话》记苏轼《贺新凉》是为歌妓秀兰而作。胡仔对此提出异议,认为杨湜之言真可入《笑林》。难道东坡此词,冠绝古今,托意高远,竟然只是为一娼而发?⑤ 他逐条列举"可笑"的理由,虽然缺乏直接的依据,但分析还是入情入理的。他之所以如此辩解,只是想提高苏词的品味,希望苏轼的艳情词也能有所寄托。词是一种世俗的文体,通过男女之情、咏物寄托、节令变迁、今昔对比、聚散离合、生死存亡、咏古伤今等题材抒发比较严肃的情感,具有离骚花草美人的传统。词写艳情本来无可厚非,至于有无寄托,也只能就具体的作品而言了。有些词没有寄托就无法解释,有些词加上寄托就无法解释。这里并没有统一的标准。

"增益见闻"包括保存词作、记载本事、词林掌故、词曲渊源、结社赋词、论述词选和考辨事实等内容。因为其他各项比较明显,姑且毋论,仅就考辨事实,略述管见:

胡仔擅场考证。《苕溪渔隐丛话》中有许多对词学问题的考证比较精彩。有考证词作时间和场景的,蔡絛《西清诗话》说他曾经见李后主围城期间《临江仙》残稿,点染晦昧,心方危窘,不在书耳。胡仔根据《太祖实录》及《三朝正史》记载,开宝七年(974)十月,诏曹彬、潘美等率师伐江南。八年

---

① [宋]胡仔纂集:《苕溪渔隐丛话》,《前集》卷三七,第254页。
② [宋]胡仔纂集:《苕溪渔隐丛话》,《前集》卷四二,第285页。
③ [宋]胡仔纂集:《苕溪渔隐丛话》,《前集》卷四九,第332页。
④ [宋]胡仔纂集:《苕溪渔隐丛话》,《前集》卷五〇,第339~340页。
⑤ [宋]胡仔纂集:《苕溪渔隐丛话》,《后集》卷三九,第327~328页。

(975)十一月,攻克升州。后主词所咏乃春景,此词决非十一月城破时所作。《西清诗话》所谓的后主作长短句未就而城破是不对的。然王师围困金陵凡一年,后主于围城中春季作此词,内心危窘,于此词稿可见。① 这里有否定,也有肯定,且都合乎情理。

考证作者,胡仔根据黄庭坚欲和秦观《千秋岁》词,而以海字难押;陈师道说这首词中的"春去也,飞红万点愁如海",出自李后主的"问君那有几多愁,恰似一江春水向东流",但以江为海。洪觉范也曾和这首词,《题崔徽真子》云:"多少事,都随恨远连云海。"晁无咎和此词吊秦观:"重感慨,惊涛自卷珠沉海。"据此,可以断定这首词是秦观所作,从而否定了任世德所作的观点。②

考证事实,吴曾《复斋漫录》认为:"古曲有《落梅花》,非谓吹笛则梅落,诗人用事,不悟其失。"胡仔认为这个说法不对,因为古有《落梅花曲》,言吹笛则梅落。在唐宋诗词中一直是这么用的,已经成为一种普遍现象。诗词状物,讲究形象具体。梅花期较短,繁花缀枝,旋开而旋落。"泛观古今诗词,用事一律,可见《复斋》妄辨也。"③吴曾说的也没错,但只是从文字上推理,并不符合事实。

对谶言的阐释。古人认为人命天定,神秘莫测的命运往往与现实中人的言行有某种必然联系,命运常常蕴含在人的一句话中。人在不经意之间说的某句话、写的某首诗、填的某首词都可能成为他今后命运的先兆,这就是一言成谶。后人喜欢用前人诗词来附会他的遭遇和命运,然后得出性命前定的结论。王直方根据苏轼在定武所作的《松醪赋》"遂从此而入海,渺翻天之云涛"一句,认为这是苏轼后来自定州谪惠州,从惠州迁昌化的先兆。秦观在绍圣间以校勘为杭倅,至楚、泗间,诗中有"平生逋欠僧坊睡,准拟如今处处还"一句。诗成之次日,即以言者落职,监处州酒。陈师道《赋高轩过诗》有"老知书画真有益,却悔岁月来无多",于是不数月而遂卒。胡仔也认为人的命自有定数,是不能提前预知并可以逃避的。既然命运无法预知,又岂能把一句话当作谶语呢? 不达情理到如此地步,乃庸俗之论。苏轼说过许多话,如"百年强半少,来日苦无多",与陈师道诗意相近。但苏轼并没立即去死,相反他从此脱离谪籍,登禁从,累帅方面,晚虽南迁,亦几二十年后才死去。"来日苦无多",为何不成为谶语呢?④ 苏轼《别参寥长短

---

① [宋]胡仔纂集:《苕溪渔隐丛话》,《前集》卷五九,第 406~407 页。
② [宋]胡仔纂集:《苕溪渔隐丛话》,《后集》卷三九,第 323~324 页。
③ [宋]胡仔纂集:《苕溪渔隐丛话》,《后集》卷四,第 24~25 页。
④ [宋]胡仔纂集:《苕溪渔隐丛话》,《前集》卷四〇,第 275 页。

句》还用了谢安、羊昙典故,交代自己的后事,词云:"约他年东还海道,愿谢公雅志莫相违。西州路,不应回首,为我沾衣。"按世俗观点,这句话必为谶语。这首词写于元祐六年(1091)三月六日。以《东坡先生年谱》考之,这年苏轼召为翰林学士承旨。此后,他复守颍州,徙扬州,入长礼曹,出帅定武。至绍圣元年(1094),方南迁岭表。建中靖国元年(1101)北归,至常州而死,凡十一载,则世俗成谶之论,安可信邪? 所谓的谶言多是后人臆造的,大多经不住推敲。

考证词体演化,证明唐宋词与诗歌有密切的关系。唐人歌曲,多是五言或七言诗,歌者取其辞与和声相叠而成音。胡仔家藏《古凉州》《伊州》歌辞,与今遍数完全相同,而且都是绝句。① 到了唐代中叶及五代时期,逐渐变成现在的长短句。到了宋代则尽为长短句体。今所存,止《瑞鹧鸪》《小秦王》二阕还是七言八句诗和七言绝句诗。《瑞鹧鸪》犹依字可歌。《小秦王》必须杂以虚声才可歌唱。② 王维的《送元二使安西》,宋人以《小秦王》唱之,更名为《阳关》,用诗中的词语来命名。寇准《阳关引》语气豪壮,在送别曲中当为第一,就是檃栝王维《送元二使安西》入词的。对于不能判定孰对孰错的两种说法,也都予以保留。《复斋漫录》和《古今词话》都对《鱼游春水》的由来做了记载。但两种说法差别很大。根据现有资料还无法判断孰是孰非,于是他就把两种观点都保存下来,以备后续研究。这种知之为知之,不知为不知的态度,是科学严谨实事求是的。

胡仔不擅长创作,在批评方面没有权威性;他擅长文献而不擅长批评。话多,不一定恰当;理论多,没有形成特色。这种随着别人的词话作百衲衣式的评论,难免琐碎杂乱、缺乏整体观念。有些词论资料不入乐府门,散见于作家诗话之中,像"李易安云"是该书中的亮点,也是宋词理论的扛鼎之作,只是附录在晁无咎诗论后面。如此编排,胡仔想说明"李易安云"与晁无咎之间有着某种较深的渊源。但从他所加评论来看,他并没有对李清照词论的科学性、合理性发表什么观点,而是做了简单的否定。③ 于是"李易安云"的光彩就被遮掩起来了。他在辩论时往往抓不住重心缺乏证据,说不清理论的来龙去脉,这与他辨析典故、考证作者有较大的差别。尽管如此,他毕竟发出了自己的声音,也不乏真知灼见。这些观点对张炎论词有一定的影响。

---

① [宋]胡仔纂集:《苕溪渔隐丛话》,《前集》卷二一,第140页。
② [宋]胡仔纂集:《苕溪渔隐丛话》,《后集》卷三九,第323页。
③ [宋]胡仔纂集:《苕溪渔隐丛话》,《后集》卷三三,第255~256页。

3.《诗人玉屑》

《诗人玉屑》是宋代诗法的集大成之作。不是因为它篇幅庞大，而是由于观点精辟。魏庆之《诗人玉屑》是以给诗歌医病的心态编纂这部诗话的。① 要想医病，首先要明白病理。所以他从才学化入手，编辑宋诗各个方面的诗法和诗病。在论述"诗余"时也要言不烦。《诗人玉屑》编成时间为淳祐甲辰(1244)，是宋代三部诗话汇编中最晚编成的一部。它博观约取、比较鉴别，补充了许多新的内容，尤其是对南宋词人词作的点评是其他两部诗话所缺少的。《诗人玉屑》的"诗余"部分是魏庆之自己编纂的，"中兴词话"来自黄昇的《花庵词选》。黄昇精通词学，编选的《花庵词选》。起于李白，结于黄昇，分为《唐宋诸贤绝妙词选》十卷和《中兴以来绝妙词选》十卷，除了选词，还对词人进行评论。"中兴词话"即出自黄昇《中兴以来绝妙词选》，评论准确、精当切要。《诗人玉屑》"诗余"部分论词的特点是：

（1）重点靠前，突出宋词总论

"诗余"部分开篇论词两则："晁无咎评""李易安评"，把它们置于词论开端，突出它们在宋代词论中的重要性。下面试作分别论述：

一是晁无咎对北宋词坛的批评。晁补之是苏轼门下士，他的论词观点具有一定的代表性，体现在以下七点：第一，当时对柳永词的评价，基本定位在市井新声、劝淫助欲的层次上。晁补之则从创作手法上对柳词予以肯定，他说："世言柳耆卿之曲俗，非也。如八声甘州云：'渐霜风凄惨，关河冷落，残照当楼。'此唐人语，不减高处矣。"②这个观点出自苏轼，表明苏轼在革除柳词弊端时还承认柳词的长处。第二，是对欧阳修词的评价，"欧阳永叔浣溪沙云：'堤上游人逐画船，拍堤春水四垂天，绿杨楼外出秋千。'要皆绝妙。然只一'出'字，自是后人道不到处"。这就是所谓的练字炼格，通过对诗词中关键字的锤炼来提高词的品位。宋诗讲究响字，字字敲打得响，尤其是关键字一定要给力。宋词也是如此。③ 第三，是对苏轼、黄庭坚词的评价，"苏东坡词，人谓多不谐音律，然居士词横放杰出，自是曲中缚不住者。黄鲁直间作小诗，固高妙，然不是当家语，自是著腔子唱好诗"。指出苏黄词特色明显，且都不够本色。④ 第四，对晏殊词的评价，"晏元献不蹈袭人语，而风调闲雅，如'舞低杨柳楼心月，歌尽桃花扇底风'，知此人不住三家

---

① ［宋］魏庆之：《诗人玉屑》，《原序》，王仲闻点校，北京：中华书局2007年版，第1页。
② ［宋］魏庆之：《诗人玉屑》，卷之二一，第671页。
③ 同上。
④ 同上。

村也"。① 这里把晏几道的"舞低杨柳楼心月,歌尽桃花扇底风"列为晏殊的作品,是承袭了吴曾《复斋漫录》的一个错误。胡仔《苕溪渔隐丛话》后集卷三十三已经做了更正。② 二晏父子,一个贵为宰相,一个穷困落魄,生活经历、社会地位不同,感受也就不同,其共同点是不沾惹世俗之气。晏氏父子无论是写太平盛世安闲宁静的生活,还是落魄潦倒的羁旅穷愁都能体现出一种至真至善、淳真无私的情感,其词品可追配南唐李氏父子。第五,对本色词人张先和柳永的比较,"张子野与柳耆卿齐名,而时以子野不及耆卿。然子野韵高,是耆卿所乏处"。③ 张先和柳永是北宋初期的本色词人,他们的词集是按照宫调排列的。当初都是用来歌唱的,别的词人只有很少一部分词可以歌唱,而他们的词全部可以用来歌唱。这两位本色词人词作流行的层次不同。柳词流行于社会各个层面,不知书者尤好之;张词流行于文人士大夫圈。柳词为俗调,张词为雅声。柳词面广,张词面狭。张词韵高,柳词低俗。第六,对典范词人秦观的评价,"近世以来作者皆不及秦少游,如'斜阳外,寒鸦数点,流水远孤村'。虽不识字,亦知是天生好言语"。④ 秦观词本色可歌,善于写情,被尊为词家的典范。晁无咎认为秦词特色明显,即使不识字的人一听也知道这是好词。第七,引用胡仔对晁补之词评的评论:"苕溪渔隐曰:无己称今代词手,惟秦七、黄九耳。唐诸人不逮也。无咎称鲁直词不是当家语,自是著腔子唱好诗。二公在当时品题不同如此。自今视之,鲁直词亦有佳者,第无多子耳。少游词虽婉美,然格力失之弱。二公之言,殊过誉也。"⑤陈师道从创作手法上认为黄庭坚和秦观并称当代词手;晁补之从词的本色雅正上讲,秦词本色,黄词不够本色;秦词雅正,黄词(有一部分)比较低俗。胡仔同时指出本色雅正的秦观词还有一个缺点,就是格力不高。这是"李易安云"谈论过的问题,也是南宋初期比较流行的观点。论词各持一端,难免强调一点忽略其余,所以"二公之言,殊过誉也"也是可以理解的。

二是"李易安云"。李清照论词与苏门有着很深的渊源关系,她荟萃了苏门词学思想,提出本色雅正的观点。魏庆之引用胡仔关于"李易安云"的内容,并把它独立提出来放在一个显眼的位置上,表明他对李清照词论的认

---

① [宋]魏庆之:《诗人玉屑》,卷之二一,第671页。
② [宋]胡仔纂集:《苕溪渔隐丛话》,《后集》卷三三,第253页。
③ [宋]魏庆之:《诗人玉屑》,卷之二一,第671页。
④ 同上。
⑤ [宋]魏庆之:《诗人玉屑》,卷之二一,第671~672页。按引文出自《苕溪渔隐丛话》《后集》卷三三。"第无多子耳",应为"第无多耳",只是不多,"子"为衍文。

可。但他又沿袭了胡仔"苕溪渔隐曰"对"李易安云"的批评,对李清照历砥北宋词坛诸大家的态度不满。其实,李清照的观点并非她自己发明,出自苏轼及其门下词人。通过转引胡仔这段并不中肯的评论,说明魏庆之精于诗学而不精于词学。

(2)从前到后,点评唐宋大家

这种点评方式既有史的性质,给人以清晰的条理;又有点的示范,指明各个时段的特点及关键词人。魏庆之对他所引用的材料,进行过严格的挑选和打磨。虽然出自阮阅《诗话总龟》占大部分,引自《苕溪渔隐》也有七条。文字简洁,不仅分析到位、表述明白,而且不枝不蔓、干净利落。这正是前两部词话所缺乏的。与前两部诗话汇编重复的部分略去不论,仅就新出现的内容进行分析,探讨其词学思想。

对于有才气的词人,大力颂扬。如苏轼《蝶恋花》词:"花衬残红青杏小,燕子来时,绿水人家绕。枝上柳绵吹又少,天涯何处无芳草。 墙里秋千墙外道,墙外行人,墙里佳人笑。笑渐不闻声渐杳,多情却被无情恼。"予得真本于友人处,"绿水人家绕"作"绿水人家晓"。"多情却被无情恼",盖行人多情,佳人无情耳,此二字极有理趣。而"绕"与"晓"自霄壤也。① 通过真本与流行本关键字"绕""晓"的对比,说明作者用意和俗人改词之间存在着一定的差异。晏叔原条也是辨析字义。通过对晏殊词中一个词的阐释,给俗词翻出新意。"晏叔原见蒲传正,言先公平日小词虽多,未尝作妇人语也。传正云:'绿杨芳草长亭路,年少抛人容易去。'岂非妇人语乎?晏曰:'公谓年少为何语?'传正曰:'岂不谓其所欢乎!'晏曰:'因公之言,遂晓乐天诗两句,云:欲留所欢待富贵,富贵不来所欢去。'传正笑而悟。然如此语意自高雅耳。"②从宋词用典上说,晏几道的分析是成立的。但就这首词来说这种解释是很牵强的。"山谷櫽栝醉翁亭记"条,通过櫽栝词说明黄庭坚精于词理,且笔力过人。③ 苏轼和章楶的杨花词,魏庆之认为章词也是杰作,尤其是它善于体物,描摹杨花的形状逼真传神,即使苏词也未必能过。④ 其他如叶石林词作的神奇,陆放翁词作的敷腴,范石湖词意的清婉,都是南宋词坛上的佼佼者。在这些词人中,魏庆之对陆放翁的评价尤高。魏庆之赞美陆放翁词"皆思致精妙,超出近世乐府",即是笔力超人,实为当时词人

---

① [宋]魏庆之:《诗人玉屑》,卷之二一,第676页。
② 同上书,第682页。
③ 同上书,第677页。
④ 同上书,第685页。

之所不及。接着说陆放翁"月照梨花"词夹杂在《花间集》中也分辨不出来。① 宋人推重前人,说陆放翁达到《花间集》的水平,那就是当世无双之意。陆放翁词何以有如此高的评价,就在于他词情词理接近古人。

魏庆之以为词作大盛的原因,在于词人人品的提高。如"贺方回妙于小词,吐语皆蝉蜕尘埃之表。晏叔原、王逐客俱当溟涬然第之"。② 按"溟涬然第之"应为"溟涬然弟之",是指水平相近、略高一筹,贺铸的人品词品令晏几道、王观折服。③《诗人玉屑》"诗余"部分还谈到张元干两首《贺新郎》,分别送李纲、胡铨,虽见抑于一时而流芳百世。

辛弃疾词是宋词中的别宗,无论是他的妩媚婉约词,还是英雄豪气词,都达到了很高的艺术水准。他天才既高技艺精湛,如李白之圣于诗,无适而不宜,故其能如此。④ 也就是我们常说的词如其人,人品即词品。辛弃疾的寿词也做得很好,"寿词最难得佳者:太泛则疏,太着则拘。惟稼轩庆洪内翰七十云:'更十岁太公方出将,又十岁武公方入相。'马古洲庆傅侍郎生日云:'天子方将申说命,云孙又合为霖雨。'上联工夫在'方'字,下联以'云孙'对'天子',自然中的。事意俱佳,未易及也"。⑤ "马古洲"条还谈到如何把闺情词转化成有品位的寄托词,"闺词牵于情,易至诲淫。马古洲有一曲云:'睡鸭徘徊烟缕长,日长春困不成妆。步欹草色金莲润,捻断花须玉笋香。 轻洛浦,笑巫阳,锦纹亲织寄檀郎。儿家门户藏春色,戏蝶游蜂不敢狂。'前数语不过纤艳之词耳,断章凛然,有以礼自防之意。所谓发乎情,止乎礼义,近世乐府,未有能道此者"。⑥ 马古洲这种"发乎情,止乎礼义"的抒情方式对张炎的"骚雅"词论有一定的影响。"诚斋文集中有答周丞相小简云:'辱相国有尽子诗写来之教,春前偶醉余梦语《忆秦娥》小词云:"新春早,春前十日春归了。春归了,落梅如雪,野桃红小。 老夫不管春催老,只图烂醉花间倒。花间倒,儿扶归去,醒来窗晓。"仰供仲尼之莞尔,不胜主

---

① [宋]魏庆之:《诗人玉屑》,卷之二一,第689页。
② 同上书,第679页。
③ "溟涬然弟之",《庄子·天地第十二》季彻曰:"大圣之治天下也,摇荡民心,使之成教易俗,举灭其贼心而皆进其独志,若性之自为,而民不知其所由然。若然者,岂兄尧舜之教民,溟涬然弟之哉?欲同乎德而心居矣。"郭注:溟涬,甚贵之谓也。不肯多谢尧舜而推之为兄也。成疏:溟涬,甚贵之谓也。若前方法,以教苍生,则治合淳古,物皆得性,讵须独贵尧舜而推之为兄邪! 此意揖让之风,不让唐虞矣。[清]郭庆藩撰:《庄子集释》,卷五上,第432页。
④ [宋]魏庆之:《诗人玉屑》,卷之二一,第690~691页。
⑤ 同上书,第691页。
⑥ 同上。

臣.'诚斋长短句殊少,此曲精绝,当为拈出,以告世之未知者。"①杨万里词作不多,但写得很好,这从黄昇对杨万里的评价就能看出来。黄昇云:"名万里,号诚斋,吉州人。以道德风节照映一世,实为四朝耆俊。"②魏庆之评价词人词作,往往与作者人品、性情密切相关。卢祖皋性情浅淡,能够发明隐士的心曲,故读其词如行山阴道中,令人应接不暇。朱敦儒辞浅意深,可以警世之役役于非望之福者,非止旷达而已。

魏庆之对善于化用才学的词人词作评价也很高,如杨万里词少而精,卢祖皋词篇篇精绝,朱敦儒词辞浅意深,刘伯宠词"下字造语,精深华妙",刘过词"甚奇伟",刘仙伦词"词意高绝",戴复古词"善著语",游次公"词语精绝",游子西"词意高妙"等,③无不是善于体物,胸中才学宏富的体现。

魏庆之、黄昇处于南宋王朝升平时期,经过开禧北伐以后宋金议和,南宋王朝进入了另一个权臣专权的阶段。直到史弥远死后,宋理宗亲政,政局才走向正常。就文学的发展而言,严羽《沧浪诗话》,吴文英、沈义父词法授受,以及《诗人玉屑》《花庵词选》等都完成于这一时期。这一时期的理论著作,一方面注重法度,另一方面又对现行的法度不满,文学理论如何发展,是宋代文学理论家正在探索的问题。

(三)独立成册的词话

宋代独立成书的词话有杨绘《时贤本事曲子集》、杨湜的《古今词话》、鲖阳居士的《复雅歌词》、王灼的《碧鸡漫志》和张侃的《拙轩词话》等。除《碧鸡漫志》之外,其他几种词话都是散后重辑的,虽然残存程度不同,但未见它附着于其他诗话、笔记等文献,仍可以看作独立成册的词话。此处通过对这五部词话的分析,观察宋代词学理论的发展轨迹。

1.《时贤本事曲子集》

据梁启超《记时贤本事曲子集》云:《时贤本事曲子集》有前后集,想卷帙非少。④ 今本杨绘《时贤本事曲子集》存词话九条,主要作用是记录词作、觇述掌故,实为较早的词选和词话。

杨绘与苏轼同乡,两人交谊深厚。熙宁七年(1074)七月到九月,苏轼任杭州通判,时任知州即杨绘。由于同僚关系,他们来往密切,苏轼写给杨

---

① [宋]魏庆之:《诗人玉屑》,卷之二一,第692页。
② [宋]黄昇选编:《花庵词选》,《中兴以来绝妙词选》,卷之二,第201页。
③ 本段各条并见[宋]魏庆之:《诗人玉屑》,卷之二一,第692~697页。
④ [宋]杨绘撰:《时贤本事曲子集》,梁启超撰:《记时贤本事曲子集》,唐圭璋编:《词话丛编》,北京:中华书局1986年版,第11页。

绘信函十七篇,唱和词二十首。其中有两封信谈到了杨绘编纂《时贤本事曲子集》。元丰四年(1081)苏轼贬谪黄州,抄录到杨绘的《时贤本事曲子集》,认为还可以收集一些词坛掌故作为休闲娱乐的雅兴,纪事可以增加到一百四十条。苏轼抄录三事,献给杨绘,以备拣择。① 这时杨绘责授荆南节度副使、不签书公事。荆南使府住长沙。在《与杨元素十七首》(其八)中还向杨绘推荐一条材料,说陈慥之兄陈忱"其人甚奇伟,得其一词,以助《本事》"。② 苏轼对杨绘编撰《时贤本事曲子集》,给予了极大关注。同样,杨绘也很关注苏轼词的创作,在现存《时贤本事曲子集》的九事中,有五条与苏轼相关,它们依次是:

苏轼与刘仲达早年往来于眉山,后来相逢于泗上,游南山话旧作《满庭芳》。

董钺贬谪以后,新娶妻子柳氏欣然与之同忧患如处富贵,苏轼为其作《满江红》。

陈襄守杭,去职前在有美堂宴集僚佐,苏轼即席赋《摊破虞美人》。

诗僧清顺,住在西湖茂春坞,指落花觅句,苏轼为其赋《减字木兰花》。

除此四条,孟昶《洞仙歌》也是苏轼补写的檃栝词。孟昶《洞仙歌》包括曲子词和诗歌两部分,杨绘抄录得很完整,且与苏轼词序文字不同。苏轼《洞仙歌》词序云:"仆七岁时,见眉山老尼,姓朱,忘其名,年九十余。自言尝随其师入蜀主孟昶宫中。一日,大热,蜀主与花蕊夫人夜起避暑摩诃池上,作一词,朱具能记之。今四十年,朱已死矣,人无知此词者,独记其首两句。暇日寻味,岂《洞仙歌令》乎?乃为足之。"③苏轼词序说早年在眉山,有老尼朱氏能记蜀主所作一首词。四十年后,还能记起这首词的前两句,按调应该是《洞仙歌》,于是把它补足。北宋流行檃栝诗歌入词,即用词的腔子来唱诗。孟后主词失传了但诗歌还在,苏轼就用《洞仙歌》来檃栝这首诗。如果连诗歌也失传了,那就只能另做一首新词了。苏轼《洞仙歌》与后主诗歌相似度很大,说明他们同源,苏轼补足实为有条件的檃栝。对此,宋人看法基本一致。周紫芝《竹坡诗话》:"世传此诗为花蕊夫人作,东坡尝用

---

① [宋]苏轼撰:《苏轼文集》,卷五五《与杨元素十七首》其七,孔凡礼点校,北京:中华书局1986年版,第1652页。
② [宋]苏轼撰:《苏轼文集》,卷五五《与杨元素十七首》其八,第1653页。
③ [宋]苏轼撰:《苏轼词编年笺证》,卷二《洞仙歌》,薛瑞生编年笺证,西安:三秦出版社1998年版,第346页。

此诗作《洞仙歌》曲。"①王明清《挥麈录后录》卷一:"孟蜀王诗,东坡先生度以为词。"②杨绘所抄录《洞仙歌》,就是苏轼檃栝孟后主诗歌的作品。杨绘本事曲与苏轼词序记录不同,应以苏轼词序为准。胡仔"苕溪渔隐曰":本事曲与东坡洞仙歌序全然不同,当以序为主。③ 实为有识之见。

另外还有几件事,也值得一说:

南唐中主责其臣:"吹皱一池春水,干卿何事。"盖赵公所撰《谒金门》辞有此一句,最为警策。那么,赵公是谁?按杨绘所记,赵公是《谒金门》"吹皱一池春水"的作者。《谒金门》"吹皱一池春水"作者是冯延巳,但冯延巳并未加封赵公。胡仔《苕溪渔隐丛话》关于这首词的作者,有三种说法:马令《南唐书》说是冯延巳,《古今诗话》记载是成幼文,《时贤本事曲子集》认为是赵公。胡仔认为《时贤本事曲子集》所指赵公,有姓无名,所传必误。④ 由于缺乏证据,存疑待考。这段文字并没有抄录词作,属于点评作品,与其他各条不同。林逋《点绛唇》咏草词;范仲淹以前二府知邓州,营造百花洲,亲制《定风波》词五首,其中第一首词云云等,都是抄录作品的。

杨绘《时贤本事曲子集》记事方式是什么人在什么地方因某事而作什么词,一般不作评论。但对欧阳修词的评价是个例外。他说:"欧阳文忠公,文章之宗师也。其于小词,尤脍炙人口。有十二月词,寄《渔家傲》调中,本集亦未尝载,今列之于此。前已有十二篇鼓子词,此未知果公作否。"⑤对于这组词是否为欧公所作,杨绘不能确定,就不强作结论。欧阳修词真伪混杂,据说有一大半都是他人作品掺入的。⑥ 杨绘《时贤本事曲子集》为词话开创之作,保存资料、叙述本事,纪事简略,章法严谨,后代词话是在它的基础上踵事增华的。

2.《古今词话》

杨湜《古今词话》,明以后久佚。⑦ 今所见杨湜《古今词话》共六十七

---

① [宋]周紫芝撰:《竹坡诗话》,何文焕辑:《历代诗话》,北京:中华书局1981年版,第344页。
② [宋]王明清撰:《挥麈录》,《挥麈余话》,卷之一,上海:上海书店出版社2009年版,第230页。
③ [宋]胡仔纂集:《苕溪渔隐丛话》,《前集》卷六〇,廖德明校点,北京:人民文学出版社1962年版,第413页。
④ [宋]胡仔纂集:《苕溪渔隐丛话》,《后集》卷三九,第318页。
⑤ [宋]杨绘撰:《时贤本事曲子集》,《词话丛编》,第6~7页。
⑥ [宋]王灼:《碧鸡漫志(修订本)》,卷二,岳珍校正,北京:人民文学出版社2015年版,第29页。
⑦ [宋]杨湜撰:《古今词话》,《目录后记》,《词话丛编》,第17页。

则,为赵万里辑本。它记录了五代至北宋末年的词人词作,也附带记录一些词作本事及评论。关于该书的成书时间没有记载。根据词话内容,应成书于南宋初年。理由如下:

其一,北宋末年党禁之祸,元祐诸人如司马光、苏轼、黄庭坚、秦观、晁补之诸人作品都在被禁之列,记录这些人和他们的作品,并且以正面形象示人,应在开禁之后。

其二,从引用杨湜《古今诗话》的书籍,也可以大致考出它的编纂时间。引用杨湜《古今词话》比较早的书籍有南宋初期编纂刊行《诗话总龟》后集及《苕溪渔隐丛话》后集。《诗话总龟》后集所引用《古今词话》四条材料,都是从《苕溪渔隐丛话》后集中抄录过去的。《苕溪渔隐丛话》前集未见引用或间接提到杨湜及《古今词话》。这表明《古今词话》成书或在《苕溪渔隐丛话》前后集编纂之间(1148 – 1167)。但问题并非如此简单,还有一种可能就是胡仔编纂《苕溪渔隐丛话》前集时,没有见到或没有引用杨湜《古今词话》。毕竟个人收集的资料有限,收录资料也有取舍的,这不等于杨湜《古今词话》没有编成。只是胡仔没有谈到该书而已。那么,在胡仔《苕溪渔隐丛话》编纂刊行之前,还有没有其他援引杨湜《古今词话》的书籍呢?《四库全书总目》卷四十二《礼部韵略》提要称:曾慥《类说》引《古今词话》曰:真宗朝,试《天德清明赋》。有闽士破题云:天道如何,仰之弥高。会试官亦闽人,遂中选。① 这条材料,在今本《类说》中还有。② 曾慥《类说》成于绍兴六年(1136)。③《类说》既然引用了《古今词话》中的材料,这表明《古今词话》的编纂刊行应在绍兴六年之前。这时正是元祐党禁解除,南宋初期词坛推尊苏轼时期,与《古今词话》的基调正相吻合。

赵万里认为《古今词话》隶事多出于传闻,而且偏嗜冶艳。秦观与刘太尉家姬的仓促之欢,徐培君教授认为:"少游熙宁年间(一〇六八——一〇七七)常往来于扬州,……是时已有才名,且年轻,故可能有此韵事。"④周义敢等认为《古今词话》及《闲居笔记》,"两书所记,当有所据。书中称少游为学士,则作词当在元祐后期"。⑤ 尽管认定这件事情的时间有先有后,但没有

---

① [清]纪昀总纂:《四库全书总目提要》,卷四二《附释文互注礼部韵略五卷、附贡举条式一卷》,石家庄:河北人民出版社2000年版,第1122页。
② [宋]曾慥辑:《类说》,《北京图书馆古籍珍本丛刊》62,北京:书目文献出版社,第952页。
③ [宋]曾慥辑:《类说》,《序》,《北京图书馆古籍珍本丛刊》62,第6页。
④ [宋]秦观:《淮海居士长短句笺注》,《补遗》《御街行》,徐培君笺注,上海:上海古籍出版社2008年版,第194页。
⑤ [宋]秦观:《秦观集编年校注》,卷三八《御街行》,周义敢、程自信、周雷编注,北京:人民文学出版社2001年版,第816页。

否定这件事情的存在。其实,这里有许多不合常情之处:宋代士大夫多蓄养家妓,地位介于婢妾之间,私通他人家妓即奸淫他人妻妾,这是国家法律和社会习俗所不容许的,秦观还不至于淫人妻妾之后再四处张扬。《古今词话》所云的仓促之欢,与传闻中秦观词的长夜之欢不同,其真实性值得怀疑。其他如江淮某官妓负箧竭产从柳永,小晏出姬又赎姬,杨端臣尝买一妓契约三年,李之仪收名妓聂胜琼为妾,家妓翠鬟离开原雇主跟随陈子雍等类似的材料在宋代笔记、诗话、词话中比比皆是,枝节本末不一定真实可靠,但所反映的现象还是有根据的。宋代废除了罪犯奴隶户籍,所有社会成员都是普通户籍,各类娼妓也由良家妇女充当,宋代对官妓、私妓、营妓、角妓、家妓实行契约化管理。这在我国历史上是独一无二的,对于我们理解宋词的生存环境、传播方式等也是有帮助的。

《古今词话》中,还有一些有意义的资料。苏轼见王安石《桂枝香》"金陵怀古",不觉叹息"此老乃野狐精也"。①苏轼这个说法,在稍后即得到印证。蔡絛《铁围山丛谈》卷四云:小王先生称王安石是上天之野狐,蔡京也称王安石兽其形,中则圣贤。② 小王先生是道士王仔昔,自称曾遇许真君,授以秘法,遂能道人未来事。政和年间(1111~1117)得宠,进封为"通妙先生"。蔡京是徽宗朝炙手可热的人物,在他的主导下,王安石在徽宗政和三年(1113)被封王、配享孔庙。小王先生和蔡京两人通过神化王安石,来增加自己的分量,无意中道出了隐藏内心的实话。王安石其人其事虽非正派,但也极工极变。这与苏轼叹息王安石"野狐精""李易安云"、张炎《词源》卷下对王安石词评价大体相同。杨湜对词人词作的评价也很精彩,如"耆卿作此词,唯务钩摘好语,却不参考出处",③秦观《画堂春》"'雨余芳草斜阳,杏花零落燕泥香'之句,善于状景物。至于'香篆暗销鸾凤,画屏萦绕潇湘'二句,便含蓄无限思量意思,此其有感而作也",④赵君举《浪淘沙》词首句"约字清妙,远胜束字",⑤无名氏《鹧鸪天》春闺"此词形容愁怨之意最工,如后叠'甫能炙得灯儿了,雨打梨花深闭门',颇有言外之意",⑥等等,具有词话评析词作、传授词法的作用。

3.《复雅歌词》

鲷阳居士经历了北宋的覆亡和南宋的复兴,他以保存故国文献的心态

---

① [宋]杨湜撰:《古今词话》,《词话丛编》,第22页。
② [宋]蔡絛撰:《铁围山丛谈》,卷四,冯惠民、沈锡麟点校,北京:中华书局1983年版,第72页。
③ [宋]杨湜:《古今词话》,《词话丛编》,第25页。
④ 同上书,第33页。
⑤ 同上书,第35页。
⑥ 同上书,第49页。

编纂了一部《复雅歌词》。该集采录唐五代北宋词四千三百余首,并以词集附带词话的形式表明他的词学思想。赵万里辑录《复雅歌词》一卷,谓其体例与《本事曲子集》《古今词话》类似,可视为最古的词林纪事。①《复雅歌词》散佚已久,赵万里辑存本仅有十则。吴熊和教授在谢维新《古今合璧事类备要》《外集》卷十一《音乐门·乐章类》发现了久已失传的鮦阳居士的《复雅歌词序》。② 二者集合起来得以对鮦阳居士的词学思想窥豹一斑,其中有三点值得注意:

首先,以"骚雅"为标准评价唐宋词,在他所收录的四千三百首唐宋词作中"其韫骚雅之趣者,百一二而已",③这些词中绝大部分是达不到"骚雅"标准的。

其次,鮦阳居士论词乐,他把音乐分为古乐今乐两种,而不是宋人常说的雅乐俗乐,因为古乐今乐在与民同乐上是一致的,他"复雅"的目的不是用古乐取代今乐,而是汲取古乐的精神,用今乐达到与民同乐的目的。

再次,鮦阳居士采用汉儒解经的方式阐释苏轼的《卜算子》,并认为苏轼《水调歌头》"丙辰中秋欢饮达旦大醉,兼怀子由",有"爱君"之意,在他的心目中苏轼词与儒家经典相同,是具有寄托意义的。

鮦阳居士《复雅歌词》残存的词学文献不多,但对于宋词词品的提升以及骚雅理论发挥了重要作用,他的这些方法、途径对宋词雅化影响较大。

4.《碧鸡漫志》

《碧鸡漫志》,共五卷,为王灼晚年之作。赵希弁说"《漫志》可见乐府之源委"。④ 通过《碧鸡漫志》,可见宋词三方面的源委:

其一,关于歌曲的源流,歌曲是自古就有的一种歌唱方式。《尚书·舜典》《诗序》对诗、歌、声、律的关系做了界定。音乐是表现人性情的,这种性情及其表现形式都是比较简单的。比如音乐的节拍,连在母亲怀抱中吃奶的小孩,听到音乐也会有应激反应,这个反应往往是符合节拍的。王灼认为古诗抒发性情,不需要艰深学问。不识文字者如斛律金,更能发挥其自然之妙。而当时的大文豪徐陵、庾信还做不到这一点。东汉以后,诗歌文采有余而性情不足,作品往往不能感人。

歌曲发展经历了三个阶段:古诗—乐府—今曲子。今曲子先定音节,再

---

① [宋]鮦阳居士撰:《复雅歌词》,赵万里:《目录后记》,《词话丛编》,第49页。
② 吴熊和:《吴熊和词学论集》,杭州:杭州大学出版社1999年版,第90页。
③ 同上书,第92页。
④ [宋]晁公武撰:《郡斋读书志》,[宋]赵希弁:《读书附志》,卷下,孙猛校正,上海:上海古籍出版社1990年版,第1196页。

制文词。从创作顺序上说,它与古诗、乐府相反。今曲子自隋代渐兴,至唐代稍盛,到了宋代繁声淫奏,殆不可数。这种盛况说明古诗变为乐府,乐府变为今曲子也是大势所趋。今曲子与古诗、乐府在表现形式上略有不同,但基本精神一致。音乐源于人心,而人的性情是一样的,表现情感的方法也是一致的,这就是所谓的性情和度数。本之于性情,稽之于度数,是古今歌曲的共同点。只不过因时代、习俗不同,各有侧重而已。今曲子也就是宋词,所用曲拍,即使古人复生,恐未能改易。王灼认为宋词也继承了古诗的精神,是一种可以接受的歌曲形式。

还有人认为今曲子有种种缺点,不符合古诗规范,试图通过复古来改变它。那么,复古的可行性有多大呢?古乐、古辞已经散失了。在孔子时代,三皇五帝的歌曲已经不多了。孔子在齐闻舜帝的韶乐,陶醉其中三月不知肉味。这说明古乐在那时也是难得一遇的。此后经历战火,连古器也一并失传了。历朝历代又不断改造古乐、制作新乐,使古乐消亡殆尽。但古乐古歌消亡,并不意味着古意的消亡。从三国到唐宋,各种古意不绝如缕,还保存着微乎其微的一部分。李唐时伶伎取当时名士诗句入曲,就是古意的体现。宋人取陶渊明《归去来辞》、李白《把酒问月诗》、李贺《将进酒》、苏轼前后《赤壁赋》,协入声律,也暗合古代制曲作歌的精神。古乐确实好,但不是所有好的音乐都可以复古。这就是宋词存在的理由。

其二,关于宋词的流变,王灼把宋词流变,放在唐末五代文坛上来总体观察。其时,文章之陋极矣,唯独乐章可喜。在乐章的发展过程中,也不是一帆风顺的。今曲子(乐章),在晚唐五代发展较好,入宋以后,士大夫乐章顿衰于往日。此后,兴起的是浅近卑俗的柳永词。苏轼是作为柳永的对立面出现的。王灼由此勾勒了宋词的统绪:始于古歌,盛于《诗经》,传至乐府,正统的继承者是苏轼。[①] 宋代词坛上的其他词人,如贺铸、周邦彦、晏几道、僧仲殊等人各尽才力,自成一家。与他们相比,苏轼指出了宋词向上一路,对于提升宋词品味意义重大。

在宋词流变中,王灼主张尚雅黜俗。对于苏轼词评论,在北宋后期存有争议,即使在苏门内部也是轩轾不一。王灼《碧鸡漫志》指出东坡先生以文章余事作诗,溢而作曲,高处出神入天,平处尚临镜笑春,不顾侪辈。诗词同出,岂得分异。[②] 正因为无意作词,非醉心于音律,苏轼克服了宋词创作

[①] [宋]王灼:《碧鸡漫志校正(修订本)》,《前言》,岳珍校正,北京:人民文学出版社 2015 年版,第 4~5 页。

[②] [宋]王灼:《碧鸡漫志校正(修订本)》,卷二,第 26 页。

中的头巾气和轻浮气,厚重朴拙,引领了宋词发展的方向。在论"各家词短长"时,他一口气评论了唐宋五十八位词人,把这些词人分为雅俗两类。对尚雅派极力赞扬,对低俗派提出批评,如对"源流从柳氏来"的六位词人沈公述、李景元、孔方平、处度叔侄、晁次膺、万俟雅言等,一一指出其低俗化倾向;对"滑稽无赖"词人王彦龄、曹组、张衮臣等评价也不高。在单独论述柳永时,说柳词能够流行一时,自有其可取之处,如柳永善于融汇唐诗意境,写景状物间出佳语,具有诗化的特点,又能择声律谐美者用之,唯其格调低俗,像个市侩,虽然脱离了村野气,但又沾惹了油滑气。① 与温柔敦厚的诗教精神,还有一定的差距。

王灼还认可才学化的创作方法,赞美周邦彦、贺方回词语意精新,用心甚苦;②黄大舆《梅苑》学富才赡,意深思远,直与唐名辈相角逐,又辅以高明之韵。③ 王灼论词主张清新,对一些文字游戏类的创作也表示不满。批评陈师道词,在涩僻之外还有滑稽,与他一贯的风格不合。

其三,关于词调的源流,王灼《碧鸡漫志》卷三至卷五记述并考证了唐宋时期二十九个词调。其记叙方式与他书不同,如《教坊记》记载了盛唐的教坊制度、教坊佚事,列举了三百四十三首教坊曲名,并对五首乐曲进行介绍,其中对《安公子》的介绍稍微复杂一些,用音乐附会隋朝史事,应该是后人追加的。《踏谣娘》是苏郎中系列故事中的一个,它取材民间里巷、匹夫匹妇、家长里短的故事,编为歌舞杂戏娱乐帝王。段安节《乐府杂录》补《教坊记》之佚,④经历了黄巢之乱、僖宗幸蜀,唐王朝已处在风雨飘摇之中。这些教坊曲,无论雅俗都是盛世繁花的写照。记录这些文献,也蕴含着末世士大夫对开天盛世的景慕之情。尤其是"别乐识五音轮二十八调图",作者认为历代音乐的沿革,体现在乐器的变化上。现代流行的乐器与古代乐器所承载的音乐精神是一致的,他把唐代俗乐与传统雅乐融为一体,并用传统雅乐理论阐释唐代俗乐中的问题。另外他对《安公子》《黄骢叠》等十首乐曲的介绍也很有特色,这些乐曲的作者是前代帝王或当代文士、高僧,已经与世俗拉开了距离。《羯鼓录》只记述了一种乐器,而且来自外夷。因玄宗的喜好,故在当时很流行。它首叙羯鼓源流、形状,次叙羯鼓名家,后录羯鼓诸宫曲名。教坊教练歌舞、培养唱歌跳舞杂戏方面的专业人才,乐工歌妓知道

---

① [宋]王灼:《碧鸡漫志校正(修订本)》,卷二,第 28 页。
② 同上书,第 26 页。
③ 同上书,第 32 页。
④ [唐]段安节撰:《乐府杂录》《乐府杂录序》,[唐]崔令钦撰《教坊记(外三种)》,吴企明点校,北京:中华书局 2012 年版,第 113 页。

这些就足够了,至于如何制曲填词,不是他们关心的问题。而今人谈到词调,往往是从填词角度切入的。这个乐曲,首见于什么人的什么词,正体是什么,变体有多少,各是什么;分几阕,押几韵,押平韵还是仄韵等,看似深入全面,唯独忽略了词调的音乐特征,更不会把古乐与今意连成一体、融会贯通。借曲填词,渐失词调的特色和本真。

王灼记述了唐宋时期比较流行的二十九首曲牌,其中《霓裳羽衣曲》《凉州曲》《六幺》《水调歌与河传》《虞美人》文字比较长。王灼处于南宋初期,与晚唐五代相距二、三百年。在这一时段,乐曲流传既久,传说纷纭,令人莫衷一是。王灼考证词乐渊源,让读者对词乐的缘起和变化过程有一个初步的了解,便于阅读和创作。他的考证化繁为简、方便实用,如对《霓裳羽衣曲》的考核,首先提出结论:"《霓裳羽衣曲》,说者多异。予断之曰:西凉创作,明皇润色,又为易美名。其他饰以神怪者,皆不足信也。"①这样一来,把一些道听途说,不真实的材料排除了。考证是一件极其细致繁琐的工作,只有谙熟音乐材料,才能洞见其中真伪。

王灼《碧鸡漫志》是一部具有初步体系的词话,贯通了宋词与古诗、乐府的关系,指出了宋代词坛的实际情况,并且突出了苏轼在词坛的意义。还有对宋词才学化、本色化等问题的讨论。考证词乐源流,在唐宋词乐史上也是屈指可数的,对普及词乐知识,促进词情乐意的契合等都有积极意义。

5.《拙轩词话》

张侃文集散佚之后,四库馆臣从《永乐大典》各韵内残存的《张拙轩初稿》《拙轩集》作品中重新编辑《拙轩文集》。词话部分编在第五卷,包括一条词跋和二十一条词话。由《跋拣词》可以看出它是词选附带词话的形式,与南宋初年的《复雅歌词》相似。《拙轩词话》词选部分已经散佚,仅剩下部分词话。张侃词论数量不多,但内容丰富、观点独特;虽是散后重辑,仍保留着一定的体系。下文仅从《跋拣词》以及张侃论词的起源、词乐、用典、结构、点评和体系等方面做一申述:

(1)《跋拣词》:这是张侃为《拣词》所作的跋。② 序跋是叙述书稿主旨及撰述情况的文体。书稿一般前有序后有跋,序跋连用。拣,择,选择。选择的对象是"取向所录前人词"及"数年来议论之涉于词者"。《拣词》是一部词选,也包含词论。词选附带词论,与鲖阳居士《复雅歌词》、黄昇《花庵词选》相似。张侃特意做了两点说明:一、词虽小道,作为一种喜好聊胜于

---

① [宋]王灼:《碧鸡漫志校正(修订本)》,卷三,第45页。
② [宋]张侃撰:《拙轩词话》,《词话丛编》,第189页。

无;二、所录词以男女之情为主,与晏几道《小山词》相近,张侃引用黄庭坚序《小山词》的典故,①表明他所选词的魅力也是无法抗拒的。作为一篇跋,《跋拣词》与它前面的七八篇跋一样,只是一篇普通的跋文,与它后面的论词材料没有从属关系。《跋拣词》既名为跋,又放在论词资料前面,表明它与这些材料不是一个整体。作为论词材料的重新收集,已经打乱了原先的编纂体例,也不排除这些材料就是《拣词》中的论词部分,退一步把它们都看做张侃词论还是可以的。

(2)关于词的起源,张侃列举了陆游的晚唐说、周必大的汉魏说和元稹的先秦说,涵盖了唐宋人关于词体起源的基本观点。张侃根据诗词同源的理论,认为词的起源应该在虞舜时期。这不仅给宋词一个名正言顺的源头,还给予它一个与现实接轨的可能。晁补之用乐府创作的《渔家傲》《御街行》《豆叶黄》等五七言诗歌,表明词与乐府是一致的。这得到吕祖谦的认可并把它编入《宋文鉴》。张侃提出这一点,然后谈他的看法。他赞同学舍老儒的观点,用诗歌代替词,词可以除去不作。② 这个观点比较独特,在宋代还不多见。

(3)关于词乐词律,有人认为古琴曲《高山流水》中夹杂着《公无渡河》声,张侃与郭沔笑后人穿凿。崇宁中,大晟乐府补徵调,由于徵调必须去母声,以他调杀尾。教坊大使丁先现认为这是落韵。姜夔《徵招》对此作了详细的说明,认为燕乐缺徵调不补可也。③ 关于音律,张侃引用郭沔的观点,词中仄音字分上去入三声,上去二声可用平声代替,惟入声不可用上去平替代;有些词如《好事近》《醉落魄》等只能押入声韵,不能用其他声代替。南宋后期,沈义父、张炎也谈到这个问题,他们的着眼点不同,但观点一致。

(4)关于宋词的才学化,张侃词论有一半篇幅在谈论宋词用典,有些是典故出处、有些是典故用法。与他人差别不大,这里不再冗言。只把有特点的提出来,彰显张侃用典的特色,如:"古乐府有'三息诗',杜工部用于诗,辛待制用于词,各臻其妙。待制名弃疾。"④汉乐府"三息诗",即《乐府古辞》中的《相逢行》或《长安有狭斜行》。⑤ 这两首诗歌同源异出,应出自一

---

① [宋]黄庭坚:《黄庭坚全集》,《正集》卷第一六《小山集序》,刘琳、李勇先、王蓉贵校点,北京:中华书局2021年版,第358页。
② [宋]张侃撰:《拙轩词话》,《词话丛编》,第189页。
③ [宋]姜夔:《姜白石词编年笺校》,卷五《徵招》,夏承焘笺校,上海:上海古籍出版社1998年新1版,第73~74页。
④ [宋]张侃撰:《拙轩词话》,《词话丛编》,第191页。
⑤ 逯钦立辑校:《先秦汉魏六朝南北朝诗》,《汉诗》卷九,北京:中华书局1983年版,第265~266页。

个版本。写汉代有一丈人,丈人有三子均在朝廷任要职。五日休沐来归,街道上自生辉。三子各有一妇,大妇织绮罗,中妇织流黄;小妇无所为,携瑟上高堂。调丝理弦,为丈人演奏一曲。这首诗歌反映汉代贵族之家富裕祥和的生活,历代文人也竞相模仿。杜甫用它诉说战争带给人民的灾难。《石壕吏》中老妇人上前致词:三男邺城戍。一男附书至,二男新战死。存者且偷生,死者长已矣!① 辛弃疾用它描写安闲自在的田园生活,《清平乐》:"大儿锄豆溪东。中儿正织鸡笼。最喜小儿亡赖,溪头卧剥莲蓬。"②同样一个典故,杜甫用之于诗、辛弃疾用之于词,脱离了原典的窠臼,写出新意,且各臻其妙。这就是用典的魅力,也是张侃所赞叹的用典标准。除了比较高雅的典故,用典还包括化用俗语、口语、散语入词。李邴的杨花词、沈端节"元夕"《探春令》、"日至"《感皇恩》就是这类比较别致的化用才学的方法,宋人称之为化俗为雅、以故为新。

(5)关于词体结构,张侃谈了两个问题:一是比较固定的结构,这是在长期发展中形成的一种创作方法,如李商隐《锦瑟》,分咏"适怨清和"四种情感;苏轼《水龙吟》用"八字谜",曲尽咏笛之妙。二是突破固定结构,创立适合词情的结构。张侃引用范温论杜甫《奉赠韦左丞丈二十二韵》的结构,他说:"顷见范元卿《杜诗说》,载'上韦左丞'一诗,假如大宅第,自厅而堂,自堂而房,悉依次序,便不成文章。前二词(康与之《曲游春》、辛弃疾《摸鱼儿》)不止如范所云,而末后余意愈出愈有,不可以小伎而忽焉。"③张侃所引用材料与他想论述的观点正好相反。范温传黄庭坚的诗法,说文章必谨布置,多告以韩愈《原道》章法;范温理解这个章法"如官府甲第厅堂房室,各有定处,不〔可〕乱也"。④ 张侃引用这段话却说如果按照这样的布局去写,"悉依次序,便不成文章"。属于引文有误。范温还说词体结构有正体、变体;正体不易改变,变体如行云流水,初无定质,出于精微,夺乎天造,不可以形器求之。康与之、辛弃疾词只能算是变体,词意愈出愈厚。词体结构有一定之规,也有出奇之妙,守正出奇,才是正道。

(6)关于点评宋人词句、词意,张侃称秦观词为古今绝唱,特别拈出《八六子》前几句"倚危亭。恨如芳草、萋萋划尽还生",把眼前景与心中意融会

---

① 〔唐〕杜甫著,〔清〕仇兆鳌注:《杜诗详注》,卷之七《石壕吏》,北京:中华书局1979年版,第528~530页。
② 〔宋〕辛弃疾:《辛弃疾集编年笺注》,卷九《清平乐》,辛更儒笺注,北京:中华书局2015年版,第936页。
③ 〔宋〕张侃撰:《拙轩词话》,《词话丛编》,第194页。
④ 〔宋〕范温撰:《潜溪诗眼》,郭绍虞辑:《宋诗话辑佚》,北京:中华书局1980年版,第325页。

贯通,愈读而愈有味。李邴《洞仙歌》中的"一团娇软,是将春揉做,撩乱随风到何处",①写杨花柳絮随风粘成团,随风飘扬。他以散语入词,给宋词融入清新的因素。散语与韵语相对,形式灵活、不拘格律,这种散文化句法在曲子词初起时经常出现、明白如话。宋人用散语,是一种螺旋式的进步,借传统的方法解决现实中的困境。

张侃所评论的词作,一是苏轼的《念奴娇》"赤壁怀古",一是叶梦得的《贺新郎》"睡起流莺语"。这两首词风格不同,抒写情意也不同。苏轼词有深度,是"《赤壁赋》不尽语,裁成'大江东去'词"。②《赤壁赋》是苏学的核心,表现了苏轼对人生、社会、自然的成熟看法。《念奴娇》"大江东去"是前《赤壁赋》情感的延伸。叶梦得词没有如此深度,只是对过去生活的追忆,充满今昔之感,其词情真意切,虽游女亦知爱重。好词不分豪放婉约、意境大小、思想深浅,只看情感是否真实。这两首词都被后人所喜,仿之者很多,形成了专门的词调,如《酹江月》《金缕曲》,类似情况在宋词中还不多见。

(7)关于张侃词论的体系意识。在张侃补遗诗歌中,有一首《客有诵唐诗者,又有诵江西诗者,因再用斜川九日韵》,③谈到唐诗与宋诗的区别。唐诗以真情实感为作诗的材料,虽然也用典故,但不影响诗意的透彻。张侃赞美唐诗却不鄙视宋诗,他认为宋诗通过学力也可以达到透彻之悟。为此,他批评了宋诗中的两种不良倾向:一是创作中有机巧之心,好求虚名,就达不到唐诗"浑然同水清"的彻悟程度。"浑然同水清"就是姜夔的"清澈见底",严羽的"透彻之悟"也就是宋词中的"清空"。二是宋人喜好结社赋诗,这本来是同道之间相互切磋交流的一个平台,往往沦为党同伐异、文过饰非的工具。如果评论不出自公心,就达不到批评的目的。张侃摒弃狭隘的宗派意识,这种胸襟让人折服。

嘉定八年(1215),张侃把自己古律五十篇、杂文十五篇,分二册呈给江东提刑谯令宪,其中谈到他对晁补之《离骚新序》的认识:"某尝怪晁补之作《离骚新序》,谓王道衰而变风变雅作,其后《离骚》止乎礼义。故太史谈曰:'《国风》好色而不淫,《小雅》怨诽而不乱。若《离骚》者,可谓兼之矣。'晁又云:'自风雅变而为离骚,至离骚变而为赋,其后复变而为诗,又变而为杂

---

① [宋]张侃撰:《拙轩词话》,《词话丛编》,第192页。
② 同上书,第191页。
③ [宋]张侃撰:《张氏拙轩集》,栾贵明:《四库辑本别集拾遗》,北京:中华书局1983年版,第458页。

言长谣问对铭赞操引。苟类出于楚人而小变者,虽百世可知。'"①值得注意的是,他认为《离骚》是风雅以后的作品,《离骚》的情感也止乎礼仪!《离骚》是古代文学的一个环节,如果缺少《离骚》,文学史就会中断。正因为对屈原《离骚》有如此透彻的理解,他晚年为《筼房词》作序,②指出李彭老词形式华美、情感骚雅,擅长抒写芳草美人,把发乎本性的情与出乎天理的性结合起来。虽写艳情,终有品格,没有因为小词而玷污声名。

张侃因为家庭原因,早年结识江湖名士郭沔、姜夔;又享高年,③与江湖词派后期词人李彭老等人交游,曾给李彭老词集作序。他是一位连接江湖词派前后词人的重要人物,在宋词成为典型词派、正派体系中发挥了独特作用。张侃论诗讲清空、论词讲骚雅,他的文学观念与南宋后期张炎《词源》卷下的清空骚雅有必然的联系。这为江湖词派词学理论的传承提供了新的依据。

吴文英、沈义父的《乐府指迷》、张炎的《词源》和陆行直的《词旨》,也是独立成册的词话,还是南宋江湖词派的三部词法。这三部词法探流溯源、指点迷津,具有明显的传授词法、树立正派的体系意识。与之相应的还有杨缵应社规范"作词五要"、江湖词派的两部词选——周密的《绝妙好词》、遗民词人的《乐府补题》等,构成了一个典型词派的必要要素。词选恰好从作品的角度体现了这个流派共同的审美趋向和创作风格的形成。笔者在《南宋江湖词派研究》《清空:宋代词学的创作风格》及相关论文中已经作过论述,这里不再冗言。

第二节 序跋

序跋也是重要的词学材料。题写序跋者多是熟悉作者情况和词学研究的行家,或者作者自己,其真实性和权威性不容置疑。唐宋时期序跋分化还不明显,作用也大体相近。相对来说为人作序比较正式一些,一般受作者或

---

① [宋]张侃撰:《张氏拙轩集》,卷五《上谯大卿令宪书》,《四库全书珍本·初集》,上海:商务印书馆民国二十四年影印清乾隆本,第11页。
② [宋]周密撰:《浩然斋雅谈》,卷下,孔凡礼点校,北京:中华书局2010年版,第52页。
③ 张侃《示韦中实六首》其二云:"去年金台归,今年三十六。"按张侃嘉定癸未(1223)自常之金台解组归舍,时年三十五岁。据此可知张侃生于宋孝宗淳熙十六年(1189);张侃《喜雨赋》作于1246年,时年五十八岁,为张侃作品最后题署的时间。张侃为李彭老《筼房词》作序,李彭老淳祐中为沿江制置司属官,如果按宋代恩荫入仕规定的二十五岁算起,李彭老约生于1220年。其年齿长于周密(1230)。张侃为李彭老《筼房词》作序,并评其词骚雅,应在南宋末年,其时约八十岁。

作者亲属所托,过程规范、礼数周到、表述严谨。为自己题序比较随意,往往只突出重点,其他可以省去不谈。序文往往放在正文弁首,有关词人词作、编撰宗旨、突出特点、地位影响等一系列重要信息都集中在这里。它是全书的亮点,也是展现词人思想的窗口和阅读正文的入门途径。序跋属于散见的词学资料,具有一定的体系性。作序者站位高、视野宽,尽管只评论一个词人、一部词集甚至一首词作,也有全局意识和历史意识。作序题跋毕竟只是一家之言,单篇也许还看不出什么问题,如果把这些零散的序跋集中起来观察就有了比较明显的体系意识。下面,通过对宋人序跋中所体现的共性和个性问题来分析其词学思想。

一 一般问题

一般问题是序跋中经常出现的、共同关注的词学问题。下面,从自序他序、诗词一理、词体特质等方面逐次论述这些问题。

(一) 自序他序

自序他序是从序跋撰写者角度来分类的。自序是词人为自己词集作序。他序的情况比较复杂,有请词坛大家、当代名流作序的;也有词人去世后,子弟、门生、故旧请他人题写序言的;还有文集编纂者、收藏家、鉴赏家寓目后题写的序言。由于题写序跋者学识档次、切入角度、对词人词作熟悉的程度不同,批评的效果也不同。

1.《乐府补亡序》是词人晏几道为自己词集所作的序言。谈到词集命名的原因时,他说"乐府补亡"就是要"补乐府之亡"。那么,"乐府之亡"是什么呢?就是感物之情,即人对外界事物的真实感受,包括人对自然、对社会的真实感受。这种感受在各种文体中都有,是古今不变的主题,但在词中却很少。当时流行词作的情感,要么淫亵,要么艰深,唯独缺乏纯真情感,如朋友之情、男女之情、今昔之情,以及随着世事变化而产生的悲欢离合、生死存殁之情。他要弥补这一缺陷。他感叹光阴易迁、镜缘无实。① 这篇词序语言质朴,所谈人和事以及他所抒写的情感也很感人。黄庭坚与晏几道交游很早,作为老友他也为晏几道的《小山词》作序。与晏几道自序的规范严整不同,黄庭坚的序有些冗杂。想说的话太多,又没有把条理顺。他对小晏词的心态是矛盾的,既赞美小晏的痴绝,又觉得小晏所写的歌儿舞女及其生离死别、江湖重逢、再次离别并不符合诗言志、思无邪的规范,还有以法秀

---

① [宋]晏殊、[宋]晏几道:《二晏词笺注》,《小山词笺注》,《附录》三,张草韧笺注,上海:上海古籍出版社2008年版,第602页。

道人为代表的僧俗两界的伦理观念。他对这些全新的题材与情感的尺度把握不准,用语也不规范。这是一篇不成功的词序,却道出了北宋中后期文人士大夫对词体的真实看法。

晏几道编纂的《乐府补亡》,南宋初年仍在流传。《雪浪斋日记》以《乐府补亡》来证实《鹧鸪天》"舞低杨柳楼心月,歌尽桃花扇影风"是晏几道的词句,而非其父晏殊所作,并以此纠正晁补之论词中的一些瑕疵。① 王灼说晏叔原歌词初名《乐府补亡》,有晏几道的自序:"其后目为《小山集》,黄鲁直序之。"② 这部词集分两次编撰,理由如下:

其一,晏几道《乐府补亡》诚如自序所云前后持续时间不长、题材单一。按《二晏词笺注》所附"晏几道部分事迹及作品编年"云:元丰三、四年(1080、1081)晏几道在汴京与沈廉叔、陈君宠听歌观舞;元丰五年春至八年秋(1082~1085)监颍昌许田镇。哲宗元祐元年至三年(1086~1088)回汴京,继续与沈廉叔、陈君宠饮酒听歌。在此期间,陈君宠卧疾,沈廉叔下世,两家歌妓流转人间。元祐三年七月己巳,为高平公(范纯仁)缀缉成编。③《乐府补亡》是一卷投献词卷,主题集中、作品不多,符合自序所说的追忆往昔之情,并且把这段真情记述下来的初衷。它与监许田镇时录呈韩维的手写自作长短句一卷相同,都属于词卷。《小山词》则是晏几道一生词作的汇集,其规模远远超过《乐府补亡》。陈振孙《直斋书录解题》卷二十一记载了《小山集》一卷。④ 黄庭坚去世在晏几道之前,黄庭坚题序时晏几道还在世。这部词集应为晏几道亲编,黄庭坚词序中称其为"善本"。⑤

其二,宋人编撰词集始于晏几道,他自编自序;由于该集收录作品有限,需要进一步扩大,然后编成《小山词》,并请黄庭坚作序。在《小山词》里仍带有晏几道的《乐府补亡自序》,正如王灼所看到的。一集两序,在宋代文集中也常见。两序并存,体现了晏几道词集的编纂过程。

《小山词序》还牵涉到对晏几道及其词的总结评论,⑥ 叙述小晏的家世

---

① [宋]胡仔纂集:《苕溪渔隐丛话》,《后集》卷三三,廖德明校点,北京:人民文学出版社1962年版,第253~254页。
② [宋]王灼:《碧鸡漫志(修订本)》,卷二,岳珍校正,北京:人民文学出版社2015年版,第30页。
③ [宋]晏殊、[宋]晏几道:《二晏词笺注》,《小山词笺注》,《附录》三,第620~623页。
④ [宋]陈振孙:《直斋书录解题》,卷二一《歌词类》,徐小蛮、顾美华点校,上海:上海古籍出版社1987年版,第618页。
⑤ [宋]黄庭坚:《黄庭坚全集》,《正集》卷一六《小山集序》,刘琳、李勇先、王蓉贵校点,北京:中华书局2021年版,第358页。
⑥ 同上。

渊源、为人处世、学问根底、性情特征以及小晏词的独特魅力。其中有些观点,换一种说法似乎更明白,如小晏"平生潜心六艺,玩思百家",即学有根底、涉猎广泛;"乃独嬉弄于乐府之余,而寓以诗人句法。清壮顿挫,能动摇人心",即小晏词继承了古乐府精神,以诗为词,其词情感清雅、语言顿挫有致,特别动人;"可谓狭邪之大雅,豪士之鼓吹。其合者,高唐、洛神之流;其下者,岂减桃叶团扇哉",即其词题材通俗而情感雅正,合乎楚骚、汉魏辞赋的精神,最起码也是对男女正常情感的描述。用通俗的题材,抒写高雅的意趣,这是张炎《词源》中所说的"骚雅"。宋词中的一些理论名词和规范表述,也有一个形成和发展过程。一开始比较感性化,经过不断地交流完善,借鉴诗学理论概念、逻辑关系、思想体系,才逐步变成了后期词学理论著作中那种准确、规范的表达形式。

2. 黄裳用《诗经》六义来解释词学问题。黄裳(1044~1130)为自己的词集作序,称其词为"新词"。① 所谓"新词"是一种在诗学观念指导下创作的符合《诗经》"六义"的词作。在此以外的词,包括伶工歌伎、文人士大夫之词,都归之于"旧词"的范畴。黄裳说他的新词清淡而正,悦人者鲜。清淡是词的创作风格,也是词的思想情感,悦人者鲜是词的传播效果。这些"新词"不迎合时势,也不投人所好,是依照《诗经》"六义"制作的。"六义"出自"诗大序","诗大序"是汉儒论诗的纲领。黄裳以"诗大序"来指导词的创作,他认为诗词是一体的,自适于诗酒之间,间作长短句或五七言诗歌。这些诗词都是可歌、可咏、可舞的,也是儒者歌舞弦诵诗三百的遗意。他还把六义分为两部分,风雅颂为诗之体,赋比兴为诗之用。诗人有感于物,并把它表述出来。于是含思则有赋,触类则有比,对景则有兴;以言乎德则有风,以言乎政则有雅,以言乎功则有颂。从西晋挚虞到北宋后期的黄裳,历代诗学家对六义的阐释不尽相同,而以黄裳的解释比较完善,具有宋代诗学的一些特点。赋从直陈到寓言写物再到含思,内涵发生了很大的改变。直陈是直抒胸臆、脱口而出,含思则是反复思考。这不是汉儒训诗的本意,而是宋人守法度为诗观点的体现。赋比兴内涵的每次改变,都是诗人创作经验和理论的升华,也是时代发展与文体变化的需要。风雅颂构成诗的骨骼,赋比兴贯穿于每一篇诗歌之中。诗可以荐之郊庙、祭祀天地、告慰祖宗和感格鬼神,用诚心来感天动地、赢得源源不断的天心人意。同样,也可用诗歌来教育人民、移风易俗。诗歌除了教化天下,还有一个作用就是讽谏。《诗

---

① [宋]黄裳撰:《演山先生文集》,卷二〇《演山居士新词序》,四川大学古籍整理研究所编:《宋集珍本丛刊》第24册,北京:线装书局2004年版,第790~791页。

经》是古代的歌词,它的根本是"志趣之所向,情理之所感",①(这句话在黄裳词序中出现了两次!)这种所向、所感,存心以为德,外化以为诗,赋比兴就是表现这种志趣和情理的。当初孔子删诗是根据六义来取舍的。黄裳新词也是按照六义来制作的,情感中正平和,也可以荐之郊庙、用于乡人。许伯卿教授致力于宋词题材研究,他分析了黄裳词题材的构成,指出《演山居士新词》"多为咏物、写景、闲适之作,无一首涉及艳情、闺情与闲愁,且咏物、写景之中,亦每寓人生感触。……斯见其取材力求雅正的旨趣。这是黄裳在词体创作上区别于一般词家的一个显著特点"。② 黄裳在词的题材、情感、表达方式上,与当时流行的文人士大夫词不同。他不是极力突出而是淡化某种情感,体现北宋一百多年礼乐教化涵养出来的典雅文华。正因为如此,他对柳永《乐章集》做了热情洋溢的赞美和全面的肯定。③ 在北宋中后期,对柳永评价较高的一是范镇、二是黄裳。范镇是一位保守派政治家,他赞美柳词,是基于王安石变法,用屑小排斥君子,急功近利,导致世风日下、人心险恶而言的。④ 范镇晚年喜欢柳词,客至辄歌之,感慨熙宁、元丰多事,思慕至和、嘉祐宽松太平的政治环境和社会风气。⑤ 这个评价不是从文学角度,而是从政治上着眼的。黄裳赞美柳词歌颂嘉祐太平气象,像杜诗一样典雅文华,无所不有,则是从文学与社会的关系上着眼的。柳词是文人士大夫歌词,他真诚地歌颂真宗、仁宗半个世纪的太平盛世,具有深厚的文化底蕴。在黄裳的心目中,柳词也是一个时代的符号,代表北宋中期醇美风俗以及欢声和气、洋溢道路的那种自由宽松、安静祥和的时代氛围。一听柳词,仿佛又回到了那个令人向往的时代。相对于范镇,黄裳的感慨更深。他不仅经历了新旧党争,还经历了北宋的覆亡、南宋初年的动荡。在黄裳的心目中,柳词不再是闺门淫亵、羁旅狎妓的靡靡之音,而是一个美好时代的再现。历史就是这样在选择中保存下来的。有些缺点被淡化了,剩下的只有优点。一点小小的优点,因为它成为某个时代的稀缺物,从而又被放大若干倍。于是在黄裳的笔下,柳词成了杜诗。在王灼《碧鸡漫志》前辈的口中,柳永《戚

---

① [宋]黄裳撰:《演山先生文集》,卷二〇《演山居士新词序》,《宋集珍本丛刊》第24册,第790~791页。
② 许伯卿:《黄裳词学观及其词的创作特色》,《北京大学学报(哲学社会科学版)》2008年第1期,第111页。
③ [宋]黄裳撰:《演山先生文集》,卷三五《书乐章集后》,《宋集珍本丛刊》第25册,第64页。
④ [宋]祝穆撰,[宋]祝洙增订:《方舆胜览》,卷之一一,施和金点校,北京:中华书局2003年版,第197页。
⑤ [宋]刘克庄:《刘克庄集笺校》,卷一一一《汤野孙长短句》,辛更儒笺校,北京:中华书局2011年版,第4614页。

氏》与《离骚》前后辉映。① 文学史上的评价,并不随着时光流逝而沉淀澄清。有时随着时间的流逝,失去了一些制约的因素反而更加任性。

3.《书旧词后》是陈师道为他人收集自己的词作所作的题跋。② 按说词人为自己词集作序比较常见,但给自己词集题跋就比较少见,况且还是送给别人的。这里面有许多常理无法解释的现象。陈师道词跋主要有以下内容:

一是对晁补之论词观点的批评。晁补之认为苏轼词短于情,因为有些事情他没有经历过,所以感受不深。陈师道则以为不然,宋玉没有见过巫山神女,不也写出了《高唐》《神女》等传世名篇吗?世上有很多道理是相通的,可以举一反三、触类旁通,由已知到未知,没有必要事事都得亲历。

二是对自己词作的评价。他认为自己其他文体未能及人,唯独对于词还比较自信。认为不减秦观、黄庭坚之作。秦观、黄庭坚是本色词人,他把自己的词与秦、黄做对比,说明他们词风相近。这是也陈师道一贯的观点,他在词中也说过:"拟作新词酬帝力。轻落笔。黄秦去后无强敌。"③

三是谈自己词作的遭遇。俗话说物以人贵、也因人贱,词作流传也是如此。陈师道在绍圣元年到元符三年(1094~1100)的七年间,日子过得很艰难。绍圣元年颍州教授期满,六月末"以例罢官"。④ 所谓"以例罢官"是官员任职期满,先罢旧官,再赴吏部注新官。陈师道这次"罢官",却有党争的背景。陈师道与苏轼交情深厚,作为元祐余党被罢官。这一点刚开始还不明显,陈师道以例罢官后再赴部注官,注得监海陵酒税,未赴任。绍圣二年(1095)改官彭泽令。只是县令官小俸微,携带一家老小长途跋涉极不方便。在上任前,他先要把老母、妻子、儿女安置在一个稳妥的地方。于是在三月,奉母携眷往岳父郭概的河北东路提刑任所。二十九日行至东阿,老母病逝舟中。突发的事故,改变了陈师道的行程。他不能去彭泽任职了,只能扶柩回乡安葬亡母。按规定他还需守孝三年,实际是二十七个月。此时,郭概已徙知曹州,陈师道携妻子寄食曹州。绍圣二年、三年、四年他寓居曹州僧舍,偶尔往来于曹州徐州之间。绍圣四年(1097)春,守孝期将满,陈师道要回徐州老家举办大祥、禫祭礼。守孝期满后,他一直住在徐州。元符元年(1098)四月,才到吏部注官。由于受元祐余党的影响,这次注官不顺,连续

---

① [宋]王灼:《碧鸡漫志校正(修订本)》,卷二,第28页。
② [宋]陈师道撰:《后山居士文集》,卷九《书旧词后》,上海:上海古籍出版社1984年版,第521~522页。
③ [宋]陈师道:《渔家傲》,《全宋词》,第760页。
④ [宋]陈师道撰:《后山居士文集》,卷一〇《与鲁直书》,第575页。

两年(1098、1099)"不蒙注拟",①直到元符三年(1100)正月宋徽宗即位,依靠曾布、曾肇兄弟的帮助,才通过注官。七月,除棣州教授,其冬赴任;十一月赴任途中改除秘书省正字。未至棣州,改道还徐州。《书旧词后》作于元符三年十一月一日,在改任正字之前。陈师道官职低微,尚不在元祐奸党之列。因为他和苏轼等人关系密切,"卿士无欲余之词者",只有杜氏子勤恳不已,喜欢收集、临摹他的词。在题跋中用了一句古语"但解闭门留我处,主人莫问是谁家",②分明有"明知不是伴,事急且相随"的意思。根据词跋题署的时间,他还在赴任棣州的旅途上。杜氏子无考,是旅途中遇到的一个诗词爱好者。根据陈师道的题跋,杜氏子也不懂词,他把收集来的诗词放在框里临摹,极容易涂抹损坏和丢弃。陈师道还是被这份虔诚感动了,词存于此,总比散佚了好。

  陈师道为何把这三个问题放在一篇简短的词跋中来讨论呢? 其中对晁补之词学观点的批评,与他自己词作并没有直接联系。合理的解释是当时可能与杜氏子讨论到这个问题,题跋时把自己的观点写下来。其他两个问题比较贴题,可以看做一个问题。即他觉得自己的词还不错,但文人士大夫并不喜欢。在废弃七年之中随写随散,只有杜氏子喜欢他的诗词,收集倾筐,作为临摹字帖使用,这些诗词随时都有可能被涂抹抛弃。这一句话,使陈师道迂执的个性跃然纸上。

  与陈师道的自信不同,陆游跋《后山居士长短句》对他的词评价并不高。③ 陆游是把曲子词放在晚唐历史背景下来观察的。他认为诗到晚唐越来越卑下,而曲子词崛起于都市,进入诗人创作领域。以诗为词,意境高古,形式工妙,达到了汉魏乐府的水平。陈师道作为宋诗名家,词不及其诗。陆游《跋后山居士长短句》题署时间是宋光宗绍熙二年(1191)正月二十四日,这时他六十七岁。虽是练笔之作,但还是很认真的。宋人王灼、胡仔等人对陈师道词的评论也有一定道理,但没有说到点子上。王灼说:"陈无己所作数十首,号曰《语业》,妙处如其诗,但用意太深,有时僻涩。"④用意太深,有时僻涩不是陈师道词的总体风格,陈师道词以浅易流畅为主。至于有文字游戏性质,只是在《浣溪沙》词中暗带"陈三""念一"两名,也是偶尔出现。⑤

---

① [宋]陈师道撰:《后山居士文集》,卷一〇《与鲁直书》,第576页。
② [宋]陈师道撰:《后山居士文集》,卷九《书旧词后》,第522页。
③ [宋]陆游:《渭南文集笺校》,卷二八《跋后山居士长短句》,朱迎平笺校,上海:上海古籍出版社2022年版,第1403页。
④ [宋]王灼:《碧鸡漫志校正(修订本)》,卷二,第26页。
⑤ 同上书,第44页。

陈师道词还是比较庄重的,游戏诙谐不是主流。至于胡仔说的:"无己自矜其词如此,今《后山集》不载其小词,世亦无传之者,何也?"①现在流传的"陈师道集"有多个版本,有收录词集的,也有不收录词集的;陈师道词还有单行本,如《碧鸡漫志》卷二所提到的《语业》。胡仔未见其词当是见闻所限。而陈师道词集,从北宋到现在保存基本完好。词作流传不广的原因有多种,并非其词不好。陈师道诗歌瘦硬传神,时有生僻,词本色雅正,浅易流畅,只是特色不够鲜明,连一首名篇、一句名言也没有。与苏门其他词人相比,在特色方面稍逊一筹。

4. 周紫芝也多次评论自己的词作。绍兴十一年(1141)《书自作长短句后》,②说他自小就喜欢长短句,但一直作不好。拿自己的词与古今乐府(长短句)相比,貌似兄弟,实为父子,相差甚远。现在老了(这年周紫芝六十岁),想努力也来不及了。同僚叶南美多次索词。南美文辞老练,以功名自期,不知因何喜欢我的小词。大概像孔子嗜昌歜一样,并非真好而是得之于传闻。这是他自谦之辞。根据孙兢《竹坡老人词序》云,周紫芝出自苏门,是张耒的弟子,与李之仪交游密切。他的词得前辈真传,可与古人媲美。孙兢还指出,周紫芝词出于天性、清丽婉曲,不是苦心刻意而为之。并引蔡伯评近世词人观点,说苏轼辞胜乎情,柳永情胜乎辞;辞情兼称者,唯秦观一人。秦观之后,就当数周紫芝。③ 孙兢词序作于周紫芝去世后十二年(乾道二年,1166),算是盖棺定论。

周紫芝《书自作小词后》④谈自己小词创作没有什么长进时,用了一个典故。李常(公择)暮年学草书,苏轼认为像鹦鹉学舌,能说几句可惜不多。几年后,李常又问赵德麟自己的草书如何。赵德麟回答更风趣,他说过去是鹦鹉,现在就是秦吉了,言下之意是半斤八两,长进不大。周紫芝把自己前后三十年创作的两首词放在一起对比:一首是早年填的中秋词,一首是三十年后填的夜饮花下词,大概也像鹦鹉与秦吉了吧?按这两首词,后一首夜饮花下,比较好确定,即《渔家傲》"夜饮木芙蓉下"。⑤ 而前一首词则不好确定。这首词有两个特征:

一、与中秋有关。周紫芝现存三首"中秋词",分别是:《水调歌头》"王

---

① [宋]胡仔纂集:《苕溪渔隐丛话》,《前集》卷五一,第 346 页。
② [宋]周紫芝撰:《太仓稊米集》,卷六六《书自作长短句后》,影印《四库全书》本。
③ [明]吴讷编:《百家词》,[宋]孙兢:《竹坡老人词序》,天津:天津古籍书店影印 1992 年版,第 1079 页。
④ [宋]周紫芝撰:《太仓稊米集》,卷六七《书自作小词后》,影印《四库全书》本。
⑤ [宋]周紫芝:《渔家傲》,《全宋词》,第 1143 页。

次卿归自彭门,中秋步月作"、①《沙塞子》"中秋无月"②和《汉宫春》"己未(1139)中秋作"。③ 在这三首词中,《沙塞子》写中秋之夜没有明月,属于自然现象,词的内容是男女爱情,可资考证的材料很少。《水调歌头》《汉宫春》是对故人的思念,循着词题查下去,发现这两首词与"彭门""故人""故国"有关。在时间、地点、内容上有较大的重合,说明这两首词之间有某种必然的联系。

二、周紫芝说这首词是他三十年前的作品。周紫芝去世于绍兴二十五年(1155)春,即以周紫芝去世当年作《渔家傲》"夜饮木芙蓉下"来算,这首词也应作于北宋后期。更何况作为参照物的《渔家傲》"夜饮木芙蓉下"并不是周紫芝去世那年的作品。周紫芝的"绝笔"词作于绍兴二十五年春,④这首词最迟应作于绍兴二十四年秋,才与夜饮木芙蓉下、深秋赏花的场景吻合。《汉宫春》为"己未中秋作",那么,就剩下《水调歌头》一首了。《水调歌头》词序:"王次卿归自彭门,中秋步月作",词题中的"王次卿"名相如,次卿是他的字。他去世于建炎三年(1129),因拒绝为叛军起草檄文而被害。这在周紫芝的《太仓稊米集》中有记载。王相如(次卿)是周紫芝故交,据周紫芝《溪堂文集序》两人同里,为儿童交(发小)。相交四十年,嗜好趣尚无一不同。⑤ 王相如遇害那年,周紫芝四十八岁。王相如年龄也大体相当。在周紫芝《太仓稊米集》中有一首诗歌题目与这首词题相近,即《次韵次卿中秋月下书所见》。⑥ 题中有"中秋""月下",诗中的"彭门",还有诗词内容都是故国归来、月下话旧,就连用韵也相同。说明这两首诗词应是同一时间的作品。周紫芝与王相如唱和,常常提到王相如的三年徐州之游,如《次韵次卿中秋月下书所见》"三载彭门梦,新年故国秋",⑦《怀旧一首》"言念我友,在彼彭门。江溃之别,于今三年"等。⑧ 在分离三年中,他们通过邮寄诗词进行唱和。周紫芝《毅果出示次卿诗编中有彭门见寄之作,乃追和元韵》云:"往忆乌衣郎,北走彭门道。六年隔音容,万事挂怀抱。相思枉停云,尺纸开小草。为言清夜梦,莞尔同一笑。黄楼渺天末,路远何由到。我亦仰屋

---

① [宋]周紫芝:《水调歌头》,《全宋词》,第 1132 页。
② [宋]周紫芝:《沙塞子》,《全宋词》,第 1133 页。
③ [宋]周紫芝:《汉宫春》,《全宋词》,第 1138 页。
④ [宋]周紫芝:《忆王孙》"绝笔",《全宋词》,第 1157 页。
⑤ [宋]周紫芝撰:《太仓稊米集》,卷五一《溪堂文集序》,影印《四库全书》本。
⑥ [宋]周紫芝撰:《太仓稊米集》,卷六,四川大学古籍整理研究所编:《宋集珍本丛刊》第 34 册,北京:线装书局 2004 年版,第 777 页。
⑦ 同上。
⑧ [宋]周紫芝撰:《太仓稊米集》,卷五,《宋集珍本丛刊》第 34 册,第 769 页。

梁,恍若落月照。神交见颜色,此理固良妙。抚事思少年,相期在嵩少。是时海内安,王师未征讨。尚有邱壑姿,可寄沮溺傲。"①这首诗是绍兴七年(1137)九月,周紫芝见到毅果出示王次卿诗编中有"彭门见寄",追和元韵之作,其中有"六年隔音容,万事挂怀抱"的感慨。其时,王相如已经去世七年了。彭门唱和是北宋时事,其背景是"抚事思少年,相期在嵩少。是时海内安,王师未征讨"的太平时节,在金人入侵之前。宣和六年(1124)中秋,王相如从徐州回到家乡。在中秋月夜,赏月话旧、月下散步。这给他留下深刻的印象,后来悼念故友还一直谈这件事。前后三十年的两首中秋词,《水调歌头》"王次卿归自彭门,中秋步月作"作于北宋宣和六年中秋;而《渔家傲》"夜饮木芙蓉下"作于南宋高宗绍兴二十四年中秋,前后三十年,相隔一世。

作于北宋后期的《水调歌头》"王次卿归自彭门,中秋步月作",比较质实,采用了叙事抒情的手法,上阕是思念徐州旧友,只有多情的明月,陪伴着好友;下阕写好友回来了,中秋步月,诉说羁愁,他们夜深不眠,踏尽疏桐清影。② 而三十年后作的这首《渔家傲》"夜饮木芙蓉下"意趣空灵,把叙事、写景、抒情、议论融合在一起,抒发了人生短暂、聚散无常之情。③ 这种情感超越了具体的事件而具有普遍意义,可以触发读者丰富的联想,在意境、格调、构思和表现手法上,明显超出了早年词作。再看《汉宫春》"己未中秋作",在词的内容、个别词句上都与《水调歌头》相近,也是一首"伤心故人"的词作,不过情感更为沉痛。前一首是离别之思,这一首则是生死之痛。

周紫芝《竹坡词》有序有跋,孙兢词序作于宋孝宗乾道二年(1166)上元日,周刊的词跋作于乾道九年(1173)闰正月十五日,其间相差整七年。孙兢《竹坡词序》云:"凡一百四十八词,厘为三卷。"周刊《竹坡词跋》又补充两首,放在"绝笔"词《忆王孙》之后。即《减字木兰花》"雨中熟睡"和《采桑子》"将离武林",合计一百五十阕。周刊还记述了其父周紫芝词集刊刻的情况。周紫芝词集有两个版本,一是浔阳版,该版讹误多,收词少;二是宣城版,是在浔阳版基础上,访求散佚作品、校雠文字的修订版。虽然也是书商谋利的刊本,但经过周刊亲自校雠,质量还是有保障的。这也是目前流行的《竹坡老人词》版本,见毛晋收集的《宋六十名家词》。

5. 朱熹《书钓台壁间何人所题后》是给《水调歌头》所作的跋,开头是《水调歌头》词。词原文是:"不见严夫子,寂寞富春山。空留千丈危石,高出暮云

---

① [宋]周紫芝撰:《太仓稊米集》,卷九,《宋集珍本丛刊》第35册,第3页。
② [宋]周紫芝:《水调歌头》,《全宋词》,第1132页。
③ [宋]周紫芝:《渔家傲》,《全宋词》,第1143页。

端。想象羊裘披了,一笑两忘身世,来插钓鱼竿。肯似林间翮,飞倦始知还?

中兴主,功业就,鬓毛斑。驱驰一世人物,相与济时艰。独委狂奴心事,未羡痴儿鼎足,放去任疏顽。爽气动星斗,终古照林峦。"①在词题后边,有编者题注:"此词实亦先生所作。"②自己题词,自己作跋,他想说明什么呢?

首先,记述一个事实。从前,他多次经过七里滩,看见岩壁间刻有胡寅一篇题文,表彰严光怀仁辅义,以励往来士大夫。几十年后发现刻胡寅题文的石壁不见了。想来是被那些不喜欢的人给毁掉了。有一老僧年八十,能记诵胡寅题文,为我道之,俾书之册。后来书册又被人撕了。一篇文章,命运如此多舛。所幸《题严子陵祠堂》在胡寅集中保存下来了,其原文如下:"严子陵不屈于汉光武,其襟度高远,非世俗浅丈夫所知,姑置勿论。其告友人之词曰:怀仁抱义天下悦,阿谀顺旨要领绝。士大夫能奉此二言之戒,庶几往来祠下,不点污山水,它亦何足道。"③关键是"怀仁抱义天下悦,阿谀顺旨要领绝",鼓励往来士大夫要做铮臣不做佞臣。因此有人不喜,朱熹自己也没有重视,导致这篇文章多次遭破坏。

其次,表彰一种精神。严光是隐士,他与光武帝之间的特殊友谊,经过范仲淹《桐庐郡严先生祠堂记》褒扬,使严子陵的精神家喻户晓。④ 人们所知道的也只是光武帝与严子陵君臣遇合的故事,而胡寅表彰的不是这种廉退之风,而是一种陈力就列、不能者止的工作态度。

再次,辩解一个问题。近来,有人认为严子陵行为怪诞,不合常规。朱熹对此未加辩解,他只是讲了一个故事。邵雍曾作诗说他"安乐窝中好打乖","打乖"就是算计。程颢和诗云"时止时行皆有命,先生不是打乖人"。程颢是一位忠厚长者,他认为邵雍事事遵从天理,不是那种善于算计的人。邵雍再和诗云"安知不是打乖人",事事遵从天理就是算计,而且还是斤斤计较!同样,严子陵性格是否怪异、不合常理,也只是见仁见智。心里有鬼的人,看到别人都是鬼。言为心声,语言是各人修为的体现。不辩才是最好的辩论。

朱熹词与他所要表彰的精神不尽相同。严子陵不事王侯、高尚其事,却要别人敬恭尔职、陈力就列,二者看似矛盾,实质上是一致的。在山言山、在

---

① [宋]朱熹:《朱子全书(修订本)》,《晦庵先生朱文公文集》,卷八四《书钓台壁间何人所题后》,朱杰人、严佐之、刘永翔主编,上海:上海古籍出版社、合肥:安徽教育出版社2010年版,第3961页。

② 同上。

③ [宋]胡寅撰:《崇正辨 斐然集》,《斐然集》,卷二八《书钓台壁间何人所题后》,容肇祖点校,北京:中华书局1993年版,第627页。

④ [清]范能濬编集:《范仲淹全集》,《范文正公文集》,卷八《桐庐郡严先生祠堂记》,薛正兴校点,南京:凤凰出版社2004年版,第164~165页。

官言官，做事要守规矩。各守其道就是最好的品行。

6. 刘克庄的《自题长短句后》是一篇用诗歌写的词序。他说自己的词与春端帖子一样，是一些应景的文字。二者相比，长短句比春端帖子稍好一些。春端帖子，是立春、端午贴在宫中门帐上的诗歌。春帖与春联相近，都是应时纳祜、祝愿吉庆的文字。春联是过年、过事时贴在门边，分上下两联，骈俪对仗，加上横批，画龙点睛。春端帖子贴在皇帝、皇太后、皇后、夫人、皇太子等阁门帐上，以五七言绝句为主，多是一些与节气有关的祝愿诗句，往往也带一点讽谏。苏轼把《春帖》归入"乐语"，是一种可以配乐歌唱的诗歌形式。长短句是配乐歌唱的，之所以叫诗余，因为它是变风变雅的余绪，适合表现小石调"旖旎妩媚"之情。对于我的这些词，有人喜欢，有人憎恶。可以引为同调的只有一个孙花翁，可惜他也去世多时了。① 刘克庄在一首很短的七言律诗中，把词的起源、诗词关系、词在文学史上的地位以及他自己词的内容、特色都交代清楚了。刘克庄引孙花翁为同调，孙花翁的风格是本色清雅，他对自己词的评价也是本色清雅。相对于孙花翁某些词的低俗，刘克庄的品味更正一些，后人论词把他归入辛派，而非本色清雅词人的范畴。

7. 后代子孙为先辈词集所作的序跋，往往多有溢美之辞。陈世修《阳春集序》是为其外舍祖冯延巳词集所作的序。他对冯延巳的人品政事做了一些溢美，与历史记载不尽相同。他谈到冯延巳词的作用是"娱宾而遣兴"，还是很准确的。在晚唐五代时期，词由伶工歌伎之词转为士大夫诗化之词，词的主要作用是社交娱乐，直到南宋中期还是如此，只不过范围更广，由少数贵族、士大夫变成了全民娱乐。娱宾是第一位的，遣兴是第二位的。所谓的兴，即心中之所感，是对眼前景象的感兴，与自然界的气候节物密切相关。这与宋人的"意趣"有一定区别。所谓的"意趣"是郁积于内心的一种情感，只不过借眼前景象把它表述出来。这种情感不是临时产生的，而是长期的郁积，与杜甫所谓的"沉郁顿挫"之"沉郁"相近。

8. 一般人作序，尽可能掌握更多的材料，做出全面准确的评价。但有些序跋反其道而行之，它不求全面，只突出特点。张广《芦川词原序》突出张元干与陈瓘、李纲交游，其歌词中有"人间鼻息鸣鼍鼓，遗恨琵琶旧语"，是对秦桧专权时万马齐喑政局的批评。张元干是一位有激情、有胆识的士大夫，因作词送胡铨而惹祸，被追赴大理、削籍除名，以至于其词集中涉及讥

---

① [宋]刘克庄:《刘克庄集笺校》，卷三四《自题长短句后》，辛更儒笺校，北京：中华书局2011年版，第1852页。

刺的作品全被删去。① 张广补充说明现存的这部词集,并不能代表张元干真实的思想情感和创作水平。蔡戡《芦川居士词序》则突出了张元干早年问道了斋先生(陈瓘),以及其词作中的忧国忧君之心和愤世疾邪之气。胡铨被贬,士大夫畏罪钳舌,莫敢立谈,亲友唯恐避之不及。张元干作词送之,因此得罪权相。蔡戡特意强调张元干送胡铨词"微而显,哀而不伤,深得三百篇讽刺之义",②不是后世词人所能比拟的。他建议以送别之词冠诸篇首,庶几后人尝鼎一脔,知公此词不为无补于世,岂与柳、晏辈争衡哉？周必大《跋张元干送胡邦衡词》,突出送客贬新州而以《贺新郎》为题这一点。他认为"贺新郎"重在一个"贺"字,包含着失位不足吊,得名为可贺之意。③按《贺新郎》有很多别名,也有多种说法,但没有相贺、祝贺之意。词的内容也只是壮行,没有得名可贺之意。这些,周必大也是知道的。他只是从词调的字面意思出发,表明张元干内心中不为人所知的一面,彰显其政治态度。

9. 陈造为同宗前辈陈梦锡《月溪词》作跋,突出这部并不严肃的词集与诗歌的密切关系。陈梦锡是一位性情严谨、学识广博的作者。他的诗词表现出诗庄词媚两种风格,仿佛不是出自同一作者。《月溪词》游戏翰墨,寓情于词。读其词令人心情舒畅,可以排解内心忧患。陈梦锡诗词兼善,没有偏嗜也没有缺陷,读者不要以偏概全得出错误的结论。④

自序真实可信,很少有夸张不实之言,而他序则良莠不齐。请名家题序,一般态度认真、评论中肯,往往会把词人词作纳入一定思想体系,并对其独特贡献和艺术特色予以恰如其分的评论。这些评论往往会随着作品流传,甚至超越作品而流传。宋人作序题跋的态度是认真的,把它作为一种立德立言的事业来看待。尽管如此,评价不能代替创作,还需对这些观点进行认真分析判断,汲取其合理的因素,剔除其不实的观点,比较分析得出可信的结论。

(二)诗词一理

在宋人的思想观念中,诗词是一理的。它是通过以下途径来表现的:

从音乐、诗教上提出诗词一理的观点。由于词是音乐文学,而音乐文学在古代是以诗歌的形式展现的,所以宋人在谈到词的音乐属性时,往往以诗

---

① [宋]张元干:《芦川词》,《附录》一,张广:《芦川词原序》,曹济平校注,上海:上海古籍出版社1991年版,第240页。
② [宋]蔡戡撰:《定斋集》,卷一三《芦川居士词序》,《丛书集成续编》第105册,上海:上海书店出版社2014年版,第77页。
③ [宋]周必大撰:《周必大集校证》,卷第四七《平园续稿》7《跋张仲宗送胡邦衡词》,王瑞来校证,上海:上海古籍出版社2020年版,第702页。
④ [宋]陈造撰:《江湖长翁集》,卷三一《题月溪词后》,万历四十六年李文藻刻本。

歌作为参照物。韩元吉自序《焦尾集》时谈到古今音乐观念的不同,古代重视音乐教育,有"士无故不彻琴瑟"①的习俗。今天士大夫连基本的乐器都不认识。如此以来,表达心声的途径就剩下歌词一途。歌词从汉魏乐府变成《玉台杂咏》,纤艳已极。到了唐宋曲子词,又杂以世俗鄙俚之情,反映市廛俗子的情感,比民间鄙野之情还要低俗。宋代名公所作类出雅正,其词可以平人心,近乎上古乐教,这也许就是用琴瑟滋养人的精神吧?今天的歌词多写男女之情、爱恨情怨,也是符合古代风俗和古诗精神的。《诗大序》说诗发乎性情,归之于礼仪。《硕人》篇也写"齐侯之子、卫侯之妻、东宫之妹、邢侯之姨、谭公维私"的美貌,孔子也没有删除。世俗之情是符合先王之道的,也是可以存在的,于是他就把自己炉火之余的部分词作保留了下来,这就是《焦尾集》。② 韩元吉把音乐、诗教定位为俗,黄裳则定位为雅,他的词以儒家诗学观为标准,情感"清淡而正,悦人之听者鲜"。③ 自娱自乐,不取悦他人。

从词的创作心态上,指出诗词一理。宋人认为诗词一理,创作心态并没有什么差别。林景熙《胡汲古乐府序》认为:王安石《金陵怀古》、苏轼《水调歌头》具有诗教精神,填词心态与作诗一致。④ 刘将孙给姻亲后辈胡以实的诗词合集作序,⑤也主张诗词一体,有以下观点值得注意:第一,诗词一体、诗词一理,用诗歌可以提高词的品位;但在元代谈文者对诗词也持鄙视态度。⑥ 刘将孙扩大谈论的范围,用文来提高诗词的地位,于是提出"诗词文同一机轴"的观点。机轴就是性情。第二,本色是对音乐文体提出的要求。自《诗经》以后,诗歌与音乐保持一种若即若离的关系。唐宋近体诗

---

① 十三经注疏整理委员会整理:《十三经注疏·礼记正义》,卷四《曲礼》下第二,北京:北京大学出版社1999年版,第120页。
② [宋]韩元吉撰:《南涧甲乙稿(附拾遗)》,卷一四《焦尾集序》,《丛书集成初编》,北京:中华书局1985年版,第260页。
③ [宋]黄裳撰:《演山先生文集》,卷二〇《演山居士新词序》,《宋集珍本丛刊》第24册,第790~791页。
④ [宋]林景熙著,[元]章祖成注:《林景熙集补注》,卷五《胡汲古乐府序》,陈增杰补注,杭州:浙江古籍出版社2017年版,第414~415页。
⑤ [宋]刘将孙:《刘将孙集》,《养吾斋集》,卷一一《胡以实诗词序》,李鸣、沈静校点,长春:吉林文史出版社2009年版,第100页。
⑥ 把这首序定为元代,是基于以下考虑的:其一,刘将孙生于宋理宗宝祐五年(1257),南宋灭亡时(宋恭帝德祐二年,1276),他刚刚成人。根据常识,一般为他人文集(词集)题序者,多是长者先生。这首序应是他中年以后之作,肯定是在元代。其二,刘将孙《胡以实诗词序》虽写作年代无考,但文中一些表述,如谈到胡以实"况其年之不可几,而学之不可既哉故!予于题其集端也,尚深望之",这是长辈对后辈的期许之辞。胡以实能够刊刻诗词合集,应在其中年,甚至晚年。而刘将孙为他题序,并提出期许,年辈应长于胡以实。据此定这篇序文为刘将孙晚年之作。

歌逐渐脱离了音乐因素变成了一种案牍文学,无所谓本色不本色。刘将孙所谓的诗词本色是有所指的,指什么呢？指法度。近体诗的法度是对偶,对偶有文字上的骈俪对仗,还有音节上的平仄黏连。如果违背了这些法度,诗歌就不本色。词以配乐歌唱为本色,这是起码的要求。本色的另一个要求就是情感也要合乎规范。诗入对偶,即是本色；然斤斤为格律,岂复有情性？词以配乐歌唱为本色,然途歌俚下、淫哇调笑,皆可谱以为宫商,岂复有情性？第三,在宋代诗学中,除了守法度,还有感悟。无论好作奇语,还是规矩绳墨都需要感悟。"吾家先生"(刘辰翁)的观点就是：炼意重于练字,练字重于谋篇,谋篇重于法度。炼意就是悟,随心所欲而不悖于规矩,才是诗词创作的正确途径。明乎此,就知道刘将孙评论胡以实诗词的特点了。胡以实诗词本色而感悟,沟通天人之际,故一出手就高出他人。高到什么层次呢？意空尘俗,径解悬合。即超越世俗、合乎圣人之道。由于思路通了,无论用哪种表现方式都莫测其妙。这是我所敬畏的,何况他年龄不可限,学问还在不断长进。我把这些话题在他文集开端,希望他取得更大的进步。

从创作风格上,主张诗词一理。潘阆在《逍遥词附记》认为诗家之流自古尤少,作诗用意欲深,放情须远,变风雅之道,岂可容易而闻之哉！他所作《酒泉子》十一首(现存十首),抒发他对杭州山水风俗民情的喜爱。这些词与诗歌创作一样,"其间作用,理且一焉"。① 漫叟题谢逸《溪堂词》和评谢逸诗歌文字相同,"学古高杰,文辞煅炼,篇篇有古意,而尤工于诗词"。② 谢无逸诗歌与江西诗派的瘦硬奇崛、好新出奇不同,篇篇有古意、韵味深厚。黄庭坚尝读其诗,认为他与苏门学士晁补之、张耒乐府相近；同时也具有宋诗炼格炼意、字字敲打得响的特点,每个字都是千锤百炼,出冶而成,在这方面连晁、张也不得不避一舍。谢逸词也具有这种风格,是《花间》雅正词风与江西诗派融合的产物,在才学中透露出一种雍容气度。

从文体影响上,提出诗词一理。宋词创作受诗歌的影响较深,前后经历了以诗为词和以词为诗两个阶段,由于诗歌为正体,且在唐代已经发展成熟；词为流调,在宋代还处于探索阶段。所以用诗歌成熟的创作方法、理论影响词是正途,而用词改变诗歌则是歧途。汤衡序张孝祥《雅词》谈的就是

---

① [宋]潘阆撰:《逍遥词》,《附记》一,王鹏运辑:《四印斋所刻词》,上海:上海古籍出版社 2012 年版,第 708 页。
② [宋]谢逸撰:《溪堂词》,漫叟题《溪堂词》,[明]毛晋辑:《宋六十名家词》,上海:上海古籍出版社 1989 年版,第 234 页。论谢逸诗风见[宋]不著撰人:《漫叟诗话》,郭绍虞辑:《宋诗话辑佚》,卷上,北京:中华书局 1980 年版,第 365 页。

这个问题,他认为张孝祥雅词与世俗流行的俗词不同。表现出明显的雅的特征,雅就是品高味正,用诗歌的标准来提高词的品味,而不是用词的手法去改造诗歌情感。苏轼批评秦观"帘幕千家锦绣垂",又入小石调。① 很多人昧于情理,认为苏轼此言是对秦观用词意写诗、诗近乎词的不满,得出苏轼反对诗词交融的观点。其实并非如此,晚唐五代诗歌也并非不美,只是格调不高,意境纤弱,句斟字酌,反累正气。苏轼反对秦观以诗为词,担心的正是这点。而用诗歌句法填词,用诗意来改造词情是苏轼一贯倡导的。诗近乎词,不可;词近乎诗,则可。张孝祥也是如此。张孝祥天资高,平常填词未尝打草稿,笔酣兴健,信笔涂抹,顷刻而成,初看若不经意,仔细分析才发现其中每个字都有出处、每首词都寓以诗人句法。② 在词风上与苏轼相近。韩元吉为张孝祥诗集作序,也谈到了张孝祥的词。毕竟词是张孝祥最具特色的文学形式。他说诗歌就是把内心的情感用语言表述出来。那么,内心的情感从何而来呢?自唐以来,诗人情感来源有三:得之于天才、得之于学问、得之于山川草木之气。张孝祥具备这三个特点,他天资聪颖、学问渊博,仕宦于湖湘,得楚地人文风土、草木山川之助,足以发其情致而动其精思。

---

① 关于苏轼批评秦观"帘幕千家锦绣垂,又入小石调"的记载比较混乱,兹考证如下:第一,根据《王直方诗话》记载,批评秦观又入小石调的是王仲至,不是苏轼。第二,《苕溪渔隐丛话》前集卷五十一引《王直方诗话》云:王仲至有二诗,张文潜和之最工。并列举了当时唱和的诗句。循此线索,查秦观的"帘幕千家锦绣垂"。这首诗有一个比较长的题目,即《西城宴集。元祐七年三月上巳,诏赐馆阁官花酒,以中澣日游金明池琼林苑,又会于[魏]国夫人园,会者二十有六人。二首》。徐培均教授认为"西城宴集"是诗题,"元祐七年"以下为题下注。这次雅集官赐花酒,文人宴饮,于是就有了雅集唱和。唱和的诗体是七律,方式是次韵。秦观在次韵诗二首诗题下,还标注了次韵的对象:"其一次王敏仲少监韵","其二次王仲至待郎韵"。文渊阁本《四库全书》把题下注改为尾注,文字基本相同,王敏仲作"王敏中"。查《张耒集》卷二十四两首唱和诗,分别是《次韵王敏仲至西池会饮》《次韵王敏仲池上》,但与秦观题注的次韵对象相反,而且在表述上也有问题,第一首诗题《次韵王敏仲至西池会饮》含糊不清,次韵的对象到底是王敏仲,还是王仲至? 这首诗押"垂"字韵,与秦观相同。按照秦观诗题应该是《次韵王敏仲[至]西池会饮》,"至"是衍文。查方回《瀛奎律髓》又与此相反。方回《瀛奎律髓》卷十六《次韵王仲至西池会饮》,作者"张宛丘",即张耒,把这首诗歌的次韵对象定为王仲至。《王直方诗话》也是如此,所以张耒第一首诗歌题目应是"次韵王[敏]仲至西池会饮","敏"为衍字。第二首《次韵王敏仲池上》。元祐八年(1093)西城宴集,两位首倡者王钦臣(仲至)、王古(敏仲)的原唱已经散佚。其他出席者也没有相关记载。参照宋人其他记载,秦观出错的可能性更大一些。批评秦观"帘幕千家锦绣垂"又入小石调的是该诗的首倡者王仲至(钦臣),这事与苏轼无关。他没有出席那次聚会。汤衡把这句话归于苏轼应是一时的笔误。我们分析汤衡的词学观点时,仍按照他说的话去理解,即使有误也不作改动。

② [宋]张孝祥:《于湖居士文集》,《附录》,汤衡:《张紫微雅词序》,徐鹏校点,上海:上海古籍出版社1980年版,第423~424页。

读他的词,还能感受到他襟韵洒落,感伤他的志向,而知其为一世之隽杰。①

从思想的延续上,提出诗词一理。张镃为史达祖《梅溪词》作序,谈到词继承了诗歌的精神。"诗三百"是当时的歌词,经过孔子删改、润色,成为儒家的经典。后世楚辞、乐府,也是当时的歌词。曲子词是诗歌的变体,风云气少,男女情多。如虞世南司花傍辇之嘲,李太白沉香亭北之咏,后世文人才士,以游戏的态度从事曲子词创作,也有一些新的思想、新的风格,不流于世俗的迤荡污淫,不能以小技言之。梅溪居士史达祖词风格多样,读其词如行帝苑仙瀛,各种美景一齐呈现,让人欣眄骇接,把古今词人的能事都表现出来了。史达祖词情俱到、本色清雅,情感跌宕起伏如春秋替代,完全可与清真、方回并驾齐驱,至于柳永则不足与之相比。张镃还特别提到词人词作背后的学术思想和诗歌背景。史达祖的词都是从书传中得来的,具有儒家的传统思想,把传统思想与流行文体融合起来。他还从事五七言诗歌的创作,用诗意为小词。期待他沿着温韦之途,超过李杜境界,跻攀风雅,达到儒家经典的高度。张镃是当时著名诗人,对词体也很熟悉。正如他所说的"余方以耽泥声律",他所勉励史达祖的,也正是自己所想做的。同时,他还指出史达祖性情上的特别之处,读这部词集看不到他对自己仕途经济的牢骚幽怨,体现的都是时代精神,足见其胸襟博大。② 姜夔《题梅溪词》仅有四句话,指出史达祖《梅溪词》的整体风格"奇秀清逸",与李贺诗风同调。在表现手法上融情景于一家,会句意于两得。③ 以诗意为小词,创立一种独特的风格,在句法上成就显著。

还有很多诗人词人,也是在诗词一体的观念下论述所序诗集词集的。楼钥《求定斋诗余序》为其从兄景山词集作序。景山以词章闻于时,深得唐人风韵,其得意处虽杂之《花间》《香奁集》中未易辨也。楼钥对词体是有保留意见的,认为这不足以体现景山的全部思想和品格。④ 郑刚中《乌有编序》云:长短句,亦诗也。长短句可以表现各种诗歌的情感,如不平之鸣、赋

---

① [宋]韩元吉撰:《南涧甲乙稿(附拾遗)》,卷一四《张安国诗集序》,《丛书集成初编》,北京:中华书局 1985 年版,第 264~265 页。
② [宋]史达祖撰:《梅溪词》,张镃:《题梅溪词》,雷履平、罗焕章校注,上海:上海古籍出版社 1988 年版,第 167~168 页。
③ [宋]黄昇选编:《花庵词选》,《中兴以来绝妙词选》,卷之七,中华书局上海编辑所编辑,北京:中华书局 1958 年版,第 294 页。
④ [宋]楼钥撰:《攻媿集》,卷五二《求定斋诗余序》,《四部丛刊初编·集部》,上海:商务印书馆缩印武英殿聚珍版本,第 490~491 页。

事咏物之叹等,这些作品写入声音,悲思欢乐不同,都以情致为主。① 尹觉为其师赵师侠《坦庵词》题序,把词定位为古诗之流,其吟咏情性超过了古诗。词人往往多情,前辈词人晏殊、欧阳修,其词犹有怜景泥情之偏,这是真实性情的体现。坦庵先生天资极高,无论科举、填词,举重若轻,履险若夷,其词乐天知命,是情性的自然展现。②

既然有诗词一理的观点,也有诗词异趣的看法。二者看似相反,但未必相对。在宋人意识中有一个根深蒂固观念——诗尊词卑,他们对词体还有一些保留的看法,认为填词不如作诗,诗是高雅文体,词是低俗文体,填词会影响作者的品格。陆游就是这个观点的代表人物。他认为上古音乐教育消亡,雅正之乐随之式微,音乐朝着世俗的方向发展。《诗经》有郑卫之音,到了秦汉连郑卫之音也消失了。直到一千年后,出现了"倚声制辞"的长短句。音乐文体愈变愈薄,距离上古圣人思想越来越远,与市井小民的世俗之情越来越近。陆游还对自己的词作有一种愧疚感。陆游少年时期泪于世俗,作了一些长短句;后来悔恨少作。写下这些文字,用来记述自己的过错。题署的时间是"淳熙己酉(十六年,1189)炊熟日",其时陆游六十五岁,"炊熟日"为"寒食"的前一日。③ 这是为数不多的很有成就的宋代词人对自己作品的否定。这是一个特殊现象,也有一定的普遍意义。卢祖皋喜为乐府(填词),在孙应时的影响下开始大力作诗。三年后完成了《蒲江诗稿》。这部诗稿充满人力功夫,孙应时劝他可以适当地放纵天才,少用人力。如此一来,作诗就是一种享受,而非痛苦。④ 苦吟诗人的特点就在于人力功夫超过了天才,诗歌苦涩而难以卒读。姚勉也成功的把一位词人转化成诗人。潘清可初喜填词,姚勉每以孙觉(莘老)讥秦观(少游)撒泼劝之。于是潘清可弃词学诗,终有收获。⑤ 刘克庄是一位词人,也尊诗卑词。王称《书舟词原序》认为仅以词名世,容易给人造成一种不良印象。各种文体兼善,才符合时代的审美标准。⑥ 各种观点并存是正常现象,承认诗词一体,可以提高词

---

① [宋]郑刚中撰:《北山文集》,卷一三《乌有编序》,《丛书集成初编》,上海:商务印书馆1935年版,第172页。
② [宋]赵师侠撰:《坦庵词》,尹觉:《题坦庵词》,[明]毛晋辑:《宋六十名家词》,上海:上海古籍出版社1989年版,第264~265页。
③ [宋]陆游:《渭南文集笺校》,卷一四《长短句序》,朱迎平笺校,上海:上海古籍出版社2022年版,第717页。
④ [宋]孙应时撰:《烛湖集》,卷一〇《卢申之蒲江诗稿序》,影印《四库全书》本。
⑤ [宋]姚勉:《姚勉集》,卷三七《月崖近集序》,第422页。
⑥ [宋]程垓撰:《书舟词》,王称:《书舟词原序》,[明]毛晋辑:《宋六十名家词》,上海:上海古籍出版社1989年版,第252~253页。

的品味;而主张诗词异趣,可以发挥各自长处,使词的发展更趋合理。

谈到诗词一体,就不能不涉及天才人力方面的问题。赵师岊《圣求词序》认为自古以来,人的才能各有一偏。惟王安石兼备众体,能够继承王安石衣钵的是宣靖时期的吕渭老(圣求)。其诗讽咏中率寓爱君忧国意,赤心皆□,诗史气象;其词婉媚深窈,视美成、耆卿伯仲耳。① 陈应行认为人的才能,各有所长,惟张孝祥比较全面且以词名。② 张孝祥以天分高、悟性强而取胜,扬补之则以书法、绘画、词作三绝而取胜。刘克庄《扬补之词画跋》称其墨梅擅天下,身后寸纸千金;所制《柳梢青》十阕,不减《花间》《香奁》及小晏、秦郎得意之作;行书姿媚精绝,可与陈与义(简斋)相伯仲,宜曰"逃禅三绝"。③ 钟肇善乐章,长于史论,④也是宋代词坛为数不多的全才。

诗词一理是宋代词学的基本观点。相同的观点,总有不同的理由;相反的观点,也有相近的情感。其中复杂多样,不可一概而论。这表明宋代诗词已融为一体,属于一个体系内的两种相近的文学形式,用唐宋诗学体系来研究宋代词学是必要的也是必然的。

(三) 词体特质

对词体特质的论述,也是序跋中的共性问题之一。词体特质就是词体本身具有的一些特点,如词的音乐渊源、本色歌唱、源流体派等。

词是一种音乐文体,有其自身的规律。陈师道说苏轼以诗为词,虽极天下之工,要非本色。李之仪认为词"自有一种风格",⑤稍不如格,便觉龃龉。词体经过了三个阶段:唐人声诗加和声、变齐言诗为长短句、变小令为慢词。在词体形成并完善的过程中,张先提升词的韵味,但才力不足;晏殊、欧阳修、宋祁等人以才学为词,又不够本色。吴师道填词以《花间集》为典范,加上一些晏欧宋的才学化因素,以及柳张的本色化成分,写出本色雅正的长短句。李之仪讲宋代本色词发展的途径就是在本色与不本色之间,取长补短,协调发展。在晚唐五代北宋的词史中,经历了发展—纠偏—再发展—再纠偏的过程,每一次都是优缺点并存的。

---

① [宋]吕渭老撰:《圣求词》,赵师岊:《圣求词序》,[明]毛晋辑:《宋六十名家词》,第550页。
② [宋]张孝祥:《于湖居士文集》,《附录》,陈应行:《于湖先生雅词序》,徐鹏校点,上海:上海古籍出版社1980年版,第424~425页。
③ [宋]刘克庄:《刘克庄集笺校》,卷一〇七《扬补之词画》,辛更儒笺校,北京:中华书局2011年版,第4468~4469页。
④ [宋]刘克庄:《刘克庄集笺校》,卷一一一《钟肇史论》,第4608页。
⑤ [宋]李之仪撰:《姑溪居士文集》,卷四〇《跋吴师道小诗》,四川大学古籍整理研究所编:《宋集珍本丛刊》第27册,北京:线装书局2004年版,第89页。

关注《石林词跋》是为叶梦得词集所题的跋。叶梦得是两宋之际的政治家,以经术文章为当代儒宗。翰墨之余,聊以抒情,其词亦妙天下,初期有温李之风,晚岁简淡雄杰,有渊明、东坡之妙。① 叶词之妙在于他熔铸了温李的本色和苏轼的才学两种风格。

胡寅《酒边集序》谈诗词同源,与一般人由源到流不同,胡寅用了溯流寻源的方法:词曲—古乐府—骚—变风变雅—风雅。在这个发展过程中,诗歌品格不断蜕化,发乎情未变,而止乎礼义变了。曲子词名之为曲,取其曲尽人情之意,与《曲礼》委曲说礼不同,它尽情而不入礼。正因为品味不高,一般作者随作随弃,自扫其迹。词的发展史:唐人词最工—柳永掩众制而尽其妙,本色歌唱—苏轼提高了词的品味,可以抒发一种高雅的情怀—向子諲《酒边词》出自苏轼,其词有"江北旧词""江南新词",退旧词而进新词,表明他趋向于归隐。胡寅也希望读者不要被词作所误导。向子諲是一位立过大功的英雄,他的词就像宋璟的《梅花赋》一样,以刚性写柔情,作品风格与事业不相契合。②

陈霆《燕喜词叙》是给曹冠《燕喜词》所作的序,谈到诗词同源。歌诗起于春秋列国大夫聘会宴飨,宋玉所谓的阳春白雪,大概就是歌诗之源流吧? 后人常常认为以诗为词就能提高词的品味。其实诗歌也分三等:上等造意正平,措词典雅,格清而不俗;中等高人胜士,寓意于风花酒月,以写夷旷之怀;下等宕荡于检绳之外,巧为淫亵之语以悦俚耳。秦观诗似曲,苏轼曲似诗。歌苏轼词,使人抵掌而有击楫中流之心,甘心淡薄而有种菊东篱之兴。歌少游词,则秾艳纤丽,类多脂粉气味。秦观词到南宋时期仍脍炙人口,岂不有愧于苏轼? 曹冠词名为"燕喜",实为家庭团圆、樽俎之余的歌词。其词继苏轼而起,具有苏轼词的风格。③ 詹效之《燕喜词跋》涉及对曹冠其人其词的评价。他说曹冠行兼几德,浑然天成;文章政事,渊源经术;廉介有守,既和且正。其词旨趣纯深,中含法度,使人一唱而三叹,盖其得于六义之遗意,纯乎雅正者也。曹冠词继承了王褒诗歌的精神,有助于教化。④ 曹冠词浅淡空灵,确实有学习苏轼的意向。但曹冠与苏轼是两类人,他虽学苏轼,但缺乏苏轼的

---

① [宋]叶梦得:《石林词笺注》,《附录》一,关注:《石林词跋》,蒋哲伦笺注,上海:上海古籍出版社 2014 年版,第 206 页。
② [宋]胡寅撰:《崇正辨 斐然集》,《斐然集》卷一九《向芗林酒边集后序》,容肇祖点校,北京:中华书局 1993 年版,第 402~403 页。
③ [宋]曹冠撰:《燕喜词》,陈霆:《燕喜词叙》,王鹏运辑:《四印斋所刻词》,上海:上海古籍出版社 2012 年版,第 749 页。
④ [宋]曹冠撰:《燕喜词》,詹效之:《燕喜词跋》,《四印斋所刻词》,第 749 页。

悲悯情怀,有才无行。其词没有淫秽低俗,但也没有感人至深的情感。

邓牧《张叔夏词集序》谈到诗词关系和张炎的词学渊源。他认为诗三百与长短句都是歌词,形式不同但意趣相近。从隋唐到宋末数百年来,工于词者,也不过周邦彦、姜夔数人而已。周词俚俗,姜词率意,唯张炎兼有周姜之长而无其短。张炎词学来自家传,继承其父张枢词法。宋亡以后,他北上燕南、留宿海上,失意归来,穷达不足动其心。① 郑思肖《玉田词题辞》由于用词隐晦,不易理解。大体事实如下:张炎词集编成于宋亡三十年后。这三十年是他创作的主要时段。宋亡后,他曾游历南北数千里,其中以西湖词最有特色。他能令西湖锦绣山水生响,把残山剩水,变成万象皆春的美好家园。张炎词出自姜夔、史达祖、卢祖皋和吴文英等名家,属于江湖词人。这点与张炎《词源》、陆行直《词旨》中的主要观点相近,也是江湖词立派的主要依据之一。② 仇远《玉田词题辞》认为张炎的识见气度、意境风格超过他人,其词音律协和融洽。既可以让歌妓歌唱,也可以祭祀清庙,与姜夔词风相近。词为诗之余绪,但词比诗难作。诗怕落韵,词怕失腔。诗歌不过四、五、七言等几种形式,而词要歌唱,词体要随着音乐的节拍变化,还要讲求四声五音均拍轻重吐字清浊。如果文字顺畅而音律不合,音律协合而文字扞格,都不是本色。所以一字未合,一句皆废;一句未妥,整篇都没精神。填词要面面俱到、字字推敲。今人把填词当作易事,其词不合律度可想而知。古人有"铅汞交炼而丹成,情景交炼而词成"之说,填词如同炼丹,需从工夫出;填词需要意境,意境需从情景出。③ 关于词创作上的一些重要问题,如功夫与顿悟、天然与法度、情景与写意等问题,还要向张炎当面请教。仇远精通词学,他对张炎的评论,对宋词本色的看法都是很精辟的。他读《山中白云词》就能悟出张炎词法,从作品就能推出其理论。这些遗民词人谈张炎及其词都是从本色雅正着眼的,对张炎的词学渊源、词学风格和理论了如指掌。诚如明代殷重《玉田词题词》所云的读张炎《玉田词》,并由此上溯各种音乐文体,离上古圣人思想、音乐精神相去不远了。④

张炎词集有多个名称,也有多个题序,这表明张炎词集经过了多次编纂。邓牧《张叔夏词集序》题署时间是庚子岁(1300),这是张炎北上归来,

---

① [宋]邓牧撰:《伯牙琴》,《张叔夏词集序》,[清]鲍廷博辑:《知不足斋丛书》第11集,北京:中华书局1999年版,第396页。
② [宋]郑思肖:《郑思肖集》,陈福康校点,上海:上海古籍出版社1991年版,第295页。
③ [宋]张炎:《山中白云词笺》,《附录》,[元]仇远:《玉田词题辞》,黄畲校笺,杭州:浙江古籍出版社2018年版,第473~474页。
④ [宋]张炎:《山中白云词笺》,《附录》,[元]殷重:《玉田词题记》,第474页。

刚刚漂泊到江湖之上,初次编纂自己词集。词集连一个正式的名称也没有。郑思肖《玉田词题词》大约是在南宋灭亡三十年之后,1306年前后所作。张炎词集名称是《玉田词》。仇远《玉田词题词》题序比较靠后,与郑思肖题词不同的是,这次张炎词集的名称是《山中白云词》,仇远题序开篇即言"读《山中白云词》意度超玄,律吕协洽",①题目与题辞内容不同。以上三个名称题署的同一个人的同一部词集,而且当时张炎还在世。邓牧、郑思肖去世于张炎之前;仇远与张炎去世时间都无记载,但仇远在题辞中说要向张炎"北面"请教词学问题。表明这三篇题辞都作于张炎生前。《玉田词》这个名称,元初郑思肖、仇远都在用,直到明代殷重、井仍在用。《玉田词》至清初时该集仅存一半;保存完整的是陶宗仪钞本《山中白云词》,存词三百首。② 陶宗仪距离张炎时代不远,他的钞本应为较早的元钞本。该本为钱中谐收藏,朱彝尊借钞录、龚翔麟刊行,为目前流行的版本。

刘淮《方是闲居士小稿序》赞叹刘学箕笔力豪放,诗摩香山之垒,词拍稼轩之肩,至若《松江哨遍》直欲与苏轼争衡。③ 赵必愿是刘学箕的外甥,他认为刘学箕是一位有热情、有抱负的士人,读他的诗词,有报国之志,词风似稼轩;养浩然之气,有理学家的涵养。④

黄汝嘉《松坡居士词跋》是为宋宁宗时丞相京镗词所作的跋。这些词是京镗帅蜀时(1188~1191)所作,其词抑扬顿挫,吻合音律。⑤

王炎《自叙》谈到诗词渊源。他说古诗从风雅以下,变为汉魏乐府。汉魏乐府中有曲,今天的词体长短句,即源于曲。到了晚唐时期,唐人近体诗衰落,而长短句以其质朴清新的品格独盛一时。王炎自称不是行家,对词体也没有专门研究过。他所说的都是专家忽略了的常识问题:一、长短句宜歌而不宜诵,非朱唇皓齿,无以发其要妙之声。二、词体之弊有二,字字言闺阁,语陋而意卑;或为豪壮语以矫之,失去曲尽人情、婉转妩媚之意。所以从情感上说,长短句不溺于情欲,不荡而无法,就是本色雅正。这是他能想到

---

① [宋]张炎:《山中白云词笺》,《附录》,[元]仇远:《玉田词题辞》,第473~474页。
② [宋]张炎:《山中白云词笺》,《附录》,《版本考》,第507页。
③ [宋]刘学箕撰:《方是闲居士小稿》,[宋]刘淮:《方是闲居士小稿序》,影印《四库全书》本。
④ [宋]刘学箕撰:《方是闲居士小稿》,[宋]赵必愿:《方是闲居士小稿序》,影印《四库全书》本。
⑤ [明]吴讷编:《百家词》,[宋]黄汝嘉:《松坡居士词跋》,天津:天津古籍出版社影印1992年版,第857页。

而做不到的。至于他的词作五十阕,权当鸡跖就可以了。①

黄昇《题白石词》从姜夔为诗家名流、词极精妙入手,姜夔词立意高,精通词乐,周邦彦有所不及。按说比较典雅、合乎规范的词都比较死板,缺少灵活生动之气和作者的真实性情。姜夔的词却不会这样,他先作词再度曲,随性率意,有空灵之气。② 赵与訔《跋嘉泰刊本》,是在姜夔生前编纂的词集,比较符合姜夔的词学思想。他认为歌曲特文人余事,不是主要营生。姜夔的主要营生是什么呢?留心古学,有志雅乐。《宋史·乐志》载姜夔上书正乐。词乐是当时流行音乐的一部分,姜夔用儒家音乐思想,把流行的燕乐与传统的古乐结合起来。赵与訔说"声文之美,概具此编",知音者观词就可以知道姜夔的词乐思想和实践。③

陈造《张使君诗词集序》是一篇比较别致的词序。他认为文章自有体。这个体不是文体的体而是写作规则。规则贯穿写作的始终,就像春机发陈,各种颜色的花儿竞相开放。虽然颜色不同、形状各异,但都是春机的体现。文章就是作者思想的体现。张使君是高邮知军张頠。张頠字叔靖,槜李人,曾守高邮。据陈造称"尽得到郡所作诗凡七十七,皆隽发而严密,词二十六,皆清丽而圆淑"。④ 张頠作品大多散佚,仅存词一首,即《水调歌头》"徐高士游洞霄"。⑤ 由于是与道士往来,其中涉及一些道教内容。不过张頠随缘适性,有一些理学色彩,不是道教徒。

刘克庄谈到词的本色,他说的很简单,也很到位:"长短句当使雪儿啭春莺辈可歌,方是本色。"⑥词是歌词,能唱就是本色。刘克庄还谈到宋代理学家的词学观,⑦宋代理学家一般崇性理而抑艺文,词又是艺文中的最下者,所以他们普遍地鄙视词体。但也有相反的情况,南宋理学家们也能填词,如王柏。对此如何解释呢?刘克庄认为在《诗经》中不是也有许多感时伤物、行役吊古和闺情别怨之作吗?王柏填词也是如此。宋代理学家分为

---

① [宋]王炎撰:《双溪诗余》,《自叙》,王鹏运辑:《四印斋所刻词》,上海:上海古籍出版社2012年版,第793页。
② [宋]姜夔撰:《白石词》,黄昇《题白石词》,[明]毛晋辑:《宋六十名家词》,上海:上海古籍出版社1989年版,第207页。
③ [宋]姜夔:《姜白石词编年笺校》,[宋]赵与訔:《跋嘉泰刊本》,夏承焘笺校,上海:上海古籍出版社1998年新1版,第188页。
④ [宋]陈造撰:《江湖长翁文集》,卷二三《张使君诗词集序》,万历四十六年李文藻刻本。
⑤ [宋]张頠:《水调歌头》"徐高士游洞霄",唐圭璋编纂:《全宋词》,王仲闻参订,孔凡礼补辑,北京:中华书局1999年版,第2392页。
⑥ [宋]刘克庄:《刘克庄集笺校》,卷第九七《翁应星乐府序》,辛更儒笺校,北京:中华书局2011年版,第4083~4084页。
⑦ [宋]刘克庄:《刘克庄集笺校》,卷第一〇六《黄孝迈长短句跋》,第4425页。

两派,一派空言性理,一派注重实用。王柏属于后一派,他填词、编纂词集都是实用观念的体现。他并不否认词体的萎靡从俗,也没有因此抵制这种文体。他想的是因俗为雅,用这种喜闻乐见的形式为移风易俗服务,这就是他编《雅歌》的初衷。从北宋后期起,理学家对于词体采用了疏导的方式,低俗的曲子词与雅正的儒家思想并不存在根本的对立;用词来表现儒家思想也是顺理成章的事情。刘克庄还对黄孝迈词提出改进意见,黄孝迈词风与江湖词人刘过、孙惟信相近,有特色但不开阔。刘克庄希望他以孔子论二南的精神为宗旨,扩大眼界,提高境界,不能因小词而废大道。十年后刘克庄《再题黄孝迈长短句》,再次评论黄孝迈长短句。经过十年努力,黄孝迈词有很大的进步,过去与江湖词人刘过、孙惟信仿佛,现在词多丽句、境界大开、风格多样。清词丽句,晏几道、贺铸也不能加;绵密词情,可与秦观"和天也瘦"媲美。建议他多在其他文体上用功,不要让乐章遮掩其他才能。这也是刘克庄一贯的观点,他对词体仍保留看法。①

赵以夫《虚斋乐府自序》谈到两个问题:一、唐宋词体的变化。唐词以《花间》为主,慢词很少。宋代慢词较多,柳永、周邦彦等人移宫换羽、创立新谱,但慢词不好作,语工则音未必谐,音谐则语未必工。这样就形成了词乐的剥离,乃至分化。二、评价自己慢词,《虚斋乐府》收录慢词数十阕,汇为一编。文章小技,更何况小技中的长短句?除了自谦之外,还有对词体的轻视。②

柴望《凉州鼓吹自序》是南宋灭亡后,他为自己词集所作的序言。主要谈到词乐的渊源。词以鼓吹名,取其谐律之意。用诗歌功颂德、刻诸金石,自古就有,其中以《诗经》最为突出。历代以来,随时推移,诗歌精神日趋淡化,于是雅正之道熄,而亡国之音肆,这是令人痛苦的事情。关于宋词的历史,他认为词起于唐而盛于宋,宋词尤盛于宣靖间,以周邦彦、康与之为代表。近世姜白石重新振起词坛,其《暗香》《疏影》等作,当别家数也。姜夔是周邦彦之外的另外一种风格。关于词的本色,他认为词为音乐文体,以隽永委婉为上,组织涂泽次之,呼嗥叫啸抑末。姜夔提高了词品,怀古伤今、托物寄兴,与周邦彦《西河》、王安石《桂枝香》同一风致。柴望说他自己是不敢奢望宣靖家数,只希望能传姜夔的衣钵。这是亡国之后词序。尘埃落定、痛定思痛,包括对时代、文体、词人等因素的思考,这个结论与前后词人的观

---

① [宋]刘克庄:《刘克庄集笺校》,卷第一○八《再题黄孝迈长短句》,第4492页。
② [宋]赵以夫:《虚斋乐府自序》,吴昌绶、陶湘编:《景刊宋金元明本词》,北京:中国书店2011年版,第804页。

点都不相同。① 苏幼安《柴望墓志铭》"工小词,蕴藉风流,每与辛黄名家并,可谓彬彬之作矣"。② 柴望属于以才学为词的类型,他由辛黄转向姜夔,是因为姜夔词本色清雅,而且具有才学化的特点。姜夔涵盖了辛黄,辛黄不能涵盖姜夔。这个观点与张炎"一祖三宗"说周邦彦、姜夔的实际地位正好相同。这种观念也是同一个时代人的共同看法。

王楙为周密《蘋洲渔笛谱》作跋,引用杨缵的话,说周密乐府妙天下,不宁惟协律吕,而意味不凡,《花间》、柳氏真可以为舆台矣。周密《征招》《酹月》,具有楚辞遗风。③

根据以上对序跋的梳理,发现宋人对词体特质的认识是全面的、深刻的、也是复杂的。词是一种综合的艺术形式,本色也应包括多种因素,如音乐、歌唱、文学、语言、情感等内容,包含面越广要求就越多,要求越多本色词人就越少。这使我们对宋代本色词人、典范词人有深刻的认识。词学各因素之间也是广泛联系和相互制约的,只有在一定的体系中才能判定词人词作是否本色。

二 个别问题

个别问题是序跋中不经常讨论的问题,因而具有一定的特殊性,其中也不乏独到见解。

有些序跋以自己亲见、亲闻为依据,评价词人词作,可以看作词的本事。李之仪《跋戚氏》以自己亲见,记述了苏轼当年创作《戚氏》的情况。苏轼在醉笑之间,即席赋咏,随声随写,歌竟篇就,才点定五六字尔。坐中随声击节,终席也不问他辞,亦不容别进一语。一篇名作就这样诞生了,足以为中山一时盛事。④ 费衮引用程敦厚《跋东坡〈满庭芳〉词》对李之仪这则记述表示否定。⑤

词学评论就是这样,各据所见,见仁见智,但像这样针锋相对的还不多见。楼钥《跋东坡行香子词》记载了苏轼《行香子》"与泗守过南山晚归作"

---

① [宋]柴望等:《柴氏四隐集》,卷一《凉州鼓吹诗余自叙》,《宋集珍本丛刊》第86册,第85~86页。
② [宋]柴望等:《柴氏四隐集》,卷五苏幼安:《柴望墓志铭》,《宋集珍本丛刊》第86册,第103页。
③ [宋]周密:《蘋洲渔笛谱》,卷二王楙跋,朱孝臧辑校,夏敬观手批:《彊邨丛书》,上海:上海古籍出版社1989年版,第4855页。
④ [宋]李之仪撰:《姑溪居士文集》,卷三八《跋戚氏》,《宋集珍本丛刊》第27册,第84页。
⑤ [宋]费衮撰:《梁溪漫志》,卷九《戚氏词》,金圆校点,上海:上海古籍出版社1985年版,第105~106页。

的逸闻趣事。这是苏轼自黄州量移汝州,中道起守文登,舟次泗上偶作的纪行词。因词中有"何人无事,晏坐空山。望长桥上,灯火闹,使君还"句,泗守刘士彦告诉苏轼,在法,泗州夜过长桥者,徒二年,况知州耶?苏轼答曰:"轼一生罪过,开口不在徒二年以下。"楼钥还记乡人倅盱眙,游南山寺,听老僧说寺里旧有苦条木一段,上有东坡亲书《行香子》词,后沉于深水中。亟募人取得之,遗墨如新,就刻其上。不久即为一军官买去,折为枪杆矣。楼钥还说这首词在曾慥《乐府雅词》中有收录,题目是"与泗守游南山作"。今本《乐府雅词》无此词。楼钥从同乡处得到苏轼《行香子》墨本,一刻诸石,一寄给施武子使君。施武子即施宿,是当时泗州知州,也是苏轼研究者。在其父施元之《注东坡诗》的基础上补注东坡诗,编撰《东坡年谱》。楼钥把苏轼词寄给他,希望他把这首词刻在泗州,作为盱眙(都梁)的一段佳话。①

李之仪《跋小重山词》是为一组唱和词卷所题的跋。② 李之仪称卷中所收六诗,托长短句寄《小重山》。他称词为诗,当与他填词的心态有关。按《小重山》最早见于韦庄集,同调下有两阕,描述了一个悲婉凄绝的爱情故事。后来词调不传,张先从梨园乐工花日新处传得此曲,然有曲无词。秦观曾说《小重山》声有琴韵,将为我讲琴韵的特点,竟不逮而终。五年后,故人贺铸填《小重山》两阕。其词宛转绅绎,能传隐约难言之情。钟师振振认为贺铸《小重山》"枕上闻门五报更"和"月月相逢只旧圆",是崇宁四年(1105)冬所填的两首词。③ 李之仪《再跋小重山后》作于五六年后与贺铸的江上邂逅。每每想起当年唱和的情景,闲来反复阅读旧词,作词追和。虽未必合律,但态度还算认真,就像当年唱和一样。只有追和,才能体会到当初用词下语的高妙处。④ 李之仪《题贺方回词》是为贺铸《横塘路》(青玉案)所作的题跋,它记述了一个凄惨的爱情故事。贺铸晚年与吴女有情,因各种原因未能及时迎娶,吴女猝然辞世。贺铸无边无际的愁恨即因此而发。⑤ 李之仪《跋凌歊引后》论述贺铸《凌歊》"铜人捧露盘引"的意义。⑥

---

① [宋]楼钥撰:《攻媿集》,卷七三《跋东坡行香子词》,《四部丛刊初编·集部》,上海:商务印书馆缩印武英殿聚珍版本,第670页。
② [宋]李之仪撰:《姑溪居士文集》,卷四〇《跋小重山词》,《宋集珍本丛刊》第27册,第90~91页。
③ [宋]贺铸:《东山词》,钟振振师校注,上海:上海古籍出版社1989年版,第215~216页。
④ [宋]李之仪撰:《姑溪居士文集》,卷四〇《再跋小重山后》,《宋集珍本丛刊》第27册,第91页。
⑤ [宋]李之仪撰:《姑溪居士文集》,卷四〇《题贺方回词》,《宋集珍本丛刊》第27册,第91页。
⑥ [宋]李之仪撰:《姑溪居士文集》,卷四〇《跋凌歊引后》,《宋集珍本丛刊》第27册,第91页。

凌歊台是江左名胜,古今诗人墨客所咏作品极多,唯贺铸用词来歌唱它。与贺铸词相比,前人之作全无生气。至于那些到了当涂以后才知道凌歊台的人,通过贺铸词语来领悟凌歊台意境,根据词的乐声来抒发同感,如果不是对此有深入了解的人,不足以击节称赏。贺铸因一时所遇达到绝诣,美中不足的是没有桓野王的笛子来伴奏。张耒《东山词序》论述贺铸词的特色是满心而发、肆口而成、不待思虑、不加雕琢,皆天理之自然,性情之至道。贺铸词博学业文、高绝一世,表明了贺铸词的雅正;倚声可歌,说明贺铸词的本色。与他人词作风格单一不同,贺铸词具有多种风格,如盛丽、妖冶、幽洁、悲壮等。据说张耒不善于填词,但他善于评词,①确实把贺铸词的特点体现出来了,尤其是对贺铸词多种风格的描述,被杨冠卿《群公乐府序》、黄昇《词选序》所汲取,用来形容如宋代词坛创作兴盛的状况。

朱熹《书张伯和诗词后》中的"张伯和父",仅出现在朱熹文集中,而且还是两见。另一次是朱熹《云谷记》中:"予尝名湘西岳麓之顶曰'赫曦台',张伯和父为大书,甚壮伟。至是而知彼为不足以当之,将移刻以侈其胜。"②朱熹得云谷筑草堂名晦庵是在乾道庚寅年(乾道六年、1170),他命名岳麓山顶峰为"赫曦台"在此之前的宋孝宗乾道三年秋。这年九月八日朱熹从崇安至长沙看望张栻。当时张孝祥知潭州、权湖南路提刑,张孝祥、张栻等陪朱熹游定王台、岳麓寺。朱熹把岳麓顶峰命名为"赫曦台","张伯和父"为大书。十年后,孝宗淳熙七年(1180),朱熹知南康军把"张伯和父"亲书的他们父子两人诗词刻在南康军之武观以示文武吏士。朱熹为张伯和父子诗词题跋是:"右紫微舍人张伯和父所书。其父子诗词以见属者,读之使人奋然有禽灭雠房、扫清中原之意。淳熙庚子(1180),刻置南康军之武观,以示文武吏士。"③"张伯和父"即张孝祥。张孝祥并无字"伯和"的记载,但这个"张伯和父"与张孝祥的仕履相同(中书舍人)、爱好一致(诗词书法)、名字相近。关键是他作为地主陪朱熹游岳麓山、题"赫曦台"。在这首题跋中,朱熹突出张祁张孝祥父子诗词情感符合时代精神,并从中挑选几首刻石武观,振奋文物官员精神。魏了翁《跋张于湖念奴娇词真迹》也突出了张孝祥英姿奇气,清雅之人与清雅的湖水相配真是清雅已极。词中有"尽吸西

---

① [宋]张耒撰:《张耒集》,卷四八《贺方回乐府序》,李逸安、孙通海、傅信点校,北京:中华书局1990年版,第755页。
② [宋]朱熹:《朱子全书(修订本)》,《晦庵先生朱文公文集》,卷七八《云谷记》,朱杰人、严佐之、刘永翔主编,上海:上海古籍出版社、合肥:安徽教育出版社2010年版,第3729页。
③ [宋]朱熹:《朱子全书(修订本)》,《晦庵先生朱文公文集》,卷八四《书张伯和诗词后》,第3981页。

江,细斟北斗,万象为宾客",不知这时他还知道世上有青琐紫薇?他本是神仙中人,其词飘飘欲仙不是食人间烟火者所能做出来的。①

还有一些序跋是根据作品评论词人词作的。黄庭坚《跋子瞻醉翁操》针对有人评论苏轼《醉翁操》因难以见巧,故所作极工的观点,表明自己的看法。黄庭坚认为苏轼老于文章,落笔皆超逸绝尘。苏轼创作的特点是化艰难为平易,这是一种运思之功。根据苏轼词序,知道为琴曲填词并非易事。前人尝试多次,都以失败告终。苏轼成功了,说是因难而见巧似不为过,但真正有才华的人表现出来的不是艰险而是平易。② 一般的评论家对苏轼的理解,远不及黄庭坚深刻准确。黄庭坚《跋秦少游踏莎行》,先抄录秦观《踏莎行》原文,然后再进行评论。③ 宋哲宗绍圣四年(1097)二月,秦观从郴州移横州编管。秦观离开郴州时顾有所属而作,语意极似刘梦得楚蜀间诗也,情感沉重。苏轼读了这首词,认为秦观要死了,说:"少游已矣,虽万人何赎!"④黄庭坚《跋王君玉定风波》说到王琪(君玉)流落在外,转守七郡,抒写牢骚,情感骚雅。⑤《书王观复乐府》指出王观复词的优点是清丽不凡,今世士大夫很少能达到这一点;缺点是情感外露,没有韵味,须读晏殊、宋祁的词作,使其语意浑厚。

陆游《跋东坡七夕词后》也是一篇很好的评论文章。七夕是一个"相见时难别亦难"的日子,从古到今有很多人写了鹊桥相会、会后离别的作品。苏轼这首词摆脱俗套,写出新意。他化用刘向《列仙传》中堟山仙子王子乔的故事,王子乔乘鹤而来,在凤箫声中挥手而去,不像世间痴情男女缠缠绵绵、悲悲切切。他来的时候,过织女犯牵牛,带着天河波浪、大海风涛。去的时候,风流雨散,飘然不知何处。陆游认为学诗者当一是求之。⑥ 求什么呢?苏轼词善于运意,能够把复杂紊乱的头绪理清,表现出清晰明朗的情感。苏轼词看似简易,其实熔铸了深厚的学问。在这首词中,有刘向《列仙传》王子乔、《荆楚岁时记》牛郎织女、《风俗通义》中的凤箫传说、《博物志》

---

① [宋]魏了翁撰:《鹤山先生大全文集》,卷六〇《跋张于湖念奴娇词真迹》,《四部丛刊初编·集部》第206册,据商务印书馆1926年版重印,上海:上海书店印行1989年版,第1页。
② [宋]黄庭坚:《黄庭坚全集》,《正集》卷二五《跋子瞻醉翁操》,刘琳、李勇先、王蓉贵校点,北京:中华书局2021年版,第594~595页。
③ [宋]黄庭坚:《黄庭坚全集》,《山谷别集》卷八《跋秦少游踏莎行》,第1490页。
④ [宋]胡仔纂集:《苕溪渔隐丛话前集》,卷第五〇《冷斋夜话》,廖德明校点,北京:人民文学出版社1962年版,第339页。
⑤ [宋]黄庭坚:《黄庭坚全集》,《山谷别集》卷一二《跋王君玉定风波》,第1490~1491页。
⑥ [宋]陆游:《渭南文集笺校》,卷二八《跋东坡七夕词后》,朱迎平笺校,上海:上海古籍出版社2022年版,第1425页。

浮槎犯牵牛等传说典故。用典虽多,也不觉堆砌,他把这些典故融汇在一定的情感氛围中,用意脉贯穿典故,词中的学问都是活的。苏轼以才学为词,延续了唐人化用典故的方法,善于运思、善于炼意,把词中典故融成一片,而不像宋人用法度化用典故,无论是死法活法,是否写出新意,都给人留下了笔墨畦径。苏轼词的清空来自唐诗的彻悟,来去无迹,是以天才个性实现了词意的清空。李纲《秦少游所书诗词跋尾》是为俞跛所藏秦观诗词卷作跋,从字如其人观点出发,论述秦观字婉美萧散,如晋宋间人,自有一种风气,所乏者骨骼耳,然要是一时才者。① 这个评论与秦观的个性气质相合。秦观质性脆弱,细腻多感,也是一个重情重义的君子。楼钥《跋韩忠武王词》是给韩世忠两首词所作的跋。② 费衮《梁溪漫志》记载韩世忠被解除兵权后,放浪江湖,偶尔还参与苏符的宴会,次日填词二首,即《临江仙》和《南乡子》。③ 韩世忠经历了大富大贵,看惯了朝堂上的明争暗斗,在词中抒发了激流勇退、知足常乐的人生态度。过去也有武将作诗填词的,但没有像韩世忠这样洞明世事超然物外的。

　　还有一些序跋只纪事,并没有论词。苏轼《书秦少游词后》是苏轼在北返途中得知秦观消息后,抄录下这首《好事近》"梦中作"词,并记述这件事。其时,秦观已经去世,算是对秦观的纪念。④ 王之道《跋李仲览所藏东坡〈满庭芳〉法帖》记叙了元丰二年,苏轼因乌台诗案贬谪黄冈。当时亲戚故旧、平日厚善者往往畏咎不敢通问。但也有一些交情并不深的人,偏偏施以援手。俗话说危难见人心,李仲览在苏轼谪黄州时经常来探视,苏轼离开黄州时他赶来送行,在富川相遇。苏轼把这首长短句赠给他作为留念。这篇跋没有论词,记述了一段交情,用以表彰世道人心。⑤ 惠洪《跋东坡平山堂帖》为苏轼《西江月》"平山堂"帖所作的跋,没有评论苏轼的词作,而是记述了苏轼当时作词的场景:红妆成轮,名士堵立,看其落笔置墨,目送万里,殆欲仙去尔。⑥ 于是他脑海里联想一幅画:烟雨孤鸿,这是用苏轼《水调歌头》

---

① [宋]李纲撰:《梁溪先生文集(二)》,卷一六二《秦少游所书诗词跋尾》,《无锡文库·第四辑》,南京:凤凰出版社2011年版,第387页。
② [宋]楼钥撰:《攻媿集》,卷七五《跋韩忠武王词》,《四部丛刊初编·集部》,上海:商务印书馆缩印武英殿聚珍版本,第694页。
③ [宋]费衮:《梁溪漫志》,卷八,金圆校点,上海:上海古籍出版社1985年版,第90页。
④ [宋]苏轼撰:《苏轼文集》,卷六八《书秦少游词后》,孔凡礼点校,北京:中华书局1986年版,第2161页。
⑤ [宋]王之道撰:《相山集》,卷二七《跋李仲览所藏东坡〈满庭芳〉法帖》,沈怀玉、凌波点校,北京:北京图书馆出版社2006年版,第337页。
⑥ [宋]惠洪:《注石门文字禅》,卷二七《跋东坡平山堂帖》,〔日本〕释廓门贯彻注,张伯伟等点校,北京:中华书局2012年版,第1546页。

"快哉亭"中描述平山堂的词句,"长记平山堂上,欹枕江南烟雨,渺渺没孤鸿",①用来形容苏轼,确实也很传神。周必大《跋米元章书秦少游词》,没有明确指出米芾书写秦观哪首词。查阅米芾字帖,所书为秦观《踏莎行》"郴州旅舍",另外,秦词与米书、苏跋,合称"三绝碑"。周必大评秦观词借眼前之景而含万里不尽之情,评米芾字因古人之法而得三昧自在之力。②评论很精彩,只是对苏跋没有评论,也许把它也看作米书的一部分了吧?

  还有题跋者,往往立足地方文化来论词。张侃《跋黄鲁直蜀中诗词》说文学创作往往得山川之助,杜甫、刘禹锡到夔州后,与前作顿异。黄庭坚也是如此。山谷自戎徙黔,身行夔路,词章翰墨日益超妙。③ 从书法字帖,就能看出其思想的变化。李之仪《跋山谷二词》是从当涂文化的角度来评价黄庭坚词的。当涂位于南北交界地带,距离京师也不远,物阜民康,但这里文化不发达。一代文豪黄庭坚请求来这里做知州,到任七日,即被罢去。尽管时间短暂,但他所写的地方风俗、人物古迹等已在天下交口传诵。当涂欧梅二妓有幸被写入诗词,随即扬名天下。④ 陆子遹《逍遥词附记三》是他知严州时(绍定元年,1228)刊刻潘阆词集的题跋。按说潘阆与严州没有直接的联系。陆子遹从严州风俗文化上着眼,严州历史名人,如上古的桐君、汉代的严光等都是志向高洁、清廉尚退之人。由此形成严州独特的地方文化,这种文化也是朝廷一直提倡的。潘阆、杨朴、魏野隐居草莱、高尚不仕,因此而被真宗赏识。他们的性情爱好与严州地方文化契合。潘阆词句法清古、语带烟霞,是非常好的文学作品。在严州郡斋刊行潘阆《逍遥词》,与同道共勉。⑤ 强焕《片玉词序》也是从地方文化评论周邦彦《片玉词》的。文章政事,在今人看来属于两途,但在古人却是一途。学优而仕,发而为政,必有可观。政事有暇,则游艺歌咏。溧水县官赋浩穰,民讼纷沓,政务繁杂,似不可以弦歌为政。周公邦彦元祐八年(1093)为政于此,其政敬简,宽而不苛,百姓至今称颂。在政务之暇,不妨吟咏。在溧水县衙还留有周邦彦的遗迹,亭曰"姑射",堂曰"萧闲",皆取神仙中事揭而名之,可以想象其襟抱之不

---

① [宋]苏轼撰:《苏轼词编年笺证》,薛瑞生笺证,西安:三秦出版社1998年版,第399页。
② [宋]周必大撰:《周必大集校证》,卷第一六《省斋文稿》,《跋米元章书秦少游词》,王瑞来校证,上海:上海古籍出版社2020年版,第209页。
③ [宋]张侃撰:《张氏拙轩集》,卷五《跋黄鲁直蜀中诗词》,《四库全书珍本·初集》,上海:商务印书馆民国二十四年影印清乾隆本,第18页。
④ [宋]李之仪撰:《姑溪居士文集》,卷三九《跋山谷二词》,《宋集珍本丛刊》第27册,第86页。
⑤ [宋]潘阆撰:《逍遥词》,《附记》三,王鹏运辑:《四印斋所刻词》,上海:上海古籍出版社2012年版,第708页。

凡。又睹"新绿"之地,"隔浦"之莲,词中所咏景象依然在目。周邦彦公余式燕嘉宾,歌者必以周邦彦词为首唱。邑人爱其词,不忘其政也。周邦彦《片玉词》已成为溧水文化的一部分。裒集周邦彦之词,仅得百八十有二章,厘为上下卷,乃辍俸余,鸠工锓木,以寿其传。这不仅仅满足邑人思念之情,也希望有更多的人听其词了解其政。① 序作者强焕在南宋孝宗淳熙年间也做过溧水知县,了解溧水文化,也了解地方政事,从此切入研究周邦彦词,选择的角度很好。楼钥《清真先生文集序》是从学问、仕途、创作、人品等方面来为周邦彦文集题序的。周邦彦精通音律、熔铸经史百家之言,把它们变成自己的思想,这种运思谋划之功使人敬佩。其词酣畅、情感深厚,典雅凝重而不晦涩,这也是以才学为词的人望尘莫及的。②

还有些序跋本身就是一篇考辨论文,薛季宣《香奁集自叙》叙述《香奁集》版本情况并辨析其作者。③ 关于《香奁集》的作者,沈括《梦溪笔谈》根据和凝《游艺集序》云:"余有《香奁》《籝金》二集,不行于世。"认为今传《香奁集》为和凝长短句集。证据是他在秀州和惇(和凝曾孙)家亲见和氏藏书,这些书都是和凝旧物,末有印记,还比较完整。④ 这个说法不够严密,他没有明说《香奁集》是否在其中,《香奁集》到底是诗是词等问题。后人对此不解,补充材料进行考证。能说明问题的有两家:一是陈正敏《遁斋闲览》,他从唐代吴融诗集中《和韩致尧侍郎无题》二首,与韩偓《香奁集》中《无题》用韵相同,而且与韩偓《无题》"诗叙"也相合;另外,他曾寓目韩偓亲书诗一卷,其中《袅娜》《多情》《春尽》等诗多在卷中,证明《香奁集》确实为韩偓诗集。二《香奁集》中一些内证材料,如《香奁集》中有作者在岐下诗歌,而和凝足迹不及岐江;韩偓有一妻出家为尼,《香奁集》中有《荐福寺讲筵偶见又别》等与女尼有关的诗歌,这些也是和凝所没有的经历,可见《香奁集》为韩偓所作无疑。宋人考证功夫很扎实,既有分析,又有实证,尤其在材料运用上,汲取前人成果,加上自己新出的材料,内证外证结合,显示出缜密的逻辑思辨能力。

词作唱和规范和词作真迹的流传。曹勋《恭题今上皇帝赐和韵〈鹧鸪天〉词》是给宋高宗唱和词的题跋。跋是用骈体文写成的,与其他序跋不

---

① [宋]周邦彦:《清真集校注》,《附录》七,强焕:《片玉词序》,孙虹校注、薛瑞生订补,北京:中华书局2002年版,第500页。
② [宋]楼钥撰:《攻媿集》,卷五一《清真先生文集序》,《四部丛刊初编·集部》,上海:商务印书馆缩印武英殿聚珍版本,第475页。
③ [宋]薛季宣撰:《浪语集》,卷三〇《香奁集自叙》,影印《四库全书》本。
④ [宋]沈括撰:《梦溪笔谈》,卷一六,金良年点校,北京:中华书局2015年版,第157页。

同。在宋代官场上,上下级唱和一般都有致语。致语是用骈体文写的,是一种比较正式的文体。曹勋这则题跋包含对皇帝圣德的赞美、文治武功的歌颂、学识的褒奖,然后才引入正题。《鹧鸪天》词,曹勋原唱,皇帝奉和。高宗不仅一一奉和,还亲自抄写,足见他对这次奉和的重视。最后是表忠心,说要把高宗墨记刻入石碑,让天下人都知道皇帝的圣德厚意和臣子竭忠报答之情。① 这则题跋突出了诚敬和礼节,可以考见宋人和词的基本规则和礼仪。

个别化的评论,具有一定的独特性,也是研究宋人词集词作的关键材料。它从一个独特的视角发现一些新的材料和新的问题,得出新的结论。避免了陈陈相因的叙述和一般化的论证,给词人词作增加了个性化特色和独特的价值,是词学体系中有特色的一部分。

---

① [宋]曹勋撰:《松隐文集》,卷三二《恭题今上皇帝赐和韵〈鹧鸪天〉词》,影印《四库全书》本。

第三章　宋词集注

在宋人笔记小说、诗话词话、书信题记等文献中，有一些偏重于词学研究的资料：它们或记述词作本事、或解释词中典故、或指出版本文字异同、或探寻词人的奇思妙笔，具备了词作注释的基本特点。这些材料散见于各种资料中，可称为宋词散注。散就是没有目标、自由度大，注释者根据自己的兴趣爱好、所得所闻对相关的词人词作进行品评。他们比较关注词作本事和版本，并依据其所见所闻，甚至直接走访作者本人或其子孙，对所提出的问题予以质证。这样的材料数量很多，即使对同一个问题也是各依所见、众说纷纭。宋人逐渐把注意力集中到对一人一集的研究上，这就有了明确的目标，并对目标中的词人词集予以深入系统的研究，这类词集注释有章质夫家子弟《注秦少游词》、①洪皓"自注四梅花词"、②黄沃《注知稼翁词》、③曹杓《注清真词》、④曹鸿《注琴趣外篇》⑤，以及金人孙镇《注苏东坡词》⑥等六种。这些注本多已散佚，从流传下来的残存材料来看，先是突出一两个方面，注释比较简略；后来才有了善本意识，注意对词人词作的搜集辨伪，但取舍比较随意。此后，又出现了荟萃诸家注本的宋词集注本（补注本、详注本），这类注本有《傅幹注坡词》、⑦顾禧《补注东坡长短句》、⑧陈元龙《详注

---

① ［宋］曾季狸撰：《艇斋诗话》，丁福保辑：《历代诗话续编》，北京：中华书局1983年版，第309页。
② ［宋］洪皓撰：《鄱阳集》，卷三《江梅引》并序，影印《四库全书》本。
③ ［宋］黄公度撰：《知稼翁集》，卷下，黄沃《知稼翁词跋》，《宋集珍本丛刊》第44册，第501～506页。
④ ［宋］陈振孙：《直斋书录解题》，卷二一《歌词类》，徐小蛮、顾美华点校，上海：上海古籍出版社1987年版，第632页。
⑤ 同上。
⑥ ［金］元好问：《元好问文编年校注》，卷四《东坡乐府集选引》，狄宝心校注，北京：中华书局2012年版，第397页。
⑦ ［宋］陈振孙：《直斋书录解题》，卷二一《歌词类》，第632页。
⑧ ［宋］陈鹄撰：《西塘集耆旧续闻》，卷二《顾景蕃补注东坡长短句》，孔凡礼点校，北京：中华书局2002年版，第302页。

周美成词片玉集》、①沈义父《东府指迷》提到的《周词集解》②等四种,流传至今的有《傅幹注坡词》和陈元龙《详注周美成片玉集》两种。顾禧《补注东坡长短句》原本失传,在笔记小说、诗话词话中还保留了几条注释材料,其学术价值很高。集注是一种集大成式的综合研究,涉及词学研究的各个方面,首先要广泛汲取前人的研究成果,其次是作品的搜集辨伪、注释的融会贯通、理论的交融互补、立意的反复推敲、编年的推理证实、词乐的选用改造等,这是一项继承与创新相结合的学术研究。词集集注是宋代词学体系中的一个独特现象,它受注疏学和词学研究双重制约,是我们研究宋代词学体系的着力点。

第一节　词集注释

早期的词集(卷)注本流传下来的主要有洪皓自注《江梅引》和黄沃《注知稼翁词》两种。洪皓自注《江梅引》是作者自注其词,并"录示乡人",③这是一个词卷。它所包含作品不多,主题也比较集中。黄沃《注知稼翁词》是注释其父黄公度的词集,以阐释本事、发明词意为主。从这两个注本可以看出早期的词集(卷)注本以帮助读者读懂作品为目的,突出注释的实用性。

一　洪皓自注《江梅引》

《江梅引》题下有序,词序即为词作本事,包括写作背景、基本特色、用典押韵和作注原因。④ 洪皓自建炎三年(1129)五月奉命出使金国,因拒绝出仕刘豫伪齐政权被流放冷山。冷山距金上都会宁府二百五十里,其地苦寒,四月草始生,八月已飞雪。这里是陈王完颜希伊的聚落,洪皓给完颜希伊的儿子做老师。完颜希伊不给他提供衣食等必需品,使他生计艰难,除了应对险恶的政治环境还得应对恶劣的自然环境。直到绍兴十年(1140)九月,完颜宗弼杀完颜希伊,他才回到燕京。期间又数次拒绝换授金人官职,

---

① ［宋］周邦彦著,陈元龙集注:《片玉集》,朱孝臧辑校,夏敬观评点:《彊村丛书(附遗书)》,上海:上海古籍出版社1989年版,第1287～1422页。
② ［宋］沈义父:《乐府指迷笺释》,蔡嵩云笺释,北京:人民文学出版社1998年版,第45页。
③ ［宋］洪皓撰:《鄱阳集》,卷三《江梅引并序》,影印《四库全书》本。
④ ［宋］洪皓:《江梅引》,《全宋词》,第1301页。

只能以坐馆谋生。在穷愁无聊之中,听到宣和宫姬唱"念此情、家万里",①触发了他的思乡之情。按这句出自王观的《江城梅花引》,洪皓遂以《江梅引》为题,次韵四首,分别命名为《忆江梅》《访寒梅》《怜落梅》,第四首词名已佚,按照前三首命名惯例,应为《雪欺梅》。王观原唱在自然酣畅中,带着一些牢骚幽怨和少年轻薄,其中把梅花与故乡相联,卒押"吹"字韵,都是神来之笔。洪皓则是在王观《江城梅花引》的基础上踵事增华,追忆与梅花有关的一些往事,如笑折江梅、春访寒梅、怜惜落梅、西湖观梅,往事如烟,随风而至,也随风而逝,卒押"吹"字韵,把风与梅、风与家乡联系起来,使押韵与词情融为一体。

洪皓次韵以才学擅长,才学除了立意构思精巧之外,还以用典为主。该词用典以语典为主,偶尔涉及事典。洪皓注释有关梅花的典故,主要是帮助北方人能读懂这组词。关于用典需补充说明两点:一是将常用来描述梅花的典故,如"暗香""疏影""相思""一枝春"等一概摒除,用新奇的语言来写独有的情感。二是洪迈说其父洪皓在燕赋"四笑江梅引","时在囚拘中,无书可检,但有《初学记》、韩、杜、苏、白乐天集,所引用句语,一一有来处"。②由于随身携带书籍有限,使事用典受到限制,用典全靠平时读书积累,更体现作者的品性和才气。洪皓自注"四笑江梅引"在《鄱阳集》中仅存一首,即第一首《忆江梅》,其他三首已经散佚。洪氏晦木斋刊本从《容斋五笔》卷三补入两首《访寒梅》《怜落梅》及其注释。吴昌绶"续检《阳春白雪》卷七洪忠宣公《江城梅花引》,题曰'使北时和李汉老',按其词正'四笑'之一,惟阙标题及自注耳"。③ 如此一来,洪皓所作一组四首词全了,注释却无法补全了。比较洪皓自注和洪迈《容斋五笔》卷三"先公诗词"所记的注释,发现其中的问题还不小。

洪皓自注《忆江梅》,笺注体例是在每两三韵后面加一注,由于词中用典较多,在注释时择其要者,往往是对词句出处的注释。注释紧贴词句、简

---

① 关于这首词的作者,有各种说法。赵闻礼编《阳春白雪》卷第七洪皓《江城梅花引》,题云:"使北和李汉老"。当时洪皓以为这首词的作者是李邴(字汉老)。唐圭璋先生据编选较早的《唐宋诸贤绝妙词选》卷五所录王通叟(名观)《江城梅花引》,确定为这首词作者为王观。洪皓:《江城梅花引》"使北和李汉老",[宋]赵闻礼编:《阳春白雪》,卷第七,上海古籍出版社编:《唐宋人选唐宋词》,唐圭璋等校点,上海:上海古籍出版社 2004 年版,第 968 页。王观:《江城梅花引》,[宋]黄昇选编:《花庵词选》,《唐宋诸贤绝妙词选》,卷之五,中华书局上海编辑所编辑,北京:中华书局 1958 年版,第 90 页。

② [宋]洪迈撰:《容斋随笔》,《五笔》卷六《先公诗词》,孔凡礼点校,北京:中华书局 2005 年版,第 860~861 页。

③ [宋]洪皓:《江梅引》,《全宋词》,第 1302 页。

洁准确，其间的关联很明显。洪迈所记录的《忆江梅》三首是在整首词后面加注，次序错乱、缺乏关联。按照洪皓第一首词注释的方式分解下去，发现其中还有漏注、乱注的。注释的目的是彰显作者的创作意图，帮助读者读懂作品，像这样混乱、随意设注，显然达不到注释的目的。

附录：洪皓自注《忆江梅》与洪迈《容斋五笔》卷三"先公诗词"所记《忆江梅》比较：

1. 洪皓自注：

天涯除馆忆江梅。几枝开，使南来。还带余杭、春信到燕台（杜诗云：忽忆两京梅发时。白乐天有《忆杭州梅花诗》云：三年闲闷在余杭，曾为梅花醉几场。车驾时在临安）。准拟寒英聊慰远，隔山水，应销落，赴愬谁（柳子厚诗云：欲为万里赠，杳杳山水隔。寒英坐销落，何用慰远客）。　空恁遐想笑摘蕊，断回肠，思故里（江总诗云：桃李佳人欲相照，摘蕊牵花来并笑。高适诗云：遥怜故人思故乡，梅花满枝空断肠）。强弹绿绮。引三叠、恍若魂飞。更听胡笳、哀怨泪沾衣（卢仝诗云：含愁更奏绿绮琴，调高弦绝无知音。相思一夜梅花发，忽到窗前疑是君。琴心三叠：琴曲有大小梅花引。太白诗云：早服还丹无世情，琴心三叠道初成。杜诗云：胡笳在楼上，哀怨不堪听）。乱插繁花须异日，待孤讽，怕东风一夜吹（杜诗云：安得健步移远梅，乱插繁花向晴昊。刘方平诗云：晚岁芳梅树，繁花四面同。东风吹渐落，一夜几枝空。东坡诗云：忽见早梅讽，又云：一夜东风吹石裂，半随飞雪度关山）。①

2. 洪迈《容斋五笔》卷三"先公诗词"所记《忆江梅》，按洪皓自注的格式分解下来是这样的：

天涯除馆忆江梅。几枝开。使南来。还带余杭、春信到燕台（杜公：忽忆两京梅发时。胡笳在楼上，哀怨不堪听。安得健步移远梅，乱插繁华向晴昊！② 乐天《忆杭州梅花》：三年闲闷在余杭，曾为梅花醉几场。车驾时在临安）。准拟寒英聊慰远，隔山水，应销落，赴诉谁（柳子厚：欲为万里赠，杳杳山水隔。寒英坐销落，何用慰远客）。　空恁遐想笑摘蕊。断回肠，思故里（江总：桃李佳人欲相照，摘蕊牵花来并笑。高适：遥怜故人思故乡，梅花满枝空断肠）。漫弹绿绮。引三弄、不觉魂飞。更听胡笳、哀怨泪沾衣（卢仝：含愁更奏绿绮琴，调高弦绝无知音。③ 相思一夜梅花发，忽到窗前疑是君。琴心三叠：琴曲有大小梅花引。太白诗云：早服还丹无世情，琴心

---

① ［宋］洪皓：《鄱阳集》，卷三《江梅引并序》，影印《四库全书》本。
② 胡笳在楼上，哀怨不堪听。安得健步移远梅，乱插繁华向晴昊！
③ 调高弦绝无知音。

三叠道初成。杜诗云:胡笳在楼上,哀怨不堪听①)。乱插繁花须异日,待孤讽,怕东风,一夜吹(杜诗云:安得健步移远梅,乱插繁花向晴昊。② 刘方平:晚岁芳梅树,繁华四面同,东风吹渐落,一夜几枝空。东坡:"忽见早梅花,不饮但孤讽。""一夜东风吹石裂,半随飞雪度关山")。

上文注释部分有一些问题,其中上页注释①是洪迈增加的,上页注释②、本页注释①、②是洪迈遗漏的。注释与原文对不上,足见其混乱。洪迈的注释并非一无是处,还有正确的。洪皓注"待孤讽",引东坡诗"忽见早梅讽",但在苏轼诗集中并无此句,洪迈注为东坡:"忽见早梅花,不饮但孤讽。"出自苏轼《次韵李公择梅花》。讽,讽诵之意。其他两首"访寒梅""怜落梅",由于缺少洪皓自注无法比照。

张德瀛《词徵》卷一云:"词之自注所出,由忠宣始也。"③洪皓开启了宋人自注词卷(集)的先河。注释是正文的羽翼,可以彰显作者创作的意旨与特点,也是理解词作的有效途径。洪皓为自己组词作注,题注与词注相结合,体例完整,目的明确,为北方读者深入理解这组咏梅词提供了方便。从次韵用典看词人填词与写诗心态并无二致,以才学为词、以词写意、大量运用典故。在这首小词中用典十三次,其中引用杜诗三次、苏诗二次。这还是在资料有限的情况下完成的,可见唐宋诗学对宋词创作影响之一斑。

二 黄沃注《知稼翁词》

黄沃《知稼翁词跋》谈到他父亲黄公度的一些特殊遭遇,如以大魁而摒弃南荒,回朝后受到高宗的礼遇。时间不长,又突然辞世。他还谈到其父遗文的收集、整理、刻印情况,词集是在文集刻印过程中才开始收集的,仅收集到十五首词,大约是其词作的一半。黄沃给其中十三首词加了题序,详细交代了与该词有关的时间、地点、背景、事件,并对一些流行的观点予以更正。词集有注,在宋代还不多见。黄沃对其父遗文只注其词,词也只注本事,按其作用分为四类:

1. 发明词义

黄公度词学苏轼,绝去笔墨畦径直接写意抒情。由于缺乏必要的叙事

---

① 忽到窗前疑是君。琴心三叠:琴曲有大小梅花引。太白诗云:早服还丹无世情,琴心三叠道初成。杜诗云:胡笳在楼上,哀怨不堪听
② 杜诗云:安得健步移远梅,乱插繁花向晴昊。
③ [清]张德瀛撰:《词徵》,卷一,唐圭璋编:《词话丛编》,北京:中华书局1986年版,第4082~4083页。

过程,词的情感比较模糊,也比较难懂。《菩萨蛮》"高楼目断南来翼"是在险恶的政治环境下写的,没有交代前因后果,而且借用男女之情抒写对前辈词人汪藻的思念。其中原委不是外人能体察到的,只有通过注释才能窥见词意。这不是黄公度有意晦涩其词让人读不懂,之所以这样写也是有不得已原因的。黄公度因与赵鼎、汪藻交游而被秦桧忌恨,就把他发配到岭南荒恶之地。黄沃注曰:咏梅二首(《眼儿媚》"一枝雪里冷光浮"、《朝中措》"幽香冷艳缀疏枝")盖以自况也。① 像这类言此意彼、有所寄托的词作,如《青玉案》"邻鸡不管离怀苦"、《好事近》"湖上送残春"等,黄沃在题序中做了详细的注释。

2. 补充材料

通过黄沃补充的材料,使知稼翁每一首寻常词作背后不为人所知的本事展现出来。"和傅参议韵"梅词二首是一组唱和词,傅雱原唱,黄公度奉和,抒发了梅花孤高而不被世人所知的品格。选择这个主题与他们的遭遇有关。黄公度被秦桧投到雾瘴之地,遇到了傅雱。傅雱因招谕孔彦舟失败被羁管岭南。在《眼儿媚》"一枝雪里冷光浮"题序中,黄沃交代了一些与傅雱有关的信息。傅雱是南宋初年比较有影响的人物,高宗建炎元年(1127)五月,他奉命出使金国通问二帝;十一月使还。建炎三年七月,入张浚幕府主管机宜文字。建炎四年三月,权湖北制置使,招谕孔彦舟,并借孔彦舟来镇压钟相叛乱。孔彦舟率部进入湖南后大肆掳掠,公私舟船为之一空。陆游说川陕宣抚使司幕官有傅雱者,辄假彦舟湖北副总管,彦舟因自称官军而杀掠四出。② 绍兴二年(1132)四月,孔彦舟降伪齐。八月己亥,傅雱被停官,羁管英州。直到绍兴九年正月诏许自便。傅雱坐孔彦舟故被流放七年。有关他此后的经历,《建炎以来系年要录》记述如下:

> 绍兴二十六年正月己酉,召左朝散大夫傅雱知韶州;
> 绍兴二十七年五月,左朝请大夫傅雱因悖慢贪黩罢知韶州;
> 绍兴二十八年十月辛卯,左朝散大夫傅雱卒。

在这中间有一段空缺:傅雱在绍兴九年诏许自便后到绍兴二十六年(1156)起知韶州,这十八年他在什么地方、干什么。这在黄公度词及黄沃

---

① [宋]黄公度:《眼儿媚》,《全宋词》,第1720页。
② [宋]陆游:《渭南文集笺校》,卷三二《曾文清公墓志铭》,朱迎平笺校,上海:上海古籍出版社2022年版,第1666页。

注中即有记载。绍兴十九年黄公度为肇庆府通判(高要倅)。这年重九,他还在家乡兴化与知军陆涣等人宴共乐台,九月后携家带口十多人到达广州。在广州结识了傅雱。黄公度称傅雱为"傅参议"。黄沃注称"傅参议雱彦济寓居五羊",①表明傅雱诏许自便后,在广南东路经略安抚司任参议官。"寓居"是寄居他乡。他看到黄公度携老扶幼来到五羊,先是同情黄公度家贫,馈赠冬笋,②然后送梅词二首。他们都喜欢梅花孤独而不求人知的品格。两人再次结缘是在南恩,黄公度到肇庆府断书生冤案,府中慑服。期月,部使者薛弼命他摄守南恩。③ 黄公度摄南恩知州两年,离任后,傅雱继任,时间是绍兴二十一年。④

3. 订正讹误

关于汪藻《点绛唇》,有各种不同的说法,黄昇《花菴词选·唐宋诸贤绝妙词选》卷三把它列在苏过名下,⑤这是作者不同说;吴曾《能改斋漫录》卷十六认为这是汪藻在翰苑之作,⑥王明清认为作于京师,汪藻知徽州时因唱这首词被人告发,这是时间、地点不同说。⑦ 这些还都是宋人的说法,而且出现得比较早,不同的作者、时间、地点对应着不同的本事,对于准确理解这首词造成一定的混乱。我们只想补充说明黄沃注释的优势:

其一,黄沃言明这首词的本事,其中时间、地点、事情的起因、结果一一可查。汪藻从泉南移知宣城,黄公度在泉南签幕,二人是上下级关系,又是师友,公私交谊都不错。汪藻临走时填词一阕,黄公度依韵奉和一首相赠,这是两人的创作互动,其真实性绝非道听途说者所能企及。

其二,关于汪藻得罪之缘由,吴曾、王明清都认为与这首词有关。黄沃也说"汪藻彦章出守泉南,移知宣城,内不自得"。⑧ 内不自得就是自我感觉不好,但因什么事情而感觉不好,他也不清楚。于是就有了词中夜不成寐、酒不解愁的描述,"乱鸦啼后。归思浓如酒"。黄公度也感到汪藻的情绪不

---

① [宋]黄公度:《眼儿媚》,唐圭璋编纂:《全宋词》,王仲闻参订,孔凡礼补辑,北京:中华书局1999年版,第1720页。
② [宋]黄公度撰:《知稼翁集》,卷下《谢傅参议彦济(雱)惠笋用山谷韵》,《宋集珍本丛刊》第44册,第472页。
③ 吴廷燮:《北宋经抚年表 南宋制抚年表》,张忱石点校,北京:中华书局1984年版,第574页。
④ 柯贞金、谭新红:《黄公度行年考》,《云南大学学报(社会科学版)》2014年第4期,第64页。
⑤ [宋]黄昇选编:《花庵词选》,《唐宋诸贤绝妙词选》,卷之三,第58页。
⑥ [宋]吴曾撰:《能改斋漫录》,卷一六,上海:上海古籍出版社1960年版1979年新1版,第481页。
⑦ [宋]王明清撰:《玉照新志》,卷第四,上海师范大学古籍整理研究所编:《全宋笔记:第六编》第2册,郑州:大象出版社2013年版,第193页。
⑧ [宋]黄公度:《点绛唇》,《全宋词》,第1718页。

对,但他认为这是因离别之痛、仕途失意等因素造成的情绪波动,他从两方面为汪藻宽心,一是离别之思,二是祝愿他归去凤池。在《送汪内相移镇宣城》诗中仍是这样的情感,只不过更充实一些,唱和双方并不认为这首词有什么问题。汪藻得罪也不是因为这首词,而是他直觉的"内不自得"。秦桧第二次入相后,铲除异己的步子越来越大。凡他不喜之人,必置之死地而后快。汪藻也是秦桧所忌恨之人。孙觌《宋故显谟阁学士左大中大夫汪公墓志铭》云:"居亡几何,权臣树党,除不附己者。公亦抵罪,斥居永州积十二年,更四赦不得还。"①汪藻得罪的理由很荒唐,右司谏詹大方论汪藻出自蔡京、王黼之门,专立异论,宜贬远方以示惩戒。且不说蔡京、王黼专权是在北宋末期,到南宋高宗绍兴十三年(1143),也就是汪藻作《点绛唇》、从泉州移知宣城时,他们早已化成异类。即使如此,在王黼为相时汪藻投闲凡八年,二十年后却又被王黼所累,岂不怪哉?

　　黄沃注知稼翁词,一般不校正版本文字。他指出吴曾《能改斋漫录》不惟不合事实,而且改窜原作二字,殊乖本义。② 翻检《能改斋漫录》,发现它与黄沃所论的文字差异还较大。末两句,黄公度原文是"晚鸦啼后,归梦浓如酒",而吴曾改为"晓鸦啼后,归梦浓如酒③"。"晚"与"晓"区别很大、感受自然不同。不仅殊乖本义,还增添了一些不可靠的本事,干扰读者的判断。

　　4. 诗词互证

　　黄沃注词,除了用简洁的笔墨交待时间地点、事件的前因后果,还善于引用其父黄公度的诗歌来证明词意。《眼儿媚》"梅词二首,和傅参议韵",说其父黄公度之所以被人陷害,就是因为《过分水岭》:"呜咽泉流万仞峰,断肠从此各西东。谁知不作多时别,依旧相逢沧海中。"有人曲意附会,说他希望不久与赵鼎偕还都中。于是秦桧愈怒,就把他流放到岭南荒恶之地。④ 黄公度与赵鼎、汪藻交游,而这两人是秦桧忌恨的对象,他自知得不到秦桧的青睐,一直小心规避与秦桧的冲突。《青玉案》就表现了这种情感。因为要回避与秦桧的矛盾,他甚至对做官都没兴趣。泉幕任满,他本应回朝任秘书省正字。他觉得这不是秦桧本意,于是一路犹豫、磨磨蹭蹭。终于时间不长被赶出京城,主管台州崇道观。离京之时,他惟恐离去

---

① [宋]孙觌撰:《鸿庆居士集》,卷三四《宋故显谟阁学士左大中大夫汪公墓志铭》,影印《四库全书》本。
② [宋]黄公度:《点绛唇》,《全宋词》,第1718页。
③ [宋]吴曾撰:《能改斋漫录》,卷一六,第481页。
④ [宋]黄公度:《眼儿媚》,《全宋词》,第1720页。

不速。类似这种熬煎的情感,在他的诗句中也多次出现。这是他一贯的思想。黄沃注《青玉案》,引其父黄公度《题分水岭》《题崇安驿》和离临安词《好事近》诗句、词句为证,说明这首词的立意出自素心,去就之情早已确定。①

白居易曾提出"中隐"处世态度,以吏为隐、出工不出力。宋人也讲吏隐,又给它赋予新的内涵。这就是身在官场,心在江湖,使奔竞的心安静下来,认真做好眼前的事情。宋人做任何事情都很用心,做官也一样。黄公度自高要倅权摄南恩郡,他决滞讼、除横敛、兴教育,在一个天荒地老、荒蛮雾瘴之地推行礼乐教化,其难度之大是可以想见的。但黄公度并非一哺三吐、手忙脚乱,而是分清主次、抓住要害,工作安排得井井有序。不仅工作没有耽搁,就连工余消遣也一丝不苟。《满庭芳》是黄公度在公退之余的悠闲生活。郡有西园,一径三分,各建一亭。其间有四时花草、怪石长松,还有清风明月、朝晖烟霞、琴尊左右、宾主风流。只要心静了,即使在发配途中、官府州衙、势利之途也能感觉到天理流行,一切烦心之事都会烟消云散。在《满庭芳》词注中,他引用黄公度两首诗歌表明弦歌之趣。② 用心做事、平和做人,是宋人治心治世的诀窍。

其他如《卜算子》"别士季弟之官",抒写兄弟离别、为宦一方之情。黄沃注交代了黄公度与黄童的关系,他们是亲兄弟也是同年进士。自小朝夕相处,做官后天各一方,而且都不如意。黄公度《卜算子》是原唱,黄童是次韵。这是引词注词。两首词是同样的情感,同样的感人。③《千秋岁》是写地方官员向皇帝报政的词作。④ 报政是例行公事但见诸词作的不多,黄公度很重视报政,他在诗歌、散文、词作中多次谈到报政。《千秋岁》抒写了对莆守汪怀忠政绩的赞颂,以及对他生日的祝贺。黄公度还有一篇散文《送汪守怀忠(待举)序》,⑤两者对照,就能看出汪怀忠的仁心善政。黄公度摄南恩州两年,没有报政机会。写别人的仁心善政,在实际工作中他自己也不缺乏这一点。

冯煦《蒿庵词论》云:"词有本事,待注乃明。"⑥黄沃注其父词就是从本

---

① [宋]黄公度:《青玉案》,《全宋词》,第 1719 页。
② [宋]黄公度:《满庭芳》,《全宋词》,第 1721~1722 页。
③ [宋]黄公度:《菩萨蛮》,《全宋词》,第 1720 页。
④ [宋]黄公度:《千秋岁》,《全宋词》,第 1718 页。
⑤ [宋]黄公度撰:《知稼翁集》,卷下《送汪守怀忠(待举)序》,《宋集珍本丛刊》第 44 册,第 497~498 页。
⑥ [清]冯煦撰:《蒿庵词论》,唐圭璋编:《词话丛编》,北京:中华书局 1999 年版,第 3598 页。

事上用功的,正本清源,消除各种奇闻异见;补充材料,说明问题的要害;折之以理,使人明白词人的本意,反映词人的真实心态。做词人的忠臣,是后人对于注家的最好评价。

第二节　傅注坡词

关于苏轼词研究的材料比较多,这些材料从零散到整合、从一般研究到发明特色,既具有注者的个性特征,又具有宋代文学的普遍特点,它给我们勾勒了一个完整的宋人眼中的苏轼及其词的形象。

一　傅注坡词的基础

有关苏轼及其词研究的材料散见于笔记小说、诗话词话、宋人文集中,包括词作本事、作品考辨、典故注释、作品编年、词意分析、词人综评等。其中还有一些苏轼词集注释残存材料,也具有较高的学术性。在福建兴化军仙游县还出现了一个专门研究苏轼的世家,他们编撰东坡纪年、注释苏轼诗集,为苏词深化研究奠定了基础。下文从散注坡词、残存的坡词注本、傅氏家族三方面,分析"傅注坡词"研究的基础和特色。

1. 坡词散注

宋代是苏轼词研究的滥觞期,最先出现散注坡词。这些材料以亲历、亲见、亲闻和亲证为主;注者根据自己的兴趣、爱好选择研究问题,其中有些还是作者对自己词作所作的序跋及相关的书信。散注坡词材料繁杂,但它特色鲜明,无论是材料的真实性还是可靠性,都是其他时代无法比拟的。

(1) 本事

苏轼在一些书信、序跋中谈到自己词作的本事,如在《与王定国四十一首》(之十二)谈到自己的两首词《千秋岁》和《南乡子》的写作时间和地点。① 其中《千秋岁》作于元丰元年(1078)重九,地点在徐州逍遥堂。当时王巩(定国)来徐州,与苏轼相聚十日。傅藻《东坡纪年录》云:"九月,王巩来,先作《定国将见过》诗。定国十日往返,作诗几百篇。及登松山,答定国《见过》《见寄》《次韵》《同泛舟》《独眠》《留别》等诗。九日,黄楼作诗。又

---

① [宋]苏轼撰:《苏轼文集》,卷五二《与王定国四十一首》(十二),孔凡礼校点,北京:中华书局1986年版,第1520页。

《次韵定国》诗。又作《千秋岁》。"①几年后,苏轼贬谪黄州,重九日与徐君猷登栖霞楼,思念王巩,歌此前所作的《千秋岁》,并新作《南乡子》一首。新作的这首《南乡子》"重九涵辉楼呈徐君猷",词题有误。按照苏轼信中所述的情况,词题应是"重九,登栖霞楼呈徐君猷"。这首词的写作时间是由这封信来判定的,薛瑞生教授认为《与王定国四十一首》(之十二)写于辛酉年,即元丰四年(1081)九月。②苏轼自己所述的内容,比一般辗转传抄、出处不明的词题更准确一些。另外,《傅幹注坡词》卷第一《醉蓬莱》词序也证明苏轼贬谪黄州前三年重九节,都是与知州徐君猷一起度过的,地点都在栖霞楼。③而今年(元丰五年)徐君猷将离开黄州,乞郡湖南,词中有依依不舍之情以及对徐君猷德政的赞美。由此也证明苏轼《醉蓬莱》作于元丰五年(1082)重九日,地点也在黄州栖霞楼。

苏轼在《与朱康叔二十首》(之十三)谈到《哨遍》的创作。乌台诗案以后,苏轼贬谪黄州,檃栝陶渊明《归去来兮辞》,一再强调忠实原作,不表现自己的情感。这就是苏轼从事檃栝的初衷。傅藻《东坡纪年录》定这首词为元丰五年(1082),④薛瑞生教授根据这篇信札和其他资料认为这首词作于元丰四年八九月间。⑤

《书清泉寺词》也是苏轼为自己词所作的跋,专门谈论《浣溪沙》的。苏轼贬谪黄州期间,曾到沙湖相田。路途得疾,找当地医者治疗,于是结识了善医而聋的庞安常。病愈后,他们同游清泉寺。清泉寺位于蕲水郭门外二里许,下临兰溪,溪水西流。我国地势西高东低,形成了江水东流的现象。长此以往,江河东流就像时间一去不返一样成为常识。但在局部地区,偶尔也会有江水西流现象,对此人们觉得新奇。苏轼看到兰溪倒流的奇观,生发了人生倒流的感叹。⑥后世人根据苏轼记自己偶患左手肿痛,庞安常一针而愈的记载,认为这首词作于元丰五年三月。⑦

还有一些本事出自苏轼同时代人,或者门生故旧。他们所谈苏轼词的

---

① [宋]傅藻编:《东坡纪年录》,吴洪泽、尹波主编:《宋人年谱丛刊》,成都:四川大学出版社2003年版,第2835页。
② [宋]苏轼撰:《东坡词编年笺证》,卷二《南乡子》,薛瑞生笺证,西安:三秦出版社1998年版,第290页。
③ [宋]苏轼著,[宋]傅幹注:《东坡词傅幹注校证》,卷第一《醉蓬莱》,刘尚荣校正,上海:上海古籍出版社2016年版,第80页。
④ [宋]傅藻编:《东坡纪年录》,《宋人年谱丛刊》,第2839页。
⑤ [宋]苏轼撰:《东坡词编年笺证》,卷二《稍遍》,第288页。
⑥ [宋]苏轼撰:《苏轼文集》,卷六八《书清泉寺词》,孔凡礼校点,北京:中华书局1986年版,第2164页。
⑦ [宋]苏轼撰:《苏轼文集》,卷七三《单庞二医》,第2340~2341页。

本事都能找到旁证材料,也是比较可信的。孔平仲是苏轼同时代人,与苏门弟子多有交往。《孔氏谈苑》卷二《赵昶婢善吹》谈到赵昶知藤州时以丹砂遗苏轼,苏轼报以蕲笛,并赠《水龙吟》"楚山修竹如云"。① 孔凡礼教授据此把这首词系于元丰三年(1080)十一月,"昶在藤馈丹砂,(苏轼)报以蕲笛。赋《水龙吟》赠昶侍儿"。② 这条材料纪事是可信的。

释惠洪《冷斋夜话》卷一记苏轼贬谪惠州时,侍妾朝云去世。苏轼"又作《梅花》词曰'玉骨那愁瘴雾'者,其寓意为朝云作也"。③ 胡仔《苕溪渔隐丛话》前集卷四十一引用了这个观点。④ 这条记载也是真实可靠的。

也有一些相反的观点出现得也很早,传播这些观点的有苏轼的亲戚、朋友、弟子等比较亲近的人。关于《卜算子》本事有各种说法:关于词作地点,有黄州定慧院和惠州白鹤观两种说法;关于词的主旨,黄庭坚为这首词作跋,认为这是词人自我形象的写照;托名张耒、潘邠老认为是为黄州王氏女而作;临江人王说(梦得)认为是为惠州温都监女而作。孰是孰非,其实是一目了然的。托名张耒,是因为张耒也曾贬谪黄州。他亲临其境、访问遗老,得知苏轼在黄州的一些逸闻趣事。张耒《题东坡卜算子后》诗云:"空江月明鱼龙眠,月中孤鸿影翩翩。有人清吟立江边,葛巾藜杖眼窥天。夜凉月堕幽虫急,鸿影翘沙衣露湿。仙人采诗作步虚,玉皇饮之碧琳腴。"在诗题下有序,云:苏先生谪居黄州,尝作《卜算子》云:"缺月挂疏桐,梦断人初静。谁见幽人独往来?缥缈孤鸿影。 惊起却回头,有恨无人省。拣尽寒枝不肯栖,寂寞沙洲冷。"因题此诗。⑤ 这是为苏轼《卜算子》所作的题跋,诗中景象,与苏轼《卜算子》相同。唯一不同的是后两句"仙人采诗作步虚,玉皇饮之碧琳腴",赞美苏轼这首词像神仙曲,不食人间烟火气,神仙采作步虚曲,玉皇读了如饮醇酎,也符合神宗读苏轼词的感受。就全诗的内容来看,哪有一点王氏女传说?关于王氏女云云是好事者编造的故事。不过,苏轼这首词意趣空灵,需要用故事去填充。没有真的,就来假的,因此衍生一些说法。这未尝不是好事,说明这首词曾经引起广泛的关注,并且读者们会想办法去

---

① [宋]孔平仲撰:《谈苑》,卷二,朱易安、傅璇琮等主编:《全宋笔记:第二编》第5册,郑州:大象出版社2006年版,第312页。

② 孔凡礼撰:《苏轼年谱》,卷一九,北京:中华书局1998年版,第492~493页。

③ [宋]释惠洪撰:《日本五山版冷斋夜话》,卷之一,张伯伟编校:《稀见本宋人诗话四种》,南京:江苏古籍出版社2002年版,第12~13页。

④ [宋]胡仔纂集:《苕溪渔隐丛话》,《前集》卷四一,廖德明校点,北京:人民文学出版社1962年版,第282页。

⑤ [宋]张耒撰:《张耒集》,卷一六《题东坡卜算子后》,李逸安等点校,北京:中华书局1986年版,第268~269页。

理解去读懂它。

《戚氏》是一首檃栝词,李之仪曾为它作跋。有关这首词的本事,如时间、地点、人物、事件的前因后果等因素,在《跋戚氏》中交代得清清楚楚。① 费衮舍弃第一手材料不用,却用道听途说之语加上一些主观感受,有违纪实和考证的常识。二者孰是孰非,应是一目了然的。程敦厚与苏轼没有交游,其人品连秦桧都看不上,②引用他的观点于情于理都说不通。对此,陆游评曰:识真之难如此哉!③ 早期的论词材料也多是可信的,《苕溪渔隐丛话》后集成书于孝宗乾道三年(1167),抄引了一些较早的苏词资料,如胡仔驳杨湜《古今词话》苏轼《西江月》"世事一场大梦"该词作于黄州,词中"中秋谁与共孤光,托盏凄凉北望"为"其怀君之心"。④ 胡仔的证据就是:"《聚兰集》载此词,注曰:'寄子由。'"⑤《傅幹注坡词》该词题为"中秋和子由",从而证实《聚兰集》的记载是可信的。⑥ 既然这首词是写给苏辙的,抒发的就是思亲之情。胡仔因此推出苏轼这首词应作于钱塘,其时苏辙在睢阳为幕客。《聚兰集》还引用《东皋杂录》记述《减字木兰花》,为苏轼从杭州应召回朝,路过京口时所作,是赠润守许遵(仲途)而非寄杭守林子中。⑦《傅幹注坡词》中的《减字木兰花》十六首其二"郑庄好客",词序为"赠润守许仲途,且以'郑容落籍,高莹从良'为句首"。⑧ 证实这个记载也是可信的。

杨湜的《古今词话》记述《贺新郎》"乳燕飞华屋",是为官妓秀兰辩诬而作的。⑨ 胡仔列举三条理由,即用典、状物和词调,证明杨湜的说法是荒诞不经。然这段话有破而无立,这就产生了一个新问题:既然苏轼这首词不是为官妓秀兰而写的,那么它到底写给谁,又写了什么?晁以道认为这首词是写给侍妾榴花的。刘崇德教授认为苏轼身边并无一个叫榴花的侍儿,陪苏轼贬谪南方并死在那里的只有朝云一人。因此断定这首词是写给朝云

---

① [宋]李之仪撰:《姑溪居士文集》,卷三八《跋戚氏》,《宋集珍本丛刊》第 27 册,第 84 页。
② 顾友泽:《程敦厚事迹辩误》,《文学遗产》2010 年第 6 期,第 114 页。
③ [宋]陆游撰:《老学菴笔记》,卷九,李剑雄,刘德权点校,北京:中华书局 1979 年版,第 117 页。
④ [宋]胡仔纂集:《苕溪渔隐丛话》,《后集》卷三九,第 321 页。
⑤ 同上。
⑥ [宋]苏轼著,[宋]傅幹注:《东坡词傅幹注校证》,卷第二《西江月》,刘尚荣校正,上海:上海古籍出版社 2016 年版,第 68 页。
⑦ [宋]胡仔纂集:《苕溪渔隐丛话》,《后集》卷四〇,第 336 页。
⑧ [宋]苏轼著,[宋]傅幹注:《东坡词傅幹注校证》,卷第九,第 317~318 页。
⑨ [宋]胡仔纂集:《苕溪渔隐丛话》,《后集》卷三九,第 327~328 页。

的,时间在绍圣二年(1095)或三年初夏。①

(2)版本

南宋去苏轼未远,苏轼真迹时时还能见到。这些真迹以碑刻、拓片、书帖、信件等形式流传,对于研究苏轼词作、版本校订具有重要价值。

苏轼《醉翁操》并序,是以石刻的形式流传下来的。② 黄庭坚曾得到苏轼《醉翁操》的善本,又从成都通判陈君欣处得到《醉翁操》琴谱,遂促琴弹之,词与声相得。③

胡仔曾在南山石崖见到摩崖石刻的苏轼词《行香子》,词题为"与泗守游南山作"。字画是苏轼所书小字,没题作者姓名。重观年间禁毁苏文,词被镌去。不过,胡仔居住泗州时,曾经打得此碑的拓片,苏轼这首词才得以保存下来。④

何薳《春渚纪闻》卷六记蒋子有家藏苏轼在吴笺上手书的一首词,是苏轼通判杭州时所作。因为没有曲名,他多次询问苏轼门下士、子孙。他们也没见过这首词。《花草粹编》的编选者认为这首词词调为《占春芳》。⑤ 这首词也未被早期各种版本的苏轼词集收录,仅见于《春渚纪闻》。⑥ 吴曾寓目宋代诸公唱和秦观《千秋岁》的亲笔。⑦ 绍圣三年(1096),秦观削秩徙郴州;绍圣四年二月,又移横州编管。道经衡州时,以《千秋岁》呈知州孔平仲(毅甫)。秦观词写贬谪之恨、今昔之感,孔毅甫和词予以宽慰。苏轼在儋耳,从侄孙苏元老处获得秦观、孔平仲唱和词也次韵一首,抒写他虽处天涯海岛,仍以孔子乘桴浮海精神自励。薛瑞生教授把这首词系于元符元年(1098)。⑧ 崇宁三年(1104),黄庭坚贬谪宜州,道经衡州,为此唱和集题跋,并次韵一首,抒发了他对秦观的思念。吴曾所记载的这首词,也不见苏轼词集其他版本收录,因而弥足珍贵。牟巘《跋东坡帖》是为苏轼自书送给同乡王缄的《临江仙》词帖所作的题跋。古今学者都是根据首句"忘却成都

---

① 刘崇德:《苏词编年考》,《河北大学学报(哲学社会科学版)》1984年第3期,第73~74页。
② [清]王文诰撰:《苏文忠公诗编注集成总案》,卷三五,成都:巴蜀书社1985年版,第4~5页。
③ [宋]黄庭坚:《黄庭坚全集》,《别集》卷第一,刘琳、李勇先、王蓉贵校点,北京:中华书局2021年版,第1328页。
④ [宋]胡仔纂集:《苕溪渔隐丛话》,《后集》卷三五,第274页。
⑤ [明]陈耀文编:《花草粹编》,卷之三《占春芳》,龙建国、杨有山点校,保定:河北大学出版社2006年版,第240页。
⑥ [宋]何薳撰:《春渚纪闻》,卷六《书明光词》,张明华点校,北京:中华书局1983年版,第88~89页。
⑦ [宋]吴曾撰:《能改斋漫录》,卷一七,上海:上海古籍出版社1960年版1979年新1版,第487~488页。
⑧ [宋]苏轼撰:《东坡词编年笺证》,卷三《千秋岁》,第670页。

来十载"①来确定这首词写作年代的。牟巘认为十载是苏轼自治平三年（1066）离蜀，到填词的时候整十年。这首词应作于熙宁八年（1075），是苏轼从密州移知徐州时。当时他四十岁，正值壮年，所以字画遒劲。薛瑞生教授认为牟巘少算了两年。苏轼治平三年丁父忧，熙宁元年丧除，十年后填词送乡人王缄回蜀。时间应为熙宁十年。②孔凡礼《苏轼年谱》也把王缄回蜀，赋《临江仙》送之，系于熙宁十年。③

笔记小说、诗话词话还根据苏轼真迹等资料，指出流行版本的异文：

> 洪迈《容斋随笔》卷八：向巨原云："元不伐家有鲁直所书东坡《念奴娇》，与今人歌不同者数处，如'浪淘尽'为'浪声沉'，'周郎赤壁'为'孙吴赤壁'，'乱石穿空'为'崩云'，'惊涛拍岸'为'掠岸'，'多情应笑我早生华发'为'多情应是笑我生华发'，人生'如梦'为'如寄'。"不知此本今何在也？④

> 曾季狸《艇斋诗话》：东坡《大江东去》词，其中云："人道是三国周郎赤壁。"陈无己见之，言不必道"三国"，东坡改云"当日"。今印本两出，不知东坡已改之矣。⑤

> 王楙《野客丛书》卷二十四：淮东将领王智夫言，尝见东坡亲染所制《水调词》，其间谓"羽扇纶巾，谈笑处，樯橹灰飞烟灭"，知后人讹为"强虏"。仆考《周瑜传》，黄盖烧曹公船时，风猛，悉延烧岸上营落，烟焰涨天，知"樯橹"为信然。⑥

> 曾季狸《艇斋诗话》：东坡《贺新郎》，在杭州万顷寺作。寺有榴花树，故词有云石榴。又是日有歌者昼寝，故词中云："渐困倚孤眠清熟。"其真本云"乳燕栖华屋"，今本作"飞"字，非是。⑦

> 赵彦卫《云麓漫钞》卷四：版行东坡长短句，《贺新郎》词云："乳燕

---

① [宋]牟巘撰：《陵阳先生集》，卷一七《跋东坡帖》，四川大学古籍整理研究所编：《宋集珍本丛刊》第87册，北京：线装书局2004年版，第600页。
② [宋]苏轼撰：《东坡词编年笺证》，卷一《临江仙》（送王缄），第195页。
③ 孔凡礼撰：《苏轼年谱》，卷一六，北京：中华书局1998年版，第382页。
④ [宋]洪迈撰：《容斋随笔》，《续笔》卷八《诗词改字》，孔凡礼点校，北京：中华书局2005年版，第320～321页。
⑤ [宋]曾季狸撰：《艇斋诗话》，丁福保辑：《历代诗话续编》，北京：中华书局1983年版，第307页。
⑥ [宋]王楙撰：《野客丛书》，卷二四《东坡水调》，郑明、王义耀校点，上海：上海古籍出版社1991年版，第350～351页。按：苏轼"羽扇纶巾，谈笑处，樯橹灰飞烟灭"，词调为《念奴娇》。王将领把词调误记为《水调歌》了。
⑦ [宋]曾季狸撰：《艇斋诗话》，《历代诗话续编》，第310页。

飞华屋。"尝见其真迹,乃"栖华屋"。《水调歌》词版行者末云:"但愿人长久",真迹云"但得人长久",以此知前辈文章为后人忘改多矣。①

曾季狸《艇斋诗话》:东坡在徐州作长短句云:"半依古柳卖黄瓜。"今印本作"牛衣古柳卖黄瓜",非是。予尝见坡墨迹作"半依",乃知"牛"字误也。②

词作在流传的过程中的,出现同源异文的现象,原因是多方面的。周必大《二老堂诗话》指出苏轼诗词中多次用到"缥眇"二字,因为韵书没有"眇"字,改为"缈"或"渺"。③ 项安世《项氏家说》卷八也认为:歌者唱词多因讳避,辄篡改古词文本。后来者不知其由,因以疵议前作者多矣。如苏词"乱石崩空",因讳"崩"字,改为"穿空"。"照不眠",以"不"为入声,遂改为"无",或"孤",而不知乐府中以入与平为一声也。④ 真迹善本的出现,对于认识词作初期形态,正确理解词人词作具有重要作用。

(3)释义

宋人还把汉儒训诗的方法用来注释苏轼词。首先采用这种方法的是两宋之际的鮦阳居士,黄昇《花庵词选·唐宋诸贤绝妙词选》卷之二《卜算子》题下引用了这段文字:

"缺月",刺明微也。"漏断",暗时也。"幽人",不得志也。"独往来",无助也。"惊鸿",贤人不安也。"回头",爱君不忘也。"无人省",君不察也。"拣尽寒枝不肯栖",不偷安于高位也。"寂寞吴江冷",非所安也。此词与《考槃》诗极相似。⑤

鮦阳居士逐次注释关键词句,并在对这些词句意象的评析中,形成一个个小判断,把这些小判断综合起来,得出一个结论:此词与《考槃》诗极相

---

① [宋]赵彦卫撰:《云麓漫钞》,卷四《水调歌头》,傅根清点校,北京:中华书局1996年版,第57页。
② [宋]曾季貍撰:《艇斋诗话》,《历代诗话续编》,第318页。
③ [宋]周必大撰:《周必大集校证》,卷第一七八《杂著述》一六《二老堂诗话》,王瑞来校证,上海:上海古籍出版社2020年版,第2742页。
④ [宋]项安世撰:《项氏家说》,卷八《因讳改字》,王云五主编:《丛书集成初编》,上海:商务印书馆1935年版,第96页。
⑤ [宋]黄昇选编:《花庵词选》,《唐宋诸贤绝妙词选》,卷二,第47页。

似。按郑玄笺:"《考槃》,刺庄公也。不能继先公之业,使贤者退而穷处。"①铜阳居士认为这首词也是讽刺时政的,但这种举世皆浊我独清,众人皆醉我独醒的耿介不俗之情与苏轼为人处世相差甚远。与此相近的,还有俞文豹《吹剑录》对这首词的阐释。他说:

> 杜工部流离兵革中,更尝患苦,诗益凄怆,《忆舍弟》:"戍鼓断人行,边秋一雁声。楼从今夜白,月是故乡明。"《孤雁》诗:"谁怜一片影,相失万重云。望尽似犹见,哀多如更闻。"其思深,其情苦,读之使人忧思感伤。东坡《卜算子》词亦然。文豹尝妄为之释"缺月挂疏桐",明小不见察也。"漏断人初静",群谤稍息也。"时见幽人独往来",进退无处也。"缥缈孤鸿影",悄然孤立也。"惊起却回头",犹恐谗慝也。"有恨无人省",谁其知我也。"拣尽寒枝不肯栖",不苟依附也。"寂寞沙洲冷",宁甘冷淡也。②

俞文豹注释苏轼《卜算子》,首先把杜诗苏词并列,认为二者有相同之处。杜诗是流落不遇、感时忧世之情;苏词是自甘冷淡、舒卷随时之意。这与黄庭坚跋苏轼《卜算子》观点相同。铜阳居士、俞文豹用同样的方法注释同一首词,结论也大体相近。王之望《跋鲁直书东坡〈卜算子〉词》也认同黄庭坚的观点,他进一步发挥道:苏轼词如《诗经》"国风",黄庭坚跋如汉儒"小序"。③ 用毛诗与小序来比拟苏词黄跋的依存关系。这种方法,还用在注释苏轼其他词作中。项安世《项氏家说》卷八云:

> 苏公"乳燕飞华屋"之词,兴寄最深,有《离骚经》之遗法。盖以兴君臣遇合之难,一篇之中殆不止三致意焉。瑶台之梦,主恩之难常也;幽独之情,臣心之不变也;恐西风之惊绿,忧谗之深也;冀君来而共泣,忠爱之至也。其首尾布置,全类《邶·柏舟》。或者不察其意,多疑末章专赋石榴,似与上章不属,而不知此篇意最融贯也。余又谓"枝上柳绵吹渐少,天涯何处无芳草",此意亦深切。余在会稽,尝作送春诗曰:"堕红一片已堪疑,吹到杨花事可知。借问春归谁与伴,泪痕都付石榴

---

① 十三经注疏整理委员会整理:《十三经注疏·毛诗正义》,卷第三,北京:北京大学出版社1999年版,第220页。
② [宋]俞文豹撰:《吹剑录全编》,张宗祥校订,上海:古典文学出版社1958年版,第32页。
③ [宋]王之望撰:《汉滨集》,卷一五《跋鲁直书东坡〈卜算子〉词》,影印《四库全书》本。

枝。"盖兼用两词之意,书生此念,千载一辙也。①

苏轼《贺新郎》是悼念侍妾朝云的。但宋人填词,多用典故,不重叙事,词的情感比较模糊。苏轼是这种风格的代表,张炎称之为"清空中有意趣"。意趣比较模糊,不确定性较大。苏轼悼念侍妾朝云的词作,也可以理解成词人抒写自己流落海岛、痴心不改的心态。项安世就是这么理解的。他说苏轼"乳燕飞华屋"之词,兴寄最深,有《离骚经》之遗法,并认为这首词有所兴寄,兴君臣遇合之难,一篇之中殆不止三致意焉。其首尾布置,全类《邶·柏舟》。②按《柏舟》是"邶风"首篇。诗小序云:"《柏舟》,言仁而不遇也。卫顷公之时,仁人不遇,小人在侧。"③这首诗写君子因谗言而被疏远,有忧愁而无处诉说。项安世如此理解,也未尝不可,但他又感到了其中的龃龉。苏轼这首词本来不是抒写忧愤的,硬要把一种博大的情怀局限于一点,无论怎么解释都很难妥帖。这给我们提供了一种认识苏词的方法,苏轼词从骨子里是伤感的,只不过在表现方式、抒写意趣上有所区别而已。至于他说的《贺新郎》"乳燕飞华屋"的章法以及它与《蝶恋花》"花褪残红青杏小"词意相同,确实是高明之见。因为这两首词都与惠州与朝云有关,一篇是朝云生前不忍歌唱的,一篇是悼念朝云的,都是伤感悲怨的词作。

上述三例,采用汉儒解经的方法还好理解,下面两例谈论苏词的创作方法也采用这种方法就令人费解了。张侃《拙轩诗话》与张端义《贵耳集》注释《水龙吟》方法大致相同,他们都认为苏轼《水龙吟》咏笛是从八个方面着笔,这就是"八字谥"。④通过对比,在"八字谥"中有三字是相同的(时、人、曲),其他五字是相近的(地—质、材—状、怨—事、声—音、功—事)。句子的划分和注释文字基本相同,表明这两段文字同源,在传抄的过程中有所变化。下文以年代较早的孙觌解说《水龙吟》为例,来分析它的特征:

首先,孙觌解释苏轼《水龙吟》,没有参考词题、词序及其他相关材料,只是按照一个固定模式套用下来的。

---

① [宋]项安世撰:《项氏家说》,卷八《东坡长短句》,王云五主编:《丛书集成初编》,上海:商务印书馆1935年版,第96页。
② 同上。
③ 十三经注疏整理委员会整理:《十三经注疏·毛诗正义》,卷第二,北京:北京大学出版社1999年版,第113页。
④ [宋]张端义撰:《贵耳集》,卷下,李保民校点,上海古籍出版社编:《宋元笔记小说大观》,上海:上海古籍出版社2007年版,第4313页。

其次,主体部分相同,句子划分也相同,都是逐句注释并点明其作用,如"楚山修竹如云,异材秀出千林表",笛之地也。"龙须半剪,凤膺微涨,绿肌匀绕",笛之材也。"木落淮南,雨晴云梦,月明风裹",笛之时也。"自中郎不见,桓伊去后,知孤负、秋多少",笛之怨也。"闻道岭南太守,后堂深、绿珠娇小",笛之人也。"绮窗学弄,梁州初遍,霓裳未老",笛之曲也。"嚼徵含宫,泛商流羽,一声云杪",笛之声也。"为使君洗尽,蛮烟瘴雨,作霜天晓",笛之功也。①"八谥"是词中的结构。它内在的逻辑关系形成于前人的《笛赋》中。宋玉《笛赋》、马融《长笛赋》都是按照"八字谥"来写的,其中宋玉《笛赋》"八字谥"排列次序与苏词相同,马融《长笛赋》中间两谥"声""曲"次序略有不同。张端义《贵耳集》还提出了"五音"说。他说苏轼词中:"五音已用其四,乏一'角'字。'霜天晓',歇后一'角'字。"②这样一篇小词之中包含五音,实乃出奇之笔。

再次,苏轼《水龙吟》与"八字谥"之间的关系是暗用典故。宋人用典,有明用有暗用。明用一般表现为语典、事典,注家都能注释出来;而暗用,注家往往注释不出,只能靠读者去感悟。前人赋笛是按"八字谥"写的,苏轼填词也是如此,这是在创作方法上借用前人的方法、思路。不过,在很短的篇幅里,包括整个"八字谥",再加上"五音",难度之大,令人咋舌。这也正是苏轼笔力过人之处。

这段注释指出了苏轼在创作上暗用前人典故,张侃在评孙觊注《水龙吟》曲尽咏笛之妙,"予恐仲益用苏文忠读《锦瑟》诗,以释《水龙吟》耳"。③不过苏轼解释李商隐《锦瑟》仅限于中间四句,前有铺叙,后有收束,还比较容易接受;而"八字谥"突兀而出,没有前后铺垫,所以不易理解。张端义把这种方法提炼成"八字谥",还提供了其他信息,如词备五音,都体现了苏轼过人的才学和机智。

用汉儒解经的方法注释苏词是否恰当? 一种方法风行千余年,必有可取之处;流行既久之后,也必有可议之处。只要能阐释事理,使人明白就是得当;使人越发糊涂就不得当。上述三例用汉儒注经的方法注苏词,虽然不够完美,但能启发人的思维、拓宽思路,说明这种方法还是可行的。这种古老的方法为什么只出现在注苏词里? 还未见用来注解别的词人词作。这与

---

① [宋]张侃撰:《拙轩词话》,唐圭璋编:《词话丛编》,北京:中华书局1986年版,第195页。
② [宋]张端义撰:《贵耳集》,卷下,李保民校点,上海古籍出版社编:《宋元笔记小说大观》,上海:上海古籍出版社2007年版,第4313页。
③ [宋]张侃撰:《拙轩词话》,《词话丛编》,第195页。

宋人推尊苏词有一定的关系。宋人把苏词看作经典，比作《诗经》《离骚经》和杜诗，才用训经的方式来注苏词。前三例注苏轼词的主旨，后两例注苏轼词的写作方法。侧重点不同但都有新意，体现了宋人心目中的宋词经典意识。甚至连曾丰评苏轼词也采用这种方法："文忠苏公，文章妙天下，长短句特绪余耳，犹有与道德合者。'缺月疏桐'一章，触兴于惊鸿，发乎性情也；收思于冷洲，归乎礼义也。黄太史[相多大]以为非口食烟火人语，余恐不食烟火之人口所出，仅尘外语，于礼义遑计欤？"①由此可见，苏轼对宋人词学观念影响的深远。

宋人散注苏词，具有亲历、亲见、亲闻和亲证的特点，确保材料的真实性。由于他们对苏轼及其词作的尊崇，对苏词有独到的理解，评论往往很高妙，也很真切。但这种评论比较零碎，缺乏整体观念和必要的参照，阐释的随意性和各个因素之间的不平衡比较突出，影响读者对苏词的阅读理解和分析判断。要想让读者更好地接受苏词，还需要专门人士用科学严谨的方法，对苏轼词集做全面系统的注释。

2. 残存的其他词集注释

除散注苏词外，宋（金）人还对苏轼词集做了全面系统的注释。这些注本有些已经散佚了，从残存的条目来看也很精彩。

陈鹄曾寓目顾禧《补注东坡长短句》真迹，并引用其中四条材料，补证苏词的讹误。苏轼《虞美人》四首其一琵琶有"试教弹作辊雷声"，顾禧云："按唐人词，旧本作'试教弹作忽雷声'。"苏轼化用唐人词句，把"忽雷"改为"辊雷"。《乐府杂录》琵琶有大忽雷、小忽雷，而无"辊雷"之名。今本作"辊雷声"，是没有文字记载的。②顾禧还在郑公实处见苏轼亲书《卜算子》断句："'寂寞沙汀冷'，今本作'枫落吴江冷'。词意全不相属也。"③顾禧以所见为据，指出流行本苏轼《卜算子》词句上的讹误。除了文字不同，而且词意上也无联系。造成这个错误的原因，就在于苏轼亲书的"断句"。断句是从整首诗词中摘出一两句而非全篇。书法家题写诗词有写全篇的，也有写断句的，不一定完全按照原作抄录，有时会根据需要有所变通。但此处改变词句，影响到词意的完整，故不得不辨。顾禧还指出苏轼词旧注本的失误，旧注云：《南歌子》是在汴京所作，依据是汴京旧有十三楼。其实，十三

---

① [宋]黄公度撰：《知稼翁集》，卷下，曾丰：《知稼翁词集序》，《宋集珍本丛刊》第44册，第501页。"相多大"，衍文。

② [宋]陈鹄撰：《西塘集耆旧续闻》，卷二《顾景蕃补注东坡长短句》，孔凡礼点校，北京：中华书局2002年版，第302页。

③ 同上。

间楼在钱塘西湖北山。① 傅注本《南歌子》十七首其一钱塘端午有"游人都上十三楼"句,傅注曰:"钱塘西湖上,旧有十三间楼。"傅注与旧注不同,在很多地方还是可信的。由此可见顾禧的说法是有根据的。

陈鹄《西塘集耆旧续闻》卷二还用引陆淞语,认为苏轼《贺新郎》词用榴花事,榴花乃苏轼妾名。他记下此语,但未深思。十年后见到顾禧续注本,因悟东坡词用白团扇、瑶台曲等侍妾典故。② 按照用典同类相比的惯例,他认为这个说法是有道理的。陆淞的观点也非一时感悟,来自晁说之(以道)。③ 至于杨湜《古今词话》所载苏轼《贺新郎》为歌妓秀兰辩诬而作,节节比附,鄙俚妄诞,实不足信也。

补注,也称续注,是在原注的基础上进行补充注释,一是补充材料,二是补正观点。补注实际上也是集注本,不过它突出问题意识。就前面援引四条资料而言指出了前人的讹误,然后补充材料证实自己的观点。根据顾禧《补注东坡长短句》引傅注坡词,说明顾禧确实见过傅注坡词,他的《补注》编纂在傅注坡词之后,完成时间应在绍兴初到淳熙九年前这一段时间。至于是否补注傅注坡词,因原本散佚已不得而知了。应当说他所寓目的《东坡长短句》都在补注之列。

龚明之《中吴纪闻》"顾景繁"条记录了顾禧的生平著述。④ 顾禧,字景繁,居光福山中。景繁虽受世赏,不乐为仕,闭户读书自娱,自号"漫庄",又号"痴绝"。他曾注杜诗、注苏诗,有丰富的注释经验。从仅留下的《补注东坡长短句》的几个片段来看,他谙熟注释的规范,问题意识突出,学术价值明显高于其他注本。

金人孙镇(安常)《注东坡乐府》。元好问谈到了这部注本在搜集词作、辨别真伪方面的一些情况。孙镇以文商(伯起)《小雪堂诗话》为参照,删去阑入苏轼词集的词作五十六首,如《无愁可解》等。还有删削不尽的,如《沁园春》"野店鸡号"。元好问认为此篇"极害义理";还有删削太过的,如《戚氏》"玉龟山",被当作古词删掉了。孙镇辨别真伪的依据是什么?是依据文献记载、较早的词集善本,还是仅凭感觉?此外,还有一些文字上的差错,《南柯子》次韵一组两首,"古岸开青葑"(第二首),以末后二句倒入前篇。

---

① [宋]陈鹄撰:《西塘集耆旧续闻》,卷二《顾景蕃补注东坡长短句》,孔凡礼点校,北京:中华书局2002年版,第302页。
② [宋]陈鹄撰:《西塘集耆旧续闻》,卷二《东坡贺新郎词用榴花事不妄》,第302~303页。
③ 同上书,第299~300页。
④ 龚明之撰:《中吴纪闻》,卷六《顾景繁》,孙菊圆校点,上海:上海古籍出版社1986年版,第132~133页。

孙镇注东坡乐府每遇文字上异同，一切以别本为是，这也是因好奇尚异所致。① 元好问主张中正平和的诗学观，他希望作苏轼忠臣的人不要放纵这种"极害义理"的文字和"好奇尚异"的风气，真实领会苏轼的思想。稍感遗憾的是元好问、孙镇在苏轼词的取去上，没有坚持以文献为主、存疑待考的编选原则，而是以主观好恶决定取去，缺乏科学理性的态度。

3. 傅氏家族

兴化仙游傅氏家族是科举世家，也是苏轼研究世家，其研究以纪年、诗注、词注为主。

傅藻，字荐可，《东坡纪年录》题署"仙溪傅藻"。② 他在自跋中谈到编撰《东坡纪年》的原因。在苏轼文集中诗文编纂次序颠倒，影响读者的阅读和理解。他在时人段仲谋《行纪》、黄德粹《系谱》的基础上遍阅苏轼文集，根据文集标题及文中所题岁月，删繁就简，去掉不实之辞，编成《东坡纪年录》。书成后与同道商榷讨论，并以此考察苏轼仕宦、思想和文学的关系。这部纪年录被收入后人苏轼诗集编年笺注本，如黄善夫刊本《百家注分类东坡先生诗》、王十朋《王状元集百家注分类东坡先生诗》等。苏轼文集损失惨重，乌台诗案，十去七八；③崇观年间，数次禁毁。早期的注释、编年者往往是在各自收藏图书文献的基础上开展这项工作的。由于缺乏交流，对别人的著述知之不多。傅藻则是在前人的基础上踵事增华，那么他在资料搜集、真伪辨析上更为艰辛。傅藻原准备以纪年为基础，分类编纂苏轼诗文。国家图书馆典藏《集注东坡诗前集四卷》（宋刊残本），该书"十注"中即有"傅云"，即引用傅藻的注释。表明傅藻也注过苏轼诗集，其观点被采入集注。也有人认为傅藻只撰写过《东坡纪年录》，并无注文，十注中的"傅云"，似为后人将其余注家的注文抽出若干归入傅藻名下，凑成十家之数。④ 如此看来，傅藻是否完成对苏轼诗文分类注释还是一桩悬案。

傅共，据《仙溪志》卷第四"宋人物"傅权传记载："子共，三荐奏名，文词

---

① ［金］元好问：《元好问文编年校注》，卷四《东坡乐府集选引》，狄宝心校注，北京：中华书局2012年版，第397～398页。
② ［宋］傅藻编：《东坡纪年录》，吴洪泽、尹波主编：《宋人年谱丛刊》，成都：四川大学出版社2003年版，第2823页。
③ ［宋］苏轼撰：《苏轼文集》，卷三八《黄州上文潞公书》，孔凡礼点校，北京：中华书局1986年版，第1379～1380页。
④ 刘尚荣：《宋刻集注本〈东坡前集〉考》，《苏轼著作版本论丛》，成都：巴蜀书社1988年版，第46～47页；何泽棠：《宋刊〈集注东坡先生诗前集〉注家考》，《内江师范学院学报》2010年第3期，第88页。

秀拔,有《东坡和陶诗解》。"①"三荐奏名",即经历三次进士考试,才获得特奏名进士。《仙溪志》卷第二"进士题名",绍兴二年(1132)张九成榜下有:"特奏名:傅共,权子。"②在有关傅共的论文中,往往把《仙溪志》卷第二"令佐题名·知县"中的"傅共"与特奏名"傅共"混为一谈,这是需要辨析的:

首先,知县傅共与号称"仙溪畸人""竹溪散人"的特奏名进士傅共仕宦履历不同。知县傅共的履历是:"傅共,奉直郎、守国子博士、骑都尉、赐绯鱼袋。崇宁三年(1104)。"③这里题署的官职、差遣、勋衔以及服色,并不是他任知县时的官衔,而是他一生中曾任过一些有代表性的官职。奉直郎是文散官官阶,从六品上;守国子博士是差遣,正八品;骑都尉是勋衔,正五品;赐绯鱼袋是服色,五品以上官员服绯衣、佩鱼袋,其他在一定层级上任职十五或二十年以上的官员也可以服绯佩鱼。关键信息是他在徽宗崇宁三年任仙游知县。特奏名"傅共"在绍兴二年(1132)获得"特奏名"进士出身,直到这时他才有资格进入仕途。特奏名是一个特殊群体,多次到礼部考试又被黜落。皇帝怜惜这些人,多次下诏规定礼部考试黜落三次以上或诸科若干次以上,年龄达到四十或五十岁,可给予特奏名进士名分,取得进士出身等。虽然获得了做官的资格,但任职还有一系列限制。特奏名进士分五等:前四等百余人,可以注授很低的官职。被列入第五等的大多数,有三四百人是不能入仕的。不过,任何事情都有例外。南宋初期政权初建,需要大量的基层官员。高宗建炎二年(1128)特别规定"特奏名进士皆许调官",④具体做法是:"特奏名第一人附第二甲,赐进士及第,第二、第三人赐同进士出身,余赐同学究出身,[授]登仕郎、京府助教、上下州文学、诸州助教。入五等者,亦与调官。"⑤待遇比往年提高了不少,特别是入五等者亦与调官,但官品依然低微。这对那些日暮途穷、年龄偏大的特奏名进士来说是没有希望的。傅共没有出仕,他自称"竹溪散人",别人称他"仙溪畸人"。畸人、散人就是江湖隐士。

其次,知县傅共是崇宁三年(1104)到任的。特奏名进士傅共并没有出仕。如果他出仕,也应从绍兴二年(1132)开始;以他的资历是不能出任知县之类的亲民官的,即使破格出任知县,也不可能在仙游。宋代官员任职回避制度是很

---

① [宋]赵与泌修,黄岩孙纂:《仙溪志》,卷第四,中华书局编辑部:《宋元方志丛刊》第8册,北京:中华书局1990年版,第8322页。
② [宋]赵与泌修,黄岩孙纂:《仙溪志》,卷第二,《宋元方志丛刊》第8册,第8293页。
③ 同上书,第8284页。
④ [元]脱脱等撰:《宋史》,卷二五《高宗》二,聂崇歧点校,北京:中华书局1985年版,第457页。
⑤ [元]脱脱等撰:《宋史》,卷一五六《选举》三,第3626页。原文标点不通,引用时做了改正。

严格的,①不能在本土任职。这也反证"知县傅共"不是仙游本地人;如果是仙游人,出任本地知县,那么《仙溪志》必须对此作出合理的解释。《仙溪志》没作任何解释,说明他符合任职条件。从仕履上可以看出,知县傅共与特奏名傅共是两个人,除了姓名,没有其他相同之处。

另外,还有一位"虞部员外郎"傅共。苏颂在宋神宗熙宁元年(1068)知制诰,其"外制"中有《职方员外郎夏旻可屯田郎中,驾部员外郎俞康直可虞部郎中,散官如故;虞部员外郎郑谔可职方员外郎,散官如故;虞部员外郎姜正颜可比部员外郎,国子博士傅共可虞部员外郎》,②该傅共在熙宁元年即由"国子博士"升为"虞部员外郎",又岂能在徽宗崇宁三年(1104)来知仙游县?仅以他升任"虞部员外郎"的时间来推算,该傅共与"仙游知县"傅共到任时间相差三十七年,与"仙溪畸人"傅共的获取进士出身之年相差六十五年。这是三位同姓同名的历史人物。本书所谈的是特奏名进士、仙溪畸人傅共。

傅共的文学活动主要有:一是注《东坡和陶诗解》;二是为《傅幹注坡词》作序。在序言中他谈到了一些重要信息:苏轼词影响大、数量多又难懂,所以傅幹决定注坡词。他用旧闻轶事与前贤用事彰显坡词的旨意,搜集东坡词作品,辨析真伪,全集共分为十二卷。分析词意、指摘源流、彰显特点,达到扩大传播、形成风气的目的,③可谓要言不烦、句句到位。这是研究《傅幹注坡词》所要遵循的基本思路。

傅氏家族的苏轼研究具有以往个人研究所没有的优势,体现在资料共享和思想观念的交流上。傅氏家族的苏轼研究各有特点:傅藻编撰《东坡纪年录》是基础研究,傅共《东坡和陶诗解》是特色研究,傅幹注坡词是综合研究。傅共是傅幹的族叔,他为《傅幹注坡词》作序,把自己的注释理念传授给了傅幹。在时代氛围和家族研究的基础上,傅幹再进一步使他的《傅幹注坡词》成为一个很有特色、很显功力的宋人宋词注本。

二 傅幹注坡词

《傅幹注坡词》主要是搜集词作、辨别真伪和阐释词旨、注释词意。由于缺乏相关的版本对照和比较详实的文字记载,搜集词作和辨别真伪均不易说清。傅共序说傅幹对搜集到的苏轼词做过一定的删削和增补。删削的

---

① 苗书梅:《宋代官员选人和管理制度》,第三章,开封:河南大学出版社1996年版,第304~333页。
② [宋]苏颂:《苏魏公文集(附魏公谭训)》,卷三四,王同策、管学成等点校,北京:中华书局1988年版,第498页。
③ [宋]苏轼著,[宋]傅幹注:《东坡词傅幹注校正》,傅共《注坡词序》,刘尚荣校正,上海:上海古籍出版社2016年版,第1~2页。

理由是这些作品既见于苏轼,又见于他人词集,对于"附会者"一删了之;增补的理由傅共没有讲。他说傅幹"敷陈演析,指摘源流",即是说每一篇作品都是有出处的。唐宋词互见现象比较普遍,因为抄录名家词作,以备酒宴歌唱是宋词传播方式之一。后人据此钞本整理词集,加上书商牟利、疏于校订,词作互见远比其他文体突出。苏轼是书法名家、词坛典范,其词旋写旋散,在苏轼生前他的文集被禁,作品散佚很多。其词以抄本形式流传。词作搜集辨正,远比他人艰难。增加作品,一定要有文献依据,源流清晰,出处明白。这里还有大量的、繁琐的作品搜集辨析工作要做。限于资料,这里存而不论。依据傅注坡词来讨论他在阐释词旨、注释词意方面的特点,还是切实可行的。阐释词旨是通过对词题的解释来确定该词的写作主旨。词旨包括作者自题的词题、注释、序跋以及当时人对苏轼词作本事的记载材料。阐释词意是通过解释词中名词、典故及其他的相关问题,深入理解苏轼词的意趣。苏轼词如行云流水,"然其寄意幽眇,指事深远,片词只字,皆有根柢",①苏轼词易读而难懂,注释典故是理解苏轼词意的重点和难点。苏词用典数量繁夥、品类繁杂,包括历史地理、风俗民情、佛道教义以及化用前人诗词的语典、改用前人轶文趣事的事典等,很多意趣是可以感受但很难说清的。傅幹博览强记,对儒佛道均有涉猎,对音乐也有深刻的领会,具备了做苏词忠臣的实力和条件。

1. 词题

《东坡词傅幹注》十二卷,共收词六十七调、二百七十二首,②减去散佚词题的二十七首,③以及不属于苏轼词的三首,下面,对傅注坡词二百四十二首的词旨进行分析。

傅注坡词的词旨包括词题、题序和题注三类:

词题:傅注坡词有词题的八十六首。词题短小精悍、比较切题,它是作者亲自拟定的,如卷一《水调歌头》五首其一"快哉亭作"、卷二《念奴娇》"赤壁怀古"、卷六《江神子》九首其四"密州出猎"等,在傅注坡词的排版上,词题接在词调或者同一词调编号的后面,占半行,比较醒目。词题的可信度较高,但有些词题并不符合词作的实际,如卷一《水龙吟》四首其二词题为"咏笛材",就其词作内容来看远不是"笛材"一项所能概括的。宋人称该词结构为"八字谜",包括了八个方面,"笛材"仅是其中的八分之一。

---

① [宋]苏轼著,[宋]傅幹注:《东坡词傅幹注校正》,傅共《注坡词序》,第1页。
② [宋]苏轼著,[宋]傅幹注:《东坡词傅幹注校正》,《注坡词考辨(代前言)》,第9页。
③ 同上书,第6页。

题序:包括"公旧序"和"公自序",二者都是苏轼为自己词所作的题序,虽不及题目简练,但包含的信息量会更大一些。题序一般出现在词调或者同一词调序号后,另起一行,降三格双行书写。傅注坡词有"公旧序"九篇,如卷一《水龙吟》四首其二,词题是"咏笛材";另起一行、降三格是"公旧序"。"公旧序"云:"时太守闾丘公显已致仕,居姑苏,后房懿卿者,甚有才色,因赋此词。""一云:赠赵晦之。"①这首词词题、题序双全,既有词题"咏笛材",又有题序,说明这首词因什么原因赠与什么人的。"公旧序"是苏轼所作的题序,称旧序是因为它曾出现在旧注本上而特加的标注。这是傅幹从旧注继承过来的。"公旧序"后面还有"一云:赠赵晦之",这不是"公旧序"的内容,而是傅幹加的校语。是在"公旧序"之外的有关此词的另一种说法。在傅幹时期,有关这首词主旨已有多种说法。傅幹经过选择,把有可能成立的观点都保存下来。

《满庭芳》五首其一"公旧序"云:"元丰七年四月一日,余将自黄移汝,留别雪堂邻曲二三君子。会李仲览自江东来别,遂书以遗之。"②这首词的"公旧序"包括时间、地点、人物、事件及其前因后果,是一则比较典型的记叙短文。《南乡子》十四首其九"公旧序"云:"沈强辅雯上出文犀丽玉作。胡琴送元素还朝。同子野各赋一首。"③这则旧序说得比较清楚,但今人没有把题序、词作做对照,于是出现了各种歧义。孔凡礼《苏轼年谱》卷十三云:"《全宋词》第二九一页苏轼《南乡子》:'公旧序云:沈强辅雯上出文犀丽玉作胡琴,送元素还朝,同子野各赋一首。''雯'当为'雱'之误。"④更改标点使词意与词序相通,校正文字使地点更为清晰。然后再回头看苏轼词,上阕写"文犀",下阕写"丽玉",用"文犀""丽玉"装饰的琵琶(胡琴)美不胜收,抱在杨妃胸前再恰当不过。诚如傅幹所注的:"凡作乐,若琴瑟类,皆置而抚弦,惟琵琶则抱以按曲,故云:'长在环儿白雪胸。'"⑤其他六条"公旧序"也很精彩,可信度比较高。

在傅注词题中,还有五则"公自序"。"公自序"是苏轼为自己词所作的题序,是苏轼词自带的,或者经傅幹搜集整理的。《西江月》十三首其十一"公自序"云:"春夜行蕲水山中,过酒家,饮酒,醉。乘月至一溪桥上,解鞍,

---

① [宋]苏轼著,[宋]傅幹注:《东坡词傅幹注校正》,《注坡词》,卷第一,第5页。
② 同上书,第13页。
③ 同上书,第143页。
④ 孔凡礼撰:《苏轼年谱》,卷一三,北京:中华书局1998年版,第295页。
⑤ [宋]苏轼著,[宋]傅幹注:《东坡词傅幹注校正》,《注坡词》,卷第四,第145页。

曲肱少休。及觉,已晓。乱山葱茏,不谓人世也。书此词桥柱上。"①这首题序记事简洁、饶有趣味,它把春夜骑马行经山中、路过酒家、饮酒而醉,乘月来到桥上,曲肱而眠,等到醒时已是乱山葱茏,杜鹃啼春这类现实中的趣事,写得极具诗情画意。但词中却不是这样写的,它突出了醉后的那种脆弱而敏感的感觉:夕阳映照溶溶的溪水,天空挂着隐约的彩虹。春日雨后的夜晚,踏着一溪明月回家。就像骏马珍惜连乾障泥一样,我也珍惜这个寂静的春夜,不忍踏碎一溪明月,于是解鞍欹枕、小憩绿杨桥头。春夜不眠、醉宿桥头,对同样一件事换一种抒写方式,所体现的心态就不同。散文客观真实,词绰约多姿,二者虚实相映、珠联璧合,把苏轼达观豪放、自由洒脱的个性和词人细微敏感、善良天真的本性表现得恰到好处。其他各首"公自序",或写今昔之感,或写时光流逝、或写离别之思、或写歌舞美人,题序与词作相互参照,突出了词中的情感。这些"公自序"已经成为词作的一部分,如果缺少它们整首词就失去了焦点。

　　题注:在题注中还有三则"公旧注"。"公旧注"是傅幹从旧注本继承过来的,苏轼为自己词所作的题注。《水龙吟》四首其四"公旧注"云:"闾丘大夫孝直公显尝守黄州,作栖霞楼,为野中胜绝。元丰五年,予谪居黄,正月十七日梦扁舟渡江,中流回望,楼中歌乐杂作。舟中人言:'公显方会客也。'觉而异之,乃作此词。公显时已致仕,在苏州。"②这首词写了一场春梦。苏轼贬谪黄州期间多次在栖霞楼聚会,元丰五年正月十七梦见前知州闾丘公显在栖霞宴客。苏轼自称"故人",因为他在任杭州通判时与闾丘公显就有交往。因此他梦见老友,并设想老友致仕后像范蠡携西子、在人间天堂过着神仙般的日子。他又设想也许故人思念故地、思念故友,于是就托梦来见我。词注用散文的笔法,长于叙事,简单几句话就把事情的前因后果叙述得很清楚;词长于写情,把那种隐约难言、不可捉摸的情感也写得面面俱到。这两种文体的契合,使文意与词情相得而益彰。其他两则"公旧注"也各有特色。《江神子》九首其一"公旧注"云:"陶渊明以正月五日游斜川,临流班坐,顾瞻南阜,爱曾城之独秀,乃作《斜川诗》,至今使人想见其处。元丰壬戌(1082)之春,余躬耕于东坡,筑雪堂居之。南挹四望亭之后丘,西控北山之微泉,慨然而叹:'此亦斜川之游也。'乃作长短句,以《江神子》歌之。"③

---

① [宋]苏轼著,[宋]傅幹注:《东坡词傅幹注校正》,《注坡词》,卷第二,第73页。
② [宋]苏轼著,[宋]傅幹注:《东坡词傅幹注校正》,《注坡词》,卷第一,第11页。"孝直"应为"孝终"。
③ [宋]苏轼著,[宋]傅幹注:《东坡词傅幹注校正》,《注坡词》,卷第六,第200页。

词中所写景象：上阕是渊明与"我"相似之处，梦中了了、醉中清醒、躬耕乐道、不随波逐流；下阕是"我"与渊明相似，雪堂附近有山有水，与当日斜川的境界相同。① 所不同的是渊明生逢乱世，"且极今朝乐，明日非所求"。②苏轼生逢太平之世，比渊明心态平和且有长远的打算，他把贬谪黄州作为人生的最后阶段，打算在躬耕畎亩中度过一生。《永遇乐》二首其二"公旧注"云："夜宿燕子楼，梦盼盼，因作此词。"一云："徐州夜梦觉，登燕子楼作。"③也是两注并存，相同之处都是晚上做了一个梦，梦见徐州历史上的名人关盼盼。所不同的是"公旧注"夜宿燕子楼，因此梦见盼盼而作此词。"一云"则是在徐州做了个有关盼盼的梦，醒后登燕子楼作此词。这条"公旧注"是对写作缘起的说明。

在傅注坡词中有"公旧序""公自序"，与此相应的也有"公旧注"，但没有"公自注"。其实"公自注"也是存在的。在傅注坡词的五十二首题注中，有两首题注是以苏轼口吻叙述的，如《满庭芳》五首其五："余年十七，始与刘仲达往来于眉山。今年四十九，相逢于泗上。洛水浅冻，久留郡中，晦日同游南山，话旧感叹，因作此词。"④《醉蓬莱》："余谪居黄，三见重九，每岁与太守徐君猷会于栖霞。今年公将去，乞郡湖南。念此悯然，故作此词。"⑤还有两首是以第三者口吻作的题注，《浣溪沙》二十七首其十三："公守湖，辛未(1091)上元日，作会于伽蓝中。时长老法惠在坐。人有献翦彩花者，甚奇，谓有初春之兴。作《浣溪沙》二首，因寄袁公济。"⑥只看"公守湖"，就知道该题注不是苏轼亲写的。他不会自称为"公"的。这个题注还有明显的错误，该词作于"辛未"年上元日，即元祐六年(1091)上元日，其时苏轼守杭而非守湖。如果苏轼自题题注，他岂能把自己的仕履记错？《浣溪沙》二十七首其十四有的版本作"前韵"或"和前韵"，⑦与上首词是同时所作。《雨中花》："公初至密州，以累岁旱蝗，斋素累月。方春，牡丹盛开，遂不获一赏。至九月，忽开千叶一朵。雨中特为置酒，遂作此词。"⑧这些词题注应该是注者傅幹加的。

---

① ［宋］苏轼著，［宋］傅幹注：《东坡词傅幹注校正》，《注坡词》，卷第六，第200页。
② ［东晋］陶渊明：《陶渊明集笺注》，卷第二，袁行霈笺注，北京：中华书局2003年版，第91页。
③ ［宋］苏轼著，［宋］傅幹注：《东坡词傅幹注校正》，《注坡词》，卷第七，第223页。
④ ［宋］苏轼著，［宋］傅幹注：《东坡词傅幹注校正》，《注坡词》，卷第一，第21页。
⑤ ［宋］苏轼著，［宋］傅幹注：《东坡词傅幹注校正》，《注坡词》，卷第三，第80页。
⑥ ［宋］苏轼著，［宋］傅幹注：《东坡词傅幹注校正》，《注坡词》，卷第一〇，第359页。
⑦ 同上书，卷第一〇，第362页。
⑧ ［宋］苏轼著，［宋］傅幹注：《东坡词傅幹注校正》，《注坡词》，卷第一一，第395页。

其他四十八首词注均未注明注者信息，是苏轼词自带的题注，如《水调歌头》五首其三："丙辰中秋，欢饮达旦，大醉。作此篇兼怀子由。"①这些题注比较准确，它包括词作的时间、地点、创作原因和酬赠对象等信息，作用与词题相同。

傅幹还引用了一些当时人所记述比较可靠的材料，作为苏轼词的题注，如杨绘《本事曲集》。《满江红》五首其一题序：杨元素《本事曲集》："董毅夫名钺，自梓漕得罪，归鄱阳，遇东坡于齐安。怪其丰暇自得，曰：'吾再娶柳氏，三日而去官，吾固不戚戚，而忧柳氏不能忘怀于进退也。已而欣然，同忧患，如处富贵，吾是以益安焉。'乃令家童歌其所作《满江红》。东坡嗟叹之不足，乃次其韵。"②《满庭芳》五首其五，词序为："余年十七……"③该序与杨绘《本事曲集》相近。《本事曲集》云："子瞻始与刘仲达往来于眉山，后相逢于泗上，久留郡中，游南山话旧而作。"④杨绘此条出于苏轼词自序，在选录时改用第三人称。苏轼自序比较长，包含信息量大。二者比较，还是苏轼自序更好。这则自序出现在杨绘的《本事曲集》中，证明它是可信的。

杨绘《时贤本事曲子集》记述词作本事，比较适合做题注，有些条目并不出现在题序、题注的位置上，就其内容来看仍是整首词的写作缘起。笔者仍把它们看做题注，《木兰花令》三首其一的第三条注，是注释"与予同是识翁人，惟有西湖波底月"的。《时贤本事曲子集》云："汝阴西湖胜绝名天下，盖自欧阳永叔始。往岁子瞻自禁林出守，赏咏尤多。而去欧阳公时已久，故其继和《木兰花》，有'四十三年如电抹'之句。二词俱奇峭雅丽，如出一人。此所以中间歌咏寂寥无闻也。文忠公自号醉翁。"⑤但从杨绘注释的本意来看，它以叙说欧阳修苏轼与颍州西湖渊源为主，并且指出两首词奇峭雅丽，如出一人。《减字木兰花》十六首其十无词题、题序、题注，该词只设一注，注释尾句"时下凌霄百尺英"。《时贤本事曲子集》云："钱塘西湖有诗僧清顺居其上，自名藏春坞。门前有二古松，各有凌霄花络其上，顺常昼卧其下。子瞻为郡，一日屏骑从过之，松风骚然。顺指落花觅句，子瞻为赋此。"⑥词注与词意基本一致，只是在表现方式上由于文体不同而有所差异。傅注称

---

① [宋]苏轼著，[宋]傅幹注：《东坡词傅幹注校正》，《注坡词》，卷第一，第29页。
② [宋]苏轼著，[宋]傅幹注：《东坡词傅幹注校正》，《注坡词》，卷第二，第38页。
③ [宋]苏轼著，[宋]傅幹注：《东坡词傅幹注校正》，《注坡词》，卷第一，第21页。
④ [宋]杨绘撰：《时贤本事曲子集》，唐圭璋编：《词话丛编》，北京：中华书局1986年版，第8页。
⑤ [宋]苏轼著，[宋]傅幹注：《东坡词傅幹注校正》，《注坡词》，卷第一一，第401~402页。
⑥ [宋]苏轼著，[宋]傅幹注：《东坡词傅幹注校正》，《注坡词》，卷第九，第330页。

此条出自《本事集》。《本事集》即杨绘的《时贤本事曲子集》。① 在今存的杨绘《时贤本事曲子集》中还有这一条。② 出自《时贤本事曲子集》的词注还有《虞美人》其三,词题是"为杭守陈述古作",在这首词的第四条注,注尾句"惟有一江明月、碧琉璃"。该注分两部分,第一部分是"杜子美:波涛万顷堆琉璃"。第二部分才是《时贤本事曲子集》云:"陈述古守杭,已及瓜代,未交前数日,宴寮佐于有美堂。侵夜,月色如练,前望浙江,后顾西湖,沙河塘正出其下。陈公慨然,请贰车苏子瞻赋之,即席而就。"③该注是注尾句的,但内容是这首词的写作缘起。《采桑子》"润州多景楼与孙巨源相遇",也有词题,引用《时贤本事曲子集》的只是词中第三条注,即尾句注。《时贤本事曲子集》云:"润州甘露寺多景楼,天下之殊景。甲寅(1074)仲冬,苏子瞻、孙巨源、王正仲参会于此。有胡琴者,姿色尤好。三公皆一时英秀,景之秀,妓之妙,真为希遇。饮阑,巨源请于子瞻曰:'残霞晚照,非奇才不尽。'子瞻作此词。"④这条注,显然也是这首词的写作缘起。

傅幹还引用了惠洪《冷斋夜话》,作为苏词题注。《虞美人》四首其四:《冷斋夜话》云:"东坡与秦少游维扬饮别,作此词。世传以为贺方回所作,非也。山谷亦云。大观中于金陵见其亲笔,醉墨超逸,诗压王子敬,盖实东坡也。"⑤这则题注内容比较复杂:先是该词的写作缘起,苏轼与秦观在扬州饮别,作此词,后人却传为贺铸所作。黄庭坚与苏轼、秦观交往密切,就连他也认为这首词为贺铸所作。惠洪以自己大观年间在金陵所见苏轼亲笔,证明这首词实为苏轼所作。《南歌子》十七首其九题注:"东坡镇钱塘,无日不在西湖。尝携妓谒大通禅师,大通愠形于色。东坡作长短句,令妓歌之。"⑥也是引《冷斋夜话》相关记述为题注的。

---

① [宋]苏轼著,[宋]傅幹注:《东坡词傅幹注校正》,《注坡词》,卷第八,第265~266页。
② [宋]杨绘撰:《时贤本事曲子集》,《词话丛编》,第10页。
③ [宋]苏轼著,[宋]傅幹注:《东坡词傅幹注校正》,《注坡词》,卷第八,第265页。
④ [宋]苏轼著,[宋]傅幹注:《东坡词傅幹注校正》,《注坡词》,卷第一二,第427页。
⑤ 傅幹摘引《冷斋夜话》这段话,取掉了"世传此词,是贺方回所作,虽山谷亦云"的"虽"字,导致该句语意含糊,表述不清,已看不出大观中在金陵见苏轼亲笔的究竟是黄庭坚还是惠洪。今本《冷斋夜话》又无此条。胡仔《苕溪渔隐丛话前集》卷五十秦少游部分收录了此条,廖德明校点有误,把惠洪讹为黄庭坚。黄庭坚崇宁四年(1105)九月病逝于宜州,他没有活到大观年间(1107~1110),不可能在那时出现,并在金陵观赏苏轼亲笔。细品文献,发现宋人胡仔、傅幹理解正确,没有错误;今人先入为主,误读文献。所幸这个错误,没有影响结论的正确。傅幹摘引《冷斋夜话》,见[宋]苏轼著,[宋]傅幹注:《东坡词傅幹注校正》,《注坡词》,卷第八,第267页。胡仔抄录《冷斋夜话》该条原文,见[宋]胡仔纂集:《苕溪渔隐丛话》,《前集》卷五〇,廖德明校点,北京:人民文学出版社1962年版,第340页。
⑥ [宋]苏轼著,[宋]傅幹注:《东坡词傅幹注校正》,《注坡词》,卷第五,第177页。

《减字木兰花》十六首其十五,引赵德麟《侯鲭录》为词注:"元祐七年(1092)正月,东坡在汝阴州。堂前梅花大开,月色鲜霁。王夫人曰:'春月色胜如秋月色。秋月令人凄惨,春月令人和悦。何如召赵德麟辈来,饮此花下?'先生大喜曰:'吾不知子亦能诗耶,此真诗家语耳。'遂召德麟饮,因作此词。"①赵令畤以自己的亲身经历,记录这首词的本事。这些苏轼门人弟子亲历亲闻、亲身见证的材料,是真实可信的。

对于这些词题、词注、词序,傅幹采取审慎的态度。《水龙吟》四首其二,既有词题"咏笛材",又有题序"公旧序"、题注"赠赵晦之",②三者俱全,这在整本傅注坡词中也不多见。这三个因素都有出处且都有问题,在无法确定哪一个成立的情况下,全部保留才是妥当的。《永遇乐》二首其二也是两种词注并存的。这首词到底作于什么地方,是燕子楼,还是黄楼?③ 在无法判断具体地点时,二注并存、留待后人考证。另外,如《水龙吟》四首其一"古来云海茫茫"、《临江仙》十二首其七"九十日春都过了"、《虞美人》四首其三"湖山信是东南美"、《木兰花令》三首其一"霜余已失长淮阔"等词本身是有词题、词序的,也引杨绘《本事曲集》作为句中注、尾注,可以与词题、词序等相互参照,既保存了材料,又证实了词题、词序的可信,两全其美。

苏词题注中的"公旧序""公旧注",是从旧注本继承过来的。"公自序"是苏轼自题的题序,大部分未作说明的题序、题注,都是傅幹发现并补充的。这些都是很珍贵的词学文献,但也不乏可疑之处。《鹧鸪天》三首其三有"公自序",但词却是黄庭坚的。④《无愁可解》作者是陈慥,题序却是苏轼写的。⑤ 反思致误的原因,有些出自摘录词序错误、有些出自误读词序,稍有不慎就可能出错。

傅注坡词的词题有四种情况:一是词题,二是题注,三是题序,四是无题无序。有词题的八十六首,约占傅注坡词有效篇目二百四十二首的三分之一稍强;无题无序的七十一首,约占三分之一稍弱。这些无词题、无题注、无题序的作品集中在集句、回文等游戏词上。这些词以较试才学为目的,很难抒写深刻的思想情感。存而不论也是一种态度。在五十二首有题注、题序的作品中,大部分是比较可靠的,但也难免有误。对傅注坡词的词题、题序、题注,要采用分析判断的态度,保持必要的存疑,不可盲信盲从。

---

① [宋]苏轼著,[宋]傅幹注:《东坡词傅幹注校正》,《注坡词》,卷第九,第336~337页。
② [宋]苏轼著,[宋]傅幹注:《东坡词傅幹注校正》,《注坡词》,卷第一,第5页。
③ [宋]苏轼著,[宋]傅幹注:《东坡词傅幹注校正》,《注坡词》,卷第七,第223页。
④ [宋]苏轼著,[宋]傅幹注:《东坡词傅幹注校正》,《注坡词》,卷第一一,第408页。
⑤ [宋]苏轼著,[宋]傅幹注:《东坡词傅幹注校正》,《注坡词》,卷第六,第211~212页。

2. 词意

苏轼学问渊博又以才学为词,其词呈现出一种特殊的风格——好读而又难懂。好读是指苏轼词如行云流水,朗朗上口;难懂是苏词文字似浅实深,意趣似明实晦,尤其是化用大量的典故,从经史子集到民俗俚语,无论是典雅还是通俗的词都不好懂。苏轼出入于儒佛道三教,形成一家之学,苏词中一个简单的典故,一句寻常的词语,都包含着许多人情世故,也不是一般读者所能明了的。傅幹在注释苏轼典故上特别着力,对于其中的名词术语、历史地理、风俗民情、典故出处、音乐歌舞等做了细致的研究和深入浅出的表述,也使我们对苏词的博大精深和傅幹的博览强记有了真切的感受。下面,分析傅注坡词词意的基本特色,以期对傅注坡词有一个深入的了解。

第一,运用第一手资料。注释学是一项集思广益的学问,在广泛吸收前人研究成果的基础上,把现有的研究向前推进一步。

傅注坡词运用杨绘《时贤本事曲子集》十条材料,有些是题注,有些是词注。也就是对词中某句话、某个典故的注释。《水龙吟》四首其一引杨绘《时贤本事曲子集》注释司马承祯的驾云御风术、①注释《临江仙》十二首其七"三分春色一分愁",②引《时贤本事曲子集》南唐中主李璟与其臣子论词典故,注释《哨遍》二首其二的"荣光浮动,卷皱银塘水",③傅注与《时贤本事曲子集》字句略有不同。

傅注坡词中的"公旧注""旧注"广泛汲取前人的研究成果,使傅注坡词具有集注的性质。《水龙吟》四首其三"次韵章质夫杨花词"注释"晓来雨过,遗踪何在?一池萍碎"句,引用"公旧注"云:"杨花落水为浮萍,验之信然。"④《西江月》十三首其三"真觉府瑞香一本,曹子方不知,以为紫丁香,戏用前韵"。这是元祐六年(1091)二月二十八日,苏轼以翰林学士承旨召还,罢杭州任。三月和曹辅龙山真觉院瑞香花诗,作《西江月》"真觉赏瑞香三首",其中第三首曹辅不识瑞香,把它当做紫丁香,苏轼与曹辅(子方)开个玩笑。好花需要诗人品题,瑞香也是如此。结果诗人品题一首却把花名写错了,就像当年司马相如《上林赋》,把江南卢橘写入长安一样。曹辅因谤花而面红,只有我知道诗人之所以如此,是因为心中多情,怕瑞香撩动他

---

① [宋]苏轼著,[宋]傅幹注:《东坡词傅幹注校正》,《注坡词》,卷第一,第2页。
② [宋]苏轼著,[宋]傅幹注:《东坡词傅幹注校正》,《注坡词》,卷第三,第99页。
③ [宋]苏轼著,[宋]傅幹注:《东坡词傅幹注校正》,《注坡词》,卷第八,第274页。
④ [宋]苏轼著,[宋]傅幹注:《东坡词傅幹注校正》,《注坡词》,卷第一,第9页。

的情愫。词人用此为曹辅辩解,与傅幹引公旧注云"坐客云:'瑞香为紫丁香。'遂以此曲辨证之",①二者意思相同。只不过旧注简洁明快,词也绰约多姿,更契合苏轼的词意。《西江月》十三首其四是一首写思妇之词,比较有特色的两句是"云鬟风前绿卷,玉颜醉里红潮",旧注:"此二句梦中得之。"②梦中得句像谢灵运名句"池塘园柳"用神来之笔描述了思妇的神态,对仗工整,寻常之中显功力。《鹧鸪天》三首其二题序:"公自序云:'陈公密出侍儿素姐,歌《紫玉箫》曲,劝老人酒。老人饮尽,为赋此词。'"③这首词作于元符三年(1100)十二月,苏轼遇赦北归途经韶州。曲江令陈公密出侍儿素姐劝酒,苏轼应邀为赋此词。谈到这首词的写作特色,旧注云:"东坡书此词,至'娇'字下误笔再点,因续作下语。"④这首词下阕的"娇"字其实写错了,如果换成别人,这幅字也就废了。苏轼才气很高,他笔锋一转从前面写侍儿的美貌神态转写侍儿的歌舞。歌舞是这个侍儿最擅场的。峰回路转,因错成奇。旧注并非每条都很精彩,也有出错的时候。《浣溪沙》二十七首其三,旧注题序云:"玄真子《渔父词》极清丽,恨其曲度不传,故加数语,令以《浣溪沙》歌之。"⑤苏轼檃栝玄真子《渔父》为《浣溪沙》,傅幹引旧注云:"西塞山、散花洲皆在豫章。按'西塞山'乃唐张志和《渔父词》首句。"⑥张志和所写的西塞山在湖州,而苏轼把"西塞山""散花洲"相对,这两地均在湖北武昌境内,距离黄州不远。苏轼借用地名相同的特点抒写他心目中的渔父和桃花源。无论是张志和的原作,还是苏轼的檃栝词,都与豫章无涉。

傅注坡词还运用了一些苏轼词的真本、真迹等第一手资料来确定词作的版本文字,注释词中典故。《点绛唇》五首其五"月转乌啼",傅注云:"此后二词,洪甫云:亲见东坡手迹于潮阳吴子野家。"⑦吴复古字子野是苏轼的友人。熙宁十年(1077)正月苏轼离任密州赴河中府,途径潍州、青州、淄州到齐州。在齐州李师中(诚之)汶阳庄园始晤吴复古(子野)。二月,吴复古回潮阳。此后,每当苏轼遇难时总能得到吴复古的帮助。直到徽宗元符三年(1100)六月上旬,苏轼离开儋州,也是吴复古陪他们父子乘舟北返的。

---

① [宋]苏轼著,[宋]傅幹注:《东坡词傅幹注校正》,《注坡词》,卷第二,第60页。
② 同上书,第62页。
③ [宋]苏轼著,[宋]傅幹注:《东坡词傅幹注校正》,《注坡词》,卷第一一,第406页。
④ 同上书,第407页。
⑤ [宋]苏轼著,[宋]傅幹注:《东坡词傅幹注校正》,《注坡词》,卷第一〇,第342页。
⑥ 同上书,第343页。
⑦ [宋]苏轼著,[宋]傅幹注:《东坡词傅幹注校正》,《注坡词》,卷第八,第283页。

元符三年十二月,吴复古卒。吴复古是苏轼生死相交的挚友,吴复古家收藏有苏轼诗词手迹是很正常的。除了《点绛唇》五首其五之外,此后两首词,即排列在《点绛唇》后面的《殢人娇》三首其一"小王都尉席上赠侍人"、其二"或云:赠朝云",也是傅共(洪甫)一并见到的苏轼真迹。《鹧鸪天》三首其一"林断山明竹隐墙"是"东坡调黄州时作。此词真本藏林子敬家"。①傅注还称《翻香令》的真迹在苏坚(伯固)家,是苏次言传给他的。《翻香令》是苏轼的自度曲。② 这些真迹有些是傅幹亲见亲闻的。苏轼是书法名家,经常抄写诗文词赋馈赠亲朋好友、同事门生、侍儿歌妓等,这些诗词真迹并不具备唯一性。苏轼在抄写这些词作时,在字词句甚至前后阕上会有一些改动。诚如傅幹所云:"公在惠州,改前词云:'我与使君皆白首,休夸年少风流。佳人斜倚合江楼。水光都眼净,山色总眉愁。'"③这是根据当时场景所作的改动。大多数诗词是凭记忆抄写的,文字并不十分精确。除了个别词作是赠给某个重要人物的,或者在关键时候赌自己未来命运,需要工笔小楷、不出差错外,其他都是随意而为。这些作品在版本校勘上会有些问题,但其他方面还是可信的,远比那些辗转传抄的词集有保障。

第二,着力处在断语。傅注坡词常见注释有三种:一是对较长的典故进行缩写,把与词作有关的内容留下来,其他从略。傅幹在注释人物,引用正史时,也是择其主要部分;注释风俗民情,引用笔记小说也适当削减;引用诗词往往只引一句,引两句的也不多,全篇引用的仅三五首,如韩愈《听颖师弹琴》、杜牧《九日》、李涉《晚泊润州闻角》等。二是注释因素往往不全,注释三因素是断语、典故原始出处(祖典)和直接出处(母典),三者结合,才能勾勒出苏轼化用典故的方法和思路。傅注坡词很少有三者齐全的情况,往往是断语+事例;大多数情况是只有事例,有些只有断语。有事例还好理解,表明苏词典故与该事例有关,或是祖典、或是母典、或是相近。断语是注者对苏轼词义或词中典故的结论。注释展示的是才学;断语展示的是才识。才识是对才学的融会贯通,是阐释问题和解决问题的关键。断语也是傅幹着力之处,下面以苏轼《水龙吟》"咏笛材"为例,分析傅幹断语的特色:

苏轼《水龙吟》"咏笛材"是一篇笛赋,敛集了许多关于竹笛的典故。上阕写制笛,首先是选材,宋玉《笛赋》、马融《长笛赋》突出竹子的生长环境,

---

① [宋]苏轼著,[宋]傅幹注:《东坡词傅幹注校正》,《注坡词》,卷第一一,第405页。
② [宋]苏轼著,[宋]傅幹注:《东坡词傅幹注校正》,《注坡词》,卷第一二,第442页。
③ [宋]苏轼著,[宋]傅幹注:《东坡词傅幹注校正》,《注坡词》,卷第三,第100页。

或在衡山之阳,或在终南之阴,山高水险。只有在险恶环境下长成的竹子制成笛,才能表现各种奇异的声音。苏轼熟悉竹子特性,否认了外部环境对笛材的决定作用,而突出笛材本身的特点。"楚山修竹如云",但能成为笛材的却很少。只有"异材秀出千林表",才能备选笛材。高云翔说一林内特一竹可材,①选材也是非常艰难的。其次是制笛,苏轼用了一组典故:龙须、凤膺、玉肌,只有具备这三个条件,才能成为合格的笛材。② 选取笛材的竹竿为两节,两节之间互不通气,需要把内部的隔片打通。还要对外部两节之间的纤枝略作处理,剪去较长枝叶,把剩下的纤枝束紧,称为龙须。龙须之下是凤膺,膺即胸部,要稍微隆起。凤膺之下为笛身,笛身匀净,光洁如玉,故称玉肌。笛材薄厚均匀,截而为箫,凿孔开眼,减少了对竹竿的削平补缺,制成的竹笛音质完美,可以表现自然界的各种声响。"远可通灵达微,近可以写情畅神",是傅幹对注释文字所加的断语。它不是傅幹的自作语而是用典,典出《初学记》卷十六"寓意畅神":伏滔《长笛赋》曰:"云禽为之婉翼,泉鳣为之跃鳞。远可以通灵达微,近可以写清畅神。"③这是以典释典,表明傅幹谙熟音乐典故。其次是听笛,"木落淮南,雨晴云梦,月明风袅"是"八字谥"中的听笛之时,其中"淮南""云梦"并举,都是指黄州一地。黄州隶属于淮南西路,④在古云梦的南边,⑤是苏轼当时的所处之地。再次,用蔡邕、桓伊的典故,表明好笛好音,但知音难觅。下阕是赠笛,闻道岭南太守侍儿善于吹笛,故以蕲州名笛相赠。"闻道",传闻、听说,并非亲临其境、亲自授受。想象侍儿拿到蕲笛后,先奏《凉州初遍》,再吹一曲《霓裳》,为太守洗去蛮风瘴雨。词中所写为深秋景象,应作于苏轼未离黄州、赵昶尚在藤州的某个秋季,大致在元丰四年至元丰六年(1081~1083)深秋。按赵昶两知藤州,分别在元丰三年和元丰五年。⑥ 元丰七年四月一日,苏轼离开黄州时,赵昶还在藤州任上。元丰八年(1085)九月,苏轼赴任登州,途经涟水,重遇

---

① [宋]曾敏行撰:《独醒杂记》,卷三,上海师范大学古籍整理研究所编:《全宋笔记:第四编》第 5 册,郑州:大象出版社 2008 年版,第 143 页。
② [宋]苏轼著,[宋]傅幹注:《东坡词傅幹注校正》,《注坡词》,卷第一,第 5~6 页。
③ [唐]徐坚等著:《初学记》,卷第一六《乐部下·笛第十》,北京:中华书局 1962 年版,第 403~404 页。
④ [元]脱脱等撰:《宋史》,卷八八《志第四十一》,聂崇岐点校,北京:中华书局 1985 年版,第 2184~2185 页。
⑤ 苏轼《水龙吟四首》其四:"云梦南州,武昌南岸",傅幹注:"齐安在云梦泽之南。武昌,今江夏之地,又在大江之南岸。"[宋]苏轼著,[宋]傅幹注:《东坡词傅幹注校正》,《注坡词》,卷第一,第 10~11 页。
⑥ 孔凡礼撰:《苏轼年谱》,卷一九,北京:中华书局 1998 年版,第 492 页;《苏轼年谱》,卷二一,第 558 页。

赵昶。这时赵昶已离开藤州,出任涟水知军。把填词时间定为这个时段没有问题,如果要确定在某一天,目前的证据尚嫌不足。在"月明风裛"后,傅幹下的断语是"善吹笛者,必俟气肃天清,风微月亮,聊作一二弄,遂臻其妙"。①笛声音嘹亮,穿透力强,但与钟鼓等打击乐器相比声音不算大,更适合在静谧优美的环境下演奏,如朋友交心娓娓而谈。吹笛需要凝神静气,听笛也要心气平和。如果周围环境嘈杂、情绪起伏很大就不适合吹笛听笛。傅幹熟悉各种乐器,其断语曰:"诸乐器中,唯笛有穿云裂石之声。"②典出苏轼诗歌《李委吹笛并引》,进士李委"既奏新曲,又快作数弄,嘹然有穿云裂石之声",③这是引用苏轼原话来注释其词意,再次以典释典,显出了注者扎实的文献功力。对于唐宋词乐中的一些概念,他的断语也很精彩,"《梁州》,乃开元中西凉州所献之曲名也",④《水调歌头》"岂非首章之一解乎",⑤音乐歌舞最精彩的地方是"斗精神",⑥舞者入舞之节为"入破",⑦"重理一篇之义"为"乱"等,⑧都是方家之言。在唐宋乐书中也能找到相同的观点,但没有他说的透彻。

有些断语出自注者的读书感悟,傅幹注王粲《登楼赋》"述其进退危惧之情"。⑨关于王粲《登楼赋》主旨的一些说法,远不及傅幹这句话精辟。关于醉醒之间,他说苏轼与渊明相同:"世人于梦中颠倒,醉中昏迷。而能在梦而了、在醉而醒者,非公与渊明之徒,其谁能哉!"⑩这就是所谓的"难得糊涂"。在"糊涂"的外表下,隐藏着一颗清醒的灵魂。这是热衷于政治、具有远大抱负,却又不能施展才干的士大夫常有的心态。他们借酒浇愁、以醉掩面、用糊涂掩饰内心的失意痛苦。陶渊明、苏轼正是这类士大夫,他们选择退隐不是厌弃现实,而是对现实无能为力。傅幹对《江表传》的评论也很准确,他说:"《江表传》载江左吴时事,多见汉末群雄竞逐之义。《三国志》每引以为证也。"⑪傅幹这个注释很有功力。《江表传》是西晋虞溥所著的

---

① [宋]苏轼著,[宋]傅幹注:《东坡词傅幹注校正》,《注坡词》,卷第一,第6页。
② 同上书,第7页。
③ [宋]苏轼著,[清]冯应榴合注:《苏轼诗集合注》,卷二一,黄任轲,朱怀春校点,上海:上海古籍出版社2001年版,第1104页。
④ [宋]苏轼著,[宋]傅幹注:《东坡词傅幹注校正》,《注坡词》,卷第一,第34页。
⑤ [宋]苏轼著,[宋]傅幹注:《东坡词傅幹注校正》,《注坡词》,卷第五,第163页。
⑥ 同上书,第188页。
⑦ [宋]苏轼著,[宋]傅幹注:《东坡词傅幹注校正》,《注坡词》,卷第八,第275页。
⑧ 同上书,第281页。
⑨ [宋]苏轼著,[宋]傅幹注:《东坡词傅幹注校正》,《注坡词》,卷第一,第35页。
⑩ [宋]苏轼著,[宋]傅幹注:《东坡词傅幹注校正》,《注坡词》,卷第六,第200~201页。
⑪ [宋]苏轼著,[宋]傅幹注:《东坡词傅幹注校正》,《注坡词》,卷第二,第42页。

一部史书,记载江左东吴事。裴松之注《三国志》引用该书作为补正材料。在裴松之补注《三国志》所引《江表传》中并无"祢衡传"。而在《三国志·魏志》卷十《荀彧传》谈到荀彧的仪容,裴松之注引用了《平原祢衡传》、张衡《文士传》和《傅子》等资料,记述祢衡狂傲不羁乃至被杀的故事。① 由于《江表传》并没有"祢衡传",傅幹注"狂处士,真堪惜"句,引《后汉书·文苑传》"祢衡传"。② 究其原因是苏轼填词误记《祢衡传》的出处。解释"湖山公案"就是诗,"禅家以言语为公案"。③《傅幹注坡词》断语优美,如"落花纷纷如雪也""柳絮风滚如球""柳絮、梅花,言舞态轻飘若此""桃红杨花,每见仲春之时。南海地暖,方春已盛""涟漪,风行水上纹""石榴繁盛时,百花零落尽矣""雷辊,言其潮声如雷""云翻,言其潮势如云""霰雪如珠""戏秋千也。妇女体轻,高低往来如飞燕""乌鸢以下有所捕食,故翔舞于其上"等,与汉儒注经严肃呆板不同,文字优美如诗,还有画面感。用如此优美的文字为苏词作断语,很有特色。

在傅注坡词中,涉及很多地理名词。他不仅注释精确,而且还把人文景观、注者情怀熔铸进去,对苏轼贬谪地黄州的注释:"齐安在云梦泽之南。武昌,今江夏之地,又在大江之南岸。""齐安在江北,与武昌对岸。公每渡江而南,历游武昌之地,故有'江南父老'之句。""公在黄州,卜东坡以居。""公手植柳于东坡雪堂之下"等。因为深含感情,苏轼告别黄州父老时依依不舍,元祐年间仕途顺畅时还想把黄州作为归隐的家园。注释杭州景物,则突出城市的繁华与江潮的壮观,如"望湖楼在钱塘""沙河塘,钱塘繁会之地""临平山在杭州""凤凰山,在钱塘"等,"钱塘、西兴,并吴中之绝景""西兴、渔浦,皆吴地""钱塘江险恶,多覆行舟,故云""钱塘江海门,两山对起""唐陆龟蒙有《迎潮》《送潮》诗"等。关于词人家乡的山水、风俗,傅注也很精彩,如"公家西蜀。岷、峨,蜀中二山""公家在剑西之嵋,多游宦南土""公家在西蜀,而游宦多在江南""成都风俗,以遨游相尚。绮罗珠翠,杂沓衢巷,所集之地,行肆毕备,须得太守一往后方盛,土人因目太守为遨头云"等。苏轼在宦游途中,遇到源自家乡的河流,引发浓郁的思乡之情,如"江汉二水,来自西蜀""江汉二水,源皆在蜀""江水出岷山,故《书》称'岷山导江,东别为沱'。汉水出嶓冢,故《书》称'嶓冢导漾,东流为汉'""岷峨,蜀

---

① [晋]陈寿著,[刘宋]裴松之注:《三国志》,卷一〇《魏书·荀彧传》,北京:中华书局 1971 年版,第 311~312 页。
② [宋]苏轼著,[宋]傅幹注:《东坡词傅幹注校正》,《注坡词》,卷第二,第 42~43 页。
③ 同上书,第 77 页。

之二山;江汉,二水"。《傅幹注坡词》不仅注释人文地理,还带着作者的情感。

第三,思想有深度。苏轼出入于儒佛道三教之间,他的思想既有特色也有深度。这些特色和深度体现在他的词作中,而这在傅注坡词中也有所体现。

苏轼思想的特色在于它不受时代风气熏染,始终保持这种思想初起时的状态。苏轼对儒家思想的理解就是守道不回,这在幼时他听母亲读《后汉书·党锢列传》"范滂传"就有体现,从政以后把这一点贯彻始终。进入仕途后,他以勇于进谏而著称,这使他在熙宁、元丰年间得罪王安石及其新党,在元祐年间又得罪司马光及其旧党,不得安身于朝堂之上。即使离开朝廷到地方任职,他也因法以利民,因而政绩斐然。苏轼有德于杭人,杭州家家有其画像,饮食必祝,甚至作生祠以报。即使在贬谪黄州、惠州、儋州期间,在人生的低谷、仕途逆境,他仍在对儒家经典进行系统研究。苏轼并不擅长性理分析,但他能从人情出发领悟圣人思想,而这正是儒家思想很重要的一方面。他能补诸儒之缺,对儒学经典有独到的阐释,他的《中庸论》其言微妙,所论皆古人所未喻;《论语说》时发孔氏之秘;《书传》推明上古之绝学,多先儒所未达;《易传》使千载之微言,焕然可知等,理学大师朱熹也对这些成就赞赏有加。这些学术研究使苏学有理论深度和思想深度。

《沁园春》"赴密州,早行,马上寄子由",是苏轼赴密州上任途中的作品。熙宁七年(1074)十一月三日苏轼已经到任,进谢上表。他赴密州上任应在此前的十月底至十一月三日之前。① 关于这次赴任的路线,《总案》卷十二云:"公时由海州赴密,不复绕道至齐一视子由,故其词如此耳。今定为怀子由作。"②作这首词时,苏轼已出仕十八年了;由杭州通判晋升为密州知州。仕途不算顺利,但与他相比,苏辙更不顺利。在这首词里他抒写了自己的人生态度。在傅注坡词中这首词上阕注释已经散佚,下阕还基本完整。傅幹抓住几个关键词句设注,进一步申述苏轼的政治态度。用二陆入洛来比拟当年二苏入汴,取得科举成功;用傅毅下笔不能休、杜甫"读书破万卷,下笔如有神",比拟苏轼兄弟的才气过人;再用致君尧舜、用舍行藏、优游卒岁等典故,抒写他们的人生态度。这些典故出自《论语》《孔子家语》《孟子》等儒家经典,表现了他们达则兼济、穷则独善的理想。苏轼的遭际远比

---

① [宋]苏轼撰:《东坡词编年笺证》,卷一《沁园春》,薛瑞生笺证,西安:三秦出版社1998年版,第134页。

② [清]王文诰撰:《苏文忠公诗编注集成总案》,卷一二,成都:巴蜀书社1985年版,第6页。

这些复杂,他不仅没有等到致君尧舜的机会,反而因乌台诗案、新旧党争被多次流放。苏轼的《念奴娇》"赤壁怀古",通篇没用一个儒家典故,却是儒者失意之言。关于这首词的写作时间有多种说法:一说作于元丰四年(1081)年十月,《总案》云:"赤壁怀古,作《念奴娇》词。"①一说作于元丰五年七月既望,与《前赤壁赋》同时所作。傅藻《东坡纪年录》云:"既望,泛舟赤壁之下,作《赤壁赋》,又怀古作《念奴娇》。"②乌台诗案后,苏轼贬谪黄州。一开始他为自己逃过一死而庆幸;等到这种庆幸感过去后,他痛定思痛,又因建功立业理想破灭而痛苦。对此,他想了很久,终于在贬谪黄州两年半想通了,于是把这种想法写在《前赤壁赋》里。这就是"客亦知夫水月之变乎"那段著名的议论,得出不离现境、珍惜当下的结论。但贬谪之苦、流亡的处境时时泛起、搅乱他的思绪。想明白的事情,有时也会搞不懂。这首词作于《前赤壁赋》之后也是有道理的。绍圣更化以后,他被贬岭南、儋州,处境更为艰难,但心态要平和得多。既然不能建功立业,那么退而求其次——独善其身;既然还不能独善其身,再退求其次——保持乐观的心情,就像孔子一再称赞颜回不改其乐那样。在常人不能忍受的境遇,他依然保持乐观向上的心态。朱彧《萍洲可谈》卷二云:"绍圣初贬惠州,再窜儋耳。元符末放还,与子过乘月自琼州渡海而北,风静波平,东坡叩舷而歌,过困,不得寝,甚苦之,率尔曰:'大人赏此不已,宁当再过一巡。'东坡矍然就寝。余在南海,逢东坡北归,气貌不衰,笑语滑稽无穷,视面多土色,颜耳不润泽,别去数月,仅及阳羡而卒。东坡固有以处忧患,但瘴雾之毒,非所能堪耳。"③在没有人注意的地方,保持快乐的心情,这才是真正的修养。孔子《论语》是教人追求快乐的。这种快乐,别人是否理解都不重要,重要的是自己拥有真正的快乐。苏轼做到了这一点,他在艰难之际注释儒家经典也是从人情着眼的。这是宋代理学家很少注意的。在对待性情的问题上,理学家做的是减法,克制自己的欲望,使自己言行符合儒家的规范;苏轼做的是加法,放飞自己的情感,使自己得到真正的快乐。这与孔子随心所欲而不逾矩相通。二者孰高孰下,一目了然。如果用《孟子》的"知言养气"来衡量,理学家像告子,苏轼则像曾子。

在唐宋时期,道教也是官方提倡的思想之一。苏轼较早接受道教思想,

---

① [清]王文诰撰:《苏文忠公诗编注集成总案》,卷二一,第5页。
② [宋]傅藻撰:《东坡纪年录》,吴洪泽、尹波主编:《宋人年谱丛刊》,成都:四川大学出版社2003年版,第2839页。
③ [宋]朱彧撰:《萍洲可谈》,卷二,李伟国校点,上海古籍出版社编:《宋元笔记小说大观》,上海:上海古籍出版社2007年版,第2316页。

八岁入小学以道士张易简为师,二十岁读《庄子》契合心意,"吾昔有见于中,口未能言,今见《庄子》,得吾心矣"。①《庄子》中深奥艰涩的哲理,正是他想说还未说出的话。他们在思想上是相通的。仕途险恶、世道艰险,使他更加接近道教和道士。在这些人身上留存着华夏古风,有真诚、良心和道义。吴复古是其中一例。吴复古是世家子弟,喜好道教养生之术,后来出家为道士。他一见苏轼便谕出世间法,以长生不死为余事,而以练气服药为土苴也。苏轼《问养生》记述了吴复古的养生之术,概括起来就是和、安。他的依据是人要适应自然环境的变化,不适应就会引起应激反应。而这些反应往往出自内心的感受,故凡病我者,举非物也。既然这种应激生于我,那我们就要调节自己的心态,使其顺应自然变化。安于自然,物之感我者轻,和于自然,则我之应物者顺。外轻内顺而生理备矣。② 苏轼贬谪岭南时,路过真、扬之间,见到吴复古。吴复古告诉他两件事:过去荣华富贵如同邯郸一梦,梦醒后才是人生的真实状态,明白这一点可以悟透人生。南方虽号为瘴疠之地,然人生死有命,顺从自然造化可保无虞。因为与道士交往,苏轼学会了道教养生术,还接受朋友馈赠的丹砂。苏轼道教思想在傅注坡词中也有所体现。《水龙吟》四首其一是一首关于道教羽化成仙的词作。杨绘《时贤本事曲子集》说这首词的写作缘起是:"元丰七年冬,余过临淮,湛然先生梁君在焉,童颜清澈,如二十许人。然人有自少见之,喜吹铁笛,辽然有穿云裂石之声。乃作《水龙吟》一首,寄子微、太白之事,倚其声而歌之。"③苏轼从黄州量移汝州,赴任之前先回常州探家,途经临淮(泗州),遇到湛然先生梁君(梁道人)。其人童颜清澈如二十许人,见到他的人都说自幼见他就是这个样子。梁道人有长生不老之术,善吹铁笛,笛音嘹亮穿透力强。这符合苏轼心目中神仙的形象,于是他填词一首,歌司马承祯(子微)和李白羽化成仙故事,并用笛曲《水龙吟》歌之。司马承祯的神仙之术,主要有四点:其一,隐居赤城,著《坐忘》八篇,传修仙之术;其二,为蜀女谢自然传授仙术,谢自然后来白日仙去;其三,百余年后,司马承祯也蝉蜕而去;其四,司马承祯在临江(江陵)遇李白,为其谪仙风采所折服,后来也度李白仙化而去。苏轼相信道教养生、成仙之术,他常年坚持养生训练,他对这些是很熟悉并有切身感受的。

---

① [宋]苏辙:《栾城集》,卷之二二《亡兄子瞻端明墓志铭》,曾枣庄、马德富校点,上海:上海古籍出版社2009版,第1421页。
② [宋]苏轼撰:《苏轼文集》,卷六四《问养生》,孔凡礼校点,北京:中华书局1986年版,第1982~1983页。
③ [宋]苏轼著,[宋]傅幹注:《东坡词傅幹注校正》,《注坡词》,卷第一,第2页。

对于佛教,苏轼接受得较晚。苏轼读佛书始于嘉祐六年(1061)二十六岁任凤翔签判时,受王彭的影响。① 苏轼谈儒家道统所列举的孔孟韩欧,② 韩愈、欧阳修都是排斥佛教的。③ 不过,苏轼没有像韩欧那样辟佛,他根据自己的兴趣接受了一些禅宗思想。苏轼悟性高,与禅宗顿悟的思维方式合拍。苏辙也说他读释氏书,深悟实相,参之孔、老,博辩无碍,浩然不见其涯。④ 禅宗对诗歌的影响也体现在思维方式上。苏轼论王维诗中有画、画中有诗,⑤而诗画的契合点就是禅。是禅把诗画连成一体。苏轼生活也已经禅化了,在黄州贬谪期间他自号"东坡居士"。居士是在家修行的佛教信徒。苏轼《如梦令》四首其四:"手种堂前桃李。无限绿阴青子。帘外百舌儿,唤起五更春睡。居士。居士。莫忘小桥流水。"傅注云:"维摩诘虽处居家,常修梵行,故号居士。后人因袭此名,若庞居士、香山居士之类是也。"⑥《满庭芳》五首其四也有"居士先生老矣"之句。⑦ 流放儋州时期,他自称"佛弟子",写了许多有关佛教的赞文。《宋元学案》说苏轼"自为举子至出入侍从,忠规谠论,挺挺大节。但为小人挤排,不得安于朝廷。郁懆无聊之甚,转而逃入于禅,斯亦通人之蔽也"。⑧ 苏轼沉溺于禅学,与他的处境有关。《行香子》六首其二是元祐八年(1093)苏轼知定州时的作品。当时的情况是:元祐八年九月三日,宣仁太后崩。哲宗亲政,人怀顾望,中外汹汹,宰相不敢言。苏轼与范祖禹虑小人乘间害政,上谏札,累奏不报。九月出帅中山,俟殿撰毕方请朝辞而国是将变,诏促行,不得入见。二十六日上朝,辞赴定州,上论事状。哲宗不能悟。苏轼至东府,雨作桐树有声,复增听雨之感,乃留诗别子由,有"今年中山去,白首归无期。客去莫叹息,主人亦是

---

① 孙昌武:《禅思与诗情(增订本)》,北京:中华书局1997年版,第428页。
② [宋]苏轼撰:《苏轼文集》,卷一〇《六一居士集叙》,孔凡礼校点,北京:中华书局1986年版,第315页。
③ 葛立方《韵语阳秋》卷一二:"欧阳永叔素不信释氏之说,如《酬净照师》云'佛说吾不学,劳师忽款关。我方仁义急,君且水云闲',《酬惟悟师》云'子何独吾慕,自忘夷其身。韩子亦尝谓,收敛加冠巾'是也。"[宋]葛立方:《韵语阳秋》,卷一二,上海:上海古籍出版社1984年版,第152~153页。
④ [宋]苏辙:《栾城集》,卷之二二《亡兄子瞻端明墓志铭》,曾枣庄、马德富校点,上海:上海古籍出版社2009版,第1422页。
⑤ [宋]苏轼撰:《苏轼文集》,卷七〇《书摩诘蓝田烟雨图》,第2209页。
⑥ [宋]苏轼著,[宋]傅幹注:《东坡词傅幹注校正》,《注坡词》,卷第九,刘尚荣校正,上海:上海古籍出版社2016年版,第310~311页。
⑦ [宋]苏轼著,[宋]傅幹注:《东坡词傅幹注校正》,《注坡词》,卷第一,第19页。
⑧ [清]黄宗羲原著,全祖望补修:《宋元学案》,卷九九《苏氏蜀学案》,陈金生、梁运华点校,北京:中华书局1986年版,第3287页。

客"之句,其勉之也至矣。① 苏轼到定州以后,预感到朝政更化后,他必将遭到更大的打击。作《行香子》六首其二,其词云:

三入承明。四至九卿。问儒生、何辱何荣?金张七叶,纨绮貂缨。无汗马事,不献赋,不明经。 成都卜肆,寂寞君平。郑子真、岩谷躬耕。寒灰炙手,人重人轻。除竺乾学,得无念,得无名。②

词中写了三种仕宦情况:一是"三入承明""四至九卿",这是苏轼自己的仕宦经历,傅注引应璩《百一诗》"问我何功德,三入承明庐"和"汉司马安四至九卿,时人目为巧宦",③恰切点出苏轼的仕宦履历;二是通达的世家人物,这些人像汉代的金张世家,"金日䃅、张安世七世为侍中、常侍","左太冲诗'金张籍旧业,七叶珥汉貂'"。④ 这些世家子弟既无汗马功劳,也无献赋才华,更无科举出身,只是凭借家族势力窃据高位,傅注云:"绮襦纨袴,贵者之服。貂缨,侍中、常侍之冠。江淹诗曰:'金貂服玄缨。'"⑤三是真正有才学、能修身的人物如郑子真、严君平等沦为农夫、卜者。傅注引班固《汉书》卷七十二《王贡两龚鲍传》大段文字,突出世事颠倒的状况。⑥ 政局翻覆之后,正直善良的人将遭遇残酷的打击,而隐居田园、卜筮的人恐怕连正常生活也维持不下去,惟有饕餮之徒将获得更大的利益。寒灰炙手、人重人轻都是自己无法做主的。要想心态平和,只有来自竺乾佛教中的无念、无名之学。傅注云:"释氏以灭五欲,故'无念';以存四谛,故'无名'。"⑦让人不要有非分之想,承认人生就是一段苦难的历程,只有这样才能活下去。

苏轼对禅宗典故烂熟于心,运用起来也得心应手。《南歌子》十七首其九词云:

师唱谁家曲?宗风嗣阿谁?借君拍板与门槌。我也逢场作戏、莫相疑。 溪女方偷眼,山僧莫皱眉。却愁弥勒下生迟。不见老婆三五、

---

① [清]王文诰撰:《苏文忠公诗编注集成总案》,卷三七,成都:巴蜀书社1985年版,第1~2页。
② [宋]苏轼著,[宋]傅幹注:《东坡词傅幹注校正》,《注坡词》,卷第七,第228页。
③ 同上书,第228~229页。
④ 同上书,第229页。
⑤ 同上。
⑥ 同上书,第229~230页。
⑦ 同上书,第231页。

少年时。①

很多苏词注本都说这是一首游戏词,至于是什么游戏未见前人明言。根据傅注引惠洪《冷斋夜话》所言该词本事:苏轼携妓谒大通禅师,大通禅师愠形于色。因为高僧与妓女是两个不相容的职业,苏轼携妓拜访使大通禅师难堪了。大通禅师很恼火,苏轼就用维摩诘居士的典故与他开玩笑。维摩诘经常出入各种声色场所,随缘度众。大通禅师不是这样,他看似正派,其实很世俗,一见妓女就想到了淫秽,就变脸色。苏轼开口质问:"和尚!你念的是什么经,出自哪门哪派?我领妓女来让你随缘度化。有缘则度,无缘则已。你想到哪儿去了?我只是逢场作戏,没想到你还当真了。妓女刚一送秋波,你就皱眉。我知道你是嫌弃这个妓女又老又丑,如果你早生几年,赶上这个妓女的二八年华,你定会转怒为喜。"由于谙熟佛门典故,有关典故信手拈来皆成妙笔。傅注在关键之处设注,每个注释都很精彩,把苏轼博闻强志、诙谐幽默的性格表现得淋漓尽致。也把大通禅师的恼怒、无奈和通融体现了出来。如果把这首小词作为一篇微型小说来看也不为过,它描写了典型环境下的典型人物,在矛盾冲突中展示人物性格的变化,故事结局出人意料之外、又在情理之中。傅注坡词在佛教注释上特别精彩,下的断语也很见功夫。他在给《减字木兰花》十六首其五"彭门留别"中"学道忘忧。一念还成不自由"句作注释时,下的断语是"释氏以邪心正性皆生乎一念"。② 佛教讲因果,认为因比果更为重要。有什么因就会产生什么果,要防恶果先防恶因。这与儒家"慎独"说相近,是君子修养心性的关键。在《坛经》中,一念之下可以顿悟成佛,也可以成魔。邪正就在一念之间,倏忽而来倏忽而去,很难控制。这个断语也符合苏轼词和禅宗的本意。

第四,体现了苏词的基本特色。苏轼词一些比较明显的特点,也在傅注坡词中得以体现。苏轼诗词文赋同义,用作诗作赋的方法、材料为词,其词与诗赋情感相近,由于文体的特质而各有特色。《傅幹注坡词》也发现了这个特点,他引用苏轼诗注释苏轼词。《水调歌头》五首其三"丙辰(1076)中秋,欢饮达旦。大醉。作此篇兼怀子由"有"人有悲欢离合,月有阴晴圆缺"句,傅幹引用苏轼《中秋寄子由》诗"尝闻此宵月,万里阴晴圆"作注,③二者都有"每逢佳节倍思亲"的情愫,前一首词《水调歌头》五首其三作于熙宁九

---

① [宋]苏轼著,[宋]傅幹注:《东坡词傅幹注校正》,《注坡词》,卷第五,第 177 页。
② [宋]苏轼著,[宋]傅幹注:《东坡词傅幹注校正》,《注坡词》,卷第九,第 324 页。
③ [宋]苏轼著,[宋]傅幹注:《东坡词傅幹注校正》,《注坡词》,卷第一,第 31 页。

年（1076）中秋，时苏轼知密州。后一首诗《中秋寄子由》，王本诗题为《中秋月三首寄子由》，"万里阴晴圆"作"万里同阴晴"，这组诗作于元丰元年（1078）中秋，也是寄给苏辙的，①时苏轼知徐州。《西江月》十三首其六"人间谁敢更争妍？斗取红窗白面"，傅幹引苏轼"从来佳茗似佳人"，②用美人比拟佳茗。《西江月》十三首其十三"使君才气卷波澜"，傅幹用苏轼诗句"文章曹植今堪笑，卷却波澜入小诗"作注。③ 这两首诗词是苏轼元祐六年（1091）二月，从杭州知州召为翰林承旨时的作品。词是三月离杭与新知州林希职务交待时所作，"使君才气卷波澜"指新任知州林希（子中）像曹植一样，才高八斗、笔力雄厚。诗是到汴京任职后（元祐六年六月）寓居汶公（僧慧汶）东堂所作，化用杜诗"文章曹植波澜阔"，写自己"文章曹植今堪笑，却卷波澜入小诗"，带有自嘲意味。一生之中一事未成，只会写几首小诗。《定风波》二首其二"料峭春风吹酒醒"，公有诗云："渐觉春风料峭寒。"④料峭是在春季冷暖不定、偶遇疾风寒气使人感觉阵寒。这种情况在春季常见，在苏轼诗词中"料峭"出现了三四次。《浣溪沙》二十七首其二十五有"论兵齿颊带冰霜"，傅幹引苏诗作注："论极冰霜绕齿牙。"⑤《浣溪沙》二十七首其二十五词题为"彭门送梁左藏"，作于元丰元年（1078）七月，送梁交（仲通）赴任莫州。苏诗《寄高令》："诗成锦绣开胸臆，论极冰霜绕齿牙。"⑥辛弃疾《水龙吟》"题瓢泉"化用苏轼诗歌典故，"绕齿冰霜，满怀芳乳，先生饮罢"。⑦ 这里是说口齿清晰、唇吻爽利。《乌夜啼》"更有鲈鱼堪切鲙"，《傅幹注坡词》引苏轼诗"运肘成风看斫脍，随刀雪落惊飞缕"为注。⑧《乌夜啼》作于元祐四年（1089），先生五十四岁，任翰林学士。三月内，累章请郡，除龙图阁学士知杭州，七月三日到任。⑨ 这首词或作于就任杭州之前，观词中所写人物，并非杭州一地，其中也包括湖妓二南、吴兴斫鲙，抒发对江南一带的思念。

---

① ［宋］苏轼著，［清］冯应榴合注：《苏轼诗集合注》，卷一七《中秋月三首》其三，黄任轲、朱怀春校点，上海：上海古籍出版社2001年版，第832页。
② ［宋］苏轼著，［宋］傅幹注：《东坡词傅幹注校正》，《注坡词》，卷第二，第66页。
③ 同上书，第77页。
④ ［宋］苏轼著，［宋］傅幹注：《东坡词傅幹注校正》，《注坡词》，卷第四，第119页。
⑤ ［宋］苏轼著，［宋］傅幹注：《东坡词傅幹注校正》，《注坡词》，卷第一〇，第375页。
⑥ ［宋］苏轼著，［清］冯应榴辑注：《苏轼诗集合注》，卷四〇，黄任轲、朱怀春校点，上海：上海古籍出版社2001年版，第2066页。
⑦ ［宋］辛弃疾：《辛弃疾集编年笺注》，卷九《水龙吟》，辛更儒笺注，北京：中华书局2015年版，第987页。
⑧ ［宋］苏轼著，［宋］傅幹注：《东坡词傅幹注校正》，《注坡词》，卷第一二，第440页。
⑨ ［宋］苏轼撰：《东坡词编年笺证》，卷三，薛瑞生笺证，西安：三秦出版社1998年版，第511页。

苏轼在创作上善于化用前人的语典。傅注坡词中以词释词的现象,就是这个特点的体现。《满庭芳》五首其二"腻玉圆搓素颈",出自柳永《昼夜乐》"腻玉圆搓素颈"。①《满庭芳》五首其三"忧愁风雨,一半相妨"②以及《临江仙》十二首其七"三分春色一分愁",均出自叶清臣《贺圣朝》:"三分春色,一分愁闷,一分风雨。"③《南歌子》十七首其十二"留取红巾千点、照池台",出自他自己的《贺新郎》"石榴半吐红巾蹙"。④ 能作为典故被化用入词的,表明这种创作方法已经得到后人的关注和效仿,也表明他把词看作是一种正统文体。

苏轼词用典虽多,并未形成典故堆砌、词意晦涩的现象,反而脍炙人口。不知典故者,也能读苏词;了解典故者,理解更深一层。苏轼《念奴娇》"赤壁怀古"、《水调歌头》"丙辰中秋,欢饮达旦大醉,兼怀子由"等词用典很多,同样是万口共传的佳篇。这种情况就要从苏轼词的用典特色去分析了。苏词用典经过认真的运思,首先确立一根主线,从头到尾贯穿始终。填词时以这个主线为主体,用一个典故来涵盖它,其他典故依次附着其上。用典虽多,但主次分明。读苏轼词时,往往不见典故,只见天理流行;读懂词意之后,方知天理典故融为一体,才知用典之妙。《念奴娇》"赤壁怀古"的主线是怀古伤今之情,怀古的基调是"大江东去,浪淘尽,千古风流人物",也就是说大浪淘沙,不仅淘掉了沙粒,也淘掉了黄金,更不用说像"我"这类不合时宜的人。在这个情感线索上,把三国历史上最著名的一场大战"赤壁鏖兵"、最显眼的英雄"三国周郎",通过历史、地理、现实、传说、真实、虚幻相结合——烘托渲染,达到高潮,而这一切都归于寂灭。而"我"以戴罪之身、万死之余,却出现在这个曾经扭转乾坤的地方,或许是山岳之神、江水之神多情,但我却无能为力,只能归于寂灭。不该淘汰的被淘汰了,应该淘汰的留着也没意义。这首词情感归于虚无,这是一首非常悲哀的词作。而《水调歌头》"明月几时有",以珍惜当下为主题,把人世的种种不幸,比如仕途失意、兄弟睽隔等,仅仅作为其中的一二例。无论是天上星宿贬谪在人世,还是忠臣贤良远离朝廷,都要面对现实、珍惜当下,在落魄的时候也要看到希望。苏轼其他各首词也都具备这个特点,在傅注坡词中有些词的特点更明显一些。

《减字木兰花》十六首其三"西湖食荔枝",写荔枝的历史和现状。绍圣

---

① [宋]苏轼著,[宋]傅幹注:《东坡词傅幹注校正》,《注坡词》,卷第一,第15页。
② 同上书,第18页。
③ [宋]苏轼著,[宋]傅幹注:《东坡词傅幹注校正》,《注坡词》,卷第三,第99页。
④ [宋]苏轼著,[宋]傅幹注:《东坡词傅幹注校正》,《注坡词》,卷第五,第183页。

二年(1095)苏轼被贬惠州,尝到了鲜荔枝。新鲜荔枝是进贡之物,平常难得一见。他初尝鲜荔枝,在惊讶之余写了一些有关荔枝的诗词。这首词题中的"西湖",并非杭州西湖,而是惠州西湖。词的上阕化用典故,叙说荔枝的历史。闽溪献珍,典出隋炀帝《海山记》:"大业中,闽地贡五种荔枝。"① 福建贡荔枝,始于隋代。过海云帆,傅幹注曰:"荔枝经日,则色香味俱变。必由海道以进者,欲速致也。"② 玉座金盘,典出杜诗,《解闷》十二首其九:"先帝贵妃今寂寞,荔枝还复入长安。炎方每续朱樱献,玉座应悲白露团。"③ 金盘,《自京赴奉先咏怀五百字》:"况闻内金盘,尽在卫霍室。"④ 不贡奇葩,据苏轼《荔支叹》"无人举觞酹伯游"句"公自注:汉永元中,交州进荔支龙眼。十里一置,五里一堠,奔腾死亡,罹猛兽毒蛇之害者无数。唐羌字伯游,为临武长,上书言状,和帝罢之"。⑤ 苏轼并未注明唐羌上书以及和帝罢献荔枝的具体时间,下文的"不贡奇葩四百年",是从唐羌上书到隋代大业中(605~618)闽地复贡荔枝这一时段,实有五百多年,比苏轼所说的"四百年"要长一百多年。唐宋两代都是要贡荔枝的。苏轼这首诗歌并不是要考证唐羌上书谏贡荔枝的时间,而是批判进贡之风带给人民的灾难。

下阕是食荔枝。对这个简单的过程,苏轼也描绘得绘声绘色。他写荔枝的形状、口感,用了点染的方法。荔枝外壳轻红内瓤酽白,即傅注的"壳轻红而肉酽白也",⑥是点;像佳人纤手,是染。把一件陌生事物用常见的事物来比拟,这样就更加直观。二者色泽相似,荔枝也很适合佳人纤手擘开,杜诗"轻红擘荔枝"。⑦ 荔枝口感很美,骨细肌香。骨即果肉中的细筋。肌即果肉。细筋与果肉结合,使荔枝果实筋道而有弹性。荔枝香气清远,是点;以十八娘作比,则是染。十八娘是闽王之女,好啖荔枝,死后葬于荔枝树旁,被当地奉为荔枝神。闽人以十八娘命名荔枝,这种荔枝"色深红而细长,时人以少女比之"。⑧

苏轼填词,善用典故。那些在别人笔下生硬死板、不听调遣的典故,

---

① [宋]刘斧撰辑:《青琐高议》,后集卷之五《隋炀帝海山记上》,上海:上海古籍出版社1983年版,第149页。
② [宋]苏轼著,[宋]傅幹注:《东坡词傅幹注校正》,《注坡词》,卷第九,第320页。
③ [唐]杜甫著,[清]仇兆鳌注:《杜诗详注》,卷之一七《解闷十二首》其九,北京:中华书局1979年版,第1516页。
④ [唐]杜甫著,[清]仇兆鳌注:《杜诗详注》,卷之四《自京赴奉先县咏怀五百字》,第269页。
⑤ [宋]苏轼著,[清]冯应榴辑注:《苏轼诗集合注》,卷三九《荔支叹》,第2029页。
⑥ [宋]苏轼著,[宋]傅幹注:《东坡词傅幹注校正》,《注坡词》,卷第九,第321页。
⑦ [唐]杜甫著,[清]仇兆鳌注:《杜诗详注》,卷之一四《宴戎州杨使君东楼》,第1221页。
⑧ [宋]蔡襄撰:《端明集》,卷三五《荔枝谱》第七,影印《四库全书》本。

一旦到了他的笔下,就像有了生命一样。全部是那样的服帖,又是那样的出彩。苏轼给典故赋予了灵魂,恰到好处地表现了词人的意趣。苏轼用典如韩信将兵,多多益善。再看苏轼的其他词,尤其是傅幹注释比较详细的词,如《华清引》《西江月》十三首其六"送建溪双井茶、谷帘泉与胜之。胜之,徐君猷家后房,甚丽,自叙本贵种也"、《行香子》六首其一"茶词"等,注释越详尽,特色越明显。这些词也具有赋的特色——赋敛故实——在一个主题下,把同类的典故聚集在一起,然后再穿插其他典故,词的结构就立起来了。再给它赋以神韵,每首词都是那样的活灵活现、感人肺腑。魏庆之评苏轼词,说:"凡此十余词,皆绝去笔墨畦径间,直造古人不到处。真可使人一唱而三叹。"①这些词是有一定的模式的,但他又突破了这些模式,传神写意,达到了古诗一唱三叹、感人至深的境界。用才学填词、以诗为词也可以达到古诗才有的境界。苏轼开创了宋词才学化的一个新途径。

3. 附注

附注是一种补充说明性的注释方式。傅注坡词体例统一,全书仅有一例附注,在《卜算子》二首其二"黄州定惠院寓居作"后面加了一段黄庭坚的词跋:

> 黄鲁直跋云:"东坡道人在黄州时作。语意高妙,似非吃烟火食人语。非胸中有万卷书、笔下无一点俗气,孰能至此!黄庭坚题。"②

这段词跋是对苏轼有争议词旨的补充说明。关于苏轼这首词的本事有多种记载,有些荒诞不经的观点也出自苏轼门下或比较亲近的人。③ 这就会引起一定的混乱。在各种说法中以黄庭坚的评价比较中肯,他说这是苏轼在黄州时作,可谓是一言定谳。黄庭坚认为苏轼性情高雅,超尘脱俗,得益于内心涵养。词如其人,苏轼这首词咏物言志,抒发他自己处逆境时守道不回的性格。傅幹把这段话列在词后表明对苏轼这首词的主旨和黄庭坚词跋的认可。

傅注坡词还比较粗浅,设注普遍较少、差错较多,忠实作者,但没有取便

---

① [宋]魏庆之:《诗人玉屑》,卷二一,王仲闻点校,北京:中华书局2007年版,第675页。
② [宋]苏轼著,[宋]傅幹注:《东坡词傅幹注校正》,《注坡词》,卷第一二,第418页。
③ [宋]苏轼:《苏轼词编年校注》,《苏轼词编年校注正编》,《一、苏轼编年词二九二首·卜算子》"黄州定慧院寓居作",邹同庆、王学堂编年笺注,北京:中华书局2002年版,第277~284页。

读者,至于注者本身的性情还比较模糊。

第三节　陈注周词

关于周邦彦及其词研究材料比较薄弱,这与周邦彦的性格有一定的关系。周邦彦少时疏检,不为州里所重,《宋史》本传上的这句话分量很重,表明他参加科举是比较困难的。熙宁四年(1071)十月太学三舍法行,元丰二年(1079)八月增太学生名额千人,为他提供了由太学进入仕途的机会,于是他在这年入都为太学生。元丰六年(1083)七月为太学内舍选,献《汴都赋》,遂由诸生擢学正。① 逾越了月考季选、私试公试凭积分升舍的规定,也逾越了入上舍中上等者注官、不经礼部试而命官的限制,②从而步入仕途。他经历了神宗、哲宗、徽宗三朝政局翻覆,在新旧党争中逐级升迁,竟然也位列卿监待制,也算是显宦。有关他的资料不多,细细考查下来多与事实不合。唯一相合的是对他词作的评论,从南宋初年王灼《碧鸡漫志》把他的词比作《离骚》,到南宋灭亡后张炎给陆辅之传《词旨》把他列为正派体系之"一祖",这些评价一路飙升、直到无以复加的地步。陈注本也是南宋尊周体系中的一环,它通过注释典故,使歌者能够读懂周词、并领会其意。③ 与一般注本思路不同的是:一般的注本是做加法,荟萃百家观点形成一家之言;陈注本是做减法,减去一切多余的材料和众所周知的特点,集中精力注释典故,解决阅读周词的难题。这个思路与周邦彦其人其词还是比较合拍的。

一　陈注周词的基础

陈注本指陈元龙《详注周美成词片玉集》,它的研究基础是宋人笔记小说、诗话词话、文集序跋中对周邦彦词的研究资料,涉及周词本事、版本源流、词意阐释、词人评价和典故注释等方面的内容。这些材料可分两类:一类是生平事迹,周邦彦是当时闻人、风流倜傥,也有一些传说;另一

---

① [宋]陈郁撰:《陈郁诗话》,吴文治主编:《宋诗话全编》,南京:江苏古籍出版社1998年版,第8812页。
② [元]脱脱等撰:《宋史》,卷一五七《选举三·学校试》,聂崇歧点校,北京:中华书局1985年版,第3661页。
③ [宋]周邦彦著,陈元龙集注:《片玉集序》,朱孝臧辑校,夏敬观评点:《彊村丛书(附遗书)》,上海:上海古籍出版社1989年版,第1290页。

类是对周邦彦词的评论。相对于苏轼词的资料数量是少了一些,但评价很高。

关于周邦彦词的本事,在宋代笔记小说中多有记载。这些资料多出自道听途说,枝节本末经不住推敲。王明清《挥麈余话》卷二认为《风流子》是周邦彦任江宁府溧水县令时为主簿之室而作,词中"新绿""待月"是主簿亭轩之名。王国维认为这不符合常识,"此条疑为好事者为之也"。① 关于周邦彦词《少年游》也有多种说法:张端义《贵耳集》卷下说周邦彦与李师师相好,因赋《少年游》而被贬、又因赋《兰陵王》复召为大晟乐正,官至大晟乐府待制。② 王国维认为"此条所言,尤失实"。③ 理由是徽宗微行始于政和而极于宣和。到了政和年间,周邦彦已五十六岁官至列卿,不可能出任监税之类的低等差遣,也无冶游之事。《贵耳集》所列官职是杜撰的。周密《浩然斋雅谈》说法与此正相反,他说周邦彦因《少年游》"并刀如水,吴盐胜雪"词遭际徽宗,遂与解褐,并由此而通显;周邦彦不愿为徽宗歌颂祥瑞而被张果陷害,由《望江南》词而得罪等。④ 王国维认为"此条失实",所叙述本末与周邦彦履历不合,并且李师师也未曾入宫。王灼《碧鸡漫志》卷二记周邦彦与姑苏营妓岳楚云交游,《点绛唇》是为岳楚云而写的,并且托岳楚云的妹妹转交岳楚云。王国维根据《吴郡志》记载,自元丰至宣和,即周邦彦从入仕到去世这段时间,姑苏太守并无蔡峦其人,此说疑出附会。⑤ 罗忼烈教授根据王鏊《姑苏志》卷三《古今令守表》中宋知州,发现其中有"蔡嶷"其人。蔡嶷是蔡京的侄儿,大观二年(1108)十一月除显谟阁待制、知苏州,三年七月落职提举嵩山崇福观。他还找到了蔡嶷与周邦彦交游的材料。"蔡峦"实为"蔡嶷"之误,⑥从而证实王灼《碧鸡漫志》卷二对周邦彦《点绛唇》"辽鹤归来"本事的记载是可信的。孙虹教授致力于周邦彦研究,对于周邦彦生平仕履多有发明。她系统地考证出《点绛唇》"辽鹤归来"为周邦彦约于大观三年(1109)春天,在议礼局检讨任时假归钱塘,途径苏州所作。词的酬赠对象是岳楚云的妹妹。周邦彦在扬州、苏州所写怀人词都与岳楚云有关。孙教授进一步考证,《瑞鹤仙》是周邦彦在宣和三年(1121)避乱北上经

---

① 周锡山编校:《王国维集》,第一册《中国文学研究》,《清真先生遗事》,北京:中国社会科学出版社 2008 年版,第 38 页。
② [宋]张端义撰:《贵耳集》,卷下,李保民校点,《宋元笔记小说大观》,第 4305 页。
③ 周锡山编校:《王国维集》,第一册《中国文学研究》,《清真先生遗事》,第 36 页。
④ [宋]周密撰:《浩然斋雅谈》,卷下,孔凡礼点校,北京:中华书局 2010 年版,第 58~59 页。
⑤ 周锡山编校:《王国维集》,第一册《中国文学研究》,《清真先生遗事》,第 38 页。
⑥ [宋]周邦彦:《清真集笺注》,上编,罗忼烈笺注,上海:上海古籍出版社 2008 年版,第 170~172 页。

过扬州所作,作于这年的三月底或四月上旬。周邦彦在扬州得到知处州的任命,于是转而南向赴任,一个月后即死于旅途。《瑞鹤仙》是周邦彦的绝笔。① 对于王铚、王明清父子所记述的《瑞鹤仙》词本事,即《瑞鹤仙》为周邦彦梦中所作,词中所记情景在乱离中竟然一一应验。凭常识判断这是后人附会之辞,也不符合周邦彦词浑然一体的风格。还有一些词中记述的事情,不见宋人笔记记述。王国维认为周邦彦《诉衷情》"当时选舞万人长"一词,"颇疑此词为师师作矣"。这首词中的"玉带小排方",乃宋时乘舆之服,不知倡优何以得服此?②

还有记述周邦彦词在宋代流行情况的,如毛开《樵隐漫录》云:"绍兴初,都下盛行周清真'咏柳'《兰陵王慢》,西楼南瓦皆歌之,谓之《渭城三叠》。以周词凡三换韵,至末段声尤激越,唯教坊老笛师,能倚之以节歌者。其谱传自赵忠简家,忠简于建炎丁未(1127)九日南渡,泊舟仪真江口,遇宣和大晟乐府协律郎某,叩获九重故谱,因令家伎习之,遂流传于外。"③张炎也记载他在元初被诏大都书写金字藏经,遇到杭妓沈梅娇。经历战乱,她还能歌周邦彦《意难忘》《台城路》。④ 在大都,张炎还遇到姑苏名妓车秀卿。车为乐部翘楚,歌美成词能得其音旨。⑤ 张炎本身也善于唱清真词,如《桂枝香》序云:"如心翁置酒桂下,花晚而香益清,坐客不谈俗事,惟论文。主人欢甚,余歌美成词。"⑥吴文英词集中也有唱周邦彦词的记载,《惜黄花慢》词序云:"次吴江小泊,夜饮僧窗惜别。邦人赵簿携小妓侑尊,连歌数阕皆清真,酒尽,已四鼓,赋此词饯尹梅津。"⑦吴曾《能改斋漫录》卷十七《乐府》,记周邦彦任职大晟府时,奉命把王诜《忆故人》敷衍成《烛影摇红》。⑧

---

① 孙虹:《周邦彦四过扬州词以及扬州歌妓即岳楚云考证》,《江南大学学报(人文社会科学版)》2007 年第 4 期,第 74~78 页。
② 周锡山编校:《王国维集》,第一册《中国文学研究》,《东山杂记·周邦彦〈诉衷情〉一阕为李师师所作》,第 112 页。
③ [清]冯金伯撰:《词苑萃编》,卷二四《余编二》,唐圭璋编:《词话丛编》,北京:中华书局 1986 年版,第 2270 页。
④ [宋]张炎:《山中白云词笺》,卷一《国香》,黄畬校笺,杭州:浙江古籍出版社 2018 年版,第 20~21 页。
⑤ [宋]张炎:《山中白云词笺》,卷四《意难忘》,第 217 页。
⑥ [宋]张炎:《山中白云词笺》,卷五《桂枝香》,第 286 页。
⑦ [宋]吴文英撰:《梦窗词集校笺》,《惜黄花慢》,孙虹、谭学纯校笺,北京:中华书局 2014 年版,第 1122 页。
⑧ [宋]吴曾撰:《能改斋漫录》,卷一七,上海:上海古籍出版社 1960 年版 1979 年新 1 版,第 496~497 页。

黄昇《唐宋诸贤绝妙词选》卷七指出《瑞龙吟》"春词"分为三段："今按：此词自'章台路'至'归来旧处'是第一段；自'黯凝伫'至'盈盈笑语'是第二段；此谓之双拽头，属正平调。自'前度刘郎'以下，即犯大石，系第三段，至'归骑晚'以下四句，再归正平。今诸本皆于'吟笺赋笔'处分段者，非也。"①周邦彦词好用犯调，黄昇说周词是根据词乐相犯来分段的。《瑞龙吟》前面两段双拽头属正平调，第三段主体犯大石调，最后四句又归正平。吴文英《瑞龙吟》"赋蓬莱阁"词调与周邦彦相同，自注："黄钟商，俗名大石调，犯正平调。"②正平调又名中吕羽。这是黄钟商犯正平调，符合张炎"律吕四犯"商犯羽的规定性。③宫调不同，分段就不同。有人提出最后四句又归正平调也应为一阕，如此一来，词就分为四阕。但宋词并非只按宫调分阕的，如果犯调每调为一阕，那么《四犯令》《玲珑四犯》应分四阕、《六丑》应分六阕、《八犯玉交枝》应分八阕，事实上这些词都是两阕。这首词《瑞龙吟》除了双拽头比较特殊外，其他部分也不完全是按宫调分阕的。在早期的版本中，有分三阕的，也有分两阕的。周邦彦词集版本繁多，宋人所见到的词作文字往往不同。陈鹄《西塘集耆旧续闻》卷九云："又如周美成《西河》词'赏心东畔淮水'，今作'伤心'。如此之类甚多。"④陈注本作"赏心"。周邦彦《浣溪沙慢》首句"水竹旧院落，樱笋新蔬果"，一本作"水竹田院落，莺引新雏过"。胡仔与陈鹄主张各异。胡仔比较该词上下句意，认为"水竹田院落，莺引新雏过"，把上下句融入一幅图景，而"樱笋新蔬果"与上句没有什么联系。⑤陈鹄则从风俗民情上着眼，"盖唐制四月十四日堂厨及百司厨通谓之樱笋厨，此乃夏初词，正用此事。而《丛话》乃云'莺引新雏过'，而以樱笋为非，岂知古词首句多是属对，而樱笋事尤切时耶！"⑥他列举的理由也很充分：樱笋厨是唐宋时的风俗，这首词写夏初景象用这个典很恰切；古词首句是对仗的，这两句正好对仗。再联系后文"嫩英翠幄，红杏交榴火"，感觉用"樱笋新蔬果"更好一些。

在宋人笔记中，对周词的评论集中在典故阐释上。《西河》"金陵"有"莫愁艇子曾系"句，周邦彦词云"断崖树，犹倒倚。莫愁艇子曾系。空余旧迹郁

---

① ［宋］黄昇选编：《花庵词选》，《唐宋诸贤绝妙词选》，卷之七，中华书局上海编辑所编辑，北京：中华书局1958年版，第112页。
② ［宋］吴文英撰：《梦窗词集校笺》，《瑞龙吟》，第568页。
③ 蔡桢疏证：《词源疏证》，卷上《律吕四犯》，北京：中国书店1985年版，第53~56页。
④ ［宋］陈鹄撰：《西塘集耆旧续闻》，卷九，孔凡礼点校，北京：中华书局2002年版，第383页。
⑤ ［宋］胡仔纂集：《苕溪渔隐丛话》，《前集》卷第五九，廖德明校注，北京：人民文学出版社1962年版，第411页。
⑥ ［宋］陈鹄撰：《西塘集耆旧续闻》，卷二，孔凡礼点校，北京：中华书局2002年版，第301页。

苍苍,雾沈半垒。夜深月过女墙来,赏心东望淮水",①周邦彦写金陵人物,谈到莫愁及其旧迹,把石城与石头城混淆了。莫愁家在"石城",而非"石头城"。金陵的别称石头城。曾三异曾守郢郡,以亲身经历说明两地差异,并分析致误原因及当地有关莫愁的遗俗。②《西河》"金陵"还有"想依稀、王谢邻里"句,"王谢"是东晋时王导、谢安家族,而不是刘斧《摭遗》所载的"王榭"。③

《满江红》有"蝶粉蜂黄都褪了"句,程大昌《演繁露》续集卷四指出"蝶粉""蜂黄",典出李商隐《酬崔八早梅》的"何处拂胸资蝶粉,几时堕额借蜂黄"。④ 陈元龙注与此相同。杨东山说"蝶粉蜂黄"的祖典是《道藏经》"蝶交则粉退,蜂交则黄退",李商隐、周美成以"蝶粉蜂黄"为宫妆,把"退"作"褪",是不符合典故本意的。⑤

《秋蕊香》上阕有"午妆粉指印窗眼。曲里长眉翠浅"句,王楙以自己的见闻证明周邦彦《秋蕊香》这句描写景物真实细腻。他说:"盖妇人妆罢,以余粉指印于窗牖之眼,自有闲雅之态。仆尝至一庵舍,见窗壁间粉指无限,诘其所以,乃其主人尝携诸姬抵此,因思周词意恐或然。"⑥"窗眼"为"窗牖之眼",意远韵长。陆友仁《研北杂志》卷下指出周邦彦"曲里长眉翠浅",出自李贺《许公子郑姬歌》的"自从小蘦来中道,曲里长眉少见人",乃知古人不容易下字也。⑦ 下阕有"问知社日停针线"句,张邦基《墨庄漫录》卷九指出社日停针线是唐宋时的习俗。⑧ 龚颐正《芥隐笔记》指出"周美成'社日停针线',盖用张文昌《吴楚词》'今朝社日停针线',有自来矣"。⑨ 陈注本未对"社日停针线""午妆粉指印窗眼"设注,阐释"曲里长眉翠浅"出处,用的恰是李贺的《许公子郑姬歌》。这些注释饶有趣味,可以弥补陈注的不

---

① [宋]周邦彦:《清真集校注》,卷下《西河》,孙虹校注,北京:中华书局2002年版,第287~288页。
② [宋]曾三异撰:《因话录》,[元]陶宗仪辑:《说郛》第4册,卷一九,中国书店1982年版,第23页。
③ [宋]刘斧撰集:《青琐高议》,《别集》卷之四《王榭》,上海:上海古籍出版社1983年版,第227~230页。
④ [宋]程大昌撰:《演繁露》,《续集》卷之四,上海师范大学古籍整理研究所编:《全宋笔记:第四编》第9册,郑州:大象出版社2008年版,第199页。
⑤ [宋]罗大经撰:《鹤林玉露》,《甲编》卷四,王瑞来点校,北京:中华书局1983年版,第72页。
⑥ [宋]王楙撰:《野客丛书》,卷一〇《周侍郎词意》,郑明、王义耀校点,上海:上海古籍出版社1991年版,第138页。
⑦ [元]陆友仁:《研北杂志》,卷下,《丛书集成初编》,北京:中华书局1991年版,第195页。
⑧ [宋]张邦基:《墨庄漫录》,卷九,北京:中华书局2002年版,第241~242页。
⑨ [宋]龚颐正撰:《芥隐笔记》,《丛书集成初编》,魏了翁辑撰:《鹤山渠阳经外杂抄(及其他一种)》,北京:中华书局1985年版,第24页。

足,也可以验证陈注的精彩,并了解周词所记的唐宋风俗。

《隔浦莲》有"浮萍破处,帘花檐影颠倒"句,胡仔《苕溪渔隐》认为词中"檐花"典出杜诗,又与杜诗不同。① 王楙《野客丛书》卷十"周侍郎词意"并不赞同胡仔的观点,"详味周用'檐花'二字,于理无碍,渔隐谓与少陵出处不合,殆胶于所见乎?大抵词人用事圆转,不在深泥出处,其纽合之工,出于一时自然之趣"。② 固然是通达之论,只是不得要领:首先,胡仔与陈元龙所见周词版本不同,胡仔所见版本该句作"浮萍破处,檐花帘影颠倒",陈元龙《注片玉词》该句作"萍破处,帘花檐影颠倒",胡仔、王楙讨论的"檐花"一典,在陈元龙注《隔浦莲(大石)》中没有出现。他们讨论的不是一个问题,即以胡仔、王楙所见的"檐花帘影",放在周邦彦词的氛围中也没有多大差别。"檐花帘影"或"帘花檐影"都可能是姑射亭上的物件,倒映水中,能有什么不同?其次,《景定建康志》卷三十七收录周邦彦《隔浦莲近拍》"溧水县圃姑射亭避暑作",③这是一首梦中思乡词。上阕写溧水县衙后圃的景象,新竹夏果、林木茂密、浓雾荒草、蛙声骤雨,都荟萃在这方小小池沼上。下阕写午梦的地点姑射亭,小亭临水,爽风吹过,在浮萍缺处印映着小亭的倒影,帘花檐影或檐花帘影依稀可见。陈元龙注:"浮萍破处,张子野诗:浮萍破处见山影。杜甫云:檐影微微落。"④按:"浮萍破处",诸家无争议,可以不讲;"檐影微微落",见杜甫《遣意二首》其二:"檐影微微落,津流脉脉斜。野船明细火,宿雁聚圆沙。云掩初弦月,香传小树花。邻人有美酒,稚子夜能赊。"⑤向晦将夜,檐影倒映在河流上,因水面不静,倒影时有时无。周邦彦所写为小亭避暑、午间短憩所见的景象,与杜诗时间、场景不同,景象也就不同。但夏日爽风拂过水面,吹散浮萍,在浮萍缺处微波荡漾,帘花檐影也是时有时无的,恰如杜甫黄昏时见到的景象。胡仔看到"檐花",就想起杜甫《醉时歌》中的"清夜沉沉动春酌,灯前细雨檐花落",⑥檐花是檐前之花,泛指瓦松之类多年生草本植物所开的花。杜甫在灯前细雨中静看檐

---

① [宋]胡仔纂集:《苕溪渔隐丛话》,前集卷第五九,廖德明校注,北京:人民文学出版社1962年版,第411页。
② [宋]王楙撰:《野客丛书》,卷十《周侍郎词意》,第138页。
③ [宋]马光祖修、周应合纂:《景定建康志》,卷三七《文籍志五·乐府》,中华书局编辑部编:《宋元方志丛刊》,北京:中华书局1990年版,第1954页。
④ [宋]周邦彦著,陈元龙集注:《片玉集》,卷之四《隔浦莲(大石)》,朱孝臧辑校,夏敬观评点:《彊村丛书(附遗书)》,上海:上海古籍出版社1989年版,第1330页。
⑤ [唐]杜甫著,[清]仇兆鳌注:《杜诗详注》,卷之九《遣意二首》其二,北京:中华书局1979年版,第794页。
⑥ [唐]杜甫著,[清]仇兆鳌注:《杜诗详注》,卷之三《醉时歌》,第176页。

花飘落,与周邦彦所写的帘影檐花倒映水中不同。胡仔、王楙用杜甫《醉时歌》中"檐花"来阐释周邦彦词中典故有些离题,会把读者思路带偏,远不如陈元龙用杜甫《遣意二首》其二来注释"帘花檐影"贴题。一典之微,足见周词体物之细、状物之妙;也表现了陈注慧心通微、有透彻之悟。

《庆宫春》有"弦管当头,偏怜娇凤,夜深簧暖笙清"一句,周密《齐东野语》卷十七云:"自十月旦至二月终,日给焙笙炭五十斤,用锦熏笼藉笙于上,复以四和香熏之。盖笙簧必用高丽铜为之,靧以绿蜡,簧暖则字正而声清越,故必用焙而后可。陆天随诗云:'妾思冷如簧,时时望君暖。'乐府亦有簧暖笙清之语,举此一事,余可想见也。"①可见南宋后期王府歌舞之盛和穷奢极侈,以及周词"华堂旧日逢迎"的富贵风流。

《水龙吟》"梨花",是一首咏物词。沈义父《乐府指迷》以此词为例,说明咏物用事,须时时提调,须用一两件事印证方可。周邦彦咏梨花,第三、第四句,引用"樊川""灵关"事,又"一枝带雨"事,比较贴题;后段太宽,仅用"玉容"事,方表得梨花。若全篇只说花之白,凡白花皆可用,如何见得是梨花?② 咏物不能太宽泛,宽泛则缺乏特色。

《六丑》"落花",选题独特。庞元英《谈薮》总结了唐人有关"红叶"的传说,宋人很少用红叶的典故。惟周邦彦词两用之。《扫花游》:"随流去,想一叶怨题,今到何处?"《六丑·咏落花》:"飘流处,莫趁潮汐,恐断红尚有相思字,何由见得。"两句用典都出自唐人,但与唐人意境不同,有脱胎换骨之妙。③

《意难忘》有"低鬟蝉影动,私语口脂香"句,陈元龙注"低鬟蝉影动"为:"杜牧《续张会真诗》:'低鬟蝉影动,回步玉尘蒙。'"按:《会真诗三十韵》作者是元稹,陈元龙误作杜牧,是把作者搞混了。"私语口脂香",陈注为方千里《美人诗》:"些些私语恐人知。"杜诗云:"口脂面药随恩泽。"其中有多重讹误:陈元龙先是把"方干"误成"方千里",然后把一个典故拆分成两个。周密《浩然斋雅谈》卷下说得很准确,云:"周美成长短句,纯用唐人诗句,如'低鬟蝉影动,私语口脂香',此乃元、白全句。"④"低鬟蝉影动",出自元稹《会真诗三十韵》;"私语口脂香",出自白居易的《江南喜逢萧九彻因

---

① [宋]周密撰:《齐东野语》,卷一七《笙碳》,张茂鹏点校,北京:中华书局1983年版,第310页。
② [宋]沈义父:《乐府指迷笺释》,蔡嵩云笺释,北京:人民文学出版社1963年版,第58页。
③ [宋]庞元英撰:《谈薮》,[元]陶宗仪辑:《说郛》第5册,卷三一,北京:中国书店1982年版,第22页。
④ [宋]周密:《浩然斋雅谈》,卷下,孔凡礼点校,北京:中华书局2010年版,第59页。

话长安旧游戏赠五十韵》)。是元白诗歌成句,不宜拆分,但可以查找它们的祖典。

在宋人词选中,何士信《增修笺注妙选群英草堂诗余》选录周邦彦四十七首词,注释与陈注本大体相同而略有删减,可以确定他注周词部分出自陈元龙注。在《玉楼春》"咏刘阮事"词后,补充黄昇《花庵词选》中的苏轼《点绛唇》咏天台词,认为两首词主题相近。① 在《玉烛新》"梅花"词后,补充孙舣(济师)落梅词《菩萨蛮》,并解释道:"亦是羌笛奏落梅之事,今并附于此。"②表明这两首在羌笛、落梅事上相近。这是以词释词,对理解周词意境有所启发。

宋人对周邦彦词也有不少精彩评论,张炎《词源》卷下"节序",评周邦彦《解语花》赋元夕词,"不独措辞精粹,又且见时序风物之盛,人家宴乐之同"。③ 黄昇《唐宋诸贤绝妙词选》卷七评周邦彦《花犯》"梅花":"此只咏梅花,而纡余反复,道尽三年间事,昔人所谓好诗圆美流转如弹丸,余于此词亦云。"④何士信《增修笺注妙选群英草堂诗余》则一语中的,他说:"愚谓此为梅词第一。"⑤

宋元人散注周词确实很精彩,但由于一首词只谈论一个问题,还不是对周邦彦所有词的研究,这些注释难免琐细杂乱,缺乏整体观念。在宋代词论中,周邦彦是一个关注度较高的词人,尤其是吴文英、沈义父《乐府指迷》传周邦彦词法,确立了周邦彦在宋词正派体系中的地位。陈注出现在由零散向整体过渡时段,是南宋后期宋词注释的代表成果,他抓关键、显特色,不仅注释周邦彦词的风格特色,还对读者了解南宋词学体系起到一定的作用。

二　陈元龙《详注周美成词片玉集》

陈注本是面向"歌者"的集注本。针对歌者文化程度普遍不高的事实,它省去一切不必要的因素、众所周知的常识,只抓影响理解周词的关键问题——词调出处和词中典故来注释;注释典故,也有意排除一些常用的出处,突出周词不同于寻常的特点。正因为思路不同寻常,理解起来尤为不

---

① 刘崇德、徐文武点校:《明刊草堂诗余二种》,《增修笺注妙选群英草堂诗余》,《后集》卷上,保定:河北大学出版社2006年版,第221页。
② 刘崇德、徐文武点校:《明刊草堂诗余二种》,《增修笺注妙选群英草堂诗余》,《后集》卷下,第280页。
③ [宋]张炎撰:《词源》,卷下,《词话丛编》,第262~263页。
④ [宋]黄昇选编:《花庵词选》,《唐宋诸贤绝妙词选》,卷之七,第114~115页。
⑤ 刘崇德、徐文武点校:《明刊草堂诗余二种》,《增修笺注妙选群英草堂诗余》,《后集》卷上,第278页。

易。在此,对陈注本所突出的两个问题予以阐述,分析其歌本集注的特点。

1. 词题

陈注本属于歌本,在对词题的注释上也突出了这个特点。

陈注本词题通常由三个因素组成,即词调、宫调和题目。陈注本共收词一百二十七首,对词题注释四十七条。① 周邦彦仅次于柳永,是北宋词坛创调较多的词人。陈注本对周邦彦词调注释也不全,内容也有所偏重,全是对词调出处的注释,并不涉及宫调、题目、题序等内容。为什么会是这种情况呢?

这是由歌本性质决定的。歌本是给乐工歌妓提供演奏、歌唱的底本,它需要按照一定的逻辑关系来分类,就像菜单一样,使用者能迅速准确找到他所需要的作品。陈注本按四季分类,标注词调、宫调,就是这种方法的体现。这在乐谱、唱法尚存在的南宋时期,就可以用来演奏和歌唱了。从方便利用出发对词题的注释就成了对词调的注释。对词调的注释也有很多方法,比如对词乐演奏或歌唱效果的描述、对词调历史渊源、流变的考证、对词调适用范畴的说明等,都是唐宋人常用的方法。陈注本采用了寻流溯源的方法,如《瑞龙吟》,陈注:"《挥犀》云:卢藏用夜闻龙吟,听其声清越,乃真瑞龙吟也。"②因陈注比较简略,现补注如下:

《挥犀》,即《续墨客挥犀》,作者彭□。"卢藏用夜闻龙吟"事,见该书卷八"虎啸风生"条,云:"予旧曾读小说载:卢藏用隐终南山,或夜闻龙吟声,明日雨必至。后还,数语人云:'其声清越,殆难比拟。'坐有蜀僧,云:'某旧在五台,亦尝闻此,戛铜盘以效其声,往往相乱。'因取铜盘试使戛之,藏用抚掌曰:'真龙吟也。'"③

《瑞龙吟》其声清脆悠扬、秀拔出众,适合表现复杂多变的情感。周邦彦这首词为此调创始之作,抒写重到京都感旧之情。④ 陈注虽然简略但也要点齐全,如该词调命名出自何书、有何特征、可以表现什么情感等因素一一在列。这是乐工歌妓所需要的,也是能看懂的。

---

① 陈注本对词题的注释共四十八条,其中卷之一与卷之五的《风流子》,是对同一词调的重复注释。卷之一《风流子》注释为:"刘良注《文选》曰:'风言其风美之声,流于天下。子者,男子之统称也。'"([宋]周邦彦著,陈元龙集注:《片玉集》,卷之一,朱孝臧辑校,夏敬观评点:《彊村丛书(附遗书)》,上海:上海古籍出版社1989年版,第1302页)卷之五在此基础上,删去"子者,男子之统称也",补充"梁范静妻:'托意风流子,离情肯自私。'"(同上书,第1339页)如此一来,陈注本对词题的注释实为四十七条。

② [宋]周邦彦著,陈元龙集注:《片玉集》,卷之一,《彊村丛书(附遗书)》,第1299页。

③ [宋]彭□辑撰:《续墨客挥犀》,卷八,孔凡礼点校,北京:中华书局2002年版,第501页。

④ 谢桃坊编著:《唐宋词谱校正》,上海:上海古籍出版社2012年版,第645页。

王灼《碧鸡漫志》称周邦彦一些词乐来自乐工歌妓，如"江南某氏者解音律，时时度曲，周美成与有瓜葛，每得一解即为制词，故周集中多新声"。①周邦彦早年出入风月场所，结识"江南某氏"。他们一人能度曲、一人善制词。周词新声多是自度曲或改编曲，其中也有从"江南某氏"所得的词曲。周邦彦离开江南，在汴京入太学、在各地辗转为官，也创作或改编了不少词曲。周邦彦集中的一部分词作是该调创始之作，如《瑞龙吟》多次转调、其声清越。周邦彦还给这些自度曲、改编曲一个典雅别致的名称。在自度曲的命名上，周邦彦用心甚苦，陈元龙注释时也下了一番苦功。下面以周邦彦自度曲或改编曲为例，分析陈注的特点：

《锁窗寒》，出自鲍昭诗："玉勾隔琐窗。"

《渡江云》，出自杜甫诗："江入度山云。"

《扫花游》，出自舒亶诗："呼童且扫花边地，便作群仙醉倒傍。"

《解连环》，《庄子》曰："南方无穷而有穷，今日适越而昔来，连环可解也。"

《丹凤吟》，出自徐陵《丹阳上庸路碑》："天降丹鸟，既序《孝经》。河出应龙，乃弘《周易》。"及"丹穴出凤，故名丹凤"。

《华胥引》，《列子》："黄帝昼寝，梦游华胥氏之国。"

《丁香结》，古诗云："芳草牵愁远，丁香结恨深。"

《解蹀躞》，古诗曰："白马黄金鞍，蹀躞柳城前。"蹀躞，缓行貌。

《解语花》，《开元天宝遗事》云："帝与妃共赏太液池千叶莲，指妃谓左右曰：何如此解语花。"

《大酺》，《汉书·文帝纪》：前元十六年秋九月，得玉杯，刻曰"人主延寿"。令天下大酺，明年改元。即"西汉，文帝令天下大酺"。

《玉烛新》，《尔雅》云："四时调和谓之玉烛。"

《夜飞鹊》，梁王筠《七夕》诗："秋近雁行稀，天高鹊夜飞。"

这些词调命名多出自经史子集，具有浓厚的文化气息。周邦彦赋家出身，谙熟各种典故，才会有如此雅嗜，这对那些乐工歌妓来说是很难理解的，所以需要一一作注，注释词调名称的出处及其情感特征。由于个别典故比较生僻，其中还有一些讹误，以致后人无法索解，《六丑》就是其中的一个个案。

---

① ［宋］王灼：《碧鸡漫志校正（修订本）》，卷二，岳珍校正，北京：人民文学出版社2015年版，第31页。

《六丑》,陈元龙注:

> 《音志》云:"《汉仪》后亲蚕桑,著十一笄步摇,衣青,乘神盖云母安车,驾六丑马。"注曰:"丑类。"①

陈注自称所引资料出自《音志》,按《晋书》无《音志》而有《礼志》和《乐志》,该条材料出于《晋书·礼志》。梳理它的出处变化,它与同样出自《晋书·礼志》的《白氏六帖》关系更近一些,而且在叙述方式上还受到徐坚《初学记》的影响。《白氏六帖》"后妃蚕桑"条与"六駹马"有关的条目"汉仪",原文如下:

> 《汉仪》:皇后亲蚕桑东郊苑中蚕室,祭蚕神曰苑窳妇人、寓氏公主,祠用少牢。侍中成粲草定其仪。取列侯妻六人为蚕母,择吉日,皇后著十二笄步摇,衣青,乘油画云母安车,驾六丑马。女尚书陪载筐钩,外命妇皆步摇青衣,各载钩筐。先桑二日,蚕室生蚕,著薄上。桑日,皇后未到,太祝质明以太牢祀之。祠毕,班余胙于从桑。后东面躬桑,採三条,诸妃、公主採五条,郡县已下九条,以桑受蚕母也。②

《白氏六帖》中这段文字名为"汉仪",实非《汉仪》。它与《汉官六种》中清纪昀等辑、署名卫宏的《汉官旧仪》二卷《补遗》一卷、清孙星衍辑《汉旧仪》二卷《补遗》二卷相差甚远,比如皇后"乘油画云母安车,驾六丑马",在《汉官旧仪》《汉旧仪》及其《补遗》中都没有。汉人祭祀苑窳夫人、寓氏公主二神,祠以中牢羊豕;《白氏六帖》则祠以少牢。《白氏六帖》包括了《汉仪》的部分材料,但大部出自《晋书·礼志》,即"侍中成粲草定"的礼仪。《晋书·礼志·先蚕》原文如下:

> 先蚕坛高一丈,方二丈,为四出陛。陛广五尺,在皇后采桑坛东南帷宫外门之外。而东南去帷宫十丈,在蚕室西南。桑林在其东,取列侯妻六人为蚕母。蚕将生,择吉日,皇后著十二笄步摇,依汉魏故事,衣青衣,乘油画云母安车,驾六駹马。女尚书著貂蝉佩玺陪乘,载筐钩。公

---

① [宋]周邦彦著,陈元龙集注:《片玉集》,卷之七,《彊村丛书(附遗书)》,第1369页。
② [唐]白居易原本,[宋]孔传续撰:《白孔六帖》,卷八二,上海:上海古籍出版社1992年版,第892册360页。

主、三夫人、九嫔、世妇、诸太妃、太夫人及县乡君郡公侯、特进夫人、外世妇、命妇,皆步摇,衣青,各载筐钩从蚕。先桑二日,蚕室生蚕著薄上。桑日,皇后未到,太祝令质明以一太牢告祠,谒者一人监祠。祠毕撤馔,班余胙于从桑及奉祠者。皇后至西郊升坛,公主以下陪列坛东。皇后东面躬桑,采三条,诸妃公主各采五条,县乡君以下各采九条,悉以桑授蚕母,还蚕室。事讫,皇后还便坐,公主以下乃就位,设飨宴,赐绢各有差。①

《晋书·礼志·先蚕》出现年代较早、内容也较详实,它总结了"汉魏故事",开启了"唐开元礼"。唐代先蚕礼基本上由它而来,徐坚《初学记》突出了"汉魏故事",《白氏六帖》突出其条理,杜佑《通典》明辨源流,突出历代损益。三者各具特色,也各有擅场。下面,着重分析"六丑"这个错典是怎么形成的:

其一、《白氏六帖》先蚕部分:一是《汉仪》中的皇后亲蚕和祭先蚕礼,这在今本《汉官六种》《后汉书》"先蚕"礼注引《汉旧仪》、杜佑《通典》"先蚕""皇太后皇后车辂"中还能找到相应的文字。② 二是西晋武帝太康六年(285),侍中成粲根据"汉魏故事"所拟定的晋仪。它把二者分得清清楚楚,丝毫不爽。陈注把《白孔六帖》中的两部分全部看做《汉仪》;他所谓的《汉仪》多是成粲拟定的新礼,如皇后"亲蚕"仪式上的服饰、车马都是《汉官旧仪》《汉旧仪》所没有的。它出自《白氏六帖》又有变化,《白氏六帖》中所有的讹误它都有;《白氏六帖》没有的,它又新增了几处。

其二、《晋书·礼志》卷十九记载晋武帝太康六年祭祀先蚕和躬亲蚕桑礼,是依据"汉魏故事"改造而来的。"汉魏故事"又多是魏制,诚如沈约《宋书》所云:"及至晋氏,先蚕多采魏法。"③"魏法"与"汉仪"差距较大。成书于开元十三年(725)五月的徐坚《初学记》也出自《晋书·礼志》,主要记述"亲蚕礼",云:"汉魏故事:后亲蚕礼,著十二笄步摇、乘画云母安车,驾六騩

---

① [唐]房玄龄等撰:《晋书》,卷一九《礼志上》,北京:中华书局1974年版,第590页。
② [汉]卫宏撰:《汉官旧仪》卷下《中宫及位号》,[清]孙星衍等辑:《汉官六种》,周天游点校,北京:中华书局1990年版,第45页。[汉]卫宏撰《汉旧仪》卷下《中宫及位号》,与此相同,见《汉官六种》,第77页。[唐]杜佑撰:《通典》卷第四六《礼六·沿革六·吉礼五·先蚕》,王文锦等点校,北京:中华书局1988年版,第1288~1289页。《通典》卷第六五《礼二十五·沿革二十五·嘉礼十·皇太后皇后车辂》,第1819页。
③ [梁]沈约撰:《宋书》,卷一四《志第四礼一》,北京:中华书局1974年版,第355页。

马。騳,京媚反。"①指出这一条来自"汉魏故事",主要是"魏法",还给"騳"标注了读音,明确它不是"醜"。杜佑《通典》"皇太后皇后车辂"证实了徐坚《初学记》"騳马"条"汉魏故事"的成立。《白氏六帖》还把"六騳"误抄成"六丑",陈元龙也跟着出错。陈注引《白氏六帖》,新增了四处讹误:(一)、把《白孔六帖》中的"汉仪",看成了《汉仪》,进而把成粲拟定的晋礼全当作汉礼;(二)、把皇后"著十二笄"讹成"著十一笄";(三)、把皇后乘车"油画云母安车"讹成"神盖云母安车";(四)、延续了《白氏六帖》中的错误,把"六騳马"讹成"六醜马",还加上了标注:"丑,丑类。"它还学习《初学记》的叙事方式,在叙述时略加改变,把"汉魏故事"变成"汉仪",增加了"衣青"二字。《白氏六帖》对宋人影响很大,周邦彦把"六丑"作为词调名,陈元龙为周邦彦词集作注,都是步趋《白氏六帖》的。② 陈注三次引用《白氏六帖》,表明该书是他的常用书目之一。引用《白氏六帖》的观点,却没有核对原文,使他失去了纠正错误的机会。

其三,周邦彦善于赋敛故实,唐宋时期编撰的各种类书,是他案头必备书目。周邦彦"六丑"出自《白氏六帖》,由于字形相近难免出现讹误。从"六騳"到"六丑",再到"汉魏故事"的思路是对的。周密《浩然斋雅谈》卷下假周邦彦之口对"六丑"的解释则有硬伤。现将相关部分的原文抄录如下:

> 既而朝廷赐酺,师师又歌《大酺》《六丑》二解,上顾教坊使袁绹[问],绹曰:"此起居舍人新知潞州周邦彦作也。"问《六丑》之义,莫能对,急召邦彦问之。对曰:"此犯六调,皆声之美者,然绝难歌。昔高阳氏有子六人,才而丑,故以比。"③

这里"六丑"的出处是杜撰的。关于"高阳氏有子六人,才而丑",经多方查证均无结果。与它相近的材料是"高阳氏有才子八人",出自《左传》,原文是:"昔高阳氏有才子八人,苍舒、隤敳、梼戭、大临、龙降、庭坚、仲容、

---

① [唐]徐坚等:《初学记》,卷第一〇《中宫部·皇后第一》,北京:中华书局1962年版,第220页。
② 陈元龙看到的《白孔六帖》与今本不同。今本《白氏六帖》是后人把白居易《六帖》、孔传《续六帖》合并,又增加四十卷内容的合本。陈元龙看到的《白氏六帖》三十卷,在陈注本中有文字、书名为证。其时孔传《续六帖》三十卷已经刊行,但还没有与白居易《六帖》合编。周邦彦卒于北宋宣和三年(1121)四月,孔传《续六帖》尚未编成,他只能看到《白氏六帖》。
③ [宋]周密:《浩然斋雅谈》,卷下,孔凡礼点校,北京:中华书局2010年版,第58页。

叔达,齐、圣、广、渊、明、允、笃、诚,天下之民谓之八恺。高辛氏有才子八人,伯奋、仲堪、叔献、季仲、伯虎、仲熊、叔豹、季狸,忠、肃、共、懿、宣、慈、惠、和,天下之民谓之八元。此十六族也,世济其美,不陨其名。"①司马迁《史记·五帝本纪》"八恺""八元",也出自《左传》,并未补充新材料。② 高阳氏以及高辛氏八子有才有德,未闻貌丑之说。所谓"高阳氏有子六人",应为"八人"之讹。至于《六丑》是否连犯"六调"、声美而难唱,因词谱散佚、唱法不传,已无从考证,然杜撰典故以备应对,绝无可能。关于"六丑"命名的两种说法都有过错,相对而言,陈注有根底、有出处,更值得注意。

乐工歌妓并不需要知道这么繁琐的考证过程,只要方便实用即可。何士信《增修笺注妙选群英草堂诗余》编选体例与陈注本相近,注释文字也出自陈注本。只是他把词题,也就是陈元龙对词调的注释删去了。凡今人研究词调所需各项,如词调本源、声乐特点、适用题材、抒发情感、演变历程、句式押韵、四声平仄等一概从略。只有一点与今人相同,即对词调情感是整体接受的。宋人选曲填词有"述曲"的环节,就是用文字来表述词调的情感。同一词调的情感是相近的,但情感线索是千差万别的,这样述曲才有意义。如果词调一样、情感一样、情感线索也一样,那就不是创作而是复制了。

陈注本词题分为三种:一是通题,二是单题,三是杂赋。通题是许多首词共用一个题目。陈注本前六卷是按季节归类的,卷之一、卷之二、卷之三为"春景",卷之四为"夏景",卷之五、卷之六大部分为"秋景",卷之六倒数三首词,即"红林檎近二首"和"满路花"为冬景。词题就是卷目下的一年四季之景。卷之七、卷之八是"单题"。单题是相对通题而言的,一调一题。如卷之七第一首词词题由三部分组成:词调"解语花"、宫调"高平"和题目"元宵"。第二首词题分别是词调"六么令"、宫调"仙侣"和题目"重九"。其他各首基本相同。词题三要素不全的情况也比较常见,卷之七的"虞美人"二首,第一首标明词调"虞美人"、宫调"正宫",没有题目;第二首标明"第二",词调、宫调等一并省略。卷之八"蝶恋花"四首,也依上例。卷九、卷十则是后来搜集的,陈元龙把它们称为"杂赋",不与前面作品相混。③ 前面收集作品比较雅正,而后面收集词作比较尘杂,像"咏妓""携妓""美咏"

---

① 十三经注疏整理委员会整理:《十三经注疏·春秋左传正义》,卷第二〇,北京:北京大学出版社 1999 年版,第 577~578 页。
② [汉]司马迁撰,[宋]裴骃集解,[唐]司马贞索隐,[唐]张守节正义:《史记》,卷一《五帝本纪》,北京:中华书局 1959 年版,第 35 页。
③ [宋]周邦彦撰:《清真集》,《清真集参考资料》,吴则虞校点,北京:中华书局 1981 年版,第 174 页。

"美情"之类题目,在前面收集的作品中没有。

陈注本卷一至卷六为通题。在通题之下也保留下来一些题目。如卷之五秋景下的《风流子》"秋怨"、《华胥引》"秋思"、《齐天乐》"秋思"、《木兰花》"暮秋饯别"等四首,除《木兰花》"暮秋饯别"主题比较明确以外,其他三首主旨不清,其实还是分类。单题每调一题,题目有表现节序的,如《解语花》"元宵"、《六么令》"重九";有表现咏物的,如《倒犯》"新月"、《大酺》"春雨"、《玉烛新》"梅花"、《花犯》"梅花"、《丑奴儿》"梅花"、《品令》"梅花"、《水龙吟》"梨花"、《六丑》"落花"、《兰陵王》"柳"、《蝶恋花》"柳"、《三部乐》"梅雪"和《菩萨蛮》"梅雪";有表现地域的,如《西河》"金陵";有抒写情感的,如《归去难》"期约"、《玉楼春》"惆怅"、《黄鹂绕碧树》"春情"和《满路花》"思情"等,这些题目同类相聚,其实还是分类。

分类编词出于选歌的需要,有利实用,但不利于保存词学资料。今人从周邦彦词早期版本、宋人词选、方志等资料中搜集到了周邦彦的一些词序、词题、本事等,如元刊本、毛晋本中《西平乐》词序:"元丰初,予以布衣西上,过天长道中。后四十余年,辛丑(1121)正月二十六日,避贼复游故地。感叹岁月,偶成此词。"①这是周邦彦晚年的词作,又涉及他早年的行踪,对于考证周邦彦生平仕履有重要意义。该序也是周邦彦词中唯一的小序,②在陈注本中《西平乐》只有一个通题"春景"。③ 周邦彦词有词题者也寥寥数首,如《少年游》"荆州作",④可以考证周邦彦早年仕宦和交游,在陈注本中也是一个通题"春景"。⑤《一寸金》,据《花庵词选》其词题为"新定作",⑥可以考证词人中年时期在睦州的一段行踪、交游和著述,如此重要的词序,在陈注本中也被删去而代之以"江路"。⑦《景定建康志》卷三七《文籍志五·乐府》收录周邦彦词三首,分别是《西河》"金陵怀古"、《隔浦莲近拍》"溧水县圃姑射亭避暑作"和《鹤冲天》"溧水长寿乡作",⑧宋人方志收录的词作,还保持着周邦彦词的初期状态,因而具有较高的文献价值,其中《隔

---

① [宋]周邦彦:《清真集笺注》,《上编》,罗忼烈笺注,上海:上海古籍出版社2008年版,第207页。
② 同上。
③ [宋]周邦彦著,陈元龙集注:《片玉集》,卷之二,第1314页。
④ [宋]周邦彦:《清真集笺注》,《上编》,第82页。
⑤ [宋]周邦彦著,陈元龙集注:《片玉集》,卷之四,第1320页。
⑥ [宋]黄昇选编:《花庵词选》,《唐宋诸贤绝妙词选》,卷之七,第117页。
⑦ [宋]周邦彦著,陈元龙集注:《片玉集》,卷之九,第1388页。
⑧ 三词并见[宋]马光祖修、周应合纂:《景定建康志》,卷三七《文籍志五·乐府》,中华书局编辑部编:《宋元方志丛刊》,北京:中华书局1990年版,第1954页。

浦莲近拍》"溧水县圃姑射亭避暑作"记述了周邦彦任溧水知县时,避暑姑射亭,做了一个思念家乡的美梦。这首令词人魂牵梦绕、形诸梦寐的词作,在陈注本中也变成了通题"夏景"。①《满庭芳》"夏日溧水无想山作",②也是周邦彦任职溧水时的词作。该词描写无想山初夏美景,抒发倦游思归之情,在陈注本中只有一个通题"夏景"。③《点绛唇》"辽鹤归来",据王灼《碧鸡漫志》卷二记载:"周美成初在姑苏,与营妓岳七楚云者游甚久。后归自京师,首访之,则已从人矣。明日饮于太守蔡峦子高坐中,见其妹,作《点绛唇》曲寄之。"④这是周邦彦词的一条本事。周邦彦词本事不少,但可靠的不多,唯这条本事已经证明是可靠的。从本事所记事实来看,该词与杜牧叹花同其沉郁。⑤ 如此深厚的情感,在陈注本中只是"伤感"。⑥主题大体相同,情感却要淡薄很多。在陈注本中归类远比情感重要、实用远比事实重要。

2. 词意

周邦彦以赋起家,其词善于用典;陈注也摒弃各种要素,专心注释典故。在这一点上他们是契合的,刘肃特意指出这一点:"周美成以旁搜远绍之才,寄情长短句,缜密典丽,流风可仰,其徵辞引类,推古夸今,或借字用意,言言皆有来历,真足冠冕词林。欢筵歌席,率知崇爱,知其故实者,几何人斯?殆犹属目于雾中花、云中月,虽意其美,而皎然识其所以美,则未也。漳江陈少章,家世以学问文章为庐陵望族,涵泳经籍之暇,阅其词,病旧注之简略,遂详而疏之。"⑦刘序论述得很精辟,他认为用典是周词一大特色,也是阅读周词的一大障碍。陈注以注释典故擅场,无疑解决了阅读周词的这个障碍,对读者来说无异于如拨云见日、去雾看花。陈注特点体现在以下三点:

第一,周邦彦词本色雅正、内含法度,方千里、杨泽民、陈允平等遍和周邦彦词,把周邦彦词看做创作上的典范和必需要恪守的法度。吴文英、沈义父《乐府指迷》传授清真词法,张炎《词源》卷下传授清空词法,其中捷径是用姜夔的骚雅润饰周邦彦词的法度。在词乐方面,周邦彦是宋代为数不多

---

① [宋]周邦彦著,陈元龙集注:《片玉集》,卷之四,第1329页。
② [宋]周邦彦:《清真集笺注》,《上编》,第94页。
③ 同上。
④ [宋]王灼:《碧鸡漫志校正(修订本)》,卷二,岳珍校正,北京:人民文学出版社2015年版,第40页。
⑤ [宋]计有功辑撰:《唐诗纪事》,卷五六,上海:上海古籍出版社1985年版1987年新1版,第849页。
⑥ [宋]周邦彦著,陈元龙集注:《片玉集》,卷之九,朱孝臧辑校,夏敬观评点:《彊村丛书(附遗书)》,上海:上海古籍出版社1989年版,第1393页。
⑦ [宋]周邦彦著,陈元龙集注:《片玉集》,《序》,《彊村丛书(附遗书)》,第1289~1290页。

的擅长雅俗音乐并精通填词的词人之一。周邦彦有不少的自度曲、改编曲。在周邦彦词作中词调与词作的情感是一致的,这从陈注本中对词调名称的注释就可以看出来,《霜叶飞》得名于杜诗"清霜洞庭叶,故欲别时飞",词中抒发了深秋季节羁旅行役、情人离别之情。《丁香结》得名于古诗"芳草牵愁远,丁香结恨深",低沉压抑,用以抒写离情别绪。① 《解蹀躞》得名于古诗"白马黄金鞍,蹀躞柳城前",周邦彦用以抒写梦境、羁旅思人。《绮寮怨》得名于《文选·魏都赋》"曒日笼光于绮寮",陈元龙还特意对材料作注"言绮窗之人有所思而怨感耳",词题为"思情",表达悲切之感。《应天长》得名于《老子》"天长地久"及白居易"天长地久无终毕",② 是一首哀曲,与唐明皇、杨贵妃的爱情悲剧有关。周邦彦《应天长》题名"寒食",悼念亡妻王氏。③ 词情乐意契合是周邦彦词的基本特色。周邦彦词缺少厚重的社会情感,往往从男女之情出发抒发今昔之感,即使咏物,也很少托物言志、比兴寄托。这正符合词"近雅,而又不远俗"④的特点。王灼《碧鸡漫志》卷二也认为周邦彦词《大酺》《兰陵王》具有《离骚》的精神,⑤这两首咏物词,一咏春雨、一咏柳,都与羁旅行役有关。

  《大酺》出自唐代教坊曲《大酺乐》,"越调",即无射商的俗名,这个宫调擅长表达阴阳变化。周邦彦依唐人旧曲制作新声,词题为"春雨",把春雨前后天气变化与羁旅行役之情交织在一起,写出词人在那个特殊环境下的情感。词的上阕写天气变化。烟雾收敛、鸟不噪林,飞雨来降,洗尽了竹叶上的箨粉,嫩绿的竹梢已能触摸到墙头。还把湿润的气息到处伸展,琴弦松缓、围屏湿冷,蟏蛸的网挂到竹帘上。驿站也没有往日的喧噪,在寂静中倚听檐声成串。词的下阕写羁旅行役。阴气很重,春雨连绵,词人情绪也糟到了极点,羁旅天涯,又遭阴雨,穷途受困,倍感孤独。他归意迫切,首先想到的是这雨水会不会淋坏我的车子。平素多愁善感、体质脆弱,这时更能理解马融独卧平阳眉坞,听洛客逆旅吹笛的感受。如诉如泣的笛声,引起漂泊者的共鸣。春雨过后,芳事终结了;红糁铺地,樱桃青青如豆。一年美好的时光就这样过去了,有谁珍惜光阴愿与我秉烛赏花呢?词人抒写了落魄之情,但在失望中又饱含希望。上阕写春夜听雨,从屋外到屋内,从大自然到

---

  ① 谢桃坊编著:《唐宋词谱校正》,上海:上海古籍出版社2012年版,第442页。
  ② [宋]周邦彦著,陈元龙集注:《片玉集》,卷之一,《彊村丛书(附遗书)》,第1304页。
  ③ 薛瑞生:《周邦彦并未"流落十年"考辨》,《文学遗产》2005年第3期,第33页。
  ④ [元]陆辅之撰:《词旨》,《序》,唐圭璋编:《词话丛编》,北京:中华书局1986年版,第301页。
  ⑤ [宋]王灼:《碧鸡漫志校正(修订本)》,卷二,第28页。

词人内心,全是这种失望之情;下阕正好相反,感悟生机,从屋内到屋外,从内心再到大自然,抒发欢喜之情。在这场春雨中,自然界发生了很多变化,生机勃发、从无停顿,在悲伤之中也有欣慰。周邦彦不愧是词坛大家,他善于把两种不同的情感交织在一起,真实细腻地写出了春雨羁旅中的心态变化。仔细品读,韵味无穷。

《兰陵王》也是唐代教坊曲,宋人翻旧曲为新声。周邦彦《兰陵王》"柳"为此调之正体,格律极严、声情极美。①《兰陵王》也是"越调",善于写复杂多变的情感。这首词分为三阕,写了各种不同的离别:上阕总述离别。折柳而别的习俗,从长安扩展到各地。举眼望去,隋堤柳阴伸向远方,在湿润的烟雾中丝丝柳条青翠欲滴。我经历过太多的送别,见惯了柳枝拂水飘绵送将归的场景。登高眺望故乡,有谁还记得我这个京华倦客。多少年来,一直奔走在朝廷地方,来来去去,折过的柳条加起来也超过了一千尺。言下之意见惯了离别,当然不会为这次离别而伤悲。中阕是一个具体的离别场景。又有一干人粉墨登场了,他们来到都门外隋堤上,分别扮演送行者和将归者。面对依依垂柳,闲来无事,我正好寻找曾经留下的踪迹。一切都按事先预设的过程进行:众人就位、举杯畅饮。乐队奏离别曲,闪烁的灯火在离席上跳跃。离别再加上那个伤感的季节——梨花白、换新火、扫坟墓、祭先人,寒食清明,依次而来,我的心早回到了家乡。思乡之情像离弦之箭,驷马难追。艄公挥起竹篙,搅起半篙春水,船已飞过数驿。再回头看送行的人群,早已消失在遥远的天北。下阕是抒发情感。见惯了离别的我,麻木的心灵居然也感到忧伤。多年离别故乡,愁恨堆积如山。情感起伏之后,归于平静。运河主流与支流交汇处水面打着旋,或分或合,流向各自的去处。渡口上的津堠也沉寂下来。夕阳西下,一天就要过去了;过了清明,春天也要收场了。这时我才敢想起家乡的恋人,曾在月榭携手,原想就这样度过一生;可一分手再无踪影。每想旧事,不由得泪水暗滴,打湿枕巾。这首词写法独特,既是告别,又与以往的告别不一样。离别是悲伤的,但长期的羁旅行役,还有无数次的离别,又使他柔软的心变得坚硬。这次告别,程式化的步骤没变,深深打动他的是故乡、恋人。这是他内心深处脆弱的所在。

周邦彦词本色雅正、善于用典,也善于写情。情感雅正、层次清晰,读者也能读懂。他远离政治旋涡,没有刻意描写政治。在他每次外放背后都有政治因素,但他不写这些,所写无非是寻常之事,抒发的也是寻常之情,如登高望远的故乡之思、咏物言志的身世之感、思念故人的今昔之叹、咏史怀古

---

① 谢桃坊编著:《唐宋词谱校正》,上海:上海古籍出版社 2012 年版,第 639 页。

的伤今之情。这些情感都是内敛而规范的,所以他的生活方式与柳永相差无几,但他的词品高于柳永。王灼说他的词具有《离骚》的精神,除了词的立意,周邦彦在词的题材主旨、结构布局、使事用典、抒写情感、选调填词、配乐歌唱、四声平仄等方面都是很规范的。在一般注家看来这是值得大书特书的特点,陈元龙却一概不注。注释是为了说明问题的,既然没有问题,何必还要画蛇添足呢?

第二,陈注可谓是惜墨如金,对一些非关键问题不做注释。有所不为才能有所为、集中力量办正事。陈注的正事是什么呢?是对词中典故的注释。陈注本也是随词作注的,设注比其他的宋词注本要多一些。设注数量的多少,翻开现存的傅注坡词、何士信《增修笺注妙选群英草堂诗余》等,比较一下就一目了然了。除此之外,陈注本还有两个特点:

(1)陈注本在关键部分,除了注释典故出处之外,还加断语,力求把问题说透。

陈注本在注释典故时颇费功力,注释《风流子》"问甚时说与,佳音密耗,寄将秦镜,偷换韩香"句,①先注"韩香":"韩香出《晋书》。贾充女悦韩寿美姿,遂通焉,窃奇香以与寿。"再注"寄将秦镜,偷换韩香"对偶句的出处:"乐府云:'盘龙明镜饷秦嘉,辟恶生香寄韩寿。'"按:"乐府"即庾信的《燕歌行》。②"盘龙明镜"是一种名贵的铜镜,萧子显《日出东南隅行》云:"明镜盘龙刻,簪羽凤凰雕。"③秦嘉是一介寒士,身份不过郡小吏,哪能用得起如此奢华之物。秦嘉《赠妇诗》其三谈到馈赠妻子的物品只有钗和镜,与前面《日出东南隅行》中的物品相同,但档次要低得多。"宝钗可耀首,明镜可鉴形"。④ 镜是一般的青铜镜,并没有"盘龙"。宋代龙辅曾收藏过这枚铜镜,他的《镜》诗云:"徐淑古铜镜,背多青绿花。收藏敢轻慢,曾得照秦嘉。"⑤镜与"盘龙"无关。庾信《燕歌行》中的"盘龙明镜"是虚拟之辞,打算把名贵的镜子送给秦嘉,把上等的香赠给韩寿。刘禹锡也是如此用的,《泰

---

① [宋]周邦彦,陈元龙集注:《片玉集》,卷之一,《彊村丛书(附遗书)》,第1302~1303页。
② [北周]庾信撰,[清]倪璠注:《庾子山集注》,卷之五《乐府》,许逸民校点,北京:中华书局1980年版,第407页。
③ [陈]徐陵编,[清]吴兆宜注,[清]程琰删补:《玉台新咏笺注》,卷之八,萧子显:《日出东南隅行》,穆克宏点校,北京:中华书局1985年版,第324页。
④ [陈]徐陵编,[清]吴兆宜注,[清]程琰删补:《玉台新咏笺注》,卷之一,秦嘉:《赠妇诗三首》其三,第31页。
⑤ [宋]龙辅:《镜》,北京大学古文献研究所编:《全宋诗》,卷三七八〇,北京:北京大学出版社1998年版,第72册第45621页。

娘歌》云:"秦嘉镜有前时结,韩寿香销故箧衣。"①把"秦镜""韩香"相对。周邦彦词中母典由此而来。《风流子》描述一男子对恋人的思念,希望能在梦中见到日夜思念的人。想搞清楚什么时候传递消息、馈赠礼物、用秦镜换回韩香。"秦镜"是秦嘉馈送徐淑的那面普通镜子。陈注在此下一断语:"秦镜,绝非始皇事。"因为读者看到"秦镜""盘龙"等字面,往往会往秦始皇那里想,难免岐解。这个断语非常必要。在陈注的每个断语后,都有要强调的内容。如《瑞鹤仙》"叹西园、已是花深无地,东风何事又恶",引曹子建诗"清夜酌西园"为注,断语是"西园在邺都上林苑也"。②《浪涛沙》"南陌脂车待发",引《左传》"中(巾)车脂辖"为注,断语是"言以脂涂车辖也"。③《浣沙溪》第三"忍听林表杜鹃啼"句,引"李义山:望帝春心托杜鹃"为注,断语是"其声哀怨,不忍听之耳"。④《隔浦莲》"新篁摇动翠葆"句,引"谢朓诗:翠葆随风,金戈动日"为注,断语是"五彩羽名为葆,言新竹如此"。⑤ 在同一首词中还有,"惊觉。依然身在江表"句,引"温庭筠诗:屏上吴山远,楼中朔管悲"为注,断语是"江表,言江南也"。⑥《宴清都》"淮山夜月,金城暮草,梦魂飞去"句,引"杜牧诗:烟笼寒水月笼沙,夜泊秦淮近酒家"《建康实录》:金城吴时所筑,晋桓温少年种柳处",两句为注,断语是"此皆言其旧游之地"。⑦《蕙兰芳引》"犹写寄情旧曲。音尘迢递,但劳远目"句,引"谢庄《月赋》:美人迈兮音尘阔"为注,断语是"言语音风尘之远也"。⑧《倒犯》"新月":"驻马望素魄,印遥碧、金枢小"句,引"吕延济注曰:大明,月也。金枢,月之没处。月有窟,故云穴也"为注,断语是"言驻马立望素月之魂,遥贴西方金枢之穴,将没也"。⑨《玉楼春》第三"满头聊插片时狂,顿减十年尘土貌"句,断语是"言面色尘埃",补注为"坡诗:江山清空我尘土"。⑩《霜叶飞》"又透人、清辉半饷"句,无注,断语是"半晌,言半饭之久也"。⑪《塞

---

① [唐]刘禹锡撰:《刘禹锡集笺证》,卷二七《乐府》下,瞿蜕园笺证,上海:上海古籍出版社1989年版,第831页。
② [宋]周邦彦著,陈元龙集注:《片玉集》,卷之二,《彊村丛书(附遗书)》,第1313页。
③ 同上书,第1315页。
④ [宋]周邦彦著,陈元龙集注:《片玉集》,卷之三,《彊村丛书(附遗书)》,第1325页。
⑤ [宋]周邦彦著,陈元龙集注:《片玉集》,卷之四,《彊村丛书(附遗书)》,第1330页。
⑥ 同上书,第1331页。
⑦ [宋]周邦彦著,陈元龙集注:《片玉集》,卷之五,《彊村丛书(附遗书)》,第1342页。
⑧ 同上书,第1346~1347页。
⑨ [宋]周邦彦著,陈元龙集注:《片玉集》,卷之七,《彊村丛书(附遗书)》,第1363页。
⑩ [宋]周邦彦著,陈元龙集注:《片玉集》,卷之一〇,《彊村丛书(附遗书)》,第1399页。
⑪ [宋]周邦彦著,陈元龙集注:《片玉集》,卷之五,《彊村丛书(附遗书)》,第1345页。

垣春》"更物象、供潇洒"句,无注,断语是"物象,万物形象也"。① 在同一首词中还有,"玉骨为多感,瘦来无一把"句,无注,断语"一把,俗云一搦也",补注为:"李百药诗:一搦掌中腰。"②《醉桃源》第二"画阑曲径宛秋蛇"句,无注,断语是"晋王献之字字若绾秋蛇,此言栏径屈曲宛若秋蛇"。③《定风波》"美情":"此歌能有几人知"句,无注,断语是"杜诗云:此曲只应天上有,人间能得几回闻,用此意也"。④《意难忘》"美咏":"夜渐深,笼灯就月,子细端相"句,无注,断语是"端相,犹正视也"。⑤

(2)陈注以词注词,表明周邦彦与前人词作千丝万缕的联系,如《玲珑四犯》"叹画阑玉砌都换"引"李后主词:雕栏玉砌应犹在"为注;⑥《华胥引》"秋思":"岸足沙平"引"花间词:岸远沙平"为注;⑦《宴清都》"残灯灭,夜长人倦难度"引"晏叔原词:甚夜长难度"为注;⑧《四园竹》"雁信绝,清宵梦又稀"引"花间词:忆君和梦稀"为注;⑨《齐天乐》"秋思":"叹重拂罗裀"引"花间词:寂寞绣罗裀"为注;⑩《木兰花》"暮秋饯别":"今宵灯尽酒醒时"引"柳词:今宵酒醒何处"为注;⑪《解蹀躞》"面旋随风舞"引"坡词:面旋落英飞玉蕊"为注;⑫《水龙吟》"梨花":"一枝在手,偏勾引、黄昏泪"引"花间词:偏能勾引泪阑干"为注;⑬《早梅芳》"别恨":"意密莺声小"引"晏小山词:意密弦声碎"为注;⑭《虞美人》第二"天寒山色有无中"引"欧阳公词:平山栏杆倚晴空,山色有无中"为注。⑮ 这些材料足可以改变人们一个根深蒂固的看法:周邦彦是游离于宋代词坛之外的词人。他既不用大晟雅乐,也不与其他词人唱和。尽管如此,他仍关注词坛,在词作中运用了词人词作的语典。这还是陈注本已经注出来的,没有注出来的更多。正因为他在生活在宋词体系之内,所以才能融入体系,引领体系的发展。

---

① [宋]周邦彦著,陈元龙集注:《片玉集》,卷之五,《彊村丛书(附遗书)》,第1347页。
② 同上书,第1347~1348页。
③ [宋]周邦彦著,陈元龙集注:《片玉集》,卷之六,《彊村丛书(附遗书)》,第1354页。
④ [宋]周邦彦著,陈元龙集注:《片玉集》,卷之一〇,《彊村丛书(附遗书)》,第1396页。
⑤ 同上书,第1395页。
⑥ [宋]周邦彦著,陈元龙集注:《片玉集》,卷之二,《彊村丛书(附遗书)》,第1310页。
⑦ [宋]周邦彦著,陈元龙集注:《片玉集》,卷之五,《彊村丛书(附遗书)》,第1340页。
⑧ 同上书,第1341页。
⑨ 同上书,第1343页。
⑩ 同上。
⑪ 同上书,第1345页。
⑫ [宋]周邦彦著,陈元龙集注:《片玉集》,卷之六,《彊村丛书(附遗书)》,第1352页。
⑬ [宋]周邦彦著,陈元龙集注:《片玉集》,卷之七,《彊村丛书(附遗书)》,第1368页。
⑭ [宋]周邦彦著,陈元龙集注:《片玉集》,卷之一〇,《彊村丛书(附遗书)》,第1401页。
⑮ 同上书,第1404页。

第三,通过独特的注释,着力塑造作者的形象。周邦彦生逢新旧党争之际,他不事奔竞,表现出士大夫的清雅人品。其词也与他人不同,生前记载不多。所谓的法度是后人总结的,崇高地位也是后人追加的。一些逸闻趣事,枝节本末多经不住推敲。陈元龙把这些不可靠的材料一并删去,也把各种评论一概剔除,剩下的就是一位单纯的词人形象。词作的好坏,全凭作品来展现。这些作品是扎扎实实的,不需要借助外力来推扬。

陈注本突出了周邦彦的博学,周邦彦词多创调,其词调名多来源于经史子集;周邦彦词善用典故,这些典故也出自经史子集。陈注本重在发掘这一特点,突出了周邦彦词浓厚的文化色彩。陈元龙称《离骚》为"楚客经",[①]这与汉人称《离骚经》是一脉相承的。经是圣人的著述,在传统文化中具有特殊的地位。与宋人对屈骚的评价相比,陈元龙已经达到了一个新的高度。正因为思想认识到位,他才对具有《离骚》精神的周词,有独到的体会。

陈注本号称"集注""详注",但除了书名与刘肃序言之外,很少见到它采用旧注的证据。一般集注本的材料都是多多益善,而陈注本则特别严苛,凡我们所能看到的材料、一般注家也会采用的材料他一概不用。陈元龙在注释词句出处时,往往避熟就生,如《锁窗寒》"故人剪烛西窗语"句,陈注:"温庭筠《舞衣曲诗》:'回鸾语西窗客。'"[②]何士信《增修笺注妙选群英草堂诗余》也选这首词,注释大多是抄陈注本的,惟这句改为"李商隐诗:'何当共剪西窗烛,却话巴山夜雨时。'"[③]应该说比陈注更清晰、也更准确。为什么陈注不用李商隐这首诗歌的名句呢?他不是不知道这首家喻户晓的诗句,而是避熟、避俗。同样的情况,如前面提到的《应天长》题注,陈元龙注"应天长"出处,用了白居易诗"天长地久无终毕",而不用《长恨歌》中的"天长地久有时尽,此恨绵绵无绝期"。这是一首悼亡词,用《长恨歌》中的诗句更切题。他之所以弃此而用彼,还是在避熟、避俗。避熟就生也是才学化的体现。陈元龙注周邦彦《片玉集》是面向歌妓的歌唱本,太生涩了就达不到注释的目的。对旧注本的选择也是如此。陈注本卷之七《解语花》"望千门如昼",引易斋云:"旧本作'千门如画者'误也。虽有妙手,安能画其明也?"[④]吴则虞为此专门比对方千里、杨泽民的和清真词,"昼(畫)"犹作"画(畫)";《花草粹编》也作"画(畫)"。陈注本采纳"易斋"的观点,及时修改

---

① [宋]周邦彦著,陈元龙集注:《片玉集》,卷之一〇,《彊村丛书(附遗书)》,第1397页。
② [宋]周邦彦著,陈元龙集注:《片玉集》,卷之一,《彊村丛书(附遗书)》,第1301页。
③ 刘崇德、徐文武点校:《明刊草堂诗余二种》,《增修笺注妙选群英草堂诗余》,《后集》卷上,保定:河北大学出版社2006年版,第168页。
④ [宋]周邦彦著,陈元龙集注:《片玉集》,卷之七,《彊村丛书(附遗书)》,第1361页。

了旧本的讹误,用"昼"字。① 一字之微,可见陈注对旧注本的重视,他发现问题并及时改变了旧本的讹误。而那些遍和周词的作者仍沿用旧本的错误。

注释有一定之规,也有法外之理,是用自己的人品学问去阐释作者的思想情感;以心释心,给读者指示门径;通过注疏,体现自己对这个问题的独到见解。注疏就是做作者的忠臣、读者的向导并申述自己的观点。宋词集注在这方面有一定的特色,与同时代的王十朋《注东坡诗集》、赵次公注杜诗等名注相比,还比较肤浅粗糙;与朱熹《四书章句集注》等经典注本相比,问题意识还不够突出,不具备引领学术发展的实力。它的问题是注释因素不全、设注较少,没有突出作者的特色,尤其是作者给典故所赋予的新义,缺乏唯一性和精确性,所下断语力度不够。集注本的好坏,与学术积淀有密切关系。宋词集注处于筚路蓝缕、开启山林的阶段,基础研究薄弱,这与实力雄厚、动辄就百家注千家注的儒学经典、杜诗、苏诗不在一个层级上。宋词集注能够在前人注本基础上把词学研究向前推进一步,就是一个了不起的收获。从文学体系上看,每个时代的每个作者、学者都有自己独特的地位和影响,贡献也是独一无二、无法复制的。

---

① [宋]周邦彦撰:《清真集》,《清真集参考资料》,吴则虞校点,北京:中华书局1981年版,第174页。

余 论

"宋词与唐宋诗学"是一项研究诗词互动的课题,类似的相互影响在唐宋时期是比较普遍的。唐宋诗学对宋词的影响是比较成功的。由于诗词同源、诗词同理,甚至连作者也是同一个人、创作心态也大体相近,唐宋诗学对宋词的影响是全面而深入的,从创作到理论,它几乎是宋诗的翻版。宋词是一种流调,正处于上升状态,它需要借助诗歌成熟的经验和理论来提升自己的文化档次和思想品味。宋词雅化改变了以往雅俗对立的状况,因俗化雅,雅化而不改变它的形式。这与以前的音乐文学不同。此前,音乐文学的雅化往往脱离了音乐,仅从文学上进行雅化,如四言诗变成赋、乐府变成新乐府、古诗变成近体等。研究诗词互动,探索在外力的作用下,宋词雅化的幅度有多大;在自身规则的驱动下,它的内力又有多大。在两种力的共同作用下,宋词创作、理论、体系是以什么样的形态来呈现的。关于本课题的研究结论如下:

一

在宋词创作中,无论是文字游戏、才学呈现,还是发表议论,都有一个由实入虚的过程。滤掉具体的材料、方法、思路、结构,绝去笔墨畦径,只留下空灵的意趣,由此而形成的创作风格就是清空。在我国古代文学创作中,普遍有才学化的趋向,各个时段的侧重点不同。唐诗以作用为主、练格练意,从风骨兴寄到沉郁顿挫;宋诗以使事用典、驱使故实为主,由才学趋向清空。唐宋词(曲子词)也不例外,落实到具体词人的创作风格上,差异还是很大的。有人落笔即是清空,李白的《菩萨蛮》《忆秦娥》两首小词就是这类神来之笔;有人以自己天才的笔法实现了词意的清空,苏轼的"中秋"《水调歌》、"夏夜"《洞仙歌》,王安石的《桂枝香》"金陵怀古"等就是这样的词作;姜夔的《暗香》《疏影》等则是以内在法度、人力工夫实现了词意的清空。把这种天才的词笔、人力工夫化解成具体的词法,再通过词社的创作训练把词法还原成创作风格用了一百多年。

宋词的清空出于事理的必然,骚雅则得之于意外。在宋词雅化过程中,一直恪守本色雅正的标准。但也有例外,在北宋覆亡、南宋政权立足未稳之际,需要一种健康向上振奋人心的歌词来凝聚人心鼓舞士气。于是在北宋末年被视为别派的苏轼词应运而起,成为南渡词坛上的正派。苏轼词只是一种理想化的精神,与南宋的社会现实并无直接联系。它创作于北宋中后期,新旧党争、政局翻覆,虽然当时政治环境令人沮丧,但还未到亡国的地步,而南宋社会现实远比苏轼所处的环境险恶。昏君奸相残酷镇压抗金力量,随时准备屈膝投降。在这种政治环境下,文恬武嬉、士风无耻、民风脆弱,几乎看不到中兴的希望。辛弃疾从北方归来,他把苏轼词的理想精神与南宋的社会现实连接起来,抒发了忠君报国之情。辛弃疾与苏轼一样都是无意为词,他们都喜好陶渊明,词中情感发自肺腑且浑然一体。相比之下,他比苏轼气魄更大、才学更广,其词淋漓酣畅。经过辛弃疾及苏辛词派词人共同努力,宋词在才学化、雅正化方面达到了较高的层次。苏辛词派给宋词的贡献主要是题材上的开拓、情感上的升华。这种情感,张炎称之为骚雅。即使后来江湖词派成为正派,辛弃疾的骚雅也被载入张炎《词源》卷下。如果没有这一段大开大合、荡气回肠的创造,也许宋词沿着北宋末年本色雅化道路向前发展,与北宋末年大晟词派相伯仲。由于有了第二次例外,这就是南宋王朝的灭亡,使那些在东园西园、外戚勋臣府邸浅饮低唱的本色词人,深切感受到了亡天下之痛。他们的词风为之一变、词论也为之一变。与其他音乐文体一样,宋词原先也是追求雅正的。辛派词人刘克庄把宋词审美理想从"雅正"改为"骚雅",苏辛在宋词意境上的开拓,为姜夔的清空骚雅提供了蓝本。

"雅正"是一种来自《诗经》大小雅的情感,其特点是发乎情、止乎礼义,即情感真实而又合乎规范。"骚雅"是《离骚》式的情感,它发乎情,但不一定归之礼仪。这就是朱子序《离骚》所谓的"其志行虽或过于中庸而不可以为法,然皆出于忠君爱国之诚心"。① 屈原忠君爱国的大方向没错,但他在表达这种情感时经常逾越中正平和的标准,如他动辄就要效法彭咸投身激流。"骚雅"就是这种真实而不受限制的情感。张侃认为"骚雅"也是发乎情、归之礼仪的,这是用"雅正"来阐释"骚雅",使"骚雅"也符合《诗经》的

---

① [宋]朱熹撰:《朱子全书(修订本)》,《楚辞集注》,《楚辞集注目录》,蒋立楠校点,上海:上海古籍出版社,合肥:安徽教育出版社2001年版,第16页。

情感规范。宋人一般也是"骚雅""雅正"混用的,二者的区别并不大。"骚雅"也可以是"雅正"的,但有时就突破了中正平和的范畴。二者相比,朱熹的说法更近事实。张炎说音乐文体通用的情感是"雅正",唯宋词是"骚雅"。这里有对前人创作风格、审美理想的继承,也有对词人情感的考量。宋词在情感上接近《离骚》,善于运用女性化题材、情感来抒情写意,它的审美理想更适合"骚雅"。"清空"来自唐宋诗学,宋词在创作方法、题材上与宋诗相近;而"骚雅"则是它自身发展所致,这在唐宋诗学中很少见。回看宋词三百二十年的发展史,每一步都不顺,总是在关键节点上偏离预期的目标,朝着相反的方向发展。在绕一个大弯子后,又神奇地绕回来了。这是内力外力综合作用的结果,偏出去的是外力,绕回来的是内力。

二

　　唐宋诗学对宋词理论主要是思想观念上的影响,词法尚在其次。首先它改变了宋人对前代词人的看法,只有善于发现前人优点、学习前人优点,才有可能成为一个正派词人;其次学会了包容,不仅要包容不同派别的词人,还要包容同一流派内部不同创作风格的词人。不仅要包容一种创作风格、一种词法、几个词人,还要包容与自己不同的词学观念,包容一种思想。思想境界的拓展才是词学理论发展的保障。

　　唐宋诗学对宋词理论的影响是全面的,宋词理论的表现形式也是多种多样的。我们只选取了理论性比较突出的词话、序跋为例来分析唐宋诗学对宋词理论的影响。词话由散到整、由小到大、由杂乱到集中、由附庸到主体,不仅独立成书,而且还传授一家词法、划定正派体系。词话中概念、思理、体系等,都可以看出唐宋诗学的浸润。序跋单篇独行,但它具备论著才有的体系意识、行家才有的专业水平。把这两类形式相互对比,就能够看到一个词学体系的雏形。

　　体系是一种综合的批评方式。我国古代文学有自己独特的体系,这种独特性体现在它的中国化特色上。它发轫于尧舜禹三代,与大一统社会相适应,是以一种显潜体系的形式存在的。这种体系易于感知,但不易说清。我们把它简化为三个问题:是什么?能干啥和怎么干?作为一种研究方法,它与以往的研究方法不同:以往的研究方法是一种人为的方法,体系是古代文学自带的方法。人为的方法主观片面性比较突出,而自带的方法比较客观且符合实际,但不易掌握。即以宋词体系而言,由很多的因素组成,诸多因素围绕着一种思想运行,选择不同的因素进行研究,得出的结论也大致相同。我们尝试在宋词正派体系中为部分词人定位,比如曾经的正派词人苏轼、辛弃疾对词学贡献很大,却不属于新的正派体系。宋人判断正派的标准是本色雅正,苏辛词不够本色,所以没有进入正派系列,但这不影响他们对宋词的实际贡献和地位。南宋词坛正派江湖词派花费百余年时间、三代词人的不懈努力,不就是要传承苏辛词的清空、骚雅吗?仅此一点,足见苏辛地位之尊崇。其他词人也是如此,各具道之一体,在宋词体系上有自己独特的坐标。

三

根据上下两编的论述,无论在创作上还是理论上,宋词都是亦步亦趋跟在宋诗后面,接受唐宋诗学(主要是江西诗派)影响的。直到南宋中后期,江西诗派衰落了。宋词在关键时期紧跑几步,赶上并超过了宋诗。江湖词派因其词社活动规范、词法传递不断成为宋元之际一个典型的词学流派,并以其本色雅正的风格成为新的正派。南宋江湖词派可分三段:第一段是姜夔、史达祖、吴文英与他们同时代的词人(1176~1260),第二段是杨缵主盟临安词社时期(1260~1267),第三段是宋元之际(1267~1320),周密、张炎主盟临安词社。前后两段是发展的黄金期,而中间一段是低谷期,也是江湖词派词社的规范期,杨缵把过去那种松散应社方式改为研究教学式,把词社变成了师友之间切磋词法、训练创作的课堂。杨缵以其特殊的身份地位、领导组织才能、还有他对词乐词体的独到造诣,成为当之无愧的词坛领袖和词学大师。他不仅为词社提供了聚会的场所,还提供了思想和方法。在这一段词社由松散变得紧凑,具备了成为典型词派的条件。周密在他的笔记小说、诗歌、词序等资料中记述了应社活动的情景,还不足以体现当时应社的实际情况。再看他们这时的词作,和韵、分韵、次韵、分题等字样出现频率很高,这些都是应社之作。杨缵制定了词社规范,词论大纲、学习典范和方法途径。在词法的授受上改变了过去师傅带徒弟的方式,像禅宗一样传灯授徒。周密、张炎所到之处就是一个个唱和中心,在战乱年代词法也能传授、词社聚会也照样进行。宋词能应对各种复杂的变故,为古代文学流派中的稀有现象。

诗词互动,也不完全是一个学术问题。在同样的时间、地点、环境下,宋诗沉寂了,而宋词兴起了。究其原因,与江湖词派追求骚雅的审美理想有关。越是时局艰难,越是好作不断,它抓住时代变化成为一个有活力的文学流派。从生存状态上比较,江湖词派与江湖诗派同时,两派成员的身份地位、活动区间、生活方式也大致相同。他们之间有许多必然的联系,但也有一些明显的区别。江湖诗派以诗歌为干谒之具、谋食之具,写诗就是为了生存,进而买田置地、饮酒狎妓享受人生。在这种情况下,诗歌艺术水平很难提高,诗格卑下是一种必然的结果。江湖词派的词人因为各种原因沦落江湖,人在江湖,却身能由己。思想不乱、理想不变,无论环境多么严酷,他们都能按照自己的意愿活着。实在活不下去,也只有一死。江湖词派词人大多不得其终,与外界失去联系后在贫病饥饿中死去。宁可死也不改变操守,因为他们信守"骚雅"。骚雅词作来自骚雅的品格。再把南宋江湖词派与江西诗派的传人张炎与方回做一对比。他们在理论上很相近,而且张炎词法明显来自方回,但在人品上两人有较大的差距。无论方回的诗法多么高明,降元的理由多么充足,他都缺乏为理想而死的勇气,甚至还想借助蒙元政权处死冒犯他的人。方回的诗法落实在字面上仅仅是技艺之学,甚至他的诗外工夫除了投机钻营,可以忽略不计。当初黄庭坚限制了诗歌对现实的批评,江湖诗人以诗歌为糊口之具,方回想借诗艺去杀人,看似风马牛不相及的几个片段总有一些必然的联系。

　　宋词乃至唐宋诗学中的诗法词法,看似一条条法度,落到实处就是做人的规则。法是可以改变的,人也是可以改变的,不可改变的是做人的准则和理想。宋代诗词相互影响、相互易位,不正说明了这一点吗?

参考文献

（按人名音序排列）

古　籍

B

白居易:《白居易集笺校》,朱金城笺注,上海:上海古籍出版社1988年版。

白居易:《白居易诗集校注》,谢思炜校注,北京:中华书局2006年版。

班固撰,颜师古注:《汉书》,北京:中华书局1964年版。

C

柴望等:《柴氏四隐集》,四川大学古籍整理研究所编:《宋集珍本丛刊》第86册,北京:线装书局2004年版。

晁补之:《晁补之词编年笺注》,乔力校注,济南:齐鲁书社1992年版。

晁补之、晁冲之撰:《晁氏琴趣外篇·晁叔用词》,刘乃昌、杨庆存校注,上海:上海古籍出版社1991年版。

陈亮:《陈亮龙川词笺注》,姜书阁笺注,北京:人民文学出版社1980年版。

陈廷敬主编:《康熙词谱》,长沙:岳麓书社2000年版。

陈廷焯撰:《白雨斋词话全编》,孙克强、赵瑾等辑校,北京:中华书局2013年版。

陈廷焯:《白雨斋词话足本校注》,屈兴国校注,济南:齐鲁书社1983年版。

陈振孙:《直斋书录解题》,徐小蛮、顾美华点校,上海:上海古籍出版社1987年版。

崔令钦撰:《教坊记笺订》,任半塘笺订,北京:中华书局 2012 年版。

D

戴复古:《戴复古诗集》,金芝山点校,杭州:浙江古籍出版社 2012 年版。

杜甫著,仇兆鳌注:《杜诗详注》,北京:中华书局 1979 年版。

杜牧撰:《杜牧集系年校注》,吴在庆校注,北京:中华书局 2008 年版。

F

范晔撰,李贤等注:《后汉书》,北京:中华书局 1965 年版。

范能濬编集:《范仲淹全集》,薛正兴校点,南京:凤凰出版社 2004 年版。

方回选评:《瀛奎律髓汇评》,李庆甲集评校点,上海:上海古籍出版社 2005 年新 1 版。

房玄龄等撰:《晋书》,北京:中华书局 1974 年版。

G

龚明之撰:《中吴纪闻》,孙菊圆校点,上海:上海古籍出版社 1986 年版。

郭庆藩撰:《庄子集释》,王孝鱼点校,北京:中华书局 1961 年版。

郭绍虞辑:《宋诗话辑佚》,北京:中华书局 1980 年版。

H

韩偓撰:《韩偓集系年校注》,吴在庆校注,北京:中华书局 2015 年版。

韩愈:《韩昌黎诗系年集释》,钱仲联集释,上海:上海古籍出版社 1984 年版。

韩愈撰:《韩昌黎文集校注》,马其昶校注,马茂元整理,上海:上海古籍出版社 1986 年版。

韩愈:《韩愈文集汇校笺注》,刘真伦、岳珍校注,北京:中华书局 2010 年版。

韩元吉撰:《南涧甲乙稿(附拾遗)》,《丛书集成初编》,北京:中华书局 1985 年版。

贺铸:《东山词》,钟振振师校注,上海:上海古籍出版社 1989 年版。

洪兴祖撰:《楚辞补注》,白化文等点校,北京:中华书局 1983 年版。

胡寅撰:《崇正辨　斐然集》,容肇祖点校,北京:中华书局1993年版。

胡仔纂集:《苕溪渔隐丛话》,廖德明校点,北京:人民文学出版社1962年版。

黄公度撰:《莆阳知稼翁文集》,四川大学古籍整理研究所编:《宋集珍本丛刊》第44册,北京:线装书局2004年版。

黄公度撰:《知稼翁集》,四川大学古籍整理研究所:《宋集珍本丛刊》第44册,北京:线装书局2004年版。

黄裳撰:《演山先生文集》,四川大学古籍整理研究所编:《宋集珍本丛刊》第24册,北京:线装书局2004年版。

黄昇选编:《花庵词选》,蒋哲伦导读,云山缉评,上海:上海古籍出版社2007年版。

黄昇选:《花庵词选》,中华书局上海编辑所编辑,北京:中华书局1958年版。

黄庭坚撰,任渊等注:《黄庭坚诗集注》,刘尚荣校点,北京:中华书局2003年版。

黄庭坚:《黄庭坚全集》,刘琳、李勇先、王蓉贵校点,北京:中华书局2021年版。

黄庭坚:《山谷词》,马兴荣、祝振玉校注,上海:上海古籍出版社2001年版。

黄宗羲原著,全祖望补修:《宋元学案》,陈金生、梁运华点校,北京:中华书局1986年版。

J

姜夔:《姜白石词编年笺校》,夏承焘笺校,上海:上海古籍出版社1998年新1版。

姜夔:《白石诗词集》,夏承焘校辑,北京:人民文学出版社1959年版。

姜夔:《白石诗说》,郭绍虞主编:《中国古典文学理论批评专著选辑》,北京:人民文学出版社1962年版。

蒋捷撰:《蒋捷词校注》,杨景龙校注,北京:中华书局2010年版。

L

李白著,王琦注:《李太白全集》,北京:中华书局1977年版。

李冰若评注:《花间集评注》,石家庄:河北教育出版社1999年版。

李光撰:《庄简集》,四川大学古籍整理研究所编:《宋集珍本丛刊》第

33～34 册,北京:线装书局 2004 年版。

李贺:《李长吉歌诗编年笺注》,吴企明笺注,北京:中华书局 2012 年版。

李璟、李煜:《南唐二主词笺注》,王仲闻校订,陈书良、刘娟笺注,中华书局 2013 年版。

李清照:《李清照集笺注》,徐培均笺注,上海:上海古籍出版社 2002 年版。

李清照:《李清照集校注》,王仲闻校注,北京:人民文学出版社 1979 年版。

李心传撰:《建炎以来朝野杂记》,徐规点校,北京:中华书局 2000 年版。

李心传编撰:《建炎以来系年要录》,胡坤点校,北京:中华书局 2013 年版。

李之仪:《姑溪居士文集》,四川大学古籍整理研究所编:《宋集珍本丛刊》第 26～27 册,北京:线装书局 2004 年版。

黎靖德编:《朱子语类》,王星贤点校,北京:中华书局 1986 年版。

林景熙著,章祖成注:《林景熙集校注》,陈增杰补注,杭州:浙江古籍出版社 2017 年版。

刘辰翁:《刘辰翁词校注》,吴企明校注,上海:上海古籍出版社 2015 年版。

刘辰翁:《刘辰翁词校注》,吴企明校注,上海:上海古籍出版社 2015 年版。

刘过撰:《龙洲词校笺》,马兴荣校笺,南昌:江西人民出版社 1999 年版。

刘克庄:《后村词笺注》,钱仲联笺注,上海:上海古籍出版社 2012 年版。

刘克庄:《刘克庄集笺校》,辛更儒校注,北京:中华书局 2011 年版。

刘勰:《文心雕龙义证》,詹锳义证,上海:上海古籍出版社 1989 年版。

刘勰:《文心雕龙注》,范文澜注,北京:人民文学出版社 1958 年版。

刘昫等撰:《旧唐书》,北京:中华书局 1975 年版。

刘壎:《隐居通议》,《丛书集成初编》214 册,北京:中华书局 1985 年版。

刘一清撰:《钱塘遗事校笺考源》,王瑞来校笺,北京:中华书局 2016 年版。

刘禹锡:《刘禹锡集笺证》,瞿蜕园笺证,上海:上海古籍出版社1989年版。

刘禹锡撰:《刘禹锡全集编年校注》,陶敏、陶红雨校注,北京:中华书局2019年版。

柳永:《乐章集校注》,薛瑞生校注,北京:中华书局1994年版。

陆游撰:《南唐书》,李建国校点,傅璇琮等主编:《五代史书汇编》,杭州:杭州出版社2004年版。

陆游:《放翁词编年笺注(增订本)》,夏承焘、吴熊和笺注,陶然订补,上海:上海古籍出版社2012年版。

陆游:《渭南文集笺校》,朱迎平笺校,上海:上海古籍出版社2022年版。

罗大经撰:《鹤林玉露》,王瑞来点校,北京:中华书局1983年版。

M

马令撰:《南唐书》,李建国校点,傅璇琮等主编:《五代史书汇编》,杭州:杭州出版社2004年版。

毛晋辑:《宋六十名家词》,上海:上海古籍出版社1989年版。

孟郊:《孟郊集校注》,韩泉欣校注,杭州:浙江古籍出版社1995年版。

孟元老撰:《东京梦华录笺注》,伊永文笺注,北京:中华书局2006年版。

牟巘撰:《陵阳先生集》,四川大学古籍整理研究所编:《宋集珍本丛刊》第87册,北京:线装书局2004年版。

O

欧阳修:《欧阳修词校注》,胡可先、徐迈校注,上海:上海古籍出版社2015年版。

欧阳修:《欧阳修诗文集校笺》,洪本健校笺,上海:上海古籍出版社2009年版。

欧阳修:《欧阳修诗编年笺注》,刘德清、顾宝林、欧阳明亮笺注,北京:中华书局2012年版。

欧阳修:《欧阳修全集》,李逸安点校,北京:中华书局2001年版。

欧阳修、宋祁撰:《新唐书》,北京:中华书局1958年版。

欧阳修撰,徐无党注:《新五代史》,北京:中华书局1974年版。

Q

秦观:《淮海居士长短句笺注》,徐培均笺注,上海:上海古籍出版社 2008 年版。

秦观撰:《淮海集笺注》,徐培均笺注,上海:上海古籍出版社 1994 年版。

秦观:《秦观集编年校注》,周义敢、程自信、周雷编注,北京:人民文学出版社 2001 年版。

R

阮阅编:《诗话总龟》,周本淳校点,北京:人民文学出版社 1987 年版。

S

上海古籍出版社编:《唐宋人选唐宋词》,上海:上海古籍出版社 2004 年版。

上海古籍出版社编:《宋元笔记小说大观》,上海:上海古籍出版社 2007 年版。

沈辰垣等编:《御选历代诗余》,杭州:浙江古籍出版社 1998 年版。

沈括撰:《梦溪笔谈》,金良年点校,北京:中华书局 2015 年版。

沈义父著,蔡嵩云笺释:《乐府指迷笺释》,北京:人民文学出版社 1998 年版。

十三经注疏整理委员会整理:《十三经注疏》,北京:北京大学出版社 1999 年版。

史达祖撰:《梅溪词》,雷履平、罗焕章校注,上海:上海古籍出版社 1988 年版。

释惠洪:《注石门文字禅》,〔日本〕释廓门贯彻注,张伯伟等点校,北京:中华书局 2012 年版。

司马承祯撰:《坐忘论》,张继禹主编:《中华道藏》第 26 册,北京:华夏出版社 2014 年版。

苏轼撰:《东坡词编年笺证》,薛瑞生笺证,西安:三秦出版社 1998 年版。

苏轼著,傅幹注:《东坡词傅幹注校正》,刘尚荣校证,上海:上海古籍出版社 2016 年版。

苏轼著,冯应榴辑注:《苏轼诗集合注》,黄任轲、朱怀春校点,上海:上海古籍出版社2001年版。

苏轼撰,查慎行补注:《苏诗补注》,范道济点校,北京:中华书局2019年版。

苏轼撰:《苏轼文集》,孔凡礼点校,北京:中华书局1986年版。

苏辙:《栾城集》,曾枣庄、马德富校点,上海:上海古籍出版社2009年版。

T

唐圭璋编:《词话丛编》,北京:中华书局1986年版。

唐圭璋编纂:《全宋词》,王仲闻参订,孔凡礼补辑,北京:中华书局1999年版。

陶渊明:《陶渊明集笺注》,袁行霈笺注,北京:中华书局2003年版。

脱脱等撰:《宋史》,北京:中华书局1985年版。

W

王安石著,李壁笺注:《王荆文公诗笺注》,高克勤点校,上海:上海古籍出版社2010年版。

王安石撰:《王安石文集》,刘成国点校,北京:中华书局2021年版。

王国维:《人间词话》,徐调孚、周振甫注,王幼安校订,北京:人民文学出版社1960年版。

王国维:《新订人间词话 广人间词话》,佛雏校辑,上海:华东师范大学出版社1990年版。

王沂孙撰:《花外集》,吴则虞笺注,上海:上海古籍出版社1988年版。

王沂孙:《花外集笺注》,詹安泰笺注,詹安泰撰:《詹安泰全集》,上海:上海古籍出版社2011年版。

王灼:《碧鸡漫志校正(修订本)》,岳珍校正,北京:人民文学出版社2015年版。

汪元量撰:《增订湖山类稿》,孔凡礼辑校,北京:中华书局1984年版。

汪元量撰:《汪元量集校注》,胡才甫校注,杭州:浙江古籍出版社1999年版。

魏庆之:《诗人玉屑》,王仲闻点校,北京:中华书局2007年版。

文天祥撰:《文天祥诗集校笺》,刘文源校笺,北京:中华书局2017年版。

吴文英:《梦窗词汇校笺释集评》,吴蓓校笺,杭州:浙江古籍出版社

2007年版。

吴文英撰:《梦窗词集校笺》,孙虹、谭学纯校笺,北京:中华书局2014年版。

X

辛弃疾撰:《稼轩词编年笺注(增订本)》,邓广铭笺注,上海:上海古籍出版社1993年版。

辛弃疾:《辛弃疾集编年笺注》,辛更儒笺注,北京:中华书局2015年版。

徐松辑:《宋会要辑稿》,刘琳等校点,上海:上海古籍出版社2014年版。

薛居正等撰:《旧五代史》,北京:中华书局1976年版。

Y

严羽:《沧浪诗话校释》,郭绍虞校释,北京:人民文学出版社1961年版。

严羽:《沧浪诗话校笺》,张健校笺,上海:上海古籍出版社2012年版。

晏殊、晏几道:《二晏词笺注》,张草纫笺注,上海:上海古籍出版社2008年版。

杨万里撰:《杨万里集笺校》,辛更儒笺校,北京:中华书局2007年版。

姚勉:《姚勉集》,曹诣珍、陈伟文校点,上海:上海古籍出版社2012年版。

叶梦得:《石林词笺注》,蒋哲伦笺注,上海:上海古籍出版社2014年版。

叶适:《叶适集》,刘公纯等点校,北京:中华书局1961年版2010年北京第2版。

俞文豹撰:《吹剑录全编》,张宗祥校订,上海:古典文学出版社1958年版。

元好问:《元好问诗编年校注》,狄宝心校注,北京:中华书局2011年版。

元好问:《元好问文编年校注》,狄宝心校注,北京:中华书局2012年版。

袁桷:《袁桷集校注》,杨亮校注,北京:中华书局1985年版。

Z

曾慥辑:《类说》,北京图书馆古籍出版编辑组编:《北京图书馆古籍珍本丛刊》62,北京:书目文献出版社1988年版。

曾昭岷等编著:《全唐五代词》,北京:中华书局1999年版。

张伯伟编校:《稀见本宋人诗话四种》,南京:江苏古籍出版社2002年版。

张耒撰:《张耒集》,李逸安点校,北京:中华书局1990年版。

张孝祥:《于湖居士文集》,徐鹏校点,上海:上海古籍出版社1980年版。

张孝祥撰:《张孝祥词校笺》,宛敏灏校笺,北京:中华书局2010年版。

张孝祥:《张孝祥集编年校注》,辛更儒校注,北京:中华书局2016年版。

张炎撰:《山中白云词》,吴则虞校辑,北京:中华书局1983年版。

张炎:《山中白云词笺(外一种)》,黄畲校笺,杭州:浙江古籍出版社2018年版。

张炎撰:《山中白云词笺证》,孙虹、谭学纯笺证,北京:中华书局2019年版。

张綖、谢天瑞:《诗余图谱》,《续修四库全书》第1735册,上海:上海古籍出版社2002年版。

张元干:《芦川词》,曹济平校注,上海:上海古籍出版社1991年版。

章学诚:《文史通义新编新注》,仓修良编注,杭州:浙江古籍出版社2005年版。

赵崇祚编:《花间集校注》,杨景龙校注,北京:中华书局2014年版。

郑思肖:《郑思肖集》,陈福康校点,上海:上海古籍出版社1991年版。

钟嵘:《钟嵘诗品笺证稿》,王叔岷笺证,北京:中华书局2007年版。

钟嵘:《诗品笺注》,曹旭笺注,人民文学出版社2009年版。

周邦彦著,陈元龙集注:《片玉集》,朱孝臧辑校,夏敬观评点:《彊村丛书(附遗书)》,上海:上海古籍出版社1989年版。

周邦彦:《清真集笺注(修订本)》,罗忼烈笺注,北京:中华书局2008年版。

周邦彦:《清真集校注》,孙虹校注,薛瑞生订补,北京:中华书局2002年版。

周必大撰:《周必大集校证》,王瑞来校证,上海:上海古籍出版社2020

年版。

周敦颐:《周敦颐集》,陈克明点校,北京:中华书局1990年版。

周密:《草窗词校注》,史克振校注,济南:齐鲁书社1993年版。

周密撰:《草窗韵语六稿》,乌程蒋氏密韵楼景刊宋椠孤本。

周密撰:《癸辛杂识》,吴企明点校,北京:中华书局1988年版。

周密编:《绝妙好词笺》,查为仁、厉鹗笺注,据1935年国学整理社本影印,郑州:中州古籍出版社1990年版。

周密撰:《齐东野语》,张茂鹏点校,北京:中华书局1983年版。

周紫芝:《太仓稊米集》,四川大学古籍整理研究所编:《宋集珍本丛刊》第34～35册,北京:线装书局2004年版。

朱崇才编纂:《词话丛编续编》,北京:人民文学出版社2010年版。

朱敦儒:《樵歌》,邓子勉校注,上海:上海古籍出版社1998年版。

朱熹撰:《四书章句集注》,北京:中华书局1983年版。

朱熹撰:《朱子全书(修订本)》,朱杰人、严佐之、刘永翔主编,上海:上海古籍出版社、合肥:安徽教育出版社2010年版。

著　作

C

蔡方鹿:《中华道统思想发展史》,成都:四川人民出版社2003年版。

陈文新:《中国文学流派意识的发生和发展——中国古代文学流派研究导论》,武汉:武汉大学出版社2003年版。

崔海正:《中国词学研究体系建构稿》,济南:齐鲁书社2007年版。

F

方星移:《宋四家词人年谱》,哈尔滨:黑龙江人民出版社2008年版。

G

郭英德:《探寻中国趣味——中国古代文学之历史文化思考》,北京:商务印书馆2017年版。

H

何忠礼:《科举与宋代社会》,北京:商务印书馆2006年版。

何忠礼:《南宋科举制度史》,北京:人民出版社2009年版。

K

孔凡礼撰:《苏轼年谱》,北京:中华书局2005年版。

L

李宪堂:《大一统的迷境——中国传统天下观研究》,北京:社会科学文献出版社2018年版。

刘石:《苏轼词研究》,台北:文津出版社1992年版。

刘少雄:《南宋姜吴典雅词派相关词学论题之探讨》,台北:台湾大学出版委员会1995年版。

刘扬忠:《唐宋词流派史》,福州:福建人民出版社1999年版。

龙榆生:《龙榆生全集》,张晖主编,上海:上海古籍出版社2015年版。

罗立刚:《史统·道统·文统——论唐宋时期文学观念的转变》,上海:东方出版中心2005年版。

M

马兴荣:《马兴荣词学论稿》,上海:上海古籍出版社2013年版。

莫砺锋:《朱熹文学研究》,南京:南京大学出版社2000年版。

R

饶宗颐:《词集考(唐五代宋金元编)》,北京:中华书局1992年版。

任半塘:《唐声诗》,上海:上海古籍出版社2006年版。

任二北:《敦煌曲初探》,上海:上海文艺联合出版社1954年版。

T

陶尔夫、诸葛忆兵:《北宋词史》,哈尔滨:黑龙江人民出版社2005年版。

田玉琪:《词调史研究》,北京:人民出版社2012年版。

W

王水照、朱刚:《苏轼评传》,南京:南京大学出版社2004年版。
王文诰撰:《苏文忠公诗编注集成总案》,成都:巴蜀书社1985年版。
王元化:《文学沉思录》,上海:上海文艺出版社1983年版。
王运熙、黄霖主编:《中国古代文学理论体系》,上海:复旦大学出版社1999年版。
黄霖等:《原人论》,上海:复旦大学出版社2000年版。
汪涌豪:《范畴论》,上海:复旦大学出版社1999年版。
刘明今:《方法论》,上海:复旦大学出版社2000年版。
王兆鹏:《两宋词人年谱》,台北:文津出版社1994年版。
王兆鹏:《词学研究方法十讲》,北京:北京大学出版社2008年版。
王兆鹏等:《两宋词人丛考》,南京:凤凰出版社2007年版。
吴宏一:《清代词学四论》,台北:台湾联经出版事业公司1990年版。
吴洪泽、尹波主编:《宋人年谱丛刊》,成都:四川大学出版社2003年版。
吴熊和:《唐宋词学通论》,北京:商务印书馆2003年版。

X

夏承焘:《夏承焘集》,杭州:浙江古籍出版社、浙江教育出版1979年版。
肖鹏:《群体的选择——唐宋人词选与词人群通论》,南京:凤凰出版社2009年版。
谢桃坊编著:《唐宋词谱校正》,上海:上海古籍出版社2012年版。

Y

杨向奎:《大一统与儒家思想》,北京:北京出版社2016年版。
俞陛云撰:《唐五代两宋词选释》,上海:上海古籍出版社1985年版。

Z

曾维刚:《张镃年谱》,北京:人民出版社2010年版。
詹安泰:《詹安泰全集》,上海:上海古籍出版社2011年版。
詹福瑞:《中古文学理论范畴》,北京:中华书局2005年版。
张伯伟:《中国古代文学批评方法研究》,北京:中华书局2002年版。

张惠民、张进:《士气文心:苏轼文化人格与文艺思想》,北京:人民文学出版社2004年版。

周裕锴:《宋僧惠洪行履著述编年总案》,北京:高等教育出版社2010年版。

周裕锴:《中国古代阐释学研究》,上海:上海人民出版社2003年版。

朱崇才:《词话理论研究》,北京:中华书局2010年版。

朱崇才:《词话学》,台北:文津出版社1995年版;

朱崇才:《词话史》,北京:中华书局2006年版。

诸葛忆兵:《徽宗词坛研究》,北京:北京出版社2001年版。

论 文

B

卞东坡:《宋代的东坡热:福建仙溪傅氏家族与宋代的苏轼研究》,《南京大学学报(哲学·人文科学·社会科学)》,2015年第2期。

C

陈逢源:《从五贤信仰到道统系谱——朱熹〈四书章句集注〉圣门传道脉略之历史考查》,《东华汉学》第19期,2014年6月。

陈文新:《文学流派的成立标准新论——以明代的文学现象为例》,《学习论坛》,2004年第7期。

程杰:《论花光仲仁的绘画成就》,《南京艺术学院学报(美术与设计版)》,2005年第1期。

崔海正:《中国词学研究体系追述与构想》,《文史哲》,2002年第6期。

D

邓小南:《宋代"祖宗之法"的核心》,《党建》,2011年5月4日,http://www.dangjian.cn/whdg/201107/t20110726_260024.shtml.

杜丽萍:《论南宋"和清真词"现象——以方千里、杨泽民、陈允平为核心》,《兰州学刊》,2012年第1期。

董乃斌:《中国封建文化体系中的文学》,《中国文学研究》,1987年第4期。

G

谷建:《苏轼〈论语说〉辑佚补正》,《孔子研究》,2008 年第 3 期。
郭英德:《文学传统的价值与意义》,《中国文化研究》,2002 年第 1 期。

H

韩经太:《"清空"词学观与宋人诗文化心理》,《江海学刊》,1995 年第 5 期。
何泽棠:《论〈集注东坡先生诗前集〉的文献价值》,《图书馆论坛》,2006 年第 3 期。
何泽棠:《宋刊〈集注东坡先生诗前集〉注家考》,《内江师范学院学报》,2010 年第 3 期。

K

柯贞金、谭新红:《黄公度行年考》,《云南大学学报(社会科学版)》,2014 年第 4 期。

L

李成文:《方回的诗统论》,《四川大学学报(哲学社会科学版)》,2006 年第 2 期。
李桂芹:《陈元龙〈详注周美成词片玉集〉为歌本》,《南阳师范学院学报》,2011 年第 4 期。
李剑亮:《〈注坡词〉与东坡词诠释》,《南阳师范学院学报(社会科学版)》,2005 年第 2 期。
刘德州:《石渠阁会议与白虎观会议性质新探》,《史学集刊》,2010 年第 1 期。
罗宗强、邓国光:《近百年中国古代文论之研究》,《文学评论》,1997 年第 2 期。
罗宗强:《古文论研究杂识》,《文艺研究》,1999 年第 3 期。
吕畅:《蔡元定"起调毕曲"理论新解》,《音乐探索》,2013 年第 3 期。

M

马德富:《苏轼〈论语说〉钩沉》,《四川大学学报(哲学社会科学版)》,1992 年第 4 期。

马莎:《陈元龙〈详注周美成词片玉集〉考论》,夏承焘等主编:《词学》第 22 辑,华东师范大学出版社 2009 年版。

莫砺锋:《从苏词苏诗之异同看苏轼"以诗为词"》,《中国文化研究》,2002 年第 2 期。

N

内山精也著、朱刚译:《两宋櫽括词考》,《学术研究》,2005 年第 1 期。

P

潘猛补:《林正大与〈风雅遗音〉》,《温州日报》,2016 年 06 月 08 日。

彭玉平:《从历史形态走向理论形态——兼评三卷本〈中国古代文学理论体系〉》,《北京科技大学学报(社会科学版)》,2002 年第 2 期。

彭玉平:《词学的古典与现代——词学学科体系与学术源流初探》,《中山大学学报(社会科学版)》,2006 年第 1 期。

Q

钱中文:《文学理论反思与"前苏联体系"问题》,《文学评论》,2005 年第 1 期。

卿三祥:《苏轼〈论语说〉钩沉》,《孔子研究》,1992 年第 2 期。

R

任群、李金海:《余姚出土李孟坚撰〈李光墓志〉及其文献价值》,《文学遗产》,2011 年第 1 期。

S

沈松勤、路璐:《〈苏氏易传〉视域下的苏轼黄州词创作》,《浙江大学学报(人文社会科学版)》,2019 年第 1 期。

沈文凡、李博昊:《宋词中的独特体式——福唐独木桥体》,《社会科学辑刊》,2006 年第 1 期。

舒大刚:《苏轼〈论语说〉辑补》,《四川大学学报(哲学社会科学版)》,2001 年第 3 期。

舒大刚:《苏轼〈论语说〉流传存佚考》,《西南民族学院学报(哲学社会科学版)》,2001 年第 6 期。

T

天明:《品梅:思与境偕格韵生》,《光明日报·光明文化周末版》,2017年5月21日。

田玉琪、赵树旺:《刘几与花日新的交游——兼论北宋中期教坊和雅乐之改革》,《河北大学学报(哲学社会科学版)》,2006年第3期。

W

王宁:《鎏金新科状元游市图银盘》,《收藏家》,2006年第5期。

王兆鹏、吕厚艳:《家谱所见李光墓志及李光世系考述》,《文献》,2007年第2期。

王兆鹏、周静情:《〈清真集校注〉订补》,《中国韵文学刊》,2005年第1期。

吴承学:《论宋代檃括词》,《文学遗产》,2000年第4期。

X

谢桃坊:《王国维建立词学理论体系的尝试及其意义》,《北京社会科学》,1990年第3期。

许芳红:《论唐宋词对南宋诗的渗透:以范成大、陆游、姜夔为中心的初步探讨》,《文学遗产》,2008年第6期。

许芳红:《宋代诗词创作的互渗现象》,《南京师范大学文学院学报》,2013年第4期。

薛瑞生:《周邦彦并未"流落十年"考辨》,《文学遗产》,2005年第3期。

薛瑞生:《周邦彦两入长安考》,《文学遗产》,2002年第3期。

Y

杨焄:《傅共〈东坡和陶诗解〉探微》,《中山大学学报(社会科学版)》,2013年第6期。

杨焄:《宋人〈东坡和陶集〉注本二种辑考》,《中国诗学》第17辑,人民文学出版社2013年版。

杨焄:《宋人编苏轼年谱佚文钩沉——以《精刊补注东坡和陶诗话》为中心》,《新国学》,2016年第1期。

杨晓霭:《"以诗为词"亦"檃括"创作词调歌曲》,《西北师大学报(社会科学版)》,2007年第1期。

杨晓霭:《著腔子唱好诗——宋人歌诗方法分析》,《西北师大学报(社会科学版)》,2003年第2期。

Z

张东华:《扬无咎画梅中的格物思想——〈四梅花图〉新解》,《湖北美术学院学报》,2014年第2期。

张文勋:《中国古代文学理论体系概述》,《楚雄师范学院学报》,2004年第2期。

郑园:《论东坡櫽括词》,《文学遗产》,2006年第3期。

钟振振师:《〈全宋词〉康与之小传补正》,《浙江大学学报(人文社会科学版)》,2009年第3期。

周裕锴:《以战喻诗:略论宋诗中的"诗战"之喻及其创作心理》,《文学遗产》,2012年第3期。

祖保泉:《对〈文心雕龙〉文学理论体系的思考》,《安徽师大学报(哲学社会科学版)》,1993年第4期。

后　　记

宋理宗景定二年（1261），宋伯仁《梅花喜神谱》自序云"以闲工夫做闲事业"，①道出了做学问应有的心态。研究古代文学也是"闲事业"，一点也急躁不得。在作课题的过程中，曾经因急躁出现过一些差错。所幸在专家评委、责编老师和合作伙伴的帮助下，经过长期的潜心思考和一遍遍的打磨，已经基本改正了。痛定思痛，分析浮躁心态之由来，愿与诸君共勉：

从客观上讲，传统课题创新不易。从改革开放到今天，学术研究已经恢复四十多年了。简单点、好作点的题目别人早做完了，剩下的都不好做。尤其研究古典文学，创新尤为不易。在一个传统课题中，要说出别人没有说过的几十万言，不亚于蜀道之难。

这些年确实很忙。白天忙单位上的一摊子事，从早到晚、从春到冬，一年难得清闲。经常从组织策划到洒扫清除，都得我亲力亲为。一年之半为汛期，深夜电闪雷鸣，瓢泼大雨不期而至，我就得离开书桌到单位库房去值班，雨过天晴回家继续先前的工作。更多时候，劳累一夜，也仅得平安无事，这已经是最好的结果了。单位人少事繁，每到节假日事情格外多。白天心不静，晚上十点后才开始工作，经常工作到七点，洗漱一下就去上班。鱼和熊掌不可兼得，后来辞去行政职务，专作课题。有人问我是不是清闲了，我苦笑无言。

唐宋文化昌明，圣人众多，如诗圣、词圣、墨圣以及儒学、禅宗、道教大师层出不穷，对这些圣贤的思想总得有个基本的了解；宋代科举取士，尤重经学，士大夫都接受过系统的经学教育，掌握他们的思想也需要时间。

研究宋词之难，尤在于思想和方法。一些理论问题千余年也没有解决，一些研究方法在古人不成问题，在今人就成了问题，而且还特别的难，比如文学体系。既然圣贤、时彦都犯怵，我又能奈何？只能多花点时间，多看多

---

① ［宋］宋伯仁：《梅花喜神谱》，［宋］范成大等著，章宏伟主编，程杰校注：《梅谱》，郑州：中州古籍出版社2016年版，第58页。

想多写多改,如此而已。

从主观上讲,吾,一介凡俗,少时困于生计,平生理想也不过做一个国营粮库保管员。能扛起麻袋,能记清账目,每月挣上几十块钱,隔三差五买半斤包子给老人尽孝,也就心满意足了。然造化弄人,偏偏来研究什么"清空骚雅"。以驽钝之质追逐神骏,心理压力之大,似不减于扛麻袋行走云端。如心态平和、时间充裕,以十驾之功拣几片羽毛,也未可知。遗憾的是时间紧、任务重、要求严,从前到后就像上紧的发条,难得有片刻清闲,哪怕是梦里的一晌贪欢。

任重道远,日暮途穷,内心难免着急。一急就出事,书稿写成后,自己看着也不顺眼,思来想去只有推倒重来。凡自己看不懂的,去查资料努力搞懂;古人没搞懂的,我得看明白。于是在课题之外,恶补儒家原典、古代文学体系、宋代官制等方面的知识。在世俗的忙乱中,每日沉浸在圣贤的思想和宋代的典章制度里,不仅要知其然,还想知其所以然,这样下笔就踏实一点。即使这些文字没有出现在书稿中,作为背景材料也心安。

这个课题从当初作为省级课题立项,到后来申报国家社科基金后期资助项目,到今天修改定稿,经历十多年的时间。在中华民族最接近历史高光时刻之际,能把人生中美好的时光投入到一项"闲事业"中去,从一棵闲花野草的角度感受到时代的进步、国力的上升,我也与有荣焉。

在此,感谢各位评审专家的一路包容,使这个课题能通过评审立项结题修改出版!

感谢责编沈莹莹老师对这个课题所付出的辛勤劳动!我明显的感受是合作愉快,甚至可以用舒服来形容。网络上有言:人最大的修养,就是让别人感到舒服。古代儒者也探讨过如何与人相处的问题,《大学》有"絜矩之道",己所不欲勿施于人,进而设身处地为他人着想。无论是提出建议,还是改正讹误,她都给人一种和粹的印象。和,谦逊得体;粹,学术精湛。惟有通情达理的人,才有精湛的学术。我接触过一些从燕园走出来的学者,他们和善可亲,术业精湛,沈老师是其中的一员,用平凡的工作来践行伟大的北大精神。正因为有沈老师的严格把关,才使这本小册子以比较舒适的情状呈现在您的面前。

感谢河南理工大学及档案馆、文法学院的领导和同事,为我营造了一个良好的工作环境!

感谢曾经参与这个项目的同事和正在参与这个项目的伙伴常茜!

当初,在做这个课题最艰难的时候,我暗自发誓以后再也不申报新的项目了。现在,忽然觉得有些课题似乎比较适合我来做。这倒不是我比别人有什么优势,而是在艰难时刻比别人更能善待这个项目。十余年来专注一个项目,与追求短平快的风气逆向而行,处境多么尴尬是不难想象的。申报项目不易,既然报了就努力做好,就像风雨之夜去单位库房值班一样,只有我在那里心才能安。能心安做事,是此生的希冀,也是此生的幸事。

2021 年 4 月 18 日于星光路寓所